Abraham Verghese nació en Adis Abeba, la capital de Etiopía. De padres indios, Verghese estudió Medicina en Madrás y Estados Unidos, y en 1991 se graduó asimismo en el famoso Taller de Escritura Creativa de la Universidad de Iowa. Es autor de *El pacto del agua* y de dos galardonados libros de memorias, *The Tennis Partner* y *My Own Country*, este último sobre su experiencia con enfermos de sida en una remota zona rural de Estados Unidos, en una época —mediados de los años 80— en la que a menudo lo único que se podía hacer por aquellos pacientes era acompañarlos y consolarlos. Esta obra fue llevada al cine por la directora Mira Nair. Los ensayos y relatos de Verghese han sido publicados en *The New Yorker*, *The New York Times*, *The Atlantic Monthly*, *Esquire* y *Granta*. En la actualidad vive en Palo Alto (California), donde escribe, ejerce de médico y enseña en la Facultad de Medicina de la Universidad de Stanford.

Hijos del ancho mundo

Abrahan Verguese

Traduccion del ingles de
Jose Manuel Álvarez Flórez

DEBOLS!LLO

Título original: *Cutting for Stone*

Primera edición: octubre de 2023

Impreso en Colombia - *Printed in Colombia*

ISBN: 979-88-9098-032-8

23 24 25 26 27 10 9 8 7 6 5 4 3 2 1

Para George y Mariam Verghese

Scribere jussit amor

Y como amo esta vida,
sé que amaré también la muerte.
El niño llora cuando
la madre lo retira
del pezón derecho,
para hallar al momento consuelo
en el pezón izquierdo.

Rabindranath Tagore,
Gitanjali

PRÓLOGO

La llegada

Después de ocho meses en la oscuridad del vientre materno, mi hermano Shiva y yo llegamos al mundo a última hora de la tarde del 20 de septiembre del año de gracia de 1954. Tomamos aliento por primera vez a unos dos mil quinientos metros de altitud en la enrarecida atmósfera de Adis Abeba, la capital de Etiopía.

El milagro de nuestro nacimiento tuvo lugar en el Quirófano 3 del hospital Missing, la misma sala en la que nuestra madre, la hermana Mary Joseph Praise, había pasado casi toda su vida laboral y donde se había sentido más realizada.

Cuando nuestra madre, una monja de la Orden Carmelita Diocesana de Madrás, se puso inesperadamente de parto aquella mañana de septiembre, las intensas lluvias de Etiopía habían concluido y su tamborileo en los tejados de zinc del Missing había cesado con tanta brusquedad como un charlatán interrumpido a media frase. En la silenciosa quietud que siguió, las flores de *meskel* se abrieron de la noche a la mañana, tiñendo de dorado las laderas de Adis Abeba. En los prados que rodeaban el hospital, la juncia ganó la batalla al barro, y hasta el umbral pavimentado llegaba ya una brillante alfombra que prometía algo más importante que poder jugar al críquet, al cróquet o al volante.

El hospital Missing se alzaba en una verde elevación; el conjunto irregular de edificios encalados de una y dos plantas parecía haber brotado del suelo en el mismo cataclismo geológico que creó los montes Entoto. Los macizos de flores, que semejaban abrevaderos alimentados por el agua de los canalones, rodeaban los edificios cuadrados como un foso. Cubrían los muros los rosales de la enfermera jefe Hirst, cuyos capullos carmesíes enmarcaban las ventanas y llegaban hasta el tejado. El suelo de légamo era tan fértil que la enfermera jefe (que era también la prudente y sensata directora del hospital) nos advertía que no debíamos andar descalzos por allí, pues podían brotarnos dedos nuevos en los pies.

De los principales edificios del hospital partían como radios de una rueda cinco caminos, bordeados de altos matorrales, que conducían a sendas casitas de techumbre de paja casi ocultas por un bosquecillo, setos, pinos y eucaliptos silvestres. La enfermera jefe se proponía que el Missing pareciese un *arboreto*, un rincón de los jardines de Kensington (por donde había paseado cuando era una joven monja, antes de trasladarse a África) o el Edén previo a la Caída.

El nombre Missing provenía, en realidad, del inglés Mission Hospital, palabra que en etíope se pronunciaba como un silbido y sonaba «Miss*ing*», «desaparecido» en inglés. Un empleado del Ministerio de Sanidad que acababa de terminar el bachillerato había mecanografiado HOSPITAL MISSING en la licencia, transcripción fonéticamente correcta, a su modo de ver, y error que había acabado de perpetuar un reportero del *Ethiopian Herald*. Cuando la enfermera jefe Hirst había acudido al empleado del ministerio para corregirlo, él había sacado su documento original. «Mírelo usted misma, señora. *Quod erat demonstrandum* que es Missing», le había espetado, como si hubiese demostrado el teorema de Pitágoras, la posición central del Sol en el sistema solar, que la Tierra era redonda o el emplazamiento preciso del Missing en su rincón imaginario. Así que Missing se quedó.

La hermana Mary Joseph Praise no soltó ni un grito ni un gemido durante los dolores de su catastrófico parto. Pero tras la puerta de batiente de la habitación contigua al Quirófano 3, el descomunal autoclave (donado por la iglesia luterana de Zurich) bramaba y lloraba por mi madre mientras su vapor hirviente esterilizaba los instrumentos quirúrgicos y las toallas que se usarían con ella. Después de todo, fue en un rincón del cuarto del autoclave, justo al lado de aquel gigante de acero inoxidable, donde mi madre mantuvo un santuario propio los siete años que pasó en el Missing antes de nuestra llegada brutal. Su pupitre con asiento, una pieza rescatada de una antigua escuela misional y que llevaba grabada la frustración de más de un escolar, estaba frente a la pared. Su rebeca blanca, que según me contaron solía echarse por los hombros entre dos operaciones, pendía en el respaldo del asiento.

Sobre la pared enlucida, encima del escritorio, mi madre había clavado una lámina de calendario de la célebre escultura de Bernini de santa Teresa de Ávila. La santa yace inerte, como desmayada, los labios entreabiertos en éxtasis, la mirada perdida, los párpados entornados. La flanquea un coro voyeurístico que atisba desde los reclinatorios. Con una débil sonrisa y un cuerpo más musculoso de lo que corresponde a su rostro juvenil, un ángel adolescente vigila a la santa y voluptuosa hermana. Con la yema de los dedos de la mano izquierda alza el borde de la tela que le cubre el pecho. En la derecha sostiene una flecha con la misma delicadeza que un violinista el arco.

«¿Por qué esta imagen? ¿Por qué santa Teresa, madre?»

Cuando tenía cuatro años solía retirarme a ese cuarto sin ventanas para observar la lámina. El valor sólo no bastaba para cruzar aquella pesada puerta, así que me animaban la idea de que mi madre estaba allí y la obsesión por conocer a la monja que fue. Me sentaba junto al autoclave, que retumbaba y bufaba igual que un dragón al despertar, como si el martilleo de mi corazón hubiese desvelado a la bestia. Sentado en el pupitre materno, poco a poco me embargaba la paz, una sensación de comunión con ella.

Después supe que nadie se había atrevido a retirar su rebeca del respaldo: era un objeto sagrado. Pero para un niño de cuatro años todo es sacro y ordinario a la vez. Me echaba sobre los hombros la prenda, que olía a desinfectante. Pasaba la uña por el borde del tintero seco, siguiendo el camino que recorrieran sus dedos. Alzaba la vista hacia la lámina de calendario como debía haber hecho ella cuando se encontraba en aquel cuarto sin ventanas, y la imagen me paralizaba. Años más tarde me enteré de que la visión recurrente de santa Teresa del ángel se llamaba «transverberación», que según el diccionario era el estado del alma «inflamada» de amor a Dios, del corazón «traspasado» por el amor divino; las metáforas de su fe lo eran también de la medicina. A los cuatro años no necesitaba palabras como «transverberación» para reverenciar aquella estampa. Sin fotografías de mi madre por las que juzgar, resultaba inevitable que imaginase que la mujer del calendario era ella, amenazada y a punto de ser agredida por el ángel-niño que esgrimía la flecha. «¿Cuándo vas a venir, mamá?», le preguntaba, y los fríos azulejos me devolvían el eco de mi vocecita: «¿Cuándo vas a venir?»

Yo mismo susurraba la respuesta: «¡Por Dios!» Eso era cuanto tenía: la exclamación del doctor Ghosh la primera vez que había entrado allí para buscarme, cuando se había quedado detrás de mí mirando la imagen de santa Teresa; luego me había alzado con sus fuertes brazos y con aquella voz suya que nada tenía que envidiar al autoclave había exclamado: «¡Si ya se está viniendo, por Dios!»

Han pasado cuarenta y seis años, más los cuatro desde mi nacimiento, y tengo la oportunidad milagrosa de volver a aquel cuarto. Me encuentro con que ya no quepo en la silla y con que la rebeca de mi madre me cae en los hombros como el amito de encaje de un sacerdote. Sin embargo, silla, rebeca y lámina de la transverberación siguen allí. Yo, Marion Stone, he cambiado, pero lo demás parece casi idéntico. Estar en este cuarto donde todo ha permanecido como siempre impulsa a remontarse en el tiempo y el recuerdo. La inmarcesible imagen de la estatua de santa Teresa de Bernini (ahora enmarcada y detrás de un cristal para que se conserve bien lo que mi madre sólo clavó en la pared) parece exigirlo. Me veo obligado a establecer cierto orden en los acontecimientos de mi vida, a decir aquí empezó, y luego, por esto, pasó aquello, y así es como el final se une al principio y ésa es la razón de que me encuentre en este lugar.

Llegamos a esta vida espontáneamente y, si tenemos suerte, encontramos un objetivo además de hambre, penuria y muerte prematura que es, no lo olvidemos, lo que aguarda a la mayoría. Crecí y hallé mi objetivo, que fue convertirme en médico. Más que salvar al mundo, mi propósito era curarme yo. Pocos médicos lo admitirán, desde luego no los jóvenes, pero de forma subconsciente, al elegir esta profesión debemos creer que curar a otros nos librará del mal que nos aflige. Y puede que así sea. Pero también es posible que ahonde en la herida.

Escogí la especialidad de cirugía por la enfermera jefe, una presencia constante durante mi infancia y adolescencia. «¿Qué es lo más difícil que podrías hacer?», me preguntó cuando acudí a pedirle consejo el día más aciago de la primera parte de mi existencia.

Intenté escurrir el bulto. Con qué facilidad sondeaba la enfermera Hirst el vacío que separa ambición y conveniencia.

—¿Por qué tengo que hacer lo más difícil?

—Porque eres un instrumento de Dios, Marion. No permitas que esa herramienta se quede en el estuche, hijo mío. ¡Actúa! No dejes ninguna parte de tu instrumento sin explorar. ¿Por qué conformarte con *Tres ratones ciegos* si puedes interpretar el *Gloria*?

Qué injusta fue al evocar aquel coro sublime que siempre me hacía sentir con el resto de los mortales mirando al cielo lleno de asombro mudo. Ella comprendía mi carácter aún sin formar.

—Pero, enfermera jefe, no puedo soñar con interpretar a Bach, el *Gloria*... —musité. Jamás había tocado un instrumento de cuerda o viento y ni siquiera sabía leer música.

—No, Marion —repuso, mirándome con ternura, acercándose y posándome en las mejillas sus manos nudosas—. No, el *Gloria* de Bach no. ¡El tuyo! Tu *Gloria* vive dentro de ti. El mayor pecado es no encontrarlo, no hacer caso a lo que Dios hizo posible en tu persona.

Por temperamento, era más apto para una disciplina cognitiva, para un campo introspectivo, tal vez medicina interna o psiquiatría. La sola visión del quirófano me angustiaba; la idea de manejar un bisturí me revolvía y aún me revuelve las tripas. La cirugía era lo más difícil que podía imaginar.

Así que me hice cirujano.

Treinta años después, no soy conocido por la rapidez, la audacia o la pericia técnica. Llamadme seguro, llamadme tenaz; decid que adopto el estilo y la técnica que se adecuan tanto al paciente como a la situación particular y lo consideraré un gran cumplido. Me animan los colegas que acuden a mí cuando ellos mismos deben someterse al bisturí. Saben que Marion Stone se interesará tanto después de la operación como antes y durante. Que aforismos quirúrgicos como «En caso de duda, extírpalo» o «Por qué esperar si se puede operar», en mi opinión, sólo son reveladores fidedignos de las inteligencias más superficiales de nuestro campo. Mi padre, cuyas dotes quirúrgicas me inspiran el más profundo respeto, dice: «La operación que tiene el mejor resultado es la que decides no practicar.» Saber cuándo no operar, cuándo no entiendes, cuándo hay que pedir ayuda a un cirujano del calibre de mi padre, ese género de talento, de «genialidad», suele pasar inadvertido.

En cierta ocasión, ante un paciente en grave peligro, le rogué que operase. Se quedó callado al lado de la cama, los dedos inmóviles en el pulso del enfermo mucho después de haber registrado los latidos cardíacos, como si necesitase el tacto de la piel, la señal filosa de una arteria radial para catalizar su decisión. Reparé en su tensa expresión de concentración absoluta. Imaginé cómo giraban los engranajes en su cabeza. Imaginé que veía el destello de las lágrimas en sus ojos. Sopesó con sumo cuidado ambas opciones. Al final, negó con la cabeza y se marchó.

Lo seguí.

—Doctor Stone —lo llamé por su título, aunque deseaba gritar «¡Padre!»—, la operación es su única posibilidad.

En el fondo sabía que dicha posibilidad era infinitesimal, y que el primer soplo de anestesia podría acabar con todo. Me puso la mano en el hombro y me habló con amabilidad, como a un joven colega más que como a su hijo.

—Marion, no te olvides del undécimo mandamiento: No operarás a un paciente el día de su muerte.

Recuerdo sus palabras las noches de luna llena en Adis Abeba, cuando relumbran los cuchillos, las balas y las piedras vuelan y se me antoja que estoy en un matadero y no en el Quirófano 3, con la piel salpicada de sangre y cartílago de desconocidos. Recuerdo. No siempre sabemos las respuestas antes de operar. Operamos en el ahora. Más tarde, el retrospectoscopio, ese socorrido instrumento de los bromistas y expertos, los representantes de la farsa que llamamos M&M (Convención de Morbilidad y Mortalidad) declarará tu decisión acertada o errónea. También la vida es así. La vivimos hacia delante, pero la comprendemos en retrospectiva. Sólo cuando paramos y miramos por el retrovisor vemos el cadáver aplastado bajo la rueda.

Ahora, a los cincuenta años, venero la visión del abdomen o el pecho abiertos. Me avergüenza la capacidad humana de herirnos y mutilarnos unos a otros, de profanar el cuerpo. Sin embargo, eso me permite reparar en la armonía cabalística del corazón que atisba detrás del pulmón, en el hígado y el bazo que se consultan bajo la bóveda del diafragma... estas cosas me dejan sin habla. «Recorro el intestino» con los dedos buscando los agujeros que podría haber hecho la hoja de un cuchillo o una bala, una reluciente vuelta tras otra, siete metros de tripas comprimidas en un espacio muy reducido. Todo el intestino que de ese modo se ha deslizado entre mis manos en la noche africana llegaría ya al cabo de Buena Esperanza, y ni siquiera habré visto la cabeza de la serpiente. Pero veo los milagros corrientes bajo la piel y la costilla y el músculo, visiones ocultas a su propietario. ¿Existe mayor privilegio en este mundo?

En tales momentos, me acuerdo de dar las gracias a mi hermano gemelo Shiva (el doctor Shiva Praise Stone), de buscarle, de hallar su reflejo en el panel de cristal que separa ambos quirófanos, y agradecérselo con un cabeceo, porque él me permite ser lo que soy ahora: cirujano.

Según Shiva, en realidad la vida consiste en reparar agujeros. No era una expresión metafórica, pues eso es precisamente lo que hacía. Y en cualquier caso, es una buena metáfora de nuestra profesión. Pero hay otro tipo de agujero, y es la herida que divide a una familia. A veces se produce en el momento del nacimiento. En otras ocasiones más tarde. Todos estamos arreglando lo que se rompió. Es tarea de una vida entera. Dejaremos mucho inconcluso para la generación siguiente.

Yo, que nací en África, que viví en el exilio en América y regresé finalmente al continente africano, soy prueba de que la geografía es destino. El destino ha vuelto a traerme a las coordenadas exactas de mi nacimiento, al mismo quirófano en que nací. Mis manos enguantadas comparten sobre la mesa de operaciones del Quirófano 3 el espacio que ocuparon en tiempos las manos de mi padre y mi madre.

Algunas noches el canto de los grillos, de miles de ellos, sus cricrís, se sobrepone a los gruñidos y aullidos de las hienas en las laderas, y la naturaleza de pronto guarda silencio, como si se hubiese terminado de pasar lista y fuese hora de buscar en la oscuridad a tu pareja y retirarte. Y entonces, en el vacío silencioso que sigue, oigo el agudo zumbar de las estrellas y me embargan el júbilo y la gratitud por el insignificante lugar que ocupo en la galaxia. En esos momentos siento que estoy en deuda con Shiva.

Hermanos gemelos, dormimos en la misma cama hasta la adolescencia, cabeza con cabeza, piernas y torsos separados. Con los años perdimos esa intimidad, pero aún la añoro, siento nostalgia de la proximidad de su cráneo. Cuando abro los ojos al don de un nuevo amanecer, mi primer pensamiento es despertarle y decirle: «Te debo la visión de la mañana.»

Lo que más debo a mi hermano es esto: contar la historia. Una historia que mi madre, la hermana Mary Joseph Praise, no reveló, de la que escapó mi intrépido padre, Thomas Stone, y que yo tuve que reconstruir. Contarla es el único medio de cerrar la grieta que nos separa a Shiva y a mí. Aunque tengo una fe infinita en el arte de la cirugía, ningún cirujano puede curar la herida que divide a dos hermanos. Donde la seda y el acero fracasan, ha de triunfar el relato. Empezaré por el principio...

PRIMERA PARTE

...pues el secreto del cuidado del paciente
es cuidarse de él.

Francis W. Peabody,
21 de octubre de 1925

1

El estado tifoideo revisado

La hermana Mary Joseph Praise llegó de la India al hospital Missing siete años antes de que Shiva y yo naciéramos. Ella y la monja Anjali habían sido las primeras novicias de la Orden Carmelita de Madrás que aprobaron el difícil curso para diplomarse en enfermería en el hospital general de la ciudad. El día de la entrega de títulos, ambas recibieron las insignias de enfermeras y, a última hora, hicieron los votos definitivos de pobreza, castidad y obediencia. Ahora ya no las interpelarían como «estudiantes» (en el hospital) y «novicias» (en el convento), sino como «hermanas». Su anciana y piadosa abadesa, Shessy Geevarughese, a quien llamaban con afecto Santa Amma, no había tardado en bendecir a ambas jóvenes monjas-enfermeras y comunicarles su sorprendente destino: África.

El día que zarpaban, todas las novicias fueron desde el convento al puerto en una caravana de ciclotaxis para despedirlas. Me las imagino alineadas en el muelle, conversando y temblando de nerviosismo y emoción, los hábitos blancos aleteando al viento, las gaviotas brincando alrededor de sus sandalias.

A menudo me he preguntado qué pensaría mi madre cuando la hermana Anjali y ella, que contaban sólo diecinueve años, dieron los últimos pasos en suelo indio y embarcaron en el *Calangute*. Debió de oír sollozos contenidos y «Que Dios os acompañe» mientras subía la pasarela. ¿Tendría miedo? ¿Sentiría dudas? Con anterioridad, al ingresar en el convento, se había separado para siempre de su familia en Cochin y trasladado a Madrás, que quedaba a un día y una noche en tren de su hogar, y que, por lo que se refería a sus padres, podría haber estado al otro lado del mundo, porque nunca volverían a verla. Y ahora, después de tres años en Madrás, se separaba de su familia religiosa, en esta ocasión para cruzar un océano. Tampoco esta vez habría vuelta atrás.

Pocos años antes de sentarme a escribir esta historia, viajé a Madrás en busca de la memoria de mi madre. No encontré nada sobre ella en los archivos de las carmelitas, pero sí hallé los diarios de Santa Amma, en que reseñaba los acontecimientos cotidianos. Cuando el *Calangute* soltó amarras, la abadesa había alzado la mano como un policía de tráfico y, «empleando mi voz de sermón que me dicen que desmiente mi edad», entonado las palabras «Deja tu patria por mí», porque el Génesis era su libro preferido. Santa Amma había pensado mucho en aquella misión. Ciertamente, la India tenía necesidades insondables, pero eso nunca cambiaría y tampoco era una excusa; las dos jóvenes monjas (las más inteligentes y guapas de la congregación) serían las abanderadas: indias que llevaban el amor de Cristo al África más oscura, ésa era su gran ambición. En sus diarios revela sus pensamientos: como habían descubierto los misioneros ingleses al llegar a la India, no había mejor medio de transmitir el amor de Cristo que con cataplasmas y emplastos, linimentos y apósitos, limpieza y bienestar. ¿Qué ministerio era preferible al de la curación? Sus dos jóvenes monjas cruzarían el océano y así empezaría la misión de las carmelitas descalzas de Madrás en África.

La buena abadesa sintió una punzada de recelo al contemplar a las dos figuras que agitaban las manos en la barandilla del barco mientras se alejaban hasta convertirse en puntitos blancos. ¿Y si por seguir a ciegas su grandioso plan se condenaban a un destino espantoso? «Las misioneras inglesas cuentan con el apoyo del todopoderoso Imperio... pero ¿qué será de mis hijas?» Escribió que las estridentes peleas de las gaviotas y las salpicaduras de sus excrementos habían estropeado la gran despedida que imaginara. La habían distraído el abrumador olor a madera y pescado podridos y los estibadores de pecho desnudo cuyas bocas manchadas de betel babeaban de lascivia ante el espectáculo de su prole de vírgenes.

«Padre, te confiamos a nuestras hermanas para que las protejas —dijo Santa Amma echándolo todo sobre Sus hombros. Dejó de saludar y sus manos buscaron el refugio de las mangas—. Te imploramos misericordia y protección en esta misión de las carmelitas descalzas...»

Era 1947 y los británicos estaban marchándose por fin de la India; el Movimiento de Independencia Indio había logrado lo imposible. Santa Amma respiró hondo. Era un mundo nuevo y había que actuar con audacia, o eso creía.

El mísero paquebote negro y rojo que se hacía llamar barco inició su navegación por el océano Índico rumbo a su destino: Adén. En la bodega del *Calangute* se amontonaban cajones y más cajones de algodón hilado, arroz, seda, armarios Godrej, archivadores Tata, además de treinta y una motocicletas Royal Enfield Bullet, con los motores envueltos en hule. El buque no estaba destinado al transporte de pasajeros, pero el capitán griego aceptaba «invitados de pago». Muchas personas viajaban en buques de carga para ahorrar en el pasaje, y él estaba dispuesto a admitirlos a costa de la tripulación. Así que en aquella travesía llevaba a dos monjas de Madrás, tres judíos de Cochin, una familia gujaratí, tres malayalis de aspecto sospechoso y unos cuantos europeos, incluidos dos marineros franceses que iban a incorporarse a su barco en Adén.

El *Calangute* tenía una extensa cubierta, más vasta de lo que cabía esperar. En un extremo se asentaba, como un mosquito en el trasero de un elefante, la superestructura de tres plantas que albergaba a la tripulación y los pasajeros, cuya última planta era el puente.

Mi madre, la hermana Mary Joseph Praise, era una malayali de Cochin, estado de Kerala. Los cristianos malayalis remontan su fe a la llegada de santo Tomás a la India desde Damasco en el año 52 de la era cristiana. Tomás el Incrédulo edificó sus primeras iglesias en Kerala mucho antes de que san Pedro llegase a Roma. Ella era piadosa y temerosa de Dios; en la escuela de secundaria había caído bajo la influencia de una monja carmelita carismática que trabajaba con los pobres. Su ciudad natal está formada por cinco islas engastadas como piedras preciosas en un anillo que mira al mar de Arabia. Los mercaderes de especias habían navegado hasta Cochin durante siglos en busca de cardamomo y clavo, entre ellos un tal Vasco de Gama en 1498. Los portugueses se apoderaron de Goa, donde establecieron su sede colonial y convirtieron por la fuerza a la población india al catolicismo. Los sacerdotes y monjas católicos acabaron llegando a Kerala como si no supiesen que santo Tomás había llevado allí la visión incorrupta de Cristo mil años antes que ellos. Para pesadumbre de sus padres, mi madre ingresó en la orden carmelita, abandonando la antigua tradición cristiana siria de santo Tomás para abrazar (según la opinión de sus progenitores) aquella secta advenediza de adoradores del Papa. No habría sido mayor su disgusto si se hubiese hecho musulmana o hindú. Menos mal que los pobres no se enteraron de que además se había convertido en enfermera, lo que para ellos suponía que se mancharía las manos como una intocable.

Mi madre creció junto al mar, contemplando las antiguas redes de pesca chinas que colgaban en voladizo de largos postes de bambú y se balanceaban sobre el agua como inmensas telarañas. El mar era el «granero» proverbial de su gente, proveedor de camarones y pescado. Pero en la cubierta del *Calangute*, sin la costa de Cochin enmarcando el panorama, no reconocía ese granero. Se preguntaba si el centro del océano habría sido siempre así: brumoso, maligno y agitado. Mortificaba a la embarcación haciéndola cabecear, dar guiñadas y crujir, y al parecer pretendía tragársela entera.

Las monjas se recluyeron en su camarote y echaron el cerrojo para protegerse de los hombres y el mar. Las jaculatorias de su compañera sobresaltaban a mi madre. La lectura ritual del Evangelio de Lucas fue idea de Anjali, pues en su opinión daría alas al alma y disciplina al cuerpo. Ambas jóvenes sometían cada letra, palabra, línea y frase a *dilatatio, elevatio* y *excessus* (contemplación, elevación y éxtasis). La antigua práctica monástica de Ricardo de San Víctor resultaba útil en una interminable travesía marítima. La segunda noche, tras diez horas de lectura detenida y meditativa, la hermana Mary Joseph Praise sintió de pronto disolverse letras y páginas; las fronteras entre Dios y su yo se desintegraron. La lectura había provocado una entrega gozosa de su cuerpo a lo sagrado, eterno e infinito.

La sexta noche, en las vísperas (pues habían decidido seguir la rutina del convento a toda costa), terminaron un himno, dos salmos con sus antífonas, luego la doxología, y cuando estaban cantando el magníficat, un sonido desgarrador y penetrante las obligó a bajar de las nubes. Cogieron los chalecos salvavidas y salieron del camarote rápidamente, para encontrarse con que un sector de la cubierta se había combado y alzado como una pirámide, casi como si el *Calangute* fuese de cartón ondulado, según pensó mi madre. El capitán fumaba tranquilamente su pipa y por su sonrisa se deducía que aquellas viajeras se habían precipitado.

La novena noche, cuatro de los dieciséis pasajeros y un miembro de la tripulación contrajeron una fiebre cuyos síntomas visibles eran unas manchas sonrosadas en el pecho y el abdomen; aparecían al segundo día de estado febril y recordaban a un rompecabezas chino. La hermana Anjali se puso muy enferma, la piel le ardía. El segundo día, cayó en un delirio febril.

Entre los pasajeros había un joven cirujano, un inglés de ojos de lince que había dejado el Servicio Médico Indio en busca de mejores perspectivas. Era alto, fuerte, de facciones duras que le hacían parecer famélico, y no frecuentaba el comedor. La hermana Mary Joseph Praise había tropezado literalmente con él el segundo día de travesía, al perder pie en la mojada escalerilla metálica que iba de sus camarotes a la sala común. El inglés subía detrás de ella y la sujetó por donde pudo, en la zona del coxis y en la parte izquierda de la caja torácica, enderezándola como si fuese una niña. Cuando le dio las gracias tartamudeando, él se sonrojó y se puso aún más nervioso que ella, ante aquella intimidad inesperada con una monja. Aunque había sentido el brusco impacto de aquellas manos sobre su cuerpo, a la hermana algo de aquel contacto no le resultó desagradable. No había vuelto a ver al inglés en varios días.

Pero tenía que conseguir ayuda médica, así que se armó de valor para llamar a su camarote. Una voz débil le dijo que entrara. La recibió un olor nauseabundo a acetona.

—Soy la hermana Mary Joseph Praise —se presentó.

El médico yacía de lado en la litera, la piel del mismo tono caqui que sus pantalones cortos, con los ojos cerrados.

—¿También usted tiene fiebre, doctor? —preguntó ella vacilante.

Cuando él intentó mirarla, los globos oculares rodaron como canicas en un plano inclinado. Se volvió y trató de vomitar en un cubo de incendios, pero falló, lo que no importaba porque el recipiente estaba lleno a rebosar. La hermana se acercó y le tocó la frente, que notó fría y húmeda, sin rastro de fiebre. Tenía las mejillas hundidas y parecía como si el cuerpo se le hubiese encogido para encajar en aquel diminuto camarote. Ningún pasajero se había librado del mareo, pero el estado del inglés era grave.

—Doctor, he de informarle de una fiebre que afecta a cinco pacientes. Empieza con sarpullido, escalofríos y sudores, pulso lento y pérdida de apetito. Todos se encuentran estables salvo la hermana Anjali. Estoy muy preocupada por ella, doctor...

Se sintió mejor después de informarle, aunque el inglés se limitó a soltar un gemido por respuesta. Vio que tenía una ligadura de catgut atada a la barandilla de la cama cerca de sus manos, con muchos nudos, decenas. Había tantos que el hilo se alzaba como un nudoso mástil. Había señalado así las horas, o llevado la cuenta de sus episodios de emesis.

La hermana vació el cubo, lo enjuagó y volvió a colocarlo cerca del hombre. Limpió luego el suelo con una bayeta, que a continuación aclaró también y colgó a secar. Después, fue por agua y se la dejó al lado. Al retirarse se preguntó cuántos días llevaría el inglés sin alimentarse.

A última hora de la tarde el médico había empeorado. Ella le llevó sábanas, toallas y caldo. Se arrodilló a su lado e intentó darle de comer, pero el olor de la comida le provocaba arcadas. Tenía los ojos hundidos y la lengua arrugada como la de un loro. La hermana identificó el olor afrutado del camarote como el propio de la inanición. Le dio un pequeño pellizco en el dorso del brazo y cuando soltó la piel ésta quedó alzada como una tienda de campaña, igual que la cubierta combada del barco. El cubo estaba lleno a medias de un líquido claro. Él balbucía acerca de verdes praderas y no era consciente de la presencia femenina. ¿Podría ser mortal el mareo?, se preguntó ella. ¿O tendría una *forme fruste* de la misma fiebre que afligía a la hermana Anjali? Había muchos aspectos de la medicina que desconocía. Allí, en pleno océano y rodeada de enfermos, sintió el peso de su ignorancia.

Sin embargo, sabía cuidar a los enfermos. Y rezar. Así que mientras oraba, le quitó la camisa, acartonada de bilis y saliva secas, y le bajó los pantalones. Se sintió cohibida al lavarlo, porque nunca había cuidado a un hombre blanco y menos a un médico. Se le ponía piel de gallina al pasarle el paño. Pero reparó en que no tenía el sarpullido de los cuatro pasajeros y el grumete que habían contraído la fiebre. Los vigorosos músculos de los brazos se ensanchaban con fuerza en los hombros. Sólo entonces se fijó en que tenía el lado izquierdo del pecho más pequeño que el derecho; en el hueco que había encima de la clavícula izquierda podía caber medio vaso de agua, mientras que en el de la derecha tan sólo una cucharadita. Y justo más allá, debajo de la tetilla izquierda, había una profunda depresión que le llegaba hasta la axila. La piel que cubría aquel cráter era lustrosa y arrugada. La tocó y gimió al comprobar que se le hundían los dedos, pues no encontraban resistencia ósea. Parecía que le faltaban dos o tres costillas. En aquella depresión, notó en las yemas el firme tamborileo del corazón, solamente separado por una fina capa de piel. Retiró los dedos y apreció el empuje del ventrículo en la carne.

La fina capa de vello pectoral parecía como ascender de la veta madre del púbico. Limpió desapasionadamente su miembro incircunciso, lo dejó caer a un lado y se ocupó de la bolsa arrugada de aspecto desvalido de abajo. Luego, al lavarle los pies, lloró pensando de forma inevitable en su Dulce Señor y en la última noche que había pasado en el mundo con sus discípulos.

En sus baúles encontró libros de cirugía. Tardó un rato en darse cuenta de que los nombres y las fechas que el inglés había anotado en los márgenes correspondían a pacientes, tanto indios como británicos, recuerdos de una enfermedad vista por primera vez en un tal Peabody o un tal Krishnan. La cruz junto al nombre la interpretó como señal de que el enfermo había fallecido. Halló once cuadernos repletos de una caligrafía apretada de cortantes trazos descendentes, donde el texto bailaba sobre las líneas sin respetar otro blanco que el de los bordes de la hoja. Para ser un hombre aparentemente silencioso, su escritura reflejaba una locuacidad sorprendente.

Acabó dando con una camiseta y unos pantalones limpios. ¿Qué significaba que un hombre tuviese menos ropa que libros? Cambió las sábanas, volviéndole primero de un lado y luego del otro, y después lo vistió.

Supo que se llamaba Thomas Stone porque estaba escrito en el manual quirúrgico que había junto a la cama. Poco se decía en aquel libro sobre fiebre con sarpullido y nada acerca del mareo.

Aquella noche, la hermana Mary Joseph Praise recorrió los pasillos balanceantes, del lecho de un enfermo al del siguiente. El montículo donde la cubierta se había alabeado parecía una figura amortajada, así que desviaba la vista. En una ocasión, vio una ola como una montaña negra, de varias plantas de altura, y el *Calangute* pareció a punto de precipitarse en un agujero. Cortinas de agua rompían en la proa con un estruendo más aterrador que la propia visión.

En medio del océano tempestuoso, obnubilada por la falta de sueño, afrontando una crisis médica terrible, su mundo se había simplificado. Se dividía entre quienes tenían fiebre, quienes sufrían mareo y quienes no padecían ni lo uno ni lo otro. Y era posible que ninguna de esas distinciones importase, porque podían ahogarse todos en cualquier momento.

Despertó y se dio cuenta de que se había adormilado al lado de Anjali. Cuando despertó de nuevo, en lo que se le antojó un instante después, esta vez se hallaba en el camarote del inglés, donde se había dormido arrodillada junto a la cama, con un brazo de él sobre la espalda y la cabeza apoyada en su pecho. Apenas cobró conciencia de donde se encontraba, cuando volvió a dormirse para despertar al amanecer en la litera, pero al borde mismo, apretada contra Thomas Stone. Volvió presurosa con Anjali y la encontró peor, la respiración jadeante y acelerada, y la piel salpicada de grandes manchas rojizas y confluyentes.

Los rostros angustiados de los insomnes tripulantes y el hecho de que un individuo se postrase ante ella y exclamara «¡Hermana, perdone mis pecados!», le indicaron que el barco seguía en peligro. La tripulación desatendió sus peticiones de ayuda.

Desesperada y frustrada, sacó una hamaca de la sala común, siguiendo la visión que había tenido en aquel estado de fuga entre el sueño y la vigilia. La colgó en el camarote del doctor Stone entre la portilla y el pilar de la cama.

Él era un peso muerto y sólo la intercesión de santa Catalina le permitió arrastrarlo de la litera al suelo y subirle hasta la hamaca, primero una parte, luego otra. La hamaca, respondiendo más a la gravedad que a los balanceos del barco, encontró la verdadera horizontal. A continuación, se arrodilló a su lado y rezó fervorosamente a Jesús, completando el magníficat que quedara interrumpido la noche en que la cubierta se había combado.

Stone recuperó el color primero en el cuello y luego en las mejillas. La hermana le dio agua con una cucharilla. Al cabo de una hora pudo asimilar el caldo. Había abierto los ojos, a los que volvió la luz, y seguía todos los movimientos de la hermana. Luego, cuando ella alzó la cuchara, le rodeó con dedos firmes la muñeca para guiar el alimento hasta la boca. La joven monja recordó la cita que entonara momentos antes: «Colmó de bienes a los hambrientos y despidió a los ricos con las manos vacías.»

Dios había escuchado sus plegarias.

Pálido y vacilante, Thomas Stone acudió con Mary Joseph Praise al lecho de la hermana Anjali. Ahogó un grito al ver a la monja delirante con los ojos desorbitados, el rostro tenso y demacrado, la nariz afilada como una pluma, las ventanillas temblando con cada inspiración, despierta en apariencia pero completamente ajena a la presencia de sus visitantes.

Él se arrodilló a su lado, pero los ojos vidriosos de Anjali miraban sin ver. La hermana Mary Joseph Praise observó con qué destreza le bajaba los párpados para examinar las conjuntivas y cómo encendía la linternita frente a las pupilas. Le inclinó la cabeza sobre el pecho con movimientos suaves y fluidos para comprobar la rigidez del cuello, le palpó los ganglios linfáticos, le movió las piernas y percutió el tendón rotuliano empleando el nudillo en lugar de un martillo de reflejos. La torpeza que la joven monja percibiera en él como pasajero y paciente había desaparecido.

Luego desnudó a Anjali sin prestar atención a la ayuda de Mary Joseph Praise y se puso a examinar desapasionadamente la espalda, los muslos y las nalgas de la enferma. Le palpó el vientre para explorar el bazo y el hígado con largos dedos que parecían esculpidos para tal fin; la joven carmelita no pudo imaginarlos haciendo otra cosa. Como no tenía estetoscopio, aplicó el oído al corazón y luego al vientre de la paciente. Después la puso de lado y apoyó la oreja en las costillas para escuchar los pulmones.

—La respiración parece reducirse a la derecha... Parótidas dilatadas... Tiene los ganglios inflamados en el cuello... Pulso débil y rápido... —musitó, haciendo balance.

—Cuando empezó la fiebre su pulso era lento —informó la monja.

—Ya lo mencionó usted —repuso él con brusquedad, sin alzar la vista—. ¿Mucho?

—De cuarenta y cinco a cincuenta, doctor.

Tenía la sensación de que él se había olvidado de que estaba enfermo, e incluso de que se encontraba en un barco, y se había concentrado en el cuerpo de la hermana Anjali, que era su texto, al que estudiaba en busca del enemigo agazapado en su interior. Le inspiró de pronto tanta confianza que dejó de temer por su compañera. Se sintió eufórica arrodillada a su lado, como si sólo en aquel momento se hubiese convertido de verdad en enfermera, pues era la primera vez que conocía a un médico como aquél. Tuvo que morderse la lengua porque deseaba decirle todo eso y más.

—*Coma vigil*—sentenció él, y ella supuso que estaba instruyéndola—. ¿Ve cómo recorre todo con la mirada, como si esperase algo? Es un síntoma grave. ¿Y cómo aprieta la sábana? Se llama carfología. Y los leves temblores musculares, *subsultus tendinum*. Éste es el «estado tifoideo». Lo reconocerá usted en las etapas finales de muchos tipos de intoxicación sanguínea, no sólo tifoidea... Pero tenga en cuenta —alzó la vista hacia la hermana con una débil sonrisa que desmentía lo que dijo a continuación— que soy cirujano, no médico. ¿Qué sé de cuestiones médicas? Únicamente que ésta no es una enfermedad quirúrgica.

Su presencia no sólo había tranquilizado a la hermana Mary Joseph Praise, sino que también había calmado el mar. El sol, que había permanecido oculto, brillaba ahora tras ellos. La fiesta etílica de la tripulación dio idea de la grave situación vivida horas antes.

Pero aunque la joven monja se resistiera a creerlo, Stone no podía hacer mucho por la hermana Anjali y, en cualquier caso, ni siquiera contaba con medios para intentarlo. En la caja de primeros auxilios del barco solamente había una cucaracha seca, pues un tripulante había empeñado su contenido en el último puerto. El botiquín que usaba el capitán como asiento en su camarote parecía de la Edad Media: unas tijeras, un cuchillo de deshuesar y unos fórceps rudimentarios constituían el único instrumental de la ornamentada caja. ¿Qué podía hacer un cirujano como Stone con cataplasmas o pequeños recipientes de ajenjo, tomillo y salvia? Al ver la etiqueta de algo llamado *Oleum philosophorum* soltó una carcajada; fue la primera vez que la hermana oyó ese sonido alegre, aunque su eco mortecino tenía una nota crispada.

—Escuche esto —le dijo, y leyó—: ¡«Contiene viejos fragmentos de azulejos y cascotes para estreñimiento crónico»! —Y tiró la caja por la borda.

Sólo había sacado los míseros instrumentos y un frasco ambarino de *Laudanum opiatum paracelsi*. Una cucharada de aquel antiguo remedio pareció calmar el ahogo de la hermana Anjali, «desconectarle los pulmones del cerebro», como explicó él a la joven monja.

Apareció el capitán, insomne y fuera de sí, el cual le espetó rociadas de saliva y brandy:

—¿Cómo se atreve a tirar una propiedad del barco?

El doctor se puso en pie de un brinco, y a ella le recordó a un colegial que buscara pelea. Lanzó una mirada fulminante al capitán, que tragó saliva y retrocedió un paso.

—Tirar esa caja ha sido mejor para la humanidad y peor para los peces. Una palabra más y le denunciaré por admitir pasaje sin contar con ningún suministro médico.

—Usted aceptó el trato.

—Y usted cometerá un asesinato —le replicó Stone señalando a Anjali.

El rostro del capitán perdió la compostura: cejas, párpados, nariz y labios se fundieron como una cascada.

Thomas Stone tomó entonces el control de la situación: acampó a la cabecera de Anjali y luego se aventuró a reconocer a todas las personas de a bordo, lo consintiesen o no. Separó a quienes tenían fiebre de los que no. Tomó profusas notas. Dibujó un plano de la distribución del *Calangute* y señaló con una equis dónde se habían producido los casos de fiebre. Insistió en fumigar todos los camarotes. Su forma de dar órdenes a tripulantes y pasajeros sanos enfureció al hosco capitán, pero si el inglés reparó en ello, no le prestó atención. No durmió en las veinticuatro horas siguientes, que pasó examinando a intervalos a la hermana Anjali y comprobando el estado de los demás: se mantenía alerta sin bajar la guardia. Había una pareja ya de edad muy enferma. La hermana Mary Joseph Praise no se apartó ni un momento del lado de Stone.

Dos semanas después de zarpar de Cochin, el *Calangute* entró laboriosamente en el puerto de Adén. El capitán griego ordenó a un marinero de Madagascar izar la bandera portuguesa bajo la que estaba registrado el buque, pero como había fiebre a bordo, lo pusieron en cuarentena, sin que la bandera valiese de nada. Obligado a anclar lejos del puerto, sólo podía contemplar la ciudad como un leproso desterrado. Stone intimidó al capitán de puerto escocés que se acercó al barco asegurándole que si no le facilitaban instrumental médico, botellas de solución Ringer para administrar por vía intravenosa, además de sulfamidas, él, Thomas Stone, lo responsabilizaría de la muerte de todos los ciudadanos de la Commonwealth que había a bordo. Su modo de hablar, franco y directo, maravilló a la hermana Mary Joseph Praise, aunque de algún modo estaba hablando por ella. Era como si Stone hubiese sustituido a Anjali en calidad de único aliado y amigo en aquella desventurada travesía.

Cuando llegaron los suministros, Stone atendió primero a la monja enferma. Arreglándoselas con la antisepsia más elemental, con un toque del bisturí dejó al descubierto la vena safena mayor, justo a su paso por el tobillo de Anjali. Introdujo una aguja en el vaso colapsado, que debía de tener la anchura de un lápiz. La sujetó con ligaduras, apretando un nudo tras otro con asombrosa rapidez. A pesar de la infusión endovenosa de suero Ringer y la sulfamida, Anjali no orinó ni mostró el menor indicio de reanimación. Murió aquella tarde en un terrible paroxismo final, igual que otros dos enfermos, un hombre y una mujer de edad, todos en pocas horas. Para la joven monja aquellas muertes fueron sorprendentes e imprevistas. La euforia que había sentido cuando Thomas Stone se había levantado para acudir a ver a Anjali la había cegado. Temblaba incontrolablemente.

Al ponerse el sol, la monja y el médico deslizaron los cadáveres amortajados por la borda sin ayuda de la supersticiosa tripulación, que ni siquiera quería mirar hacia allí.

La joven se sentía desconsolada. La presencia de ánimo de que había hecho gala se fue a pique cuando el cuerpo de su amiga se hundió en el agua. Stone estaba a su lado, inseguro de sí, con expresión lúgubre, disgustado y avergonzado por no haber sido capaz de salvar a Anjali.

—¡Cómo la envidio! —dijo por fin la hermana entre lágrimas. La fatiga y la falta de sueño se aliaron, y fue incapaz de contenerse—. Está con nuestro Señor. Sin duda en un lugar mejor que éste.

Stone contuvo una carcajada; el comentario le pareció un síntoma de delirio inminente. La cogió del brazo y la llevó a su camarote, la echó en la litera y le dijo que tenía que descansar. Prescripción facultativa. Él se sentó en la hamaca y esperó a que la venciese la única bendición segura de la vida —el sueño—, y entonces se apresuró a examinar de nuevo a los tripulantes y el resto del pasaje. El doctor Thomas Stone, cirujano, no necesitaba dormir.

Dos días más tarde, sin nuevos casos de fiebre, les permitieron desembarcar. Thomas Stone buscó a la hermana Mary Joseph Praise, que estaba con los ojos enrojecidos en el camarote que había compartido con su compañera. La cara y el rosario que sujetaba estaban húmedos. Se sobresaltó al darse cuenta de algo que no había advertido hasta entonces: que era extraordinariamente bella, con unos ojos grandes y conmovedores, más expresivos de lo que tenían derecho a ser los ojos. Sintió que el rostro le ardía y que no podía despegar la lengua del paladar. Desvió la mirada hacia el suelo, hacia la bolsa de viaje de ella. Cuando al fin habló, lo que dijo fue:

—Tifus. —Había consultado sus libros y reflexionado mucho sobre el asunto—. No cabe duda —añadió, al reparar en el desconcierto de ella. —Había esperado que la palabra, el diagnóstico, la reconfortaría. Pero en cambio, volvieron a aflorar las lágrimas—. Tifus es lo más probable... Por supuesto, un análisis de suero podría haberlo confirmado —farfulló. Movió los pies con torpeza, cruzó y descruzó los brazos—. No sé adónde va usted, hermana, pero yo me dirijo a Adis Abeba. Está en Etiopía —masculló—. Voy a un hospital... que valoraría sus servicios si quisiese acompañarme...

La miró y volvió a ruborizarse, porque en verdad nada sabía del hospital al que iba ni si podrían necesitar los servicios de ella, y porque tenía la impresión de que aquellos ojos oscuros y húmedos podían leerle el pensamiento.

Sin embargo, eran sus propios pensamientos los que mantenían muda a la hermana. Recordaba cómo había rezado por Stone y por Anjali y que Dios sólo había respondido a una de sus plegarias. El médico se había levantado como Lázaro para consagrarse en cuerpo y alma a identificar aquella fiebre. Había irrumpido en los camarotes de la tripulación desobedeciendo al capitán y había intimidado y amenazado. En opinión de la joven monja, había obrado mal, pero buscando el bien. Su furibundo apasionamiento había supuesto una revelación. En el hospital universitario de Madrás en que se formara como enfermera, los cirujanos civiles (en aquella época casi todos ingleses) se paseaban por el recinto serenos y distantes de los enfermos, con otros cirujanos ayudantes y cirujanos residentes y en prácticas (todos ellos indios), que les seguían como patitos. A veces le parecía que estaban tan concentrados en la enfermedad que los pacientes y el sufrimiento eran accesorios de su trabajo. Thomas Stone era distinto.

Se dio cuenta de que la invitación para unirse a él en Etiopía no había sido algo premeditado: las palabras se le habían escapado. ¿Qué iba a hacer ella? Santa Amma había localizado a una monja belga que había dejado su orden y conseguido asentar una endeble base en Yemen, en Adén, base bastante precaria a causa de la mala salud de la monja. El plan de Santa Amma era que las hermanas Anjali y Mary Joseph Praise empezasen en aquel lugar, encaramadas sobre el continente africano, y aprendiesen de la monja belga todo lo posible sobre cómo conducirse en entornos hostiles. Desde allí y siempre tras contacto epistolar con la abadesa, las hermanas se dirigirían hacia el sur, pero no al Congo (que habían ocupado franceses y belgas) ni a Kenia, Tanganika, Uganda o Nigeria (los anglicanos cuidaban ya de todas aquellas almas y les molestaba la competencia), sino tal vez a Ghana o Camerún. La hermana Mary Joseph Praise se preguntó qué opinión merecería Etiopía a la piadosa abadesa.

Ahora el sueño de Santa Amma se le antojaba una quimera, un evangelismo vicario tan mal informado que la joven monja ni siquiera se atrevió a mencionárselo a Thomas Stone.

—Tengo órdenes de ir a Adén, doctor —dijo, en cambio, con tono entrecortado y desesperado—. Pero gracias. Gracias por cuanto hizo por la hermana Anjali.

Él replicó que no había hecho nada.

—Más de lo que habría hecho cualquier ser humano —repuso ella, y tomó una mano entre las suyas y la retuvo. Le miró a los ojos—. Que Dios le acompañe y bendiga.

Él notó el rosario que ella tenía aún entre los dedos, la suavidad de su piel y la humedad de sus lágrimas. Recordó aquellas manos sobre su cuerpo, al lavarlo, vestirlo e incluso al sostenerle la cabeza mientras vomitaba. Volvió a ver su rostro alzado al cielo cantando, rezando por su curación. Notó que el cuello le ardía y supo que el rubor estaba traicionándolo por tercera vez. Percibió dolor en sus ojos y oyó el gemido que escapaba de sus labios, y sólo entonces advirtió que estaba apretándola mucho, clavándole las cuentas del rosario en los nudillos. La soltó enseguida. Entreabrió los labios, pero, incapaz de hablar, se alejó bruscamente.

La joven monja no podía moverse. Reparó en que tenía las manos enrojecidas y que empezaban a palpitarle. El dolor era como un regalo, una bendición tan palpable que le subió por los antebrazos hasta el pecho. Lo que no podía soportar era la sensación de que al alejarse Stone le había sido arrebatado y arrancado algo vital. Había deseado aferrarse a él, gritarle que no se fuese. Había creído que su existencia al servicio del Señor era plena, pero ahora se daba cuenta de que en su vida había un vacío que no sabía que existiese.

En cuanto bajó del *Calangute* y pisó suelo yemení, deseó no haber desembarcado. ¡Qué absurdo haber pasado todos los días de la cuarentena suspirando por descender a tierra! Adén, Adén, Adén... No sabía nada de aquel sitio antes de la travesía, e incluso ahora seguía siendo sólo un nombre exótico. Pero por los comentarios de los marineros del *Calangute* había deducido que no se podía llegar a ningún lugar del mundo sin hacer escala allí. El estratégico emplazamiento portuario había resultado muy útil al ejército británico. Y su actual condición de puerto franco lo convertía en el sitio adecuado para comprar y encontrar el barco siguiente. Adén era la puerta de África; y desde África, la puerta de Europa. A ella le pareció la puerta del infierno.

La ciudad se hallaba al mismo tiempo muerta y en continuo movimiento, como un manto de gusanos que vivificase un cadáver en descomposición. Huyó de la calle principal y del calor sofocante buscando la sombra de las callejuelas. Los edificios parecían tallados en roca volcánica. Las carretillas se abrían paso entre el trasiego peatonal con cargamentos increíbles de bananas, ladrillos, melones e incluso, en una ocasión, con dos leprosos. Por su lado pasó una anciana encorvada con velo y un hornillo de carbón encendido sobre la cabeza, pero ningún transeúnte se paró a contemplar tan extraño espectáculo, pues reservaban las miradas para la monja de piel morena que caminaba entre ellos. Su rostro descubierto la hacía sentirse desnuda.

Después de una hora sintiendo que la piel se le hinchaba como masa en un horno, después de que le indicaran una dirección y otra, la hermana Mary Joseph Praise llegó a una pequeña puerta al fondo de un callejón que era como una hendidura. En la pared de piedra se veía el contorno desvaído de un letrero retirado hacía poco. Musitó una plegaria, respiró hondo y llamó. Un hombre gritó con voz ronca, sonido que ella interpretó como una invitación a entrar.

Sentado en el suelo junto a una balanza relumbrante había un árabe descamisado, rodeado de grandes balas de hojas empaquetadas que llegaban hasta el techo.

El olor a invernadero le cortó el aliento: aquel olor a kat, a hierba cortada en parte, pero con un fondo más especioso, era nuevo para ella.

El árabe tenía la barba tan roja de alheña que la joven monja pensó que había sangrado. Llevaba los ojos pintados como una mujer, lo que le recordó las imágenes de Saladino, que había impedido que los cruzados tomaran Tierra Santa. La mirada del hombre recorrió el rostro joven aprisionado en la toca blanca y luego se posó en la bolsa de Gladstone que sujetaba en una mano. A un movimiento de su cuerpo brotó de entre los dientes ribeteados de oro una risa grosera, que interrumpió al darse cuenta de que la monja estaba a punto de desmayarse. La hizo sentarse y pidió agua y té. Más tarde, en una mezcla de lenguaje de señas e inglés espurio, le explicó que la monja belga que vivía allí había muerto de repente. Al enterarse, la hermana Mary Joseph Praise empezó a temblar de nuevo y experimentó una fuerte sensación premonitoria, como si oyera las pisadas de la muerte al aplastar las hojas del invernadero. Llevaba una foto de la hermana Beatrice en la Biblia e imaginó su rostro convirtiéndose de pronto en una mascarilla y luego en la cara de Anjali. Se obligó a sostener la mirada de aquel individuo, a afrontar lo que le decía. «¿De qué? ¿Quién pregunta de qué en Adén? Un día estás bien, has saldado tus deudas, tus esposas son felices, alabado sea Alá, y al día siguiente la fiebre te atrapa, la piel se te abre al calor que esa misma piel mantuvo a raya tantos años y te mueres. ¿De qué? ¡Qué importa! ¡De una mala piel! ¡De la peste! ¡De la mala suerte, si quieres! ¡Incluso de la buena!»

Era el propietario del edificio. Al hablar, verdes tallos de kat le brillaban en la boca. El Dios de la anciana monja había sido incapaz de salvarla, le dijo, mirando al techo y señalando, como si Él aún estuviese allí acuclillado. Sin querer, los ojos de la hermana siguieron su mirada, antes de que pudiera darse cuenta. Él, entretanto, descendió la vista turbia desde el techo al rostro de ella, a sus labios y pecho.

Sé todo esto sobre el viaje de mi madre porque llegó de sus labios a oídos de otros y luego a los míos. Pero su narración se interrumpía en Adén. En aquel invernadero llegaba a un brusco final.

Sin duda se había embarcado en aquel viaje convencida de que Dios aprobaba su misión, velaría por ella y la protegería. Pero en Adén le ocurrió algo. Nadie sabía exactamente qué. Allí comprendió que su Dios era también severo y vengativo, y que podía mostrarse así incluso con sus fieles. El demonio se le había aparecido en la mascarilla violácea y crispada de la hermana Anjali, pero Dios lo había permitido. Adén le parecía una ciudad maligna, donde Dios utilizaba a Satanás para mostrarle lo frágil y fragmentario que era el mundo, el delicado equilibrio que existía entre el bien y el mal y lo ingenua que era ella en su fe. Su padre solía decir: «Si quieres hacer reír a Dios, cuéntale tus planes.» Compadeció a Santa Amma, cuyo sueño de progreso para África era una vanidad que había costado la vida de Anjali.

Lo único que supe durante muchísimo tiempo fue lo siguiente: después de un período indeterminado, tal vez unos meses o incluso un año, mi madre, que tenía entonces diecinueve años, consiguió escapar de algún modo de Yemen, cruzó el golfo de Adén, siguió por tierra quizá hasta Harar, la antigua ciudad amurallada, o hasta Yibuti, y continuó en tren a Etiopía vía Dire Dawa hasta Adis Abeba.

Conozco la historia a partir de su llegada al hospital Missing. Hubo tres llamadas espaciadas a la puerta del despacho de la enfermera jefe. «Adelante», dijo ésta, y con esa palabra en el Missing se dio paso a una trayectoria que nadie habría imaginado. Estaban al principio de la temporada de lluvias cortas, en que la población de la ciudad, tras haber quedado anonadada y sumida en húmeda rendición después de horas y días de sólo ver y oír agua cayendo, empezaba a oír y ver las demás cosas. La directora del hospital se preguntó si eso explicaría la visión de aquella bella monja de piel morena que se encontraba en el umbral y apenas podía mantenerse en pie.

La mujer sintió como si unas manos cálidas le acariciaran el rostro cuando se posaron en ella los ojos castaños, hundidos e impasibles de la joven. Tenía las pupilas dilatadas, como si los horrores del viaje aún siguiesen frescos, pensaría después la enfermera jefe. El labio inferior poseía tal turgencia que parecía que fuese a estallar si lo tocabas. La toca ceñida en la barbilla le aprisionaba los rasgos en su óvalo, pero ninguna prenda era capaz de contener el ardor de aquel semblante ni ocultar el dolor y la confusión. El hábito grisáceo debía de haber sido blanco en tiempos. Y cuando la enfermera jefe siguió bajando la vista y examinando la figura, reparó en una mancha de sangre reciente donde se unían las piernas.

Aquella aparición estaba muy delgada, tambaleante pero decidida, y parecía milagroso que fuese capaz de hablar cuando dijo con tono fatigado y triste:

—Deseo iniciar el período de discernimiento, el de escuchar a Dios cuando habla en la comunidad y a través de ella. Pido vuestras plegarias a fin de que pueda pasar el resto de mi vida en Su presencia eucarística y preparar mi alma para el gran día de la unión entre la esposa y el Esposo.

La enfermera jefe reconoció la oración de las postulantes cuando ingresaban en la orden, palabras que ella misma pronunciara muchos años antes.

—Entra en la alegría del Señor —respondió maquinalmente, igual que le había contestado su madre superiora.

La enfermera jefe salió del trance cuando la desconocida se desplomó contra la jamba; rodeó corriendo el escritorio para sujetarla. ¿Hambre? ¿Agotamiento? ¿Hemorragia menstrual? ¿Qué sería? La hermana Mary Joseph Praise no pesaba nada en sus brazos. Llevaron a la desconocida a una cama. Bajo el velo, la toca y el hábito, hallaron un pecho delicado como una cesta de mimbre y un vientre hundido. ¡Era una niña! ¡No una mujer! Sí, una niña recién salida de la infancia. Una niña que no tenía el pelo corto como la mayoría de las monjas, sino largo y tupido. Una niña (¿cómo podían no darse cuenta?) con unos senos precoces.

Los instintos maternales de la enfermera jefe afloraron, y permaneció en vela. Seguía a su lado cuando la joven monja despertó por la noche aterrada, delirante, aferrándose a ella en cuanto vio que se encontraba en un lugar seguro.

—¡Hija, hija! ¿Qué te ha ocurrido? Tranquila, ahora estás a salvo —la consoló, pero la desconocida tardó una semana en poder dormir sola y otra en recuperar el color.

Cuando remitieron las lluvias y el sol volvió su rostro hacia la ciudad como si quisiera reconciliarse con un beso y decirle que en realidad era su urbe preferida, para la que había reservado su luz más clara y maravillosa, la enfermera jefe acompañó fuera a la hermana Mary Joseph Praise, puesto que tenía que presentársela al personal del Missing.

Ambas entraron en el Quirófano 3 por primera vez, y entonces la enfermera jefe observó con asombro cómo la expresión seria y dura del nuevo cirujano, Thomas Stone, mudaba en algo parecido a la alegría al ver a la joven hermana. Se ruborizó, le tomó la mano entre las suyas y la apretó hasta que los ojos de la monja se humedecieron.

Mi madre debió de darse cuenta entonces de que se quedaría en Adis Abeba para siempre, de que permanecería en el hospital Missing y en compañía de aquel cirujano. Trabajar con él y para sus pacientes, ser su experta ayudante, era ambición suficiente y a la vez una aspiración humilde y, Dios mediante, algo que ella podría llevar a cabo razonablemente. Un viaje de regreso a la India a través de Adén era algo demasiado difícil para planteárselo.

En los siete años siguientes, en que vivió y trabajó en el hospital, la hermana Mary Joseph Praise habló muy pocas veces de su viaje y nunca del tiempo que pasó en Adén.

—Cuando sacaba a colación Adén —me contó la enfermera jefe—, tu madre miraba por encima del hombro como si esa ciudad, o lo que fuese que hubiera dejado allí, la hubiese alcanzado de nuevo. El miedo y el espanto que su rostro traslucían me disuadieron de volver a preguntar. Te confieso que me asustó. Se limitó a decir: «Fue voluntad de Dios que viniese aquí, enfermera jefe. Sus designios son inescrutables.» No hubo nada irrespetuoso en esas palabras, que conste. Creía que su tarea consistía en hacer de su vida algo hermoso para Dios, que la había guiado hasta nuestro hospital.

Un vacío tan crucial en la historia, tratándose además de una vida tan corta, llama la atención. Un biógrafo o un hijo deben indagar a fondo. Tal vez ella supiera que como consecuencia indirecta yo estudiaría Medicina o buscaría a Thomas Stone.

La hermana Mary Joseph Praise dio comienzo a la tarea a que consagraría el resto de sus días cuando entró en el Quirófano 3. Se lavó y cepilló, se puso la bata y se colocó al otro lado de la mesa de operaciones, enfrente del doctor Stone como su primera ayudante, aplicando el pequeño retractor cuando él necesitaba exposición, cortando la sutura si el doctor le presentaba los extremos de ella y anticipándose a la necesidad de irrigación o succión. Unas semanas después, la enfermera instrumentista no pudo asistir a una intervención y mi madre se encargó del instrumental, además de su propio cometido como primera ayudante. ¿Quién sabía mejor que una primera ayudante cuándo necesitaba Stone un bisturí para una disección cortante o una gasa alrededor del dedo? Parecía poseer una mente bicameral que le permitía actuar como enfermera instrumentista, por un lado, al pasar los instrumentos de la bandeja a los dedos de él, y como tercer brazo de Stone, por otro, al alzar el hígado o mantener a un lado el mesenterio, el repliegue adiposo que protege el intestino, o al apretar con la yema del dedo el tejido edematoso sólo lo necesario para que Stone viese dónde debía clavar la aguja.

—Puro ballet, querido Marion. Una pareja celestial. Reinaba un silencio absoluto —me dijo la enfermera jefe, refiriéndose a una vez que se había asomado a observar—; no hacía falta pedir instrumentos ni decir «limpie», «corte» o «succione». Ella y Stone... Jamás se vio mayor eficacia. Sospecho que nosotros aminorábamos su ritmo porque no éramos capaces de colocar a los enfermos en la mesa de operaciones y retirarlos de ella con la rapidez suficiente.

Stone y la hermana Mary Joseph Praise mantuvieron el mismo programa durante siete años. Cuando él operaba por la noche, tarde y hasta la madrugada, ella estaba frente a Stone, más constante que su propia sombra, diligente, eficaz, sin una queja, y siempre centrada en la tarea. Así fue hasta el día que mi hermano y yo anunciamos nuestra presencia en su vientre y el deseo incontenible de cambiar la nutrición placentaria por el amparo de sus pechos.

2

El dedo perdido

Thomas Stone tenía fama en el Missing de persona tranquila en apariencia, pero apasionada e incluso misteriosa en realidad, aunque el doctor Ghosh, internista y factótum del hospital, discutía esta última etiqueta argumentando: «Mal puede llamarse misterioso a un individuo que es un misterio para sí mismo.» Sus colegas habían aprendido a no dar demasiada importancia al comportamiento de Stone, al cual un desconocido podría tomar por huraño cuando en realidad era alguien profundamente tímido. Perdido y torpe fuera del Quirófano 3, en la sala de operaciones se mostraba centrado y desenvuelto, como si sólo allí se uniesen cuerpo y alma, y su actividad mental se ajustara al territorio exterior.

Stone era famoso como cirujano por su rapidez, valor, audacia, inventiva, economía de movimientos y calma en situaciones tensas, técnicas que había perfeccionado con una población confiada y sumisa, por poco tiempo en la India y después en Etiopía. Pero cuando la hermana Mary Joseph Praise, su ayudante durante siete años, se puso de parto, todas esas cualidades se esfumaron.

El día de nuestro nacimiento, Thomas Stone había estado examinando a un muchacho cuyo vientre se disponía a abrir. Con la palma extendida y los dedos abiertos, gesto atemporal que como cirujano siempre marcaría el ritmo de sus días, estaba preparado para recibir el bisturí. Pero por primera vez en siete años, el acero no tocó su mano en el mismo instante que abría los dedos; de hecho, el golpecito inseguro le reveló que la persona que tenía enfrente no era la hermana

Mary Joseph Praise. «¡Imposible!», exclamó cuando una voz contrita explicó que la monja estaba indispuesta.

En los últimos siete años, no había estado allí sin ella ni una sola vez. Su ausencia le resultaba tan exasperante como una gota de sudor a punto de resbalar hasta el ojo en plena operación.

Stone no alzó la vista al realizar la incisión clave. Piel. Grasa. Fascia. Abrió el músculo. Luego, con una disección roma, puso al descubierto el brillante peritoneo y practicó una incisión. Deslizó el dedo en la cavidad abdominal a través de ese acceso y buscó el apéndice. De todas formas, tenía que esperar una fracción de segundo a cada paso, o rechazar el instrumento ofrecido en favor de otro. Le preocupaba la hermana Mary Joseph Praise, aunque ni se diese cuenta ni estuviese dispuesto a admitirlo.

Llamó a la estudiante de enfermería en prácticas, una joven eritrea muy nerviosa, y le pidió que fuese a buscar a la hermana Praise y le recordase que los médicos y las enfermeras no podían permitirse el lujo de estar malos.

—Pregúntele —la aterrada enfermera movía los labios intentando memorizar el mensaje—, pregúntele amablemente si... —prosiguió, ahora mirándola, mientras con el dedo sondeaba las entrañas del muchacho mejor que cualquier par de ojos— si recuerda que yo volví al quirófano al día siguiente de hacerme la amputación radial de un dedo.

Ese suceso había tenido lugar cinco años antes y era un hito importante en la vida de Stone. Cuando trabajaba en un vientre lleno de pus, se había clavado la aguja curva de un portaagujas en la yema del índice derecho. Se quitó el guante y se inyectó acriflavina con una aguja hipodérmica, justo un mililitro de solución diluida al 1:500, en la minúscula vía que había recorrido la aguja errante. Luego había infiltrado también el líquido en el tejido de alrededor. El tinte anaranjado transformó el dedo en un pirulí descomunal; pero a pesar de estas medidas, una sigilosa oleada roja se extendió en unas horas desde la yema del dedo hasta la vaina tendinosa de la palma. Ni las tabletas de sulfatriada oral ni después, por insistencia de Ghosh, la inyección de valiosa penicilina en el trasero habían conseguido evitar la aparición en la muñeca de las vetas escarlata (indicio de infección estreptocócica) ni que el nódulo linfático epitroclear del codo adquiriera el tamaño de una pelota de golf. Le castañeteaban los dientes y la cama temblaba por los rigores. (Lo último se convirtió en aforismo de su célebre manual, un *stonismo*, como lo llamaban los lectores: «Si castañetean los dientes, es enfriamiento. Pero si tiembla la cama, es rigor auténtico.») Entonces había tomado una decisión rápida: amputarse el dedo para atajar la infección, y hacerlo él mismo.

La estudiante en prácticas esperó el resto del mensaje mientras Stone extraía de la incisión el apéndice vermiforme y se enderezaba como el pescador que iza a cubierta el pez que ha capturado. Luego aplicó hemostatos a los pocos vasos que sangraban como el tirador que dispara contra patos mecánicos, y soltó también los vasos del apéndice. Los ató a continuación con catgut, sus manos apenas un borrón, hasta que quedaron eliminados todos los oscilantes hemostatos.

Stone alzó la mano derecha para que la estudiante en prácticas la inspeccionara. Cinco años después de la amputación, la mano parecía engañosamente normal, aunque un examen más detenido mostrase que le faltaba el índice. La clave de este resultado de estética agradable radicaba en que se había cortado también la cabeza metacarpiana (el nudillo del dedo ausente), de forma que no se veía ningún muñón en la V que se forma entre los dedos pulgar y medio, como si los dedos se hubiesen desplazado un poquito. Guantes a la medida aumentaban la sensación de normalidad. Lejos de ser una desventaja, Stone era capaz de introducir la mano en hendiduras y planos tisulares vedados a otros, y el dedo medio había adquirido la destreza de un índice. Eso, sumado al hecho de que era más largo que el índice amputado, le permitía extraer un apéndice de su lugar oculto detrás del ciego (el inicio del intestino grueso) mejor que cualquier otro cirujano. Podía afianzar un nudo en el rincón más profundo de un lecho hepático con los dedos, mientras que otros cirujanos tenían que recurrir a un portaagujas. En años posteriores, en Boston, se hizo célebre su forma de subrayar a los internos la advertencia: «*Semper per rectum, per anum salute;* si no metes el dedo, meterás la pata», alzando el antiguo dedo medio ascendido a la condición de índice.

Los que se formaban con Stone nunca pasaban por alto el examen rectal de los pacientes, y no sólo porque les hubiese metido en la cabeza que la mayoría de los cánceres de colon se hallan en el recto o sigmoide, muchos al alcance del dedo examinador, sino también porque sabían que no hacerlo supondría su expulsión. Años más tarde, en América, se contaba una anécdota sobre uno de los auxiliares en prácticas de Stone, apellidado Blessing (en inglés, «bendición»), que tras examinar a un borracho en la sala de urgencias y ocuparse del problema que tenía, volvió a la sala de guardia. Cuando estaba a punto de dormirse, recordó que había olvidado el tacto rectal. El sentimiento de culpa y el temor a que su jefe se enterase lo obligaron a levantarse y salir en plena noche. Blessing encontró al paciente en un bar y consiguió, a cambio de una cerveza, que accediera a bajarse los pantalones para dejarse examinar digitalmente (hecho que pasó a describirse como ser «bendecido), y sólo entonces la conciencia del joven médico quedó en paz.

El día del parto de la hermana Mary Joseph Praise y de nuestro nacimiento, la estudiante de enfermería en prácticas del Quirófano 3 era una guapa (no, bella) muchacha eritrea. Su empeño desangelado, la dedicación con que se entregaba a sus prácticas, hacía olvidar a la gente su juventud y aspecto.

La estudiante corrió en busca de mi madre sin preguntarse si el mensaje que le llevaba era o no adecuado. Por supuesto, Stone no se había planteado que pudiese resultar ofensivo. Como suele suceder con las personas tímidas pero inteligentes, se le perdonaba en general lo que el doctor Ghosh denominaba su torpeza social. Meteduras de pata que en el caso de una intervención intestinal podrían resultar fatales, se pasaban por alto cuando se daban en una personalidad como la suya. No suponía un impedimento para él, sólo una molestia para los demás.

Cuando mi hermano y yo nacimos, la estudiante en prácticas aún no había cumplido los dieciocho y tendía a confundir la buena letra y una historia clínica bien presentada (que complaciese a la enfermera jefe) con el cuidado real de los enfermos.

Ser la más veterana de las cinco estudiantes de la escuela de enfermería del Missing la enorgullecía tanto que la mayor parte del tiempo conseguía olvidar que la veteranía sólo se debía a que repetía curso, o como decía el doctor Ghosh, a que estaba «en el programa a largo plazo».

Huérfana desde la infancia a causa de la viruela, que también había dejado un tenue paisaje lunar en sus mejillas, la estudiante en prácticas había combatido la timidez haciéndose exageradamente estudiosa, rasgo fomentado por las monjas italianas, las Hermanas de la Nigricia (África), que la educaran en el orfanato de Asmara. Exhibía su aplicación como si fuese un don divino y no una simple virtud, como un lunar o un dedo más en el pie. Había mostrado prometedoras expectativas en los primeros años, en que había aprobado sin problema en la escuela de la iglesia en Asmara, saltando cursos, había aprendido a expresarse con fluidez en el italiano oficial (en vez de la versión de bar y películas que hablaban muchos etíopes, en que se prescindía por igual de preposiciones y pronombres) y llegado incluso a ser capaz de recitar la tabla del diecinueve.

Su presencia en el Missing podría calificarse de accidente histórico. Asmara, su ciudad natal, era la capital de Eritrea, país que había sido colonia italiana desde 1885. En 1935 los italianos, bajo Mussolini, invadieron Etiopía desde Eritrea, sin que las potencias mundiales se mostrasen dispuestas a intervenir. Cuando Mussolini se unió a Hitler, quedó sellado su destino y, en 1941, la Fuerza Gedeón del coronel Wingate derrotó a los italianos y liberó Etiopía. Los Aliados hicieron un regalo insólito al emperador etíope Haile Selassie: añadieron la muy antigua colonia italiana de Eritrea como protectorado a la recién liberada Etiopía. El emperador había ejercido toda la presión posible para lograrlo, a fin de que su país, sin salida al mar, dispusiera del puerto de Massawa, por no mencionar la encantadora ciudad de Asmara. Es probable que los británicos quisiesen castigar a los eritreos por su colaboración prolongada con los italianos; miles de áscaris eritreos habían integrado el ejército italiano, luchado contra sus vecinos negros y muerto junto a sus amos blancos.

La entrega de su país a Etiopía fue una afrenta inconcebible para los eritreos, similar a si la Francia liberada hubiese sido cedida a Inglaterra sólo por el hecho de que la población de ambos países fuese blanca y comiese col. Cuando el emperador se anexionó el país pocos años después, los eritreos iniciaron una guerra de guerrillas para independizarse.

Pero formar parte de Etiopía supuso ciertas ventajas para Eritrea: la joven estudiante había recibido una beca para la única escuela de enfermería del país, que estaba en Adis Abeba, el hospital Missing, lo que la convertía en la primera joven que recibía esa recompensa. Su trayectoria académica hasta entonces había sido espectacular y sin precedentes, ejemplo para los jóvenes, así como una invitación al destino para que le pusiera la zancadilla. Pero no fue el destino el obstáculo con que se encontró cuando inició los cursos de prácticas, ni su torpeza con el amárico ni el inglés, pues superó las dificultades y no tardó en hablar con fluidez ambas lenguas. Descubrió que la memorización («empollar», como decía la enfermera jefe) de nada valía en la atención a los enfermos, cuando tenía que diferenciar lo trivial de lo grave. Oh, sí, podía recitar los nombres de los nervios craneales como un mantra para tranquilizarse. E incluso de un tirón la composición de la *mixtura carminativa* para la dispepsia: 1 gramo de bicarbonato sódico, 2 mililitros de amoniaco y otros dos de tintura de cardamomo, 0,6 mililitros de tintura de jengibre, 1 mililitro de cloroformo, completado con agua de menta hasta 30 mililitros. Pero lo que no lograba, y le fastidiaba ver lo fácil que les resultaba a sus compañeras, era adquirir la habilidad que la enfermera jefe decía que le faltaba: Sólida Sensibilidad de Enfermera. La única alusión a esto que había en su libro de texto era tan críptica, y más aún después de memorizarla, que empezó a pensar que figuraba allí solamente para fastidiarla:

> *La Sólida Sensibilidad de Enfermera es más importante que el conocimiento, aunque éste la fortalezca. Se trata de una cualidad indefinible, pero de incalculable valor si se posee y notoria si falta. Parafraseando a Osler, una enfermera con conocimientos teóricos, pero sin sensibilidad, es como un marinero en un buque en perfecto estado para navegar, pero sin carta de navegación, sextante ni brújula. (¡Por supuesto, la enfermera sin conocimientos teóricos ni siquiera se ha hecho a la mar!)*

Ella al menos se había hecho a la mar, de eso no cabía duda. Estaba decidida a demostrar que tenía carta de navegación y brújula, y consideraba cada tarea una prueba de sus conocimientos, una oportunidad de demostrar Sólida Sensibilidad de Enfermera (o de ocultar la carencia de ella).

Corrió como si la persiguiese un *jinn* por el sendero cubierto que había entre el quirófano y las otras dependencias hospitalarias, flanqueado por los pacientes y familiares de quienes se operaban aquel día, que esperaban acuclillados o sentados con las piernas cruzadas. Un hombre descalzo, su esposa y dos niños pequeños compartían la comida, metiendo los dedos en un cuenco cubierto con *inyera* sobre la que se había echado curry de lentejas, mientras un niño de pecho mamaba casi oculto por el *shama* de su madre. Cuando pasó corriendo, todos se volvieron asustados, lo que la hizo sentirse importante. Al otro lado del patio divisó a mujeres con *shamas* blancos y pañuelos rojos y anaranjados en la cabeza que atestaban los bancos del ambulatorio; de lejos parecían gallinas en un gallinero.

Subió a la carrera la escalera de la residencia de enfermeras hasta la habitación de mi madre. Nadie respondió a su llamada, pero la puerta estaba abierta. En la habitación a oscuras distinguió a la hermana Mary Joseph Praise, tapada y de cara a la pared.

—¿Hermana? —la llamó en voz baja, y cuando mi madre gimió, supuso que significaba que estaba despierta—. El doctor Stone me manda a decirle... —Se tranquilizó al comprobar que recordaba el mensaje completo. Esperó y, al ver que la hermana no contestaba, pensó que se habría enfadado con ella—. Sólo he venido porque me mandó el doctor. Perdone que la moleste. Espero que se sienta mejor. ¿Necesita algo?

Aguardó servicial y, al poco rato, salió de la habitación. Como no tenía que llevar ningún mensaje a Stone y estaba a punto de empezar su clase de enfermería pediátrica, no volvió al Quirófano 3.

Stone acudió a la residencia de enfermeras a primera hora de la tarde. Tras terminar la apendicetomía, había practicado dos gastro-yeyunostomías por úlcera péptica, tres operaciones de hernia, una hidrocele, una recesión subtotal de tiroides y un injerto de piel, pero el ritmo le había resultado tortuosamente lento. Una auténtica prueba. Subió la escalera, ceñudo. Sabía que su rapidez como cirujano dependía en gran medida (más de lo que había imaginado) de las dotes de la hermana Mary Joseph Praise. ¿Por qué tenía que verse obligado a pensar en aquellas cosas? ¿Dónde estaba ella? Ésa era la cuestión. ¿Y cuándo volvería?

No hubo respuesta cuando llamó a la habitación de la esquina de la segunda planta. La esposa del boticario acudió a protestar por la intrusión de un hombre. Aunque la enfermera jefe y la hermana Mary Joseph Praise eran las únicas monjas del hospital, la mujer del boticario actuaba como si se le hubiese negado su verdadera vocación. Con un pañuelo sobre la frente y un crucifijo tan grande como un revólver, parecía una de ellas. Se consideraba una especie de guardiana de la residencia de enfermeras, la custodia de las vírgenes del Missing. Poseía una sensibilidad de arácnido para detectar pasos masculinos, una incursión en su territorio. Sin embargo, al descubrir quién era el intruso, retrocedió.

Stone nunca había estado en el cuarto de la hermana Mary Joseph Praise, pues era ella quien solía acudir a las habitaciones o al despacho de él, contiguo al consultorio, cuando tenía que escribir a máquina o preparar las ilustraciones para sus manuscritos.

—¿Hermana? ¡Hermana! —exclamó al abrir la puerta, notando un hedor alarmante y familiar al mismo tiempo, que no consiguió identificar.

Buscó a tientas el interruptor sin encontrarlo, y soltó una maldición. Entonces se puso a buscar torpemente la ventana, y tropezó con la cómoda. Cuando por fin la abrió hacia dentro, empujó los postigos de madera y la luz inundó el cuarto.

Sobre la cómoda reparó en un tarro de conservas grande cuyo líquido ambarino llegaba hasta la gruesa tapa sellada con cera. Al principio pensó que contendría una reliquia, un icono. Pero entonces se le puso piel de gallina, como si el cuerpo lo reconociese antes que el cerebro: vio su dedo suspendido en el líquido, con la uña apoyada delicadamente en el fondo de cristal igual que una bailarina de puntillas. La piel bajo la uña tenía una textura apergaminada, mientras que la yema mostraba la decoloración morada de la infección. Sintió nostalgia, un vacío y un prurito en la palma derecha que sólo el dedo perdido podría aliviar.

—No sabía... —empezó a decir, volviéndose hacia la cama. Sin embargo, lo que vio lo dejó sin habla.

La hermana yacía moribunda en su estrecho catre, con los labios lívidos, los ojos apagados y la mirada perdida. Estaba mortalmente pálida. Stone le tomó el pulso, que era rápido y débil. En su mente se agolparon los recuerdos de la travesía en el *Calangute*, siete años atrás. Recordó a la hermana Anjali febril y comatosa. Un escalofrío le recorrió vientre y pecho, al tiempo que lo embargaba una emoción que pocas veces había experimentado como cirujano: el miedo.

Las piernas ya no lo sostenían. Cayó de rodillas al lado de la cama.

—¿Mary?

No podía hacer más que repetir su nombre: de sus labios, sonó como un interrogante, luego como expresión de cariño, después como una confesión de amor de una sola palabra. «¿Mary? ¡Mary, Mary!...» Ella no respondió, no podía.

Una parálisis senil se apoderó de las manos de Stone cuando buscó el rostro de ella. La besó en la frente. En aquel acto extraordinario e incontenible comprendió, no sin una punzada de orgullo, que la amaba, y que él, Thomas Stone, no sólo era capaz de amar sino que la quería desde hacía siete años. Si no había reconocido aquel amor, tal vez fuese porque había surgido en el mismo momento que la conociera, en aquella escalerilla resbaladiza, o quizá cuando ella lo cuidara, lavara e intentara reanimar a bordo del barco. O cuando lo había abrazado y había arrastrado su peso muerto hasta una hamaca y luego lo había alimentado, devolviéndole a la vida. O cuando ambos se inclinaran sobre el cuerpo de la hermana Anjali. Y después ese amor había llegado a su apogeo cuando la joven monja había acudido a trabajar a su lado en Etiopía, y desde entonces jamás se había debilitado. Un amor tan profundo, sin flujos ni reflujos, sin altibajos, carente en realidad de todo movimiento, que se había hecho invisible para él durante aquellos siete años; una parte de las cosas que daba por sentadas.

¿Lo amaba Mary? Sí, de eso estaba seguro. Lo había amado, pero siguiendo su indicación (siempre siguiéndola) no había dicho nada. ¿Y qué había hecho él durante aquellos años? No apreciar lo que ella valía. A eso se había limitado. «Mary, Mary, Mary.» Incluso el sonido de aquel nombre le pareció una revelación, puesto que siempre la había llamado «hermana». Sollozó, aterrado ante la idea de perderla, pero comprendió que también era egoísmo aquella necesidad de ella. ¿Tendría ocasión de repararlo? Qué estúpidos podían llegar a ser los hombres.

La hermana Mary Joseph Praise apenas reconoció su caricia, aunque notaba su mejilla caliente al lado de la suya. Él levantó las sábanas y quedó al descubierto la gran hinchazón del vientre.

Stone partía del axioma de que cualquier hinchazón de un abdomen femenino era embarazo mientras no se demostrase lo contrario. Sin embargo, en aquel momento lo pasó por alto, negándose a considerarlo. Después de todo se trataba de una monja. En su lugar, llegó a un diagnóstico precipitado de obstrucción intestinal, o fluido libre en la cavidad peritoneal, o pancreatitis hemorrágica; en fin, algún tipo de catástrofe abdominal.

Cruzó la puerta, maniobrando para eludir el marco, luego procuró que los pies de ella no chocaran contra la barandilla y, pasando de los sollozos a los jadeos entrecortados a causa del esfuerzo, la sacó de la residencia de enfermeras y recorrió el camino hasta el quirófano. Tuvo la impresión de que pesaba más de la cuenta.

En el examen oral del Real Colegio de Cirujanos de Edimburgo, después de aprobar los exámenes escritos, el presidente del tribunal le había formulado una pregunta: «¿Qué tratamiento de primeros auxilios se administra por el oído en el caso de una conmoción?» La respuesta de Stone se había llevado la palma: «¡Palabras de consuelo!» Pero en aquel momento, en vez de palabras tranquilizadoras y amables que habrían sido humanitarias y terapéuticas, pidió ayuda a gritos.

Sus voces, de las que se hizo eco la guardiana de las vírgenes, atrajeron a todo el mundo, incluido Gebrew, el vigilante, que acudió a la carrera desde la puerta de entrada del recinto, con *Kuchulu* y dos perros sin dueño pisándole los talones.

La visión del desvalido y lloriqueante Stone conmovió a la enfermera jefe tanto como el terrible estado de la hermana Mary Joseph Praise.

«Santo cielo, ha vuelto a hacerlo», fue lo primero que se le ocurrió, pues era un secreto bien guardado que Stone se había entregado a una juerga beoda en tres o cuatro ocasiones desde su llegada al Missing. Esos episodios resultaban desconcertantes en un individuo que raras veces bebía, que amaba su trabajo, que consideraba dormir un esparcimiento y a quien había que recordarle que se fuera a la cama. Aparecían con la brusquedad de la gripe y el terror de la posesión. El primer paciente de la lista de la mañana se hallaba ya en la mesa de operaciones, preparado para la anestesia, pero de Stone no había el menor rastro. La primera vez que habían ido a buscarlo, se habían encontrado con un hombre pálido, balbuciente y desmelenado que deambulaba por sus habitaciones. Durante esos episodios no comía ni dormía, y salía sigilosamente en plena noche a reponer sus reservas de ron. La última vez, aquella criatura había trepado al árbol que se alzaba al pie de su ventana y se había quedado varias horas allí encaramado, mascullando como una gallina enfadada. Si hubiera caído desde aquella altura se habría fracturado el cráneo. Cuando la enfermera jefe había visto aquellos ojos enrojecidos de mangosta que la miraban desde lo alto, había escapado, dejando que la hermana Mary Joseph Praise y Ghosh intentaran convencerle de que bajara, comiera algo y dejara de beber.

El episodio cesaba con la misma brusquedad con que se iniciaba, dos o a lo sumo tres días después. Y tras un sueño prolongado, Stone volvía al trabajo como si nada hubiera sucedido, sin jamás hacer alusión a cómo había perturbado el buen orden del hospital, sin recordarlo. Nadie le sacó nunca a colación el asunto, porque el otro Stone, el que raras veces bebía, se habría sentido ofendido y agraviado por semejante indagación o acusación. Ese mismo Stone que trabajaba tanto como tres cirujanos a jornada completa. Así que aquellos incidentes eran un bajo precio que había que pagar.

La enfermera jefe se acercó. Stone no tenía los ojos enrojecidos ni apestaba a alcohol. No, estaba desquiciado por la enfermedad de la hermana Mary Joseph Praise, y con razón. Cuando desvió su atención de Stone para mirar a la joven monja, sintió sin embargo un asomo de satisfacción. Al fin aquel hombre había abierto su corazón, exteriorizando lo que sentía por su ayudante.

Hizo caso omiso de las divagaciones de Stone acerca de vólvulo, íleo, pancreatitis o peritonitis tuberculosa.

—Vamos al quirófano —le dijo; y cuando llegaron añadió—: Póngala sobre la mesa de operaciones.

Él lo hizo y la enfermera jefe vio entonces lo mismo que viera en otra ocasión siete años atrás: la sangre empapaba el vestido de la hermana Mary Joseph Praise en la zona púbica. Recordó el día que la joven llegó de Adén y su hábito ensangrentado le había causado una impresión similar. Nunca había preguntado directamente a la muchacha de diecinueve años por la causa de aquella hemorragia. La irregularidad de la mancha en aquella ocasión había inducido a la observadora a buscar sentido en su forma, y su imaginación había ideado muchos escenarios para explicar aquel misterio. Con los años, la memoria había transformado el recuerdo misterioso en místico. Por eso miró las palmas y el pecho de la hermana Mary Joseph Praise cuando Stone la colocó sobre la mesa de operaciones, como si esperase ver estigmas, igual que si aquel primer misterio se hubiese convertido en este segundo. Pero no, sólo tenía sangre en la vulva. Muchísima sangre, con coágulos oscuros. Y riachuelos de un rojo intenso que chorreaban por los muslos y goteaban en el suelo. Ante aquello, a la enfermera jefe no le quedó ninguna duda: esta vez la hemorragia era secular.

Se sentó entre las piernas de la hermana, esforzándose en pasar por alto el vientre abultado que se alzaba ante ella. Los labios de la vulva estaban hinchados y lívidos, y cuando introdujo el dedo enguantado, comprobó que el cuello del útero se hallaba completamente dilatado.

Había mucha sangre, demasiada. Limpió, secó y apretó hacia abajo la pared vaginal posterior para ver mejor. Casi se le cae el espéculo al oír el gemido lastimero que brotó de los pulmones de la paciente. La enfermera jefe tenía palpitaciones, le temblaban las manos. Se inclinó, ladeó de nuevo la cabeza para mirar. Y allí, como una piedra en el fondo de un pozo cenagoso, una piedra del corazón, vislumbró la cabeza de un bebé.

—¡Santo cielo! ¡Está... —exclamó cuando recuperó por fin el habla, formulando de forma entrecortada la palabra sacrílega que amenazaba con ahogarla y que ya no pudo contener—: embarazada!

Todos los presentes con quienes hablé más tarde recuerdan aquel momento en el Quirófano 3, en que el aire se inmovilizó, el sonoro reloj del otro lado de la mesa de operaciones se detuvo y hubo una pausa larga y silenciosa.

—¡Imposible! —exclamó Stone por segunda vez aquel día. Y aunque su opinión era errónea y de todo punto inapropiada, permitió que los demás recuperaran el aliento.

Pero la enfermera jefe sabía que tenía razón.

Debería ser ella la que asistiese en el parto, pues la doctora K. Hemlatha (a quien todos llamaban Hema) estaba de vacaciones.

En aquel momento, para tratar de superar el pánico, se recordó a sí misma que había asistido en centenares de partos.

Pero ¿cómo iba a disipar no sólo sus reparos sino también su confusión? Una de las suyas, una esposa de Cristo... ¡embarazada! Inconcebible. Su mente se resistía a aceptarlo. Y sin embargo, tenía ante sí la prueba: la cabeza de un niño.

Ese mismo pensamiento distraía a la enfermera instrumentista, al descalzo celador y a la enfermera Asqual, la anestesista, y fue la causa de que tropezaran unos con otros y tiraran el gota a gota intravenoso en sus movimientos apresurados alrededor de la mesa de operaciones mientras preparaban a la paciente. La estudiante en prácticas, que se sentía avergonzada de no haberse percatado del problema cuando visitó a la enferma por la mañana, fue la única de los presentes que no se preguntó cómo habría quedado embarazada la hermana.

La enfermera jefe sentía el corazón desbocado, como si fuese a salírsele del pecho. «¡Santo cielo! ¿Qué circunstancia más desfavorable se puede imaginar para un parto? Un embarazo que es pecado mortal. Una futura madre que es como mi propia hija. Hemorragia masiva, palidez cadavérica...» Y encima, justo cuando Hema, la única ginecóloga del hospital, y no sólo la mejor del país sino la mejor que había conocido nunca, se hallaba ausente.

Bachelli, a quien podían localizar en la *piazza*, estaba capacitado en obstetricia, pero no podía contarse con él a partir de las dos de la tarde, pues a su amante eritrea le inspiraban mucha desconfianza sus «visitas a domicilio». Jean Tran, el francés-vietnamita de Casa Popolare, hacía un poco de todo y sonreía sin parar. Pero ambos tardarían bastante en llegar, si es que conseguía localizarlos.

No, concluyó la enfermera jefe, tendría que hacerlo ella misma. Debía olvidar las implicaciones de aquel embarazo. Tenía que respirar hondo, concentrarse, conseguir que fuese un parto normal.

Pero aquella tarde-noche, la normalidad los eludiría.

Mientras la enfermera jefe seguía sentada ante la vulva esperando el descenso del niño, Stone, boquiabierto, continuaba aguardando instrucciones suyas. Cruzó y descruzó los brazos y luego los dejó caer a ambos lados. Veía que la hermana Mary Joseph Praise estaba cada vez más pálida. Y cuando la enfermera Asqual comunicó con tono aterrorizado la presión arterial («Sistólica ochenta, palpable»), él se tambaleó a punto de desmayarse.

A pesar de las contracciones uterinas que la enfermera jefe sentía al tacto en el vientre y que se traslucían en la cara crispada de la parturienta, y pese al hecho de que el cuello uterino estaba muy dilatado, nada sucedía. La cabeza de un niño encajada en el canal del nacimiento le recordaba siempre la tonsura de un obispo. Pero aquel obispo permanecía inmóvil. Y entretanto, ¡cuánta sangre! Salía a borbotones de la vagina y en la mesa de operaciones se había formado un charco turbio y oscuro. En las salas de parto y los quirófanos, la sangre era tan habitual como las heces en las fábricas de callos, pero aun así a la enfermera jefe se le antojaba demasiada.

—Doctor Stone —dijo con labios temblorosos. El médico se preguntó desconcertado por qué lo llamaba a él—. Doctor Stone —repitió. Para la enfermera jefe, Sólida Sensibilidad de Enfermera significaba conocer los propios límites. «Por amor de Dios, necesita una cesárea», se dijo, pero no pronunció esas palabras porque podrían ejercer el efecto contrario en Stone. Así que, en cambio, bajó la voz, agachó la cabeza, flexionó los muslos para incorporarse y dejó libre su puesto entre las piernas de la hermana Mary Joseph Praise—. Doctor Stone, su paciente —le dijo al hombre que todos creían que era mi padre, poniendo en sus manos no sólo la vida de la mujer a quien había decidido amar, sino también las nuestras (la de mi hermano y la mía), que había decidido odiar.

3

La Puerta de las Lágrimas

Cuando la hermana Mary Joseph Praise sintió los primeros dolores del parto, la doctora Kalpana Hemlatha, la mujer a quien yo acabaría llamando «madre», estaba a dos mil kilómetros de distancia y a tres mil metros de altura. Por el ala de estribor del avión, Hema tenía una hermosa vista de Bab el-Mandeb, la Puerta de las Lágrimas, llamada así por los innumerables barcos que habían naufragado en el angosto estrecho que separa Yemen y el resto de Arabia de África. En aquella latitud, África era sólo el Cuerno: Etiopía, Yibuti y Somalia. Hema siguió la pequeña fisura de la Puerta de las Lágrimas, que se ensanchaba hasta convertirse en el Mar Rojo, perdiéndose hacia el norte en el horizonte.

Cuando era una colegiala que estudiaba geografía en Madrás tenía que señalar dónde se producía carbón y lana en un mapa de las islas Británicas. África figuraba en el programa como patio de recreo de Portugal, Inglaterra y Francia, y lugar para que Livingstone descubriese las espectaculares cataratas a las que puso el nombre de la reina Victoria, así como para que Stanley encontrase a Livingstone. Muchos años después, cuando mi hermano Shiva y yo emprendimos el viaje con Hema, nos enseñó la geografía práctica que había aprendido por su cuenta. «Imaginad esa cinta de agua como la abertura de una falda que separa Arabia Saudí de Sudán y sitúa más arriba a Jordania alejada de Egipto. Creo que Dios se propuso mantener a la península Arábiga libre de África. Y ¡por qué no! ¿Qué tiene en común la gente de este lado con la del otro?», nos dijo, señalando el Mar Rojo.

En la punta más alta de la abertura, el estrecho istmo del Sinaí frustraba la intención divina y mantenía unidos Egipto e Israel. El canal de Suez, obra del hombre, terminaba el corte y permitía que el Mar Rojo se uniese al Mediterráneo, ahorrando a los barcos la larga travesía para rodear El Cabo. Hema siempre nos contaba que justo sobre la Puerta de las Lágrimas había experimentado el despertar que cambiaría su vida. «Oí una llamada en aquel avión. Al recordarlo, sé que erais vosotros.» Aquella traqueteante lata de sardinas voladora siempre parecía un lugar inverosímil para su epifanía.

Hema iba sentada en los bancos de madera que se disponían a ambos lados del nervado fuselaje del DC-3. No imaginaba lo necesarios que eran sus servicios en aquel momento en el Missing, donde trabajaba desde hacía ocho años. El estruendo de los motores gemelos era tan fuerte y constante que a la media hora de vuelo tenía la sensación de que el sonido habitase en su cuerpo. A consecuencia de los saltos y vaivenes del aparato y de la dureza del banco, estaban saliéndole ampollas en el trasero. Cuando cerraba los ojos, tenía la impresión de ir montada en una carreta de bueyes por un terreno lleno de surcos.

Sus compañeros de vuelo de Adén a Adis Abeba eran gujaratíes, malayalis, franceses, armenios, griegos, yemeníes y otros cuyo atuendo e idioma no indicaban tan claramente su origen. En cuanto a ella, lucía sari blanco de algodón, blusa color hueso desmangada y un diamante en la aleta izquierda de la nariz. Llevaba el cabello peinado con raya al medio, recogido atrás con un prendedor y trenzado.

Sentada de lado, miraba por la ventanilla. Abajo veía un dardo gris: la sombra que el avión proyectaba en el mar. Imaginó que un pez gigante avanzaba nadando justo bajo la superficie marina al mismo ritmo que el avión. El agua parecía fresca y tentadora, a diferencia del interior del DC-3, donde ya no había tanta humedad, pero seguía cargado por la mezcla de olores humanos. Los árabes despedían un olor seco y mohoso a granero; los asiáticos aportaban el jengibre y el ajo, y los blancos olían a babero empapado de leche.

Divisaba el perfil del piloto por la cortina medio descorrida de la cabina. Siempre que se volvía para mirar el cargamento, parecía que las gafas de sol verde botella engulleran su rostro, del que sólo asomaba la nariz. Ella se había fijado en que tenía los ojos rojizos como un roedor porque cuando había subido a bordo llevaba las gafas sobre la frente. Y su aliento a enebrina delataba la afición a la ginebra. Le había resultado antipático ya antes de que abriese la boca para ordenar a los pasajeros que entrasen en el avión, gritándoles «*Allez!*» como si fuesen ganado. Pero entonces se había mordido la lengua, pues se trataba del individuo en cuyas manos pondrías sus vidas.

Aquel rostro con orejas de soplillo le recordaba a un dibujo infantil realizado con lápices de colores en papel de estraza. Pero un niño no habría perfilado los detalles: el fino entramado de capilares en las mejillas; las patillas teñidas de negro betún; el aro blanco de *arcus seniles* alrededor de las pupilas o las cejas grises, que desmentían su pretensión de juventud. Hema se preguntó cómo podría mirarse en el espejo un hombre como aquél y no darse cuenta de su ridículo aspecto.

Observó su propio reflejo en el cristal. Su cara también era redonda, y tenía los ojos muy separados y una nariz respingona de muñeca. Destacaba el *pottu* rojo del centro de la frente. El mar azul cobalto confería a sus mejillas un tono marciano y acentuaba el toque verde de los ojos, insólito en una india. «Tus ojos provocan a todos los hombres, hacen que tus miradas más normales parezcan íntimas, carnales —le había dicho el doctor Ghosh—. ¡Es como si estuvieras violándome con los ojos!» Ghosh era un guasón y olvidaba lo que decía en cuanto salía de su boca. Pero ella recordaba aquel comentario. Pensó en las extremidades de Ghost cubiertas de vello y se estremeció. El vello corporal era una de las cosas que le inspiraban más aversión, o al menos eso creía. Sabía que era un prejuicio fatal en una mujer india. Pero el de Ghosh parecía el pelaje de un gorila, los zarcillos del pecho le asomaban por la camiseta y el cuello de la camisa. «¿Violarte, eh? Eso es lo que te gustaría, lujurioso», dijo ella ahora, sonriendo como si tuviese al doctor sentado enfrente.

Aunque tenía que darle la razón: si miraba ligeramente más de lo debido a un hombre provocaba en él una atención mayor de la pretendida. Tal vez se debiera a que usaba gafas con montura metálica grande, pues creía que así sus ojos parecían más juntos. Le gustaba la exagerada forma de corazón de su boca, pero no sus mejillas, que se le antojaban demasiado rechonchas. ¡Qué podía hacer! Era una mujer corpulenta, no gorda pero sí grande... Bueno, tal vez estuviese un poco gruesa, y desde luego había engordado dos o tres kilos en la India, pero ¡cómo evitarlo dada la asombrosa pericia culinaria de su madre! «No se nota porque soy alta —se dijo—. Además, el sari ayuda, claro.»

Gruñó al recordar el término especial que le dedicara el doctor Ghosh: «Ampliada.» Años más tarde, cuando en África hacían furor las películas en hindi con sus bailes y canciones, los camilleros de Adis Abeba la llamaban Madre India, pero no en tono de burla, sino con respeto, por el dramón del mismo nombre cuya estrella era Nargis. *Madre India* estuvo en cartelera tres meses seguidos en el Empire Theater, y luego pasó al Cinema Adua; y no requería de subtítulos. Los camilleros cantaban *Duniya Mein Hum Aaye Hain* («Hemos llegado a este mundo»), aunque no entendiesen una palabra de indostaní.

«Y si yo estoy "ampliada", ¿qué término deberíamos aplicarte a ti? —dijo Hema, siguiendo la conversación imaginaria, examinando a su viejo amigo de pies a cabeza, que no era un hombre apuesto en el sentido convencional—. ¿Tal vez "ajeno"? Lo digo como un cumplido, Ghosh, por lo poco consciente que eres de ti mismo, de tu aspecto. Eso puede resultar seductor para otros. Lo ajeno se convierte en belleza. Te lo digo porque no estás aquí. Estar con alguien cuya seguridad en sí mismo es mayor de lo que en una primera ojeada hemos supuesto resulta seductor.»

Curiosamente, el nombre de Ghosh había surgido muchas veces en las conversaciones con su madre durante las vacaciones. A pesar de la falta de interés de Hema por el matrimonio, a su madre la aterraba que acabara con alguien como Ghosh, que no era brahmán. Sin embargo, al acercarse su hija a los treinta, su madre había empezado a pensar que cualquier marido era mejor que ninguno.

—¿Dices que no es guapo? ¿Tiene buen color?

—*Maa*, es blanco, más blanco que yo, y con ojos castaños, en los que hay influencias bengalíes, parsis y Dios sabe cuáles más.

—¿Y qué es?

—Él asegura que es un mestizo de Madrás de casta alta —respondió ella, riendo. El ceño de su madre amenazaba con devorarle la nariz, así que su hija decidió cambiar de tema.

Además, era imposible describir a Ghosh a quien no lo conociera. Podía decir que llevaba el pelo lacio con raya al medio, que parecía pulcro, culto y acicalado unos diez minutos por la mañana, pero después los cabellos se liberaban como niños revoltosos. Podía decir cómo a cualquier hora del día, incluso recién afeitado, la sombra de la barba le oscurecía el mentón. O tal vez que su cuello era inexistente, aplastado por una cabeza en forma de yaca. O que parecía bajo debido a una leve barriga, exagerada por su forma de inclinarse atrás y balancearse de un lado a otro al caminar, lo que desviaba la vista de la vertical. Luego estaba su voz, sin modulación y sorprendente, como si el botón del volumen se hubiese atascado en el máximo. Cómo podía explicarle a su madre que la suma total de aquellos rasgos no lo afeaba, sino que lo hacía resultar extrañamente bello.

A pesar del sarpullido del dorso de las manos (una quemadura, en realidad), sus dedos eran sensuales. La quemadura se la había producido el antiguo aparato de rayos X, una Kelley-Koett, máquina que hacía que a Hema le hirviera la sangre sólo de pensar en ella. En 1909, el emperador Menelik había importado una silla eléctrica, tras enterarse de que serviría para eliminar con eficacia a sus enemigos. Cuando descubrió que necesitaba electricidad, se limitó a utilizarla como trono. Asimismo, la gran Kelley-Koett había llegado en los años treinta de la mano de un entusiasta grupo misionero estadounidense que comprendió enseguida que, aunque la electricidad ya se usaba en Adis Abeba, era intermitente y el voltaje insuficiente para una bestia tan temperamental. Cuando la misión se marchó, dejó atrás la valiosa máquina aún sin desempaquetar. Missing no disponía de aparato de rayos X, así que Ghosh montó la unidad y le añadió un transformador.

Sólo él se atrevía a manejarla. Los cables corrían de su transformador gigante al tubo de Coolidge, instalado en un riel y que podía desplazarse a uno y otro lado. Él movía los diales y las palancas de voltaje hasta que, con un estruendo, saltaba una chispa entre los dos conductores metálicos. Un paciente aterrado por el feroz despliegue de sonido había bajado de un brinco de la camilla y salido a la carrera como alma que lleva el diablo, cura que Ghosh bautizó como *Sturm und Drang*. Era el encargado de la unidad; la reparaba y la cuidaba tan bien que seguía funcionando treinta años después de que la empresa se fuera a pique. Valiéndose del fluoroscopio, estudiaba el corazón bailarín, o también definía exactamente en qué parte del pulmón estaba emplazada una cavidad. Apretando el vientre podía determinar si un tumor se hallaba adherido al intestino o al lado del bazo. Los primeros años no se había molestado en ponerse ni los guantes forrados de plomo ni la bata del mismo material. La piel de sus palpantes e inteligentes manos había pagado un precio que saltaba a la vista.

• • •

Hema intentó imaginar a Ghosh hablando a su familia de ella: «Tiene veintinueve años. Sí. Fuimos compañeros de clase en la Facultad de Medicina de Madrás, pero es unos años más joven que yo. No sé por qué no se casó. No nos conocimos bien hasta que hicimos las prácticas en la sala séptica. Es ginecóloga. Brahamana. Sí, de Madrás. Expatriada, vive y trabaja en Etiopía desde hace ocho años.» Ésas eran las etiquetas que la definían, aunque revelaban poco, no explicaban nada. El pasado se aleja del viajero, pensó.

Sentada allí, en el avión, cerró los ojos y se imaginó de escolar, con sendas coletas, la larga falda blanca y la blusa también blanca debajo del medio sari morado. Todas las alumnas de la escuela de secundaria de la señora Hood de Milarope tenían que llevar aquel medio sari, que en realidad sólo era un rectángulo de tela enrollado en la falda y prendido en el hombro. Hema lo odiaba, porque así vestida no era niña ni adulta, sino mujer a medias. Las profesoras usaban saris completos, mientras que la venerable directora, la señora Hood, se ponía falda. Las protestas de Hema habían provocado un sermón paterno: «¿Sabes la suerte que tienes de estudiar en un colegio con una directora británica? ¿Sabes cuántos centenares de chicas han intentado ingresar en ese colegio, ofreciendo diez veces más dinero, y han sido rechazadas por la señora Is-Ud? Ella sólo valora el mérito. ¿Preferirías la escuela municipal de Madrás?» De modo que no tenía más remedio que ponerse a diario el odiado uniforme, sintiéndose medio vestida y con la sensación de estar vendiendo una parte de su alma.

Velu, el hijo del vecino que fuera en tiempos su mejor amigo, se había vuelto insoportable a los diez años. Encaramado en el muro medianero, disfrutaba burlándose de ella:

> Las niñas de la señora Is-Ud, *parlez-vous?*
> Las niñas de la señora Is-Ud, *parlez-vous?*
> Las niñas de la señora Is-Ud,
> nunca se hacen mujercitas,
> ¡Mica rica *parlez-vous*!

Hema no le hacía caso. Velu, que tenía la piel tan oscura como clara ella, le decía: «Estás muy orgullosa de ser tan blanca. Los monos se comerán tu dulce carne creyendo que es el fruto de una yaca, ¡ya verás!» Y allí estaba ella a los once años, a punto de salir para el colegio, diminuta al lado de su bici Raleigh, intercambiando pullas con aquel niño. Llevaba los libros en una *sanji* con borlas puesto en bandolera, con la correa entre los pechos. Instalada ya en la bici y pedaleando firme notaba cierta inmutabilidad.

Pero la bicicleta, tan alta y peligrosa en una época, no tardó en encogerse bajo ella. A ambos lados de la correa de la *sanji* despuntaron los senos y entre las piernas le salió vello. (Si aquello era a lo que se refería Velu con lo de no hacerse mujer, le había demostrado que se equivocaba.) Era buena estudiante, capitana del equipo de baloncesto femenino, monitora jefe y una promesa en danza Bharatnatyam, ya que había descubierto en sí misma una habilidad especial para repetir a la primera una secuencia de baile muy compleja.

No se sentía ni obligada a seguir al rebaño ni deseosa de mantenerse al margen. Cuando una amiga íntima le comentó que siempre parecía enfadada, la sorprendió y estremeció un poco que pudiese dar aquella falsa impresión. En la Facultad de Medicina (con sari completo y ya en autobús) se afirmó aquella característica: no lo de que estuviese siempre enfadada, sino la independencia y la falsa impresión. Algunos compañeros de clase la consideraban arrogante. Atrajo como acólitos a otros que descubrieron que ella no se dedicaba a reclutar. Los hombres necesitaban flexibilidad en sus amigas, y ella no podía obligarse a actuar de forma tímida, remilgada o coqueta para complacerles. Las parejas que se arrullaban en la biblioteca detrás de los enormes atlas de anatomía y se entregaban entre cuchicheos a los caprichos amorosos la hacían reír.

«No tenía tiempo para esas tonterías.» No obstante, sí lo tenía para las novelas baratas de castillos y mansiones rurales con heroínas llamadas Bernadette. Fantaseaba sobre los hombres apuestos de Chillingforest, Lockingwood y Knottypine. Ése era su problema entonces: soñaba con un amor mayor que el que se desplegaba en la biblioteca. Pero la embargaba también una ambición indescriptible que nada tenía que ver con el amor. ¿Qué quería exactamente? Esa ambición no le permitía competir por las mismas cosas que buscaban otras, ni siquiera buscarlas.

Cuando estudiaba Medicina en Madrás se había dado cuenta de que admiraba a su profesor de terapéutica (el único indio en una facultad donde la mayoría de los profesores titulares eran británicos, incluso ya en los albores de la independencia); al darse cuenta de que la conmovía su humanidad, su dominio de la asignatura («Reconócelo, Hema, estabas enamorada»), al percatarse de que deseaba ser su suplente y de que él la estimulaba, eligió de forma deliberada otro camino. Le costaba otorgar a alguien aquella clase de poder. Escogió obstetricia y ginecología en vez de la especialidad de aquel profesor, medicina interna. El campo de él era ilimitado, exigía una amplitud de conocimientos que abarcaban desde los ataques al corazón a la poliomielitis, pasando por infinidad de enfermedades intermedias, pero Hema eligió un ámbito que tenía ciertas fronteras y un componente mecánico: las operaciones. El repertorio era limitado: cesáreas, histerectomías, reparación de prolapso.

Al descubrir en sí talento para la obstetricia manipulativa, se había convertido en una experta en adivinar cómo colgaba exactamente el bebé en la pelvis. Le gustaba lo que otros ginecólogos tal vez temiesen. Sabía distinguir con los ojos vendados el fórceps izquierdo del derecho, y aplicar cada uno de ellos aún dormida. Era capaz de ver mentalmente la geometría de la curva pélvica de cada paciente y adaptar el fórceps a la curvatura del cráneo del bebé cuando lo introducía, articulando las dos asas y sacando a la criatura con seguridad.

Se había marchado al extranjero sin pensarlo mucho, aunque le resultó doloroso dejar Madrás. Todavía lloraba algunas noches, imaginando a sus padres sentados a la puerta al oscurecer, en espera de la brisa marina incluso en los días más calurosos y en que no había ni un soplo del viento. Se había ido porque la ginecología, al menos en su ciudad, seguía siendo terreno reservado a los hombres, e incluso en vísperas de la independencia, monopolio británico, de modo que no tenía ninguna posibilidad de conseguir una plaza de funcionaria en el hospital universitario. Resultaba extraño y, sin embargo, la complacía pensar que ella, Ghosh, Stone y la hermana Mary Joseph Praise hubiesen estudiado o trabajado en algún momento en el hospital universitario de Madrás. Mil quinientas camas y el doble de pacientes debajo de éstas, o entre ellas... era como una ciudad. Mary Joseph Praise había sido novicia en ciernes y estudiante de enfermería en prácticas allí. Tal vez hasta se hubieran visto alguna vez. E increíblemente también Thomas Stone había ocupado durante un corto período un puesto en el hospital general, aunque como la sección de maternidad estaba muy separada era de todo punto improbable que sus caminos se hubieran cruzado.

Había dejado atrás Madrás, las etiquetas de casta, se había alejado mucho, tanto que la palabra «brahmán» nada significaba. Desde que trabajaba en Etiopía procuraba volver a su casa cada tres o cuatro años. Ahora estaba regresando de una de esas visitas. Sentada en el estruendoso avión, reconsideró sus opciones. En los últimos años casi había logrado definir aquella aspiración indescriptible que la había llevado tan lejos: «Evitar a toda costa una vida de oveja.»

El Missing le había resultado familiar desde el principio. No era diferente del Hospital General Público de la India, aunque a escala mucho menor: los enfermos guardaban cola, las familias esperaban fuera, a la sombra de los árboles, con la paciencia infinita de quienes no tienen más remedio que aguardar. Desde el primer día se había mantenido ocupada. La verdad es que en el fondo le encantaban las urgencias, las situaciones angustiosas en que cada segundo contaba, en que estaba en juego la vida de la madre o el niño que llevaba en su vientre, sin oxígeno, necesitada de un rescate heroico. En aquellos momentos no se planteaba dudas existenciales. La vida se centraba firmemente, volviéndose significativa sólo cuando Hema no pensaba en un significado. Una madre, una esposa, una hija, dejaba de pronto de serlo para convertirse en un ser humano cuya vida peligraba. Ella misma quedaba reducida al instrumental necesario para salvarlas.

Sin embargo, en los últimos tiempos sentía la inmensa distancia entre su práctica en África y la de la medicina científica, de la cual Inglaterra y Estados Unidos eran ejemplo. Precisamente aquel año, C. Walton Lillehei de Mineápolis había inaugurado una nueva era en la cardiocirugía al descubrir un medio de bombear sangre mientras el corazón estaba parado. Se había obtenido una vacuna contra la polio, aunque todavía no había llegado a África. En Harvard (Massachusetts), el doctor Joseph Murray había realizado el primer trasplante humano de hígado con éxito de un gemelo a otro. Su foto en el *Time*, en que se veía a un individuo normal y corriente, nada pretencioso, la había sorprendido y hecho pensar que aquellos descubrimientos estaban al alcance de cualquier médico, también de ella.

Siempre la había fascinado la historia del descubrimiento de los microbios por Pasteur y los experimentos de antisepsia de Lister. Todos los estudiantes indios soñaban con parecerse a sir C.V. Raman, cuyos sencillos experimentos con la luz le hicieran merecedor del Premio Nobel. Pero ella vivía ahora en un país que pocas personas sabían localizar en el mapa. «En el Cuerno de África, en la mitad superior, en la costa oriental... la parte que parece la cabeza de un rinoceronte y mira hacia la India», solía explicar. Y aún sabían menos quién era el emperador Haile Selassie, o si lo recordaban por haber sido el Hombre del Año según la revista *Time* en 1935, no les sonaba el país cuya causa había defendido en la Sociedad de Naciones.

Si le hubiesen preguntado, Hema habría contestado: «Sí, estoy haciendo lo que quería. Estoy satisfecha.» Pero ¿qué otra cosa podía decir uno? Cuando leía la revista *Cirugía, Ginecología y Obstetricia* (que le llegaba todos los meses por mar semanas después de su publicación, golpeada y manchada en su envoltorio marrón), las innovaciones le parecían ficción. Resultaba emocionante pero deprimente, porque se trataba de noticias atrasadas. Aunque se repetía que su trabajo, su libre aportación en África, se relacionaba en cierto modo con los avances descritos en la revista, en el fondo sabía que no era así.

Se oyó un sonido nuevo: el chirrido y el repiqueteo de madera sobre metal. En la cola del avión se amontonaban dos cajas de madera enormes y muchas de té de menor tamaño, apiladas unas sobre otras, precintadas con tiras de estaño en las que se leía LONGLEITH ESTATES, S. INDIA. Una red enganchada en los montantes de la estructura impedía que la carga se precipitara sobre los pasajeros, pero no que se moviese de un lado a otro. Hema y el resto del pasaje apoyaban los pies en voluminosos sacos de yute. En el suelo y el fuselaje plateado había grabados desvaídos logotipos militares. Allí sentados, los soldados estadounidenses destinados al norte de África habían considerado su destino. Tal vez hubiese viajado en aquel avión el mismísimo Patton. O quizá el aparato fuese una reliquia de las colonias francesas de Somalia y Yibuti. El transporte de pasajeros parecía un asunto improvisado en aquella nueva aerolínea de aviones heredados y pilotos vetustos. Veía a aquel que vociferaba al micrófono, gesticulaba, esperaba la respuesta y volvía a gritar. Los pasajeros que estaban más cerca de la cabina hicieron muecas.

Hema alargó el cuello una vez más para localizar la caja del Grundig, pero no la vio. Cada vez que pensaba en aquella compra disparatada se sentía culpable. Pero adquirir aquel aparato, tocadiscos y radio, la había ayudado a soportar la noche pasada en Adén. Una ciudad construida en lo alto del cráter de un volcán inactivo, un infierno en la tierra, eso era Adén; pero al menos era un lugar libre de impuestos. Ah, sí, y Rimbaud había vivido allí, y no había vuelto a escribir ni un verso.

Ya había decidido en qué parte de la sala de estar colocaría el Grundig. Era indudable que tenía que ser debajo del grabado en blanco y negro enmarcado de Gandhi en que se lo veía hilando algodón. Tendría que buscar un lugar más tranquilo para el Mahatma.

Se imaginó a Ghosh con una copa de brandy en la mano y a la enfermera jefe, a Thomas Stone y a la hermana Mary Joseph Praise tomando jerez o café. Imaginó a Ghosh levantándose de un salto al oír en el Grundig los asombrosos acordes iniciales de *Take the «A» Train*. Luego venía la atrevida melodía... la última del mundo que se le habría ocurrido seguir. Sin embargo, aquellos coros iniciales... ¡cómo se le habían quedado grabados! ¡Y cómo se había resistido! Le fastidiaba la patriotería de los indios, que sólo podían admirar lo extranjero. Y aun así, oía aquellos acordes en sueños, se sorprendía tarareándolos mientras realizaba sus abluciones. Los oía ahora en el avión. Extrañas notas disonantes amontonadas sin resolución y que simbolizaban de algún modo América y la ciencia y cuanto era atrevido, audaz, llamativo y emocionante de América (o, al menos, de lo que ella imaginaba que era aquel país). Notas que brotaban del cráneo de un negro que se llamaba Billy Strayhorn.

Ghosh la había iniciado en el jazz y en *Take the «A» Train*. «Espera... ¡Escucha! ¿Ves? —le había dicho la primera vez que oyó la melodía tras los acordes iniciales—. Te hace sonreír... ¡Es inevitable!» Tenía razón. La melodía resultaba tan pegadiza y alegre... Había sido una suerte que su iniciación a la música occidental seria comenzase justo con aquella melodía. Así que había llegado a considerarla propia, una invención suya, e incluso le molestaba que se la hubiese regalado él. Sonrió, pensando lo extraño que se le antojaba que Ghosh le cayese tan bien, cuando deseaba tanto que no le gustara.

Pero justo cuando estaba pensando en esto, preparándose para su llegada a Adis Abeba, se vio de pronto invocando el nombre del dios Shiva: el avión, el DC-3, el camello fiel y seguro del cielo de la frontera, se estremecía como herido de muerte.

Miró por la ventanilla. La hélice de su lado se paró con un balanceo al tiempo que la cubierta del recio motor exhalaba una bocanada de humo.

El avión se inclinó a estribor y Hema se vio aplastada contra el cristal. Los pasajeros gritaban alrededor, y un termo empezó a batir contra la pared de la cabina, derramando en su traqueteo el té que contenía. Buscó a tientas un asidero, pero el avión se enderezó, pareció detenerse en el aire e inició luego un descenso brusco. No, aquello no era un descenso, la corrigió su estómago: era una caída. La gravedad extendió sus tentáculos y apresó el cilindro plateado con sus alas desplegadas. Una gravedad que prometía un aterrizaje acuático. O puesto que el aparato no tenía flotadores sino ruedas, un hundimiento en el agua.

Oyó los gritos del piloto, que no eran de pánico sino de cólera, pero no le dio tiempo a pensar en lo extraño que eso resultaba.

Al considerar años después aquel momento de cambio y analizarlo clínicamente («¡Exprime la historia! ¿Cuándo y dónde empezó exactamente? ¡El comienzo es lo más importante! ¡El diagnóstico está en la anamnesis!», como decía su profesor), se daría cuenta de que su transformación se había producido, en realidad, a lo largo de muchos meses. Sin embargo, sólo mientras caía del cielo sobre Bab el-Mandeb comprendió que había llegado el cambio.

Un niño indio se precipitó sobre su pecho. Era el hijo de la única pareja malayali que iba a bordo; sin duda, pues saltaba a la vista: profesores en Etiopía. Aquel pequeño patizambo, de unos cinco o seis años, con pantalones cortos demasiado grandes, llevaba en la mano un avión de madera desde que había subido y lo protegía como si fuese un tesoro. Un pie se le había quedado atascado entre dos sacos de yute y, al enderezarse el avión, había caído encima de Hema.

Ella lo sujetó. Su expresión de desconcierto dio paso a la de miedo y dolor. Hema localizó la curva de la espinilla: se le había doblado como una rama verde, pues el hueso estaba aún demasiado tierno para romperse limpiamente. Hizo todas esas consideraciones al tiempo que experimentaba la percepción física de que perdían altura, que caían en picado.

Un joven armenio, bendito fuera su sentido práctico, acudió a liberar la pierna del pequeño. Parecía increíble, pero sonreía. Intentaba decirle algo, transmitirle cierta tranquilidad. Le impresionó ver a alguien más tranquilo que ella mientras los gritos de los demás pasajeros agravaban la situación.

Alzó al niño y lo sentó en su regazo. Sus pensamientos eran claros e inconexos al mismo tiempo. «La pierna ya está enderezándose, pero no hay duda de que se ha fracturado y el avión está cayendo.» Extendió la palma en un gesto que contuvo a los aturdidos padres y tapó luego con la mano la boca de la llorosa madre. Sentía la calma conocida de una situación de emergencia, pero comprendió la falsedad del sentimiento, pues ahora era su vida la que estaba en juego.

—Déjenlo conmigo —dijo, retirando la mano de la cara de la mujer—. Confíen en mí, soy médico.

—Sí, ya lo sabemos —dijo el padre.

Se apretaron a su lado en el banco. El niño no lloraba, sólo gemía. Estaba pálido, conmocionado; se aferró a ella y apoyó la mejilla en su pecho.

«Confíen en mí, soy médico.» Le pareció irónico que fuesen aquellas sus últimas palabras.

Hema veía por la ventanilla cómo iban acercándose las blancas crestas de las olas, que parecían cada vez menos encaje sobre un tapete azul. Siempre había dado por supuesto que tendría años para descifrar el sentido de la vida. Entonces le pareció que sólo dispondría de unos segundos, y al darse cuenta de ello experimentó una epifanía.

Al inclinarse sobre el niño comprendió que la tragedia de la muerte estaba relacionada en exclusiva con lo que quedaba por hacer, y se avergonzó de no haber comprendido algo tan simple en todos aquellos años. «Haz de tu vida algo bello.» ¿No era ese el adagio al que se atenía la hermana Mary Joseph Praise? El segundo pensamiento de Hema fue que ella, que había traído al mundo innumerables bebés, ella, que había rechazado el tipo de matrimonio que sus padres deseaban, ella, que creía que había demasiados niños en el mundo y no sentía ninguna necesidad de aumentar su número, comprendió entonces por primera vez que tener un hijo era burlar la muerte. Los niños eran el pie colocado en la puerta que se cierra, el rayo de esperanza de que en la reencarnación hubiera alguna casa a la que acudir, aunque uno volviese en calidad de perro, ratón o pulga parásita de los cuerpos humanos. Si, como creían la enfermera jefe y la hermana Mary Joseph Praise, existía una resurrección de los muertos, entonces un niño tendría la seguridad de ver que sus padres resucitarían. Siempre, claro está, que ese niño no muriese contigo en un accidente aéreo.

«Haz de tu vida algo bello.» Aquel niñito gemebundo con ojos brillantes y largas pestañas, con la cabeza demasiado grande y aquel olor a cachorrillo de su pelo revuelto... era casi lo más bello que podía hacerse.

Sus compañeros de viaje parecían tan aterrados como ella. Sólo el armenio la miraba moviendo la cabeza y sonreía como diciendo: «Esto no es lo parece.»

«Valiente idiota», pensó Hema.

Un armenio de mayor edad (tal vez el padre del otro) miraba al frente, impasible. Tenía un aire taciturno al subir al avión, estado de ánimo que no se había alterado. A Hema la sorprendió que pudiera fijarse en aquellos detalles triviales en un momento como aquél, en que, en lugar de analizar rostros, debería prepararse para el instante del impacto.

Mientras el mar ascendía a encontrarse con el avión, pensó en Ghosh. Y le impresionó la marea de sentimientos tiernos que la embargó, como si fuese él quien estuviera a punto de morir en un accidente aéreo, como si su gran aventura con la medicina y sus días despreocupados fuesen a tocar a su fin y, con ellos, cualquier posibilidad de conseguir lo que más deseaba: casarse con Hema.

4

La Regla de las Cinco Efes

—Su paciente, doctor Stone —repitió la enfermera jefe, dejando libre el taburete entre las piernas de la hermana Mary Joseph Praise. Al ver la expresión del médico, temió que fuese a arrojarle algún objeto.

Stone era un lanzador esporádico de instrumentos, aunque nunca lo hiciera delante de la enfermera jefe. Era raro que Mary Joseph Praise le entregase el instrumento incorrecto, pero de vez en cuando un hemostato no se soltaba con una leve contrapresión o la punta de una tijera no cortaba. Stone tenía buena puntería. La diana solía ser un punto de la pared del Quirófano 3 situado justo encima del interruptor y peligrosamente cerca de la vitrina del instrumental.

Sólo Mary Joseph Praise se lo tomaba como algo personal y se entristecía, aunque siempre repasaba los instrumentos antes de ponerlos en el autoclave. La enfermera jefe insistía en que lo de lanzar los instrumentos era bueno. «Equivóquese de vez en cuando —aconsejaba a la hermana—. Si no, se reprimirá hasta que le supure por los oídos, y entonces sí nos veremos en un buen lío.»

La pared sobre el interruptor lucía rayas y marcas en forma de estrella, como si contra el enyesado hubiese estallado un petardo. El impacto se producía después de que hubiese gritado las palabras «¡Completamente!» e «¡Inútil!». Muy de cuando en cuando, Stone explotaba también con la anestesista, la enfermera Asqual, si el paciente no estaba lo bastante anestesiado o se le había administrado muy poco curare, de forma que los músculos abdominales le atenazaban las muñecas como un torno mientras buscaba en el vientre. Más de un paciente anestesiado había vuelto en sí aterrorizado al oír gritar al cirujano: «¡Necesitaré una piqueta si no puede proporcionar más relajación!»

Pero en aquel momento, ante una hermana Praise de labios lívidos, respiración superficial, mirada perdida y hemorragia continua, y habiendo recibido la batuta de la enfermera jefe, Stone no sabía qué decir. Experimentaba el desvalimiento propio de los familiares de los enfermos, cosa que no le gustaba lo más mínimo. Le temblaban los labios y lo avergonzaba que su rostro sudoroso revelara sus emociones. Pero sentía sobre todo miedo, y una asombrosa parálisis de pensamientos que aún lo abochornaba más.

—¿Dónde está Hemlatha? ¿Por qué no ha vuelto? —preguntó al fin, con voz entrecortada—. La necesitamos —añadió, en un arrebato de humildad inusitado.

Se limpió los ojos con el dorso del antebrazo, en un gesto infantil. La enfermera jefe lo observaba incrédula. En vez de sentarse en el taburete, Stone retrocedió. Se acercó a la pared que mostraba las marcas de su cólera y dio un cabezazo en la superficie enyesada, digno de una cabra montés. Las piernas le temblaban. Se apoyó en la vitrina. La enfermera jefe se vio obligada a murmurar «Completamente inútil» por la remota posibilidad de que si la violencia de él tenía algún sentido, no quisiese Dios que fallase por falta del mantra correspondiente.

Stone podría haber practicado una cesárea, aunque, por extraño que parezca en un cirujano tropical, era una de las pocas operaciones que no había realizado. «Presencia una, haz una, enseña una», se titulaba un capítulo de su libro de texto *El cirujano práctico: un compendio de cirugía tropical.* Pero lo que sus lectores no sabían, y de lo que no llegué a enterarme hasta muchos años después, es que su autor sentía una profunda aversión a todo lo ginecológico (por no mencionar lo relacionado con la obstetricia), aversión que se remontaba al último curso de medicina, en el que había hecho algo inaudito: comprar un cadáver para dominar los conocimientos de anatomía adquiridos en primer curso. El espécimen masculino de asilo del primer curso era antiguo y apergaminado, y tenía unos tendones y unos músculos espectrales, algo habitual en las aulas de anatomía de Edimburgo. Stone lo compartía con otros cinco estudiantes. Sin embargo, fue más afortunado con el que compró en el último curso: se trataba del cadáver de una mujer madura bien alimentada, de un tipo que él asociaba con las fábricas de linóleo de Fife. Practicó una disección de la mano tan elegante (sólo con la vaina tendinosa expuesta en el dedo medio, mientras en el anular profundizó más abriendo la vaina y dejando al descubierto los tendones del *flexor sublimis* como alambres de un puente colgante, con el tendón *profundus* entre ellos) que el profesor de anatomía la conservó para mostrarla a los alumnos de primero. Thomas Stone trabajó semanas en el cadáver, pasando más tiempo con aquella mujer que el que pasara con cualquier otra, a excepción de su madre. Sentía la seguridad y desenvoltura que proporciona el conocimiento íntimo. Había cortado una mejilla hasta la oreja, fijando el colgajo con suturas para dejar al descubierto la glándula parótida y el nervio facial que pasaba a través de ella, sus ramas abiertas como el pie de un pato, de ahí el nombre de *pes anserinus*. En la otra mejilla había retirado todo el tejido subcutáneo y la grasa para poner a la vista los miles de músculos de la expresión, cuyos movimientos concertados habían transmitido en vida la tristeza, la alegría y las emociones intermedias de aquella mujer. No pensaba en ella como persona; era simplemente conocimiento encarnado, embalsamado y personificado. Cada noche recolocaba los músculos y luego los colgajos de piel, para después cubrirla de paños impregnados en formalina. A veces, cuando la tapaba con el manto de caucho, que remetía por los bordes, recordaba el ritual de su madre al acostarlo. Su soledad y aislamiento siempre eran más intensos cuando volvía a su habitación.

El día que retiró los intestinos para dejar al descubierto los riñones, vio el útero. No era la bolsita arrugada que esperaba encontrar, hundida en el cuenco de la pelvis, sino que asomaba sobre el borde pélvico. Unos días más tarde acometió la tarea, con el manual de disección de Cunningham abierto para la nueva disección. Procedió paso a paso, maravillándose de la genialidad del libro a medida que descubría, destapaba y exponía sobre la marcha. Según el texto, había que practicar un corte vertical en la parte delantera del útero y luego el cirujano debía abrirlo con cuidado. Cuando procedió de este modo, cayó de él un feto, con la cabeza poco mayor que un grano de uva, los ojos apretados y las extremidades encogidas como un insecto. Se balanceó en el cordón umbilical como un talismán obsceno en el cinto de un cazador de cabezas. Vio el cuello del útero de la madre destrozado y ennegrecido por infección o gangrena. La tragedia de aquella mujer estaba preservada en formalina.

A duras penas consiguió llegar al lavabo antes de vomitar la cena. Se sentía traicionado, como si alguien hubiese estado espiándole. Hasta entonces había supuesto que ella y él se hallaban a solas. No pudo continuar. Ni siquiera fue capaz de mirarla, cerrarla o cubrirla. Al día siguiente, pidió al desconcertado ayudante que se deshiciese del cadáver, aunque la disección de la pelvis no se había completado y las extremidades inferiores estaban intactas. Pero Thomas Stone había terminado.

Gracias a Hema, en el Missing nunca había tenido que aventurarse en el territorio de los órganos reproductores femeninos. Reconocía que aquel sector era competencia de ella, en un gesto de concesión atípico en Stone.

Stone y Hemlatha mantenían una relación de colegas cordial e incluso amistosa fuera del quirófano. Al fin y al cabo, el hospital sólo contaba con tres médicos (Hema, Stone y Ghosh) y habría resultado embarazoso que se llevaran mal. Pero en el Quirófano 3 Hema y Stone siempre estaban provocándose. Ella tenía un estilo preciso y meticuloso, según la enfermera jefe era un ejemplo vivo de por qué debería haber más cirujanas. A veces tenía la sensación de ver a Hemlatha escuchar y sólo luego pensar cuando atendía a una paciente en la consulta externa, en lugar de intentar hacer ambas cosas de manera silmultánea. Era una cirujana que aseguraba cuatro veces los nudos cuando otros se darían por satisfechos con tres. Nunca salía del quirófano hasta que la paciente despertaba de la anestesia. Su campo quirúrgico estaba tan limpio y ordenado como en una demostración anatómica, con las zonas vulnerables minuciosamente identificadas y preservadas, y la hemorragia controlada con total meticulosidad. A la enfermera jefe el campo le parecía estático pero vivo, como un cuadro de Tiziano o Leonardo. «¿Cómo puede saber una cirujana dónde está —le gustaba repetir a Hema— si no sabe dónde ha estado?»

Stone consideraba prioritario un manejo mínimo de tejido, y no se paraba a considerar la estética del campo quirúrgico. «Hema, si quieres que quede bonito, disecciona cadáveres», le había dicho en una ocasión. A lo que ella había respondido: «Stone, si quieres sangre, hazte carnicero.» Stone tenía tanta experiencia y destreza en la práctica del oficio que sus nueve dedos podían abrirse camino en un campo ensangrentado donde no hubiese ningún hito visible para otros. Sus movimientos eran sobrios y precisos, y excelentes los resultados.

En las raras ocasiones en que ingresaba una mujer con el barro del campo aun fresco en los pies y una cornada en la pelvis, o cuando llegaba una chica de alterne con una herida de cuchillo o bala cerca del útero, Hemlatha y Stone operaban juntos y entraban en el abdomen a dúo, rozándose, con las cabezas unidas y a veces los nudillos de uno chocando contra los del otro en el mango del hemostato. La enfermera jefe aseguraba que llevaba un registro de qué cirujano había estado en el lado derecho en la última exploración conjunta, así que procuraba que se turnasen. Mientras Hemlatha volvía a colocar el útero o reparaba un desgarrón de la vejiga, Stone, que era incapaz de entonar una melodía, silbaba *Dios salve a la reina*, lo cual irritaba a su colega. Si le tocaba primero a Stone, Hemlatha hablaba de los cirujanos célebres del pasado —Cooper, Halsted, Cushin— y de lo vergonzoso que era que los cirujanos tropicales no diesen ninguna muestra de tan extraordinario legado quirúrgico.

Stone no era partidario de ensalzar ni a los cirujanos ni las operaciones. «Cirugía es sólo cirugía», le gustaba decir, y por principio no consideraba más a un neurólogo ni menos a un podólogo. «Un buen cirujano necesita valor, para lo que es imprescindible un buen par de huevos», había llegado a escribir en el manuscrito de su manual, muy consciente de que su editor en Inglaterra lo eliminaría, pero disfrutando de la experiencia de plasmar aquellas palabras en papel. Escribiendo era capaz de una locuacidad, combatividad y contundencia que no mostraba al hablar. «¿Valor? ¿Qué puedes escribir acerca del valor? —preguntó Hema—. ¿Acaso es tu vida lo que arriesgas?»

Stone estaba técnicamente capacitado para practicar una cesárea, pero aquel día fatídico lo aterró la sola idea de aplicar el bisturí a la hermana Praise, su auxiliar quirúrgica, su confidente más íntima, su mecanógrafa, su musa y la mujer a la que, según se había dado cuenta, amaba. La enferma se encontraba ya en un estado atroz, pálida y sudorosa, con el pulso tan débil que Stone creía que cualquier intervención por su parte precipitaría el final. No habría dudado en realizar una cesárea a una extraña. «El médico que se trata a sí mismo tiene a un necio por paciente», era una sentencia que conocía bien. Pero ¿qué decir del que practicaba una operación en la que no tenía experiencia a un ser querido? ¿Había un adagio apropiado?

Desde que publicara el manual, le había dado por citarlo, como si su palabra escrita tuviese mayor legitimidad que sus pensamientos inéditos (y hasta entonces no expresados). Había escrito: «El médico que se trata a sí mismo tiene a un necio por paciente. Pero hay circunstancias en que no le queda más remedio.» Luego había pasado a relatar la historia de su propia amputación radicular, cómo había efectuado un bloqueo neurálgico en el codo derecho y cómo después, con Mary Joseph Praise en calidad de «ayudante», había realizado la incisión en su propia carne, realizando parte del trabajo con la mano izquierda, mientras la hermana sustituía la derecha. Al verla efectuar los cortes óseos se percató de que ella podía hacer mucho más que ayudar si así lo decidiese. La anécdota de la amputación, junto con su imagen en el frontispicio, con los dedos (los nueve) en forma de un chapitel delante de la barbilla, había hecho que el libro obtuviera gran éxito. Había tantos textos de cirugía que resultaba sorprendente la popularidad alcanzada por *El cirujano práctico* (o el *Compendio*, como se conocía en algunos países). A pesar de ser un libro de cirugía tropical, se vendía mayoritariamente en países no tropicales. Tal vez se debiese a su originalidad, al tono sarcástico y a un humor a menudo incisivo e involuntario. Únicamente se basaba en la experiencia personal y en una cuidadosa interpretación de las vivencias ajenas. Los lectores lo imaginaban como un revolucionario, pero de los que operaba a los pobres en vez de predicar la reforma agraria. Los estudiantes le escribían cartas reverentes, y hacían un mohín cuando las diligentes respuestas de Stone (escritas por la hermana Praise) no correspondían al tono efusivo y confesional de las suyas.

Las ilustraciones del manual (dibujadas y anotadas por la hermana) tenían un estilo sencillo, como esbozadas en una servilleta de papel. No reflejaban el menor intento de conseguir que la proporción o la perspectiva fuesen correctas, pero eran modelos de calidad. La obra se había traducido al portugués, el español y el francés. «Audaces operaciones realizadas en el África más profunda», escribía el editor en la contraportada. El lector, que no sabía nada del «continente negro», rellenaba los espacios en blanco, imaginaba a Stone en una tienda de campaña, sin más luz que la de una lámpara de queroseno sostenida por un hotentote, con una estampida de elefantes por allí cerca mientras el buen doctor recitaba a Cicerón y se extirpaba una parte de sí mismo con la misma tranquilidad que si extrajese un cálculo a otra persona. Lo que nunca podrían aceptar ni el lector ni Stone era que aquella autoamputación hubiese sido un acto de presunción tanto como de heroísmo.

—Su paciente, doctor —repitió la enfermera jefe por tercera vez.

Stone ocupó el puesto que la mujer había dejado vacante entre las piernas de la hermana Praise, aunque en realidad hubiese parecido reacia, como si los deseos de que él se sentara allí fueran aún menores que los del propio Stone. No era una posición estratégica que estuviese acostumbrado a ocupar, al menos no frente a una mujer. Con los hombres se sentaba allí para reparar una fístula urinaria, y podía hacerlo en ambos casos para drenar abscesos rectales o para ligar y extirpar hemorroides o por *fistula in ano*. Por lo demás, era un cirujano que raras veces trabajaba sentado.

Separó los labios mayores con torpeza y la sangre manó. Ajustó la lámpara de cuello de cisne y luego su propio cuello para ver el canal del parto.

Intentó recordar la regla del cítrico de sus tiempos de estudiante. ¿Cómo era? Lima, limón, naranja y pomelo correspondían a cuatro, seis, ocho y diez centímetros de dilatación del cuello del útero. ¿O era dos, cuatro, seis y ocho? ¿No se incluía una uva o una ciruela?

Lo que vio lo hizo palidecer. El cuello del útero había pasado ya de pomelo e iba camino de melón. Y allí, como en el fondo de un pozo sangriento, divisó la cabeza de un bebé, con los tejidos alrededor aplanados. El cabello negro húmedo y delicado del cráneo reflejaba las luces del quirófano.

En aquel momento fue como si alguien que había estado dormido dentro de Stone tomase las riendas.

Si existía alguna relación entre él y el pobre niño que había allí metido, no reparó en ella. En su lugar, la visión de aquel cráneo lo alteró por completo. La cólera ahuyentó el miedo, una cólera que tenía su propio razonamiento perverso: ¿cómo se atrevía aquel invasor a poner en peligro la vida de Mary? Era como si hubiese localizado el cadáver de un topo excavador que atacara el cuerpo de ella, y el único medio de curarla fuese extraerlo. La visión de aquel cuero cabelludo brillante no inspiró ninguna ternura a Stone, sólo aversión. Y le dio una idea.

«Localiza al enemigo y liquídalo a tiros»: era un dicho suyo.

Había localizado al enemigo.

—*F*lato, *F*luido, materia *F*ecal, cuerpo *F*oráneo y *F*eto mejor fuera que dentro —dijo en voz alta, como si acabase de inventar la frase. En el libro lo llamaba Regla de las Cinco Efes. Entonces, se dispuso a ejecutar su terrible decisión. Era mucho mejor, decidió, practicar un agujero en el cráneo del topo (había dejado de considerarlo un niño), que experimentar con la hermana en la práctica de una cesárea, operación con que no estaba familiarizado y que temía que acabara con ella, dado el estado de debilidad en que se hallaba. El enemigo era más un cuerpo extraño, un cáncer, que un feto. Era indudable que aquella criatura estaba muerta. Sí, agujerearía el cráneo, vaciaría su contenido, lo aplastaría como si fuese un cálculo de la vejiga y luego extraería la cabeza vacía, que era la parte que colgaba entre la pelvis. En caso necesario, usaría tijeras para las clavículas, bisturí para las costillas; sujetaría, cortaría, tajaría, destruiría cualquier parte del feto que obstruyese la salida, porque sólo sacándolo libraría a Mary del sufrimiento y cortaría la hemorragia.

Sí, sí... mejor fuera que dentro.

Era una decisión racional, dentro de los límites de su lógica irracional. «Hacer el mal para hacer el bien», como habría dicho Mary Joseph Praise.

La enfermera jefe, asombrada y horrorizada, pensó que el hombre que se sentaba entre las piernas de la enferma en nada se parecía a su fiero, tímido y extremadamente competente Thomas Stone. Aquel individuo no tenía nada en común con el médico miembro del Real Colegio de Cirujanos y autor de *El cirujano práctico*. Aquel hombre desesperado y agitado que había ocupado su lugar no parecía un Médico del Real Colegio de Cirujanos, sino más bien alguien para el que las siglas MRC podrían significar (como solía decir el doctor Ghosh) «Mierda Revuelta con Caquita».

Stone, recuperado ya el ánimo y presa de un sentimiento misional, colocó abierto *Obstetricia quirúrgica de Munro Kerr* como si fuese un libro de cocina en la ladera del protuberante vientre de la hermana Praise.

—Maldita sea, Hemlatha, sí que elegiste un puñetero momento para estar fuera —dijo en voz alta, sintiendo que recuperaba el valor.

Dos blasfemias, anotó la enfermera jefe. «Contén la lengua», murmuró entre dientes. Se tomó el pulso porque, a pesar de su fe en el Señor, la preocupaba aquella palpitación que había aparecido el último año como una visita inesperada. Su corazón se estaba saltando latidos y se sentía mareada.

Los extraños instrumentos que había pedido Stone, y que ella estaba sacando de un viejo armario de instrumental, se resistían a dejarse controlar por sus manos.

—¿Dónde demonios se ha metido Ghosh? —gritó, porque éste solía ayudar a Hema en los abortos y las ligaduras de trompas y, como hombre orquesta, tenía más experiencia que Stone en la anatomía reproductora femenina.

La enfermera Hirst envió de nuevo un mensajero a casa de Ghosh, más para aplacar a Stone que porque creyera que hubiese regresado. Tal vez habría hecho mejor mandando a la muchacha a preguntar por el doctor *banya* al bar Nilo Azul o alrededores. Pero incluso borracho, Ghosh podría aconsejar a Stone y decirle que lo que estaba a punto de hacer no era propio de un buen cirujano sino de uno idiota, que su decisión era errónea y su razonamiento irracional. La monja creía que la culpa de aquel embarazo, de aquel parto, recaía en parte en ella, que era consecuencia de no haber estado todo lo atenta que habría debido. De cualquier modo, en vista de aquella hemorragia torrencial también suponía que el niño había muerto hacía mucho. Si hubiese creído que estaba vivo (ni siquiera sabía que eran gemelos), habría intervenido.

Stone inclinó la cabeza a uno y otro lado, intentando determinar las ilustraciones de instrumentos del *Munro Kerr* (tijeras de Smellie, cranioclasto de Braun, cefalotribo de Jardine) que se correspondían con los objetos que manipulaba. Aunque aquel instrumental era sólo pariente lejano del que figuraba en el manual, estaba claramente diseñado para el mismo propósito siniestro.

A continuación asió el óvalo del cuero cabelludo de mi hermano con unas pinzas de Jacobs.

—¡Te veo en las profundidades, criatura excavadora! Maldito seas por torturar a Mary —masculló y pasó a cortar la piel entre las pinzas con las tijeras, instante en que inició al intruso en el dolor.

El paso siguiente fue intentar colocar el cefalotribo (el rompecráneo) en la cabeza. Este espantoso instrumento medieval constaba de tres piezas: la del centro era una lanza destinada a clavarse en el cerebro y practicar así una gran abertura en el cráneo, que estaba flanqueada por dos estructuras tipo fórceps para sujetar el cráneo. Una vez colocadas en su sitio las tres piezas, sus extremos se engranaban formando un solo mango con las correspondientes hendiduras para los dedos. Stone podría apretar y sujetar el cráneo de modo que no se soltase. ¡Y fuera con el intruso!

Aunque en el quirófano hacía fresco, el sudor le caía de la frente a los ojos y le mojaba la mascarilla.

Intentó clavar la lanza.

(El niño, mi hermano Shiva, a salvo durante ocho meses pero sufriendo ya el corte de las tijeras en el cuero cabelludo, gritó en el útero. Tiré de él hacia lugar seguro mientras la lanza resbalaba en el cráneo.)

Stone decidió entonces que sería más fácil aplicar primero las piezas externas del cefalotribo, estirar después la cabeza e insertar a continuación la lanza. Le sudaban las manos en aquel espacio agobiante. La enfermera jefe se estremeció al pensar en el daño que podría causar en los tejidos de la parturienta y en el niño al encajar aquella pieza por detrás de las orejas para tener el cráneo bien sujeto, como creía él. La mujer estaba a punto de desmayarse. «El deber de la enfermera es ayudar al médico y anticiparse a todas sus necesidades», pensó. ¿Acaso no era eso lo que ella misma enseñaba a las estudiantes en prácticas? Pero era un error absoluto, completo, y no sabía cómo empezar a dar la vuelta al asunto. Lamentaba haber desempolvado aquellos instrumentos. Un ginecólogo humanitario los había inventado pensando en madres que se hallaban en las situaciones más desesperadas, no en médicos enloquecidos. Un necio con un instrumento sigue siendo un necio. Los instrumentos en manos de Stone se habían apoderado de él y pensaban por él. La enfermera jefe sabía que de aquello no podía resultar nada bueno.

5

Los últimos momentos

Justo en el último instante, cuando se preparaba para que el avión se hundiera en el agua, la doctora Hemlatha vio que el mar dejaba paso a una zona de maleza seca.

Y antes de que pudiera asimilarlo, el aparato tocó tierra sobre el asfalto resplandeciente con un chirrido de neumáticos y moviendo la cola, para aminorar la marcha y avanzar por la pista como un perro sin correa.

El alivio de los pasajeros se convirtió en desconcierto y turbación, porque hasta los más incrédulos habían rezado suplicando la intervención divina.

El avión se detuvo, pero el piloto siguió discutiendo con la torre de control mientras apuraba un cigarrillo, aunque había encendido la luz de PROHIBIDO FUMAR después del aterrizaje.

El niño gemía y Hema lo meció con una habilidad de la que no se sabía capaz.

—Voy a ponerte una venda pequeñita, pequeñita, en la pierna, ¿de acuerdo? Así ya no te dolerá.

El joven armenio se las ingenió para encontrar una caña y entre ambos hicieron un entablillado.

Cuando se apagó el motor, Hema notó en los tímpanos la presión del silencio de la cabina. El piloto miró alrededor con una sonrisita, como si sintiera curiosidad por ver cómo habían aguantado los pasajeros.

—Paramos para recoger un poco de equipaje y a unas personas muy importantes —dijo, como si se le acabara de ocurrir—. ¡Estamos en Yibuti! —Y sonrió, enseñando su horrible dentadura—. No me daban permiso para aterrizar si no se trataba de una emergencia, así que simulé un fallo del motor —confesó, encogiéndose de hombros, como si la modestia le impidiese aceptar los elogios de los pasajeros.

Hemlatha se sorprendió al oír que su propia voz rompía el silencio.

—¿Equipaje? ¡Mercenario asqueroso! ¿Qué te crees que somos? ¿Un rebaño? ¿Has apagado un motor por las buenas para hacer escala en Yibuti? ¡Sin avisar! ¡Sin decir nada!

Tal vez tuviera que mostrarse agradecida, alegrarse de estar viva. Pero en la jerarquía de sus emociones siempre ganaba la cólera.

—¡¿Asqueroso?! —exclamó el piloto enrojeciendo—. ¿Asqueroso? —repitió, saliendo de la cabina con dificultad, las blancas rodillas temblando por el forcejeo bajo los pantalones cortos de safari.

Se plantó delante de ella, jadeando a causa del esfuerzo. Al parecer, le ofendía más lo de «asqueroso» que lo de «mercenario». Aunque su desprecio por aquella mujer india era mayor que su ira, alzó la mano.

—Si no te gusta, te dejaré aquí en tierra, mujer insolente.

Más tarde alegaría que había levantado la mano sólo como un ademán, sin intención de pegarle. ¿Cómo iba a pegar a una mujer un caballero, un francés como él, santo cielo?

Sin embargo, ya era demasiado tarde, porque Hemlatha sintió que las piernas se le movían como por voluntad propia, impulsadas por la cólera y la indignación. Tenía la impresión de estar observando actuar a una desconocida, a una Hemlatha que antes no existía. La nueva, cuyo permiso para seguir en la vida acababa de renovarse —y de definirse el propósito de esa existencia—, se levantó. Era tan alta como el piloto. Distinguió el minúsculo vaso sanguíneo principal en la mejilla izquierda del hombre. Se alzó las gafas y lo miró cara a cara. El piloto se encogió al reparar en que era muy guapa. Como se creía un donjuán, se preguntó si habría perdido la oportunidad de tomar unas copas con ella en el hotel Ghion aquella noche. Sólo entonces se fijó en la gente que rodeaba al niño lloriqueante. Sólo entonces notó la rabia del padre y los puños apretados de otros pasajeros que cerraban filas tras ella.

«Menudo ejemplar —pensó Hema, observándolo—. Angiomas reticulares en la piel. Ojos ictéricos. Seguro que tiene los pechos agrandados, las axilas sin vello y unos testículos arrugados del tamaño de nueces, debido a que el hígado ya no elimina las toxinas del estrógeno que produce normalmente un varón. Y el aliento rancio de enebrina. Sí, claro —se dijo, añadiendo un diagnóstico más a la cirrosis—: un colono saturado de ginebra que no soporta la realidad del África poscolonial. Aunque en la India siguen acobardados por todos vosotros, sólo se debe a la costumbre. Pero en un avión etíope no rigen esas normas.»

Se sintió dominada por la ira, no sólo contra él, sino contra todos los hombres, contra quienes en el Hospital General de la India la atropellaban y ninguneaban, castigándola por ser mujer, y que jugaban con su horario y su programa, llevándola de aquí para allá sin solicitar su permiso ni molestarse en pedirlo por favor.

La proximidad de ella, su invasión del sagrado espacio *bawana* de respeto, desconcertó al individuo, lo aturdió. Pero siguió con la mano alzada, y luego, como si acabase de caer en la cuenta, la movió, no para pegarle, aseguraría después, sino como para determinar si realmente era su mano y comprobar si respondía a sus órdenes.

La mano alzada era ya suficiente ofensa, pero cuando Hema vio que empezaba a moverse, reaccionó de un modo que la ruborizaría cuando lo recordase más tarde: sus dedos se dispararon por la pernera de los pantalones cortos del piloto hacia arriba y le atenazaron los testículos, sin más obstáculo interpuesto que los calzoncillos. La desenvoltura de sus movimientos la sorprendió, así como el vacío entre el pulgar y el índice que dejaba paso a los cordones espermáticos que conectaban los testículos con el cuerpo. Años más tarde, pensaría que su reacción había estado condicionada por el entorno, por la tendencia de los *shiftas* y otros delincuentes de África oriental a cortar los testículos a sus víctimas. «Allá donde fueres...»

Los ojos le ardían como los de un mártir. El sudor convirtió el *pottu* de la frente en un signo de interrogación. Por el calor, llevaba un sari de algodón y antes, cuando estaba sentada, se lo había subido hasta las rodillas (al cuerno el recato), de modo que ahora, de pie, seguía igual, perfilándole los muslos. El sudor le perlaba el labio superior mientras apretaba para producir tanto sufrimiento y miedo como el francés le había causado a ella.

—Escucha, encanto —le dijo (decidiendo que tenía realmente atrofia testicular y procurando acordarse también de *tunica albugineae* y *tunica* algo más y *vas deferens,* por supuesto, y aquel chisme arrugado de atrás, ¿cómo se llamaba?... ¡epidídimo!). Vio que el piloto bajaba los hombros, que el color se le iba de la cara como si ella hubiese abierto un grifo allí abajo. Una humedad muy diferente al sudor le cubría la frente—. Al menos la sífilis no está muy avanzada, porque aún sientes dolor testicular, ¿eh? —La mano alzada del piloto bajó indecisa y se posó vacilante, casi afectuosamente, en el antebrazo de Hemlatha, suplicándole que no aumentase la presión. En el avión se hizo un silencio sepulcral—. ¿Me escuchas ahora? —preguntó ella, pensando que en realidad no deseaba conocer de aquel modo la anatomía masculina—. ¿Hablamos como iguales?... Antes mi vida estaba en tus manos y ahora tus joyas de la familia están en las mías. ¿Crees que puedes aterrorizar a la gente de ese modo? Ese niño se ha roto la pierna por tu proeza. —Hemlatha se volvió hacia los otros pasajeros y sin dejar de mirar con el rabillo del ojo al francés, preguntó—: ¿Alguien tiene un cuchillo bien afilado? ¿O una cuchilla de afeitar?

Oyó un rumor, que tal vez sólo se debiese a los reflejos del músculo cremáster de los varones presentes al retraer involuntariamente sus fábricas de esperma colgantes para ponerlas a salvo.

—No estábamos autorizados... Tuve que... —jadeó el hombre.

—Saca la cartera ahora mismo y paga por lo de este niño —exigió Hema, porque no se fiaba de los pagarés.

El francés se puso a manipular torpemente los billetes, pero el joven armenio le quitó la cartera y se la entregó al padre del niño.

Un yemení recuperó la voz y soltó un torrente de blasfemias, agitando el índice en la cara del piloto.

—Ahora —dijo Hema— devuelve el dinero de los billetes del avión al niño y a sus padres. Y despega rápidamente... De lo contrario, no sólo te convertirás en eunuco, sino que yo en persona haré una petición al emperador para garantizar que hasta el trabajo de camellero sea demasiado bueno para ti, no digamos ya el de transportar kat.

Oyeron abrirse la puerta de carga y las agudas exclamaciones de los culíes que se aglomeraban fuera.

El francés asintió mudo, los globos oculares hundidos en las cuencas. Francia había colonizado Yibuti y zonas de Somalia, e incluso rivalizado con los ingleses en la India antes de conformarse con una base en Pondicherry. Pero aquella tarde calurosa, un alma morena que nunca volvería a ser la misma y que contaba con el respaldo de malayalis, armenios, griegos y yemeníes, había demostrado que era libre.

—En fin, ¿cómo puede uno mantenerse cuerdo con tanto calor? —dijo Hemlatha a nadie en particular, y soltó al francés para encaminarse al lavabo y lavarse las manos conteniendo la risa.

6

Mi Abisinia

Hema clavó la mirada en la tierra, atenta a la transición del desierto y el matorral pardo en la empinada escarpadura que anunciaba la exuberante y montañosa meseta de Etiopía. «Sí, éste es mi hogar ahora —pensó—. Mi Abisinia», que le sonaba mucho más romántico que «Etiopía».

El país era básicamente un macizo montañoso que se elevaba desde los tres desiertos de Somalilandia, Danakil y Sudán. Se sentía ahora un poco como un David Livingstone o un Evelyn Waugh explorando aquella antigua civilización, aquel baluarte del cristianismo y única nación africana no colonizada hasta la invasión de Mussolini en 1935. En sus despachos al *Times* de Londres y en su libro, Waugh llamaba en inglés a su majestad Haile Selassie «*Highly Salacious*», es decir, «sumamente salaz», y consideraba una muestra de cobardía que el emperador hubiese abandonado el país ante el avance del dictador italiano. En opinión de Hema, Waugh no podía aceptar la idea de una realeza africana. No podía admitir que los Windsor y los Romanov pareciesen advenedizos comparados con la estirpe del emperador Haile Selassie, que se remontaba a la reina de Saba y el rey Salomón. No tenía en mucho ni al autor ni al libro.

Los nuevos pasajeros que subieron al avión en Yibuti eran somalíes y yibutíes (en realidad, ¿qué diferencia había entre unos y otros, aparte de una línea trazada en un mapa por algún cartógrafo occidental?, pensó Hema). Mascaban kat y fumaban cigarrillos 555 y, a pesar de sus ojos tristes y turbios, estaban contentos. Amontonados en el aparato, que a ella le resultaba ya hasta demasiado familiar, había grandes fardos de kat, de vuelta a Adis Abeba. Era todo muy extraño, porque el kat solía viajar en dirección contraria: se cultivaba en Etiopía, en los alrededores de Harar, de donde se exportaba por ferrocarril a Yibuti y de allí por vía aérea a Adén. A esa lucrativa ruta comercial del kat se debía precisamente la creación de las Líneas Aéreas Etíopes. Hema había oído por casualidad comentar que algún problema con el transporte ferroviario y por carretera, así como la necesidad apremiante de una gran cantidad de kat para una boda, habían sido la causa de aquella exportación inversa y de la parada imprevista. El kat tenía que mascarse más o menos un día después de la recolección, porque de lo contrario perdía potencia. Imaginó a los comerciantes somalíes, yemeníes y sudaneses de los mercadillos de cada calle y calleja, así como a los propietarios de las tiendas más grandes del Merkato de Adis Abeba, consultando sus relojes Tissot e increpando a sus recaderos mientras esperaban la remesa. Imaginó a los invitados de la boda con la boca demasiado seca para escupir, pero aun así escupiendo y maldiciendo y comentando que la novia era más fea de lo que recordaban y que el lunar grande del cuello debía significar que había heredado también la tacañería de su padre.

Se imaginó contándole a su madre el incidente del piloto. No pudo evitar reírse, ante lo cual, el somalí que se sentaba enfrente de ella, uno de los recién llegados, sonrió.

El tiempo había sido caluroso y húmedo en Madrás durante las tres semanas de vacaciones de Hema, pero comparado con Adén era maravilloso. Aunque la casa paterna de tres habitaciones en el barrio de Milapore, muy cerca del templo, siempre le había parecido espaciosa, en esta visita se le había antojado claustrofóbica. Enviaba con regularidad cheques a sus padres, y la había decepcionado comprobar que no habían emprendido ninguna mejora en la casa desde la última vez que fuera a verlos. La pintura del interior tenía desconchones que formaban dibujos abstractos, y la cocina, ennegrecida por el humo, parecía un cuarto oscuro. La calle estrecha en que raras veces se veía un coche ahora era una vía pública estruendosa, y el muro del recinto lucía el mismo color que la tierra en la que se alzaba, sin el menor rastro de yeso. Sólo el jardín había mejorado con el tiempo, y la buganvilla impedía que la casa se viera desde la calle. Los dos mangos eran inmensos y estaban cargados de frutos. Uno era de la variedad alfonso y el otro un híbrido cuya pulpa parecía fibrosa al primer mordisco pero luego se deshacía en la boca como un helado.

En la sala de estar seguía el único y mismo adorno de siempre: el calendario de leche en polvo Glaxo que colgaba de una punta. El niñito blanco de ojos azules no había crecido. El pie de la foto rezaba: «Niños sanos con Glaxo», lo que bastaba para que cualquier madre lactante se sintiese culpable de matar de hambre a su hijo. De pequeña, Hema apenas se había fijado en aquel bebé Glaxo. Ahora el calendario atraía su mirada y la enfurecía. Qué insidiosa había sido la presencia de aquel mocoso en su vida. Un intruso con un mensaje falso. Quitó el calendario, pero el pálido rectángulo de la pared llamaba la atención como nunca lo había hecho el pequeño. Seguro que cuando se marchase volvería a ocupar su lugar otro niño Glaxo.

Durante sus breves vacaciones, Hema había mandado pintar la casa e instalar ventiladores de techo. Sathyamurphy, el padre de Velu, su antiguo enemigo de la infancia, atisbaba por encima del muro mientras los trabajadores transportaban un inodoro estilo occidental para colocarlo en el retrete indio. Se reía entre dientes y cabeceaba.

—No es para mí, viejo estúpido —le dijo Hema en inglés—. Mi madre tiene mal las caderas.

Sathyamurphy contestó con las únicas palabras en inglés que sabía:

—¡Maldita China, bésame, Eisenhower! —Y había sonreído y esbozado un gesto de despedida con la mano, al que ella había respondido del mismo modo.

El somalí que se sentaba enfrente de Hema vestía una camisa de poliéster de un azul luminoso y llevaba un reloj de oro que colgaba balanceante de su delgada muñeca. Las sandalias le sobresalían de los dedos, que brillaban como ébano pulido. Tenía la impresión de conocerlo. De pronto, el hombre hizo una inclinación, sonrió y enumeró con los dedos como si pujara en una subasta mientras decía:

—¡Tres niños, dos disparos, una noche!

Entonces ella recordó. Se llamaba Adid.

—¡Vaya! ¿Aún sigue haciendo turno doble?

La dentadura de marfil de él iluminó el oscuro interior del avión. Dijo algo a sus amigos, que también sonrieron y asintieron indicando que sabían del asunto. ¡Qué espléndidas dentaduras! Hema admiró el negror de su piel, tan puro que tenía un tinte azulado. La directora de su colegio, la señora Hood, era de una blancura de porcelana, y las colegiales creían que si la tocaban se les quedarían los dedos blancos; imaginó que en el caso de Adid se les quedarían negros. El majestuoso porte de aquel hombre, el lento juego de expresiones de su rostro, cada pensamiento acompañado de un movimiento combinado de labio y ceja, la hicieron germinar la extraña idea de que le gustaría chuparle el índice.

La última vez que había visto a Adid, con turbante a la cabeza y ropaje largo y suelto, había sido en la sala de urgencias del hospital, imperturbable, aunque su esposa embarazada sufriese convulsiones. Cuando Hemlatha retiró las capas de tela de algodón se encontró con una muchachita pálida y anémica, con la tensión arterial por las nubes. Aquello era eclampsia. Mientras ella trabajaba en el Quirófano 3 a fin de librar a su esposa del primogénito con una cesárea, Adid desapareció para volver con una esposa mayor, también de parto, que procedió a dar a luz en el *gharry* tirado por un caballo junto a la escalera del ambulatorio. Hemlatha llegó corriendo a tiempo de cortar el cordón umbilical. Presionó el vientre de la mujer, pero en vez de la placenta salió un gemelo. Adid sonrió de oreja a oreja al ver al segundo niño, el tercero en total. Hema le sugirió que se pusiese una banda en el pecho con el letrero: UNA NOCHE, DOS DISPAROS, TRES NIÑOS. Él se había reído como un hombre que no conociera la palabra «preocupación».

—Sí, sí —contestó ahora, alzando la voz para hacerse oír sobre el estruendo de los motores; tenía acento francés y la dicción sincopada de los yibutíes—. La riqueza de un hombre se mide por el número de hijos que tiene. Al fin y al cabo, ¿qué otra cosa dejamos en este mundo, doctora?

Hema, que había estado pensando algo parecido unos minutos antes, decidió que era muy pobre de acuerdo con aquel criterio.

—Amén —contestó—. Entonces usted debe de ser multimillonario.

Al rostro de él asomó una expresión pícara, y, moviendo las cejas y usando sólo los ojos, señaló a una mujer con velo y envuelta en capas de tela de algodón rojas y anaranjadas. Solamente se le veía un pie muy pálido pintado con aleña. Hemlatha supuso que era yemení. O musulmana de Pakistán o la India.

—¿Y ella es...? —le preguntó, esperando que no fuese incorrecto preguntar por su nacionalidad.

Adid asintió enérgicamente.

—Tres meses más por lo menos. ¡Y otro esperando en casa!

—Le diré lo que vamos a hacer —dijo Hema, mirando significativamente la entrepierna del hombre—. Pediré al doctor Ghosh que le haga una tarifa especial para una vasectomía. La mitad. Será más barato que practicar una ligadura de trompas a todas las *begums*.

La pareja gujaratí que se sentaba enfrente alzó la vista, ceñuda ante la risa y las palmadas que se daba Adid en el muslo.

—¿Por qué no trae a las esposas embarazadas a la consulta? —preguntó Hema—. Un hombre listo como usted no debería esperar hasta el último momento. Usted no desea que sufran.

—No depende de mí. Ya sabe cómo son esas mujeres. No quieren ir hasta que están inconscientes —se limitó a responder.

Hemlatha pensó que tenía razón. Años antes, una mujer árabe del Merkato llevaba varios días de parto y el marido, un comerciante rico, había llevado al doctor Bachelli a verla. Pero antes de permitir que la visitase un médico varón, había bloqueado la puerta del dormitorio con el cuerpo, de forma que cualquier intento de abrirla la aplastase.

Murió sola, detrás de la puerta, un acto muy admirado por sus pares.

Hema tenía hambre y, para fastidiar más a los gujaratíes, aceptó unas hojas de kat de Adid y se las metió en la boca. Nunca antes lo había hecho, pero los acontecimientos de las últimas horas habían cambiado las cosas.

El kat era amargo al principio, pero después la masa pastosa adquiría un sabor casi dulce nada desagradable.

—¡Maravilla de maravillas! —exclamó, mientras su carrillo se abultaba como el de una ardilla y la mandíbula iniciaba el ritmo lánguido y cambiante de los miles de mascadores de kat que había visto a lo largo de su vida. Usó el bolso a modo de cojín para apoyar el codo y subió los pies al banco, con una pierna estirada y la otra doblada, la barbilla apoyada en la rodilla. Se inclinó luego hacia Adid, que estaba sorprendentemente parlanchín.

—... y pasamos la mayor parte de la estación de las lluvias lejos de Adis, en Aweyde, que queda cerca de Harar.

—Conozco muy bien Aweyde —dijo Hema, lo cual no era cierto. Había ido en coche hacía años durante unas vacaciones para ver la antigua ciudad amurallada de Harar. Lo que recordaba era que la población entera parecía un mercado de kat. Las casas eran de una sencillez espantosa, sin rastro de cal—. Conozco muy bien Aweyde —repitió, y el kat le hizo creer que era verdad—. Allí la gente es tan rica como para que todo el mundo pueda tener un Mercedes, pero no se gastan un céntimo en pintar la fachada. ¿Tengo razón o no?

—Doctora, ¿cómo puede usted saber esas cosas? —preguntó Adid atónito.

Hema sonrió, como si dijera: «Hay muy poco que se me escape, mi querido amigo.» Y luego pensó en las pelotas del francés, en los pliegues arrugados, en el rafe medio que separaba un testículo de otro, en el músculo dartos, las células de Sertoli. Su mente galopaba, extremadamente lúcida.

Ya no hacía calor en la cabina y resultaba agradable volver al hogar. Sintió deseos de contarle a Adid lo siguiente: «Cuando era estudiante de medicina teníamos que hacer esa prueba a los pacientes para comprobar el dolor visceral, que es distinto al de un golpe en la rodilla, por ejemplo, pues viene de dentro, de los órganos internos. Es un dolor difícil de describir y se localiza mal, pero es dolor en cualquier caso. Pues bien, de estudiantes debíamos apretar los testículos para comprobar si el paciente aún sentía o no dolor visceral, porque algunas enfermedades como la sífilis pueden causar una pérdida de la percepción de ese dolor. Un día, estábamos al lado de la cama de un enfermo de sífilis y el profesor me eligió para realizar la prueba. Los hombres del grupo soltaban risitas. Fui valiente, no vacilé. Puse al descubierto los huevos... perdón, los testículos. El enfermo sufría sífilis avanzada. Cuando apreté, me sonrió. Nada. Ningún dolor, ninguna reacción. Así que apreté más fuerte... fuerte de verdad. El hombre siguió impasible, pero ¡un compañero se desmayó!»

Adid estaba sonriendo como si ella le hubiese contado la historia a viva voz.

El avión descendió entre las nubes dispersas que cubrían Adis Abeba. Al principio, los densos bosques de eucaliptos ocultaban la ciudad. El emperador Menelik los había importado de Madagascar hacía años, no por el aceite sino como leña, cuya escasez casi le había obligado a abandonar la capital. Los eucaliptos habían prosperado en suelo etíope y crecían rápidamente: doce metros en un lustro y veinte en doce años. Menelik había ordenado plantar hectáreas de eucaliptos. Eran indestructibles, siempre retoñaban con fuerza cuando los talaban y su madera resultaba ideal para la fabricación de casas.

Entre la arboleda se veían claros con *tukuls* circulares de techumbre de paja y un cercado de espinos para mantener encerrados a los animales. Luego, al borde ya de la ciudad, Hema divisó las casas de tejado de zinc, numerosas y más próximas unas a otras. A continuación vio una iglesia con una corta aguja y enseguida la ciudad propiamente dicha. Distinguió unos cuantos coches y autobuses que recorrían la calle Churchill, la cual nacía en la estación de ferrocarril y continuaba en una empinada cuesta hasta la *piazza*. Al contemplar así el centro de la ciudad, que parecía tan moderno, pensó en el emperador Haile Selassie. Había introducido más cambios en su reinado de los que el país experimentara en tres siglos. Abajo, al nivel de la calle, su retrato (nariz aguileña, labios finos, frente despejada) estaba en todas las casas. El padre de Hema era un gran admirador de Selassié porque poco antes del estallido de la Segunda Guerra Mundial, cuando Mussolini se disponía a invadir, había advertido al mundo del precio que habría que pagar por mantenerse al margen y permitir que Italia sometiera a un país soberano como Etiopía; la no intervención, había dicho, alimentaría las ambiciones territoriales no sólo de Italia sino de Alemania: «Dios y la historia recordarán vuestra decisión», había sentenciado en su célebre discurso ante la Sociedad de Naciones. Y así fue. Se convirtió en el símbolo del tipo bajito que se enfrentaba al bravucón (y perdía).

—¿Ve el hospital Missing, *madame*? —preguntó Adid, atisbando por encima de su hombro.

—No, no se ve.

Cerca del aeropuerto, una ladera completa se había teñido de un naranja llameante por la floración del *meskel*, lo cual indicaba la finalización de la estación de las lluvias. Otra ladera estaba cubierta de cobertizos y casuchas de chapa de zinc de un castaño rojizo o un tono herrumbroso más oscuro. Cada casa compartía una pared con la de al lado, de forma que en conjunto parecían largos vagones de tren irregulares que se deslizaban por la colina proyectando brotes y retoños en todas direcciones.

• • •

Cuando el piloto francés sobrevoló la pista de aterrizaje, el agente de aduanas subió a su bicicleta y se puso a ahuyentar a las vacas descarriadas. Luego el aparato describió un círculo y aterrizó.

Coches y furgones de la policía etíope de un verde bilioso se acercaron a gran velocidad al avión, acompañados de funcionarios de las Líneas Aéreas Etíopes. La compuerta de carga se abrió de golpe y manos frenéticas se apresuraron a descargar el kat. Echaron los fardos en un Volkswagen Kombi, luego en un motocarro y, una vez llenos ambos vehículos, cargaron los restantes en los coches de la policía y salieron disparados con las sirenas encendidas. Sólo entonces se permitió el desembarco de los pasajeros.

El Fiat 600 azul y blanco gemía mientras el motor de 600 cc al que debía su nombre se esforzaba por transportar a Hemlatha y su Grundig. La doctora supervisó personalmente el proceso de carga de la enorme caja en la baca del coche.

Lucía una espléndida tarde soleada en Adis Abeba y Hema olvidó que llegaba al hospital con más de dos días de retraso. A aquella altitud la luz era muy distinta de la de Madrás y bañaba cuanto se dignaba iluminar, en vez de reflejarse deslumbrante en todas las superficies. No había el menor indicio de lluvia en la brisa, aunque la situación podía cambiar en cualquier momento. Le llegó el olor leñoso y medicinal a eucalipto, un aroma que nunca serviría para un perfume pero resultaba tonificante en el aire. Captó también el olor a incienso, que todas las casas echaban en la cocina de carbón. Se alegró de estar viva y de vuelta en Adis Abeba, pero la embargó una desconcertante añoranza, un anhelo insatisfecho e indefinible.

Con el final de las lluvias habían proliferado los puestos improvisados en que se vendían pimientos rojos y verdes, limones y maíz tostado. Un hombre llevaba un cordero que balaba a modo de capa al cuello, lo que le hacía esforzarse por divisar el camino. Una mujer vendía hojas de eucalipto, que se empleaban como combustible para preparar *inyera*, alimento parecido a una hojuela o torta de *tef*, el cereal tradicional. Más adelante, Hema vio a una niña que echaba la masa en una enorme plancha apoyada en tres ladrillos sobre el fuego. Cuando la torta estaba hecha, se retiraba como un mantel, se doblaba tres veces y se guardaba en un cesto.

Una anciana vestida de negro se paró para ayudar a una madre a colgarse el niño a la espalda en un atillo hecho con el *shama*, el manto de algodón blanco que usaban hombres y mujeres.

Un individuo con las piernas atrofiadas avanzaba a duras penas por la sucia acera balanceando los brazos. Con sendos tacos de madera provistos de asa, se apoyaba en el suelo para impulsarse. Se desplazaba sorprendentemente bien calle abajo y recordaba a una letra eme. *Todo parecía novedoso a Hema después de su breve ausencia.*

Una reata de mulas sobrecargadas de leña pasaron trotando con expresión dócil y beatífica, teniendo en cuenta los palos que iba propinándoles el descalzo propietario que corría con ellas. El taxista hacía sonar la bocina, pero el coche sólo conseguía arrastrarse como otro animal sobrecargado.

Los adelantó un camión cargado de corderos, tan apretujados que los pobres animales apenas podían pestañear. Eran criaturas afortunadas, pues por lo menos se las transportaba al matadero, dado que en vísperas del Meskel, la fiesta que celebra el hallazgo de la cruz de Cristo, llegaban a la capital enormes rebaños de bestias que se tambaleaban agotadas y apenas si sobrevivían a aquella marcha hacia la mesa del festín. Después de la celebración, no se oían ni se veían corderos, pero entonces aparecían los comerciantes en pieles, que recorrían calles y callejas gritando «*Ye beg koda alle!*» («¡Pieles de cordero, quién tiene!»). La gente los llamaba desde sus casas y, después de cierto regateo, los comerciantes acababan echándose otra piel sobre las que llevaban al hombro y reanudaban su pregón.

A Hemlatha le sorprendió ver niños por todas partes, como si durante todos aquellos años hubiesen sido invisibles. Dos corrían con aros de metal rudimentarios, que guiaban y empujaban con un palo, zigzagueando e imitando sonidos de automóvil, mientras un tercero más pequeño con mocos entre la nariz y los labios los miraba con envidia. Tenía la cabeza afeitada con un mechón delante como una isla peatonal. Aquel extraño corte de pelo, según le habían contado a ella cuando llegó a Etiopía, era para que si Dios decidía llevarse al niño (y la verdad era que se llevaba a muchos) pudiera agarrarlo por aquel mechón y subirlo al cielo.

A través de la cortina de abalorios de un *buna-bet*, un café, se perfilaba la madre del niño, aunque en realidad se trataba de un bar que expendía cosas más fuertes que café. De noche, el interior pintado de verde, amarillo y rojo brillaría con las luces fluorescentes, y la mujer, transformada a aquella hora, ofrecería bebidas y compañía. Una cafetera exprés sobre una barra de zinc determinaba la categoría de un establecimiento, un rasgo heredado de la ocupación italiana. Los ojos apagados de la mujer se posaron en el taxi y luego en Hema, y su expresión se endureció como si viera en ella a una competidora. Luego alzó la vista hacia la extraña caja en la baca del taxi y la desvió despectivamente, como si dijera: «No me impresiona lo más mínimo.» Hema pensó que tal vez fuera amhara, con aquella piel color nogal y los pómulos altos. Y era muy guapa. Probablemente fuese amiga de Ghosh. Llevaba un peine en el pelo como si hubiese hecho una pausa mientras se lo atusaba. Las piernas le brillaban de Nivea. Incluso puede que tomase un bocadito o dos de esa crema de vez en cuando, creyendo que le aclararía la piel. «Que yo sepa, funciona», se dijo Hema, aunque se estremeció al pensarlo.

Entre los edificios de bloques de hormigón más recientes había casuchas de paredes de cañizo sin pintar en que se distinguían ramitas, paja y barro. Sólo faltaba un palo clavado en el suelo con una lata vacía invertida en el extremo para indicar que también aquello era un *buna-bet* y, aunque no tuvieran cafetera exprés y vendieran *tej* y *talla* de fabricación casera en vez de cerveza del St. George embotellada, ofrecían los mismos servicios que los otros.

El oficio más antiguo del mundo no extrañaba a nadie, ni siquiera a Hema. Había comprendido que era inútil poner objeciones... sería como ofenderse por respirar oxígeno. Pero las consecuencias de aquella tolerancia eran evidentes: abscesos en ovarios y trompas, esterilidad por gonorrea, abortos y niños con sífilis congénita.

En la calle principal había una cuadrilla de sonrientes obreros gurages huesudos y de piel oscura al mando de un sonriente capataz italiano. Los gurages eran sureños con una fama bien merecida de trabajadores y de estar dispuestos a realizar tareas que los locales rechazaban. Cuando Gebrew necesitaba ayuda en el hospital se limitaba a salir a la verja y gritar «¡Gurage!», pese a que últimamente podía considerarse ofensivo y era preferible gritar «¡Culi!». Iban todos descalzos, menos el capataz y uno que llevaba los pies embutidos en unos zapatos que le quedaban pequeños y a los que había cortado las punteras para sacar los dedos. En realidad, Hema debería haberse indignado al ver a los trabajadores negros y al capataz blanco, y se preguntó por qué no era así; tal vez porque los italianos que se habían quedado en Etiopía después de la liberación eran de trato fácil y estaban muy dispuestos a reírse de sí mismos, de modo que resultaba difícil mirarlos mal. Se tomaban la vida como lo que era, ni más ni menos, un intervalo entre comidas. O tal vez se tratase sólo de la conducta que más les convenía, dadas sus circunstancias. Se dio cuenta de que los trabajadores dejaban de trabajar en cuanto el capataz apartaba la vista. Aunque todo iba a ritmo de caracol, sin embargo escuelas, oficinas, un gran edificio de correos, un banco nacional, iban surgiendo para igualar la grandeza de la catedral, el edificio del Parlamento y el palacio del Jubileo. Tomaba forma así la visión del emperador de su capital africana estilo europeo.

Tal vez se debiese a que seguía pensando en el emperador y porque el taxi estaba en la intersección en que se alzaba en otros tiempos una horca (en vez de la actual hilera de tiendas), pero el hecho es que recordó de pronto una escena que la había obsesionado.

Había sido precisamente allí, en 1946, cuando Ghosh y ella llevaban pocos meses en Adis Abeba, donde se habían tropezado con una multitud que obstruía el tráfico. Hema, de pie en el estribo del Volkswagen de Ghosh, había visto una estructura rudimentaria con tres sogas. Luego había llegado un Trenta Quattro modificado con distintivos militares, en cuya plataforma trasera iban tres prisioneros etíopes esposados, a los que pusieron de pie. No llevaban chaqueta, pero por lo demás, al verlos con camisa, zapatos y pantalones, parecía que los hubiesen interrumpido en plena comida.

Un oficial etíope con uniforme de la Guardia Imperial leyó un papel y luego lo tiró. Hema observó fascinada cómo les pasaba la soga por la cabeza a cada uno y colocaba el nudo a un lado tras la oreja. Los condenados parecían resignados a su suerte, lo cual era en sí mismo una forma de valor extraordinaria. El porte de un hombre alto ya de edad la convenció de que se trataba de presos militares. Aquel individuo canoso pero erguido habló con el oficial, que agachó la cabeza para escuchar, asintió y le quitó la soga. El prisionero se inclinó entonces por el borde del camión y tendió las muñecas esposadas a una mujer que lloraba. La mujer le quitó un anillo y le besó la mano. El preso retrocedió, bajó la vista como un actor que busca su lugar en la escena, luego hizo una venia al verdugo, que se la devolvió para a continuación volver a colocarle la soga con la delicadeza del marido que adorna con guirnaldas a su desposada.

Hema no comprendió aquello, al menos no entonces. Creía que se trataba de una representación teatral. La violencia de lo que siguió (la arrancada del camión, la sacudida de los cuerpos, el ángulo atroz e inverosímil de la cabeza sobre el pecho, la demencial carrera de los espectadores para quitar los zapatos a los muertos) fue menos perturbadora que la idea de que vivía en un país en que podían suceder aquellas cosas. Había asistido a episodios de brutalidad y crueldad en Madrás, desde luego, pero adoptaban la forma de negligencia e indiferencia ante el sufrimiento, o de mera corrupción.

A raíz de aquel suceso estuvo varios días enferma, e incluso consideró la posibilidad de marcharse de Etiopía. En el *Ethiopian Herald* no se hizo ninguna mención de lo ocurrido ni el gobierno realizó la menor declaración. Aquellos hombres habían estado planeando la revolución, decía la gente, y ésa era la respuesta del emperador, que gobernaba un país frágil. Hema nunca había olvidado al renuente verdugo, un hombre apuesto cuyas sienes formaban un ángulo recto con la frente, lo que confería a la cabeza forma de hacha. Tenía la nariz achatada en la base, como por una antigua fractura. Recordaba la majestuosa reverencia que le había hecho al condenado antes de ejecutar las órdenes. Había sentido piedad por él, incluso respeto. Aquel gesto revelaba su conflicto entre el deber y la compasión. Si se hubiese negado a obedecer, le habrían colgado a él también. Estaba segura de que había obrado contra su conciencia.

«Tal vez sea eso lo que me ha mantenido en Adis Abeba todos estos años, esta yuxtaposición de cultura y barbarie, este moldear lo nuevo a partir del crisol del barro primigenio. La ciudad está evolucionando y me siento parte de esa evolución, a diferencia de Madrás, ciudad que parece acabada ya siglos antes de que yo naciese. ¿Se ha dado cuenta alguien salvo mis padres de que me marché de allí?»

—¿Por qué no te quedas en la India? Hay tantas mujeres pobres que mueren inútilmente en Madrás... —le había preguntado su padre sin mucho entusiasmo durante la última visita.

—¿Acaso quieres que ofrezca servicios gratuitos a los pobres en esta casa? —había replicado ella—. Si no, consígueme entonces un trabajo, que me contrate el municipio o la sanidad pública. Si mi país me necesita, ¿por qué no me contrata?

Ambos sabían la respuesta: los puestos de trabajo eran para quienes estaban dispuestos a sobornar.

Hema suspiró, lo que hizo que el taxista la mirara. Una vez más estaba reviviendo el dolor de despedirse de sus progenitores.

El espectáculo de los campesinos descalzos con cargas disparatadas sobre la cabeza y los carros tirados por caballos que surcaban las calles mantenía el aura y la mística de aquel reino antiguo que casi justificaba las fabulosas historias del preste Juan, escritas en tiempos medievales, un mágico reino cristiano rodeado por países musulmanes. Sí, podía ser la era del trasplante de riñón en Estados Unidos, y pronto llegaría una vacuna contra la polio incluso a la India; pero allí, Hema tenía la impresión de estar engañando al tiempo. Con sus conocimientos del siglo XX se había remontado a otra época. El poder se filtraba desde su majestad hasta los rases, los dejazmaches y la nobleza menor, los vasallos y peones. Los conocimientos de Hema eran tan raros, tan necesarios para los más pobres de los pobres, e incluso a veces en el palacio real, que se sentía apreciada. ¿No era ésa la definición de hogar? No de donde eres, sino donde te necesitan.

Hacia las dos de la tarde, el taxi se detuvo ante las verjas marrón claro de Missing, un micromundo.

Sobre el muro de piedra que rodeaba el recinto del hospital y ocultaba los edificios se elevaban eucaliptos y algunos abetos, jacarandás y acacias. Los fragmentos de cristal de botella hincados en el mortero resaltaban en lo alto del muro para disuadir a los intrusos (los robos y raterías eran endémicos en Adis Abeba), aunque las rosas que asomaban suavizaban el efecto de aquel elemento disuasorio. El portón de hierro forjado estaba cubierto con una plancha metálica y normalmente permanecía cerrado; los peatones entraban por la puerta de goznes más pequeña que había en él. Pero ahora tanto la verja como la puertecilla estaban abiertas de par en par. Vio en el interior que la puerta de la garita de vigilancia de Gebrew y el postigo también lo estaban, y cuando coronaron la cuesta reparó en que lo mismo sucedía con todas las puertas y ventanas visibles del ambulatorio. De hecho, pudo vislumbrar a Gebrew el vigilante, que era sacerdote, mientras abría la puerta de la leñera.

Al ver el taxi, acudió a la carrera, con el capote de los excedentes del ejército aleteando, el turbante blanco de sacerdote que empequeñecía su cara, el espantamoscas, la cruz y el rosario en una mano, como si se propusiera ahuyentar al taxi. Gebrew era un individuo nervioso que solía hablar deprisa, con movimientos espasmódicos, pero estaba mucho más agitado de lo habitual. Le dio la impresión de que se asombraba de verla, como si hubiese creído que ella jamás volvería.

—¡Alabado sea Dios por traerla sana y salva! Bienvenida, señora. ¿Cómo está? Dios escuchó nuestras plegarias —dijo en amárico.

Hema correspondió a sus reverencias lo mejor que pudo, pero él no paró hasta que le gritó:

—¡Gebrew! —Y le tendió un billete de cinco birrs—. Coge un cuenco, ve al bar Sheba y tráeme *doro-wot*, por favor.

Se trataba del delicioso curry de pollo con *berbere* (pimiento rojo). Hema hablaba un amárico torpe y sólo en presente, pero el término *doro-wot* lo había dominado enseguida. Y con *doro-wot* había soñado las últimas noches en Madrás, después de tantos días de dieta estrictamente vegetariana. El *wot* se servía sobre la *inyera*, la blanda tortita tipo crepe, acompañado por otros rollos de *inyera* que usaría a modo de cuchara para coger la carne. El curry habría impregnado el pan que cubría el fondo del cuenco cuando Gebrew lo llevase. A Hema se le hacía la boca agua al pensar en aquel plato.

—Sí, claro que lo haré, señora, Sheba es el mejor, bendito sea su cocinero, Sheba es...

—Dime, Gebrew, ¿por qué están abiertas las puertas y ventanas?

Entonces se dio cuenta de que tenía manchas de sangre en las uñas y los dedos, y plumas pegadas en las mangas y también enganchadas en el espantamoscas.

—¡Ay, señora! Es lo que intentaba explicarle. ¡El niño está atascado! ¡El bebé! ¡Y la hermana! ¡Y el bebé! —exclamó Gebrew al fin.

Hema no entendía nada. Nunca lo había visto tan desquiciado. Sonrió y esperó.

—¡Señora! ¡La hermana está de parto! ¡No va bien!

—¿Cómo? ¡Repítelo! —lo apremió ella, pensando que después de haber estado ausente sin oír amárico tal vez ya no lo comprendía.

—¡La hermana, señora! —gritó Gebrew, asustado porque parecía que no conseguía explicarse y creyendo que el volumen y el timbre ayudarían, aunque lo que emitió fue un chillido.

El término «hermana» en Missing siempre se refería a la monja Mary Joseph Praise, ya que la única que había en el hospital además de ella era la enfermera jefe Hirst, a quien se llamaba enfermera jefe, mientras que a las otras enfermeras se las denominaba enfermera Almaz o enfermera Esther, no hermana.

Para asombro de Hema, Gebrew gritaba cada vez con mayor estridencia.

—Está cerrado el paso. Lo he intentado todo. Abrí cada una de las puertas y ventanas. ¡Hasta he abierto una gallina en canal! —Se apretó el vientre, empujando en una extraña imitación del parto. Lo intentó en inglés—: ¡Bebé! ¿Bebé? ¿Bebé, señora?

Lo que intentaba transmitir estaba bastante claro, no había error posible. Sin embargo, habría sido difícil que Hema lo creyese, hablase el idioma que hablase.

7

Fetor Terribilis

Las puertas del quirófano se abrieron de golpe. La estudiante en prácticas dio un grito y la enfermera jefe se llevó las manos al pecho al ver a una mujer con sari, en jarras y con la respiración agitada.

Todos se quedaron paralizados. ¡Cómo iban a saber si se trataba de su Hema o de una aparición! Parecía más alta y más llena, y tenía ojos enrojecidos de dragón. Sólo se desvanecieron sus dudas cuando abrió la boca y dijo:

—¿Qué disparates anda diciendo Gebrew? ¿Qué pasa, santo cielo?

—Es un milagro —dijo la enfermera jefe, refiriéndose a su llegada, comentario que aún desconcertó más a la doctora.

—Amén —añadió la estudiante en prácticas, ruborizada y con las marcas de viruela brillándole como cabezas de clavo hundidas.

Stone se incorporó y pareció tranquilizarse al ver a Hema. No abrió la boca, pero su cara era la del que se ha caído en una grieta y de repente ve la cuerda que le echan desde el cielo. Recordando esa escena muchos años después, Hema me dijo:

—La saliva se me secó como cemento, hijo, el sudor empezó a chorrearme por la cara y el cuello, a pesar de que allí dentro hacía mucho frío. Porque antes incluso de asimilar los hechos médicos, había captado ya el olor.

—¿Qué olor?

—No lo encontrarás descrito en ningún libro de texto, Marion, así que no te molestes en buscarlo. Pero está grabado aquí —dijo, dándose una palmada en la cabeza—. Si decidiera escribir un manual, y no es que tenga el menor interés en esas cosas, dedicaría un capítulo sólo a los olores obstétricos.

Era un olor dulzón y acre a la vez. Y esas dos características contrarias es lo que acabaría denominando *fetor terribilis*. «Significa siempre una catástrofe en el paritorio. Madres muertas o bebés muertos o maridos homicidas. O todo junto.»

Incapaz de asimilar la cantidad de sangre que había en el suelo, la visión del instrumental en desorden (sobre y junto a la paciente, en la mesa de operaciones) hirió sus sentidos. Pero, sobre todo (y había estado resistiéndose a ello), no podía aceptar el hecho de que la hermana Mary Joseph Praise, la dulce monja, que debería haber estado allí de pie, con la bata y la mascarilla, limpia y aseada, un dechado de calma en medio de aquella calamidad, yaciese moribunda en la mesa de operaciones, la piel blanca como la porcelana, los labios incoloros.

Los pensamientos de Hema se disociaron como si ya no le pertenecieran y fueran ahora una elegante caligrafía que se desplegaba ante ella en sueños. La mano izquierda de la hermana Praise en posición supina sobre la mesa de operaciones atrajo su mirada. Tenía los dedos encogidos, el índice menos, como si hubiese estado señalando cuando la había embargado el sueño o el coma. Era una posición de reposo que raras veces asociaba con la hermana. La mirada de Hema se sintió arrastrada insistentemente hacia aquella mano mientras el tiempo transcurría.

La visión de Thomas Stone le hizo recuperar cierto control y la sacó de su abstracción. Verlo en el lugar sagrado, entre las piernas de una mujer, un sitio reservado para la ginecóloga, resultaba ofensivo. Aquél era su lugar, su territorio. Lo apartó de allí y él, en su precipitación, derribó el taburete. Intentó explicarle lo ocurrido: cómo había ido a buscar a la hermana y descubierto su embarazo y luego el parto bloqueado, la conmoción, aquella hemorragia que no cesaba.

—Pero ¿qué es esto? —preguntó Hema, interrumpiéndole, con ojos desorbitados por el sobresalto, las cejas enarcadas y la boca en una perfecta O, indicando el trépano ensangrentado y el libro abierto apoyado en el vientre de la hermana—. ¿Cómo que libros y trastos? —Los barrió a un lado y resonaron en el suelo, y ese mismo sonido reverberó en las paredes.

A la enfermera en prácticas el corazón le golpeteaba en el pecho como una polilla contra una lámpara. No sabía dónde poner las manos, así que se las metió en los bolsillos. Se tranquilizó diciéndose que no tenía nada que ver ni con los libros ni con los trastos. En lo que había fallado (y empezaba a darse cuenta entonces) había sido en la Sólida Sensibilidad de Enfermera: no había apreciado la gravedad del estado de la hermana Praise cuando le había transmitido el mensaje de Stone. Había supuesto que otros se ocuparían de ella. Nadie se había dado cuenta de que estaba tan mal y nadie se lo había comunicado a la enfermera jefe.

Mary Joseph Praise movió la cabeza, y la enfermera jefe creyó que se daba cuenta, al menos fugazmente, de que le tenía cogida la mano. Pero el dolor era tan atroz que ni siquiera era capaz de reconocer ese gesto bondadoso.

—Veíale en las manos un dardo de oro largo, y al fin del hierro me parecía tener un poco de fuego...

Por lo que pudo entender, la enfermera jefe supuso que las palabras que murmuraba la joven monja eran las de santa Teresa, que ambas conocían tan bien.

«Éste me parecía meter por el corazón algunas veces y que me llegaba a las entrañas. Al sacarle, me parecía las llevaba consigo, y me dejaba toda abrasada en amor grande de Dios. Era tan grande el dolor que me hacía dar aquellos quejidos, y tan excesiva la suavidad que me pone este grandísimo dolor, que no hay desear que se quite, ni se contenta el alma con menos que Dios.»

Pero a diferencia de santa Teresa de Ávila, la hermana Praise sin duda quería que el dolor cesara y parece ser que, justo entonces, según la enfermera jefe, el dolor aflojó su presa en el vientre y la hermana suspiró y dijo con claridad:

—Me asombro, Señor, de tu misericordia. No es algo que merezca.

Siguió un breve período de lucidez, con movimientos circulares de los ojos y nuevas tentativas de hablar, pero los resultados fueron ininteligibles. La luz inundó el quirófano y la enfermera jefe explicaba que había sido como si el sudario que se había formado delante de su cara se esfumase. En aquel momento, mientras la enferma miraba alrededor (su quirófano todos aquellos años), la enfermera jefe pensó que la joven monja se daba cuenta de que ahora ella era la paciente a quien había que operar y que todo estaba en su contra.

—Tal vez creyese que merecía morir —me dijo la enfermera jefe, imaginando los pensamientos de mi madre—. Si la fe y la gracia deben ser contrapeso de la naturaleza pecaminosa de los humanos, las suyas habían sido insuficientes, y se avergonzaba. Aun así, debió de creer que Dios la amaba incluso con sus imperfecciones y que la esperaba el perdón en Su morada, ya que no en la tierra.

Se preguntaba si a mi madre le daría miedo el hecho de morir en África, un continente alejado de su patria. Tal vez en su fuero interno (tal vez en el de todos) perviva el deseo de cerrar el círculo de la vida en el punto de partida, que en su caso era Cochin.

Luego oyó que mi madre cuchicheaba claramente *Miserere mei, Deus* antes de que la voz la abandonase. Entonces la guió durante el resto del salmo en latín sirviéndole de faringe mientras los labios de la paciente se movían: «Mirad que fui concebida en iniquidad, y que mi madre me concibió en pecado [...] Me rociaréis con el hisopo y quedaré purificada; me lavaréis y quedaré más blanca que la nieve [...].»

Cuando acabó, según la enfermera jefe, volvió a formarse el sudario. La luz estaba desapareciendo de su mundo.

—¡Recoge el taburete, Stone! —gritó Hema. Y a la enfermera en prácticas, chasqueando los dedos—: Y tú saca las manos de los bolsillos.

Stone alzó el taburete y Hemlatha se aposentó en él. El manojo de llaves que había sacado para abrir su casa estaba ahora en la cintura del sari, y repiqueteó al sentarse. El brillante chispeó en su nariz bajo las luces del quirófano. Mechones de pelo cayeron sobre las orejas y delante de los ojos. Frunció los labios y sopló para apartarlos. Alzó los hombros, los alzó frente al horror y el desamor que vio. Con aquel gesto se desprendió de la capa de viajera y se colocó la de ginecóloga. La tarea que tenía ante sí, aunque difícil, peligrosa o desagradable, era suya y sólo suya.

Le costaba respirar. Necesitaría una semana para aclimatarse, pues llegaba del nivel del mar, de Madrás, a un quirófano situado casi a dos mil quinientos metros sobre el nivel del mar. Bufaba con cada inhalación, como un purasangre después de correr cuarenta kilómetros.

Pero su ahogo también se debía a lo que tenía delante. Gebrew no había perdido el juicio ni bebido demasiada *talla*; le había contado la verdad. El milagro cotidiano de la concepción había tenido lugar en el único sitio en que no debería haber sucedido: en el útero de la hermana Mary Joseph Praise. Sí, la hermana estaba embarazada, lo estaba meses antes de que Hema se fuese a la India; y no sólo embarazada, sino que ahora se encontraba *in extremis*. ¿Y el padre?

¿Quién iba a ser? Echó una ojeada al pálido rostro de Stone.

«¿Por qué no? ¿Por qué tiene que sorprenderme?» Recordó lo que decía su profesor: «La incidencia de cáncer de cuello de útero es más elevada en las prostitutas y casi nula en las monjas.» ¿Por qué casi nula y no nula? ¡Porque las monjas no lo son de nacimiento! ¡Porque no todas las monjas eran castas antes de ingresar en una orden! ¡Porque no todas las monjas son célibes! No lo eran ni aquí ni allí, se dijo mientras introducía las manos en los guantes que le tendía la enfermera jefe.

La estudiante en prácticas anotó la llegada de la doctora Hemlatha en el gráfico y se reconvino por no haber pensado en los guantes.

Hema estiró las piernas. Tenía los pies hinchados a consecuencia del largo vuelo. Flexionó los dedos entre las tiras de las sandalias y golpeó el suelo con los pies para afianzarlos bien aunque estuviese ensangrentado. Abrió los dedos de la mano izquierda. Luego, con un movimiento que las innumerables repeticiones habían convertido en algo simple, la mano derecha dejó al descubierto el canal del parto.

—¡Rama, Rama, éste es un instrumento asqueroso de la edad de piedra! —gritó, mientras desenganchaba con cuidado primero una mitad y luego la otra del aplastacráneos, deslizándolas después por encima de las orejas del bebé. Libre ya de aquel instrumento asqueroso, lo contempló con disgusto y lo arrojó a un lado.

La enfermera jefe sintió alivio. Pasara lo que pasase, al menos se había hecho cargo de la situación una ginecóloga de verdad. Reparó en cómo se habían invertido los papeles: ahora ya no era Stone, sino Hema, quien gritaba y lanzaba objetos.

Le explicó que la hermana Mary Joseph Praise había experimentado graves dolores, fuertes espasmos dolorosos, y luego los dolores habían remitido bruscamente y había parecido casi lúcida, hablando... pero ahora había vuelto a empeorar.

—Santo cielo, parece ruptura uterina —afirmó Hema, sabiendo que los dolores no cesan hasta que el niño está fuera. Esa posibilidad explicaría la sangre del suelo. Otra era la placenta previa (una placenta sobre la salida del útero). Ambas posibilidades eran graves—. ¿Cuándo han dejado de oírse los latidos cardíacos fetales? —Nadie contestó—. ¿Tensión?

—Sesenta por pulso —respondió la anestesista tras una pausa, como si hubiese esperado que algún otro pronunciase la cifra que debía decir ella.

Hema se asomó a un lado del vientre hinchado de la hermana para lanzar una mirada fulminante a la enfermera Asqual.

—¿Acaso espera que llegue a cero para respirar por ella? Póngale un tubo traqueal. Conéctelo a los fuelles manuales. Si despierta, suminístrele un poco de petidina intravenosa. Avíseme cuando acabe. ¿Dónde está Ghosh? ¿Le han avisado?

La enfermera Asqual se puso en marcha agradeciendo que le diesen instrucciones detalladas paso a paso, porque su mente estaba paralizada.

—¿Y quién ha ido a buscar sangre? ¡Cómo! ¿Nadie? ¿Es que estoy rodeada de idiotas? ¡Vamos, rápido! ¡Rápido! —Dos personas se precipitaron hacia la puerta—. Buscad a cualquiera, a quien sea, para que done sangre. Necesitamos mucha.

Hema introdujo los dedos de la mano derecha y los dispuso alrededor del cráneo del feto, mientras con la otra mano apretaba el vientre de la hermana. Atisbó por encima de la elevación abdominal para verle la cara. Estaba más pálida que Stone.

La enfermera Asqual consiguió insertar con manos temblorosas el tubo traqueal. Cada vez que se comprimía la bolsa de aire se elevaban los pechos hinchados de la hermana.

Las manos de Hema parecían prolongaciones de sus ojos cuando exploraba el espacio que consideraba la puerta de acceso a su trabajo; los dedos introducidos allí captaban los sonidos, ayudados por la otra mano desde fuera. Cerró los ojos para percibir mejor lo que le transmitía la yema de los dedos sobre la anchura pélvica y la posición del bebé.

—¿Qué tenemos aquí? —preguntó. En realidad el niño estaba cabeza abajo, pero ¿qué era aquello? ¿Otro cráneo?—. ¡Santo cielo, Stone! —exclamó, sacando la mano como si hubiese tocado una brasa ardiendo.

Aunque Stone la miró sin comprender, no se atrevió a preguntar. Hema lo observó con expresión tensa, esperando una respuesta.

—¿Mejor fuera que dentro? —susurró él, creyendo que se refería a los intentos de aplastar el cráneo.

—¡Maldita sea, Thomas Stone, no me cites tu estúpido libro! ¿Crees que se trata de una broma?

Stone, que no lo consideraba en absoluto una broma y que en realidad se había percatado de que cuanto estaba haciendo Hema era algo que podría y debería haber hecho él, se ruborizó. La ginecóloga volvió a explorar aquel espacio devastado del cuerpo de la hermana, en que había dos vidas en peligro. Sus palabras parecían golpes contundentes dirigidos a su colega.

—Una visita prenatal. ¿No podrías haberme dejado verla al menos en un reconocimiento prenatal? Habría cancelado el viaje. ¡Mira en que aprieto estamos! Milagro, ¡y un cuerno! Completamente evitable... —y repitió las dos últimas palabras como si fueran pullas.

Stone parecía un niño delante de la directora del colegio. Como Hema parecía aguardar una explicación, balbució al fin:

—¡No lo sabía!

Se quedó boquiabierta, mirándolo fijamente. Una parte de ella no podía creer que Stone hubiera dejado embarazada a la hermana Praise... ¿quién podría imaginárselo? Pero volvió a imponerse en ella el cinismo de la ginecóloga que lo ha visto todo.

—¿Estás pensando en un nacimiento virginal, doctor Stone? ¿En una concepción inmaculada? —Rodeó la mesa de operaciones—. En ese caso, ¿sabes qué, señor Cirujano Práctico? Esto es mejor que el portal de Belén. ¡Esta virgen tiene gemelos! —Hizo una pausa para que lo asimilase, y añadió—: ¡Por amor de Dios! ¿No podías haber practicado una cesárea? —Lo dijo en un tono de sonsonete que se elevó al final, dejando el término «cesárea» colgando sobre la cabeza de Stone—. ¡Guantes y bata, rápido —gritó—. Bandeja de cesárea aquí. ¡Espabilen todos! ¿No queréis salvarla? ¡Deprisa! ¡Deprisa! ¡Deprisa! —Y por si no lo entendían en inglés lo repitió en amárico—: *Tolo, tolo, tolo!*

La autoridad de sus palabras les impedía refugiarse de nuevo en el estado de conmoción que los había mantenido paralizados.

—Y vosotras, enfermeras, ahí esperando como pasmarotes —dijo Hemlatha mientras se ponía una bata esterilizada y otros guantes, pues no había tiempo para lavar—, ¿no podían haberle dicho algo a Stone? ¿Usted, enfermera jefe? —La aludida bajó la vista—. ¿Cuánto hace que cesaron los latidos fetales? ¿Cuál era el ritmo de palpitaciones cardíacas del feto?

—Es que ocurrió todo demasiado rápido y...

—Por favor, cállate, Stone. Que alguien me dé una respuesta clara. De lo contrario, no contestéis. ¿Cómo va la tensión?

—Apenas sesenta.

—¿Dónde está la sangre? ¿Es que estoy rodeada de sordos además de mudos? ¡Responded!

El hospital no disponía de banco de sangre, sólo de medio litro, a lo sumo uno, que se guardaba en una nevera. Los familiares de los enfermos eran reacios a las donaciones. Hema había presionado una vez a un individuo a fin de que donase sangre para su mujer, pero él se había negado en redondo. Cuando le indicó que su esposa no habría dudado en darle su sangre si la situación fuese la inversa, él repuso: «No conoce usted a mi mujer. Está esperando que me muera para quedarse con mis vacas y mi propiedad.» Gosh, Stone, la enfermera jefe y ella donaban sangre una y otra vez y convencían a algunas enfermeras para que los imitasen. Al menos una vez al año, Ghosh se subía al coche y traía a los jugadores de su equipo de críquet para que les sacaran sangre.

—¿Es que nadie pensó en ello? —volvió a preguntar Hema—. Los que no hacéis falta aquí, id ahora mismo a donar sangre. Es de los nuestros, por amor de Dios. ¡Andando! ¡No, tú no, Stone! ¡Ponte los guantes, hombre, por lo que más quieras! ¡Haz algo útil! ¿Cuál era el ritmo cardíaco del feto?

La estudiante en prácticas mantenía la vista clavada en el gráfico, la aterraba la idea de que le sacaran sangre y no se atrevía a mirar. Y sabía que nadie había prestado atención a un corazón fetal, pues habían estado demasiado ocupados con la madre. Tachó la anotación «Cesárea indicada», al darse cuenta de que desacreditaba a la enfermera jefe. No era nada reconfortante ver al doctor Stone paralizado y cabizbajo como un perro que ha desobedecido a su amo, cuando su instinto le dicta escapar, pero sabiendo al mismo tiempo que el más leve movimiento recrudecerá el castigo.

Hema reparó en que la cara de Mary Joseph Praise estaba perdiendo todo color, que tenía los párpados entornados y la mirada perdida, un aspecto que solía preludiar la muerte.

—¿Tensión?

—No se aprecia...

—No importa, aplica sangre, pon un poco de yodo aquí, vamos.

Abrió la bandeja esterilizada, cogió el bisturí y cortó la piel (no había tiempo para esterilizar) practicando una incisión vertical bajo el ombligo. Aún no podía creer que estuviese haciendo lo que estaba haciendo ni operando a quien estaba operando.

Casi esperaba que la hermana se incorporase y protestara.

En cambio, oyó el golpe de un cuerpo al desplomarse y al volverse vio a la enfermera jefe en el suelo.

8

Gente del Missing

«Cuidado del cuerpo» fue lo primero que dijo la enfermera jefe cuando volvió en sí. Probablemente había estado desmayada menos de cinco segundos; todos seguían en la misma posición, pero ahora la miraban a ella. La estudiante de enfermería se precipitó a ayudarla. A pesar de las protestas de Hema, la enfermera Hirst se valió de manos y rodillas para abrirse paso hasta el taburete de la anestesista, mientras gritaba: «¡No pienso irme!» Todos estaban demasiado ocupados para discutir.

Se sentó cerca de la tabla que sujetaba el brazo de la hermana; la sangre fluía ya de una botella a una vena. Le cogió la mano y se concentró en ella, observando los dedos. No quería ver lo que hacían los médicos con aquellos guantes ensangrentados en el vientre de la monja. Todavía se sentía mareada.

Mientras masajeaba los dedos de la hermana para calmar el temblor de los suyos, de repente le vinieron a la cabeza las palabras «instrumentos de Dios». Mary Joseph Praise tenía unos dedos preciosos, delgados y tersos; cada uno era una delicada escultura. Hasta en reposo revelaban su excelente destreza motriz. Los de la enfermera jefe, en cambio, eran de un blanco mortecino, con nudillos grandes y enrojecidos, como si alguien los hubiese golpeado con una regla. Las excrecencias nudosas no eran más que las huellas del trabajo y los años; y de los cepillos y jabones cáusticos, los primeros instrumentos de su profesión. La profusión de rugosidades de las palmas era un reflejo de su amor al suelo etíope y su afán de plantar, escardar y cavar al lado de Gebrew. Él era guardia, jardinero, factótum y sacerdote, y pensaba que la directora del hospital no tenía por qué ensuciarse las manos.

Notó que le temblaba el cuerpo. «Señor, puedes llevarme —pensó—. Pero espera a que hayan acabado porque no quiero volver a distraerlos.» Cuánto le apetecía una taza de café de una planta que había cultivado ella misma. Le encantaba la sensación arenosa en los dientes de los granos molidos de la forma tradicional y cómo bajaban por la garganta igual que perdigones. Etiopía había heredado de los italianos aquella pasión por el *macchiato* y el exprés, que servían en todos los cafés de Adis Abeba. Pero a ella le bastaba con el café *Missing*, preparado de la forma tradicional, que la sostenía a lo largo del día y era lo que necesitaba en aquel momento.

Las lágrimas rodaban hasta las comisuras de los labios. «Uno de mis seres queridos —se dijo—; la hija que no pude tener, ahora con un hijo...» Muchas veces la enfermera jefe había tenido conocimiento de un secreto atroz revelado por una enfermedad catastrófica. Una muerte inminente solía desenterrar de pronto el pasado, uniéndolo al presente en un emparejamiento impío. «Pero, Señor —exclamó para sus adentros—, Tú podrías habernos ahorrado esto. ¡Ahorrárselo a ella!»

Mientras acariciaba la piel de la paciente, pensaba en el impulso que había llevado a Mary Joseph Praise a elegir ocultar el cuerpo bajo el hábito de monja o la bata y la mascarilla. De nada había servido, porque la cobertura resaltaba lo poco que quedaba al descubierto. Cuando el rostro es tan encantador y los labios tan plenos, ni siquiera un velo puede encubrir su sensualidad.

Pocos años después de la llegada de la joven monja, la enfermera jefe había barajado la posibilidad de que ambas prescindieran del hábito blanco. El gobierno etíope había clausurado una escuela misional americana en Debre Zeit por proselitismo. Dado que su cometido en calidad de directora del hospital no era convertir almas, decidió que sería políticamente acertado renunciar a la toga. Pero cuando vio salir del Quirófano 3 a la hermana Mary Joseph Praise con falda y blusa le dieron ganas de correr a taparla con una sábana. W. W. Gonafer, el técnico de laboratorio del hospital, que estaba cerca y vio pasar a la joven monja con ropa de seglar, se había quedado parado como un perro de caza que divisa una codorniz, ruborizándose desde el cuello hasta la raíz del cabello, como si la lujuria fuese un fluido sanguíneo. Entonces la enfermera jefe había decidido que las monjas de su hospital seguirían vistiendo el hábito.

Una exclamación súbita de Hema o de Stone la devolvió al presente con un sobresalto. De forma maquinal alzó la cabeza y miró, sin poder evitarlo. Estremecida, creyó que iba a desmayarse otra vez. Encogió la cabeza entre los hombros, cerró los ojos y procuró concentrarse en otra cosa.

No tenía ningún santo que le sirviese de modelo, ninguno al que pudiese invocar en aquellos momentos. Pensar en santa Catalina de Siena bebiendo el pus de los enfermos... ¡oh, cómo le repugnaba! Consideraba esas exhibiciones una flaqueza propia de la Europa continental, y no soportaba «las caricias y arrullos celestiales», las palmas sangrantes y los estigmas. Y en cuanto a santa Teresa de Jesús... bueno, no tenía nada en su contra ni reprochaba a la hermana Praise la devoción que sentía por la santa. Pero en el fondo, estaba de acuerdo con el doctor Ghosh en que los célebres éxtasis y visiones de Teresa tal vez sólo fuesen formas de histeria. Ghosh le había mostrado las fotografías que hiciera el famoso neurólogo francés Charcot a sus pacientes que sufrían histeria en el hospital Salpêtrière de París. En opinión del francés, las ideas delirantes provenían de la matriz (*hystera* en griego). Sus pacientes, todas mujeres, aparecían en poses risueñas (provocativas, según la enfermera jefe) que el neurólogo había etiquetado como *Crucifixión* y *Beatitud*. ¿Cómo podía sonreír alguien ante la parálisis o la ceguera? Charcot había denominado el fenómeno *La belle indifférence*.

Si Mary Joseph Praise tenía visiones, desde luego no hablaba de ellas. Algunas mañanas parecía no haber dormido, aparecía con las mejillas radiantes, andaba como flotando, igual que si le costase afianzar los pies en la tierra. Tal vez eso explicase la serenidad con que trabajaba al lado de Stone, un individuo que pese a sus dotes alentaba muy poco a sus colaboradores.

La fe de la enfermera jefe era más pragmática. Había descubierto que tenía vocación de ayudar, y ¿quién la necesitaba más que los enfermos y afligidos, y mucho más allí que en Yorkshire? Por eso había acudido a Etiopía hacía una eternidad. Los pocos documentos, fotografías, recuerdos y libros que llevara consigo se habían extraviado o se los habían robado en el transcurso de los años. Pero eso nunca la había preocupado; al fin y al cabo, una Biblia servía igual que otra. Y también podía reemplazarse sin problema lo esencial: su costurero, sus acuarelas, su ropa.

Sin embargo, había llegado a apreciar los imponderables: la situación que había alcanzado en una ciudad donde era la Enfermera Jefe para todo el mundo, hasta para sí misma. La capacidad de iniciativa que había descubierto en sí misma le había permitido convertir un batiburrillo de edificios rudimentarios en un hospital acogedor (lo consideraba un paraíso de África oriental); y el grupo de médicos reclutados, que a través de una prolongada relación, se habían convertido en sus seres queridos. El cordón umbilical que la había unido a la Sociedad de la Orden del Niño Jesús, a la Misión Interior del Sudán, se había secado y desprendido. Sus seres queridos y ella eran ya prisioneros autoexiliados en el Missing.

El hospital no se llamaba Missing, por supuesto, y de vez en cuando intentaba corregir a la gente, enseñarles a pronunciar bien *Mission*. Pero en realidad aquel año ni siquiera llevaba ese nombre, sino el de Basilea o Baden (tenía que consultar el documento de su escritorio para asegurase), es decir, se llamaba como una generosa iglesia suiza o alemana. Los baptistas de Houston realizaban cuantiosas aportaciones, pero no tenían el menor interés en poner su nombre al hospital. Al doctor Ghosh le gustaba decir que el Missing poseía tantas formas como un dios hindú. «Sólo la enfermera jefe sabe un día determinado en qué hospital trabajamos y si entramos en el ambulatorio baptista de Tennessee o en el metodista de Texas, así que no sé cómo pueden reñirme por llegar tarde... Cuando me levanto de la cama, ¡he de encontrar mi lugar de trabajo! ¡Ah!, enfermera jefe, así son las cosas.» Unos prisioneros, eso es lo que eran todos ellos, pensó, sonriendo a su pesar; gente del Missing que difícilmente podía elegir a sus compañeros de celda. Pero incluso por Ghosh, sin duda, una de las más extrañas criaturas de Dios, sentía un afecto maternal, al que se añadía la angustia por tener un hijo tan pícaro.

La enfermera jefe suspiró y se sorprendió al oír las palabras que salían de su boca, momento en que advirtió que los demás la miraban. Sólo entonces comprendió que sus labios habían estado ocupados formulando oraciones. Desde que cumpliera los cincuenta, había detectado aquellas disonancias y desconexiones entre pensamiento y acción; estaban volviéndose habituales. Por ejemplo, en los instantes más inoportunos su pensamiento se entretenía pegando imágenes en un álbum de recortes mentales. ¿Por qué? ¿Cuándo tendría ocasión de evocar todos aquellos recuerdos? ¿En una comida de homenaje? ¿En su lecho de muerte? ¿A las puertas del Paraíso?

Hacía mucho que había dejado de pensar literalmente en tales cosas como las «puertas del Paraíso», palabras que le encantaban a su padre, un minero que se había extraviado en el alcohol y la oscuridad de las galerías de la mina. Pronunciadas por él en inglés, *Pearly Gates,* parecían el nombre de una mujerzuela, una de las muchas que se habían interpuesto entre su progenitor y sus deberes conyugales.

Aun así, estaba segura de una cosa: jamás olvidaría la imagen que había visto al levantar la vista distraídamente un momento antes. Había sucedido lo siguiente: el sol había salido de pronto por detrás de una nube y, por alguna casualidad de la altitud y la estación, había incidido justo en la ventana de vidrio esmerilado del Quirófano 3. Tras rebotar los rayos con un brillo blanco y tenue en las paredes, habían acabado reflejándose en cristal, metal y mosaico y, precisamente entonces, Hema, Stone o quien fuese, había lanzado la exclamación que la había impulsado a mirar. Y los había visto inclinados como hienas sobre la carroña, examinando el abdomen abierto de la hermana Mary Joseph Praise y su escandaloso contenido. Había visto que la luz se abría paso entre codo y cadera. Luego el rayo dio directamente sobre el útero grávido de la hermana, que sobresalía de la herida ensangrentada como una obscenidad en la boca de un santo. Una acumulación de sangre muy oscura (un hematoma) alargaba el ancho ligamento del útero y destellaba a la luz como una hostia.

La enfermera jefe creyó que aquél había sido el propósito del sol desde el principio: encontrar al nonato. «Nos hemos visto de nuevo. Estamos desenmascarados.» Sí, ése era el tipo de acontecimiento que podría considerarse un «milagro». Salvo que no había sucedido nada; no habían quedado en suspenso las leyes naturales (algo que ella consideraba el *sine qua non* de lo milagroso). Sin embargo, fue como si el lugar de los gemelos en el firmamento, así como en el orden terrenal de las cosas, hubiese quedado garantizado antes incluso de que nacieran. Supo que nada (ni siquiera el olor a eucalipto, ni la visión de sus hojas introducidas en un orificio nasal ni el tamborileo de la lluvia sobre los tejados de zinc ni el olor visceral de un abdomen recién abierto) volvería a ser igual.

9

Donde reside el deber

Hema empuñó el bisturí con vehemencia. No había tiempo de ligar los vasos subcutáneos y, en cualquier caso, muy poco derrame, lo que no era buena señal. Abrió el brillante peritoneo y colocó enseguida los retractores para sujetar los bordes de la herida. El útero asomó y pareció hincharse e iluminarse ante sus ojos. Se quedó paralizada hasta que comprendió que era efecto del sol, que había incidido de pronto en la ventana de cristal esmerilado e iluminaba la mesa de operaciones. En todos los años que llevaba operando en el Missing, no recordaba que hubiese ocurrido ni una sola vez.

Como temía, había un desgarro lateral en el útero. La sangre había llenado el ligamento ancho a un lado, lo que significaba que tendría que practicar una histerectomía de urgencia en cuanto sacara a los bebés, tarea nada fácil en un embarazo en que las arterias uterinas se volvían tortuosas, más gruesas, y transportaban medio litro de sangre por minuto, por no mencionar el enorme coágulo que brillaba a la luz y crecía ante sus ojos y se regodeaba a su costa igual que un Buda risueño, como si dijera: «Hema, he distorsionado completamente la anatomía, la disección va a ser muy difícil y tus puntos de referencia desaparecerán. Pero adelante, vamos, ¿por qué no empiezas?»

Creía en la numerología; lo más importante después del nombre propio eran los números. «¿Qué se puede decir de hoy? —se preguntó—. Es el vigésimo día del noveno mes. No hay cuatros ni sietes... El avión casi se estrella, un niño se rompe una pierna, le estrujo los huevos a un francés... ¿qué más? ¿Qué más?»

—¡Para! —exclamó, golpeando a Stone en los nudillos con unas tijeras, pues estaba manipulando torpemente un vaso que sangraba cuando lo que ella necesitaba era que replegara.

Practicó una incisión en la matriz e intentó sacar al gemelo situado más arriba, aunque estaba cabeza abajo, al revés. Aquel bebé habría salido el segundo si el nacimiento se hubiese producido por el canal del parto, pero ahora sería el primogénito. Sin embargo, extrañamente, aquel gemelo, con la mano pegada a la mejilla, ni se movía.

Entonces amplió la incisión uterina.

Al darse cuenta del problema, respiro tan hondo que la mascarilla se le quedó pegada a los labios: los niños estaban unidos en la cabeza por un corto tubo carnoso, más estrecho y oscuro que los cordones umbilicales. Estaban unidos, pero había un fatídico desgarrón en aquel tallo, una abertura irregular causada sin duda por las manipulaciones de Stone con el basiotribo. Y por aquella rasgadura salía la poca sangre que tenían ambos niños.

«Dios santo, por favor —pensó Hema—, que se trate sólo de un vaso sanguíneo de poca importancia. Que no sea ninguna arteria cerebral, ni de las meninges, el ventrículo o el fluido cerebroespinal ni nada que haya allí.» Se dirigió en voz alta a Stone, al quirófano, a Dios y a los gemelos cuyas vidas, si sobrevivían, podrían verse irrevocablemente afectadas por aquella decisión:

—Podrían sufrir ataques en cuanto lo corte. Podría sangrar uno y el otro quedar anegado en sangre. Podrían contraer una meningitis...

Lo de pensar en voz alta dirigiéndose al auxiliar era una técnica que usaban los cirujanos cuando había que tomar decisiones difíciles, porque podría ayudarles a aclararse. Y teóricamente daba tiempo al ayudante para indicarle el fallo en que pudiese incurrir, aunque Hema no estaba dispuesta a aceptar la opinión del responsable de aquel error garrafal. Había que tomar una decisión cuidadosa a fin de no equivocarse de nuevo. Solía ser el segundo error, que se cometía por intentar paliar con premura el primero, el que acababa con el paciente.

—No hay alternativa —aseguró—. Tengo que cortar.

Colocó pinzas en el punto donde el tallo salía del cuero cabelludo de cada niño. Invocó al dios Shiva, contuvo el aliento y cortó por encima de cada pinza, preparándose para algo terrible.

No ocurrió nada.

Cerró los cortes. Cortó el cordón umbilical y sacó al primero sin problema: era varón. Se lo entregó a la enfermera en prácticas, que estaba a su lado con bata y guantes. Luego extrajo al otro, que también era varón, un gemelo idéntico, y tenía el cuero cabelludo ensangrentado por el bisturí de Stone, que le habría aplastado el cráneo de no haber llegado Hema a tiempo.

Ambos eran muy pequeños, un kilo doscientos gramos como máximo cada uno. Era evidente que no habían completado el ciclo. Prematuros de ocho meses, tal vez de menos. Ninguno lloraba.

Distraída luego por la densa supuración del útero de la hermana, saturado y frágil, desvió la atención de los niños y se concentró en la madre.

—¿Tensión arterial? —preguntó, mirando por encima de los paños quirúrgicos, primero a la enfermera Asqual y luego la cara de la hermana Praise.

La anestesista cabeceó con los ojos desmesuradamente abiertos. El hermoso rostro de Mary Joseph Praise parecía ya abotargado y sin vida.

—¡Más sangre! ¡Por amor de Dios! ¡Que entre más! —gritó.

Mientras trabajaba en la ya deshinchada cavidad del vientre, Hemlatha recordó que cuando había entregado el segundo niño a la estudiante de enfermería, le había extrañado que siguiese allí petrificada con el primero en brazos y expresión ausente. Pero no tenía tiempo para ocuparse de aquello. Una vez fuera los bebés, su deber de obstetra era concentrarse en la parturienta; su deber era atender a la madre.

10

La danza de Shiva

Nosotros, dos niños recién nacidos sin nombre, no respirábamos. Mientras la mayoría de los recién nacidos reciben la vida fuera del útero con un gemido penetrante y agudo, la nuestra fue la más triste de todas las canciones: el canto silencioso del aborto. No teníamos los brazos pegados al pecho ni los puños apretados, sino que estábamos desmadejados e inertes como dos platijas heridas.

La leyenda de nuestro nacimiento es ésta: gemelos idénticos, nacidos de una monja que murió en el parto, padre desconocido, posible e inconcebiblemente Thomas Stone. Una leyenda que fue ampliándose maduró con el tiempo, y con su repetición salieron a la luz nuevos datos. Pero al mirar atrás cincuenta años después, me doy cuenta de que aún faltan detalles concretos.

Cuando el parto se interrumpió, volví a arrastrar a mi hermano hacia el útero fuera del alcance del punto de peligro en que caían sobre él lanzas y dardos a través de nuestra única salida natural. El ataque cesó. Entonces recuerdo voces apagadas, tirones y cortes fuera. Cuando nuestros salvadores se acercaban a nosotros recuerdo el brillo cegador y los dedos fuertes que tiraban de mí. La destrucción de la oscuridad y el silencio, el estruendo ensordecedor en el exterior... Casi me perdí el instante en que nos separaron físicamente, cuando se rompió el cordón que unía nuestras cabezas. Aún persiste la conmoción de aquella separación. Todavía ahora, en lo que más pienso no es en que estaba tendido inerte e inmóvil en una bandeja de cobre, nacido pero sin vivir; sólo recuerdo la separación de Shiva. Pero volvamos a la leyenda.

La enfermera en prácticas depositó los dos abortos en la bandeja de cobre que usaban para las placentas y la trasladó a la ventana. En el gráfico del parto anotó: «Gemelos japoneses unidos por la cabeza, pero ya separados.» En su afán de ser útil, olvidó lo más elemental: vías respiratorias, respiración y circulación. Pensó en lo que leyera la noche anterior sobre la ictericia del recién nacido y en el beneficio de la luz del sol, pasaje que había memorizado. Lamentó no haber echado una ojeada al tema de los gemelos japoneses (no recordaba el término «siameses») o niños asfixiados, pero el hecho es que no había leído nada sobre eso, sino sobre la ictericia. Pero luego, cuando depositó el recipiente, se dio cuenta de que para que actuase la luz del sol, los niños tenían que estar vivos, y aquellos no lo estaban. El pesar y la vergüenza agravaron su confusión. Se volvió.

Los gemelos yacían uno frente al otro, la piel en contacto con la superficie galvánica. La enfermera en prácticas empleó los términos «asfixia blanca» para describir su palidez mortal en el gráfico.

El sol, que había iluminado escénicamente el quirófano momentos antes, se concentró entonces en la bandeja.

El cobre brillaba con un tono anaranjado. Sus moléculas se agitaron. Su *prana* penetró en la piel traslúcida de los niños y pasó a su pálida carne.

Hemlatha diseccionó los ligamentos anchos, luego aplicó las pinzas a las arterias uterinas, rezando para no cerrar accidentalmente los uréteres y bloquear los riñones en aquella confusión ensangrentada.

—¡Rápido, rápido, rápido! —Ahora le dieron ganas de pegarle a Stone en la frente en vez de en los nudillos—. ¡Repliega bien, hombre!

Siguió la mirada de él hasta la cabeza de la hermana Praise, que se ladeó como la de una muñeca de trapo cuando la anestesista le tiró del brazo para localizar otra vena. La enfermera jefe, llorosa y sumida en su dolor, acariciaba la otra mano de la paciente.

Cuando Hema depositó finalmente el útero en una bandeja con pinzas y todo, no apreció ninguna pulsación en la aorta abdominal. Le temblaron las manos, firmes hasta entonces, mientras preparaba la jeringuilla con adrenalina y le colocaba una aguja de nueve centímetros. Alzó el seno izquierdo de la hermana, vaciló un instante, invocó de nuevo el nombre de Dios y clavó la aguja entre las costillas y en el corazón. Echó atrás el émbolo y en la jeringuilla apareció un hongo de sangre cardíaca. «Ninguna de las veces que he tenido que recurrir a inyectar adrenalina en el corazón ha funcionado —se dijo—, nunca. Tal vez lo haga para convencerme de que el paciente ha muerto. Pero tiene que haber funcionado con alguien, pues de lo contrario, ¿por qué iban a enseñárnoslo?»

Ella, que se enorgullecía de ser metódica y conservar la calma en las situaciones de emergencia, ahogó entonces un gemido mientras aguardaba, la palma derecha en el abdomen de la hermana, justo sobre la espina dorsal, esperando un latido en la aorta, un golpecito al tacto. No podía olvidar que era el corazón de la querida hermana lo que intentaba poner en marcha, cuya vida se estaba escapando. Habían compartido el vínculo de ser dos mujeres indias en un país extranjero, lazo que se remontaba hasta el Hospital General Público de Madrás, aunque allí no se hubiesen conocido. Compartir un territorio y un paisaje del recuerdo las convertía en hermanas, en una familia.

Hema reparó entonces en que las manos de su hermana se amorataban y los lechos ungueales se oscurecían, mientras la piel iba apagándose. Era la mano de un cadáver, y la sostenía la enfermera jefe, con la cabeza inclinada como si estuviese dormida.

Esperó más de lo que habría hecho en circunstancias normales. Cuando consiguió sobreponerse se obligó a decir, con voz quebrada:

—Se acabó. La hemos perdido.

Durante esa pausa de la actividad en el quirófano, el primogénito, el que se había librado de una incisión en el cráneo, manifestó su presencia golpeando con las manos la bandeja de cobre y bajando el talón izquierdo para producir un sonido apagado. Después de haber salido de un vientre agonizante, tendió ambos brazos al cielo y luego hacia su derecha, hacia su hermano. «Aquí estoy —proclamó—. Olvidad los debería, los podría, los tendría que, los cómo y los porqué. Comprendo la situación, la circunstancia y, a su debido tiempo investigaremos los detalles. De todas formas, nacimiento y cópula y muerte, eso es lo que importa si vamos a lo básico. He nacido y con una vez es suficiente. Ayudad a mi hermano. ¡Mirad! ¡Aquí! ¡Venid enseguida! Ayudadle.»

Hemlatha acudió a la llamada, diciendo «Shiva, Shiva», invocando el nombre de su deidad personal, el dios al que otros concebían como el Destructor, pero que ella creía que era también el Transformador, el único que podía hacer que de algo terrible surgiese lo bueno. Más tarde admitiría que había dado por supuesto lo peor respecto a los gemelos: uno de ellos tenía la cabeza ensangrentada, y luego estaba el asunto de aquel corte del tubo carnoso que los unía, por no hablar del peligro que habrían corrido antes de que los sacase del útero. Pero también había supuesto que la enfermera jefe o la de prácticas o ambas reanimarían a los bebés mientras ella se ocupaba de la madre, aunque recordaba la inmovilidad de la enfermera jefe, allí sentada.

A la enfermera en prácticas la desazonó el ruido de un niño que cobraba vida justo a su espalda, desbaratando sus suposiciones clínicas fundamentales. Aquel niño ya no estaba pálido ni ictérico, sino sonrosado, mientras que la piel del otro era de un azul verdoso y seguía callado e inmóvil, como la crisálida desechada de la que hubiese emergido el que lloraba. La enfermera jefe oyó el llanto del recién nacido, y se levantó de un brinco del taburete mirando a la enfermera en prácticas dándola por un caso perdido. Hemlatha acudió a ocuparse del gemelo inmóvil mientras la directora del hospital se apresuraba a limpiar al vivo.

El gemelo que respiraba miraba desde la bandeja de cobre: sus ojos hinchados de recién nacido examinaban el recinto, intentando dar sentido al entorno. Allí estaba el hombre a quien todos consideraban el padre, un individuo alto, blanco, nervudo, que parecía extraviado en su propio quirófano. Tenía las manos muy blancas por el talco que se le había quedado adherido al quitarse los guantes. Unía los dedos en esa posición propia de cirujanos, sacerdotes y penitentes. Y sus ojos azules estaban hundidos en las cuencas bajo el saliente de un ceño que podía hacerle parecer apasionado, pero que aquel día aparecía como un rasgo de abatimiento. De las sombras surgía la gran hoja de hacha de la nariz, una nariz afilada, acorde con su profesión. Tenía los labios finos y rectos, como dibujados con regla. De hecho, su rostro entero era líneas rectas y ángulos agudos terminados en un punto de la barbilla en forma de lanceta, como si hubiese sido tallado en un solo bloque de granito. Se peinaba con la raya a la derecha, un surco originado en la niñez y en el que todos los folículos estaban domesticados por el peine para que supiesen exactamente en qué dirección debían inclinarse. La parte superior estaba cortada de manera irregular, como si después de pedir «corto atrás y a los lados» se hubiese levantado del asiento ya con ese corte, a pesar de las protestas del peluquero. Era el tipo de rostro obstinado y decidido que con un catalejo en el ojo y una coleta en la nuca no habría estado fuera de lugar en la cubierta de un buque de guerra inglés. Salvo, claro está, por las lágrimas que le resbalaban por las mejillas.

Y de aquel rostro lloroso surgió una voz que sorprendió a los presentes porque hacía mucho rato que Stone guardaba silencio:

—¿Y Mary?

Aquellas sílabas cortas y medidas recordaban una espoleta retardada.

—Lo siento, Thomas, es demasiado tarde —contestó Hemlatha, mientras succionaba la faringe del niño e introducía aire en los pulmones con movimientos rápidos, casi frenéticos. Ya no estaba irritada con Stone, el enfado había cedido ante la compasión. Le dirigió una mirada furtiva por encima del hombro.

Él emitió un sonido desgarrador, el grito de una mente perturbada. Desde que había llegado Hema había sido un observador pasivo y un ayudante indigno; sin embargo, ahora se precipitó hacia delante, cogió un bisturí de la bandeja de instrumentos y colocó una mano en el pecho de la hermana Mary Joseph Praise. Hema pensó en detenerlo, pero decidió que no era prudente acercarse a un individuo que blandía un bisturí.

Stone alzó el pecho de la hermana mientras en sus oídos resonaba la divisa de los pioneros de la reanimación, la Real Sociedad Humanitaria: *Lateat scintillula forsan*, tal vez pueda haber una chispa oculta.

Alzó y apartó el seno y bajo el bisturí apareció un corte rojo entre la cuarta y la quinta costilla. Aplicó de nuevo el instrumento a la herida y luego una vez más hasta atravesar el músculo. Si antes se había mostrado torpe, ahora sus movimientos eran los de un hombre incapaz de vacilación. Cortó los cartílagos que unían ambas costillas al esternón; luego abrió las costillas y observó incrédulo su mano sin guante al deslizarse y desaparecer en la cavidad torácica aún cálida de la hermana. Apartó el esponjoso pulmón y allí, bajo sus dedos, como un pez muerto en un cesto de mimbre, topó con el corazón de la hermana. Al apretar, le sorprendió su tamaño, pues casi no podía abarcarlo. Exhortó entretanto a la anestesista a que siguiera bombeando aire sin parar en los pulmones.

Tenía la mano derecha hundida en el tórax de ella, pero miraba el pecho izquierdo hinchado, que mantenía apartado con la izquierda; el seno resultaba firme al tacto, a diferencia del corazón, blando y resbaladizo. Vio cómo invadían el rostro las sombras de un azul borroso, tono que su piel morena no debería adoptar. Tenía el abdomen hundido, su superficie arrugada como un globo sin aire, las dos mitades abiertas como un libro sin lomo.

—¿Dios? ¿Dios? ¿Dios? —gritaba Stone cada vez que apretaba, invocando a un Dios al que había renunciado en tiempos y en el que no creía.

Pero la hermana Mary sí creía, se levantaba a rezar antes del amanecer y de noche se ponía a orar antes de acostarse. Cada latido de su existencia y cada día de su calendario habían estado llenos de acontecimientos de Dios, y su boca no había probado ni una sola porción de comida sin la bendición de Él. «Haz tu vida algo bello para Dios.» Aunque nunca lo había entendido, Stone lo había respetado, porque aquélla era precisamente la misma cualidad que aportaba ella al quirófano y al libro en que le había ayudado. Ése era el motivo de que invocase entonces el nombre de Dios, porque si existía, le debía con creces un milagro a su devota sierva, la hermana Mary Joseph Praise. Si no, Dios era el fraude desvergonzado que él siempre había creído que era. «Si quieres que crea, Dios, te daré otra oportunidad.»

Las puertas del quirófano se abrieron de golpe y todas las miradas se volvieron para ver quién llegaba.

Pero sólo se trataba del inocente Gebrew, sacerdote, siervo de Dios y vigilante, con un cuenco tapado que contenía la *inyera* y el *wot*, cuyo aroma se mezcló con los de la placenta, la sangre, el líquido amniótico y el meconio. El hombre había dudado antes de entrar en aquel sanctasantórum; no estaba muy seguro de si aquel cuenco de comida se trataba del ingrediente que podría resolver el problema. Miró con ojos desorbitados el altar de aquel terrible lugar donde la hermana Praise estaba abierta como un cordero sacrificial con la mano de Stone metida en el pecho y empezó a temblar. Dejó el cuenco en el suelo, se acuclilló junto a la pared, sacó el rosario y se puso a rezar.

—Pido un milagro y lo necesito inmediatamente —dijo Stone, redoblando sus esfuerzos y balanceándose. Así continuó incluso cuando el corazón de la hermana se había convertido en una masa blanda—: ¡Los malditos panes y peces... Lázaro... los leprosos... Moisés y el Mar Rojo...! —empezó a gritar, y sus palabras se coordinaban con el sonsonete de Gebrew en guez, a modo de pregunta y respuesta, como si el vigilante tradujese porque en aquel hemisferio Dios no sabía inglés.

Stone alzó la vista esperando que los azulejos se abriesen e interviniese un ángel donde cirujanos y sacerdotes habían fracasado, pero sólo vio una araña negra que colgaba de su tela y contemplaba con sus ojos compuestos la escena de la desdicha humana. Con la mano inmovilizada en el tórax de la monja, ya sólo le acariciaba el corazón, sin apretar. Stone se desmoronó: gimió y las lágrimas mojaron el cuerpo de la hermana. Bajó la cabeza y la apoyó en los brazos, recostados a su vez en el pecho de ella. Nadie se atrevía a acercarse. Estaban todos paralizados ante el espectáculo de su cirujano tan absolutamente vencido y destrozado

Un buen rato después alzó la vista y miró, como si lo viese todo por vez primera, el azulejo verde de la parte superior de la pared, la puerta de batiente también verde que daba al cuarto del autoclave, la vitrina del instrumental, el útero ensangrentado con el collar de hemostatos depositado sobre el paño verde, la placenta negroazulada en la mesa de muestras y las ventanas de vidrio esmerilado color jade por las que se filtraba el sol. ¿Cómo se atrevían a existir todas aquellas cosas si Mary no existía?

Entonces posó la mirada en los gemelos, que no seguían ya en su trono de cobre; reparó en el halo anaranjado que los rodeaba. Los dos estaban vivos, pese a todo, les brillaban los ojos, uno parecía observarle y el otro estaba ya tan sonrosado como el primero.

—¡Oh no, no, no! —exclamó quejumbroso—. No. ¡Éste no era el milagro que pedía! —Sacó la mano del cuerpo de Mary, con un gorgoteo, y a continuación salió del quirófano.

Volvió al momento con una escoba larga. Echó abajo la araña del techo y la aplastó con el tacón contra el suelo de mosaico.

La enfermera jefe comprendió que estaba entregado a la blasfemia; en caso de que el arácnido fuese Dios, estaba matándolo.

—Thomas —le dijo Hemlatha, llamándole por el nombre, lo cual resultaba extraño en ella en el Quirófano 3, porque allí siempre se atenían al protocolo. Pero ahora tenía en brazos a los dos niños, limpios y envueltos en paños de recién nacido. Aquel cuyo cráneo Stone había intentado agujerear había aspirado un poco de líquido amniótico, pero parecía ya recuperado. Tenía un gran apósito de presión colocado sobre la herida de la cabeza. El otro sólo mostraba el muñón del puente de carne que lo uniera a su hermano, un muñón ligado con sutura de cordón umbilical.

Hemlatha había comprobado que los niños podían mover las extremidades, que ninguna de ellas estaba torcida y que parecían oír y ver.

—Thomas —repitió, acercándose, pero él retrocedió. Se volvió. No miraría.

Aquel hombre al que creía conocer bien, que había sido un colega durante siete años, estaba ahora encogido como si lo hubiesen vaciado por dentro.

«Es dolor visceral», se dijo Hema. A pesar de lo indignada que estaba con él, se sentía conmovida por la profundidad de su dolor y su vergüenza. «Todos estos años —se dijo— tendríamos que haber visto claramente que él y la hermana formaban un equipo perfecto. Tal vez si los hubiésemos animado podrían haber llegado a convertirse en algo más.» Cuántas veces había visto a la monja ayudándole en las operaciones, trabajando en sus manuscritos, tomando notas para él en el consultorio. ¿Por qué habría supuesto que no había nada más entre ellos? «Debería haberme acercado a él, haberlo invitado a comer en mi casa y haberle hablado claro. Tendría que haberle gritado: ¡¿es que estás ciego?! ¿Es que no ves lo que tienes en esta mujer? ¿No ves cómo te ama? ¡Proponle matrimonio! ¡Cásate con ella! Consigue que cuelgue el hábito y renuncie a los votos. Es evidente que su primer voto es para ti. Pero no, Thomas, no lo hice porque todos suponíamos que eras incapaz de ello. ¿Quién podía saber que tu corazón albergaba tan fuertes sentimientos? Ahora lo veo. Sí, ahora tenemos a estos dos niños como prueba de lo que había en el interior de vuestros corazones.»

Los recién nacidos que llevaba en brazos la empujaban hacia delante, porque al fin y al cabo eran de él, e incluso mientras pensaba esto, Hema seguía luchando contra su propia incredulidad. Él no negaría el hecho, por supuesto. Ella no podía evitar aquel momento; tenía que presionar... ¿Quién hablaría en favor de los niños si no lo hacía ella? Stone era un imbécil que había perdido a la única mujer del mundo predestinada para él. Pero ahora había ganado dos hijos. Y el hospital los apoyaría. Stone contaría con muchísima ayuda.

—¿Qué nombres les pondremos? —preguntó, percatándose de su tono vacilante al tiempo que se acercaba.

Él parecía no haber oído.

Tras una pausa, repitió la pregunta. Stone le hizo un gesto con el mentón, como diciendo que les pusiera los que quisiese, y en voz baja pidió:

—Apártalos de mi vista, por favor.

Siguió dando la espalda a los niños para mirar una vez más a Mary. Por eso no se dio cuenta del efecto de sus palabras sobre Hema, que cayeron como aceite hirviendo, y tampoco vio la cólera ardiente de sus ojos. Ambos interpretaron erróneamente las intenciones del otro.

Stone quería escapar corriendo, pero no de los niños ni de la responsabilidad. Era el misterio, la imposibilidad de que existiesen, lo que le impelía a darles la espalda. Sólo podía pensar en Mary Joseph Praise, en cómo le había ocultado aquel embarazo, esperando quién sabe qué. Le habría resultado muy fácil responder a Hema: «¿Por qué me preguntas a mí? No sé más que tú de todo esto.» Salvo por la certeza que se afirmaba como un gancho en su vientre de que de algún modo era algo que había hecho él, aunque no recordara en absoluto cómo ni dónde ni cuándo.

La hermana yacía inerte y descargada de las dos vidas que había portado, como si hubiese sido su único propósito terrenal. La enfermera jefe le bajó los párpados, pero no se quedaron cerrados sino entornados, con la mirada perdida, ratificando así la realidad de la muerte.

Stone la miró por última vez. No quería recordarla como monja ni como su ayudante, sino como la mujer a quien debería haber declarado su amor, a quien debería haber cuidado, con quien debería haberse casado. Quería tener la imagen macabra de su cadáver grabada a fuego en el cerebro. Él se había abierto paso en la vida gracias a trabajar y trabajar. Era el único ámbito en que se sentía completo y lo único que podía ofrecer a Mary. Pero en aquel momento, el trabajo, su trabajo, le había fallado.

La visión de sus heridas lo avergonzaba. No habría curación, ninguna cicatriz que formarse, endurecerse y desaparecer en su cuerpo.

La cicatriz se la portaría consigo, se la llevaría de aquel quirófano. Sólo había sabido comportarse de un modo, y aunque le habría costado, habría estado dispuesto a cambiar si ella se lo hubiese pedido. Lo habría hecho. Sólo con haberlo sabido. Pero ¿qué importaba ahora?

Se volvió por última vez dispuesto ya a irse, mirando alrededor como si pretendiese sellar en la memoria aquel lugar donde había pulido y depurado su arte, aquel sitio que había equipado para que se adaptase a sus necesidades y que consideraba su verdadero hogar. Procuró retenerlo todo porque sabía que jamás volvería. Le sorprendió que Hema aún estuviera de pie detrás de él, y la visión de aquellos bultos que llevaba lo hizo retroceder de nuevo.

—Stone, piensa en ellos —le dijo Hema—. Dame la espalda a mí si quieres, porque no te serviré de nada. Pero no se la des a estos niños. No voy a pedírtelo de nuevo.

Hema sostenía su carga viva, en espera de la reacción de él, que estuvo a punto de hablarle sinceramente, de explicárselo todo. Vio dolor y desconcierto en su mirada, pero ningún indicio de que reconociera que los niños estaban relacionados con él. Luego habló como un hombre que acaba de darse un golpe en la cabeza.

—Hema, no entiendo quién... por qué están aquí... por qué ha muerto Mary...

Ella esperó. Él estaba eludiendo una verdad que afloraría si Hema aguardaba. Deseaba darle un fuerte tirón de orejas, arrancárselas. La miró por fin a los ojos, negándose a bajar la vista y fijarla en los niños.

—No quiero verlos nunca —sentenció al fin.

No era lo que Hema esperaba oír. Perdió la poca compostura que le quedaba, indignada por los niños e incapaz de soportar que Stone creyera que era el único que había perdido algo.

—¿Qué dices, Thomas?

Él debió de darse cuenta de que acababa de trazarse una línea de combate.

—Ellos la han matado. No quiero verlos.

«De modo que así van a ser las cosas —pensó Hema—. Éste es el desenlace de nuestras vidas.» Los gemelos lloriquearon en sus brazos.

—¿De quién son, entonces? ¿No son tuyos? ¿No la has matado tú también? —Él abrió la boca, acongojado. Sin saber qué contestar, se volvió y encaminó hacia la puerta—. ¿No me has oído, Stone? La has matado tú —le soltó Hema, alzando la voz para ahogar cualquier otro sonido. Él se estremeció cuando las palabras le golpearon, lo que la complació. No sintió ninguna lástima. Era incapaz de compadecer a un hombre que no reconocía a sus hijos. Stone empujó la puerta de batiente tan fuerte que chirrió como si protestara—. ¡Stone, la has matado tú! —gritó Hema—. ¡Éstos son tus hijos!

Fue la enfermera en prácticas quien rompió el silencio que siguió. Intentaba anticiparse, así que abrió una bandeja de circuncisión y se puso los guantes. Lo único que la enfermera jefe le permitía hacer sin supervisión era usar la guillotina para cortar el prepucio.

—Santo cielo, muchacha, ¿no crees que estos niños ya han tenido bastante? —la reprendió Hema, en lugar de alabarla—. ¡Son prematuros! Aún no están fuera de peligro. ¿Quieres que encima de todo vayan a tener una pirula de muñeco? ¿Y tú, qué? ¿Qué estuviste haciendo todo el tiempo, eh? Deberías preocuparte de sus tragaderas, no de sus regaderas.

Hema mecía a los gemelos, emocionada con sus yoes respirantes, con sus pacíficas sonrisas, lo contrario de la expresión de pánico y angustia habitual en un recién nacido. Su madre yacía muerta en la misma habitación, su padre había huido, pero ellos no lo sabían.

La enfermera jefe, Gebrew, la anestesista y los demás que se habían congregado allí lloraban alrededor del cadáver de la hermana. La noticia se había propagado y las doncellas y limpiadoras ya se habían enterado. El plañido fúnebre, un *lulululululululu* penetrante, desgarraba el corazón del Missing. Los plañidos continuarían durante las horas siguientes.

Hasta la joven en prácticas empezó a apreciar indicios de Sólida Sensibilidad de Enfermera. En vez de esforzarse por parecer lo que no era, lloraba por la hermana, que era la única enfermera que realmente la entendía. Vio por primera vez a los niños no como «fetos» o «neonatos», sino como huérfanos de madre dignos de compasión, igual que ella. Los ojos se le humedecieron. Su cuerpo se desplomó como si el almidón se hubiese esfumado no sólo de su ropa sino de sus huesos. Para su asombro, la enfermera jefe se acercó y la rodeó con un brazo. Y reparó en su expresión no sólo de tristeza sino de miedo. ¿Cómo iba a poder seguir funcionando el hospital sin la hermana? Y sin Stone... Porque el cirujano no volvería, estaba segura. Hemlatha acalló los sollozos alrededor mientras mecía a los niños y luego empezó a canturrear, las ajorcas de los tobillos repiqueteando levemente como castañuelas, mientras se balanceaba, cambiando el peso de su cuerpo de un pie a otro. Lamentaba la pérdida de la joven monja tanto como el que más, pero en aquel momento se sentía impulsada (tal vez fuese cosa de la hermana Praise) a entregarse a los bebés. Los gemelos respiraban tranquilamente, con los dedos abiertos en abanico sobre las mejillas. Su lugar estaba en los brazos de ella. Se dijo que la vida era muy hermosa y horrible a la vez. Demasiado pavorosa para considerarla simplemente trágica. Era más que trágica. La hermana Mary, esposa de Cristo, ausente ahora del mundo al que acababa de traer dos niños.

Hema pensó en Shiva, su deidad personal, y en que la única reacción razonable a la locura de la existencia en aquel su treinta aniversario era cultivar una especie de locura interior, interpretar la danza loca de Shiva, remedar la rígida sonrisa encubridora del dios, balancearse y mover los seis brazos y las seis piernas al ritmo de una melodía interior, un ritmo de atabales. *Tim-taga-taga, tim-taga-tim, tim-taga...* Hema se movía suavemente, flexionando las rodillas, taconeando y tocando el suelo con la punta de los pies al compás de la música que sonaba en su cabeza.

Los actores secundarios del Quirófano 3 la miraban como si estuviese ida, pero ella siguió bailando incluso mientras ellos adecentaban el cadáver, danzando igual que si sus gestos minimalistas fuesen la taquigrafía de un baile mucho más grande, más pleno e incontenible, una danza que mantuviese el mundo unido e impidiese su extinción.

Los pensamientos que se le ocurrían mientras bailaba eran absurdos: su Grundig nuevo, los labios de Adid, sus largos dedos, el sonido de la enfermera jefe al desplomarse. La sensación desagradable de los testículos del francés y la satisfacción de verlo palidecer, Gebrew con las plumas de gallina pegadas. ¡Qué viaje! ¡Qué día... qué locura, mucho, muchísimo más que trágica! ¡Qué hacer más que bailar, bailar, sólo bailar...!

Sorprendentemente grácil y ligera, ejecutaba los movimientos del cuello, la cabeza y los hombros propios del Bharatnatyam de forma instintiva, las cejas subían y bajaban, los globos oculares circulaban hacia el borde de las cuencas, los pies se movían y sonreía hierática, con los dos recién nacidos en brazos.

Fuera del hospital, mientras el día declinaba, los leones de las jaulas cerca del monumento de Sidist Kilo, que esperaban los trozos de carne que el guardián les echaría entre los barrotes, rugieron de hambre e impaciencia; al pie de los montes Entoto, las hienas los oyeron y se detuvieron, cuando ya se acercaban a las lindes de la ciudad dieron dos pasos adelante y uno atrás, cobardes y oportunistas. El emperador en su palacio planeaba una visita oficial a Bulgaria y tal vez a Jamaica, donde tenía seguidores (los rastas) que habían adoptado como nombre propio el suyo de antes de la coronación, Ras Tafari, y que pensaban que era Dios (algo que no le importaba que creyera su pueblo, pero que cuando llegaba de tan lejos y por razones que no entendía, le provocaba desconfianza).

Las últimas cuarenta y ocho horas habían alterado irrevocablemente la vida de Hema. Tenía dos bebés que la miraban estrábicos de cuando en cuando, como para confirmar su llegada, su buena suerte.

Se sentía mareada, aturdida. «Me tocó la lotería sin haber jugado, me tocó la lotería sin haber jugado —pensó—. Estos dos niños han llenado un hueco en mi corazón que nunca había sabido que existiese.»

Pero lo de la lotería era una analogía peligrosa: había oído hablar de un porteador de la estación central de ferrocarril de Madrás que había ganado miles y miles de rupias sólo para ver cómo se desmoronaba su vida, por lo que no había tardado en volver a los andenes. «A menudo cuando ganas, pierdes; es un simple hecho. No hay dinero capaz de enderezar un espíritu torcido, ni de abrir un corazón cerrado, un corazón egoísta...», se dijo, pensando en Stone.

El cirujano había rezado pidiendo un milagro. El muy imbécil no se había dado cuenta de que aquellos recién nacidos lo eran: milagros obstétricos, ya que lograron sobrevivir a su ataque. Hema decidió llamar al primer gemelo que había respirado Marion. Años después me contaría que Marion Sims había sido un humilde médico de Alabama que revolucionara la cirugía femenina y a quien se consideraba el padre de la obstetricia y la ginecología, su santo patrón. Poniéndome su nombre, lo honraba y le daba las gracias.

—Y Shiva, por Shiva —dijo, nombrando al niño que tenía el agujero circular en el cuero cabelludo, el último que había respirado, el bebé que ella había atendido, un niño casi muerto hasta que Hema había invocado el nombre del dios Shiva, y en ese mismo instante había emitido el primer jadeo—. Sí, Marion y Shiva.

Añadió Praise a ambos nombres, por su madre.

Y finalmente, con renuencia, casi como si se le hubiese ocurrido en el último momento, pero porque uno no puede escapar a su destino y para que él no quedase impune, le sumó nuestro apellido, el del hombre que había abandonado el quirófano: Stone.

SEGUNDA PARTE

Cuando un palo entra en un agujero
crea otra alma
que no es un palo
ni un agujero.

Cuarta ley del movimiento de Newton (como la enseñaban los Poderosos Caballeros de último curso del Colegio Cristiano de Madrás, en la iniciación/novatada de A. Ghosh, Kataan Meón Auxiliar, grupo de 1938, St. Thomas Hall, Bloque D, Tambaram, Madrás).

11

Lenguaje de cabecera y de cama

La mañana que nacieron los gemelos, el doctor Abhi Ghosh despertó en su habitación con el zureo de las palomas en el alféizar. Las aves habían figurado en su sueño interrumpido, cuando se columpiaba en la enorme higuera que había junto a su casa donde viviera de niño en la India. Había estado intentando atisbar algo de la boda que se celebraba en el interior, pero no lo había logrado, ni siquiera después de que las palomas limpiaran las ventanas con las alas.

Ahora que estaba despierto, sólo seguía vívida en su memoria la antigua higuera que se alzaba en el patio compartido. Sus ramas estaban sostenidas por raíces aéreas semejantes a columnas, que a los ojos de un niño parecían surgir de la tierra y no al revés. Aquel árbol, inamovible bajo los monzones de Madrás y la canícula estival, había sido su guía y protector. El acantonamiento próximo al monte de Santo Tomás, en los arrabales de Madrás, era un hervidero de mocosos, hijos de militares y ferroviarios, un lugar adecuado para un niño sin padre, sobre todo para uno cuya madre se sentía tan abatida por la muerte del marido que era incapaz de resultar demasiado útil a sus hijos. Anand Ghoshe, un bengalí de Calcuta, había sido destinado a Madrás por la Red de Ferrocarriles Indios y había conocido a su futura esposa, la hija angloindia del jefe de estación de Perambur, en un baile ferroviario al que fuera a divertirse. Las dos familias se opusieron al matrimonio. Tuvieron dos hijos, primero una niña y luego un niño. El pequeño Abhi Ghoshe contaba un mes cuando su padre murió de hepatitis. Se convirtió en un niño independiente y alegre, que miraba el mundo de frente. Al llegar a la mayoría de edad, eliminó la *e* final de su apellido, porque le parecía redundante, un apéndice cutáneo. Su madre murió cuando él cursaba primero de Medicina. Su hermana y su cuñado se marcharon, resentidos por el hecho de que la casa del acantonamiento la heredara él. Su hermana dejó claro que era como si Ghosh ya no existiera para ella, cosa que con el tiempo él comprobó que era cierta.

Cuando Ghosh más sentía la ausencia de Hema del Missing era por las mañanas. La casa de la ginecóloga, que quedaba muy cerca de la suya, oculta por setos, estaba entonces cerrada y silenciosa. Siempre que se marchaba de vacaciones a la India, a Ghosh la vida se le hacía insoportable, porque lo aterraba la posibilidad de que volviese casada.

En el aeropuerto, antes de que Hema se fuese, él había ardido en deseos de decir: «Hema, casémonos.» Pero sabía que ella echaría la cabeza atrás y reiría. Le encantaba oírla reír, aunque no a su costa. Así que se había tragado su propuesta matrimonial.

—¡Tonto! —le había dicho poco antes de subir a bordo cuando él le había preguntado una vez más si se proponía ver a posibles maridos—. ¿Cuánto hace que me conoces? ¿Por qué sigues pensando que necesito un hombre en mi vida? Se me ocurre una idea: ¡te buscaré una esposa! Es a ti a quien obsesiona el matrimonio.

Consideraba los celos de él una broma compartida. Ghosh jugaba a cortejarla (o eso le parecía a ella) y Hema interpretaba su papel rechazándolo.

Si supiese cómo lo torturaban ciertas imágenes que lo asaltaban: Hema con sari nupcial agobiada por un collar con diez soberanos de oro; Hema sentada con un esposo feo, con guirnaldas amontonadas al cuello de ambos como el yugo de un búfalo...

—¡Adelante! ¡¿A mí qué me importa?! —exclamó en voz alta, como si su colega estuviese en la habitación—. Pero pregúntate si él puede amarte como yo te amo. ¿De qué sirve estudiar si luego permites que tu padre te lleve como una vaca al toro de Brahma?

Eso le hizo pensar en un pene bovino y soltó un gruñido.

Pero esta vez, Ghosh había hecho algo distinto cuando la marcha de Hema parecía inevitable: había mandado por correo discretamente solicitudes para un puesto de interno en Estados Unidos.

Tenía treinta y dos años, de acuerdo, pero no era demasiado tarde para empezar de nuevo. Al echar el sobre experimentó la sensación de que controlaba su destino, y volvió a sentir lo mismo pero con mayor intensidad aún cuando el hospital del condado de Cook de Chicago le comunicó por telegrama que le enviaban un vale para un billete de avión. Al recibir la carta y el contrato, no disminuyó la angustia que le provocaba Hema, pero se sintió menos desvalido.

De pronto oyó el fuerte ruido metálico que hacía Almaz en la cocina al sacar agua de *Mussolini*.

—¡Por amor de Dios, ten cuidado! —le gritó, como casi todos los días.

La cocina disponía de tres quemadores, pero era el horno que sobresalía abajo el que recordaba la barriga del dictador caído al que debía su nombre. A un lado había una cavidad metálica en que se calentaba agua cuando se encendía la cocina. Almaz refunfuñaba por tener que partir leña para llenar a *Mussolini* y encender el fuego. ¿Total para qué? Para preparar una taza de aquel café en polvo asqueroso para el *getta*, pues Ghosh prefería por la mañana café instantáneo al brebaje semisólido etíope. Pero no era el café lo que más apreciaba, sino el agua caliente del baño.

Se tapó la cabeza con la manta mientras Almaz se dirigía con paso inseguro al cuarto de baño cargada con el balde humeante.

—¡Piel *banya*!—refunfuñó en amárico, lengua que hablaba siempre, aunque Ghosh sospechaba que sabía más inglés de lo que aseguraba. Echó el líquido en la bañera y acabó de formular el pensamiento—: Tiene que estar asquerosa para que haya que lavarla todos los días. Qué desgracia que el *getta* no tenga piel *habesha*, pues estaría limpia sin necesidad de restregarla tanto.

Seguro que Almaz había acudido a la iglesia aquella mañana. Cuando Ghosh acababa de llegar a Etiopía, bajaba un día por la calle Menelik y una mujer en la acera de enfrente se detuvo y lo saludó con una venia, a la que él respondió agitando la mano. No se dio cuenta hasta después de que ese saludo iba dirigido a la iglesia que había delante. Los transeúntes inclinaban la cabeza ante las iglesias, besaban la pared tres veces y se santiguaban antes de continuar. Si habían sido castos, podían entrar. Si no, se quedaban al otro lado de la calle.

Almaz era alta, con la piel color roble y un rostro escudiforme. Los ojos almendrados y rasgados hacia el puente de la nariz le conferían una mirada sensual y seductora, mensaje que contradecía la mandíbula cuadrada, pero ese indicio andrógeno despertaba miradas de admiración. Tenía las manos grandes, aunque bien torneadas, las caderas anchas y unas nalgas que formaban un amplio saliente en que Ghosh creía que podría colocarse sin problema una taza con su platillo. Había llegado al Missing con dolores de parto a los veintiséis años, embarazada de nueve meses y ruborosa de orgullo porque aquel bebé nacería a término, a diferencia de todos los demás, que no habían arraigado en su vientre. En las visitas a la consulta prenatal, las estudiantes de enfermería habían anotado dos veces en la historia clínica haber oído latidos cardíacos fetales. Pero el día de su supuesto parto, Hema no oyó más que silencio. El examen reveló que el «bebé» era un fibroma uterino enorme y los latidos del feto sólo un tamborileo en el cerebro de una de las estudiantes.

Almaz se negó a aceptar el diagnóstico.

—Mira —dijo, sacando un pecho hinchado para apretarlo y soltar así un chorro de leche—. ¿Haría esto una teta si no hubiese un niño que alimentar?

Sí, una teta podía hacer aquello y más si su poseedora lo creía. Fueron precisos tres meses más sin ningún verdadero indicio de parto y una radiografía, en que no se veía ni la espina dorsal ni el cráneo de ningún bebé, para que lo aceptase. En la operación, a la que accedió por fin, Hema tuvo que extirparle el fibroma y el útero que aquél se había tragado. En la ciudad de Sabatha aún esperaban el regreso de Almaz con el bebé. Pero ella no podía soportar la idea de volver, así que se había quedado y convertido en un miembro más del Missing.

Ghosh oyó que volvía y el tintineo de la taza y el platillo. El aroma del café le hizo atisbar por debajo de la tienda de campaña en que estaba metido.

—¿Algo más? —preguntó ella, observándole.

«Sí, tengo que decirte que me marcho del Missing. ¡De verdad! Me voy. No puedo permitir que Hema juegue conmigo como si fuese una marioneta.» Pero no lo dijo, limitándose a negar con un gesto. Tenía la sensación de que Almaz comprendía intuitivamente lo que significaba para él la ausencia de su colega.

—Yesus Cristos, por favor, perdona a este pecador, que estuvo bebiendo anoche —entonó ella, agachándose para recoger una botella de cerveza que había bajo la cama.

Ay, Almaz estaba de talante proselitista. A Ghosh le pareció oír furtivamente la conversación privada que sostenía con Dios. Había sido un error dar la Biblia a todo el mundo, en vez de sólo a los sacerdotes, se dijo el médico. Todos se habían vuelto predicadores.

—Benditos sean san Gabriel, san Miguel y todos los santos —continuó Almaz en amárico, segura de que él entendería—. Porque recé para que el amo fuese un hombre nuevo y abandonase un día sus costumbres de *dooriye*, pero me equivoqué, venerables santidades.

La palabra *dooriye* era un cebo para provocar a Ghosh. Significaba «patán», «libidinoso», «réprobo», y lo aguijoneó.

—¿Quién te ha dado derecho a llamarme así? —preguntó con fingida cólera. «¿Acaso eres mi mujer?», estuvo a punto de añadir, pero se contuvo. Para su eterna vergüenza, Almaz y él habían mantenido relaciones íntimas en dos ocasiones a lo largo de los años, en ambas estando él borracho. Ella se había tumbado, alzado las faldas y abierto las piernas, rezongando incluso mientras seguía con sus caderas el ritmo de las de él, pero no más de lo que protestaba por el café y el agua caliente. Ghosh había decidido que para aquella mujer rezongar era al mismo tiempo el lenguaje del placer y el dolor. Cuando acabaron, ella había suspirado, se había bajado la falda y le había preguntado antes de marcharse, dejándolo con su culpabilidad: «¿Algo más?»

La quería por no haberle echado nunca en cara aquellos dos episodios. Pero le habían dado licencia para fastidiarlo, para elevar su rezongar a un tono firme; era su prerrogativa. Mas que los santos protegiesen a cualquier otra persona que se dirigiese a él en aquel mismo tono: ella lo defendía, protegía sus pertenencias y reputación con la lengua y los puños y los pies si era preciso. A veces, él tenía la sensación de que pertenecía a aquella mujer.

—¿Por qué me acosas así? —preguntó, más calmado. Sabía que nunca reuniría valor suficiente para darle la noticia de su marcha.

—¿Quién ha dicho que hablaba contigo? —replicó Almaz.

Sin embargo, cuando ella salió y vio las dos aspirinas en el platillo con el café, a él se le ablandó el corazón. «Mi mayor consuelo —se dijo por enésima vez desde que llegara a Etiopía— han sido las mujeres de este país.» Un lugar que lo había sorprendido, pues a pesar de las imágenes que había visto en *National Geographic*, no estaba preparado para aquel imperio montañoso cubierto de niebla, ni para el frío, la altitud, las rosas silvestres. Los árboles inmensos le recordaban a

Coonoor, una estación de montaña de la India que había visitado de niño. Su majestad imperial el emperador etíope podría ser excepcional en el porte y la dignidad, pero Ghosh descubrió que sus súbditos compartían aquellos rasgos físicos. La nariz afilada y esculpida y unos ojos conmovedores los asemejaban a los persas y los africanos, con el cabello rizado de los últimos y la piel más clara de los primeros. Reservados, excesivamente formalistas y a menudo taciturnos, se enfadaban enseguida, eran muy susceptibles. En cuanto a teorías de la conspiración y al pesimismo más terrible, se llevaban la palma mundial. Pero una vez superados todos esos atributos superficiales, eran gente sumamente inteligente, encantadora, hospitalaria y generosa.

—Gracias, Almaz —dijo, pero ella fingió no oírle.

En el lavabo, sintió un dolor agudo cuando una ventosidad lo obligó a interrumpir el chorro.

—Es como ir parando sobre el filo de una navaja de afeitar con los huevos como frenos —murmuró con lágrimas en los ojos.

¿Cómo le llamaban los franceses? *Chaude-pisse*, expresión que ni siquiera se acercaba a describir los síntomas.

¿Aquella misteriosa irritación era debida a una falta de uso? ¿O se trataba de una piedra en el riñón? ¿O, como sospechaba, de una leve inflamación endémica del conducto de la orina? La penicilina no serviría de nada, pues era una condición que no se mantenía constante. Se había consagrado a investigar aquel asunto de la causalidad, pasándose horas al microscopio con su orina y con la de otros con síntomas similares, estudiándolas como los profetas de orinal de los viejos tiempos.

Después de su primera relación carnal en Etiopía (y la única vez que no había usado condón) había recurrido al Método de Campo del Ejército Aliado para «profilaxis poscontacto», como se denominaba en los libros: lavar con jabón y cloruro de mercurio, luego introducir ungüento de proteinato de plata en la uretra y apretar para que descendiese por el conducto. Parecía una penitencia propia de los jesuitas. Estaba convencido de que la «profilaxis» era en parte la causa de aquellas sensaciones ardientes que aparecían y desaparecían, para alcanzar el punto culminante algunas mañanas. ¿Cuántos otros métodos consagrados por el tiempo habría tan inútiles como aquél? Y pensar en los millones que los ejércitos del mundo habían gastado en «botiquines» como aquél, o que antes de que Pasteur descubriese los microbios los médicos se batían en duelo en defensa de los méritos del bálsamo del Perú frente a los del aceite de alquitrán para las heridas infectadas. La ignorancia era tan dinámica como el conocimiento, y crecía en la misma proporción, a pesar de que cada generación de médicos supusiera que la ignorancia era la característica que definía a sus antecesores.

Nada como una experiencia personal para inclinar a un hombre hacia una especialidad. Y así, Ghosh se había convertido en experto en sífilis de facto, en el venereólogo, en aquel que tenía la última palabra respecto a enfermedades venéreas. Desde el palacio a las embajadas, todas las personas importantes con problemas venéreos acudían a consultarle. Tal vez en el condado estadounidense de Cook estuviesen interesados en su experiencia.

Después de bañarse y vestirse recorrió los trescientos metros que lo separaban del edificio del ambulatorio. Buscó a Adam, el boticario tuerto que, bajo la tutela de Ghosh, se había convertido en un diagnosticador nato y dotado. Pero no andaba por allí, así que fue a ver a W. W. Gónada, un hombre de muchos títulos (técnico de laboratorio, técnico del banco de sangre, administrador auxiliar), los cuales podían leerse al completo en la placa de identificación que llevaba en la chaqueta blanca, que le quedaba grande. El nombre completo era Wonde Wossen Gonafer, que había occidentalizado como W. W. Gónada. Ghosh y la enfermera jefe le habían avisado rápidamente sobre el significado de su nuevo apodo, pero resultó que W. W. no necesitaba que se le instruyese.

—Los ingleses tienen nombres como señor Strong, que significa «fuerte», señor Head, que significa «cabeza», señor Carpenter, que significa «carpintero», señor Mason, que significa «albañil», señor Rich, que significa «rico». ¡Yo seré el señor W. W. Gónada!

Era uno de los primeros etíopes a quienes Ghosh había llegado a conocer bien. Bajo su aparente melancolía se ocultaba un carácter ambicioso y amigo de la diversión. La urbanidad y la educación habían introducido en él una *gravitas*, una cortesía exagerada; el cuello y el cuerpo se flexionaban, dispuestos para la venia, y su conversación estaba llena de suspiros propios de alguien que tiene el corazón roto. El alcohol podía exagerar esa condición o suprimirla por entero.

Ghosh pidió a W. W. que le inyectara B-12. Merecía la pena intentarlo... hasta los placebos tienen algún efecto.

W. W. emitía chasquidos de desaprobación mientras preparaba la jeringa.

—Debe usar siempre profilácticos, doctor Ghosh —lo sermoneó, pero se avergonzó enseguida, porque no era precisamente el más adecuado para dar tal consejo.

—Pero si lo hago. Después de aquella primera vez, nunca he mantenido relaciones sin condón. ¿No me cree? Por eso no entiendo este ardor que siento algunas mañanas. ¿Y usted? ¿Por qué no usa condón, W.W.?

Los tacones que usaba Gónada le hacían caminar con una inclinación pélvica propia de avestruz. Se cardaba el pelo con un halo alto que un día se denominaría afro. Ante aquella pregunta, se irguió a lo largo de su uno cincuenta de estatura y dijo con altivez:

—Si quisiese hacer el amor con un guante de goma, jamás necesitaría salir del hospital.

Si Ghosh hubiese sabido que en aquel mismo instante la hermana Mary Joseph Praise estaba enferma en su habitación, habría corrido a ayudarla, lo que podría haberle salvado la vida. Pero en aquel momento nadie estaba enterado. La enfermera en prácticas aún no había comunicado el mensaje de Stone, y cuando lo hizo no le explicó el grave estado de la monja a ningún miembro del hospital.

Ghosh efectuó despreocupadamente su visita con la enfermera de sala y las estudiantes. Indicó una alergia a la sulfa a las estudiantes más novatas y extrajo fluido ascítico del vientre de un hombre con cirrosis. Luego la clínica del ambulatorio lo mantuvo ocupado la mayor parte de la jornada, salvo por una conferencia que dio a las estudiantes de enfermería sobre la tuberculosis. Estar ocupado lo ayudaba a olvidarse de Hema, que debería haber vuelto ya hacía dos días. La única explicación que se le ocurría para el retraso lo deprimía.

Al final de la tarde, salió del hospital en coche. Justo por unos minutos no presenció el revuelo que se armó cuando Thomas Stone sacó a Mary Joseph Praise del pabellón de las enfermeras.

• • •

Aparcó cerca del colosal León de Judá, un punto de referencia de la zona próxima a la estación de ferrocarril. Tallado en bloques de piedra de un negro grisáceo, con una corona cuadrada a la cabeza, aquel león cubista parecía una pieza de ajedrez. Bajo la corta frente, las ranuras de los ojos miraban fijo al otro lado de la plaza; la escultura confería un aire vanguardista a aquella parte de la ciudad. Ghosh entró en el mundo lacado y cromado de Ferraro's, donde un corte de pelo costaba diez veces más que en Jai Hind, la peluquería india. Pero Ferraro's, con su ventana de vidrio esmerilado y su poste de barbero a franjas rojas y blancas, resultaba rejuvenecedor. Las paredes de espejo, el collar de luces de globo, el sillón de cuero morado con más pomos y palancas cromadas que la mesa de operaciones del Missing eran cosas que sólo existían en aquel establecimiento italiano.

Ferraro, deslumbrante con su bata blanca sin cuello, estaba en todas partes: detrás de Ghosh para quitarle la chaqueta, a su lado para indicarle el sillón, luego ante él para ponerle el guardapolvo. Charlaba en italiano y no importaba que Ghosh sólo conociese unas pocas palabras de esa lengua, pues la conversación se ofrecía como música de fondo sin requerir respuesta. Se sentía a gusto con aquel hombre mayor. «Cuídate de un médico joven y un barbero viejo», decía el refrán, pero Ghosh pensaba que tanto él como Ferraro se hallaban en buenas manos.

Aquel hombre había sido soldado en Eritrea antes de convertirse en barbero en Adis Abeba. Si hubiesen hablado la misma lengua, Ghosh le habría preguntado muchas cosas, por ejemplo, sobre la epidemia de tifus de los años cuarenta, durante la cual algún brillante oficial italiano había decidido rociar toda la ciudad con DDT, eliminando los parásitos y el tifus. ¿Cómo habían afrontado los italianos el problema de las enfermedades venéreas entre los soldados que sin duda no podían haberse limitado a las seis damas italianas de Asmara, las *puttanas* oficiales de la guarnición?

Sentía un gran deseo de confiar en Ferraro, de contarle cómo lo torturaban los celos que sufría, cómo estaba a punto de abandonar el país a causa de una mujer que no se tomaba en serio su amor. El barbero emitió un leve sonido chasqueante, como si intuyese el problema y de qué clase era; colocar el sillón en posición reclinada era el primer paso del italiano para hallar una solución. Ninguno de los dos podría haber sospechado que en aquel instante el corazón de la hermana Mary Joseph Praise había dejado de latir.

Ferraro colocó con cuidado la primera toalla caliente alrededor del cuello de su cliente. Cuando puso la última, bloqueando toda la luz, guardó un prudente silencio. Ghosh oyó sus pasos suaves hasta donde tenía apoyado el cigarrillo, y luego el rumor al exhalar el humo.

«Si pudiese tener un criado, éste habría sido mi hombre», pensó Ghosh. Nadie había dudado nunca ni por un momento que el destino de Ferraro era ser barbero. Su instinto era infalible. El que estuviese calvo carecía de importancia.

Salió de allí envuelto en los efluvios de la loción para después del afeitado. Mientras conducía, contemplaba el panorama como si fuese por última vez: la empinada subida de la calle Churchill y luego Jai Hind hasta el semáforo, donde tuvo que hacer malabarismos con el acelerador y el embrague antes de que se encendiese el verde. Giró a la izquierda y pasó por delante de la tienda de especias de Vanilal, luego por Telas Vartanian y se detuvo en correos.

La niña leprosa que controlaba aquel territorio donde abundaban los extranjeros al parecer se había convertido en una adolescente de la noche a la mañana. Sus pechos respingones resultaban visibles a través del *shama*, mientras que el cartílago nasal se había colapsado, conformando una nariz de silla de montar. Puso un billete de un birr en su mano en garra.

El rumor de castañuelas le hizo volverse: eran las tapas de botella ensartadas en un clavo en la caja de zapatos de un *listiro*, que alzó la vista hacia él. Ghosh se apoyó en la pared de correos junto a media docena de individuos que fumaban o leían el periódico mientras los *listiros* trabajaban como abejas con sus pies. Los responsables de ello también eran italianos, se dijo: de que la gente se lustrase los zapatos más a menudo de lo que se bañaba.

Empezó a lloviznar y los codos de los *listiros* volaban como pistones. Ghosh advirtió en la nuca del muchacho una mancha de un blanco albino. ¿No sería el collar de Venus? ¿Tan joven y ya con cicatrices de sífilis curada? *Venereum insontium* (sífilis «inocentemente contraída»), según la denominación todavía al uso en los libros de texto, aunque él no creía en semejante cosa. Aparte de la congénita, en que la madre infectaba al nonato, opinaba que todas las sífilis se contraían por vía sexual. Había visto niños de cinco años jugar remedando entre ellos el acto de la copulación, y haciendo un buen trabajo al respecto.

Ante el aguacero súbito, Ghosh se precipitó hacia el coche. La lluvia lavó la capa de melancolía que había envuelto la *piazza*. Al encenderse las farolas, su luz se reflejó en el cromo de los vehículos que circulaban; los autobuses Ambassa se volvieron de un rojo encendido. En el tejado del edificio de tres plantas (que también albergaba Pan Am, el Ristorante Venezia e Importaciones-Exportaciones Motilal) la jarra de cerveza de neón se llenó de líquido amarillento, se desbordó con espuma blanca y volvió a oscurecerse antes de que se iniciase el ciclo de nuevo. El anuncio había despertado gran asombro cuando lo instalaron: los hombres descalzos que conducían sus corderos a la ciudad para la fiesta del Meskel se habían parado a contemplar el espectáculo, el rebaño se había dispersado y el tráfico había quedado bloqueado.

En el bar St. George la lluvia goteaba de las sombrillas Campari del patio. El interior estaba atestado de extranjeros y locales que consideraban el ambiente digno de los precios. Las puertas de cristal retenían un rico aroma a *cannoli*, *biscotti*, *casatta* de chocolate, café molido y perfume. La música de un gramófono se mezclaba con las voces, el tintineo de tazas y platos, y los sonidos agudos del arrastre de sillas y de cristal al posarse en mesas de formica.

Acababa de sentarse en la barra cuando advirtió el reflejo de Helen en el espejo. Estaba sentada a una mesa de un rincón alejado. Como era miope, probablemente no le viese. Sus bellos rasgos destacaban con el negrísimo cabello. No prestaba atención a su acompañante, nada menos que el doctor Bachelli. El instinto le dijo que tenía que irse enseguida de allí, pero el camarero aguardaba, así que pidió una cerveza.

—Dios mío, Helen, qué guapa eres —masculló, observando su imagen en el espejo.

En el St. George no disponían de chicas de alterne propias, pero no ponían objeciones a que entrasen las de más clase. Helen tenía las piernas cruzadas, la piel de los muslos blanca como nata. Ghosh recordó aquellos glúteos generosos ante los que podía prescindirse de almohada de apoyo. Un lunar en la mejilla aumentaba su distinción. Pero ¿por qué las chicas mestizas más guapas (las *killis*, como solían llamarlas, aunque el término fuese despectivo) adoptaban aquel aire aburrido y miraban por encima del hombro?

Bachelli, con un pañuelo de seda que flotaba sobre la chaqueta color crema y a juego con la corbata, parecía mucho más viejo aquella noche de los aproximadamente cincuenta años que debía de tener. Su fino bigote esculpido con esmero y la expresión de ecuanimidad, cigarrillo en mano, lo irritaron, porque vio en ellos su propia inercia, lo que le había retenido tanto tiempo en África. Bachelli le resultaba simpático; no era un gran médico, pero era consciente de sus límites en medicina, aunque no podía decirse lo mismo cuando se trataba del alcohol.

Una semana antes le había impresionado mucho verlo borracho cantando la *Giovinezza* mientras desfilaba a paso de ganso por el centro de la *piazza*. Era casi medianoche; Ghosh había parado el coche e intentado llevárselo de allí. Entonces Bachelli se había vuelto escandaloso y vociferante, y había empezado a gritar a propósito de Adua, lo cual habría bastado para que le diesen una paliza si insistía. Aquel hombre estaba perdido en el recuerdo de cuando en 1934 había embarcado en un transporte de tropas en Nápoles. Volvía a ser un joven oficial de la Legión 230 de la Milicia Nacional Fascista, e iba a luchar por Il Duce, a conquistar Abisinia, a borrar la vergüenza de la derrota en la batalla de Adua a manos del emperador Menelik en 1896. En Adua, diez mil soldados italianos y un número igual de sus áscaris eritreos salieron de su colonia para invadir y conquistar Etiopía, pero fueron derrotados por los guerreros etíopes descalzos del emperador Menelik armados con lanzas y Remingtons (que les había vendido nada menos que Rimbaud). Ningún ejército europeo había recibido semejante paliza en África. Aquello sacaba de quicio a los italianos, así que incluso hombres que no habían nacido en la época de Adua, como Bachelli, habían crecido con deseos de venganza.

Ghosh no entendió nada de esto hasta que llegó a África; no había comprendido que la victoria de Menelik había inspirado el movimiento de retorno a África de Marcus Garvey y despertado la conciencia panafricana en Kenia, Sudán y el Congo. Para entender esas cosas había que vivir en África.

Los italianos no habían olvidado la humillación sufrida; y así, en la tentativa siguiente, unos cuarenta años después, Mussolini no corrió ningún riesgo. Su lema fue *Qualsiasi mezzo!*, ¡por los medios que sea! La caballería etíope, con melenas de mono, escudos de cuero y lanzas y rifles de un solo disparo, se encontró con un enemigo que era una nube de gas fosgeno en que morían asfixiados, sin que importara nada el Protocolo de Ginebra. Bachelli había participado en aquello, y contemplando esa noche su rostro, tan encendido por la bebida y el orgullo, cuando desfilaba por la victoria en la *piazza*, Ghosh se percataba de lo que debía de haber supuesto para él aquel momento de máxima satisfacción.

Intentaba pasar inadvertido acodado en la barra, pero observaba a la pareja en el espejo. Cuando había conocido a Helen se había enamorado locamente de ella, un amor que había durado unos días. «Dame dinero, por favor», le pedía ella cada vez que se veían. Cuando le preguntaba para qué, ella pestañeaba, esbozaba un mohín, como si la pregunta fuese absurda, y decía: «Ha muerto mi madre» o «Tengo que abortar»... Lo primero que se le ocurriese. La mayoría de las chicas de alterne tenían un corazón de oro y acababan casándose bien, pero el de Helen era de un metal menos noble.

A pesar de que tenía una concubina eritrea, el pobre Bachelli estaba loco por Helen desde hacía años. Le daba dinero; esperaba y aceptaba su egoísmo. La llamaba su *donna delincuente*, y presentaba el lunar de la mejilla como prueba. Ghosh quería preguntar a su colega si creía realmente en el abominable libro de Lombroso, *La mujer delincuente*: los «estudios» de este autor italiano acerca de prostitutas y mujeres criminales revelaban «características degenerativas», rasgos como distribución «primitiva» de vello púbico, una apariencia facial «atávica» y exceso de lunares. Era seudociencia, auténticos disparates.

Ghosh se levantó de repente y se alejó con sigilo, sin apurar la cerveza, porque de pronto le pareció insoportable la idea de sostener una breve charla con cualquiera de los dos.

Los Avakian estaban cerrando el almacén de bombonas de gas y más allá terminaban las luces de la *piazza*, la ilusión transitoria de Roma, y todo era ya oscuridad. La carretera continuaba después del largo y sombrío muro de piedra tipo fortaleza que contenía la ladera. Un tajo en las piedras cubiertas de musgo era Säba Dereja (Setenta Escalones), un atajo peatonal hasta la rotonda de Sidist Kilo, aunque los peldaños estaban tan gastados que era más rampa que escalera, y traicionera cuando llovía. Pasó la iglesia armenia, luego rodeó el obelisco de Arat Kilo (otro monumento bélico en una rotonda), después las agujas y cúpulas góticas de la catedral de la Trinidad y a continuación el edificio del Parlamento, inspirado en el de la ribera del Támesis. Aún no le apetecía dirigirse a casa, de modo que en el Palacio Antiguo dobló y bajó hacia Casa INCES, un barrio de suntuosas villas.

No estaba de humor para el Ibis ni para uno de los grandes bares de la *piazza* que empleaban a treinta chicas de alterne. Delante vio un edificio sencillo de bloques de hormigón ligero, que parecía dividido en cuatro bares; un local más de los cientos que había de ese tipo en todo Adis Abeba. Dos entradas despedían un leve destello de neón. Una tabla permitía vadear el vertedero. Eligió la puerta de la derecha y cruzó la cortina de cuentas. Como había supuesto, dado el tamaño, se trataba del negocio de una mujer. El tubo fluorescente estaba pintado de naranja, lo cual creaba un interior estilo matricial, subrayado por el incienso que humeaba en el brasero de carbón. Había dos taburetes almohadillados en la corta barra de madera. Las botellas de la estantería de la pared de atrás impresionaban (Pinch, Johnny Walker, ginebra Bombay), aunque estuviesen rellenas de *tej* de fabricación casera. Su majestad Haile Selassie I, con uniforme de la Guardia Imperial, miraba hacia abajo desde un cartel de la pared. En un calendario, una mujer de bonitas piernas en traje de baño correspondía a la sonrisa de su majestad con otra.

En el escaso espacio que quedaba había una mesa y dos sillas, donde estaba sentada la camarera con un cliente que la cogía de la mano y que parecía concentrado en retener la atención de la chica. Justo cuando Ghosh decidió que no tenía sentido quedarse, ella se soltó, echó la silla atrás, se levantó y le hizo una venia. Los tacones altos resaltaban sus pantorrillas. Llevaba pintadas las uñas de los pies con esmalte oscuro. Ghosh pensó que era muy bella. La sonrisa parecía genuina y sugería mejor disposición que la de Helen. El otro hombre pasó hoscamente al lado del médico y salió del local sin decir palabra.

«La tierra de la leche y la miel —pensó Ghosh—. Leche, miel y amor por el dinero.»

La mujer y Ghosh intercambiaron saludos («¿Qué tal?», «Bien, bien»), con reverencias que fueron decreciendo hasta convertirse en meros cabeceos. Ghosh se sentó en el taburete de la barra y ella pasó detrás. Tendría unos veinte años, pero era de constitución grande y la opulencia de la blusa indicaba que había tenido al menos un hijo.

—*Min the tetale?* —le preguntó ella, llevándose un dedo a la boca, por si no entendía amárico.

—Lamento mucho haber ahuyentado a tu admirador. Si hubiese sabido que estaba aquí o que le interesabas tanto, no me habría entrometido en vuestra cita.

La mujer abrió la boca sorprendida.

—¡Ése! Quería seguir con una sola cerveza hasta el amanecer sin invitarme a mí a una. Es de Tigré. Tu amárico es mejor que el suyo —repuso efusiva, pero aliviada porque no sería una noche de lenguaje de señas.

Su vaporosa falda de algodón blanco le llegaba justo a las rodillas. El vistoso borde se repetía en el ribete de la blusa y en el volante del *shama* que llevaba echado por los hombros. Tenía el pelo estirado y permanentado al estilo occidental. Un collar de tatuajes en forma de líneas onduladas muy próximas hacía que el cuello pareciese más largo. «Bonitos ojos», pensó Ghosh.

Se llamaba Turunesh, pero él decidió llamarla, como a todas las mujeres de Adis Abeba, Konjit, que significaba «hermosa».

—Tomaré del bendito St. George. Y, por favor, sírvete una para ti. Tenemos que celebrarlo.

Ella se lo agradeció con una reverencia.

—¿Es tu cumpleaños, entonces?

—No, no, Konjit. Mejor aún. —Y estuvo a punto de añadir: «Es el día en que me he liberado de las cadenas de una mujer que llevaba una década fastidiándome. El día que he decidido que terminó mi etapa africana y que me espera América»—. Es el día en que he conocido a la mujer más bella de Adis Abeba.

Tenía una dentadura fuerte y regular. Cuando rió asomó el borde de la encía superior, lo que la avergonzaba, porque se llevó la mano a la boca.

Ante el sonido de aquella risa feliz algo se ablandó dentro de él y, por primera vez desde que había despertado aquella mañana, se sintió casi normal.

Cuando había llegado a Adis Abeba se había hundido en una depresión profunda y pensó en marcharse de inmediato, pues descubrió que había malinterpretado por completo las intenciones de Hema al pedirle que fuese. Lo que creía que era la conclusión triunfal de un cortejo que se había iniciado como internos en la India, resultó que sólo habían sido imaginaciones suyas, pues ella simplemente había pensado que le hacía un favor a Ghosh (y al Missing). Él ocultó su vergüenza y humillación. Estaban en el período de las largas lluvias, lo que ya bastaba de por sí para que un hombre quisiera suicidarse. Le salvó el Ibis de la *piazza*. Un día, mientras buscaba un lugar donde tomar una copa, lo atrajo una entrada con un arco de marfil festoneado de luces navideñas. Le llegó de dentro la música y el rumor de risas femeninas. Cuando entró, creyó que había muerto y resucitado convertido en Nabucodonosor. En aquellas mujeres del Ibis (Lulú, Marta, Sara, Tsahai, Meskel, Sheba, Mebrat) y en el bar y restaurante disperso que ocupaba dos plantas y tres galerías cerradas halló una familia. Las chicas le dieron la bienvenida como a un amigo perdido hacía mucho, le devolvieron el buen humor, estimularon al bromista que había en él, siempre felices de sentarse a su lado. Las muchachas guapas eran tan abundantes como la lluvia fuera. Sus tonos de piel iban desde el café con leche al carbón. Las pocas mujeres mestizas del Ibis tenían la piel blanca o aceitunada y los ojos castaños, azules e incluso verdes. La mezcla de razas producía generalmente el fruto más exótico y bello, aunque la pulpa fuese impredecible y con frecuencia amarga.

Pero de todas las cualidades de las mujeres que había conocido en Adis Abeba, la más importante era su aquiescencia, su disponibilidad. Durante meses, tras su llegada a la ciudad, bastante más tarde de que descubriese el Ibis y otros bares similares, se mantuvo célibe. Lo irónico de aquel período era que la única mujer a quien quería lo rechazaba y al mismo tiempo estaba rodeado de mujeres que nunca le decían que no. Tenía veinticuatro años y aunque no era inexperto cuando llegó a Etiopía, sólo había mantenido una relación íntima en la India con una joven enfermera en prácticas llamada Virgen Magdalena Kumar. Poco después de que concluyera aquella relación de tres meses, ella dejó la orden y se casó con un tipo al que él conocía; y es de suponer que se cambiaría el nombre por Magdalena Kumar.

—Hema, soy sólo humano —murmuró ahora, como hacía cada vez que pensaba que le era infiel. Alargó la mano y palpó la carne bajo las costillas de Konjit, apretando un pliegue de piel—. ¡Ay, querida, ¿no deberíamos pedir algo de comer? Necesitas engordar un poco —dijo—. Y nos hará falta sustento para lo que haremos esta noche. Te confesaré que es mi primera, mi primerísima vez.

Si ella hubiese sido mayor (y muchos bares de aquéllos los regentaban mujeres mayores que habían ahorrado dinero para instalarse por su cuenta después de trabajar en algún local grande como el Ibis), él habría empleado otro tono, menos directo, más cortés... una forma más gentil de halago. Pero había adoptado la actitud del colegial travieso.

Cuando ella le tocó el pelo y le acarició la cabeza, Ghosh ronroneó satisfecho. En la radio el tañido apagado de un *krar* repetía un riff de seis notas de una escala pentatónica que parecía compartir toda la música etíope, rápida o lenta. Reconoció la canción, que era muy popular; se titulaba *Tizita*, palabra para la que no había equivalente en inglés, pues significaba «recuerdo teñido de pesar». Ghosh se preguntó si lo había de otro género.

—Tienes una piel preciosa. ¿Qué eres? ¿*Banya*? —le preguntó ella.

—Sí, cariño, soy indio. Y considerando que no hay nada en mí aparte de la piel que sea bello, eres muy amable por decírmelo.

—Oh no, no, ¿por qué dices eso? Te juro por los santos que ojalá tuviese yo tu pelo. Tu amárico es increíble. ¿Estás seguro de que tu madre no es *habesha*?

—Me halagas —admitió él.

Había aprendido un poco de amárico en el hospital, pero sólo mediante relaciones *tête à tête* como aquélla había adquirido fluidez. Opinaba que el amárico de cama y el que usaba un médico de cabecera eran en realidad lo mismo: «Échate, por favor», «Quítate la camisa», «Abre la boca», «Respira hondo...» El lenguaje amoroso era el mismo que el médico.

—La verdad es que sólo conozco el amárico del amor. Si me mandases a comprar un lápiz no lo conseguiría, porque ignoro esas palabras.

Ella se echó a reír e intentó de nuevo taparse los labios, pero él le cogió la mano para impedírselo, y entonces la joven estiró el labio inferior hacia arriba, como si quisiera ocultar los dientes, en un gesto que a Ghosh se le antojó núbil y conmovedor.

—Pero ¿por qué ocultas la sonrisa?... Así. ¡Qué bonita!

Mucho, mucho después, se retiraron a la habitación trasera. Él cerró los ojos e imaginó (como siempre) que estaba con Hema. Con una Hema mejor dispuesta.

La niebla, que había traído consigo un silencio fúnebre y un frío que helaba los huesos, se hallaba a centímetros del suelo cuando salió. Ghosh se puso a orinar a un lado de la carretera, y entonces oyó la risa de una hiena, no supo si por lo que él estaba haciendo o por su equipamiento. Se volvió y divisó retinas lobunas que brillaban entre los árboles, más allá de la primera agrupación de casas. Salió a la carrera, subiéndose la cremallera al mismo tiempo, abrió el coche y montó rápidamente, para arrancar a toda prisa y alejarse. Un hombre tenía que preocuparse por algo más que por las hienas mientras orinaba. *Shiftas, lebas, madjiratmachi* y toda clase de truhanes constituían una amenaza después de medianoche, incluso en el centro de la ciudad y cerca de las vías pavimentadas. El mes anterior, sin ir más lejos, dos individuos habían asaltado, violado y cortado la lengua a una inglesa, pensando que así no podría denunciarlos. A otra víctima de robo le habían cortado los testículos, una práctica bastante común, pues se creía que así no le quedaría valor para vengarse. Y ésos eran los afortunados, pues al resto simplemente los asesinaban.

Las puertas del Missing estaban abiertas de par en par cuando llegó, lo que le pareció extraño. Subió hasta su casa y metió el coche en el cobertizo. Cuando las luces brillaron en el muro de piedra frenó aterrado por lo que vio: una fantasmal figura blanca acuclillada se puso de pie delante de los faros, con un reflejo en los ojos de un rojo brillante, igual que una hiena. Pero no se trataba de una hiena, sino de Almaz, que llorosa y descalza estaba esperándolo.

—Hema, Hema, ¿qué has hecho? —masculló, suponiendo que había sucedido lo peor y que su colega había regresado casada. ¿Por qué si no iba a estar allí Almaz tan tarde? Tanto ella como los demás sabían lo que sentía por Hema, la única que lo ignoraba era la propia ginecóloga.

La figura fantasmal corrió hacia el asiento del pasajero, abrió la portezuela y subió al coche.

—Lamento tener que darte malas noticias —dijo inclinando la cabeza, en un tono muy formal y sin mirarlo a los ojos.

—Te refieres a Hema, ¿verdad?

—¿A Hema? No. A la hermana Praise.

—¿A la hermana? ¿Qué le ha pasado?

—Está con el Señor, que Él bendiga su alma.

—¿Cómo?

—Que Dios nos asista a todos. Ha muerto. —Almaz sollozaba—. Ha muerto al dar a luz gemelos. La doctora Hema llegó, pero no pudo salvarla, aunque sí ha salvado a los gemelos.

Ghosh dejó de oír tras la primera mención de la hermana y la muerte. Tuvo que pedirle que repitiera lo dicho y luego que le repitiera una vez más cuanto sabía. Pero todo se reducía a que la hermana había muerto y algo sobre unos gemelos.

—Y ahora no encontramos al doctor Stone —explicó finalmente Almaz—. Se ha marchado. Hemos de... encontrarlo. La enfermera jefe dice que tenemos que hacerlo.

—¿Por qué? —consiguió articular Ghosh cuando pudo mover la lengua, pero incluso mientras preguntaba sabía por qué, pues compartía con Stone el vínculo de ser los dos únicos médicos varones del Missing. Lo conocía todo lo bien que alguien podía conocerlo, salvo quizá Mary Joseph Praise.

—¿Por qué? Porque es quien más está sufriendo, según dice la enfermera jefe. Tenemos que encontrarlo antes de que cometa algún disparate.

«Es un poco tarde para eso», pensó Ghosh.

12

El final de la tierra

La mañana siguiente a los nacimientos y la muerte, la enfermera jefe Hirst acudió a su despacho muy temprano, como cualquier otro día, aunque sólo había dormido unas horas. Ghosh y ella habían estado buscando a Thomas Stone en coche hasta bien entrada la noche. Rosina, la sirvienta de Stone, había montado guardia en su casa, pero él no había aparecido por allí.

Apartó los papeles amontonados en su escritorio. Por la ventana divisaba a los pacientes que hacían cola en el ambulatorio, o mejor dicho, sus sombrillas. La gente creía que el sol exacerbaba las enfermedades, así que había tantas sombrillas como pacientes. Descolgó el teléfono.

—¿Adam? —preguntó, cuando se puso el boticario—. Mande decir a Gebrew que cierre la verja y envíe los pacientes al hospital ruso. —Hablaba muy bien amárico, aunque con acento—. Y por favor, atienda lo mejor que pueda a los pacientes que ya están esperando. Pediré a las enfermeras que realicen las visitas de sus salas y que se las arreglen solas. Comunique a las estudiantes que se cancelan todas las clases de enfermería.

Menos mal que contaba con Adam. Había dejado de estudiar en tercer curso, una verdadera lástima, porque no le habría costado convertirse en médico. No sólo sabía preparar los quince remedios habituales, ungüentos y mezclas que proporcionaba el hospital a los pacientes externos, sino que poseía además una capacidad de diagnóstico asombrosa. Era capaz de localizar con su único ojo sano (el otro era de un blanco lechoso a causa de una infección infantil) a los enfermos graves entre los muchos que llegaban con los frascos graduados de color azul verdoso del hospital para que se los rellenasen. Lamentablemente la queja más común de los enfermos que acudían a la consulta era «*Rasehn, libehn, hodehn*», literalmente «la cabeza, el corazón y el estómago», mientras se llevaban la mano a cada una de las partes aludidas. Ghosh lo denominaba síndrome RLH, y solían sufrirlo las mujeres jóvenes o los ancianos. Si les presionaban para que concretasen, podían decir que la cabeza les daba vueltas (*rasehn yazoregnal*) o les ardía (*yakatelegnal*), que tenían el corazón cansado (*lib dekam*), molestias abdominales o retortijones (*hod kurteth*), síntomas que comunicaban de mala gana, porque *rasehn-libehn-hodehn* tenía que bastar para cualquier médico digno de tal nombre. La enfermera jefe había tardado un año en comprender que ése era el modo de expresar en Etiopía el estrés, la ansiedad, el conflicto conyugal y la depresión; Ghosh decía que los expertos denominaban el fenómeno «somatización». La desazón psíquica se proyectaba en el organismo porque culturalmente era la forma de declarar aquel tipo de sufrimiento. Era posible que las pacientes no vieran ninguna relación entre el marido grosero, la suegra entrometida o la muerte reciente de un hijo y su mareo o palpitaciones. Y todas sabían cuál era la cura para el mal que padecían: una inyección. Podían conformarse con *mistura carminativa* o con un preparado de trisilicato de magnesio y belladona o cualquier otro que se le ocurriese al médico, pero lo más eficaz era la *marfey*, la aguja. Ghosh se oponía a que el síndrome RLH se tratase con inyecciones de vitamina B, pero la enfermera Hirst lo había persuadido de que era mejor que las administrase el hospital que obligar a la paciente insatisfecha a recurrir a la aguja hipodérmica no esterilizada de un curandero del Merkato. La inyección de complejo B anaranjado era barata y su efecto, instantáneo. Las pacientes bajaban sonrientes y a saltitos la ladera.

Sonó el teléfono y, por una vez, la enfermera jefe se sintió agradecida. En general, aquel aparato le molestaba, porque siempre suponía una interrupción. La centralita del hospital aún era una novedad. Se había negado a poner una extensión en su casa, pero le parecía importante que hubiese teléfono en la del médico y en la sala de urgencias. Consideraba un lujo hasta el teléfono del despacho, pero entonces lo descolgó esperando buenas noticias, novedades sobre Stone.

—Un momento, por favor, va a hablarle su excelencia el ministro de la Pluma —dijo una voz femenina.

La enfermera jefe oyó leves chasquidos e imaginó a un perrito caminando por el parquet del palacio. Posó la mirada en las biblias que se amontonaban en la pared del fondo: había tantas que parecían una barricada de brillante piel sintética adoquinada.

Se puso el ministro, que le preguntó por su salud y luego dijo:

—Su majestad lamenta la pérdida que han sufrido. Por favor, acepte sus condolencias más sinceras.

Ella se imaginó al ministro de pie haciendo reverencias mientras hablaba por teléfono.

—Su majestad me ha pedido personalmente que llamase.

—Su majestad es muy amable por pensar en nosotros... en este momento —repuso la monja. Era parte de la mística del emperador, y una clave de su poder, que supiese cuanto sucedía en su imperio. Se preguntó cómo habría llegado la noticia a palacio tan pronto. El doctor Thomas Stone con la hermana Mary Joseph Praise de ayudante había extirpado un par de apéndices regios, y Hema había practicado una cesárea de emergencia a una nieta que no había conseguido llegar a Suiza. Desde entonces, varias mujeres de la familia real habían acudido a Hema en el momento del parto.

El ministro le aseguró que si había algo que pudiesen hacer en palacio sólo tenía que pedirlo. No sacó a colación cómo había muerto la hermana ni el destino de los dos bebés.

—Por cierto, enfermera jefe —añadió, y ella se puso alerta, pues supuso que aquélla era la verdadera razón de la llamada—. Si por casualidad un militar... un oficial de alta graduación, acude al hospital para tratamiento, para cirugía, tal vez mañana, al emperador le gustaría estar informado. Puede llamarme usted personalmente. —Y le dio un número.

—¿Qué clase de oficial? —preguntó la enfermera Hirst, que ante el silencio que siguió pensó que el ministro estaba meditando la respuesta.

—Un oficial de la Guardia Imperial, un oficial que no tiene, digamos, ninguna necesidad de acudir al Missing.

—¿Cirugía, dice usted? Oh, no, hemos cerrado el hospital. No tenemos cirujanos, ministro. Verá, el doctor Thomas Stone... está indispuesto. Formaban un equipo, ¿sabe...?

—Gracias, enfermera jefe. Comuníquenoslo, por favor.

Después de colgar estuvo reflexionando sobre la llamada. El emperador Haile Selassie había creado unas fuerzas militares sólidas y modernas, formadas por el Ejército de Tierra, la Marina, la Aviación y la Guardia Imperial, esta última un cuerpo tan grande como los otros, equivalente a la Guardia Real de Inglaterra que vigilaba la entrada del palacio de Buckingham. La Guardia Imperial etíope, lo mismo que la Guardia Real inglesa, no era una simple unidad ceremonial, sino que estaba integrada por militares profesionales, y sus unidades no se diferenciaban del resto de las fuerzas armadas pues recibían instrucción para el combate. Los cadetes etíopes prometedores de todos los cuerpos iban a Sandhurst, a West Point o a Puna. Sin embargo, aquellas estancias en el extranjero solían avivar la conciencia social y el emperador temía un golpe de estado de aquellos jóvenes oficiales. Contar con las segundas o terceras fuerzas armadas más grandes del continente era motivo de orgullo, pero también un peligro potencial para su reino. El emperador fomentaba de forma deliberada la rivalidad entre los cuatro cuerpos y mantenía los cuarteles muy separados, además de trasladar a los generales en cuanto se volvían demasiado poderosos. La enfermera jefe intuía alguna intriga de ese tipo... De lo contrario, ¿por qué telefonearía en persona el ministro de la Pluma, portavoz del emperador?

Se dijo que aquel político no tenía ni idea de lo que significaba para el hospital no contar con un cirujano. Antes de que llegara Thomas Stone, podían atender a la mayoría de los pacientes de pediatría y medicina interna gracias a Ghosh, y se las arreglaban con los trastornos ginecológicos y obstétricos complicados gracias a Hema. A lo largo de los años habían pasado por el hospital una serie de médicos, algunos capacitados para las intervenciones quirúrgicas. Pero nunca habían contado con un cirujano competente y bien preparado hasta la llegada de Stone. Su especialidad permitía al hospital curar fracturas complejas, hacer intervenciones por bocio y otros tumores, efectuar injertos de piel en quemaduras, reparar hernias estranguladas, extirpar próstatas inflamadas o pechos cancerosos, e incluso perforar el cráneo para extraer un coágulo de sangre que presionaba en el cerebro.

La presencia de Stone (con una ayudante como la hermana Praise) había mejorado el nivel del Missing. Su ausencia lo cambiaba todo.

El teléfono volvió a sonar pocos minutos después, pero esta vez el timbre le resultó amenazador. Descolgó de mala gana. «Dios mío, por favor, que Stone esté vivo.»

—¿Oiga? Soy Eli Harris. De la congregación baptista de Houston. ¿Oiga?

Para ser una llamada desde América, la conexión era nítida. La enfermera jefe se sorprendió tanto que no contestó.

—¿Oiga? —repitió la voz.

—¿Sí?

—Llamo desde el hotel Ghion de Adis Abeba. ¿Puedo hablar con la enfermera jefe Hirst?

Apartó el auricular y tapó el micrófono. Se sintió aterrada. Y confusa. ¿Qué demonios hacía allí ese hombre? Estaba acostumbrada a tratar con los donantes y las organizaciones benéficas por correo. Necesitaba pensar rápido, pero su mente se negaba a cooperar. Finalmente quitó la mano.

—Le daré el mensaje, señor Harris. Le telefoneará...

—¿Puedo saber con quién hablo?

—Verá, ha fallecido uno de los miembros de nuestro equipo. Tal vez tarde un par de días en llamarle.

Harris dijo algo, pero la enfermera jefe colgó, para a continuación descolgar mirando furiosa el aparato, desafiándolo a que sonara.

La congregación baptista de Houston era últimamente la que mejor y con mayor constancia financiaba el hospital. La enfermera jefe enviaba cartas manuscritas todas las semanas a iglesias de América y Europa, y pedía a los destinatarios que remitieran su carta a otros miembros de la Iglesia si ellos no podían ayudar. Si llegaba una respuesta que expresaba algún interés, remitía enseguida el libro de Stone, *El cirujano práctico: un compendio de medicina tropical*. Resultaba costoso enviarlo por correo, pero era más convincente que cualquier folleto informativo. Había comprobado que los donantes siempre manifestaban un interés morboso por lo que podía funcionar mal en el cuerpo humano, y las fotografías e ilustraciones (de la hermana Praise) de la obra satisfacían ese gusto. En el capítulo sobre apendicitis figuraba la imagen de una criatura extraña con cara de cerdo, pelaje de perro y ojillos miopes, página donde la enfermera jefe metía siempre la carta a modo de marcador. «El wombat es un marsupial excavador nocturno que sólo se encuentra en Australia, y la única razón de mencionarlo aquí es que posee la dudosa distinción de compartir con el hombre y los monos la posesión de apéndice», rezaba el pie de foto. Más que a cualquier intercambio epistolar, el apoyo de los baptistas de Houston se debía a aquel libro.

Ghosh llegó media hora después, negando con la cabeza.

—He ido a la embajada británica. He dado vueltas en coche por la ciudad. He vuelto a su casa. Rosina está allí, pero él no ha aparecido. He recorrido todo el recinto del hospital...

—Vamos a dar una vuelta —propuso la enfermera jefe.

Cuando bajaban hacia las verjas vieron un taxi que subía la cuesta con un pasajero blanco.

—Debe de ser Harris —comentó la monja, agachándose en el asiento con una presteza que sorprendió a Ghosh. Ella le contó lo de la llamada—. Si no recuerdo mal, conseguí que Harris financiara un proyecto que era idea de usted. Una campaña ciudadana contra la gonorrea y la sífilis. Harris ha venido a ver cómo nos va.

—Pero ¡no hemos hecho nada de eso! —exclamó el médico, a punto de salirse de la carretera.

—Por supuesto que no —suspiró ella.

Ghosh nunca tenía muy buen aspecto por la mañana, ni siquiera después de bañarse y afeitarse, pero aquel día ni siquiera le había dado tiempo a hacer lo uno ni lo otro. La sombra oscura de la barba le subía desde el cuello, enmarcaba los labios y casi le llegaba a los ojos enrojecidos.

—¿Adónde vamos? —preguntó.

—A Gulele. Tenemos que hacer los preparativos para el entierro.

Siguieron en silencio.

El cementerio de Gulele quedaba en los arrabales de la ciudad. El camino cruzaba un bosque en que, dada la frondosidad de los árboles, parecía que estuviese anocheciendo. De pronto, ante ellos se alzaron las imponentes verjas de hierro forjado, que destacaban contra los muros de piedra caliza. En el interior, un sendero de grava conducía a una meseta llena de eucaliptos y pinos. Los árboles de Gulele eran los más altos de Adis Abeba.

Caminaron entre las tumbas, aplastando y haciendo crujir a su paso el manto de hojarasca y ramitas. Allí, donde no llegaban las voces ni los ruidos urbanos, sólo se oían la quietud del bosque y el silencio de la muerte. Una llovizna fina empapaba hojas y ramas, agrupándose en grandes gotas que les caían en la cabeza y los brazos. La enfermera jefe se sentía una intrusa. Se detuvo junto a una sepultura no más grande que una Biblia de altar.

—Una niña, Ghosh —dijo, deseando oír una voz, aunque sólo fuese la propia—. Armenia, a juzgar por el nombre. Dios mío, murió el año pasado.

Las flores de la lápida estaban frescas. La enfermera Hirst musitó un avemaría. Más abajo se hallaban las tumbas de jóvenes soldados italianos: NATO À ROMA o NATO À NAPOLI, pero independientemente de dónde hubiesen nacido, habían DECEDUTO AD ADDIS ABEBA. Se le humedecieron los ojos al pensar en ellos, en que habían muerto muy lejos de sus hogares.

El rostro de John Melly se le apareció y oyó el *Himno de Bunyan*, el que habían interpretado en su funeral. A veces, la melodía la sorprendía; la letra afluía a sus labios de forma espontánea.

—¿Sabe usted que estuve una vez enamorada? —dijo, volviéndose hacia Ghosh.

Él, que ya parecía atribulado, se quedó paralizado donde estaba.

—¿Quiere decir de un hombre? —preguntó cuando pudo hablar.

—¡Pues claro que de un hombre! —refunfuñó ella.

—Suponemos que sabemos cuanto hay que saber de nuestros colegas, pero ¡qué poco sabemos, en realidad! —comentó Ghosh por fin, tras un largo silencio.

—Creo que no fui consciente de que me había enamorado de Melly hasta que estaba muriéndose. Yo era tan joven... Amar a un agonizante es lo más fácil del mundo.

—¿La amaba él?

—Creo que sí. Murió intentando salvarme, ¿sabe? —Los ojos se le humedecieron—. Ocurrió en mil novecientos treinta y cinco. Yo acababa de llegar al país, no podría haber elegido momento peor. El emperador huyó de la ciudad cuando los italianos estaban a punto de entrar. Los saqueadores se dedicaron a robar y violar sin control.

John Melly requisó un camión de la legación británica para venir a buscarme. Yo prestaba mis servicios como voluntaria en lo que ahora es el Missing. Él se detuvo a ayudar a una persona herida en la calle y un saqueador le pegó un tiro. Sin ningún motivo. —Se estremeció—. Lo cuidé diez días, hasta que murió. Ya se lo contaré todo alguna vez. —Incapaz de controlarse, se sentó y lloró con la cabeza entre las manos—. Estoy bien, Ghosh. Concédame sólo un minuto.

Más que por Melly, estaba llorando por el paso de los años. Había llegado a Adis Abeba desde Inglaterra tras haber recibido una enseñanza irregular en un colegio de monjas y de llevar la enfermería estudiantil; había aceptado un puesto en la Misión Interior de Sudán, para trabajar en Harar, Etiopía. En Adis Abeba se encontró con que las órdenes recibidas se habían cancelado por el ataque de los italianos, así que se incorporó a un pequeño hospital casi abandonado por los protestantes norteamericanos. El primer año fue testigo de la avalancha de soldados (algunos de los jóvenes enterrados allí) y civiles italianos que acudían a poblar la nueva colonia: carpinteros, albañiles, técnicos. El campesino Florino se convertía en don Florino al cruzar el canal de Suez; el conductor de ambulancias se reinventaba a sí mismo como médico. Siguió allí durante la ocupación, igual que los tenderos indios, los mercaderes armenios, los hoteleros griegos y los comerciantes levantinos. Y continuaba en el mismo sitio en 1941, cuando en el norte de África y en Europa cambió la suerte del Eje. Desde el balcón del hotel Bella Napoli presenció el regreso de Haile Selassie, que volvía al país tras seis años de exilio, escoltado por Wingate y sus tropas británicas. Nunca había visto al diminuto emperador. El hombrecillo parecía asombrado por la transformación de su capital, volvía la cabeza a uno y otro lado para ver los cines, los hoteles, las tiendas, las luces de neón, los altos edificios de apartamentos, las avenidas pavimentadas flanqueadas de árboles... La enfermera jefe había comentado al corresponsal de Reuters que estaba a su lado que tal vez Selassie habría deseado quedarse un poco más en el exilio, y la prensa extranjera había citado su comentario literalmente (aunque, por fortuna, como de una «observadora anónima»). Sonrió al recordarlo.

Se levantó, se enjugó las lágrimas y ambos siguieron caminando trabajosamente.

Bajaron el sendero entre una hilera de tumbas y luego subieron por otro.

—No —dijo ella de pronto—. Esto no puede ser. No me hago a la idea de dejar a nuestra querida hija en este lugar. —Sólo cuando salieron a la luz del sol tuvo la sensación de poder respirar—. Ghosh, si me entierran en Gulele, jamás se lo perdonaré —dijo, y su interlocutor decidió que lo más conveniente era guardar silencio—. Nosotros los cristianos creemos que, en el segundo advenimiento del Señor, los muertos resucitarán.

Ghosh había sido educado como cristiano, pero al parecer la enfermera Hirst nunca se acordaba.

—¿Duda usted a veces, enfermera jefe?

Ella advirtió entonces el tono ronco del médico y que tenía los párpados caídos. Recordó de nuevo que no era la única que sufría.

—La duda es prima hermana de la fe, Ghosh. Para tener fe hay que suspender la incredulidad. Nuestra querida Mary creía... Mucho me temo que en un lugar tan húmedo y desolado como Gulele hasta a ella le resultaría difícil levantarse cuando llegue el momento.

—¿Entonces qué propone? ¿Cremación? —preguntó Ghosh, pues uno de los barberos indios era también *pujari* y organizaba las cremaciones de los hindúes que morían en Adis Abeba.

—¡Por supuesto que no! —exclamó la monja, preguntándose si el doctor estaba mostrándose torpe deliberadamente, y añadió—: Entierro. Y me parece que conozco además el sitio justo.

Dejaron el coche en el aparcamiento de Ghosh y caminaron hasta la parte trasera del Missing, donde el calistemo estaba tan cargado de flores que parecía en llamas. Marcaban el límite de la propiedad las acacias, cuyas copas planas formaban una línea irregular en el cielo. La zona más occidental del hospital era un promontorio que dominaba un amplio valle. Aquella vasta extensión, hasta donde alcanzaba la vista, pertenecía a un *ras* (duque) pariente de su majestad Haile Selassie.

Borboteaba allí un arroyo, oculto por las rocas; las ovejas pastaban bajo la mirada de un muchacho que se hallaba sentado limpiándose los dientes con una ramita, el cayado cerca. Miró con ojos entrecerrados a la enfermera jefe y a Ghosh, y los saludó con la mano. Llevaba una honda, como en los tiempos de David. Siglos atrás había sido un pastor como él quien se había fijado en lo retozones que se volvían sus animales cuando comían cierta baya roja. A partir de aquel descubrimiento casual, el hábito y el comercio del café se extendieron a Yemen, Amsterdam, el Caribe, América del Sur y al mundo en general, pero todo había empezado en Etiopía, en un campo como aquél.

Aquel rincón del Missing lo ocupaba un pozo artesiano en desuso. Cinco años antes, un perro se había caído dentro y Gebrew había acudido al oír los ladridos desesperados. Consiguió sacar a *Kuchulu* con un lazo, aunque casi lo ahoga. Tuvieron que cerrar el pozo. Mientras supervisaba dicha tarea, la enfermera jefe vio colillas de cigarrillos y profilácticos usados al pie del muro de piedra, y decidió que tenían que redimir la zona. Unos culíes despejaron la maleza y plantaron hierba nativa. Al cabo de dos meses, el pozo estaba rodeado de un hermoso manto verde. Gebrew se ocupaba del césped, en cuclillas, caminando como un cangrejo: asía un manojo de hierba con la mano izquierda y la segaba con la derecha.

Había sido la hermana Mary Joseph Praise quien había identificado el cafeto silvestre junto al pozo. De no haber sido porque Gebrew cortaba regularmente los brotes más altos, habría crecido tanto que habría quedado fuera de su alcance. Con unos cuantos bancos viejos del ambulatorio, aquel espacio de césped se convirtió en un lugar donde hasta Thomas Stone olvidaba temporalmente sus preocupaciones. Cigarrillo en mano y con la mente en blanco, fumaba y observaba mientras Mary Joseph Praise y la enfermera jefe trajinaban con sus plantas. Pero no tardaba en aplastar el cigarrillo contra la hierba (una costumbre vulgar, en opinión de Hirst) y marcharse como si acudiese a una cita urgente.

La enfermera jefe rezó en silencio. «Querido Dios, sólo Tú sabes lo que será del Missing ahora. Dos de los nuestros se han ido. Un niño es un milagro, y tenemos dos. Pero el señor Harris y los suyos no lo verán así, sino que lo considerarán vergonzoso, escandaloso, un motivo para retirar su apoyo.» El hospital no contaba con ingresos dignos de mención por parte de los pacientes; dependía de las donaciones. Su modesta expansión en los últimos años se debía a Harris y otros benefactores. Hirst no disponía de fondos para épocas de necesidad. Iba contra su conciencia reservar dinero cuando éste le permitía curar el tracoma y atajar la ceguera o administrar penicilina y curar la sífilis. La lista era interminable. ¿Qué iba a hacer?

Examinó el paisaje en todas direcciones sin registrar lo que veía, concentrada en sus preocupaciones. Pero gradualmente el valle, la fragancia del laurel, los intensos verdes, la brisa suave, la forma en que la luz incidía en la otra ladera, el tajo que dejaba el arroyo y, por encima de todo, la extensión de cielo con nubes que pasaban hacia un lado, en suma, el conjunto, fue ejerciendo su efecto. Por primera vez desde la muerte de la hermana experimentó una sensación de paz, una sensación de certeza donde antes no había habido ninguna. Estaba segura de que aquél era el lugar donde debía concluir el largo viaje de la hermana Mary Joseph Praise. Además, recordó que en sus primeros tiempos en Adis Abeba, cuando las cosas parecían tan lúgubres, aterradoras y trágicas por la muerte de Melly, justo entonces, había llegado la gracia de Dios y se había revelado el plan divino, aunque se hubiese revelado en Su momento.

—Yo no puedo verlo, Señor, pero sé que Tú sí —dijo.

13

En los brazos de Jesús

Los culíes descalzos eran hombres joviales. Cuando Ghosh les comunicó su tarea, emitieron chasquidos a modo de condolencia. El tipo grande de mandíbula prognata se quitó la chaqueta raída, al tiempo que su compañero más bajo se despojaba del jersey andrajoso. Se escupieron en las palmas, levantaron los picos y empezaron a trabajar; por lo que a ellos se refería, «lo pasado, pasado estaba» y «lo que ha de ser, será». Y aunque fuese una tumba lo que estuvieran cavando, garantizaba la botella de *tej* o *talla* de la noche, y tal vez una cama y una mujer servicial. El sudor les aceitaba frentes y hombros y empapaba sus camisas remendadas.

El cielo había empezado a marcarse un farol: aunque lo cruzasen entonces caravanas de nubes grises como corderos camino del mercado, por la tarde un impecable dosel azul se extendería por todo el horizonte.

Cuando, avisado por la enfermera jefe, Ghosh acudió a la sala de urgencias, vio a un hombre blanco, delgado y muy pálido, que esperaba junto a una columna. Agradeció que estuviese de espaldas y bajó la cabeza, pues seguro que se trataba de Eli Harris.

En el interior, Adam señaló una cortina. Ghosh oyó jadeos regulares que llegaban con cada respiración y a un ritmo de locomotora. Cuatro etíopes, tres con chaquetas deportivas y uno con una cazadora gruesa, rodeaban la camilla como si estuviesen rezando. Todos se habían limpiado con saliva los zapatos marrones. Cuando se apartaron para dejarle sitio, Ghosh vislumbró una pistolera granate debajo de una chaqueta.

—Doctor —dijo el individuo que estaba echado en la camilla, tendiendo la mano e intentando levantarse, pero estremeciéndose por el esfuerzo—. Me llamo Mebratu. Gracias por atenderme.

Tendría treinta y tantos años, su inglés era excelente. El fino bigote se arqueaba sobre una boca grande. Aunque estaba demacrado a causa del dolor, su rostro era extraordinario, bello, y la nariz rota potenciaba aún más su carácter. Pese a que no logró identificarlo, aquel hombre le resultaba familiar. A diferencia de sus compañeros, su actitud era estoica y no traslucía miedo, por más que era él quien sufría los dolores.

—Le aseguro que nunca he sentido tanto dolor.

Sonreía de oreja a oreja, como diciendo: «Un hombre va caminando y aparece de pronto una piel de plátano, un chiste universal que te deja fuera de combate agarrándote el vientre.» Una acometida de dolor lo hizo estremecerse.

«No puedo atenderle hoy. Ha muerto una hermana querida y estoy esperando que llegue alguien para comunicarme que ha encontrado el cadáver del doctor Thomas Stone. Vaya al hospital militar, por amor de Dios.» Eso era lo que hubiera querido decir Ghosh, pero ante tamaño sufrimiento esperó.

Estrechó la mano que le ofrecía y buscó la arteria radial. El pulso estaba disparado: 112 latidos por minuto. Para Ghosh el equivalente del oído absoluto era la capacidad de medir el ritmo cardíaco sin reloj.

—¿Cuándo empezó? —se oyó decir, fijándose en el abdomen hinchado, que resultaba fuera de lugar en aquel hombre delgado y musculoso—. Empiece por el principio...

—Ayer por la mañana. Estaba intentando... hacer de vientre —dijo, lo que pareció cohibirle—. De pronto, me dio un dolor aquí. —Y señaló el bajo vientre.

—¿Mientras estaba sentado en el váter?

—En cuclillas, sí. En cuestión de segundos, noté que estaba hinchándose... y tensándose. Llegó como un relámpago latigueando.

Gosh captó la asonancia y se acordó del librito de sir Zachary Cope *Diagnosis del abdomen agudo en verso*, un tesoro que encontrara en la estantería polvorienta de una librería de segunda mano de Madrás. Fue una revelación. ¿Quién iba a imaginar que un texto médico estuviese repleto de ilustraciones de cómic, que fuese tan divertido y que aun así proporcionase instrucción seria? Recordó los versos de Cope sobre el bloqueo súbito del conducto normal en el intestino:

[...] una aparición súbita de hinchazón
ha de atraer tu aguda atención.

Formuló la pregunta siguiente, aunque conocía la respuesta. Algunas veces, como aquélla, el diagnóstico estaba escrito en la frente del enfermo. O lo revelaba en la primera frase que pronunciaba. O lo anunciaba un olor antes incluso de que uno visitase al paciente.

—Ayer por la mañana —contestó Mebratu—. Justo antes de que empezase el dolor. Desde entonces ni heces ni gases ni nada.

Puede que a veces una tripa se desplace
enroscándose sobre una estrecha base...

—¿Y cuántos enemas se ha puesto?

Mebratu soltó una risita aguda.

—Lo ha adivinado, ¿eh? Dos. Pero no sirvieron de nada.

No estaba simplemente estreñido, era obstipación, pues ni siquiera podían pasar los gases. Tenía el intestino completamente obstruido.

Fuera del cubículo, los otros hombres parecían estar discutiendo. Mebratu tenía la lengua seca, marrón y arrugada. Estaba deshidratado, pero no anémico. Ghosh descubrió el abdomen grotescamente dilatado y ni se movió cuando el paciente efectuó una inspiración. En realidad no se movía en absoluto. «Ésta es mi tarea —pensó Ghosh, sacando el estetoscopio—. Éste es mi equivalente a excavar la tumba. Día tras día. Vientres, pechos, carne.»

En lugar de los gorgoteos intestinales habituales oyó con el estetoscopio una cascada de notas agudas, como gotear de agua en una placa de zinc. Percibió claramente al fondo el firme tamborileo del corazón. Era asombroso lo bien que el intestino lleno de fluidos transmitía los latidos. Se trataba de una observación que nunca aparecía en los libros de texto.

—Tiene usted vólvulo —dijo, quitándose el estetoscopio; su voz llegaba de lejos y no parecía la suya—. Una parte del intestino grueso, el colon, se enrosca así sobre sí misma... —Empleó el tubo del estetoscopio para indicar primero la formación de un lazo, luego el nudo que se formaba en la base—. Es frecuente aquí, pues los etíopes tienen un colon largo y móvil, lo que sumado a algo relacionado con la dieta predisponen al vólvulo.

Mebratu intentó conciliar sus síntomas con la explicación del médico. Abrió la boca y las comisuras de los labios se desplazaron hacia arriba. Se reía.

—Se dio cuenta de lo que tenía en cuanto se lo expliqué, ¿verdad, doctor? Antes de hacer todas esas... otras cosas...

—Creo que sí.

—Y... ¿este nudo se deshará solo?

—No. Hay que deshacerlo. Quirúrgicamente.

—Dice que es frecuente. Y a mis compatriotas que sufren esto... ¿qué les pasa?

En ese momento Ghosh relacionó el rostro con una escena que deseaba poder olvidar.

—¿Sin intervención? Mueren. Mire, el suministro de sangre en la base de la pared del intestino también está retorcido. Es doblemente peligroso. No entra ni sale la sangre. El intestino se gangrena.

—Escuche, doctor. Es un momento terrible para algo así.

—¡Sí, desde luego! —exclamó Ghosh, mirando a Mebratu—. ¿Por qué ha venido aquí, si me permite preguntárselo? ¿Por qué al Missing y no a un hospital militar?

—¿Qué más ha adivinado usted sobre mí?

—Sé que es un oficial.

—Esos payasos —comentó irónicamente, señalando con el mentón a los amigos que estaban fuera—. No se nos da bien vestirnos de civiles. Si no se limpian los zapatos con saliva tienen la sensación de que van desnudos.

—Lo sé por algo más. Hace años, poco después de llegar aquí, le vi a usted realizar una ejecución. Jamás lo olvidaré.

—Hace ocho años y dos meses. El cinco de julio. También lo recuerdo. ¿Estaba usted allí?

—No intencionadamente.

Una simple vuelta en coche por la ciudad se había transformado en algo más cuando una gran muchedumbre les había obligado a él y Hema a convertirse en espectadores.

—Compréndalo, por favor, fue la orden más dolorosa que he cumplido en mi vida. Eran amigos míos.

—Ya me di cuenta —dijo Ghosh, recordando la extraña dignidad, tanto del verdugo como de los condenados.

Otro espasmo de dolor recorrió el rostro de Mebratu y ambos esperaron a que remitiese.

—El de ahora es un tipo de dolor diferente —señaló, intentando sonreír.

—Debería usted saber que hoy llamaron de palacio y pidieron a la enfermera jefe que les informase si acudía para tratamiento algún militar.

—¿Qué? —Mebratu soltó un juramento e intentó incorporarse, aunque el movimiento le hizo aullar de dolor. Sus compañeros entraron a toda prisa—. ¿Y la enfermera jefe lo ha hecho? —consiguió preguntar.

—No. Me ha dicho que no lo delataría, porque sabe que no tiene usted otro lugar al que ir.

El paciente se relajó. Sus amigos mantuvieron una rápida discusión y luego se quedaron en la habitación.

—Se lo agradezco. Dígaselo de mi parte a la enfermera jefe. Soy el coronel Mebratu de la Guardia Imperial. Mire, algunos habíamos planeado reunirnos en esta fecha en Adis Abeba. Vine de Gondar y me encontré con que la reunión se había desconvocado. Temimos habernos comprometido. Pero no recibí el mensaje hasta que llegué aquí. El dolor empezó antes de salir de Gondar, ayer, y allí mismo vi a un médico. Debió de darse cuenta de lo que tenía, igual que usted, pero no me dijo nada. Me pidió que volviese a verlo por la mañana para examinarme de nuevo. Debe de haberlo comunicado a palacio, pues de lo contrario ¿por qué iban a llamar a los hospitales de Adis Abeba? Mi destino será la horca si me descubren en esta ciudad. Debe tratarme usted. No pueden verme en el hospital militar.

—Tenemos otro problema. Nuestro cirujano se ha... se ha ido.

—Ya nos enteramos de su pérdida. Lo siento. Si el doctor Stone no puede, tendrá que hacerlo usted.

—Pero no puedo...

—Doctor, no me queda opción. Si no me opera, moriré.

Uno de los hombres dio un paso adelante. Con su tenue barba parecía más un académico que un militar.

—¿Y si su vida dependiese de ello? ¿Lo haría usted entonces? —preguntó.

—Perdone a mi hermano —se disculpó el coronel Mebratu posando una mano en la manga de Ghosh. Luego le sonrió como diciendo: «¿Se da cuenta de lo que tengo que hacer para mantener la paz?» Y añadió—: Si sucede algo, puede decir sin problema que no sabía nada de mí, doctor. Y es verdad. Lo único que sabe son todas esas suposiciones que ha hecho.

Ghosh llamó por teléfono a las habitaciones de Hema. Pensaba que el coronel Mebratu y sus hombres debían de haber estado preparando algún golpe. ¿Para qué si no aquella reunión secreta en Adis Abeba? Se enfrentaba a un dilema: ¿cómo tratar a un militar, un verdugo, que ahora estaba involucrado en un acto de traición contra el emperador? Sin embargo, por supuesto que como médico su obligación era con el paciente. No sentía antipatía por el coronel, aunque su hermano no le gustase. Era difícil no simpatizar con un hombre que soportaba valerosamente el dolor físico y conseguía mantener las formas.

Por encima del rumor del teléfono oyó cómo se le aceleraba la sangre con cada latido.

El brusco «¿Diga?» de Hema le reveló que estaba ceñuda.

—Soy yo. ¿Sabes a quién tengo aquí ahora? —Y empezó a explicarle la historia.

—¿Por qué me lo cuentas? —lo interrumpió ella.

—Hema, ¿has oído lo que acabo de decirte? Tenemos que operar. Es nuestro deber. —Pero no la impresionó—. Están desesperados. No tienen adónde ir. Van armados.

—Si están tan desesperados, que le abran la barriga ellos mismos. Soy ginecóloga y obstetra. Diles que acabo de tener gemelos y que no estoy en condiciones de operar.

—¡Hema! —Estaba tan desquiciado que no le salían las palabras. Se suponía que ella tenía que estar de su parte, al menos en la cuestión del cuidado de un paciente.

—¿Estás minimizando lo que tengo entre manos? ¿Acaso olvidas todo lo que tuve que pasar ayer mismo? No estabas allí, Ghosh. Así que en este momento mi responsabilidad está con cada aliento de estos niños.

—Hema, no estoy diciéndote...

—Opera tú, hombre. Ayudaste a Stone con otros vólvulos, ¿no? Yo jamás he operado uno.

Hubo un silencio. «¿Es que le da igual que me peguen un tiro? ¿Por qué adopta esa actitud conmigo, como si fuese el enemigo? Como si fuese la causa del desastre en que se ha visto metida a su regreso. ¿Acaso invité al coronel a que viniese?»

—¿Y si tengo que cortar y anastomizar el intestino grueso, Hema? O practicar una colonostomía...

—Estoy de posparto. Indispuesta. Fuera de servicio. ¡Hoy no estoy aquí!

—Hema, tenemos una obligación con el paciente... el juramento hipocrático...

Ella se echó a reír con un sonido cortante.

—Lo del juramento hipocrático es para cuando estás sentado en Londres tomando el té. Aquí en la selva esos juramentos no existen. Conozco mis obligaciones. Lo único que puedo decirte es que el paciente es afortunado por contar contigo. Es mejor que nada.

Y colgó.

Ghosh era un gran especialista en medicina interna. Fallos cardíacos, neumonía, enfermedades neurológicas extrañas, fiebres exóticas, erupciones, síntomas inexplicables... ése era su *métier.* Podía diagnosticar afecciones quirúrgicas comunes, pero no estaba preparado para resolverlas en el quirófano.

En una época mejor del Missing, siempre que Ghosh asomaba la cabeza en el quirófano, Stone lo hacía limpiar y ayudar, lo que permitía relajarse a la hermana Praise y para Ghosh ser el primer ayudante de Stone era un cambio divertido en la rutina. Su presencia transformaba el silencio catedralicio del Quirófano 3 en un barullo carnavalesco, lo que a Stone por alguna razón no parecía importarle. Formulaba preguntas a diestro y siniestro, induciendo al cirujano a hablar, a instruir, incluso a recordar. Ghosh ayudaba a veces a Hema de noche, cuando practicaba una cesárea de urgencia, pero raras veces mandaba llamarlo cuando efectuaba una recesión importante por cáncer de útero u ovarios.

Pero ahora se encontraba solo, en el lugar de Stone, a la derecha del paciente, bisturí en mano, un puesto que no ocupaba hacía muchos años. La última vez que había estado a la derecha había sido como interno, cuando en recompensa por un buen servicio le habían permitido operar un hidrocele mientras el cirujano titular permanecía enfrente, guiándolo en cada paso.

Siguiendo sus instrucciones, una enfermera introdujo un tubo rectal por el ano del paciente, guiándolo hacia arriba todo lo posible.

—Será mejor que empecemos —dijo Ghosh a la enfermera en prácticas que estaba preparada, con bata y guantes, al otro lado de la mesa de operaciones, dispuesta a ayudarle. Sus leves marcas de viruela quedaban ocultas debajo de la mascarilla y el gorro. Tenía los párpados gruesos, pero unos ojos bonitos—. No podemos acabar si no empezamos, así que es mejor que empecemos si tenemos que terminar, ¿no?

Una grande incisión habrás de hacer
(las pequeñas en tales casos debes temer)
y el intestino habrás de sacar y hacer girar
(de izquierda a derecha lo harás)
y luego un tubo rectal introducirás
que salir una ráfaga de gas hará...

Con el colon hinchado hasta proporciones zepelinescas había demasiadas probabilidades de pinchar el intestino y derramar las heces en la cavidad abdominal. Practicó una incisión por la línea media, la profundizó con cuidado, como un zapador que desactivara una bomba. Justo cuando empezaba a dominarlo el pánico porque tenía la sensación de no estar yendo a ninguna parte, se hizo visible la superficie brillante del peritoneo, la delicada membrana que cubría la cavidad abdominal. Cuando lo abrió, brotó un fluido de color pajizo. Insertó el dedo en el agujero y, utilizándolo como malla protectora, cortó el peritoneo a lo largo de la incisión.

El colon se abrió paso de inmediato como un zepelín que saliera del hangar. Ghosh cubrió los lados de la incisión con compresas húmedas, insertó un gran retractor de Balfour para sostener los bordes abiertos y sacó el intestino completamente para colocarlo sobre las compresas. Era tan ancho como el tubo interior de un neumático, oscuro, cenagoso, tenso de fluido, muy diferente del resto del intestino, fláccido y sonrosado. Vio el punto en que se había producido el nudo, en las profundidades del vientre. Manipulando con suavidad sus dos extremos, lo deshizo siguiendo la dirección de las agujas del reloj, de izquierda a derecha, como indicaba Cope. Oyó un gorgoteo y enseguida empezó a desaparecer el color azulino del segmento hinchado, y los bordes comenzaron a ponerse rosáceos.

Tanteó la pared intestinal en busca del tubo rectal que había insertado la enfermera. Lo subió como la varilla de una cortina en una argolla. Cuando el tubo llegó al intestino distendido, se vieron recompensados con un largo suspiro y el rumor de fluido y gas en el cubo del suelo.

—«Y el intestino entonces se contraerá / y todo como debe quedar quedará» —dijo Ghosh.

—Sí, doctor —corroboró la enfermera en prácticas, que no sabía de qué hablaba.

Ghosh flexionó los dedos enguantados. Parecían competentes y poderosos... Manos de cirujano. «Sólo puedes sentirte así cuando eres el responsable final», se dijo.

Después de coser, cuando ya estaba quitándose los guantes, vio el rostro de Hema por el cristal de las puertas oscilantes, pero enseguida desapareció. Corrió tras ella, que también corría, y la alcanzó en el pasillo. Apoyada en la columna respiraba entrecortadamente.

—¿Y? —dijo cuando recuperó el aliento—. ¿Ha ido bien?

Ambos sonrieron.

—Sí... me limité a deshacer el nudo —contestó él, sin poder evitar que su voz trasluciese orgullo y emoción.

—Podría retorcerse otra vez.

—Bueno, la elección que tenía era o yo o nada, porque el otro médico que hay aquí no quería ayudar.

—Cierto. Lo has hecho muy bien. Has conseguido salir adelante. Almaz y Rosina están al cuidado de los bebés.

—Hema...

—¿Qué?

—¿Me habrías ayudado si hubiese tenido problemas?

—No; justo en ese momento necesitaba estirar las piernas... —No pudo evitar que le centellearan los ojos—. Idiota, ¿qué te creías?

Con Hema, hasta el sarcasmo parecía un regalo. Reprimió el deseo instintivo de dar un salto hacia delante, como un perrillo ansioso dispuesto a olvidar el bofetón que ha recibido minutos antes.

—Justo ayer pasé en coche por el sitio donde vimos aquel primer ahorcamiento, y pensé en ello... —dijo ella de repente, y añadió—: ¿Has comido algo hoy?

Entonces Ghosh cayó en la cuenta: su amada beldad recién llegada de Madrás todavía soltera estaba más «amplificada» que nunca. Había suculentos michelines visibles entre el sari y la blusa. Tenía la piel debajo de la barbilla suavemente hinchada como un segundo *mons*.

—No he comido nada desde que te fuiste a la India —dijo él, lo cual era casi verdad.

—Has adelgazado. No tiene buena pinta. Ven a comer. Hay comida, toneladas. La gente la trae sin parar.

Y se alejó. Él observó cómo balanceaba las nalgas a uno y otro lado. Había traído de la India más de sí misma que amar. Era el momento menos oportuno, pero se sintió excitado.

Mientras se vestía pensó de nuevo en la operación. «¿Debería haber colocado el colon sigmoideo en la pared abdominal para impedir que vuelva a enrollarse? ¿No se lo vi hacer a Stone? Colopexia, creo que lo llamó. ¿Me habló del peligro de la colopexia y me previno contra ella, o me lo había recomendado? Espero haber sacado todas las esponjas. Debería haber vuelto a contarlas. Debería haber echado un vistazo más. Haber comprobado posibles hemorragias.»

Recordó a Stone diciendo: «Cuando el abdomen está abierto, lo controlas. Pero en cuanto lo cierras, te controla a ti.»

—Ahora entiendo exactamente lo que querías decir, Thomas —murmuró al tiempo que salía del quirófano.

A última hora de la tarde el personal del hospital se congrego en torno a la fosa abierta en la tierra, apuntalada ya. No había tiempo que perder porque la tradición etíope exige que nadie coma antes de que se entierre el cuerpo, lo que significaba que enfermeras y estudiantes estaban muertas de hambre. El ataúd llegó a hombros de los camilleros, que bajaron por el mismo sendero por el que la hermana Mary Joseph Praise solía bajar a sentarse en aquel bosquecillo. Hema iba detrás del féretro, con la doncella de Stone, Rosina, y la de Ghosh, Almaz, las tres turnándose para llevar a los dos bebés envueltos en mantas.

Posaron el ataúd al borde de la sepultura y abrieron la tapa. Hubo sollozos y llantos apagados cuando se acercaron quienes aún no habían visto el cadáver.

Las enfermeras habían vestido a la hermana Praise con la misma ropa que la pobre monja había llevado cuando se entregara en cuerpo y alma a Cristo: su vestido de «novia». El velo arqueado como una capucha era para mostrar que su mente no se concentraba en asuntos terrenales sino en el reino celestial. Simbolizaba que había muerto para el mundo, pero en la niebla que iba adensándose ya no era un símbolo. El peto almidonado que le rodeaba el cuello parecía un babero. El hábito era blanco, ceñido por un cordón trenzado también blanco, de cuyas mangas emergían las manos de la hermana y se unían en el centro, los dedos sobre la Biblia y el rosario. Las carmelitas descalzas rechazaron en principio el calzado, de ahí el término «descalzas», pero la orden de la hermana había sido lo bastante práctica para usar sandalias. Sin embargo, la enfermera jefe le había dejado los pies desnudos, y asimismo había decidido no llamar al padre De la Rosa, de la iglesia de San José, por aquella actitud reprobatoria que adoptaba, incluso cuando no había nada que condenar. ¡Y con todo lo que había allí para reprobar! Estuvo a punto de llamar a Andy Macguire de la Iglesia anglicana, que sin duda se habría mostrado muy dispuesto a ayudar y consolar. Pero al final pensó que la hermana Praise no habría querido a nadie más que a su familia del Missing para despedirla. El mismo instinto la había impelido a pedir a Gebrew que se preparase para pronunciar una breve oración. La hermana siempre lo había respetado, aunque lo de que fuese sacerdote constituyese algo accidental respecto a sus deberes como vigilante y jardinero, y había tenido en cuenta lo muy honrado y consolado que se sentiría por el hecho de que se lo solicitaran.

La enfermera jefe alzó la mano en el aire fresco y silencioso.

—La hermana Mary Joseph Praise habría dicho: «No lloréis por mí. Cristo es mi salvación.» Ése debe ser también nuestro consuelo.

Y a continuación perdió el hilo. ¿Qué podía añadir? Hizo un gesto a Gebrew, pulcramente ataviado con túnica blanca hasta las rodillas sobre los pantalones y un turbante muy ceñido a la cabeza, atuendo ceremonial que sólo se ponía en Timkat, el día de la Epifanía. La liturgia de Gebrew era en guez bíblico antiguo, el idioma oficial de la Iglesia ortodoxa etíope. Con gran esfuerzo acortó su recitación cantarina. Enfermeras y estudiantes en prácticas cantaron luego el himno favorito de la difunta, un himno que ella les había enseñado y que era el que preferían en el rezo matutino en la capilla de la residencia.

¡Jesús vive! Tus terrores
ya no pueden asustarnos, muerte;
¡Jesús vive! Por eso sabemos
que tú, oh tumba, no puedes engañarnos.
¡Aleluya!

Se acercaron todos, esforzándose por ver a la hermana por última vez antes de que clavaran la tapa del féretro. Gebrew diría después que el rostro de la joven monja resplandecía y tenía una expresión beatífica, porque sabía que su período de prueba terrenal había terminado. Almaz insistía en que cuando habían colocado la tapa del ataúd, había emanado de él un aroma a lilas.

Ghosh tuvo la impresión de que se le transmitía un mensaje. La hermana parecía decir: «Emplea bien tu tiempo. No desperdicies más años persiguiendo un amor que tal vez jamás te corresponda. Deja este país por mí.»

Hema, que estaba a su lado, prometió en silencio a la hermana muerta que cuidaría de nosotros como si fuéramos sus hijos.

Los culíes bajaron el ataúd con las cuerdas que le habían colocado debajo. El más alto, que apoyaba un pie a cada lado del féretro, colocó luego las pesadas piedras que exigía la tradición etíope y que servían para mantener a las hienas a raya.

Finalmente, los dos hombres palearon de nuevo la tierra para llenar la sepultura, con lo que prácticamente concluyó el oficio, salvo por las ululaciones.

Shiva y yo, tan nuevos en la vida, nos sobresaltamos por aquel sonido ultraterreno. Abrimos los ojos para contemplar un mundo en que ya era tanto lo que faltaba.

14

El conocimiento del Redentor

Ghosh se levantó temprano al día siguiente del entierro. Para variar, no fue en Hema en quien pensó primero, sino en Stone. En cuanto se vistió, fue directamente a sus habitaciones, pero no encontró ningún indicio de su regreso. Deprimido, acudió al despacho de la enfermera jefe, que alzó la vista expectante. Él negó con la cabeza.

Ghosh estaba deseando ver al paciente operado para verificar su obra. Había sido un cirujano renuente, pero la expectación que sentía ahora era toda una revelación. Se dijo que sería la misma sensación que disfrutaba habitualmente Stone.

—Podría resultar adictivo —comentó sin dirigirse a nadie en particular.

Encontró al coronel Mebratu sentado al borde de la cama, mientras su hermano lo ayudaba a vestirse.

—¡Doctor Ghosh!—exclamó el paciente, como un hombre libre de preocupaciones mundanas, aunque era evidente que con dolores—. Informe sobre mi estado: expulsé gas anoche, heces hoy. ¡Mañana será oro!

Era un individuo acostumbrado a gustar a la gente, y su carisma no había disminuido pese a su estado de debilidad. Tenía un aspecto excelente tratándose de alguien que hacía menos de veinticuatro horas había sufrido una intervención quirúrgica. Ghosh examinó la herida. Limpia e intacta.

—Doctor, hoy tengo que regresar a mi regimiento de Gondar. No puedo ausentarme por más tiempo. Sé que es demasiado pronto, pero no me queda elección. Si no aparezco por allí caeré bajo sospecha. No quiero salvar la vida sólo para que me ahorquen. Puedo pedir que me administren fluidos intravenosos en casa, lo que usted dictamine.

Ghosh estuvo a punto protestar, pero se contuvo.

—De acuerdo. Pero, escuche, existe el peligro real de que se abra la herida a consecuencia de un esfuerzo. Le proporcionaré morfina. Tiene que viajar tumbado. Le daremos fluidos intravenosos y mañana puede beber agua y al día siguiente dieta líquida. Se lo escribiré todo. Necesitará que le quiten los puntos dentro de unos diez días.

El coronel asintió.

El hermano barbudo estrechó la mano al médico con una reverencia, dándole las gracias en un murmullo.

—¿Viajará usted con él? —preguntó Ghosh.

—Sí, por supuesto. Va a venir una furgoneta. En cuanto lo deje instalado, volveré a mi nuevo puesto de Siberia. —Ghosh lo miró desconcertado—. Estoy desterrado —explicó.

—¿Pertenece usted también al ejército?

—No, de momento no. No soy nada, doctor. No soy nadie.

El coronel Mebratu puso una mano en el hombro de su hermano.

—Qué modesto es. ¿Sabe usted que tiene un máster en Sociología por Columbia? Sí, su majestad imperial lo envió a América, pero al viejo no le gustó que a mi hermano le atrajese el movimiento de Marcus Garvey. No lo dejó seguir y cursar el doctorado. Le mandó volver para convertirlo en funcionario provincial. Debería haberle permitido terminar.

—No, no. Vine voluntariamente. Quería ayudar a mi pueblo. Y por eso estoy desterrado en Siberia.

Ghosh aguardó, esperando que siguiera.

—Cuéntale por qué —propuso el coronel—. Se trata de un problema sanitario, al fin y al cabo.

El hermano suspiró.

—El Ministerio de Sanidad construyó una clínica pública en nuestra antigua provincia. Su majestad imperial acudió a inaugurarla. La mitad del presupuesto de que disponía para la zona se gastó en que todo estuviese en las condiciones adecuadas a lo largo de la ruta que debía recorrer su majestad. Pintura, vallas, incluso un buldózer para echar cabañas abajo. En cuanto se fue, la clínica se cerró.

—¿Por qué?

—Se había gastado el presupuesto que se le había asignado.

—¿No protestó usted?

—¡Por supuesto! Pero no hubo respuesta a mis mensajes. Los interceptó el ministro de Sanidad. Así que reabrí el centro sanitario por mi cuenta, lo que me costó unos diez mil birrs. Conseguí que un médico misionero de una ciudad que queda a unos setenta kilómetros acudiese una vez a la semana. Puse a una enfermera militar retirada a hacer apósitos y busqué una comadrona para que trabajara allí. Conseguí suministros. El contrabandista de licor local me regaló un generador. La gente me apreciaba. El ministro de Sanidad en cambio quería matarme. El emperador me llamó a Adis Abeba.

—¿Cómo consiguió usted el dinero? —preguntó Ghosh.

—Con sobornos. La gente traía un gran cesto de *inyera* con más dinero que pan. Al ver que empleaba los sobornos para un buen fin, me fueron dando más dinero porque temían que pudiese denunciarlos.

—¿Se lo explicó a su majestad?

—¡Ajá! Es complicado. Todo el mundo le susurra cosas al oído. «Majestad», le dije en la audiencia. «El centro sanitario necesita presupuesto para funcionar.» Fingió sorpresa.

—Él lo sabía —terció el coronel.

—Me escuchó con una mirada impasible. Cuando terminé, cuchicheó algo a Abba Hanna, el ministro del Tesoro, que tomó nota. Y los otros ministros, ¿los ha visto usted? Viven en un estado constante de terror. Nunca saben si cuentan con el favor del amo o no.

»Su majestad me dio las gracias por mis servicios en aquella provincia, etcétera. Y luego hice una reverencia, y otra, mientras retrocedía de espaldas hasta que me encontré al fondo con el ministro del Tesoro y me dio ¡trescientos birrs! Necesito treinta mil, podría necesitar hasta trescientos mil. Que yo sepa, el emperador dijo cien mil, pero Abba Hanna decidió que sólo merecía trescientos. ¿O fue idea del emperador? ¿Y a quién se lo preguntas? Para entonces, el solicitante siguiente estaba explicando su historia y el ministro del Tesoro ya había vuelto a ocupar su puesto al lado de su majestad. Intenté gritar desde el fondo: "¡Majestad, ¿se ha equivocado el ministro?!" Mis amigos me sacaron de allí a rastras...

—De lo contrario, no estaría aquí contándonoslo —aseguró el coronel—. Mi imprudente hermano... —El coronel se puso serio, mirando a Ghosh mientras le estrechaba la mano—. Doctor, es usted mejor cirujano que Stone. Un cirujano a mano vale por dos que se han ido.

—No, sólo tuve suerte. Stone es el mejor.

—Le agradezco otra cosa más. Mire, sufrí unos dolores terribles durante el viaje desde Gondar hasta aquí. El trayecto de vuelta será fácil en comparación. El dolor era... sabía que fuese lo que fuese, lo peor no era eso. Sabía que me mataría. Pero tenía opciones. Acudí a usted. Cuando me dijo que mis compatriotas que padecen vólvulo simplemente mueren... —La expresión del coronel se endureció y Ghosh no supo si por la cólera o el esfuerzo de contener las lágrimas. Carraspeó antes de continuar—: Fue un crimen cerrar el centro de salud de mi hermano. Cuando vine a Adis Abeba para esta reunión con mis colegas estaba dispuesto a escuchar. Aunque no estaba seguro. Podría decirse que mis motivos eran sospechosos. Si quería participar en un cambio, ¿era por la mejor de las razones o sólo por obtener poder? Estoy diciéndole cosas que no puede repetir bajo ningún concepto, doctor. ¿Comprende? —Ghosh asintió—. Mi viaje, el dolor, la operación... Dios estaba mostrándome el sufrimiento de mi gente, era un mensaje. Cómo tratamos a los más humildes, cómo tratamos al campesino que padece vólvulo, ésa es la medida de un país. No nuestros cazas y tanques ni lo grande que pueda ser el palacio imperial. Creo que Dios le puso a usted en mi camino.

Más tarde, cuando ya se habían marchado, Ghosh se percató de lo predispuesto que había estado a aborrecer al coronel Mebratu y de que, sin embargo, había sucedido lo contrario. Y al revés: como expatriado era fácil proyectar en su majestad cualidades benevolentes, pero ya no estaba tan seguro.

Que el señor Elihu Harris vestía de forma inapropiada fue lo primero que constató la enfermera jefe cuando cerró la puerta y se acercó a su escritorio, presentándose. Tenía todo el derecho a estar enfadado, ya que había visitado el hospital los dos días anteriores y no había podido verla. Pero en cambio parecía agradecido de que lo recibiera, preocupado por robarle tiempo.

—No tenía ni idea de que iba usted a venir, señor Harris —empezó ella—. Habría sido un placer en cualquier otra circunstancia. Pero mire, ayer enterramos a la hermana Mary Joseph Praise.

—¿Se refiere...? —Harris tragó saliva. Abrió y cerró la boca. Se daba cuenta de que la enfermera jefe se hallaba muy afligida y le resultaba sumamente embarazoso no haberlo tenido en cuenta—. ¿Se refiere usted a... a la joven monja de la India? ¿La ayudante de Thomas Stone?

—La misma, sí. En cuanto a Stone, se ha marchado. Desaparecido. Estoy muy preocupada por él. Es un hombre angustiado.

Harris tenía un rostro agradable, pero el labio superior demasiado grande y los dientes irregulares le impedían ser guapo. Se revolvía inquieto en la silla y se veía que deseaba preguntar cómo había ocurrido todo aquello. La enfermera jefe se percató de que era el tipo de individuo que, incluso teniendo la sartén por el mango, no sabía cómo hacer valer sus derechos. Estaba allí frente a ella, sus dulces ojos castaños reacios a enfrentar los suyos, así que la enterneció.

De modo que se lo contó todo. Una avalancha de frases sencillas a las que daba consistencia el mensaje que transmitían.

—Su visita se produce en la peor situación —concluyó, e hizo un alto para sonarse—. ¡Había tantas cosas aquí que dependían de Thomas Stone! Era el mejor cirujano de la ciudad. Nunca supo que la gente que operaba pertenecía a la familia real, al gobierno, y eso nos permitía seguir. El gobierno nos hace pagar una suma considerable al año por el privilegio de servir aquí. ¡Se imagina! Si quisieran podrían cerrar el hospital. Señor Harris, incluso ustedes nos dieron dinero por su libro... Esto podría ser el fin del Missing.

A medida que la monja hablaba, Harris se hundía cada vez más en la silla, como si alguien estuviera poniéndole un pie en el pecho. Tenía el hábito nervioso de darse palmaditas en el tupé, aunque no corría peligro de desmoronársele.

La enfermera jefe pensó que había gente sobre la que pesaba la maldición de no hallarse en sincronía con las cosas. Personas cuyos coches se averían cuando van a casarse, o cuyas vacaciones en Brighton siempre estropea la lluvia, o cuyo día supremo de gloria personal queda eclipsado y se recordará siempre como la jornada en que murió el rey Jorge VI. Esas personas perturbaban el espíritu y, sin embargo, inspiraban lástima porque no podían evitarlo. Harris no tenía la culpa de que hubiese muerto aquella hermana ni de que Stone hubiese desaparecido. Sin embargo, allí estaba.

Si quería un informe contable sobre el dinero, no podía enseñárselo. La enfermera jefe presentaba informes sobre la situación cuando la presionaban, y como lo que los donantes querían financiar no guardaba relación con las necesidades reales del Missing, los informes eran una especie de ficción. Siempre había sabido que llegaría un día como aquél.

Harris se atragantó y tosió. Cuando se recuperó, con muchos carraspeos y manejando el pañuelo, fue directamente al grano, pero no abordó el asunto que la monja imaginaba.

—Tiene usted razón en lo de nuestro plan para financiar una misión en el Oromo, enfermera jefe —dijo, y ella recordó vagamente una mención en una carta—. El médico de Wollo me envió un telegrama. La policía ha ocupado el edificio. El gobernador de la región no intervendrá para desalojarla. Han vendido los suministros. La iglesia local ha estado predicando contra nosotros, ¡diciendo que somos demonios! Tenía que venir a aclarar las cosas.

—Perdone mi brusquedad, señor Harris, pero ¿cómo pudieron ustedes financiarla sin verla? —preguntó, sintiendo una punzada de culpabilidad, porque Harris tampoco había visto el Missing hasta entonces—. Si no recuerdo mal, les avisé en una carta de que era una imprudencia.

—Es culpa mía —dijo él, retorciéndose las manos—. En el comité de dirección de mi iglesia prevaleció mi criterio... Aún no se lo he explicado —añadió casi en un susurro. Carraspeó y logró proseguir—: Mi intención... Supongo que el comité comprenderá que era buena. Nosotros... Esperaba llevar el conocimiento del Redentor a quienes no lo tenían.

La enfermera jefe suspiró exasperada.

—¿Creyó usted que eran todos devotos del fuego? ¿Que adoraban a los árboles? Señor Harris, son cristianos. No tienen más necesidad de redención que usted de una loción para alisar el cabello.

—Pero creo que no es auténtico cristianismo. Es un tipo pagano de...

—¿Pagano? Señor Harris, cuando nuestros antepasados paganos allá en Yorkshire y Sajonia usaban los cráneos de sus enemigos como cuencos para servir la comida, estos cristianos cantaban aquí los salmos. Creen que tienen el Arca de la Alianza guardada en una iglesia de Axum. ¡No el dedo de la mano de un santo o el del pie de un Papa, sino el Arca! Los creyentes etíopes se ponían las camisas de los hombres que acababan de morir de peste, pues veían en ella un medio seguro enviado por Dios para obtener la vida eterna, para hallar la salvación. Hasta ese punto —dijo golpeando la mesa— ansiaban la otra vida. —Y a continuación, sin poder contenerse, preguntó—: Dígame, ¿tienen sus feligreses en Dallas un ansia parecida de salvación?

Harris se había ruborizado y miraba alrededor como si buscara un sitio donde esconderse. Pero no estaba vencido del todo, ya que los hombres como él se volvían obstinados con la oposición, porque sus convicciones eran cuanto poseían.

—En realidad es Houston, no Dallas —matizó suavemente—. Pero, enfermera jefe, aquí los sacerdotes son casi analfabetos... Gebrew, su vigilante, no entiende la letanía que recita porque está en guez, que no habla nadie. Si sostienen la doctrina monofisita de que Cristo sólo tiene naturaleza divina, pero no humana, entonces...

—¡Alto! ¡Espere, señor Harris! ¡Oh, me saca usted de quicio!

Se levantó y rodeó la mesa mientras Harris retrocedía como si tuviese miedo de recibir un tirón de orejas. Pero la monja se dirigió a la ventana.

—Cuando contempla usted Adis Abeba y ve niños descalzos que tiemblan bajo la lluvia, cuando ve a los leprosos que mendigan su próximo bocado de comida, ¿acaso tiene alguna importancia ese estúpido asunto monofisita? —Apoyó la cabeza contra el cristal—. Dios nos juzgará, señor Harris —prosiguió con la voz quebrada al pensar en la hermana Praise—, por lo que hayamos aliviado el sufrimiento del prójimo. No creo que a Dios le preocupe mucho la doctrina que profesemos.

La imagen de aquel rostro curtido y franco apoyado en la ventana, con las mejillas húmedas y los dedos entrelazados, causó a Harris más impresión que todo lo que había oído. Ante él tenía a una mujer capaz de prescindir de las limitaciones de su orden si se interponían en su camino. De sus labios había llegado la verdad fundamental que, a causa de su sencillez, no se exponía en una iglesia como la de Harry, donde las luchas intestinas parecían la finalidad de la existencia del comité, así como una manifestación de fe. Era una pequeña bendición que un océano separase a quienes actuaban como la enfermera jefe de sus patrocinadores, porque si sus hombros se rozasen, todos se sentirían muy incómodos.

Se fijó en las Biblias amontonadas junto a la pared, en las que no había reparado al entrar.

—Tenemos más Biblias en inglés que personas que hablen ese idioma en todo el país —señaló ella, al volverse y ver que Harris las miraba—. Biblias en polaco, en checo, en italiano, en francés, en sueco. Creo que algunas son de los niños de su escuela dominical. Necesitamos medicamentos y alimentos, pero recibimos Biblias. —La monja sonrió—. Siempre me he preguntado si la buena gente que nos las envía cree realmente que el anquilostoma y el hambre se curan con las Sagradas Escrituras. Nuestros pacientes son analfabetos.

—Estoy avergonzado.

—No, no, no. ¡Por favor! A la gente de aquí le encantan esas biblias; son lo más valioso que puede poseer una familia. ¿Sabe lo que hizo el emperador Menelik, que reinó antes que Haile Selassie, cuando enfermó? Pues comió páginas de la Biblia. No creo que le sirviesen de gran cosa. Éste es un país en que se valora mucho el papel, el *worketu*. ¿Sabía que el matrimonio entre los pobres consiste simplemente en escribir los nombres de los contrayentes en una hoja de papel? Y para divorciarse, no hay más que romperlo. Los sacerdotes reparten papeles con versículos escritos. Esa hoja se dobla una y otra vez hasta formar un cuadradito pequeño que se envuelve en un trocito de cuero y se lleva colgada al cuello.

»Me gustaba mucho regalar biblias. Pero el ministro del Interior consideró que se trataba de proselitismo. ¿Cómo puede serlo si nadie sabe leer? Además, se trata de la misma fe que la de ustedes, le dije. Pero el ministro no estaba de acuerdo. Así que ahora las biblias se amontonan ahí, señor Harris. Se reproducen en la leñera como conejos; invaden las despensas y mi despacho. Las empleamos para hacer estanterías o para empapelar las paredes de las cabañas de *chikka*. ¡Para cualquier cosa, en realidad! —Se acercó a la puerta y le indicó que la siguiese—. Demos un paseo —propuso—. Mire —añadió ya en el pasillo, señalando un letrero que sobre una puerta rezaba QUIRÓFANO 1, pero que en realidad era un armario atestado de biblias. A continuación, indicó con un gesto otra habitación que había enfrente: Harris pudo ver que se trataba de un lugar de almacenaje de fregonas y cubos, aunque en el letrero se leyera QUIRÓFANO 2—. Sólo disponemos de un quirófano, al que llamamos Quirófano Tres. Puede juzgarme con dureza si lo desea, señor Harris, pero tomo lo que se me ofrece en nombre de Dios para servir a esta gente. Y si mis donantes insisten en proporcionarme otro quirófano para el famoso Thomas

Stone, cuando lo que necesito son catéteres, jeringuillas, penicilina y dinero para botellas de oxígeno a fin de mantener en funcionamiento el único quirófano, lo que hago es darles un quirófano nominal.

En la escalera del dispensario la buganvilla estaba en flor y ocultaba las columnas de la cochera, de manera que el tejado parecía en voladizo.

Pasó un hombre a la carrera, envuelto en un grueso chal blanco sobre una raída casaca militar. Llamaba la atención por el turbante blanco y el espantamoscas de pelo de mono que llevaba.

—Ése es el mismo Gebrew del que hablábamos —explicó la enfermera Hirst cuando el hombre los vio y se detuvo para saludarlos con una reverencia—. Siervo de Dios y vigilante. Y uno de los afligidos por el fallecimiento de la hermana.

Harris estaba sorprendido por la relativa juventud de Gebrew. En sus cartas, la enfermera jefe le había comentado el caso de una chica hararí de doce o trece años a quien habían llevado al hospital moribunda con un cordón umbilical colgando entre las piernas. Había dado a luz unos días antes, pero no podía expulsar la placenta. La familia había viajado en mula y autobús durante dos días para llegar al Missing. Y cuando el vigilante, compadeciéndose de aquella pobre chica, la alzó para bajarla del carro, ella lanzó un grito. Gebrew, instrumento de Dios, había pisado sin darse cuenta el cordón umbilical y hecho que se desprendiese la placenta. La muchachita se había curado antes incluso de cruzar la puerta del servicio de urgencias.

Harris se estremeció; sin cesar de mover los ojos se estiró el cuello de la camisa de manga corta y se ajustó el salacot en que la enfermera jefe no se había fijado.

Lo guió por el pabellón infantil, que era una habitación pintada de un azul lavanda intenso, donde los niños se hallaban en altas camas con barandas metálicas, mientras sus madres acampaban en el suelo. Al ver a la enfermera jefe, se levantaron y la saludaron con reverencias.

—Ese niño tiene tétanos y morirá. Éste, meningitis, y es muy probable que se quede sordo o ciego si sobrevive. Y su madre —añadió, echándole el brazo por los hombros a una mujer de aspecto desvalido— permanece aquí noche y día, sin poder ocuparse de sus otros tres hijos. Dios mío, hemos tenido a un niño que se quedó en casa y se cayó a un pozo. Otro al que lo corneó un toro y otro al que raptaron mientras su madre se encontraba aquí. Lo más compasivo es decirle que vuelva a casa con su hijo enfermo.

—¿Por qué sigue aquí, entonces?

—¡Mire lo anémica que está! Estamos alimentándola. Le damos la ración del niño, que él no puede tomar, además de la suya. Y pedí que le dieran un huevo diario, le pusieran una inyección de hierro y un medicamento para el anquilostoma. Dentro de unos días le compraremos el billete de autobús y la mandaremos a casa con el niño, si es que sigue vivo. Pero al menos estará más sana, podrá cuidar mejor a sus otros hijos. Ahora este niño espera cirugía.

Continuó el discurso en el pabellón de los hombres, que era largo y estrecho y albergaba a cuarenta enfermos. Los que podían se incorporaban para saludarla. Había un hombre en estado comatoso, con la boca abierta y la mirada perdida. Otro estaba sentado en una especie de almohada echado hacia delante, esforzándose por respirar. Dos hombres tenían el vientre del tamaño de un embarazo muy adelantado.

—Lesión reumática de válvula cardíaca. No podemos hacer nada... Y estos dos tienen cirrosis —explicó la monja.

Harris estaba asombrado por lo poco que se necesitaba para nutrir y sostener la vida. Un gran trozo de pan, un recipiente desportillado y un maltrecho tazón de estaño con té azucarado: en eso consistía el desayuno y la comida. Como podía constatar, en muchos casos aquel banquete se compartía con los miembros de la familia acuclillados junto a la cama.

Cuando salieron del pabellón, la enfermera jefe se detuvo a tomar aliento.

—En este momento tenemos fondos sólo para tres días. Algunas noches me voy a dormir sin saber cómo abriremos por la mañana.

—¿Qué va a hacer? —preguntó Harris, pero se dio cuenta de que ya conocía la respuesta.

Ella sonrió y, al alzarse las mejillas, los ojos casi desaparecieron, lo que le dio un aire infantil.

—Eso es, señor Harris. Rezar. Luego recurro al fondo de construcción o a cualquier otro fondo en que haya dinero. El Señor conoce mi problema, o eso me digo. No luchamos contra la impiedad, pues éste es el país más piadoso del mundo, ni siquiera contra la enfermedad, sino contra la pobreza. Dinero para comida, medicinas... eso ayuda. Cuando no podemos curar ni salvar una vida, nuestros pacientes al menos pueden sentirse atendidos. Debería ser un derecho humano fundamental.

La angustia del hombre respecto al comité de dirección se había esfumado casi por completo.

—Le confesaré, señor Harris, que a medida que voy envejeciendo, lo que pido en mis oraciones no es que Dios me perdone, sino dinero para hacer Su obra. —Buscó la mano de él y la tomó entre las suyas, acariciándola—. ¿Sabe usted, querido, que en mis momentos más sombríos ustedes han sido muchas veces la respuesta a mis rezos?

Estimó que ya había dicho suficiente. Era una apuesta. No tenía nada que poner encima de la mesa más que la verdad.

15

La sinuosidad de la serpiente

A Ghosh los recién nacidos se le antojaban irreales, eran todo nariz y arrugas, como si hubiesen sido plantados en casa de Hema, un experimento de laboratorio fallido. Procuraba mostrarse solícito y aparentar interés, pero en el fondo le fastidiaba la atención que recibían.

Hacía cinco días que había muerto Mary Joseph Praise. Ghosh había pasado a ver a Hema a última hora de la tarde, antes de salir en busca de Stone, y allí había encontrado a Almaz, como si estuviera en su casa e inmersa en la tarea de cuidar a los bebés, sin advertir apenas su presencia. Últimamente se había visto obligado a prepararse él mismo el café y a calentarse el agua del baño. La enfermera jefe, la enfermera Asqual, Rosina y algunas estudiantes de enfermería estaban también allí, mimando a los niños. Rosina, ya sin ocupación debido a la ausencia de Stone, se había trasladado a casa de Hema. Cuando Ghosh se marchó nadie se dio cuenta.

Primero fue al hotel Ghion y al Ras. Luego al cuartel general de la policía, donde buscó a un sargento que conocía. Pero no tenía ninguna noticia. Recorrió la *piazza* en coche de un extremo a otro y después, tras tomar una cerveza en el St. George, decidió que era hora de volver a casa. Sus planes de marcharse se habían materializado. Tenía ya un billete de avión para Roma y otro para Chicago. Se iría dentro de cuatro semanas. Para entonces, tal vez se hubiesen arreglado las cosas en el Missing. No concebía seguir allí, ya no. Sin Stone y sin la hermana Mary. Pero aún no había reunido el valor necesario para comunicárselo a la enfermera jefe, a Almaz o a Hema. Había oscurecido ya cuando metió el coche en la cochera. Vio a Almaz acuclillada junto a la pared trasera, abrigada contra el frío, de forma que sólo se le veían los ojos. Estaba esperándole como la noche que había muerto la hermana.

—¡Santo cielo, ¿qué pasa ahora?! —exclamó. Ella se acercó al coche, abrió la puerta y subió—. ¿Es Stone? ¿Qué ha ocurrido?

—¿Dónde ha estado? No, no se trata de Stone. Uno de los bebés ha dejado de respirar. Vamos a casa de la doctora Hema.

La luz nocturna azulada daba un aspecto surrealista al dormitorio de la ginecóloga, parecía el decorado de una película. Hema estaba en camisón, con el cabello suelto desparramado sobre los hombros. A Ghosh le resultaba difícil dejar de mirarla.

Los dos recién nacidos se hallaban en la cama. El pecho de ambos subía y bajaba con regularidad, tenían los ojos cerrados y expresiones beatíficas.

Hema parecía muy agitada, le temblaban los labios. Él extendió los brazos con las palmas hacia arriba como inquiriendo por lo sucedido. A modo de respuesta, ella se arrojó en sus brazos.

Ghosh la abrazó.

En el tiempo transcurrido desde que se conocían, había visto a Hema contenta, enfadada, triste e incluso deprimida, pero en el fondo siempre batalladora, nunca asustada. Ahora no parecía ella. La rodeó con un brazo e intentó sacarla de la habitación, pero ella se resistió.

—No —susurró—. No podemos irnos.

—Pero ¿qué pasa?

—Pues que después de acostarlos me quedé observándolos y me di cuenta de que Marion respiraba regularmente, pero Shiva... —Sollozó, señalando al niño que llevaba la venda en la cabeza—. Vi que alzaba el estómago, lo bajaba al espirar, y luego nada. Lo miré fijamente durante mucho rato. Hema, son imaginaciones tuyas, me decía. Pero se puso amoratado, sobre todo bajo esta luz y comparando su color con el de Marion. Lo toqué y me tendió los brazos como si se estuviera cayendo, e hizo una inspiración profunda, apretándome el dedo con la manita. Estaba diciéndome: «No me dejes.» Respiraba de nuevo. Ay, Shiva mío. Si no hubiese estado yo aquí... a estas horas habría muerto.

Se echó a llorar tapándose la cara con las manos, apoyada en el pecho de él. Al abrazarla, sus lágrimas le empaparon la camisa. Ghost no sabía qué decir. Esperaba que no notara el olor a cerveza. De pronto ella apartó la cara y se quedaron allí de pie, cogidos del brazo, con Almaz detrás, mirando a Shiva.

¿Por qué habría decidido poner nombre a los niños? Resultaba prematuro. Él no se sentía capaz de pronunciarlos. ¿Eran negociables? ¿Y si aparecía Stone? ¿Y por qué dar al hijo de una monja y de un inglés el nombre de un dios hindú? Y en cuanto al otro gemelo, ¿por qué Marion? Seguramente era provisional, hasta que el cirujano recobrase el juicio o la embajada británica o alguien tomara medidas. Hema se comportaba como si los niños fueran suyos.

—¿Ha ocurrido más de una vez? —le preguntó.

—¡Sí! Otra. Unos treinta minutos después. Justo cuando estaba a punto de marcharme. Espiró y dejó de respirar. Me obligué a esperar. «Tiene que respirar, seguro», me decía. Aguanté hasta que no pude soportarlo. Cuando lo toqué empezó a respirar como si hubiera estado esperando ese empujoncito, como si se le olvidase. Llevo aquí tres horas, estoy tan asustada que no puedo ni ir al váter. No confiaba en nadie más. Y no podía explicar bien las cosas... Gracias a Dios Almaz se quedó para ayudarme con las tomas nocturnas. La mandé a buscarte.

—Vamos, ve. Yo los vigilaré.

—¿Qué te parece? —le preguntó Hema, que volvió enseguida, inclinándose sobre su brazo mientras se enjugaba los ojos con un pañuelo—. ¿No deberías auscultarle? No tosía ni se agitaba.

Ghosh, con un dedo en la barbilla y los ojos entrecerrados, examinó detenidamente al niño.

—Le haré un examen minucioso cuando despierte —determinó—. Pero creo saber de qué se trata. —El corazón le dio un vuelco al ver cómo lo miraba. No era la Hema que reaccionaba con escepticismo a cualquier cosa que él dijese—. En realidad, estoy seguro —añadió—. Apnea de prematuro. Está bien descrita. Mira, el cerebro es todavía inmaduro y el centro respiratorio que activa cada respiración no se halla plenamente desarrollado. De vez en cuando se «olvida» de respirar.

—¿Estás seguro de que no es otra cosa? —inquirió Hema, pero no con tono desafiante, en su deseo, como cualquier madre, de que el médico la tranquilizase.

—Estoy seguro. Tuvisteis suerte. La apnea suele ser mortal porque nadie se da cuenta.

—No digas eso, Dios mío. ¿Qué podemos hacer?

Estuvo a punto de decirle que no había nada que hacer. Nada en absoluto. Si el niño tenía suerte, podría superar las apneas en unas semanas. La única opción era enchufar los prematuros a máquinas que respirasen por ellos hasta que los pulmones les madurasen. Se hacía muy pocas veces, incluso en Inglaterra y Estados Unidos. En el Missing ni siquiera podían planteárselo.

Hema estaba esperando su diagnóstico, aguantando la respiración también ella.

—Esto es lo que haremos —dijo él, y suspiró. Estaba considerándolo. No sabía si funcionaría, pero le faltaba valor para comunicarle que no podían hacer nada—. Tráeme una silla, una de las de la sala de estar. Y dame una de tus ajorcas y unas pinzas. Y un trozo de hilo o cordel. Una tablilla sujetapapeles o un cuaderno si tienes. Y dile a Almaz que prepare café. Lo más cargado posible y la mayor cantidad que pueda, y dile que llene el termo.

Aquella nueva Hema, la madre adoptiva de los gemelos, se dispuso inmediatamente a obedecer sin preguntar por qué o cómo. La vio salir danzando.

—Si hubiese sabido que ibas a ser tan comprensiva te habría pedido un brandy y que me hicieses un masaje en los pies —masculló Ghosh—. Y si esto no funciona... al menos tendré el equipaje preparado.

Ghosh se sentó en la silla a tomar café; la casa estaba sumida en el silencio. Eran las dos de la madrugada. Un extremo del cordel estaba unido a una de las ajorcas de Hema que él había cortado por la mitad y colocado en el pie de Shiva. Las campanillas de plata que colgaban de la ajorca producían un sonido agradable de címbalo cuando el pie se movía.

Ghosh había apoyado su rcloj dc pulscra cn cl brazo de la silla. En la primera hoja de un cuaderno trazó columnas verticales marcadas con la fecha y la hora. Shiva se agitaba en sueños y la ajorca tintineaba tranquilizadoramente. Antes, al dar de comer a los gemelos, había añadido una gota de café al biberón de Shiva, en la esperanza de que la cafeína, irritante y estimulante del sistema nervioso, mantuviese tictaqueando el centro respiratorio. Eso había puesto al niño más inquieto que su gemelo.

Hema dormía en la sala de estar contigua a aquel dormitorio, en el sofá que había al otro lado, en el rincón. Una lámpara de pie con pantalla que habían trasladado a la habitación donde estaban los bebés le permitía ver la hoja de las anotaciones.

Examinó las paredes. Vio la foto de una niñita con coletas y medio sari de pie entre dos adultos. Frente a la silla en que estaba sentado había una imagen enmarcada del primer ministro Jawaharlal Nehru, guapo y meditabundo, con un dedo en la mejilla. Se había imaginado el dormitorio de Hema ordenado, con las cosas en su sitio, pero en cambio la ropa rebosaba al pie de la cama, había una maleta abierta en el suelo, más ropa apilada en un rincón y libros y papeles amontonados en una silla. Y justo al otro lado de la puerta reparó de repente en un cajón del tamaño de un aparador. «Lo hizo —pensó mientras se inclinaba para leer el letrero—. Un Grundig, nada menos. Lo mejor que se puede conseguir en el mercado.» El gramófono y la radio del propio Ghosh se habían estropeado hacía meses.

Miraba periódicamente al niño para comprobar que el pechito se alzaba. Al cabo de lo que le pareció media hora, bostezó, consultó el reloj y se quedó atónito al comprobar que sólo habían pasado siete minutos. «Santo cielo, esto va a ser difícil», se dijo. Apuró la taza de café y se sirvió otra.

Se levantó y empezó a pasearse por la habitación. En una estantería vio una serie de libros encuadernados. COLECCIÓN GRANDES CLÁSICOS DEL MUNDO, tenían estampado en letras doradas. Cogió un ejemplar y se sentó. Estaba magníficamente encuadernado en piel y parecía que las páginas de cantos dorados no se hubiesen abierto nunca.

A las cuatro de la mañana fue a despertar a Hema. Dormida parecía una niña, con las manos unidas bajo la mejilla. La movió suavemente y ella abrió los ojos, lo vio y sonrió. Él le ofreció un café.

—¿Mi turno? —Él asintió y ella se incorporó—. ¿Ha dejado de respirar?

—Dos veces.

—Dios mío, oh Dios. ¿Ves como no eran imaginaciones mías? Tuvimos suerte de que me diera cuenta la primera vez.

—Bébete el café, lávate la cara y ven al dormitorio.

Cuando llegó, le tendió el hilo que estaba atado a la ajorca y el cuaderno con la pluma enganchada en él.

—Hagas lo que hagas, no te eches en la cama. Quédate en esa silla. Es la única manera de mantenerse despierto. He estado leyendo y ayuda realmente. Alzaba la vista al acabar cada página, pero si oía moverse la ajorca, no la levantaba y seguía leyendo. Cuando dejaba de respirar, entonces yo tiraba del cordel y él empezaba de nuevo. Al chiquitín se le olvida que hay que respirar.

—¿Y por qué iba a tener que acordarse? ¡Pobrecillo!

Apenas se había sentado en la silla, Hema empezó a oír un ruido extraño, que tardó un segundo en identificar como los ronquidos de Ghosh. Se acercó de puntillas al sofá donde dormía ya como un tronco, semejante a un oso de peluche grande. Lo tapó con la manta que se había caído al suelo y volvió a su puesto de guardia. Los ronquidos la tranquilizaban, le recordaban que no estaba sola. Cogió el libro que él había estado leyendo.

Había comprado los doce volúmenes de la colección a un empleado de la embajada británica que regresaba a Inglaterra. La avergonzaba no haber leído ni uno siquiera. Ghosh había puesto un marcador en la página 92. ¿Habría avanzado tanto? ¿Por qué habría elegido aquella obra? Retrocedió hasta la primera página:

> *Quien que de verdad se interese por conocer la historia del hombre y cómo se comporta la misteriosa mixtura bajo los variables experimentos del Tiempo, ¿no se habrá detenido, al menos brevemente, en la vida de santa Teresa, no habrá sonreído con cierta ternura ante la idea de la muchachita que, con su hermano menor de la mano, una mañana se pone en marcha para ir a buscar el martirio al país de los moros?*

Leyó la frase inicial tres veces antes de comprender de qué trataba. Miró el título del libro: *Middlemarch*. ¿Por qué no podía ser claro el escritor? Siguió leyendo, sólo porque Ghosh había conseguido avanzar. Poco a poco fue viéndose inmersa en la historia.

A la mañana siguiente, mientras realizaba las visitas, Ghosh se preguntó si el coronel habría conseguido llegar a su guarnición de Gondar sin incidentes. Si lo detuviesen o ahorcasen, ¿llegaría alguna vez la noticia al Missing? *The Ethiopian Herald* nunca hablaba de traición, como si informar sobre ella lo fuese también.

Después de reconocer a sus pacientes, se aprestó a desenterrar una incubadora de uno de los cobertizos de almacenaje que había detrás de la casa de la enfermera jefe. Ghosh era el pediatra de facto del hospital. En sus primeros años en el Missing había fabricado una incubadora para bebés prematuros, pero desde que el gobierno sueco había abierto un hospital pediátrico en Adis Abeba, se enviaban allí a todos los prematuros y la incubadora se había retirado.

A pesar de su delicada estructura de cristal en los cuatro lados y base metálica, estaba intacta. Mandó a Gebrew pasarle una manguera, limpiarla bien para eliminar los parásitos, dejarla unas horas al sol y volver a lavarla con agua caliente. Luego Ghosh la frotó con alcohol antes de instalarla en el dormitorio de Hema. En cuanto acabó la instalación y se distanció de ella para admirarla, Almaz dio tres vueltas a su alrededor emitiendo un sonido, *ziu-ziu*, y prácticamente escupiendo.

—Para proteger del mal de ojo —le explicó en amárico, limpiándose el labio con el antebrazo.

—Recuérdame que jamás te invite a entrar en el quirófano. Hema —añadió para pincharla un poco—, ¿y la antisepsia? ¿Y Lister? ¿Y Pasteur? ¿No crees ya en esas cosas?

—¿Olvidas que estoy de posparto? Proteger contra los malos espíritus es mucho más importante.

Los gemelos yacían envueltos como larvas uno al lado del otro, compartiendo la incubadora, las cabezas cubiertas con gorritos y sólo visibles las caras arrugadas de recién nacidos. Por mucho que Hema los separase, cuando volvía a verlos formaban una uve, las cabezas juntas y mirándose, igual que habían estado en el vientre materno.

• • •

Algunas noches cuando iniciaba su turno junto al niño dormido, agotado y luchando con el sueño, se decía: «¿Por qué estás aquí? ¿Haría lo mismo ella por ti?» Los antiguos resentimientos le tensaban la mandíbula. «Eres un imbécil, te dejas vencer otra vez por su hechizo.» ¿Por qué no tenía la fuerza de voluntad necesaria para decir lo que debía?

Decidió que en cuanto el niño, aquel Shiva, superase el problema respiratorio, se marcharía. Conociendo a Hema sabía de sobra que, cuando no tuviese que depender de él, todo volvería a ser como siempre. Desde la visita de Harris no estaba claro si los baptistas de Houston seguirían prestando su apoyo. La enfermera jefe no decía lo que pensaba.

Durante dos semanas Hema y Ghosh montaron guardia al lado de Shiva, pidiendo ayuda durante el día, pero reservándose las noches. Habían terminado *Middlemarch*, lo que les había proporcionado abundante materia de discusión. Ghosh eligió luego *Trilogía de tres ciudades: París*, de Zola, que a ambos les resultó absorbente. Los episodios de apnea de Shiva se redujeron de más de veinte diarios a dos y luego cesaron. Siguieron vigilando otra semana, sólo por precaución.

El sofá de Hema era demasiado pequeño para un hombre de las dimensiones de Ghosh, y al verlo allí encogido se sentía agradecida y se daba cuenta de su sacrificio. Le habría sorprendido saber lo mucho que disfrutaba él ocupando el espacio que acababa de dejar ella y tapándose con una manta aún perfumada por sus sueños. En cuanto a los de Ghosh, en ellos se filtraba el tintineo de la ajorca de Shiva y una noche soñó que Hema bailaba desnuda para él. Fue un sueño tan vívido, tan real, que a la mañana siguiente, antes incluso de tomar siquiera un café o de tener la oportunidad de pensárselo mejor, corrió a la agencia de viajes Cook, esperó a que abrieran y canceló el billete para América.

Tras la muerte de la hermana Praise, la enfermera jefe estaba cada vez más encorvada y ajada. Al final de la jornada acudía a la casa de Hema (como todos los demás), pero no protestaba cuando ella y Ghosh le pedían a las ocho que se retirase a sus habitaciones, acompañada por *Kuchulu*. Aquella perra se había convertido en su protectora, y como los otros dos perros sin nombre solían seguirla, la enfermera jefe llevaba un séquito tras ella.

Dos semanas después de enterrar a la hermana, Gebrew vio pasar a un culí descalzo con el brazo derecho escayolado y el codo recto al costado. Estaba tan soñoliento que se tambaleaba y corría peligro de romperse la cabeza, por no mencionar el otro brazo. A Gebrew le pareció terrible porque era él quien lo había enviado al hospital ruso cuando había aparecido en el Missing con una fractura. A los médicos rusos les encantaba inyectar barbitúricos a los pacientes, con independencia del mal que sufrieran. Y como a sus pacientes les gustaba mucho la aguja, del hospital ruso no salía ninguno sin estar sedado. Por su experiencia en el Missing, el vigilante sabía que las fracturas de antebrazo se enyesaban en una posición neutral y funcional: con el codo flexionado a noventa grados, el antebrazo a medio camino entre pronación y supinación, aunque él ignorase estos términos. Acompañó al tambaleante culí a urgencias, donde, después de que Ghosh lo examinara con los rayos X, los sanitarios volvieron a escayolarlo. En aquel momento, aunque ninguno de ellos se dio entera cuenta, el hospital Missing reanudó oficialmente sus actividades.

Hema se negó a abandonar a los niños. Proclamó que ya no era médico sino madre, un tipo de madre que temía por sus hijos, que quería estar con ellos y no estaba dispuesta a apartarse de su lado. Las dos *mamithus* (Rosina de Stone y Almaz de Ghosh) se turnaban para dormir sobre un colchón en la cocina de la ginecóloga, siempre listas para ayudar. Con Stone desaparecido o muerto y Hema convertida en madre a jornada completa, cuando las puertas del hospital se abrían la carga que pesaba sobre Ghosh era inmensa. La enfermera jefe contrató a Bachelli para que se ocupase por la mañana del ambulatorio, que era adonde acudían la gran mayoría de los pacientes, lo que daba a Ghosh libertad para operar cuando podía y para dedicarse a los pacientes ingresados.

Seis semanas después de la muerte de la hermana llegó la lápida en un carro tirado por un burro. Hema y Ghosh fueron a verla colocada. El albañil había grabado una cruz copta en la piedra y debajo las letras copiadas del papel que le pasara la enfermera jefe:

ΕΡΜΑΝΑ ΜΑΡΙ ΙΟΣΕΠΗ ΡRΑΙΣΕ
ΝΑCΙΔΑ 1928, ΜUΕΡΤΑ 1954
DΕSΓΑΝSΑ ΕΝ ΒRΑθΟS DΕ ΙΕΣUΣ

La enfermera jefe llegó agitada, sin aliento. Los tres permanecieron allí, estudiando la extraña caligrafía, mientras el albañil aguardaba un elogio.

—No creo que ahora se pueda hacer mucho al respecto —dijo la enfermera jefe lanzando un suspiro exasperado y dirigiendo un cabeceo de asentimiento al hombre, que recogió sus palancas y sacos de arpillera y se fue con el animal.

—Estaba pensando —dijo Hema con tono acre— que la inscripción debía decir: «Muerta a manos de un cirujano. Ahora reposa en brazos de Jesús.»

—¡Hema! —protestó la enfermera jefe—. Contén la lengua.

—Es que realmente los fallos de un rico los cubre el dinero, pero los de un cirujano los cubre la tierra.

—A la hermana Mary Joseph Praise la cubre la tierra del país que llegó a amar —sentenció la monja, con la esperanza de poner punto final a aquella charla.

—Y la puso allí un cirujano —añadió Hema, que siempre tenía que decir la última palabra.

—Que ha abandonado ya el país —puntualizó la otra. Los dos se volvieron a mirarla boquiabiertos—. Recibí una llamada del consulado británico —explicó la enfermera jefe, disculpándose—. Ése fue el motivo de mi retraso. Según me han dicho, Stone alcanzó la frontera de Kenia y luego llegó a Nairobi, no me pregunten cómo. Está mal. La bebida, me imagino. Está desquiciado.

—¿No está herido ni nada parecido? —preguntó Ghosh.

—Que yo sepa, está sano y salvo. Puse una conferencia al señor Elihu Harris hace un momento. Sí, conseguí que interviniera. Tienen una gran misión en Kenia. Harris opina que si Stone deja de beber podría trabajar allí. Y si no, él podría arreglarlo para que se fuera a América.

—Pero ¿y sus libros y sus cosas? —preguntó Ghosh—. ¿No tendríamos que mandárselos?

—Supongo que escribirá pidiendo sus especímenes cuando se instale.

La noticia complació y enojó a Hema. Significaba que Stone había abandonado a los niños y renunciado a cualquier reclamación. Ella habría preferido que hubiese firmado un documento en ese sentido, pues aún se sentía inquieta. Un individuo que se había labrado una reputación en el Missing, cuyo amor se hallaba enterrado allí y cuyos hijos estaban siendo criados allí también, tal vez no fuera capaz de cortar el cordón tan fácilmente.

—No es tan sinuosa la serpiente como para que no pueda enderezarse al entrar por el agujero de su nido —dijo Hema.

—No es ninguna serpiente —repuso con aspereza Ghosh, contradiciéndola, lo que la dejó tan atónita que fue incapaz de contestar—. Es mi amigo —continuó, en un tono que desafiaba a cualquiera que discrepara—. No olvidemos el gran colega que fue durante estos años, el gran servicio que prestó al hospital, las vidas que salvó. No es ninguna serpiente. —Giró sobre los talones y se marchó.

Las palabras de Ghosh removieron la conciencia de Hema. No podía dar por supuesto que él sintiese cuanto sentía ella. No si lo quería. Ghosh era su hombre, siempre lo había sido.

Al ver que se alejaba sintió miedo. Nunca se había preocupado mucho por los sentimientos de Ghosh, pero ahora, junto a la sepultura, se sintió como una muchachita que cuando está sacando agua del pozo conoce a un apuesto desconocido (una oportunidad de esas que ocurren una vez en la vida) y lo echa todo a perder por decir algo inapropiado.

16

Esposa por un año

Lo de la vaca lechera fue una locura de Hema, pero desde el momento en que el primer sorbo de sabrosa nata se deslizó por su garganta no hubo vuelta atrás, a pesar de que Ghosh hubiese asegurado que no la necesitaban.

—¿Estás de broma, Hema? No puedes dar leche de vaca a niños recién nacidos.

—¿Quién lo dice? —preguntó ella, nada convencida.

—Lo digo yo. Además, llevan semanas con el preparado para lactantes y les va muy bien. Tienen que seguir así.

Después de sus palabras ofensivas al pie de la tumba de la hermana Mary, Hema había experimentado la intensa premonición de que Ghosh se marcharía, pero durante los días siguientes él se había mostrado fiel a ella y regresado a dormir en el sofá. La forma tranquila y metódica con que había abordado el problema de Shiva era un aspecto de su amigo que ella nunca había apreciado. Ghosh había colocado en la pared, al lado de la puerta, un papel que registraba la disminución y la desaparición de aquellos aterradores episodios de apnea. Hema jamás habría tenido la seguridad suficiente para anunciar, como hizo él una noche, que la guardia nocturna había terminado.

Ghosh había dormido en el sofá desde el día que Henna lo llamara y ahora no quería que se fuese... Se había acostumbrado a sus ronquidos hasta depender de ellos. Pero no podía evitar discutir con él de vez en cuando. Se trataba de un reflejo. Lo consideraba su forma de mostrarse afectuosa.

A pesar de que ya no era necesaria, no desprendieron la ajorca del pie de Shiva. El sonido se había convertido en parte del niño, de modo que retirarlo era como quitarle la voz.

A primera hora de la mañana, una campana de piedra anunciaba el paso de la vaca, el ternero y Asrat, el lechero, camino arriba. El cencerro se relacionaba tonalmente con el campanilleo del tobillo de Shiva. Asrat cobraba más por llevar la fábrica de leche hasta la casa, pero si ordeñaba bajo la mirada vigilante de Rosina o de Almaz, no había posibilidad de que echara agua.

Cuando Hema se levantaba la casa estaba impregnada del olor a leche hervida, y poco a poco adquirió la costumbre de añadir más al café matutino. Pronto se le hacía la boca agua al oír el cencerro, lo mismo que si fuese uno de los chuchos del profesor Pavlov. Su «café» matutino aumentó a dos tazas, y tomaba otros dos durante el día, más leche que café, encantada con aquel aroma mantecoso que se le quedaba pegado a la lengua. A diferencia de la leche de búfala de su infancia, ésta tenía un sabor exquisito que le proporcionaba la hierba de las tierras altas donde la vaca pastaba.

Cuando Asrat, cuya ecuanimidad bovina según Hema procedía del hecho de que sus vacas dormían en la cabaña del hombre por las noches, dijo una mañana: «Si la señora comprase pienso de trigo, la leche sería tan espesa que si metiese en ella una cucharilla doblada se quedaría derecha», ella ni siquiera se lo pensó. Poco tiempo después llegó un culí con una carretilla cargada de diez sacos con el estampado FUNDACIÓN ROCKEFELLER y PROHIBIDA SU REVENTA.

—La mejor inversión que he hecho en mi vida —decía Hema unos días después, relamiéndose como una colegiala—. El trigo lo vuelve todo diferente.

—Difícilmente puede considerarse un experimento controlado, teniendo en cuenta la tendencia que introdujiste al pagar el grano —comentó Ghosh.

Asrat ataba los animales detrás de la cocina, el ternero justo fuera del alcance de las ubres de su madre, mientras entregaba la leche que quedaba en otras casas. La vaca y el ternero se llamaban entre ellos con unos mugidos tan suaves y auspiciosos que a Hema la asaltaba el recuerdo de su madre cuando decía: «Una vaca lleva el universo en el cuerpo, a Brahma en los cuernos, a Agni en la frente, a Indra en la cabeza...»

La llamada del ternero a la vaca no se parecía en nada al llanto de sus gemelos, pero la emoción era idéntica. En sus años de ginecóloga, nunca había pensado mucho en el llanto de los recién nacidos, jamás se había parado a considerar la frecuencia que hacía que la lengua y los labios de un bebé vibraran como un junco. Era un sonido anhelante y desvalido, y sin embargo su importancia residía ante todo en lo que indicaba: una tarea coronada por el éxito, un nacimiento vivo. Sólo era digno de atención cuando faltaba. Pero ahora, cuando «sus» recién nacidos, su Shiva y su Marion, lloraban, no había sonido terrenal alguno que se le pareciese. La sacaba de las catacumbas del sueño y hacía aflorar a su garganta ruidos acalladores mientras corría a la incubadora. Era una llamada personal... ¡sus niños la necesitaban!

Recordaba un fenómeno experimentado durante años cuando estaba a punto de quedarse dormida: la sensación de que alguien la llamaba por su nombre. Ahora se decía que habían sido sus gemelos nonatos, que le comunicaban que estaban llegando.

Hubo otros sonidos con que aprendió a conectarse en su condición de madre novicia. El *plaf* de ropa mojada contra la piedra de lavar; la cuerda del tendal combada con el peso de los pañales (estandartes de fecundidad) y que desencadenaba una batiente alarma ante la amenaza de chaparrón y hacía salir a la carrera a Rosina y Almaz; las notas de arpa de cristal de los biberones al entrechocar en el agua hirviendo; el canto de Rosina, su parloteo constante, o el estruendo que armaba Almaz con ollas y cacerolas: aquellos sonidos eran la coral de la satisfacción de Hema.

Un astrólogo maharastriano de gira por África oriental acudió a la casa a pesar de las objeciones de Ghosh, contratado por Hema para que adivinara el porvenir de los niños. Con gafas y estilográficas en el bolsillo de la camisa, parecía un joven empleado ferroviario. Tras registrar el momento exacto del nacimiento de los gemelos, quiso saber las fechas del de los padres. Hema le dio la suya y luego pidió a Ghosh la de él, lanzándole una mirada de advertencia. El astrólogo consultó sus tablas y sus cálculos llenaron un lado del pergamino.

—Imposible —dictaminó al final, mirando nervioso a Hema, pero evitando la mirada de Ghosh. Puso el capuchón a la pluma, recogió sus papeles y se encaminó a la puerta mientras Hema lo miraba atónita—. Sea cual sea el destino de los niños, no les quepa duda de que está vinculado con el padre.

Ghosh lo alcanzó en la puerta. El astrólogo no quiso aceptar el dinero que le ofrecía.

—Doctor *saab*, me temo que usted no puede ser el padre —le dijo con expresión melancólica.

Ghosh fingió sentirse atribulado por la noticia y se lo dijo a Hema, a quien no le hizo ni la mitad de gracia que a él. La dejó temerosa, como si el astrólogo hubiese predicho en realidad el regreso de Thomas Stone.

Al día siguiente encontró a Hema acuclillada con un puñado de harina de arroz en la mano, esbozando un *rangoli* (un complejo dibujo decorativo) en el suelo de madera justo a la entrada del dormitorio, esforzándose para que las líneas fuesen ininterrumpidas, a fin de que no pudiesen pasar los malos espíritus. Sobre el marco de la puerta que daba al dormitorio colgó una máscara de un diablo barbudo de ojos enrojecidos, con la lengua fuera... otra protección contra el mal de ojo. Se convirtió en parte de su ritual matutino junto con el *Suprabhatam* en el Grundig, una versión cantada por M.S. Subbulakshmi. El canto sincopado evocaba a Ghosh el rumor de mujeres que barrían el patio delantero alrededor de la higuera por las mañanas temprano en Madrás y al *dhobi* haciendo sonar el timbre de su bicicleta. El *Suprabhatam* era lo que las emisoras de radio ponían al inicio de su emisión diaria, y cuando era estudiante había oído fragmentos de la letra de labios de pacientes moribundos. Le pareció curioso que hubiese tenido que vivir en Etiopía para enterarse de lo que era exactamente: una invocación y una llamada de despertar dirigido al dios Venkateswara.

Se dio cuenta de que el armario del dormitorio de Hema se había convertido en un altar dominado por el símbolo de Shiva: un alto *lingam*. Además de las estatuillas de bronce de Ganesha, Lakshmi y Muruga, ahora había una talla de ébano de aspecto siniestro del indescifrable Venkateswara, así como un corazón de la Virgen Inmaculada de cerámica y un Cristo Crucificado también del mismo material, con la sangre empozada en los agujeros de los clavos. Ghosh se mordió la lengua.

De forma inesperada y sin anunciarlo a bombo y platillo, se había convertido en el cirujano del hospital. Aunque no era ningún Thomas Stone, se había hecho cargo de varias intervenciones de abdomen (con los mismos nervios en el estómago que la primera vez) y había tratado heridas de arma blanca y fracturas mayores. Incluso había efectuado una intubación torácica por trauma cuando en la sala de partos una mujer había experimentado súbitamente una obstrucción de las vías respiratorias. Ghosh acudió rápidamente e hizo un corte alto en el cuello, abriendo la membrana cricotiroidea. El sonido del aire al entrar fue su recompensa, y también ver los labios de la paciente pasar del morado al rosa. Aquel mismo día, más tarde, con mejor iluminación en el quirófano, practicó por primera vez una tiroidectomía. El Quirófano 3 era ya un sitio familiar, aunque siguiese todavía plagado de peligros. Nada era rutina para Ghosh.

El día que los gemelos cumplieron dos meses, estaba a mitad de una intervención cuando asomó la cabeza la enfermera en prácticas y le dijo que Hema lo necesitaba con urgencia. Estaba amputando un pie tan destrozado por una infección crónica que se había convertido en un muñón supurante. El muchacho había partido solo de su aldea, que quedaba cerca de Axum, y había viajado durante varios días para pedir a Ghosh que le amputara la parte afectada.

—Hace tres años que lo llevo pegado al cuerpo —le dijo, señalando el pie, informe y cuatro veces más grande que el otro, con los dedos apenas visibles.

El pie de Madura era frecuente en aquellos lugares en que la gente caminaba habitualmente descalza. La ciudad de Madura, no lejos de Madrás, tenía el dudoso honor de prestar su nombre a la afección. No había ningún lugar que saliese bien parado cuando daba nombre a una enfermedad: vientre de Delhi, depresión de Bagdad, diarrea de Turquía. El pie de Madura se desencadenaba cuando un trabajador agrícola pisaba un clavo o una espina grande. Como su estilo de vida no le dejaba más opción que seguir caminando, poco a poco, un hongo invadía el pie, penetraba en el hueso, el tendón y el músculo. El único remedio era la amputación.

Había decidido practicarla animado por el viejo dicho quirúrgico «Cualquier idiota puede amputar una pierna». Si vacilaba era porque el refrán continuaba así: «(...) pero hace falta un cirujano experto para salvarla». De todas formas, aquel pie no tenía salvación.

Aquel muchacho era el primer paciente al que había visto entrar en el quirófano cantando y batiendo palmas, entusiasmado porque iban a operarlo. Ghosh cortó la piel por encima del tobillo, dejando un colgajo atrás para cubrir el muñón. Ligó los vasos sanguíneos, cortó el hueso y oyó el golpe del pie al caer en el cubo. En ese preciso momento le había avisado la enfermera en prácticas.

Cubrió la herida con una toalla esterilizada húmeda, y se dirigió a la carrera a casa de Hema, quitándose la mascarilla y el gorro e imaginando lo peor.

—¿Qué pasa? —preguntó al irrumpir sin aliento en el dormitorio.

Hema vestía un sari de seda, había esparcido arroz por el suelo y escrito en sánscrito los nombres de los niños con los granos. Tenía en brazos a Shiva y Rosina a Marion. Había reunido además unas cuantas mujeres indias que miraban con reprobación a Ghosh, indignadas.

—Llegó el correo —dijo Hema—. Nos olvidamos de realizar el *nama-karanum*, Ghosh, la ceremonia del nombre. Debe celebrarse a los once días, aunque también puede hacerse a los dieciséis. No lo hemos hecho en ninguno de los dos, pero mi madre asegura en su carta que siempre que lo haga en cuanto reciba su aerograma no hay ningún problema.

—¿Me has hecho dejar el quirófano para esto? —Estaba furioso, a punto de decir: «¿Cómo puedes creer en esa brujería?»

—Oye —susurró Hema, atribulada por el comportamiento de él—, el padre tiene que susurrar el nombre al oído al niño. Si no quieres hacerlo, llamaré a otro.

La palabra «padre» lo cambió todo. Ghosh se estremeció. Susurró rápidamente «Marion» y «Shiva» al oído de los dos pequeños, dio un beso a cada uno, besó a Hema en la mejilla sin que a ella le diese tiempo a evitarlo mientras decía «Adiós, mamá», lo que escandalizó a las invitadas, y volvió corriendo al quirófano a colocar el colgajo sobre el muñón.

No era fácil distinguir a los gemelos, salvo por la tobillera que Shiva conservaba como un talismán por decisión de Hema. Mientras aquél se mostraba tranquilo y pacífico, Marion solía fruncir el ceño en gesto de concentración cuando le cogía Ghosh, como si intentase conciliar a aquel desconocido con los curiosos sonidos que emitía. Shiva era un poco más pequeño y aún llevaba en la cabeza las señales de las tentativas de extracción de Stone. Sólo rebullía cuando oía llorar a Marion, como muestra de solidaridad.

A las doce semanas, los gemelos habían engordado, sus llantos eran fuertes y sus movimientos vigorosos. Apretaban los puños sobre el pecho, y de cuando en cuando estiraban los brazos y se concentraban en las manos con estrábico asombro.

Hema achacaba el que no mostrasen tener conciencia del otro a que pensaban que eran uno. Cuando tomaban el biberón, uno en brazos de Rosina y el otro en los de Hema o Ghosh, les ayudaba mucho estar a una distancia en que pudiesen oírse, con la cabeza o las extremidades tocándose; si llevaban a uno a otra habitación, ambos se ponían nerviosos.

A los cinco meses, lucían ya una profusión de cabello negro rizado. Tenían los ojos juntos de Stone, que les hacían parecer vigilantes, igual que si examinaran el entorno como clínicos. El iris era de un castaño muy claro o un azul oscuro, dependiendo de la luz. La frente, redondeada y generosa, y la boca en forma de corazón eran de la hermana Mary Joseph Praise. A Hema le parecían mucho más guapos que los bebés de la leche en polvo Glaxo, y además eran dos. ¡Y suyos!

Ghosh poseía, para su gozo, el toque mágico a la hora de dormirlos. Cogía a uno en cada brazo, la mejilla en su hombro y los pies apoyados en la plataforma del vientre, y recorría el cuarto de estar de Hema bailando. A falta de nanas, recurría a su repertorio de versos obscenos.

—Sus chascarrillos en verso anulan mis oraciones —le dijo una noche la enfermera jefe en un aparte.

Ghosh se la imaginó de rodillas, recitando:

Había en Madrás un hombre
que tenía los huevos de bronce
y cuando había tormenta
sonaban como una orquesta.
Como si en su culo hubiera una fiesta.

—Lo siento, enfermera jefe.

—No creo que sea bueno que oigan esas cosas a tan tierna edad.

Ghosh casi no se acordaba ya de cómo era su vida antes de la llegada de los gemelos. Cuando se acurrucaban en sus brazos, sonreían o apretaban la barbilla húmeda contra él, no cabía en sí de orgullo. Marion y Siva: ahora no podía imaginar mejores nombres. Últimamente le dolían los hombros y le hormigueaban las manos cuando las *mamithus* se llevaban a los niños dormidos de sus brazos.

Desde que había empezado a dormir en el sofá de Hema no sentía la menor molestia cuando ventoseaba.

Hema recuperó parte de su vieja actitud. A veces Ghosh echaba de menos sus peleas. ¿Había estado persiguiéndola tantos años precisamente porque era tan inasequible? ¿Y si hubiese accedido a casarse con él al llegar a Etiopía? ¿Habría sobrevivido la pasión? Todo el mundo necesitaba una obsesión, y en los últimos ocho años ella había sido la suya, así que tal vez debiera agradecérselo.

Más de una noche, después de acostar a los niños, había vuelto para terminar sus tareas en el hospital. Sus labios no habían probado ni una gota de cerveza desde la primera noche que pasara en el sofá de Hema. En aquel estrecho diván dormía plácidamente y despertaba renovado.

Al vivir bajo el mismo techo, Ghosh descubrió que Hema mascaba kat. Todo había empezado en las vigilias nocturnas de Shiva, pues la ayudaba a mantenerse despierta. Su marcador pronto adelantó al de él en *Middlemarch*, y no tardó en estar leyendo a Zola antes que Ghosh. Intentó esconder el kat para que él no lo viese, y cuando se lo mencionó le resultó conmovedor que se pusiese tan nerviosa.

—No sé de qué me hablas —le dijo.

De modo que él no volvió a sacar el tema a colación, aunque sabía, cuando la veía tejer por la noche tarde, o cuando lo esperaba y se ponía más locuaz que Rosina, que probablemente acababa de mascar un poquito. Le proporcionaba las hojas Adid, aquel risueño comerciante con quien se había encontrado en el avión al regresar de Adén y de cuya compañía disfrutaban ambos.

En cuanto a Ghosh, su droga era la proximidad de Hema.

Cuando se agachaba para depositar a los niños dormidos en la cuna que había sustituido a la incubadora y se rozaba con ella, lo estimulaba comprobar que ella no se volvía y le hablaba con aspereza. La observaba mientras tomaba el café matinal a sorbitos y le escribía listas de compra o consultaba con Almaz los planes de la jornada.

Una mañana se dio cuenta de que la miraba.

—¿Qué pasa? Estoy horrible a primera hora del día, ¿eh?

—No. Todo lo contrario.

Ella se ruborizó.

—Cierra el pico —le dijo, pero su expresión radiante no se apagó.

Mientras cenaban una noche, él comentó, más para sí mismo que para ella:

—Me pregunto qué habrá sido de Thomas Stone.

Hema retiró la silla y se levantó.

—Por favor, no quiero que vuelvas a mencionar ese nombre en esta casa.

Tenía los ojos humedecidos, y también miedo. Ghosh se acercó a ella. Podía soportar su cólera, lograba sobrellevarla, pero era incapaz de verla así. Le cogió las manos y la atrajo hacia sí. Ella se resistió, pero al final cedió, como si él murmurase: «De acuerdo. No pretendía molestarte. Está bien.»

«Traicionaría a mi mejor amigo con tal de poder abrazarte así», pensó Ghosh.

—¿Y si viene y los reclama, qué? Ya oíste al astrólogo —le dijo temblando.

—No lo hará —repuso él con un tono inseguro que ella percibió.

—Bueno, si lo intenta, tendrá que pasar por encima de mi cadáver —dijo Hema, camino de su dormitorio—. ¿Me oyes? ¡Por encima de mi cadáver!

Una noche muy fría, cuando los gemelos tenían nueve meses, las *mamithus* dormían en sus casas y la enfermera jefe había vuelto a la suya, todo cambió. Aunque ya no había ninguna razón para que Ghosh durmiese en el sofá, ninguno de los dos había planteado la cuestión de que se marchara.

Ghosh llegó poco antes de medianoche y se encontró a Hema sentada a la mesa del comedor. Se acercó a ella para que pudiese inspeccionarle los ojos y ver si le olía el aliento a alcohol, como hacía siempre para fastidiarla cuando volvía a aquellas horas. Ella lo apartó.

Él fue a ver a los gemelos.

—Huelo a incienso —dijo al volver, pues en una ocasión la había reñido por dejar que los bebés respirasen humo.

—Es una alucinación. Tal vez los dioses intentan llegar hasta ti —repuso, fingiendo estar absorta en la tarea de servirle la cena—. Macarrones preparados por Rosina —anunció, destapando un cuenco—. Y Almaz ha dejado curry de pollo para ti. Compiten para alimentarte. Sabe Dios por qué.

Ghosh se embutió la servilleta en la camisa.

—¿Me llamas impío a mí? Si lees tus Vedas o tu Gita, recordarás que un hombre acudió al sabio Ramakrishna diciendo: «Oh, maestro, no sé como amar a Dios.» —Ella frunció el ceño—. Y el sabio le preguntó si había alguna cosa que amase. Él dijo: «A mi hijo pequeño.» Y Ramakrishna dijo: «Ahí está tu amor y tu servicio a Dios. En tu amor y tu servicio a ese niño.»

—¿Y dónde has estado hasta ahora, señor Piadoso?

—Haciendo una cesárea; acabé hace quince minutos.

Hema había practicado tres cesáreas las semanas siguientes al nacimiento de los gemelos: una para enseñar a Ghosh, otra para ayudarlo a él y la tercera para estar vigilante a su lado. Ninguna mujer moriría en el Missing ni sería enviada a otro sitio por no poder practicársele una cesárea.

—El niño tenía el cordón enrollado en el cuello. Está bien. La madre ya está pidiendo su huevo hervido.

Ver comer a Ghosh se había convertido en el pasatiempo nocturno de Hema. A él sus apetitos lo absorbían; vivía en el centro de un vendaval de ideas y proyectos que se amontonaban en torno al sofá de su amiga.

—Que ahora estaría en pleno internado en el hospital del condado de Cook si me hubiese ido —repitió él, a petición de Hema, que se había distraído y no le había prestado atención—. Estaba dispuesto a marcharme de Etiopía, ¿sabes?

—¿Por qué? ¿Porque se fue Stone?

—No, mujer, antes de eso. Antes de que naciesen los niños y muriese la hermana. Estaba convencido de que volverías de la India casada.

A Hema le pareció tan absurdo e inesperado, un recordatorio de una época inocente que quedaba muy lejos, que se echó a reír a carcajadas. La consternación de Ghosh aún la divertía más. Y el imperdible que le sujetaba la parte de arriba de la blusa voló por el aire y aterrizó en el plato de él. Eso fue demasiado para Hema, que se cubrió el pecho y se levantó de la silla, partiéndose de risa.

Desde su vuelta de la India y la trágica muerte de la hermana Mary había habido pocas ocasiones de reírse de aquel modo.

—Eso es lo que me gusta de ti, Ghosh, lo había olvidado. Puedes hacerme reír como nadie en este mundo —dijo cuando por fin recuperó el aliento, y volvió a sentarse.

Él, que había dejado de comer, apartó el plato visiblemente ofendido, pero Hema no sabía por qué. Con toques de servilleta deliberados y precisos, se limpió los labios.

—¿Dónde está la gracia? —preguntó luego, con voz temblorosa—. ¿Que quisiese casarme contigo durante estos años es acaso un chiste?

A Hema le costó afrontar su mirada. Nunca le había explicado lo que le había pasado por la cabeza cuando había creído que el avión en que viajaba iba a estrellarse, y que su último pensamiento había sido para él. Su sonrisa le pareció falsa y no pudo mantenerla. Apartó la vista y la fijó en la amenazadora máscara situada sobre la puerta del dormitorio.

Ghosh apoyó la cabeza en las manos. Su estado de ánimo había pasado de la efervescencia a la desesperación. Ella lo había empujado y había rebasado el límite de lo soportable, ¿y todo porque se había reído? Se sintió de nuevo insegura a su lado, como aquel día ante la tumba de la hermana Mary.

—Es hora de que vuelva a mi casa.

—¡No! —exclamó ella, tan resueltamente que ambos se sobresaltaron.

Acercó su silla a la de él. Le retiró las manos de la cabeza y las apretó entre las suyas. Estudió el extraño perfil de su colega, su no guapo pero bello amigo de tantos años que había permitido que su destino se enredase de forma tan inextricable con el suyo. Parecía decidido a marcharse. No buscaba el consejo de ella.

Le besó la mano. Ghosh se resistía. Se le acercó más. Le cogió la cabeza y la apoyó en su pecho, que sin el imperdible se hallaba más al descubierto de lo que había estado nunca delante de un hombre. Lo abrazó como él la había abrazado la noche que Shiva había dejado de respirar. Poco después volvió el rostro de él hacia el suyo. Y antes de que pudiese pensar en lo que hacía o por qué o cómo había sucedido, lo besó, sintiendo el placer de sus labios en los suyos. La avergonzaba el egoísmo con que lo había tratado, con que lo había utilizado a lo largo de aquellos años. No lo había hecho conscientemente, pero lo había tratado como si él sólo existiese para su gozo.

Ahora le tocaba a ella suspirar. Llevó al aturdido Ghosh al segundo dormitorio, que usaban como cuarto de la plancha y almacén, una habitación que debía haberle cedido hacía mucho en vez de permitir que durmiera en el sofá. Se desnudaron a oscuras, retiraron de la cama la montaña de pañales, toallas, saris y otras prendas, y reanudaron el abrazo debajo de las sábanas.

—Hema, ¿y si te quedas embarazada?

—Oh, no entiendes. Tengo treinta años. Es posible que ya sea demasiado tarde.

Para vergüenza de Ghosh, ahora que aquellas esferas majestuosas sobre las que había fantaseado estaban libres de trabas y en sus manos, ahora que ella era suya desde la almohadilla carnosa de la barbilla hasta los hoyuelos de las nalgas, no se producía la transformación de su miembro fláccido en rígido bambú. Cuando Hema se dio cuenta, no dijo nada, y ese silencio no hizo más que aumentar la desazón de él. No sabía que ella se culpaba, que creía que había sido en exceso entusiasta, que había interpretado erróneamente las señales y no lo había comprendido. La risa de una hiena a lo lejos pareció burlarse de ellos.

Hema se quedó inmóvil, como si estuviese echada sobre un campo minado, hasta que la venció el sueño. Despertó con la sensación de emerger del agua para ser resucitada y reclamada, lo que se debía a la boca de Ghosh, que le rodeaba el seno izquierdo, intentando tragárselo. Dirigía los movimientos de ella, empujándola a un lado y otro, lo que la hizo pensar que incluso cuando había sido más pasivo era él en realidad quien había estado al mando.

La visión de la cabeza enorme de Ghosh, y de sus labios posados donde no los había posado ningún otro, hizo afluir la sangre a sus mejillas, su pecho y el fondo de su pelvis. Él le acarició el otro seno y ella se estremeció sacudida por ondas de choque al sentir que la otra mano exploraba la parte interna de los muslos. Luego se dio cuenta de que le estaba pagando con la misma moneda, atrayendo su cabeza hacia ella y buscando su ancha espalda, queriendo que la tragara entera. Y entonces sintió algo inconfundible y prometedor entre los muslos.

En aquel momento, ante el testimonio de la avidez instintiva de él, comprendió que lo había perdido para siempre como juguete, como compañero. Ya no sería el Ghosh con quien jugaba, el Ghosh que sólo existía como reacción a su propia existencia. Se avergonzó por no haberle visto así antes, por dar por supuesto que conocía la naturaleza de aquel placer, negándoselo a sí misma y a él todos aquellos años. Lo atrajo hacia sí, le dio la bienvenida: colega, compañero de profesión, desconocido, amigo y amante. Jadeó, arrepentida por todas las veladas que habían pasado sentados uno frente a otro, acosándose y echándose pullas (aunque, ahora que lo pensaba, la mayor parte del acoso y la mayoría de los comentarios mordaces se debían a ella) cuando podrían haberse entregado a aquella asombrosa unión.

Despertó por la mañana temprano, agotada. Dio de comer a los niños y los cambió y, cuando se durmieron de nuevo, volvió con Ghosh. Empezaron otra vez, y fue como si se tratase de la primera, experimentó sensaciones únicas e inimaginables, mientras la cabecera de la cama golpeaba contra la pared y comunicaba su pasión a Rosina y Almaz, que acababan de llegar a la cocina. Pero no le importaba. Se durmieron y no se levantaron hasta que oyeron el cencerro y los mugidos del ternero.

—¿Aún sigue siendo cosa de risa lo de casarte conmigo? —le preguntó Ghosh, deteniéndola cuando ella se disponía a salir de la habitación.

—Pero ¿qué dices?

—Hema, ¿te casarás conmigo?

No estaba preparado para la respuesta. Más tarde se preguntaría cómo era posible que ella le hubiera dado una contestación tan rápida, una que a él nunca se le habría ocurrido.

—Sí, pero sólo por un año.

—¿Cómo?

—Afróntalo. Esta situación con los niños nos ha unido. No quiero que te sientas obligado. Me casaré contigo por un año. Y luego, se acabó.

—Pero es absurdo —balbuceó Ghosh.

—Tenemos la opción de renovarlo por otro, ¿o no?

—Sé lo que quiero, Hema. Lo quiero para siempre. Lo he querido así siempre. Sé que al final del año querré renovarlo.

—Bueno, tú puedes saberlo, cariño, pero ¿y si yo no lo sé? Tienes cirugía programada esta mañana, ¿no? Bueno, pues dile a la enfermera jefe que empezaré a practicar de nuevo histerectomías y otras operaciones de cirugía electiva. Y es hora de que aprendas un poco de cirugía ginecológica, además de la cesárea.

Lo miró por encima del hombro al marcharse y la timidez de su sonrisa, la picardía de su mirada, sus cejas enarcadas y la excesiva inclinación del cuello eran los de una bailarina que enviara una señal muda. Ese mensaje lo silenció. En vez de en un año o en toda una vida, de pronto sólo pudo pensar en que llegase la noche. Y aunque faltaban solamente doce horas, le pareció una eternidad.

TERCERA PARTE

No cortaré para extraer la piedra, ni siquiera a los pacientes en quienes la enfermedad sea evidente; dejaré que practiquen esta operación los profesionales, los especialistas en ese arte...

Juramento hipocrático

El fruto sin hueso del amor
es de aquellos cuyo amor es correspondido.

Tiruvalluvar, *Kural*

17

Tizita

Recuerdo las mañanas a primera hora en que entro majestuosamente en la cocina en brazos de Ghosh. Él cuenta entre dientes: «Uno... dos... Undostres.» Damos la vuelta, nos agachamos, nos lanzamos hacia delante. Durante muchísimo tiempo creeré que su trabajo es bailar.

Ejecutamos un giro delante del fogón y llegamos a la puerta de atrás, donde Ghosh abre la cerradura y corre el pestillo con un floreo.

Entran Almaz y Rosina, que cierra enseguida porque hace frío, y por *Kuchulu*, que mueve la cola esperando el desayuno. Ambas *mamithus* están envueltas como momias, sólo se les ven los ojos en un hueco en forma de media luna. Se van quitando capas, y brotan de ellas como vapor los aromas a hierba cortada y tierra removida, luego a *berbere* y fuego de carbón.

Me río descontroladamente de expectación, encojo la barbilla sobre el pecho porque sé que Rosina no tardará en acariciarme la mejilla con dedos como carámbanos. La primera vez que lo hizo me reí sobresaltado en vez de llorar, un error, porque ello ha fomentado este ritual que temo y preveo a diario.

Después del desayuno, Hema y Ghosh se despiden de Shiva y de mí con un beso. Lágrimas. Desesperación. Nos aferramos a ellos. Pero se van al hospital de todas formas.

Rosina nos coloca en el cochecito doble. Yo alzo enseguida las manos, pidiendo que me tome en brazos. Deseo estar mas arriba. Quiero la perspectiva del adulto. Ella accede. Shiva está contento donde sea, mientras nadie intente quitarle la ajorca.

La frente de Rosina es una bola de chocolate. Su cabello trenzado retrocede en hileras ordenadas, luego cae como en flecos hasta los hombros. Es un ser que salta, se balancea y tararea. Sus giros y vueltas son más rápidos que los de Ghosh. Desde mi altura vertiginosa, su vestido plisado forma florecillas espléndidas y sus zapatos de plástico rosa aparecen y desaparecen en un flash.

Rosina habla sin cesar. Nosotros guardamos silencio, sin palabras aún pero llenos de impresiones y pensamientos, todo ello tácito. Almaz y Gebrew se ríen del amárico de Rosina, porque sus sílabas guturales y ásperas no existen en realidad en esa lengua, pero eso no la disuade de hablarlo. A veces emplea el italiano, sobre todo cuando pretende ser contundente e intenta llamar la atención sobre algo. El *italinya* le sale con facilidad y, por extraño que parezca, su sentido es claro, aunque nadie más lo hable, tal es la característica de ese idioma. Cuando habla sola o canta, lo hace en tigriña, su lengua eritrea, y entonces su voz se libera, las palabras brotan a raudales.

Almaz, que antes servía a Ghosh, es ahora la cocinera de la casa que comparten Hema y él. Permanece inmóvil como un baobab en su puesto delante del fogón, es una giganta comparada con Rosina, y no suele emitir más sonidos que hondos y sonoros suspiros o algún que otro esporádico *Ewunuth!* («¡No me digas!») para mantener viva la cháchara de Rosina o Gebrew, que en realidad no necesitan estímulos. Almaz es más guapa que Rosina y lleva el pelo recogido en un *shash* de gasa anaranjada que forma un gorro frigio. Mientras que los dientes de Rosina brillan como faros, Almaz casi nunca los enseña.

A media mañana, cuando volvemos de nuestra primera excursión casa-urgencias-sala de mujeres-verja principal, con *Kuchulu* de guardaespaldas, la cocina ha entrado en acción. Cuando Almaz tapa y destapa las cazuelas se alzan penachos de vapor. El pitorro de la olla a presión se mueve y silba. Almaz trocea con mano firme cebollas, tomates y cilantro fresco, que forman montañitas enormes comparadas con los montoncitos de ajo y jengibre. Tiene al lado una paleta de especias: hojas de curry, cúrcuma, cilantro seco, clavo, cinamomo, semillas de mostaza, pimentón, todo en pequeños cuencos de acero inoxidable dentro de una fuente grande. Alquimista loca, mezcla una pizca de esto, un puñado de aquello, luego se moja los dedos y echa la mezcla en el mortero. Machaca con el mango del almirez, y el golpeteo húmedo y crujiente se convierte enseguida en el sonido de piedra contra piedra.

Las semillas de mostaza estallan en el aceite caliente, pero Almaz mantiene la tapadera sobre la cacerola para protegerse de los proyectiles. *¡Ratatá!* Como el granizo contra un tejado de zinc. Añade las semillas de comino, que chisporrotean, se oscurecen, crepitan. Del humo seco y fragante emerge el aroma de la mostaza. Sólo entonces se añaden las cebollas, a puñados, y el sonido es ya el de la vida que brota de un fuego primordial.

Rosina me entrega bruscamente a Almaz y corre a la puerta de atrás, sus piernas moviéndose como hojas de tijera. No sabemos qué pasa, pero Rosina porta la semilla de la revolución. Está embarazada de una niña, Genet. Nosotros tres (Shiva, Genet y yo) estamos juntos desde el principio, ella en el útero mientras Shiva y yo observamos el mundo exterior.

La entrega a Almaz es inesperada. Gimoteo sobre su hombro, peligrosamente cerca de los calderos burbujeantes.

Almaz posa el cucharón y me apoya en su cadera. Hurga en la blusa, jadeando por el esfuerzo, y se saca un pecho.

—Toma —me dice, poniéndolo a buen recaudo en mis manos.

Soy receptor de muchos regalos, pero éste es el primero que recuerdo. Es una sorpresa cada vez que me lo da. Cuando me lo quita, resulta una especie de borrón y cuenta nueva. Pero aquí está, vivo y cálido, sacado de su lecho de tela, otorgado a mí como una medalla inmerecida. Almaz, que apenas habla, sigue revolviendo y tarareando una melodía. Es como si el pecho ya no le perteneciese más de lo que le pertenece el cucharón.

Shiva, en el cochecito, deja el camión de madera que su saliva ha convertido en pulpa empapada. A diferencia de la ajorca, puede separársele del camión en caso necesario. Al ver aquella espléndida teta de un solo ojo, tira el camión al suelo. Aunque yo la tenga, palpe y acaricie, soy también amanuense de mi hermano.

Shiva, embelesado, me espolea enviándome silenciosas instrucciones: «Tíramela.» Y al ver que no puedo, dice: «Ábrela y mira a ver qué tiene dentro.» Tampoco puedo. La moldeo, la aprieto y veo cómo recupera su forma.

«Métetela en la boca», me dice mi hermano, porque ése es el primer medio que él utiliza para conocer el mundo. Descarto la idea por absurda.

El pecho es cuanto no es Almaz: risueño, enérgico, un miembro extrovertido de nuestra familia.

Cuando intento alzarla para examinarla, la teta me empequeñece las manos y se me escapa entre los dedos. Deseo comprobar cómo llegan todas sus superficies a la cima, el pezón oscuro por el que respira y ve el mundo. El pecho baja hasta mis rodillas, o tal vez hasta las de Almaz, no estoy seguro. Tiembla como gelatina. El vapor se condensa en su superficie y lo vuelve mate. Porta el aroma a jengibre molido y comino en polvo de los dedos de Almaz. Años después, cuando besé por primera vez el seno de una mujer, me entró un hambre voraz.

Un destello de luz y una ráfaga de aire fresco anuncian el regreso de Rosina. Vuelvo a sus brazos, apartado de la teta, que se desvanece tan misteriosamente como había aparecido, engullida por la blusa de Almaz.

Al final de la mañana, cuando hace mucho que el frío ha desaparecido y la niebla se ha levantado, jugamos en el césped hasta que las mejillas se nos enrojecen. Rosina nos da de comer. El hambre y la somnolencia se combinan tan bien como el arroz y el curry, el yogur y los plátanos en nuestro estómago. Es una época de perfección, de apetitos sencillos.

Después de comer, Shiva y yo nos quedamos dormidos, abrazados, alentando cada uno en la cara del otro, las cabezas rozándose. En ese estado de fuga entre vigilia y sueño, la canción que oigo no es la de Rosina, sino *Tizita*, la que cantaba Almaz cuando yo tenía cogido su pecho.

Oiré esa canción durante los años que pase en Etiopía. Cuando me marche de Adis Abeba de joven, la llevaré conmigo en una cinta en que también estará grabado *Aqualung*. La partida o la muerte inminente te obligan a definir tus verdaderos gustos. Durante mis años de exilio, mientras la maltrecha casete vaya deteriorándose, encontraré a etíopes en el extranjero. Mi saludo en nuestro idioma compartido es una chispa, la conexión con una comunidad, una red: el número de teléfono de *Woizero* (señora) Menen, que por una módica cantidad prepara *inyera* y *wot* y te lo sirve en tu casa si la llamas el día antes; el taxista *Ato* (señor) Girma, cuyo primo trabaja para las Líneas Aéreas Etíopes y trae *kib* (mantequilla etíope), porque sin mantequilla de vacas que viven y pacen en prados de alta montaña el guiso sabrá a Kroger, FoodMart o Land O'Lakes. En la festividad del Meskel, si quieres que maten un cordero en Brooklyn, llama a Yohannes, y en Boston prueba en el Reina de Saba. En los años que pase lejos de mi tierra natal, en Estados Unidos, repararé en que los etíopes son invisibles para otros pero muy visibles para mí. Por medio de ellos, encontraré fácilmente otras grabaciones de *Tizita*.

Anhelan compartir, poner la canción en mis manos, como si sólo *Tizita* explicase la extraña inercia que se apodera de ellos; explicase lo brillantes que eran en casa, los Jackson Five, los Temptations y *Tizita* en los labios, un peinado afro perfecto, pantalones de campana balanceándose sobre botas Double-O-Seven, y cómo luego el primer punto de apoyo en Estados Unidos (detrás de la caja de un 7-Eleven, o respirando monóxido de carbono en un aparcamiento subterráneo de Kinney, o tras el mostrador de un quiosco de periódicos o de una tienda de regalos Marriott del aeropuerto) ha resultado ser una trampa, un refugio que temen dejar porque no quieren correr el riesgo de padecer un destino peor que la invisibilidad, es decir, la extinción.

La versión más famosa de *Tizita* es la lenta de Getachew Kassa, un lamento luminoso pero sobrio, inquietante y evocador sobre el telón de fondo de arpegios en acorde menor. Tiene también otra versión con un ritmo latino rápido. Mahmoud Ahmed, Aster Aweke, Teddy Afro... todos los artista etíopes graban un *Tizita*, en Adis Abeba y también en el exilio en Jartum (¡sí, Jartum, lo cual demuestra que hasta en el infierno hay un estudio de grabación). Y por supuesto en Roma, Washington D.C., Atlanta, Dallas, Boston y Nueva York. *Tizita* es el himno del corazón, el lamento de la diáspora, que reverbera arriba y abajo en la calle Dieciocho, en el barrio de Adams Morgan de Washington D.C., donde emana del Fasika's, el Addis Ababa, el Meskerem, el Red Sea y otros restaurantes etíopes, y apaga la salsa o los ragas provenientes de El Rincón y el Queen of India.

Hay un *Tizita* rápido, uno lento, uno instrumental (que popularizaron los Ashantis), uno corto y uno largo... Hay tantas versiones como artistas que graban.

Ese primer verso... me parece oírlo ahora.

Tizitash zeweter wode ene eye metah.
(No puedo dejar de pensar en ti.)

18

Los pecados del padre

En nuestro hogar, si querías hacerte oír tenías que zambullirte en el barullo y abrirte paso hasta primera línea. El vozarrón de Ghosh resonaba y se apagaba hasta convertirse en risa. Hema era el ave canora, pero cuando se irritaba tenía una voz tan afilada como la cimitarra de Saladino, que, según mi *Ricardo Corazón de León y las Cruzadas*, podía cortar un pañuelo de seda que cayera flotando sobre el filo de su hoja. Almaz, nuestra cocinera, tal vez fuese silenciosa externamente, pero movía los labios sin cesar, rezando o cantando, nadie sabía. Rosina consideraba el silencio una ofensa personal y hablaba a las habitaciones vacías y parloteaba con los armarios. Genet, que tenía ya casi seis años, mostraba indicios de parecerse a su madre y nos contaba historias sobre sí misma con un sonsonete, mientras creaba una mitología propia.

Si ShivaMarion hubiesen nacido vaginalmente (algo imposible, habida cuenta de que teníamos las cabezas unidas), Shiva habría sido el primogénito, el mayor. Pero al invertir la cesárea el orden natural del nacimiento, nací primero, fui el mayor por unos segundos y también me convertí en el portavoz de ShivaMarion.

Cuando seguíamos a Hema y Ghosh en la *piazza*, o nos abríamos paso entre coches y camiones hasta Motilal's Garments en el atestado Merkato de Adis Abeba, nunca oí decir a nuestra madre: «Esa camisa azul le quedaría muy bien a Shiva» o «Esas sandalias son perfectas para Marion». Al llegar el doctor Ghosh y la doctora Hema se sacaban las sillas, se les limpiaba el polvo y un muchacho salía a la carrera para volver con Fanta o Coca-Cola tibias y galletas, a pesar de las protestas. Nos tomaban las medidas con cintas métricas, nos pellizcaban las mejillas con manos ásperas y a nuestro alrededor se agrupaba una pequeña multitud a mirar, como si ShivaMarion fuese un león de las jaulas de Sidist Kilo. Como resultado, Hema y Ghosh compraban por partida doble la prenda que creyeran que necesitábamos. Y lo mismo ocurría con los bates de críquet, las estilográficas y las bicicletas. ¿Creería la gente, que exclamaba al vernos «¡Mira! ¡Qué monos!», que habíamos elegido nosotros la misma ropa? Confesaré que en la única ocasión que intenté vestir diferente de Shiva me sentí incómodo cuando nos miramos en el espejo. Como si llevase la bragueta abierta; simplemente no quedaba bien.

Nosotros «los Gemelos» éramos famosos no sólo porque vestíamos igual, sino porque corríamos de un sitio a otro a gran velocidad, pero siempre al mismo paso, un cuadrúpedo que sólo conocía una forma de llegar de un punto a otro. Cuando ShivaMarion se veían obligados a caminar, se pasaban mutuamente el brazo por el hombro y, unidos así, iban al trote más que andando, campeones de la carrera de tres pies antes de que supiésemos que tal cosa existía. Cuando nos sentábamos, compartíamos la silla, porque nos parecía que no tenía sentido ocupar dos. Hasta usábamos juntos el retrete, dirigiendo un doble chorro al vacío de porcelana. Considerándolo en restrospectiva, cabría decir que éramos bastante responsables de que nos tratasen como a un colectivo.

«Di a los Gemelos que vengan a cenar.»

«Niños, ¿no es la hora de vuestro baño?»

«ShivaMarion, ¿queréis cenar espaguetis o *inyera* y *wot*?»

Siempre usaban un «vosotros» o «vuestro», nunca se trataba de uno de nosotros. Cuando contestábamos a una pregunta, nadie se fijaba en quién respondía; y la respuesta de uno era la respuesta de ambos.

Tal vez los adultos creyesen que mi diligente e industrioso hermano Shiva era por naturaleza parco en palabras. Si el sonido de la ajorca, que él insistía en seguir llevando, contase como charla, entonces era un charlatán que sólo se callaba cuando enfundaba las campanillas en el calcetín para ir al colegio. Tal vez los adultos creyeran que yo no daba a Shiva demasiadas oportunidades de hablar (lo cual era cierto), pero nadie quería decirme que me callase. De todas formas, con el barullo de nuestra casa, donde se reunía dos veces por semana el grupo del bridge, y en el Grundig giraba un disco de 78 rpm, y donde los platos vibraban con los torpes pasos de Ghosh en sus esfuerzos por aprender la rumba y el chachachá, los adultos tardaron dos años en darse cuenta de que Shiva había dejado de hablar.

Cuando éramos pequeños, lo consideraban el más delicado: Stone había intentado aplastarle el cráneo antes de que Hema nos salvase. Pero Shiva había coronado puntualmente todas las etapas del desarrollo: alzó la cabeza en el mismo instante que yo y gateó cuando llegó la época de hacerlo. Dijo «Amma» y «Ghosh» en su momento justo, y ambos decidimos caminar cuando nos faltaba un mes para cumplir el año. Hema y Ghosh se tranquilizaron. Según ella, olvidamos cómo se andaba pocos días después de dar los primeros pasos porque aprendimos a correr. Shiva habló cuanto necesitaba hasta bien entrado su cuarto año, pero por entonces empezó a reservarse tranquilamente sus palabras.

He de decir que mi hermano reía o lloraba en los momentos adecuados; a veces actuaba como si estuviese a punto de comentar algo justo cuando lo decía yo; interrumpía mis palabras con exclamaciones de su ajorca y cantaba vigorosamente *la-la-la* conmigo en el baño. Pero en lo tocante a palabras textuales, no las necesitaba en absoluto. Leía con fluidez, aunque se negase a hacerlo en voz alta. Podía sumar y restar grandes cifras sólo con una ojeada, garrapateando la solución mientras yo aún seguía llevando el uno y contando con los dedos. Tomaba notas continuamente para sí, o para otros, y las dejaba en cualquier sitio como boñigas. Dibujaba de maravilla, pero en los lugares más insospechados, como en cartones o el dorso de las bolsas de papel. Lo que más le gustaba dibujar en aquella etapa era a Veronica. Teníamos en casa un ejemplar del cómic de Archie, que yo había comprado en la librería Papadaki; las tres viñetas de la página 16 trataban sobre Veronica y Betty. Shiva podía reproducir la página, con bocadillos, textos y sombreado. Era como si tuviese una fotografía almacenada en la cabeza y fuese capaz de reproducirla en papel cuando quisiera. No se olvidaba de nada, ni siquiera del número de página ni de la mancha de la mosca que había hallado la muerte en el margen del tebeo. Me di cuenta de que siempre acentuaba la curva debajo del pecho de Veronica, sobre todo si se comparaba con la de Betty. Comprobé el original y, por supuesto, allí estaba la línea, pero la de Siva era más gruesa y oscura. A veces improvisaba y se apartaba de la imagen original, dibujando los pechos tan puntiagudos como misiles a punto de ser disparados o como globos pendulares que se cernían sobre las rótulas.

Genet y yo encubríamos el silencio de Shiva. Yo lo hacía de forma inconsciente; si era demasiado charlatán se debía a que me daba cuenta de que era necesario producir palabras por ShivaMarion. Por supuesto, no tenía ningún problema de comunicación con Shiva. A primera hora de la mañana, la sacudida de su ajorca (*ching-ding*) decía: «Marion, ¿estás despierto?» *Dish-ching* significaba «Hora de levantarse». Rozar su cráneo con el mío quería decir: «Levántate y enciende, dormilón.» Bastaba que uno de nosotros pensase que había que hacer algo para que casi seguro el otro se levantase a hacerlo.

Fue la señora Garretty en el colegio quien descubrió que Shiva había renunciado a hablar. El Colegio Rural y Urbano Loomis gustaba a los comerciantes, diplomáticos, asesores militares, médicos, profesores, representantes de la Comisión Económica para África, la OMS, la UNESCO, la Cruz Roja, UNICEF y sobre todo de la recién creada OUA (Organización para la Unidad Africana). El emperador había regalado el Africa Hall, un edificio impresionante, a la OUA en ciernes, en una astuta iniciativa pensada para que el cuartel general de la organización se radicara en Adis Abeba, y ya estaba potenciando la actividad comercial de todos, desde las chicas de alterne a los importadores de Fiat, Peugeot y Mercedes. Los hijos de los de la OUA podrían haber ido al Lycée Gebremariam, un impresionante edificio que se alzaba en la parte más empinada de la calle Churchill. Pero los enviados de los países francófonos (Malí, Guinea, Camerún, Costa de Marfil, Senegal, Mauricio y Madagascar) tenían visión de futuro, así que los coches con matrícula diplomática llevaban a *les enfants* más allá del *lycée*, hasta el Colegio Rural y Urbano Loomis. Para completar la lista, he de mencionar el San José, donde, según la enfermera jefe, los jesuitas, soldados de infantería de Cristo, creían en Dios y la Férula. Pero el San José era sólo de chicos, lo que lo descartaba en nuestro caso por Genet.

¿Por qué no el mundo turbulento de las escuelas públicas? Si hubiésemos acudido a una de ellas, seguramente hubiéramos sido los únicos niños no nativos, y figurado entre una minoría con más de un par de zapatos y un hogar con agua corriente e instalaciones sanitarias. Hema y Ghosh creyeron que la mejor elección era enviarnos al Loomis, dirigido por expatriados británicos. Nuestros profesores disponían de sus títulos de bachillerato y algún que otro certificado de enseñanza. Es asombroso cómo una prenda de crepé negra sobre una chaqueta o una blusa confiere la *gravitas* de un profesor de Oxford a un apostador barriobajero o una florista de Covent Garden. El acento no tenía importancia en África, siempre que fueses extranjero y tuvieses el color de piel adecuado.

El ritual: ése era el bálsamo que suavizaba la actitud de los padres respecto a lo que recibían a cambio de lo que pagaban en Loomis. Gimnasio, día de la competición atlética, el carnaval del colegio, la función de Navidad, el teatro del colegio, la noche de Guy Hawkes, el día del fundador y el de la graduación. Llevábamos tantos avisos mimeografiados a casa que Hema se mareaba. Estábamos asignados a la Casa del Lunes o la del Martes o la del Miércoles, cada una con sus colores, equipos y directores. El día de la competición atlética luchábamos por la gloria de nuestra Casa y por la copa Loomis. El señor Loomis nos dirigía todas las mañanas en el salón de actos en la oración colectiva y luego leía la Biblia en una versión oficial revisada, y después cantábamos a grito pelado el himno correspondiente del himnario azul mientras algún profesor acometía los acordes aporreando el piano del salón.

Estoy convencido de que uno puede comprar en Harrods de Londres un equipo que permita a un inglés emprendedor crear un colegio británico en cualquier lugar del Tercer Mundo. Incluye togas negras, boletines de notas preimpresos para el trimestre de otoño, el de Cuaresma y Pascua, así como himnarios, insignias de prefecto y un programa de estudios. Sólo se trata de montar las piezas.

Por desgracia, el índice de alumnos del Loomis que aprobaban el Certificado de Enseñanza General Básica era terrible en comparación con los colegios públicos. En estos centros, los profesores indios eran todos licenciados a quienes el emperador contrataba en el estado cristiano de Kerala, tierra de la hermana Mary Joseph Praise. Si se le pregunta a un etíope en el extranjero si aprendió por casualidad matemáticas o física con un profesor llamado Kurien, Koshy, Thomas, George, Varugese, Ninan, Mathews, Jacob, Judas, Chandy, Eapen,

Pathros o Paulos, lo más probable es que se le ilumine la cara. Esos profesores se habían formado en el ritual ortodoxo que santo Tomás llevara al sur de la India. Pero, en calidad de profesores, el único ritual que les preocupaba era grabar la tabla de multiplicar y la periódica, junto con las leyes de Newton, en los cerebros de sus alumnos etíopes, todos listos y con grandes aptitudes para la aritmética.

Mi tutora, la señora Garretti, llamó a Hema y Ghosh al final de un día que me quedé en casa porque tenía fiebre y no fui al colegio. Nos conocía como los adorables gemelos Stone, aquellos niños encantadores de cabello oscuro y ojos claros, que vestían igual, cantaban, corrían, dibujaban, saltaban, batían palmas y parloteaban en clase, felices y sin medida. El día que falté a clase, Shiva corrió, dibujó, saltó y batió palmas, pero no pronunció ni una sola palabra y, cuando le pidieron que hablase, no lo hizo porque no quería o no podía.

Hema pasó de no dar crédito a culpar a la señora Garretti, para a continuación culparse a sí misma. Anuló las clases de baile en el Juventus Club, justo cuando Ghosh había conseguido dominar el foxtrot y podía ya circunnavegar una habitación. La platina del tocadiscos disfrutó de su primer descanso en años. Los habituales del bridge se mudaron a la vieja casa de Ghosh, que él usaba como despacho y consultorio para pacientes privados.

Hema sacó a Kipling, Ruskin, C.S. Lewis, Poe, R.K. Narayan y muchos otros de las bibliotecas del British Council y del USIS, el Servicio de Información de Estados Unidos. A última hora del día se turnaban ambos para leernos, convencidos de que la gran literatura estimularía la facultad de hablar en Shiva. En aquel mundo pretelevisivo resultaba entretenido, salvo en el caso de C.S. Lewis, cuyos armarios mágicos no me gustaban; y en el de Ruskin, al que ni Ghosh ni Hema eran capaces de entender ni leer durante mucho rato. Pero insistían, con la esperanza de que como mínimo Shiva les gritase que pararan, como hacía yo. Seguían leyendo incluso cuando nos dormíamos, porque Hema creía que se podía influir en el subconsciente. Lo mismo que les había preocupado la supervivencia de Shiva al nacer, les angustiaban ahora los posibles efectos de los anticuados instrumentos obstétricos que aplicaran a su cabeza. Lo intentaron todo para conseguir que hablase.

Pero Shiva continuó mudo.

• • •

Un día, poco después de que cumpliésemos ocho años, al llegar a casa después del colegio nos encontramos con que Hema había puesto un encerado en el comedor, junto al que estaba de pie con la tiza lista y un destello maníaco en la mirada, y ejemplares de *Caligrafía de Bikham Simplificada (para Jóvenes Oficinistas)* en el sitio que ocupábamos cada uno de nosotros. Encima de cada cartilla había una pluma Pelikan nueva, resplandeciente, la Pelícano, el sueño de todos los niños del colegio, y además con cargas... una auténtica novedad.

Años después me alegraría de ser un cirujano con buena caligrafía. Mis notas en el historial clínico tal vez diesen cierta idea de habilidades similares con el bisturí (aunque diré que no es una norma, y tampoco es cierto lo contrario: que la caligrafía torpe sea indicio de una mala técnica quirúrgica). Un día agradecería a regañadientes a Hema que nos obligara a escribir en los estilos redondos y pomposos:

El ejercicio frecuente estimula el conocimiento.
El arte pule y mejora el carácter.
La fortuna es una amante bella, pero veleidosa.
El ayer malgastado no puede recuperarse.
La vanidad vuelve despreciable la belleza.
Vale más la sabiduría que la riqueza.

Shiva ya estaba manipulando su Pelícano. Genet no decía nada; en cuestiones como éstas, su posición era delicada.

Me mantuve reacio, pues no confiaba en la motivación de Hema: el sentimiento de culpa conduce a la acción justiciera, pero raras veces a la justa. Además, había soñado con un desfile especial de mis piezas de Mecano por un camino sinuoso que había hecho en un terraplén bajo cerca de la casa. El cronometraje de Hema era horroroso.

—¿Por qué no podemos salir a jugar? No quiero hacer esto —protesté.

Hema frunció la boca, como si estuviera considerando no lo que había dicho sino a mí, mi obstinación. Al menos de forma inconsciente, me culpaba de lo que le ocurría a Shiva. Creía que yo e incluso Genet habíamos camuflado su silencio con un manto de cháchara.

—Habla por ti, Marion —repuso.

—Ya lo he hecho. ¿Por qué no podemos... por qué no puedo salir a jugar?

Shiva ya había cargado la pluma.

—¿Por qué? Ahora te lo explicaré: pues porque en el colegio no haces más que jugar. Tengo que comprobar qué aprendes en realidad. ¡Así que siéntate, Marion!

Genet se sentó en su sitio tranquilamente.

—No. No es justo. Además, no ayudará a Shiva.

—Marion, antes de que te retuerza la oreja...

—¡No hablará hasta que esté preparado! —grité, y salí de allí.

Doblé corriendo una esquina de la casa, cobrando velocidad en el giro. En la segunda esquina, fui a dar directamente contra el ancho pecho de Zemui, y se me ocurrió que Hema había enviado al militar a buscarme.

—¿Dónde es la guerra, primo? —preguntó él sonriendo y soltándome. Llevaba el uniforme verde oliva tan pulcro y ajustado como siempre. El cinturón, la pistolera y las botas marrones relucían. Como en un acto reflejo, dio un taconazo con el pie derecho y saludó con vigor suficiente para que le rebotasen los dedos.

El sargento Zemui era el chófer de un coronel de la Guardia Imperial: Mebratu, a quien Ghosh había salvado la vida en una operación años atrás. Había estado bajo sospecha en tiempos, pero ahora gozaba del favor del emperador. Era al mismo tiempo comandante en jefe de la Guardia Imperial y oficial de enlace con los agregados militares de Inglaterra, India, Bélgica y Estados Unidos, países todos ellos con presencia en Etiopía. Sus tareas lo obligaban a asistir a menudo a fiestas y recepciones diplomáticas, por no mencionar las noches habituales de bridge en nuestra casa. El pobre Zemui sólo podía iniciar su largo camino de vuelta a casa con su mujer y sus hijos cuando la cabeza de su jefe descansaba sobre la almohada y el coche oficial quedaba en la cochera. Mebratu había asignado a Zemui una motocicleta para facilitar sus idas y venidas. Como Zemui, que vivía cerca del Missing, no quería destrozar los neumáticos en la pista de piedras y guijarros que conducía a su casa, había pedido permiso a Ghosh para aparcar la moto en nuestra cochera, donde aquella valiosa máquina estaba a resguardo de los elementos y los vándalos.

—Justo la persona a quien quería ver —dijo Zemui—. ¿Qué pasa, mi pequeño amo?

—Nada —contesté, de pronto desconcertado, pues mis problemas parecían insignificantes ante un militar que acababa de cumplir el período destinado en la guerra civil del Congo con las fuerzas de pacificación de la ONU—. ¿Cómo es que vienes a buscar la moto tan tarde?

—El jefe estuvo en una fiesta hasta las cuatro de la mañana. Cuando lo dejé en casa amanecía. Me ha dicho que puedo volver a última hora del día. Escucha, ven, siéntate. Quiero que me leas otra vez esta carta.

Se acomodó en el borde del porche delantero, extrajo el aerograma azul y rojo del bolsillo del pecho y me lo tendió. Se quitó el salacot para sacar un cigarro a medio fumar que tenía cuidadosamente guardado debajo de una de las cintas exteriores. El salacot, como los de los exploradores blancos de antaño, era exclusivo de la Guardia Imperial, identificable de lejos.

—Zemui, ¿puedo leerlo más tarde? Es que me persigue Hema. Si me coge, me corta la lengua.

—Vaya, eso es grave. —Guardó la carta, pero me di cuenta de su decepción—. ¿Crees que Darwin habrá recibido ya mi carta?

—Estoy seguro de que su respuesta está al llegar. La recibirás un día de éstos.

Me saludó y siguió su camino hacia la parte trasera de la casa.

Darwin era un militar canadiense que había resultado herido en Katanga, cuya carta había leído a Zemui tantas veces que me la sabía de memoria. En ella le decía que en Toronto hacía frío y nevaba. A veces, estaba desanimado y no sabía si llegaría a acostumbrarse a su pierna de madera. «¿En Etiopía hay mujeres que se interesen por un hombre blanco con una sola pierna y la cara toda cicatrizada? ¡Ja, ja!» Decía que no tenía mucho, pero que si su camarada Zemui necesitaba algo alguna vez, él, Darwin, se lo daría, porque jamás olvidaría que le había salvado la vida. Le había contestado en inglés por Zemui, traduciendo lo mejor que podía, mientras me preguntaba cómo habrían conversado ambos en el Congo. Zemui me enseñó un colgante de oro con un molinillo que llevaba al cuello, una cruz de Santa Brígida, que el herido Darwin le había obligado a aceptar cuando se habían separado en el campo de batalla.

Al ver a Rosina, que me miraba mientras Zemui caminaba hacia ella, salí a la carrera de nuevo, sintiendo un vacío en el lugar donde mi hermano debería haber estado corriendo a mi lado.

• • •

La sepultura de mi madre, con su halo de rosas recién cortadas y la inscripción DESΓANSA EN BRAθOS DE IEΣUΣ, no ejercía ninguna fascinación en mí. Pero percibía su presencia en la sala del autoclave, junto al Quirófano 3, un aroma, un sentimiento muy vinculado al mío. Fue allí adonde me llevaron mis pasos; no era la elección más inteligente como escondite.

Nunca entendí la resistencia de Shiva a visitar aquella estancia. Tal vez lo considerase una traición a Hema, que había estado pendiente de cada aliento suyo, que se había atado con una cuerda a la ajorca de su tobillo. Entrar allí era una de las pocas cosas que yo hacía solo.

Sentado en el asiento de mi madre, aspirando el olor a desinfectante de la rebeca, hablaba con ella, o quizá conmigo mismo. Me quejaba de la injusticia que se cometía en casa; confesaba mi mayor miedo: que Hema y Ghosh desapareciesen un día, lo mismo que Stone y la hermana Mary ya no estaban en nuestras vidas. Ésa era una razón para que holgazanease en torno a la puerta de entrada del Missing... ¿quién podía asegurar que Thomas Stone no volvería? Me imaginaba una alegre mañana en que el aire fuese tan frío y vigorizante que se oyera crujir, en que Gebrew abriera las puertas y, en vez de la estampida de pacientes, allí estuviese Stone. El hecho de que no tuviese ni idea de su aspecto, ni del de mi madre, no obstaba para esta fantasía. Posaría la vista en mí. Tras unos segundos, sonreiría orgulloso.

Yo necesitaba creer en ello.

Regresé a casa dispuesto a afrontar la música, pues la había, por supuesto, y Hema estaba dirigiendo a Genet y Shiva en la danza. Los tres llevaban ajorcas de baile, no la normal de mi hermano, sino grandes correas de cuero con cuatro anillos concéntricos de campanillas de bronce. Habían arrimado la mesa del comedor a la pared. Se trataba de música tradicional india con un ritmo alegre de timbal para marcar el ritmo. Hema se había recogido el sari de forma que tenía un extremo entre las piernas, como si fuese un pantalón, y había enseñado a Shiva y Genet una compleja serie de pasos y poses mientras yo estaba fuera. Los brazos se movían hacia dentro, hacia fuera, se juntaban, señalaban, bajaban, tensaban un arco, disparaban una flecha imaginaria, mientras ellos miraban hacia este lado y hacia el otro, deslizaban los pies y se oía el campanilleo de las ajorcas cada vez que golpeaban el suelo con los talones. Me dolía verlo.

Shiva, Genet y yo habíamos llegado al mundo casi al mismo tiempo. (Genet estaba medio paso por detrás y en un útero situado enfrente de nosotros, pero nos había alcanzado.) De pequeños intercambiábamos libremente biberones y chupetes, para gran disgusto de Hema. La tendencia de Shiva a meterse de un salto en cubos, charcos o zanjas llenos de agua aterraba a los adultos, que temían que se ahogase. Para mantenerle alejado de aguas más profundas, la enfermera jefe compró una piscina portátil Joy Baby, donde chapoteamos los tres desnudos y posamos para fotografías que algún día nos avergonzarían. Nuestro primer circo, nuestra primera matinée, nuestro primer cadáver: llegamos juntos a esos hitos. En nuestra casa arbórea, nos habíamos arrancado postillas hasta encontrar lo rojo y habíamos hecho un pacto de sangre según el cual los tres mosqueteros permaneceríamos unidos y no admitiríamos a nadie más.

Ahora habíamos llegado a otra primera experiencia: una separación. Yo estaba fuera, mirando al interior. Hema me indicó por señas que me incorporase; se le había pasado el enfado. El sudor le perlaba la frente y tenía mechones de pelo pegados a las mejillas. Si pensaba castigarme, tal vez se diera cuenta por mi expresión que ya lo había hecho.

Genet parecía más femenina con una ajorca, más bien una chica antes que el marimacho que yo conocía. Nunca había prestado demasiada atención a esas cosas. En nuestros juegos, era como cualquier chico. Pero ahora, mientras bailaba, se distanciaba un paso, esforzándose; pese a su gracilidad y elegancia naturales, en grado extraordinario además, parecía que la ajorca hubiese liberado en ella esas cualidades. Aunque se retrasase o hiciese mal un giro, era de pronto (y no pude evitar fijarme) una chica de pies a cabeza.

Mi hermano gemelo no se equivocaba. Me di cuenta de que había aprendido el baile enseguida. Tenía una forma especial de alzar la barbilla, como si temiese que de lo contrario los rizos que mantenía en equilibrio en la cabeza se deslizasen, lo que le hacía parecer más alto, más erguido que yo. Aquel gesto suyo se exageraba en el baile. Cuando estaba excitado, sus iris pasaban del castaño al azul, como en aquellos momentos, mientras taconeaba al unísono con Hema y la seguía en cada inclinación y floreo. Parecía que la ajorca lo moviese imitando el sonido de las ajorcas de Hema, el movimiento preciso de su cuerpo. Observé a aquella criatura delgada y ágil como si la viera por primera vez.

Mi hermano, que podía dibujar cualquier cosa de memoria y calcular mentalmente cifras inmensas con facilidad, había encontrado ahora un vehículo nuevo de locomoción y otro lenguaje para expresar su voluntad. Al margen de mí. No quería sumarme a ello; estaba seguro de mi torpeza. Sentía envidia, casi como si fuese un niño impedido, por ser incapaz de participar más que por no desear hacerlo.

—Traidor —mascullé.

Pero desde luego me oyó; su oído era bueno y habría captado lo que yo dijese aunque sólo lo hubiera murmurado.

Mi hermano gemelo, mi compañero de cráneo, aquel diosecillo danzante desvió la vista y me eludió, alejándose.

19

A los perros, su merecido

La semana antes de que Shiva prescindiese de su ajorca, íbamos todos en el coche camino de la ciudad cuando se nos cruzó una motocicleta con la sirena encendida. Nos indicó que nos apartásemos.

—De acuerdo, de acuerdo —dijo Ghosh, echándose a un lado—. Su majestad imperial Haile Selassie primero; el León de Judá necesita toda la calle.

Nos desviamos hacia la avenida Menelik II. Al fondo de la cuesta estaba el Africa Hall, que parecía una caja de acuarelas colocada de pie. Sus paneles color pastel pretendían remedar los dobladillos de vivos colores del *shama* tradicional. A la entrada de la sede central de la Organización para la Unidad Africana, todas las banderas de los países africanos ocupaban su lugar correspondiente. A pesar de su corta existencia ya habían honrado con su presencia el edificio personalidades como Nasser, Nkrumah, Obote y Tubman.

Al otro lado de la avenida se hallaba el Palacio del Jubileo del Emperador. Centinelas de la Guardia Imperial a caballo flaqueaban la entrada. La residencia imperial se alzaba detrás de unos espléndidos jardines como una pálida alucinación del Palacio de Buckingham. De noche, el edificio iluminado por los reflectores brillaba como marfil. Como era propio de aquella época del año, uno de los pinos del recinto estaba adornado con luces, convertido en un árbol de Navidad gigante.

Peatones, carros, coches, todo se había inmovilizado. Un hombre descalzo de ojos lechosos se quitó el maltrecho sombrero, dejando al descubierto un cerco de cabellos grises rizados. Tres mujeres vestidas de luto, paraguas sobre la cabeza, esperaban también a nuestro lado, sudadas por el esfuerzo de haber caminado cuesta arriba. Una de ellas se sentó en la acera y se quitó el calzado de plástico. Dos jóvenes que estaban de pie parecían enfadados por tener que pararse.

—A lo mejor nos lleva su majestad —comentó la mujer que se había sentado—. Dile que no podemos pagar el autobús. Los pies están matándome.

El viejo miró indignado, moviendo los labios como si estuviese acumulando saliva para castigarla por semejante blasfemia.

Pasó a gran velocidad un Volkswagen verde con sirena y altavoz. Nunca había pensado que un coche de ésos pudiese ir tan deprisa.

—Apuesto a que su majestad va en el Lincoln nuevo —le dije a Ghosh.

—Lo más probable es que no.

Era 1963, el año que asesinaron a Kennedy. Según un compañero de colegio cuyo padre era miembro del Parlamento, el Lincoln era el coche utilizado por el presidente Kennedy, pero no aquel en que le habían disparado. El Lincoln estaba cubierto y resultaba espectacular, no por por sus curvas, sino por su longitud inverosímil. Por la ciudad circulaba un chiste según el cual el emperador, para llegar del Palacio Antiguo, que quedaba en la cima de la colina, donde despachaba sus asuntos, hasta el del Jubileo, que estaba abajo, sólo tenía que subir al asiento de atrás y salir por el de delante.

De los veintiséis vehículos que su majestad tenía a su disposición, veinte eran Rolls Royce. Uno, un regalo navideño de la reina de Inglaterra. Intenté imaginar qué más habría bajo el árbol de Navidad de un monarca.

Pasó lentamente un Land Rover (de la Guardia Imperial, no de la policía), con la puerta de atrás abierta, hombres con metralletas apoyadas en los muslos mirando hacia fuera. Oímos un estruendo que sonó a tambores de guerra y una falange de ocho motocicletas de dos en fondo surgió de la nada; el aire brillaba en torno a las aletas del motor. El sol resplandecía en el cromo de los faros y las defensas. Pese a sus uniformes negros, cascos blancos y guantes, los motoristas me recordaron a los guerreros de ojos desorbitados y melenas de mono que bajaban de las montañas a caballo en el aniversario de la caída de Mussolini, y que parecían malvados y ansiosos por volver a matar.

La tierra se estremeció cuando las Ducati pasaron deslizándose, inmensas reservas de caballos de potencia listas para liberarse con un giro de la muñeca.

El Rolls Royce verde de su majestad estaba tan bruñido que parecía un espejo. Desde un asiento elevado, el emperador miraba por las ventanillas especialmente diseñadas para que los monarcas viesen y fuesen vistos. En la estela de las motocicletas, aquel vehículo era casi silencioso, salvo por un levísimo resuello de las válvulas.

—Con lo que ha costado eso podríamos alimentar a todos los niños del Imperio durante un mes —murmuró Ghosh.

El anciano que estaba a nuestro lado se había arrodillado y cuando el Rolls llegó a nuestra altura besó el asfalto.

Vi al emperador con toda claridad, con su perrita *Lulú* en el regazo.

Su majestad nos miró directamente y sonrió cuando nos inclinamos. Juntó las palmas de las manos en un *namaste* y se alejó.

—¿Lo has visto? —preguntó Hema emocionada—. ¿Has visto lo que ha hecho?

—En tu honor —contestó Ghosh—. Sabe quién eres.

—No seas tonto, ha sido el sari. De todas formas, ¡qué amable!

—¿Basta con eso para influir en ti? ¿Un *namaste*?

—Déjalo ya, Ghosh. No me interesa nada la política. Me cae bien el viejo.

El Rolls giró hacia las puertas del palacio. Los motoristas y el Land Rover pararon al otro lado de la entrada. Los dos guardias a caballo, resplandecientes con sus pantalones verdes, sus chaquetas blancas y sus salacots blancos, presentaron armas.

Un solitario policía mantuvo a raya al grupo habitual de solicitantes que aguardaban a un lado de las puertas. Una anciana que agitaba su documento debió de llamar la atención del emperador, porque el Rolls se detuvo. Vi a la pequeña chihuahua cabeceando con las patas en la ventanilla y ladrando. La anciana hizo una reverencia y entregó su documento por la ventanilla asiéndolo con ambas manos.

Parecía hablar. Y era evidente que el emperador la escuchaba. La anciana se animó, gesticulando con las manos, balanceando el cuerpo, y entonces pudimos oírla con claridad.

El coche emprendió la marcha, pero la mujer no había terminado. Intentó correr con el Rolls, sin apartar los dedos de la ventanilla, pero como no pudo mantener el paso empezó a gritar: *Leba, leba!* (¡Ladrón, ladrón!). Miró alrededor buscando una piedra, en vano, así que se quitó un zapato y lo lanzó contra el maletero antes de que nadie pudiese intervenir. Luego, únicamente vi alzarse la porra del policía y acto seguido a la anciana en el suelo como un saco caído. Las puertas de palacio se cerraron. Los motoristas corrieron y empezaron a aporrear a quienes estaban junto a las verjas, sin hacer caso de sus gritos. La anciana, inmóvil, recibió una patada brutal en las costillas. Los centinelas a caballo miraban al frente; a las disciplinadas y tranquilas monturas sólo se les movía algún músculo por reflejo nervioso.

Estábamos asombrados. Los dos jóvenes que había detrás soltaron risitas y se alejaron rápidamente.

—¡¿Cómo han podido hacerle eso a una abuela?! —exclamó la mujer que estaba a nuestro lado llevándose las manos a la cabeza.

El anciano, con el sombrero en la mano, guardó silencio, aunque me di cuenta de su conmoción.

Cuando nos alejábamos vi que los motoristas estaban ocupándose del policía, dándole una paliza, pues había cometido el error de no atizar el porrazo a la anciana antes de que abriese la boca y provocara esa situación tan embarazosa para todos.

Ahora, tantos años después, a pesar de haber sido testigo de mucha más violencia, esa imagen sigue grabada en mi memoria con toda claridad. Los porrazos inesperados a aquella anciana, segundos después de que el emperador la hubiese saludado tan cordialmente, me parecieron una traición, y me conmocionó darme cuenta de que Hema y Ghosh se mostraban impotentes ante eso y no podían ayudar.

En mi mente, aquella chihuahua de ojos saltones también participaba en la crueldad. Era la única criatura a la que se permitía caminar delante de su majestad, y comía y dormía mejor que la mayoría de sus súbditos. A partir de aquel día, vi con nuevos ojos al emperador y a *Lulú*, perra presuntuosa a la que aborrecí definitivamente.

• • •

Si *Lulú* era la emperatriz canina de Etiopía, nuestra *Kuchulu* y los dos perros anónimos eran el campesinado. La había llamado *Kuchulu* un dentista persa que trabajó por un corto período en el hospital. En Etiopía, bautizar a un perro es salvarlo. Los dos perros sin nombre del Missing tenían un pelaje sarnoso tan manchado de barro y brea que era imposible saber a ciencia cierta cuál era su tono original. Durante las largas lluvias, cuando todos los perros buscaban cobijo, aquellos dos se quedaban fuera para no arriesgarse a una patada en la cabeza. Era muy posible que en realidad se tratara de una sucesión de perros callejeros que por casualidad llegaran de visita de dos en dos.

Cuando el dentista persa desapareció, la hermana Mary se encargó de alimentar a *Kuchulu*. Al morir ella, empezó a hacerlo Almaz. Los ojos de aquel animal eran oscuras perlas que traslucían un espíritu travieso y juguetón con el que las decepciones de la vida no habían podido. Ya se que, teóricamente, los perros no poseen cejas, pero juro que *Kuchulu* tenía unos pliegues que podían moverse de forma independiente. Transmitían temor, alegría e incluso una expresión aturdida que me recordaba la del Gordo y el Flaco, los famosos Laurel y Hardy, cuyas películas veíamos en el Cinema Adua. Ni siquiera se planteaba que aquella perra entrase en la casa, pues las vacas serían sagradas, pero los perros no.

No supimos que estaba preñada hasta la jornada siguiente a Año Nuevo, cuando, después de dos días sin verla, justo antes de salir para el colegio la encontramos detrás del montón de leña, en un pequeño hueco que había debajo. Nuestra linterna reveló su absoluto agotamiento, que apenas le permitía levantar la cabeza y que explicaba aquellos ovillos de piel que culebreaban en su vientre.

Corrimos a llamar a Hema y Ghosh, y luego a la enfermera jefe para comunicarles la emocionante noticia. Pensamos nombres. Retrospectivamente, creo que deberíamos habernos percatado del escaso entusiasmo mostrado por los adultos.

El taxi nos dejó en la entrada del Missing después de clase. Acabábamos de coronar la cuesta cuando los vimos, aunque al principio no supimos de qué se trataba. Los cachorros estaban en una bolsa grande de plástico, atada con una cuerda al tubo de escape de otro taxi. Después nos enteramos de que el taxista, al ver salir a Gebrew con la camada, le había propuesto un medio más limpio para librarse de los cachorros que ahogarlos. El vigilante, que sentía un respeto reverencial por las máquinas, se dejó convencer fácilmente.

El taxista puso el motor en marcha, la bolsa se hinchó y en unos segundos el coche se caló. *Kuchulu*, que aquella mañana apenas podía caminar, se lanzó a las ruedas intentando morder la bolsa llena de humo. En su interior, sus cachorros, con los hocicos hinchados de apretarse contra el plástico, daban volteretas unos sobre otros buscando una salida. La expresión de la perra iba más allá del dolor: estaba enloquecida y desesperada. A algunos pacientes del hospital y transeúntes les resultaba entretenido el espectáculo, de modo que se había congregado una pequeña multitud. Yo estaba atónito, no daba crédito. ¿Se trataría de algún ritual necesario en la cría de cachorros del que no tenía noticia? Aunque cometí el error de seguir el ejemplo de los adultos que lo presenciaban, en el fondo me sentía igual que *Kuchulu*.

Pero Shiva no tomó ejemplo de nadie. Se precipitó hacia el coche para intentar desatar la bolsa de plástico del tubo de escape y se quemó las manos. Entonces se arrodilló y rompió la gruesa envoltura. Pese a sus pataleos y forcejeos, Gebrew consiguió apartarlo de allí. Sólo se dio por vencido cuando vio que los cachorros estaban completamente inmóviles, que eran un montículo de piel. Miré a Genet y su expresión sombría me informó que estaba conmocionada. Su semblante revelaba que conocía muy bien el trasfondo del mundo en que vivíamos y que se había dado cuenta de lo que ocurría mucho antes que nosotros. Nada la sorprendía.

Jamás comprendí cómo pudo perdonarnos *Kuchulu* y seguir en el Missing; el animal nada sabía de las cuotas y edictos de la enfermera jefe referentes a los perros del hospital, del mismo modo que nosotros ignorábamos que Gebrew, cumpliendo órdenes, había separado varias veces de las mamas de *Kuchulu* a sus crías con intención de ahogarlas.

Shiva se había hecho rasponazos en las rodillas y ampollas en las manos. Hema, Ghosh y la enfermera jefe acudieron enseguida a urgencias para vernos.

Ghosh aplicó Silvadene en las heridas de mi hermano y le vendó las rodillas. Los adultos no tenían ningún comentario que hacer sobre los cachorros.

—¿Por qué dejasteis que Gebrew lo hiciera? —pregunté. Ghosh miraba fijamente las vendas; aunque era incapaz de mentirnos, en aquel caso nos había ocultado el conocimiento de los hechos.

—No echéis la culpa a Gebrew —pidió la enfermera jefe—. Cumplía mis instrucciones. Lo siento. No podemos tener montones de perros vagabundos por el Missing.

No parecía una disculpa.

—*Kuchulu* lo olvidará —aseguró Hema con suavidad—. Los animales no tienen esa clase de memoria, cariño.

—¿Lo olvidaréis vosotros si alguien me mata a mí o a Marion?

Los adultos me miraron, pero no era yo quien había hablado. Además, estaba por lo menos a dos metros y medio de donde vendaban a Shiva. Sus iris habían pasado del castaño a un azul acerado y las pupilas se le habían reducido a cabezas de alfiler. Con la barbilla más alzada que nunca, dejando el cuello al descubierto, miraba nariz abajo a un mundo poblado de gente por la que parecía sentir un desdén absoluto.

«¿Lo olvidaréis vosotros si alguien me mata a mí o a Marion?»

Aquellas palabras estaban formadas en la laringe, moduladas con los labios y la lengua de mi hasta entonces silencioso hermano. Para ser las primeras que pronunciaba en años, había construido una frase que ninguno de nosotros dejaría de recordar.

Los adultos observaron a Shiva y luego a mí. Cabeceé señalando a mi hermano.

—Shiva... ¿qué has dicho? —susurró al fin Hema.

—¿Os olvidaréis de nosotros mañana si alguien nos mata hoy?

Hema se acercó con intención de abrazarlo, llorando de alegría. Pero él se apartó de ella, de todos, como si fuesen asesinos. Se inclinó, se bajó el calcetín y se soltó la ajorca, que colocó en la mesa, y de la que jamás se había separado salvo para repararla, agrandarla y en tres o cuatro ocasiones sustituirla por una nueva. Fue como si sobre la mesa hubiese puesto un dedo que se hubiera cortado.

—Shiva, si permitiésemos que *Kuchulu* se quedara con sus cachorros, tendríamos en este momento unos sesenta perros —dijo al fin la enfermera jefe.

—¿Qué pasó con las otras crías? —preguntó él, adelantándoseme.

La enfermera Hirst murmuró que Gebrew se había deshecho de ellas humanitariamente y que lo del tubo de escape había sido un error, pues no contaba con su aprobación, y que el vigilante debería haber acabado mucho antes de que volviésemos del colegio. Yo ya me había acercado a mi hermano, que me tocó en el hombro y me cuchicheó algo.

—¿Qué te ha dicho? —preguntó Hema.

—Que siendo como sois todos tan crueles, ¿por qué debería hablar? Dice que no cree que la hermana Praise o Stone hubiesen actuado así. Quizá si ellos estuviesen aquí nunca habría sucedido.

Hema suspiró, como si esperase que uno de los dos sacase a colación sus nombres justo de aquel modo.

—Cariño —dijo, con tono acre—. No tienes ni idea de lo que harían ellos.

Shiva se marchó. La expresión atónita de Ghosh y la enfermera jefe era propia de quien ha visto un fantasma, y ahora eran ellos los que estaban mudos. ¿Cómo podían aquellos adultos que tanto se preocupaban de si mi hermano hablaba o no, que se cuidaban de los pobres, los enfermos, los huérfanos, a quienes dolía tanto como a nosotros el ensañamiento con que habían tratado a la anciana del palacio; cómo podían mostrarse tan indiferentes ante la crueldad que habíamos presenciado?

Más tarde pregunté a la enfermera jefe si pensaba que la muerte de sus cachorros dejaba cicatrices internas en *Kuchulu*. Me dijo que lo ignoraba, pero que lo que sí sabía era que el hospital no podía permitirse criar perros, y que tres era el límite. Y no, no creía que hubiese un cielo para los perros. Y francamente, desconocía la opinión de Dios en cuanto al número de perros adecuado para el Missing, porque Él le había dado a ella cierta libertad en ese asunto, que no era un tema que quisiera discutir conmigo.

Después del sacrificio de sus crías, leí en la mirada de *Kuchulu* lo decepcionada que estaba con nosotros como especie. Buscaba lugares donde acurrucarse lejos de los humanos. Le dejábamos la comida cerca, pero sólo se la comía cuando nosotros no andábamos por allí.

Durante varias semanas, solamente hubo una persona ante la cual intentaba mover la cola: Shiva.

Cuando mi hermano aprendió a bailar *bharatnatyam* (y se convirtió en el *sishya,* de modo que Hema andaba ya preparando su *aran-*

getram, su debut), empecé a verlo por primera vez como separado de mí. Como ya podía hablar y expresarse, ShivaMarion no siempre se desplazaba o hablaba como una sola persona. En los años anteriores, nuestras diferencias se complementaban, pero en los días siguientes a la muerte de los cachorros empecé a darme cuenta de que nuestras identidades iban apartándose poco a poco. Mi hermano, mi gemelo idéntico, estaba conectado con el sufrimiento de los animales. En cuanto a los asuntos humanos, de momento al menos, los delegaba en mí.

20

La gallina ciega

El señor Loomis, el director del colegio, procuraba que nuestras vacaciones largas coincidiesen con las suyas, así podía pasar julio y agosto en Inglaterra relajándose y gastando el dinero de nuestras cuotas escolares, mientras nosotros permanecíamos empantanados en Adis Abeba. Los veteranos de la ciudad llamaban «invierno» a los meses del monzón, lo cual confundía a los recién llegados, para quienes julio sólo podía ser verano. Llovía tanto que hasta lo hacía en mis sueños. Despertaba contento porque no había colegio, pero aquel murmullo incesante sobre el tejado de zinc aguaba enseguida la euforia. Aquél era el invierno de mis once años, y al acostarme por las noches rezaba para que los cielos se abriesen sobre el señor Loomis, dondequiera que estuviese, en Brighton o Bournemouth. Tenía la esperanza de que una nube de tormenta personal lo siguiese cada minuto del día.

A Shiva no le afectaban el frío, la bruma o la lluvia, pero yo me volvía taciturno y pesimista. Al otro lado de nuestra ventana se veía ya un lago marrón salpicado de atolones de barro rojizo. Perdía la fe y creía que ya nunca reaparecerían el césped y el macizo de flores.

Los miércoles Hema nos llevaba a las bibliotecas del British Council y el USIS, donde devolvíamos libros, sacábamos otro montón, que cargábamos en el coche, y luego nos dejaba en el Empire Theater o el Cinema Adua para la primera sesión. Podíamos leer lo que quisiéramos, pero nos exigía una entrada de diario de media página, en que teníamos que anotar las palabras nuevas que habíamos aprendido y el número de páginas leído. También debíamos copiar una frase o idea memorable para compartirla en la cena.

Aunque aquel trabajo veraniego me fastidiaba, de esa forma se adentró navegando en mi vida el capitán Horatio Hornblower. La enfermera jefe, cuya habilidad para penetrar en mi alma yo aún no había sabido apreciar plenamente, me pidió que sacara de la biblioteca para ella *Buque de línea*. Cuando lo abrí por curiosidad, descubrí que me había metido en un mundo más húmedo y maltrecho que el mío y donde extrañamente me sentía feliz. Gracias a C.S. Forester, me encontraba en un barco chirriante al otro lado del planeta, en la cabeza de Horatio Hornblower, un individuo que era como Ghosh y Hema, heroico en su papel profesional, pero también se parecía a mí, «desdichado y solitario». En realidad yo no era desdichado y solitario, claro, pero en la estación del monzón casi resultaba inevitable considerarme de ese modo. La injusticia del Almirantazgo de Londres, la ironía de que Hornblower se marease, la tragedia de su regreso tras un largo viaje para encontrar a su hijo mortalmente enfermo de viruela... eran desgracias para las que tenía mis equivalentes, aunque fuesen triviales.

Después de horas de lectura, tenía muchas ganas de salir y sabía que a Genet le pasaba lo mismo. En cambio, Shiva dibujaba y escribía. Los ejercicios de caligrafía de Hema catalizaban en la pluma de mi hermano un flujo de tinta imparable, pero su medio aún seguían siendo las bolsas de papel, las servilletas y las últimas páginas de los libros. Le encantaba dibujar la BMW de Zemui, y lo había hecho en cada estación. Si ahora dibujaba a Veronica, era montada en una motocicleta.

Un viernes, después de que Ghosh y Hema se fueran a trabajar, llovía intensamente y había ya truenos y granizo. El sonido en el tejado resultaba ensordecedor. Al asomarme a la puerta de la cocina, me llegó el olor a cuero empapado y la visión de tres burros que se cobijaban debajo del alero junto a su capataz. Si la leña que cargaban esas bestias estaba tan mojada como ellas, no serviría de mucho para nuestra cocina. Los animales estaban quietos, resignados a su destino, medio dormidos, pero a veces agitaban el pelaje involuntariamente.

—¡Juguemos a la gallina ciega! —oí gritar a Genet por encima del estruendo cuando volví al cuarto de estar.

—Es un juego tonto. Un estúpido juego de niñas.

Pero ella ya estaba buscando un vendaje para los ojos.

No entendía por qué la gallina ciega era tan popular en el colegio, sobre todo en la clase de Genet. Había visto a la gente bailoteando justo fuera del alcance de la gallina y empujándola hasta que capturaba a uno de sus torturadores. Entonces, quien hacía de gallina ciega tenía que decir el nombre del cautivo o soltarlo.

Nosotros modificamos el juego para practicarlo en casa: no se empujaba al que fuera con los ojos vendados; en cambio, había que guardar silencio y quedarse quieto. Aunque con el estrépito del tejado uno podía hasta silbar, que no lo oirían. Podíamos escondernos en cualquier sitio menos en la cocina y nunca debajo o detrás de un obstáculo. La gracia del juego estaba en el tiempo, en lo rápido que quien tuviese los ojos vendados encontrara a los otros dos.

Aquella mañana le tocó primero a Genet. Tardó quince minutos en dar con Shiva y otros diez conmigo.

Podría pensarse que tras veinticinco minutos allí inmóvil yo estaría aburrido. Pero no, lo que estaba era intrigado. Hacía falta ser disciplinado para permanecer muy quieto en silencio. Me sentía como el Hombre Invisible, uno de mis personajes de cómic favoritos, que permanecía inmóvil mientras el mundo se movía alrededor y su archienemigo intentaba encontrarle.

Con los ojos vendados, leotardos blancos, los brazos estirados y adelantando primero un pie y luego el otro, Genet parecía tan desvalida como si caminara por el tablón en un barco pirata condenada a arrojarse al mar. Tenía el porte erguido y el equilibrio de quien podía dar volteretas sobre un solo brazo y caminar sobre las manos con más gracia que Ghosh sobre los pies. Peinada con raya al medio y dos rabitos, llevaba en el pelo broches de cuentas plateadas y amarillas. No era presumida con la ropa, pero sí muy especial en lo tocante a cintas del pelo, peinetas, alfileres y pinzas. Por supuesto, este rasgo podría ser más obra de Hema, Rosina o Almaz, que andaban siempre cepillándole el cabello y trenzándoselo en coletas. Hema le ponía a veces *kohl* en el párpado inferior. La línea negra resaltaba sus ojos, que entonces se encendían y brillaban como espejos.

Las chicas maduraban antes que los chicos, decían, y yo estaba de acuerdo pues Genet actuaba como si tuviese más de diez años. Desconfiaba del mundo y era más discutidora y siempre estaba preparada para el combate; mientras que yo estaba demasiado dispuesto a respetar a los adultos y a suponer que sabían lo que hacían, ella era justo lo contrario, siempre estaba predispuesta a considerarlos falibles. Pero entonces, con los ojos vendados, había en ella una vulnerabilidad que jamás había apreciado, lo que me hizo pensar que sus defensas residían en su mirada fogosa.

Estuvo dos veces a punto de chocar conmigo como el Hombre Invisible, pero se desvió en el último segundo. La tercera vez se hallaba a milímetros de distancia y el Hombre Invisible resopló para contener la risa. Entonces ella empezó a mover las manos como aspas de molino y me localizó, y casi me saca los ojos.

En ese instante, las cosas empezaron a volverse extrañas.

Cuando me tocó vendarme los ojos, localicé a Genet en treinta segundos y a Shiva en la mitad. ¿Cómo? Gracias al olfato. No tenía ni idea de que algo así fuera posible. «Veía» con la nariz. Hacía uso de un instinto que sólo se manifestaba cuando la visión desaparecía.

Cuando llegó el turno de Shiva, mi hermano nos encontró con idéntica rapidez.

Al poner de nuevo la venda a Genet, tardó todavía más que la primera vez en dar con nosotros. El olfato no le servía de nada. Durante media hora estuve observándola tantear a uno y otro lado.

Irritada, se despojó de la venda y nos acusó de movernos y habernos puesto de acuerdo, pero éramos inocentes de ambos cargos.

Cuando Ghosh llegó a casa a comer, Genet y yo nos apresuramos a contarle nuestro juego.

—¡Esperad! ¡Un momento! No puedo entenderos si habláis a la vez. Genet, tú primero. «Empieza por el principio y sigue hasta el final. Entonces para.» ¿Quién dijo eso?

—Tú —contestó Genet.

—El rey de *Alicia en el País de las Maravillas* —terció Shiva—, página noventa y tres, capítulo doce, y te has saltado cuatro palabras y dos comas.

—De eso nada —repuso Ghosh, fingiéndose ofendido, pero sin poder ocultar la sorpresa.

—Te has saltado: «Dijo el rey, coma, con gravedad, coma.»

—Tienes razón —admitió Ghosh—. Ahora, cuéntame lo que pasó, Genet.

Ella se lo refirió todo y le pidió que hiciera de árbitro. Ghosh colocó a Genet en un sitio y en otro y todas las veces, con los ojos vendados y sin ver nada, fui derecho a donde estaba. A petición de Ghosh, también le vendamos los ojos, pero no lo hizo mejor que mi amiga. Tendríamos que «investigar el fenómeno» con mayor detenimiento, determinó Ghosh; pero ahora debía volver al hospital.

Genet estuvo enfurruñada toda la tarde, con el ceño fruncido. Notaba el dardo envenenado de su mirada.

—¿Qué miras? —me preguntó.

—¿Es que está prohibido mirar?

—Sí.

Le saqué la lengua. Brincó de la silla y corrió hacia mí. Pero me lo esperaba. Rodamos por el suelo. Enseguida le sujeté los brazos por encima de la cabeza, a horcajadas sobre ella, aunque no era una tarea fácil ni mucho menos.

—¡Déjame!

—¿Por qué? ¿Para que lo intentes otra vez?

—He dicho que me sueltes.

—Bien, pero si vuelves a hacerlo te haré esto. —Le hundí la rodilla en las costillas, debajo de la axila.

Su cólera dio paso a gritos y una risa histérica. Me rogó que parara. Conociéndola y sabiendo la rapidez con que podía avivarse el fuego cuando lo creías apagado, le apliqué otra dosis para asegurarme. Al levantarme no le di la espalda.

Genet podía correr más deprisa que Shiva, pero a mí no me ganaba en una distancia corta. Corría con tanta facilidad, casi sin rozar el suelo con los pies, que podía pasarse corriendo todo el día. Más allá de cincuenta metros, ella me superaba. Si se trataba de trepar a los árboles, jugar al fútbol, pelear o luchar con espadas, era nuestra igual. Sin embargo, en el juego de la gallina ciega se había revelado una diferencia.

Durante la cena con Hema y Ghosh, Genet apenas habló. Los broches amarillos y plateados habían sido sustituidos por una malévola pinza y una aguja de coser atravesada. Cuando Hema le preguntó, ella informó sobre su diario. Estaba sentada junto a Shiva y yo, esquivando a Almaz y Rosina, que merodeaban alrededor intentando servirnos más comida. Ellas cenaban siempre después, en la cocina. Acabada la cena, Genet dio las buenas noches y se retiró a casa de Rosina, que quedaba detrás de la nuestra. Descubrí a Ghosh consultando *Alicia en el País de las Maravillas*. Miré por encima de su hombro cuando encontró la página 93. Shiva tenía razón, hasta en las dos comas.

La lluvia cesó cuando me acosté, justo cuando era demasiado tarde para aprovechar la tregua. El silencio era un alivio y al mismo tiempo te ponía nervioso, porque en cualquier momento podía empezar a llover de nuevo.

Hema nos leyó en nuestro dormitorio, un ritual nocturno que no había interrumpido desde que lo iniciara como reacción al silencio de Shiva. El texto de los últimos días había sido *El antropófago de Malgudi* de R.K. Narayan. Ghosh se sentaba al otro lado de nuestra cama y escuchaba con la cabeza inclinada. Al inicio, la acción avanzaba despacio y aún tenía que adquirir cierto ritmo. Pero tal vez fuera ésa la cuestión. Cuando nos adaptamos al mundo lento y «aburrido» de la India rural, resultó interesante e incluso divertido. Malgudi estaba poblado por personajes que se parecían a gente que conocíamos; personas prisioneras de las costumbres, la profesión y una fe sumamente necia e irracional que las esclavizaba, pero no se daban cuenta.

El sonido del teléfono era impropio de Malgudi y cortó el hilo de la historia.

—Ahora mismo —contestó Ghosh, mirando a Hema. Cuando colgó, explicó—: La princesa Turunesh está de parto. Seis centímetros. Dolores cada cinco minutos. La enfermera jefe se encuentra con ella en la habitación privada.

—¿Qué significa eso? ¿Seis centímetros? —pregunté.

Ghosh estaba a punto de contestar, pero Hema, ya ante el tocador cepillándose el pelo, respondió rápidamente:

—Nada, cariño. La princesa tendrá un bebé pronto. He de ir.

—Te acompaño —propuso Ghosh, pues podía ayudar si Hema optaba por una cesárea.

No me gustaba que salieran de noche. No es que me dieran miedo los intrusos, sino que me angustiaba por Hema y Ghosh, temía que pese a sus buenos propósitos no volvieran. Por el día no me ocurría. Pero de noche, cuando iban a bailar al Juventus, o a jugar al bridge a casa de la señora Reddy y de Evangeline, los esperaba despierto, imaginando lo peor. En cuanto se marcharon, me levanté y fui al cuarto de estar descalzo y en pijama. Manipulé la banda de onda corta del Grundig; por encima de las interferencias, oí la motocicleta. El sargento Zemui siempre apagaba el motor cuando llegaba a medio camino para no despertarnos. Luego seguía en silencio, salvo por el crujido de muelles y el traqueteo de los guardabarros, hasta que entraba en la cochera. El colofón era el chasquido metálico al colocar la moto sobre el caballete central.

Me encantaba aquella BMW desproporcionada y cómo sobresalían los cilindros a ambos lados del motor. A Shiva también le gustaba. Todas las máquinas tienen género, y aquella BMW era una «ella» regia. Que yo recuerde, su débil vibración, un sonido de *lub-dub*, nos ha acompañado desde siempre, a primera hora de la mañana y al acostarnos, cuando Zemui iba a trabajar y cuando volvía. Al oír las pisadas de sus recias botas alejándose, lo lamentaba por él: imaginaba su caminata en solitario hasta casa, sobre todo en aquella estación de lluvia y barro. Era imposible que no se empapara, a pesar del largo impermeable y la capota de plástico que se ponía sobre el salacot.

Cinco minutos después oí abrirse la puerta de la cocina y entró Genet, con un pijama mío heredado. Su cólera de antes había desaparecido y dado paso a un sentimiento muy impropio de ella, la tristeza. Llevaba el pelo recogido atrás con un lazo azul. Estaba apática, retraída, como si desde la última vez que la había visto hubiesen transcurrido años en vez de minutos.

—¿Dónde está Shiva? —preguntó, sentándose enfrente de mí.

—En nuestra habitación. ¿Por qué?

—Por nada.

—Hema y Ghosh han tenido que irse al hospital.

—Ya lo sé. Los oí cuando se lo decían a mi madre.

—¿Te encuentras bien?

Se encogió de hombros. Sus ojos miraban a través del dial del Grundig hacia algún planeta lejano. En el iris derecho tenía una motita, un soplo de humo que lo rodeaba, allí donde había penetrado una chispa. Había sucedido cuando éramos mucho más pequeños y estábamos haciendo estallar tiras de fulminante en la acera, golpeándolas con una piedra grande. La herida sólo se veía de cerca y desde determinados ángulos. De lejos, el indicio de asimetría confería un aire soñador a su mirada.

Una crepitante emisora china surgió y desapareció confusamente, una voz femenina que emitía sonidos que ninguna garganta podría ser capaz de reproducir. Me pareció divertido, pero Genet no sonreía.

—¿Marion? ¿Jugarás conmigo a la gallina ciega? —me preguntó con suave dulzura—. ¿Sólo una vez más? —Solté un gruñido—. Por favor...

Me sorprendió su tono anhelante, como si su futuro dependiese de ello.

—¿Has vuelto sólo por esa razón? Shiva ya se ha acostado.

Guardó silencio, considerándolo, y luego dijo:

—¿Y si jugamos tú y yo solos? Por favor, Marion...

Nunca se me daba bien negarle algo a Genet. No creía que tuviese más suerte esta vez para encontrarme que antes. Lo único que pasaría sería que se deprimiría más, pero si eso era lo que quería...

La lluvia había limpiado las estrellas del cielo; la noche negra se filtraba por los postigos en la casa y por debajo de la venda que me cubría los ojos.

—He cambiado de idea —dije.

No me hizo caso y ató un segundo nudo a la venda. A fin de asegurarse aún más, me cubrió la cabeza con una bolsa de harina de arroz, enrollando hacia arriba los bordes para que no me taparan la boca.

—¿Me has oído? —pregunté—. No quiero hacerlo. —No me apetecía.

—¿Me engañaste? ¿Lo confiesas? —preguntó con una voz que no parecía la suya.

—No confesaré algo que no es verdad.

Una ráfaga de viento agitó las ventanas. Era la forma de carraspear de la casa, que nos avisaba de que nos preparáramos para más lluvia.

Genet desapareció de nuevo y cuando volvió sentí que me ataba las manos a los lados con una correa, ¡el cinturón de Ghosh!

—Así no podrás quitarte la venda.

Luego me cogió por los hombros y me dio varias vueltas, mientras me golpeaba el pecho y los hombros, girándome como una peonza. Cuando le grité que parara, añadió unas vueltas más.

—Cuenta hasta veinte. Y no mires.

Pero yo estaba todavía girando en aquella oscuridad interior, preguntándome por qué la náusea tendría que acompañar siempre al vértigo. Tropecé con algo, un borde duro: el sofá. Aunque me di un golpe en las costillas, por lo menos me impidió caer. No era justo eso de atarme las manos, hacerme perder el equilibrio... me había engañado. Si quería desorientarme, lo había conseguido.

—¡Tramposa! —grité—. Si quieres ganar haciéndolo de esta manera, pues di que has ganado y ya está, ¿vale?

Un contundente ruido en el tejado de zinc me sobresaltó. ¿Una bellota? Aguardé, pero no resonó al bajar por el tejado. ¿Un ladrón que comprobaba si había alguien en la casa? Con las manos atadas, estaba doblemente indefenso. Estornudé. Esperé el segundo estornudo, siempre llegaban de dos en dos. Pero aquella noche no. Maldije aquella bolsa que olía a humedad.

—¡Asienta tu valor hasta la tenacidad! —grité, pues aunque no tenía la menor idea de lo que significaba, Ghosh lo decía a menudo. Parecía grosero y desafiante, algo eficaz para repetirlo cuando necesitabas valor. El corazón me latía con fuerza. Necesitaba valor.

El rastro oloroso que seguí no era tan claro como por la mañana. No poder tantear delante con las manos y tener la cabeza metida en una bolsa eran inconvenientes inmensos.

—¡Te encontraré! —chillé—. ¡Y luego se acabó!

En el comedor, sirviéndome de los pies, rodeé el aparador repitiendo «Asienta tu valor hasta la tenacidad» como un mantra. Seguí por el pasillo hacia los dormitorios.

Conocía los sitios donde crujían las estrechas tablas del suelo. Muchas noches me quedaba a la puerta de la habitación de Ghosh y Hema, escuchando, sobre todo cuando parecía que estaban discutiendo. Con ellos sucedía que lo que parecía una discusión podía ser exactamente lo contrario. Una vez oí a Hema referirse a mí como «Hijo de su padre. Terco hasta la exageración». Y luego rió. Me quedé muy sorprendido, pues ni me consideraba terco ni tenía ni idea de que me pareciese en algo al hombre con quien fantaseaba a veces, imaginando que podría aparecer a las puertas del Missing. Hema nunca lo mencionaba. El tono que empleó al compararme con él sugería una vaga alabanza. Otra noche la oí decir: «¿Dónde? ¿Exactamente dónde? ¿En qué circunstancias? ¿No crees que podríamos haber mirado a la cara a la hermana o a él y percatarnos de lo que pasaba? ¿Cómo no nos dimos cuenta? Tendrían que habérnoslo dicho. Di algo, Ghosh.» Pero no oí nada. Ghosh estaba extrañamente silencioso.

Ahora, con los ojos vendados, podía recordar todas las palabras pronunciadas por ellos. Al taparme los ojos se me habían abierto canales nuevos en la memoria, lo mismo que se había activado el sentido del olfato. Pensé en preguntar a Hema y Ghosh sobre aquella conversación. ¿De qué estaban hablando? Pero ¿cómo iba a hacerlo, sin confesarles que había estado escuchando detrás de la puerta?

La nariz me condujo a nuestro dormitorio. Entré. Avancé centímetro a centímetro. Llegué al sitio donde el olor se intensificaba, pegado al tocador. Me incliné y mi cara rozó la franela. Genet había tirado allí su pijama. Hundí la nariz en la ropa como un sabueso, moví la cara en el tejido y desparramé las dos piezas, afinando mi instrumento.

—Muy lista —dije. Sabía que Shiva estaba en su cama. Debía de haberse puesto la ajorca grande de baile, porque sonó en aquel momento, con un sonido equivalente a un gruñido evasivo.

Volví sobre mis pasos. Se suponía que la cocina quedaba fuera del límite, pero el rastro me conducía allí. Sin embargo, cuando llegué los olores del jengibre, las cebollas, el cardamomo y el clavo parecían cortinas que tenía que atravesar.

Siguiendo un impulso, me arrodillé y pegué la nariz al mosaico. ¿Qué posibilidad tenía un hombre bípedo, con la nariz allá arriba en el aire, comparado con un rastreador cuadrúpedo que la llevaba pegada al suelo? En efecto, Genet estaba allí. El rastro se desviaba hacia la derecha.

Mientras avanzaba centímetro a centímetro hasta la despensa, me di cuenta de que aquel juego, nacido del tedio del monzón, se había convertido en algo más. Ya no había reglas. Ya nada sería igual. Lo sabía. Debía de tener once años, pero mi conciencia parecía tan madura como lo sería luego de adulto. Mi cuerpo podría crecer y envejecer y pronto adquiriría más conocimiento y experiencia, pero cuanto era yo, cuanto era Marion, la parte que veía y registraba el mundo y hacía crónica de él en un libro contable interno para la posteridad estaba bien asentada en mi cuerpo y nunca con mayor firmeza que en aquel momento, despojado de ojos y manos.

—Sé que estás ahí —dije, incorporándome al entrar en la despensa, y el eco me dio una idea de aquella habitación larga y estrecha. Sabía exactamente dónde estaba y me acerqué a ella.

La tenía delante. Si hubiera podido usar las manos, las habría extendido para hacerle cosquillas o pellizcarla. Oí un leve sonido. Podría ser risa, pero no lo parecía. Genet estaba llorando.

Quise consolarla, anhelo que fue en aumento. Era un instinto animal, muy parecido al que me había conducido hasta ella.

Avancé.

Ella me apartó de un empujón vacilante. Un empujón que parecía pedirme que no me fuera.

Siempre había creído que Genet estaba contenta con su vida. Comía en nuestra mesa, iba al colegio con nosotros y formaba parte de la familia. No tenía padre, pero tampoco nosotros teníamos a nuestros padres reales y suponía que ella, igual que Shiva y yo, se sentía afortunada por contar con Hema y Ghosh. Pensaba que éramos iguales, pero tal vez pasara por alto cosas que Genet no podía dejar de considerar. Nuestro dormitorio era más grande que su estrecha y destartalada vivienda de una habitación. De noche, si necesitaba ir al váter, tenía que salir a la intemperie, más allá del cobertizo de la leña. Mientras Ghosh y Hema nos acostaban, nos transportaban al mundo mágico de Malgudi y luego apagaban las luces; Genet leía sola a la luz de la única bombilla desnuda que había en su casa, intentando desconectar la radio que Rosina escuchaba hasta muy tarde. Madre e hija dormían en la misma cama, pero a Genet seguramente le hubiese gustado tener una para ella sola. Les daba calor un brasero de carbón, y ella se avergonzaba del olor a humo e incienso que impregnaba su ropa. Aunque a nosotros su vivienda nos parecía acogedora, a ella le avergonzaba vivir allí. Años atrás habíamos pasado tanto tiempo allí como en nuestra casa, pero aunque Rosina seguía dándonos la bienvenida, Genet ya no nos animaba a que fuéramos.

De pronto lo vi todo claro con los ojos vendados. Comprendí como nunca la feroz competitividad de nuestra amiga. Di otro paso. Esperé, pero el empujón o el puñetazo no llegó. Incliné la cabeza a modo de sonda para localizarla. Su oreja y luego su mejilla se rozaron con las mías. Noté humedad y el calor de su aliento entrecortado en mi cuello, donde lentamente fue apoyando la barbilla.

Mi instinto animal permanecía alerta y protector. «Observa y aprende —me decía—. Defiende y conforta.» Me sentí heroico.

Con los pies muy juntos, me había inclinado para contrarrestar su peso. Cuando reajustó su posición, caí sobre ella, emparedándola contra la estantería de la despensa. Nuestros cuerpos se tocaban en los muslos, las caderas y el pecho, nuestras mejillas seguían juntas. Esperé que me apartase de un empujón hacia la vertical, pero finalmente no lo hizo.

Ambos conocíamos muy bien el cuerpo del otro de pelearnos, ayudarnos a subir a la casa del árbol y de innumerables baños y chapoteos en la piscina. En las grandes cajas llenas de paja donde llegaba cristalería para el Missing jugábamos a casitas y médicos. Nunca nos habían dado reparo nuestras diferencias anatómicas. Pero entonces, con los ojos vendados, sin poder verle la cara y con la mía cubierta por la venda, todo fue nuevo y desconocido. Ya no era el Hombre Invisible, sino la gallina ciega que no podía ver, a la que se perdona su torpeza por las cualidades que afloran con la ceguera.

Aunque tenía los brazos atados, podía mover las manos hacia delante. Cuando le rocé las caderas, cuya piel note fría, no se apartó. Necesitaba mi caricia, mi calor. La atraje hacia mí.

Estaba temblando.

Y desnuda.

No sé cuánto seguí allí. Era precisamente el consuelo que parecía necesitar Genet aquella noche. Si hubiese sabido pedirlo, o yo darlo, podríamos haber prescindido de la venda... Gracias a Dios por la venda.

Introduciendo las manos en el espacio entre mis brazos y mi tronco, me abrazó. Era una postura dolorosa e incómoda, pero no me atreví a decir una palabra por miedo a interrumpirla.

La lluvia susurraba suavemente sobre el tejado de zinc.

Retiró los brazos al cabo de una eternidad. Luego me quitó la bolsa de arroz de la cabeza.

Me desató las manos y oí tintinear en el suelo la hebilla del cinturón. Pero no me quitó la venda de los ojos, que podría haberme quitado yo mismo de haber querido.

Eché de menos su abrazo, deseaba sentirlo otra vez ahora que tenía los brazos libres. La busqué. Desnuda se me antojaba más pequeña y delicada. Algo suave y carnoso acarició mis labios. Yo nunca había besado. En las películas, Genet y yo solíamos refunfuñar y reírnos cuando los actores se besaban. Sobre todo en el Cinema Adua, casi siempre proyectaban una película italiana en el programa triple, doblada o con subtítulos, que pasaban antes de las películas cómicas cortas (las de Chaplin y Laurel y Hardy) y en las que siempre se daban muchísimos besos. Shiva observaba aquellos besuqueos cinematográficos con mucha seriedad, ladeando la cabeza, pero Genet y yo no. Besar era una tontería. Los adultos no tenían ni idea de lo ridículos que parecían.

Teníamos los labios secos. Una gran nada, justo como pensaba. Tal vez el beso tuviera el mismo propósito que el abrazo: dar y recibir consuelo. Incliné la cabeza hacia un lado, como en las películas, preguntándome si la sensación sería mejor. Atrapé su labio inferior entre los míos. Fue todo un descubrimiento que la boca pudiese ser un instrumento táctil tan delicado, sobre todo en ausencia de la vista. Cuando noté el roce de su lengua en los labios, deseé echar la cabeza atrás bruscamente. Pensé en el caramelo de veinticinco centavos que duraba una hora y que nos turnábamos los tres. Entonces, lentamente, compartimos un caramelo sin caramelo. En realidad no era agradable, pero tampoco repugnante.

Genet me acariciaba la cara, como en las películas. Deslicé la mano derecha hasta sus hombros. Luego la bajé al pecho. Note los montículos en que se asentaban sus pezones, no diferentes de los míos. Sus dedos descendieron para tocarme el pecho, donde deberían haberme hecho cosquillas, pero no fue así. Apoyé la mano en su vientre y luego más abajo, entre las piernas, recorriendo una suave hendidura, la ausencia, el espacio vacío, más intrigante que algo que hubiera estado presente. Ella deslizó la mano vacilante igual que yo la mía por debajo de mi cintura, investigando. Cuando me asió, fue muy distinto a cuando era yo quien me tocaba.

• • •

La puerta de la cocina que daba al exterior se abrió. Unos pasos (de Rosina, o tal vez de Ghosh y Hema) fueron avanzando hasta el cuarto de estar.

Retrocedí, me quité la venda de los ojos y parpadeé en la despensa a oscuras, como un alienígena recién llegado a la Tierra.

A la luz que se filtraba de la cocina, vi que Genet tenía los ojos húmedos, la cara hinchada y los labios abultados. Eludía mi mirada; me prefería ciego. Tenía los ojos rasgados y la nariz con una breve elevación. La frente era aplanada hacia atrás, no se parecía nada a la redondeada de Rosina, sino más bien al busto de la reina Nefertiti de mi libro *El amanecer de la historia*.

Aunque me había quitado la venda de los ojos, conservaba tal extraordinaria agudeza sensorial que podía ver el futuro. La cara de Genet en aquella despensa era la que más la revelaba: transmitía indicios de la mujer en que se convertiría. Aquellos ojos se mantendrían serenos, bellos, y ocultarían el tipo de inquietud y temeridad que se había hecho evidente aquella noche. Los pómulos sobresalían, demostrando su fuerza de voluntad, haciendo la nariz aún más afilada, alargando todavía más sus preciosos ojos. El labio inferior abultaría más que el superior, los capullos de su pecho fructificarían, sus piernas crecerían como altas enredaderas. En una tierra de gente hermosa, ella sería la más hermosa y exótica. Los hombres (lo supe antes de lo que debería haberlo sabido) percibirían su desdén y la desearían, yo el que más. Pero ella interpondría obstáculos. Nunca podría ser tan fuerte para Genet ni estar tan cerca de ella como lo estuve aquella noche. A pesar de saberlo, seguiría intentándolo.

Fui consciente de todo ello. Lo sentí, lo vi. Entró en mi conciencia en un relampagueo, pero la prueba estaba por llegar.

Desde alguna parte de la casa Rosina llamó a Genet.

Recogí el cinturón. Nunca entenderé cómo pudimos estar los dos tan serenos.

Le acaricié los hombros, suave, cuidadosamente. El contacto anterior quedaba ya lejos. Me miró con lo que podía ser amor, o acaso su contrario.

—Siempre te encontraré —susurré.

—Quizá —me dijo al oído—. Pero tal vez aprenda a esconderme mejor.

Entró Rosina y se quedó paralizada al vernos.

—¿Qué estáis haciendo aquí? —preguntó en amárico y sonriendo por costumbre, pero su ceño expresaba desconcierto—. He estado buscándote por todas partes. ¿Dónde está tu ropa? ¿Qué es esto?

—Un juego —contesté, mostrándole la venda y el cinturón como si eso contestara a sus preguntas. Pero tenía la garganta tan seca que no creo que llegara a emitir ningún sonido.

Mi amiga me dejó atrás, dirigiéndose de nuevo al cuarto de estar. Rosina la cogió por la mano.

—¿Dónde está tu ropa, hija?

—Suéltame la mano.

—Pero ¿por qué vas desnuda?

Genet no contestó, sino que la miró desafiante. Entonces su madre le dio un tirón en el brazo que le tenía cogido.

—¿Por qué te quitaste la ropa?

—¿Por qué te la quitas tú para Zemui? Cuando me mandas fuera, ¿no es para desnudarte? —contestó al fin Genet, en un tono cortante y provocador.

Rosina se quedó boquiabierta.

—Él es tu padre. Es mi marido —consiguió decir.

Genet no mostró la menor sorpresa, sino que se echó a reír de manera cruel, burlona, como si ya hubiese oído aquello antes.

—¿Tu marido? ¿Mi padre? Mientes. Mi padre se quedaría toda la noche. Viviría con nosotras en una casa de verdad —soltó Genet, furiosa, mientras las lágrimas resbalaban por sus mejillas. Sentí vergüenza por mi niñera—. Tu marido no tendría otra esposa y tres hijos. Ni vendría a casa y me mandaría salir a jugar para él poder jugar contigo. —Zafándose de su madre, fue a buscar la ropa.

Rosina se había olvidado de mi presencia.

La inocencia, los días despreocupados, colgaban al borde de un abismo. Finalmente, se volvió hacia mí.

Nos observamos como dos desconocidos. Yo había llegado a la despensa sin ver, pero ya no llevaba los ojos vendados. ¡Zemui era el padre de Genet! ¿Acaso lo sabían todos menos yo? Qué estúpido era. ¿Por qué no se me habría ocurrido preguntarlo? ¿Se había enterado Shiva? El coronel pasaba largas horas con nosotros jugando al bridge... así que tenía sentido que Zemui estuviese allí tanto tiempo. En una sociedad matrilineal debían aceptarse aquellas cosas, no se preguntaba por el padre cuando no había ninguno presente. Pero tendría que haberme interesado. Lo comprendí entonces. Los indicios se hallaban delante. Había estado ciego, sordo y era un ingenuo. En las cartas que le había escrito para Darwin, Zemui le preguntaba por la familia y le enviaba recuerdos, pero no indicaba en ningún momento que Genet fuese su hija. Todas aquellas palabras escritas, habladas, eran sólo la superficie brillante de un río rápido y profundo. ¡Y pensar en las noches que acostado en mi cama oía aquella motocicleta y me apenaba que Zemui tuviera que volver a casa andando bajo la lluvia, a oscuras! Estaba claro que no era el único que se compadecía de él.

Rosina me conocía muy bien, podía leer mis pensamientos. Bajé la cabeza: había perdido parte de la estima de mi amada niñera. Con el rabillo del ojo vi que también agachaba la cabeza, como si me hubiese fallado, como si nunca hubiese querido que supiese aquello de ella. Deseé decirle: «Eso que viste era sólo un juego...»

Pero no dije nada.

Genet volvió vestida con el pijama de franela. Se marchó a su casa sin mirar atrás, seguida de Rosina.

Shiva estaba en el comedor, al otro lado de la puerta de la cocina.

Me quedé en la despensa después de que ellas cerraran la puerta, mirando los estantes, inmóvil. Persistía un aroma, un ozono generado por Genet y por mí, por nuestras dos voluntades.

Oí pasos que se acercaban y se detenían. Y supe que Shiva estaba al otro lado de la puerta, lo mismo que él sabía que yo me encontraba allí. ShivaMarion no podían ocultar mucho de Shiva ni de Marion. Pero apreté los párpados y me volví invisible y me trasladé a un lugar donde estaba completamente solo y nadie podía compartir mis pensamientos.

21

A sabiendas de lo que verás

Durante los días siguientes, cuando Rosina me pasaba los dedos por los rizos o insistía en plancharme la camisa antes de que saliéramos, fue como si nada hubiese ocurrido. Sin embargo, esos actos suyos me parecían distintos. Resultaban familiares, pero también estaban destinados a mantener un control constante sobre mí y a interponer su cuerpo entre su hija y yo.

Aquella noche había pasado algo en la despensa, como temía Rosina. Yo me había apoyado en un panel oculto, y de una forma muy parecida a como sucedía en los tebeos, me había precipitado a través de él. La caída al otro lado había sido involuntaria, pero ahora que estaba allí, quería permanecer. Deseaba estar alrededor de Genet más que nunca. Y su madre lo sabía.

Veía una nueva dimensión en Rosina... digamos que astucia. La misma que existía también en mí, porque ya no me sentía seguro diciéndole lo que pensaba. Sin embargo, era difícil ocultar mis sentimientos. Cuando estaba con Genet sentía que la sangre se me agolpaba en las mejillas. Había olvidado cómo comportarme con naturalidad.

Genet pasó con Shiva el resto de las vacaciones. La presencia de mi hermano no le generaba ningún embarazo, justo al contrario que la mía. Les veía poner su disco de prácticas, despejar el comedor, colocarse las ajorcas y repasar sus complejas rutinas de *bharatnatyam*. No sentía celos. Shiva era mi representante, lo mismo que yo fui el suyo cuando Almaz me dejaba su teta. Si yo no podía estar con Genet, ¿no era lo mejor que estuviese Shiva con ella?

Tal vez mi instinto de sabueso, mi habilidad para encontrar a Genet por el olor, sólo fuese truco de salón. O quizá no. Jamás volvimos a jugar a la gallina ciega; la sola idea de hacerlo resultaba inquietante.

Rehuía a Zemui cuando acudía a recoger o aparcar la moto, o cuando llevaba al coronel Mebratu a las partidas de bridge. El coronel disfrutaba conduciendo su Peugeot, su jeep o su Mercedes oficial, y la última vez que Zemui me vio iba en un coche como guardia armado, me saludó con la mano y me sonrió.

El día que me encontré finalmente con él, deseé mostrarme enfadado; tenía algo en común con Thomas Stone, aunque al menos Zemui veía a su hija a diario. Cuando me estrechó la mano y sacó emocionado otra carta de Darwin, me senté a su lado en la escalera de la cocina y estuve a punto de preguntarle: «¿Por qué no pides a tu hija este favor?» Pero luego comprendí algo que antes había pasado por alto: seguro que Genet no le ponía las cosas fáciles a su padre. Yo le leía y escribía las cartas porque su hija se había negado.

Un viernes por la noche, el coronel irrumpió en el Missing y en la antigua vivienda de Ghosh desbordante de energía, como si hubiese llegado no un hombre sino un regimiento al completo junto con la banda de música militar. Una media hora después, había dos mesas en marcha. Los jugadores (Hema, Ghosh, Adid, Babu, Evangeline, la señora Reddy y un recién llegado que trajeron) parecían habitar en sus manos de bridge, convirtiéndose en Pase y Tres ningún triunfo, ruborosos de concentración. Adid, el comerciante de kat y buen amigo de Hema, tenía una tienda en el Merkato justo al lado de la de Babu y lo había incorporado al grupo. Una ráfaga de conversación como un suspiro colectivo indicó el final de una partida. Me encantaba verlos jugar.

El coronel, recién llegado de Londres, había traído una extraña botella de Glenfiddich para Ghosh, chocolatinas para nosotros y Chanel n.º 5 para Hema. Los cigarrillos de los ceniceros eran Dunhill y 555, también aportación suya. Vestía jersey y camisa abierta, pero con el mentón retraído y la espalda erguida parecía todavía uniformado. Yo imaginaba que si abandonaba la partida, los demás se desplomarían como juguetes sin cuerda.

—Me dijo un pajarito que pronto podríamos llamarle general de brigada. ¿Es verdad? —preguntó Evangeline, una angloindia jugadora habitual de bridge, volviéndose hacia el coronel Mebratu.

—Esos rumores maliciosos... —repuso él frunciendo el ceño—. Menuda comunidad incestuosa. Y me temo, Evangeline, que está usted en el centro de ella. Pero he de corregirla en este caso, mi estimada amiga. No me llamarán pronto general de brigada, porque lo soy desde ayer.

En fin, después de eso nada podía pararlos. Zemui y Gebrew fueron en dos ocasiones al hotel Rash a buscar comida.

Aquella misma noche, mucho más tarde, Mebratu y Ghosh estuvieron conversando mientras tomaban coñac y fumaban sendos puros.

—En Corea en el cincuenta y dos éramos uno de los quince países de las fuerzas de la ONU. Yo hacía poco que había recibido instrucción de mando cuando fui. Los otros países nos subestimaban. Bueno, no tenían ni idea del valor etíope ni de la batalla de Adua, no estaban enterados de eso. En Corea demostramos lo que éramos, santo cielo. Cuando fuimos al Congo, ya sabían lo que podían esperar. Tuvimos un comandante irlandés, luego uno suizo, y el tercer año nombraron a nuestro propio general Guebre comandante de todas las fuerzas de las Naciones Unidas. Mire, Ghosh, como militar de carrera, ése fue para mí el momento de máximo orgullo. Más incluso que el ascenso de ayer.

Nunca sabré cómo comprendió Ghosh el trance que yo estaba pasando a raíz del incidente de la despensa; puede que notase que estaba siendo sometido a una cuarentena respecto a Genet, que Shiva no compartía. Quizá percibiese mi confusión delante de Zemui. Tal vez yo llevara escrito en la cara que había cobrado conciencia de la complejidad humana (término más amable que «falsedad»). Yo estaba tratando de decidir dónde asentar mi propia verdad, cuánto revelar sobre mí mismo, y me ayudó contar con un padre a toda prueba como Ghosh, nunca veleidoso y que jamás husmeaba, pero que sabía cuándo lo necesitaba. Si Hema se hubiese enterado de lo de la despensa, habría hablado conmigo dos segundos después. Pero Ghosh, si lo sabía, era capaz de mantener la calma, de tomarse su tiempo y escucharme; ni siquiera se lo habría dicho a Hema si no creía que sirviese de algo.

Una tarde lluviosa, cuando Genet y Shiva seguían su lección de baile con Hema, Ghosh me telefoneó para que me reuniese con él en urgencias.

—Quiero que veas un pulso muy insólito.

Ghosh era ya sobre todo cirujano, que operaba optativamente tres días por semana y se ocupaba de las urgencias cuando era necesario. Pero como solía repetir a la hora de la cena, en el fondo seguía siendo internista y no podía evitar bajar a urgencias a reconocer ciertos pacientes que presentaban un diagnóstico desconcertante, que ni Adam ni Bachelli podían descifrar.

Agradecí la llamada de Ghosh, pues aunque nunca me había interesado el baile, me fastidiaba que Genet disfrutara de algo en lo que yo no participaba. Me puse las botas de gutapercha y el impermeable y salí corriendo con el paraguas.

Demisse tenía veintitantos años. Estaba sentado en el taburete de examen frente a Ghosh, vestido sólo con unos pantalones de montar rotos. Advertí enseguida el balanceo de la cabeza, como si en su interior girase un volante excéntrico. Era mi primera visita oficial a un paciente y estaba nervioso. ¿Qué pensaría aquel jornalero descalzo de que un muchacho entrase en la sala de reconocimiento? Sin embargo, se emocionó al verme. Más tarde comprendería que los enfermos se sentían privilegiados por el hecho de que los singularizasen de aquel modo. No sólo había conseguido pasar por Adam, no sólo los había reconocido el doctor *tilik*, el mismísimo gran doctor al que recurría la realeza, sino que ahora tenían un extra: yo.

Ghosh guió mis dedos hasta la muñeca de Demisse. Era fácil e inevitable notar el pulso, una ola potente que se alzaba y rompía bajo la yema de mis dedos. Entonces reparé en que balanceaba la cabeza al ritmo del pulso.

—Ahora tómame el mío —me dijo Ghosh, ofreciéndome su muñeca. Era más difícil de percibir. Sutil. Luego volví sobre la muñeca de Demisse—. Descríbelo —pidió.

—Brusco. Potente. Como algo vivo que golpea bajo la piel.

—¡Exactamente! Es un pulso colapsante característico o pulso de martillo de agua. La denominación completa es pulso de martillo de agua de Corrigan. —Me entregó un tubo de cristal delgado de unos treinta centímetros de longitud que había visto en su mesa—. Sostenlo. Ahora, dale la vuelta.

El tubo estaba sellado en ambos extremos y contenía un poco de agua. Cuando le di la vuelta, el agua bajó rápidamente al fondo del tubo, con un sonido chasqueante y una sacudida.

—Mira, hay un vacío en el interior —me explicó—. Es un juguete que utilizaban los niños en Irlanda, un martillo de agua. El doctor Corrigan se acordó del juguete cuando se topó con un pulso como el de Demisse.

Ghosh había hecho el martillo hidráulico para mí: tras cerrar un extremo de un tubo de cristal con un mechero Bunsen y echarle agua por el extremo abierto, había calentado el tubo para expulsar el aire y sellado inmediatamente el extremo abierto con la llama.

—El corazón de Demisse bombea la sangre a la aorta, que es la gran arteria que sale del corazón —me dijo, dibujándolo en un papel—. Una válvula que hay aquí a la salida debe cerrarse cuando se contrae el corazón, para que la sangre no pueda volver a entrar. Pero si no se cierra bien, el corazón se contrae y expulsa la sangre, mas la mitad de la sangre expulsada vuelve a él entre una contracción y otra. Eso es lo que le da ese carácter colapsante.

Era emocionante tocar a un ser humano con la yema de los dedos y enterarse de todas esas cosas sobre él. Cuando se lo comenté a Ghosh deduje por su expresión que había dicho algo profundo.

Durante aquellas vacaciones mandó a buscarme a menudo. Shiva también venía a veces, si no se lo impedía su clase de baile o si no estaba dibujando. Aprendí a identificar el pulso lento, pesado, como de meseta, de una válvula aórtica estrechada; lo contrario del pulso colapsante. La pequeña abertura valvular hacía que el pulso fuese débil y prolongado al mismo tiempo. *Pulsus parvus et tardus*, lo llamaba Ghosh.

Me encantaban aquellas palabras latinas por su dignidad, su extrañeza y por cómo mi lengua tenía que darles la vuelta. Tenía la sensación de que al aprender aquel lenguaje especial de carácter docto estaba acumulando una especie de fuerza. Era el aspecto puro y noble del mundo, no corrompido por secretos y falsedades. ¡Qué extraordinario que una palabra pudiese servir como taquigrafía de una historia compleja de enfermedad! Cuando intenté explicárselo a Ghosh se emocionó.

—¡Sí! ¡Un tesoro oculto de palabras! Eso es lo que hallas en la medicina. Piensa en las metáforas relativas a alimentos que empleamos para describir la enfermedad. Hígado de nuez moscada, bazo de sagú, esputo de salsa de anchoas o deposiciones de mermelada de grosella. Y sólo en el ámbito de las frutas, está la lengua de fresa de la escarlatina, que al día siguiente se convierte en lengua de frambuesa; o piensa en el angioma de fresa, el estómago de sandía, la lesión de corazón de manzana del cáncer, la apariencia de *peau d'orange* del cáncer de mama... ¡y eso sólo con las frutas! ¡Es mejor que no empiece con el asunto no vegetariano!

Un día le enseñé el cuaderno en que llevaba un catálogo escrito de cuanto me había enseñado, y de todos los pulsos que había visto e ido anotando como un ornitólogo: *pulsus paradoxus*, *pulsus alternans*, *pulsus bisferiens*... que acompañaba con sencillos dibujos para describirlos. Él escribió en la guarda: *Nam et ipsa scientia potestas est!*

—Que significa «conocimiento es poder». Oh, sí, estoy convencido, Marion.

No nos quedamos en los pulsos. Pasaba con Ghosh todo el tiempo que podía. Enseguida mi cuaderno se llenó de dibujos y palabras nuevas: uñas de los pies, lenguas, caras... Por fin di utilidad a mi caligrafía: cada dibujo estaba cuidadosamente etiquetado.

Un viernes por la noche, el último fin de semana antes de que empezase el colegio, acompañé a Ghosh a ver a Farinachi, el fabricante de instrumentos. Le entregó un diseño de su idea de un estetoscopio didáctico. El otro, un siciliano encorvado y adusto que llevaba un chaleco debajo de la bata de cuero, estudió el esbozo con detenimiento entre una nube de humo del puro, recorriendo el contorno con un dedo índice muy largo. Había construido varios artilugios para Ghosh, incluidos el «retractor de Ghosh» y la «pinza de cuero cabelludo de Ghosh». Se encogió de hombros como si quisiera decir que si era lo que el médico deseaba, lo fabricaría.

Cuando volvíamos al Missing, Ghosh sacó un regalo para mí. Se trataba de mi auténtico primer estetoscopio nuevo.

—No hay por qué esperar a Farinachi. Ahora que conoces los pulsos, empezarás a escuchar los latidos cardíacos.

Quedé conmovido: era el primer regalo de mi vida que no formaba parte de una pareja. Aquél era sólo mío.

Visto en retrospectiva, me doy cuenta de que Ghosh me salvó el día que me llamó para mostrarme el pulso de Demisse. Mi madre había muerto y mi padre era un fantasma; me sentía cada vez más desconectado de Shiva y Genet, y culpable por ello. Al regalarme el estetoscopio, Ghosh me estaba diciendo: «Marion, puedes ser tú. No hay problema.» Me introdujo en un mundo que no era secreto, pero sí estaba muy oculto, y necesitaba de un guía. Había que saber qué buscar, pero también cómo. Y hacer un gran esfuerzo para verlo. Pero si lo hacías, si tenías ese tipo de curiosidad, un interés innato por el bienestar de tus semejantes los seres humanos, y si cruzabas esa puerta, sucedía algo extraño: dejabas en el umbral todos tus pequeños problemas. Podía resultar adictivo.

22

La escuela del sufrimiento

Una mañana, hacia finales del trimestre del otoño, cuando Shiva, Genet y yo nos acercábamos a la verja del Missing cargados con las carteras del colegio, vimos a una pareja que subía la cuesta a la carrera; el hombre llevaba en brazos a un niño inerte. Aunque estaban a punto de desplomarse, seguían tratando de coronar la subida corriendo, por más que ya no les quedara aliento ni siquiera para caminar. Pero mientras corriesen con el niño en brazos, continuaba vivo para ellos y había esperanza.

Sin vacilar ni un instante, ShivaMarion corrió a su encuentro, una reacción provocada por la desesperación de los padres y que no nos dio tiempo a discutir; afloró un cerebro superior, que tomó la decisión por nosotros y nos llevó a actuar como un solo organismo porque era el mejor medio de intervenir. Recuerdo que pensé, presa del pánico, lo mucho que echaba de menos aquel estado y lo emocionante que era ser ShivaMarion. Incluso cuando cogí al niño de los brazos de su padre (cuyo paso se había convertido ya en un cansino arrastre) y corrí con él, la mano firme de Shiva en mi cintura actuaba como el dispositivo de poscombustión: coordinaba su paso con el mío perfectamente, listo para relevarme cuando me cansase. Mientras corría pensaba en la piel del niño, en cómo me enfriaba la mano, absorbiendo el calor... Me percaté de que nunca daría por sentado lo de ser «de sangre caliente» después de haber apreciado la alternativa.

Entregamos al niño en urgencias y esperamos fuera jadeantes. Cuando llegaron los padres, les abrimos. Minutos después oímos un gemido, seguido de sonoras protestas y, finalmente, el llanto, que en todos los idiomas del mundo significa lo mismo. Era un sonido demasiado familiar.

Había otro sonido que me disparaba la adrenalina: el ruido rechinante y chirriante de las grandes verjas de entrada al recinto cuando Gebrew las abría a toda prisa, siempre indicativo de una urgencia grave.

Pasar la infancia en un hospital aporta lecciones sobre la capacidad de recuperación, la fortaleza y la fragilidad de la vida. Sabía mejor que la mayoría de los niños lo poco que separaba el mundo de la salud y la enfermedad, la carne viva del tacto gélido del muerto, la tierra firme de la ciénaga traicionera.

Había aprendido cosas sobre el sufrimiento que no me enseñaba Ghosh: primero, que el uniforme de la enfermedad era blanco; y la tela, algodón. Fuese fino (*shama* o *nettala*) o grueso como una manta (*gabby*), debía mantener la cabeza caliente y la boca tapada: ni el sol ni el viento tenían que penetrar porque esos elementos transportaban la *mitch*, la *birrd* y otros miasmas malignos.

Hasta el ministro con chaleco y reloj de bolsillo, si estaba enfermo, se echaba una *nettala* sobre la chaqueta, se metía una hoja de eucalipto en la nariz, tomaba una dosis extra de *kosso* para la tenia y luego corría a que lo examinaran.

Día tras día, avanzaba cuesta arriba una masa vestida de blanco, nadando contra la corriente de la gravedad. Los cojos, los tullidos y cuantos se quedaban sin aliento se paraban a mitad de camino para mirar arriba, por encima de las copas de los eucaliptos que flanqueaban la pendiente, hacia donde los aguiluchos africanos planeaban en el cielo azul.

En cuanto coronaban la subida, los enfermos se acercaban a la mesa de inscripción para que les dieran su tarjeta. De allí pasaban a Adam, llamado por Ghosh «el mejor clínico tuerto del mundo», que podía soltarle a un paciente: «¿Y dice que le falta el aliento? Pero si ha subido la cuesta a la carrera y ha conseguido la cuarta tarjeta del día...» En su libro, la tarjeta de paciente externo desenmascaraba a un hipocondríaco con más precisión que cualquier prueba que pudiese realizar Ghosh.

Una vez desde mi puesto de observación divisé en el flujo diario a una orgullosa mujer eritrea que llevaba un pesado cesto, donde había algo grande, de superficie roja, en carne viva y supurante. Se trataba de un pecho suyo: a causa del cáncer había adquirido tal volumen que aquél era el único medio de que ella y él llegaran al hospital.

Dibujaba estas cosas en mi cuaderno, pero mis esbozos no valían nada comparados con los de Shiva, aunque me eran muy útiles. Con una sola ojeada me ayudaban a recordar, aunque mi memoria no fuese fotográfica como la de mi hermano.

En la página 34 dibujé un niño de perfil, mofletudo, sano, pero cuyo otro perfil mostraba que le faltaban parte del carrillo, la nariz y el ojo, de modo que se le veían los dientes brillantes, las encías sonrosadas y la cuenca del ojo. Ghosh me explicó que aquel espectáculo fantasmal se denominaba *cancrum oris*, originado por una infección sin importancia de los dientes o las encías, pero que acababa extendiéndose debido a la desnutrición y la desidia, a menudo durante un episodio de sarampión o varicela. Una vez iniciado, progresaba rápidamente y, en general, el niño moría antes de que lo llevaran al Missing. A veces, la enfermedad simplemente perdía fuerza, o las defensas del organismo conseguían por fin detener su avance, pero a expensas de la mitad de la cara. Tal vez la muerte fuese preferible a vivir así. Presencié la operación que practicó Ghosh a aquel niño: fue algo aterrador, y quedé sobrecogido ante lo que aquel hombre que cenaba con nosotros cada noche era capaz de hacer: manipular un colgajo de piel para cubrir la mejilla y otro para el agujero de la nariz. Había previsto más colgajos y reconstrucciones con vistas a una intervención quirúrgica posterior. Pero la cara de un niño no se podía restaurar del todo con semejantes cicatrices, y mucho menos el alma.

—No te dejes impresionar. Soy un cirujano accidental, hijo. Hago cuanto puedo. Pero tu padre... lo que podría haber hecho él con ese rostro no habría desmerecido frente a la obra del mejor cirujano plástico del mundo. Mira, tu padre era un cirujano de verdad. Creo que no he conocido a ninguno mejor —me dijo Ghosh tras la operación.

Cuando le pregunté qué convertía a alguien en un cirujano «de verdad», respondió sin vacilar:

—La pasión por su arte... y la habilidad, la destreza. Sus manos siempre estaban «quietas», me refiero a que no desperdiciaba movimientos. Nada de gestos grandilocuentes. Parecía lento, rutinario, pero cuando mirabas el reloj te dabas cuenta de lo rápido que era. Lo más importante es la seguridad tras la primera incisión, la confianza en ti mismo, que te permite llegar a más y conseguir mejores resultados. Aunque me siento agradecido por poder practicar las intervenciones simples, las operaciones básicas, casi siempre estoy muerto de miedo.

Ghosh era modesto. Pero lo cierto es que era una persona distinta en el ambulatorio, donde realizaba «consultas», es decir, veía a los pacientes que Bachelli y Adam seleccionaban para que opinara sobre ellos. Su auténtica pericia afloraba con aquellos que a mí me parecían «normales». La enfermedad dejaba sus huellas, ocultas a los observadores legos. Una tejedora de cestos aseguraba: «El día de san Esteban oriné en una valla de alambre espinoso.» O un culí triste y desconcertado decía: «La mañana siguiente al ayuno del miércoles pisé accidentalmente el agua de los lavajes matutinos de una prostituta.» Ghosh escuchaba, captando con la mirada las marcas de ampollas en el esternón que indicaban que había consultado al curandero nativo; al advertir el habla gangosa suponía que probablemente había sido amputada la campanilla en una segunda visita al mismo charlatán. Tenía un oído finísimo para lo que subyacía en aquellas palabras anodinas. Una pregunta incisiva dejaba al descubierto una historia que coincidía con alguna de las de su repertorio. Entonces era el momento de buscar los signos corporales, los indicadores de la enfermedad, y de palpar, percutir, escuchar con el estetoscopio las claves pasadas por alto. Él sabía cómo terminaba aquella historia; el enfermo sólo conocía el principio.

Hay por último un hecho que sucedió y que, aunque no tuvo nada que ver con Ghosh, debo describir porque se produjo durante ese período y explica el curso que siguió la vida de Shiva y por qué se desvió de la mía.

Un día, a última hora de la mañana, Shiva y yo estábamos sentados en el vertedero que había a un lado de la cuesta del Missing, cuando vimos subir a una niña no mayor de doce años, frágil, descalza y con las piernas rígidas. Prematuramente encorvada como una anciana, se apoyaba en un padre gigantesco que llevaba los pantalones manchados de barro y remendados, abombados sobre unos pies descalzos de uñas córneas. Aquel hombre podría haber subido la cuesta en veinte zancadas, pero en cambio daba pasos cortos para ajustarse a los de ella. Avanzaban como caracoles, mientras otros visitantes aceleraban el paso al acercarse a ellos, como si padre e hija generaran un campo de activación. Cuando llegaron a nuestra altura, comprendí por qué: percibimos un olor indescriptible a podredumbre y putrefacción y algo más para lo que aún no existen palabras. Me pareció que no tenía sentido contener la respiración ni taparme la nariz, porque el hedor nos invadió al instante, coloreándonos por dentro como una gota de tinta china en un vaso de agua.

A través del modo peculiar que tienen los niños de entenderse, nos enteramos de que ella era inocente de aquel hedor horrible e insoportable que desprendía. Era de ella, pero no suyo. Peor que el olor (pues apenas debía de llevar unos días conviviendo con él) era su expresión, que traslucía que ella se daba cuenta de la repugnancia y el asco que inspiraba. No tenía nada de extraño que hubiese abandonado el hábito de mirar a la cara a los demás; el mundo estaba perdido para ella, y ella para él.

Cuando se detuvo a tomar aliento, junto a sus pies descalzos fue formándose un lento charco. Al mirar cuesta abajo, descubrí el rastro que había dejado a su paso. Nunca olvidaré la cara del padre: bajo el sombrero de paja de campesino, ardía de amor por su hija y de cólera contra aquel mundo que la rechazaba. Sus ojos enrojecidos se enfrentaban a todas las miradas e incluso buscaban las de quienes procuraban esquivar la vista. Maldecía a sus madres y a los dioses que adoraban. Estaba trastornado por un hedor que podría haber eludido.

¿He dicho que la niña no respondía a la mirada de nadie? A la de nadie, salvo la de Shiva. Se miraron por un instante y los rasgos de ella se relajaron, como si mi hermano la hubiese acariciado o se hubiese acercado a consolarla. Bajó por ella su barbilla alzada, frunció los labios y sus ojos adquirieron una tonalidad azulada, y de pronto chispearon acuosos. En ese momento, el padre, que había subido la cuesta sin parar de blasfemar, calló.

Mi hermano, que en otros tiempos hablaba mediante las ajorcas y cuya danza podía ser tan compleja como la de una abeja, ignoraba entonces que dedicaría su vida justo a aquellas mujeres, las parias de la sociedad, a quienes iría a buscar al autobús Terra cuando llegaran de provincias. Pagaría a emisarios a fin de que viajasen a las aldeas más remotas a descubrir dónde estaban escondidas, repudiadas por los maridos y la familia. Distribuiría folletos en todos los lugares a los que llegaba el camión de Coca-Cola, es decir, donde hubiese vías asfaltadas, solicitando que aquellas mujeres (en realidad niñas) saliesen de sus escondites y acudiesen a él, que las curaría. Se convertiría en el mayor especialista mundial...

Pero me estoy adelantando. La interpretación de Shiva de la afección médica que había tras aquel hedor llegaría después. Aquella tarde, una de las muchas que pasé preguntándome por mi futuro, mi hermano había empezado ya a actuar. Sin apartar los ojos de la niña, se acercó y los condujo, a ella y a su padre, hasta Hema. Cuando lo pienso ahora, me doy cuenta de que en aquel acto quedó ya predeterminada su carrera, que estaba destinada a ser muy distinta de la mía.

23

La «placenca» y otros animales

Las lluvias habían cesado y hacía casi dos semanas que habíamos reanudado las clases, cuando un día Hema nos despertó con lo que me parecieron buenas noticias.

—No hay colegio. Hoy os quedáis en casa —anunció, y comentó que había problemas en la ciudad y que los taxis no circularían. Pero yo había dejado de prestar atención después de la frase inicial

Era un día perfecto para permanecer en casa. Iban a empezar las celebraciones del Meskel y el terreno del hospital estaba alfombrado de amarillo. Imaginé que perderíamos el balón de fútbol entre las margaritas, que treparíamos a la casa del árbol. Pero enseguida caí en la cuenta: con Genet bajo la vigilante mirada de Rosina no sería lo mismo.

Abrí los postigos de madera de la ventana del dormitorio y me encaramé en el alféizar. La luz del sol inundó la habitación. La temperatura llegaría a 24 grados al mediodía, pero de momento tiritaba descalzo. Desde aquel punto de observación, podía ver más allá del muro oriental del Missing un camino tranquilo y sinuoso que descendía y desaparecía. Más allá se alzaban las montañas y daba la impresión de que la senda siguiese bajo tierra para emerger después a lo lejos como un hilo. No era un camino que transitásemos, ni siquiera uno al que supiese llegar, y sin embargo tenía la sensación de dominar aquella vista. Al lado izquierdo flanqueaba la carretera un muro que retrocedía con ella, debatiéndose para mantenerse vertical, y sobre el cual se derramaban gigantescos macizos de buganvilla púrpura que rozaban los *shamas* blancos de los escasos peatones. En aquella primera luz diáfana y en los vívidos colores había algo especial que hacía imposible pensar en problemas.

Ya en el comedor, reparé en la expresión tensa y preocupada de Ghosh. Vestía camisa, corbata y chaqueta, y parecía que llevara horas despierto. Hema, con bata, estaba pegada a él, retorciéndose un mechón de pelo. Me sorprendió ver allí a Genet, que alzó la cabeza bruscamente cuando entré, como si no supiese que yo vivía en la casa. Rosina, que solía orquestar nuestras mañanas, no daba señal de vida. En la cocina encontré a Almaz, paralizada junto al fogón, a tal punto que el huevo empezó a humear, pero no lo sacó de la sartén para servirlo en mi plato. Vi que tenía los ojos humedecidos.

—El emperador —dijo cuando le pregunté qué pasaba—. ¿Cómo se atreven a hacerle eso a su majestad? ¡Qué desagradecidos! ¿Ya no se acuerdan de que nos salvó de los italianos? ¿De que es el elegido de Dios...?

Me contó cuanto sabía: mientras el emperador estaba de visita oficial en Liberia, un grupo de oficiales de la Guardia Imperial había tomado el poder durante la noche, capitaneados por nuestro general de brigada Mebratu.

—¿Y Zemui?

—¡Está con ellos, por supuesto! —respondió en un cuchicheo, moviendo la cabeza con desaprobación.

—¿Y Rosina?

Señaló con la barbilla hacia las habitaciones de los criados.

Genet entró en la cocina camino de la puerta de atrás. Parecía asustada. La detuve cogiéndola de la mano.

—¿Estás bien? —pregunté, mientras me fijaba en la cadena de oro y la extraña cruz que llevaba al cuello.

Asintió y salió por la puerta trasera. Almaz no la miró.

—Es verdad —confirmó Ghosh cuando volví al comedor, y miró a Hema como si ambos intentaran decidir cuánto debían desvelarnos. Lo que no podían ocultar era su angustia.

La noche anterior, el general Mebratu había ido a la residencia del príncipe heredero a explicarle que algunos estaban preparando un golpe contra su padre. A instancias del general, el príncipe convocó a los ministros leales al emperador. Cuando llegaron, Mebratu los detuvo a todos.

Era una artimaña inteligente, pero me desconcertaba. Ni yo ni nadie podíamos imaginar Etiopía sin Haile Selassie al mando, hasta tal punto el hombre y el país parecían ir unidos. El general Mebratu era nuestro héroe, un personaje deslumbrante incapaz de hacer nada malo. Aunque a nuestros ojos el emperador había perdido parte de su esplendor, no esperaba aquello del general... ¿Acaso se trataba de una traición, un lado oscuro que le había aflorado, o estaba haciendo lo que debía?

—¿Cómo sabéis todo eso? —pregunté.

Uno de los prisioneros, un ministro anciano y delicado, había sufrido un ataque de asma, de modo que habían llamado a Ghosh desde la residencia del príncipe heredero a primera hora de la mañana.

—El general no desea que muera nadie si puede evitarlo. Quiere que sea pacífico.

—¿Desea convertirse en emperador? —pregunté.

Ghosh negó con la cabeza.

—No, no creo que se trate de eso. Lo que quiere es que los pobres tengan alimentos y tierra. Y para eso hay que quitársela a los miembros de la familia real y a la Iglesia.

—¿Entonces lo que hace está bien? ¿O mal? —terció Shiva, al tiempo que levantaba la vista del libro que había llevado a la mesa. Así era mi hermano: no soportaba la ambigüedad y quería las cosas claras y precisas. Si preguntaba era porque no comprendía lo que a mí se me antojaba evidente. Pero en este caso era una buena pregunta, que yo deseaba formular también—. ¿No está la Guardia Imperial para defender al emperador? —añadió.

Ghosh pestañeó, como si la pregunta le doliese.

—Éste no es mi país, así que ¿quién soy yo para juzgar? Mebratu vive bien. No tiene un motivo personal para hacerlo, más bien creo que actúa así por su pueblo. Hace mucho tiempo sospecharon de él, luego se convirtió en el hijo predilecto, y hace poco volvió a caer bajo sospecha, y estaba seguro de que de todas formas podrían detenerlo muy pronto.

Ghosh explicó que al salir del palacio del príncipe heredero, Zemui lo había acompañado al coche y entregado una cosa para que se la diese a Genet. Se trataba del colgante de oro que Darwin Easton se había quitado y le había regalado: la cruz de santa Brígida. Zemui también le había pedido que transmitiese su cariño a ella y a Rosina.

Cuando Hema se vistió, ella y Ghosh se fueron al hospital.

—No os alejéis de casa, hijos. ¿Entendido? —nos dijeron.

No debíamos salir del recinto del Missing, pasase lo que pasase.

Fui hasta las puertas de entrada: sólo había tres enfermos en la cuesta. No pasaban coches ni autobuses. Me quedé allí con Gebrew, mirando. El silencio era extraño, ni siquiera alteraban la quietud los cascos de los caballos o las campanillas de los arneses.

—Cuando los taxis de cuatro patas se quedan en los establos, es que hay graves problemas —sentenció Gebrew.

En los dos edificios de hormigón que se alzaban enfrente había bares, una sastrería y un taller de reparación de radios. Pero tampoco allí había señales de vida. Haciendo caso omiso de las advertencias de Hema y Ghosh, y de las protestas de Gebrew, crucé la carretera hasta el pequeño bazar árabe, un chiringuito de contrachapado, pintado de amarillo y situado entre los dos edificios grandes. La ventana por la que solía llevarse a cabo la actividad en el bazar estaba cerrada, pero un niño salió por la puerta entreabierta con un cucurucho de periódico atado con cordel, probablemente con diez centavos de azúcar para el té matutino. Entré. El aire estaba cargado de incienso. Si me apoyaba en el mostrador podía tocar la pared del fondo. Los bazares árabes eran así en toda la ciudad, como emergidos del mismo vientre. Colgando del techo, de pinzas prendidas en una cuerda, había paquetes de Tide de un solo uso, aspirina Bayer, chicles y paracetamol, que giraban como adornos de fiesta. Un gancho de carne que colgaba de las vigas sostenía cuadrados de periódico listos para usar de envoltorio. De otro gancho pendía un rollo de cordel. Sobre el mostrador había cigarrillos sueltos en un tarro y cajetillas sin abrir amontonadas al lado. Las estanterías estaban atestadas de cajas de cerillas, botellas de soda, bolígrafos Bic, sacapuntas, Vicks, crema Nivea, cuadernos, gomas, tinta, velas, pilas, Coca-Cola, Fanta, Pepsi, azúcar, té, arroz, pan, aceite para cocinar y muchas cosas más. Flanqueaban el mostrador tarros de conservas llenos de dulces y *caramela*, que dejaban un espacio libre en medio en el que me apoyé. Entonces vi a Alí Osmand, con el gorro de encaje pegado a la cabeza, sentado en la estera con su mujer, su hija pequeña y dos hombres. El espacio de suelo apenas daba para que Alí y su familia durmiesen apretujados, con las rodillas encogidas, y ahora encima tenía visitas. Todos estaban sentados alrededor de un montón de kat.

—Marion, en momentos como éste es cuando los extranjeros como nosotros podemos padecer —dijo preocupado, y me resultó extraño oírle utilizar la palabra *ferengi* refiriéndose a sí mismo o a mí, porque ambos habíamos nacido en el país.

Crucé para regresar al lado de Gebrew y compartí con él la barrita de caramelo que había comprado.

De pronto pasó Rosina delante de nosotros.

—Cuida a Genet —dijo por encima del hombro, no sé si a mí o a Gebrew.

—¡Espera! —la llamó el vigilante, pero ella no hizo caso.

La seguí corriendo y la detuve cogiéndola de la mano.

—¡Espera, Rosina! ¿Adónde vas? ¡Por favor!

Me hizo girar como indicándome que me marchara, pero luego se le suavizó la expresión. Estaba pálida, tenía los ojos hinchados de llorar y la mandíbula tensa, ignoraba si por miedo o porque había tomado una decisión.

—El chico tiene razón, Rosina. No vayas —pidió Gebrew.

—¿Qué quiere que haga, sacerdote? Hace una semana que no veo a Zemui. Es un ingenuo; estoy preocupada por él. Me hará caso cuando le diga que por encima de todo tiene que ser leal a Dios y al emperador.

De pronto me asusté y me aferré a ella, que se zafó con delicadeza. Me pellizcó la mejilla por pura costumbre y me acarició el pelo. Me besó en la cabeza.

—Sé razonable —le dijo Gebrew—. El cuartel de la Guardia Imperial queda demasiado lejos. Si Zemui se encuentra con el general, estará en palacio. Tendrás que pasar por delante de la Comandancia y de la Sexta Comisaría. Tardarás demasiado en llegar.

Ella se despidió con un gesto de la mano y se alejó. El vigilante, que lagrimeaba continuamente a causa del tracoma, parecía a punto de llorar. Percibía un peligro mucho mayor que cuanto yo pudiese imaginar.

Diez minutos después, apareció un jeep con una ametralladora montada, seguido de un vehículo blindado. Eran soldados de la Guardia Imperial, con expresiones hoscas y cascos de combate en vez de los salacots habituales. Los uniformes de camuflaje y las cananas cargadas habían sustituido a su uniforme verde oliva normal.

«Ciudadanos, conserven la calma —dijo una voz procedente de un altavoz instalado en el blindado—. Su majestad el príncipe heredero Asfa Wossen se ha hecho cargo del gobierno. Hoy al mediodía emitirá un comunicado. Escuchen Radio Adis Abeba al mediodía. Radio Adis al mediodía. Ciudadanos. Conserven la calma...»

Me alejé de la entrada, en dirección al hospital, donde encontré a W. W. Gónada sentado en la galería que había delante del banco de sangre, con un transistor en el regazo, con las enfermeras y auxiliares cerca de él. Parecía emocionado, feliz.

Al mediodía, nos reunimos en casa alrededor del Grundig y del transistor de Rosina, el primero sintonizado con la BBC y el segundo con Radio Adis Abeba. Almaz estaba de pie al lado. Genet compartía un asiento conmigo. Hema bajó el reloj de la repisa de la chimenea y le dio cuerda; su expresión desvalida revelaba su profunda ansiedad. La enfermera jefe parecía la menos preocupada, mientras soplaba en su taza de café. Me sonrió.

«Boletín informativo de la BBC —dijo en inglés una voz anónima y estentórea. Finalmente, tras comentar la huelga en las minas de carbón inglesas, el locutor pasó a lo que nos interesaba—: Según las noticias llegadas de Adis Abeba, la capital de Etiopía, se ha producido un golpe de estado incruento mientras el emperador Haile Selassie efectuaba una visita oficial a Liberia. El emperador ha dado por terminado el viaje y cancelado los planes de una visita oficial a Brasil.»

«Golpe de estado» era un término nuevo para mí; implicaba algo antiguo y elegante. Pero el adjetivo «incruento» denotaba que tenía que existir su variante «cruenta».

Confieso que en aquel momento me emocionó oír que la BBC mencionaba nuestra ciudad, e incluso a la Guardia Imperial. Los británicos no sabían nada del Missing, ni de la vista del camino desde mi ventana. Pero habíamos conseguido que desviaran la atención hacia nosotros. Años después, cuando Idi Amin decía y cometía atrocidades, pensaba que lo hacía con intención de alterar a la buena gente del meridiano de Greenwich, para que alzaran la cabeza del té con bollos y dijeran: «Ah, sí, África.» Por un instante fugaz, tendrían la misma conciencia de nosotros que nosotros de ellos. Pero ¿cómo era posible que la BBC mirase desde Londres y viese lo que nos pasaba? Nosotros no veíamos nada cuando mirábamos por encima de los muros del hospital.

Bastante después del mediodía, y mucho más tarde del parte de la BBC, cesó la música militar en Radio Adis Abeba y el príncipe heredero

Asfa Wossen tomó la palabra balbuciente con un trasfondo de rumor de papeles. Lo poco que sabía del corpulento primogénito del emperador, por lo que había visto en el periódico y en persona, me hacía pensar en un individuo que se pondría a gritar al ver un ratón. Carecía del porte y el carisma paternos. Leyó por la radio una declaración (era evidente que seguía un guión) en el amárico selecto del funcionariado, que nos resultaba difícil de entender a todos, salvo a Almaz y Gebrew. Cuando terminó, Almaz salió del comedor alterada. La BBC emitió una traducción a los pocos minutos (¿cómo conseguían hacerlo?).

«El pueblo etíope ha estado esperando el día en que desapareciesen la pobreza y el atraso, pero nada se ha conseguido...»

El príncipe heredero aseguró que su padre le había fallado al país. Era el momento para una nueva jefatura. Estaban en los albores de un nuevo día. ¡Viva Etiopía!

—Ésas son palabras del general Mebratu —dijo Ghosh.

—Parecen más de su hermano —opinó Hema.

—Deben estar apuntando con una pistola en la cabeza al príncipe heredero —terció la enfermera jefe—. No hay rastro de convicción en su tono.

—Pues entonces debería haberse negado a leerlo —comenté, y todos se volvieron para mirarme. Hasta Shiva alzó la cabeza del libro que estaba leyendo—. Debería haber dicho: no, no lo leeré; prefiero morir antes que traicionar a mi padre.

—Marion tiene razón —coincidió la enfermera jefe—. Eso no dice mucho acerca del carácter del príncipe.

—Lo de utilizar al príncipe heredero sólo es una treta —explicó Ghosh—. No quieren acabar con la monarquía de repente, sino que el pueblo vaya acostumbrándose a la idea del cambio. ¿No os habéis fijado en la reacción de Almaz ante la idea de que alguien deponga al emperador?

—¿Por qué se preocupan por el pueblo? Tienen las armas. El poder —dijo Hema.

—Lo que temen es una guerra civil. Los campesinos adoran al emperador. No hay que olvidar que el ejército territorial, todos los combatientes veteranos que lucharon contra los italianos son soldados irregulares, no pertenecen al ejército ni a la Guardia Imperial, pero les superan con mucho en número. Podrían empezar a avanzar hacia la ciudad.

—De todas formas, siempre cabe la posibilidad de que lo hagan —comentó la enfermera jefe.

—Mebratu no podría conseguir el apoyo previo del ejército, la policía y la fuerza aérea —prosiguió Ghosh—. Supongo que cuanta más gente incorporase antes del golpe, más probable habría sido que lo hubiesen traicionado. El general y su hermano Eskinder estaban discutiendo cuando llegué esta mañana. Eskinder hubiera querido atrapar a todos los generales del ejército la noche anterior, empleando el mismo truco con que habían atrapado a los demás leales al régimen. Pero Mebratu no aceptó.

—¿Viste al general? —pregunté.

—Ojalá no lo hubiese visto —soltó Hema—. No tenía por qué enredarse en esto. —Parecía enfadada.

—Fui como médico, Hema, ya te lo he dicho —dijo Ghosh, y suspiró—. Cuando llegué, Tsigue Debou, el jefe de policía, se había unido al general. Él y Eskinder estaban presionándolo para que atacase los cuarteles del ejército antes de que pudieran organizarse. Pero Mebratu se negó por razones... umm, afectivas. Eran amigos suyos, sus compañeros. Estaba seguro de que esas personas buenas de los otros cuerpos lo apoyarían. En fin, me acompañó lentamente hasta la puerta. Cuando me dio las gracias me dijo que estaba decidido a evitar el derramamiento de sangre.

Durante el resto del día reinó en las calles un extraño silencio. Al hospital acudieron muy pocos pacientes, y los enfermos que podían huyeron a sus casas. Nosotros no nos depegamos de la radio.

Genet permaneció sola en su habitación; al final de la tarde Hema me mandó a buscarla y volví con ella de la mano. Aunque se hacía la valiente, yo sabía que estaba preocupada y asustada. Aquella noche durmió en nuestro sofá: no teníamos noticias de Rosina.

La jornada siguiente, la ciudad amaneció muy tranquila, y lo único que circulaba eran los rumores. Sólo los tenderos más resueltos abrieron sus comercios. Decían que el ejército seguía indeciso, sin saber si apoyar a los golpistas o mantenerse fiel al emperador.

Gebrew llegó a mediodía y nos pidió que saliéramos a la puerta. Llegamos a tiempo para ver un desfile de estudiantes universitarios con banderas etíopes y rostros resplandecientes de sudor y emoción, que se agrupaban bajo estandartes: ESCUELA DE ARTES Y CIENCIAS, ESCUELA DE INGENIERÍA... Unos delegados con brazaletes mantenían el orden. Para mi asombro, allí estaba W. W. Gónada, desfilando bajo el estandarte de la Escuela de Comercio. Nos sonrió medio avergonzado, se ajustó la corbata y continuó desfilando, esforzándose por parecer un miembro del cuerpo docente. Debía de haber miles de estudiantes y profesores, y cantaban al unísono en amárico:

Despertad compatriotas, la historia os llama,
no más esclavitud, reine la libertad.

Había pancartas en inglés que rezaban: UNA REVOLUCIÓN INCRUENTA PARA TODOS y APOYEMOS PACÍFICAMENTE AL NUEVO GOBIERNO DEL PUEBLO.

En la calle había hileras de recelosos espectadores que llevaban, como nosotros, demasiado tiempo sin salir de casa. Los perros callejeros se agrupaban y ladraban a los manifestantes, lo que aumentaba el barullo. Una bella estudiante de pantalones vaqueros nos puso panfletos en la mano, pero Almaz apartó el suyo como si estuviese contaminado.

—¡Oiga, señorita! ¿Acaso la enviaron a la universidad para esto? —le gritó.

Un anciano barbudo agitaba el espantamoscas como si intentase pegar a los estudiantes.

—Si estuvieseis estudiando no tendríais tiempo para estas cosas. ¡No olvidéis quién construyó vuestra universidad, quién os enseñó a leer!

W. W. Gónada nos contó después que los tenderos musulmanes y eritreos del Merkato habían acogido a los estudiantes con vítores, pero en cambio el resto de la población los había recibido con frialdad, y cuando los manifestantes se dirigieron hacia la Comandancia del Ejército, donde se proponían convencer a los militares para que se uniesen a la revuelta, un pelotón con uniforme de combate les había cortado el paso en un cruce. El joven comandante les había comunicado que disponían de un minuto para dispersarse o daría a sus soldados orden de disparar. Los estudiantes habían intentado dialogar, pero el sonido de los cerrojos de los fusiles los convenció de que era mejor retirarse. W. W. Gónada había abandonado entonces la manifestación.

Aunque aún me alegraba de no ir al colegio, me daba cuenta de que la angustia que antes traslucieran las caras de los adultos poco a poco había desaparecido. Ghosh y la enfermera jefe volvieron al hospital a prepararse para las urgencias. Hema tenía aquella tarde su Clínica de Versión. Shiva, que hasta entonces había manifestado escaso interés por los acontecimientos, estaba inquieto, como si hubiese captado algo que nadie más advertía. Preguntó a Hema (algo insólito en él) si se quedaría en casa y no iría a trabajar.

—No quiero marcharme, cariño —repuso ella, un tanto vacilante—, pero tengo Clínica de Versión.

—Llévanos contigo —propuso Shiva. Luego añadió—: Practicamos la caligrafía Bickham. ¿Ves mi hoja? Tal como nos dijiste. —Su letra era mejor que los ejemplos de estilo redondeado y florido del libro—. Por favor...

—De verdad que no puedo. Tengo que ir al paritorio antes que al ambulatorio.

—Te acompañaremos.

—No. No os quiero en la consulta. —Al reparar en la expresión decepcionada de Shiva, añadió—: Os propongo una cosa: vosotros id a la Clínica de Versión y me esperáis allí. Hagáis lo que hagáis, no os separéis.

Era una invitación rarísima. Hema, a diferencia de Ghosh, si usaba un estetoscopio no lo llevaba a casa. La bata blanca con que la veíamos en el hospital, allí se quedaba. Raras veces pensaba en ella como doctora, porque en casa era sólo madre. Ghosh hablaba constantemente de medicina, pero Hema jamás. Sabíamos que iba al paritorio y que operaba los lunes y miércoles. Por lo que habíamos oído, era muy buena y estaba muy solicitada, pero no se nos mencionaban los detalles. Quería que supiésemos que siempre estaba pendiente de nosotros y que sus tareas como médica no la distraían de esa vigilancia. La Clínica de Versión era un buen ejemplo. Llevábamos años oyendo hablar de ella, pero no teníamos idea de lo que allí pasaba. Según el diccionario, un significado de «versión» se derivaba del latín *versus*: «girar».

Las salidas nocturnas de Hema iban acompañadas de frases crípticas, de palabras aún más extrañas que «versión»: «eclampsia» o «hemorragia posparto» o, la expresión más estremecedora de todas, la «retención de *placenca*», que ni siquiera figuraba en el diccionario médico. Y sólo se oía hablar de la *placenca* cuando estaba «retenida». Se la temía, y sin embargo su llegada era necesaria. Shiva y yo buscábamos aquella *placenca* retenida en los árboles del Missing, o arriba, en el cielo.

Mi hermano la dibujó: en sus muchas versiones, era como un hada voladora, un triángulo alargado, sin ojos y sin patas, pero bella, de líneas elegantes, aerodinámica y absolutamente misteriosa. ¿Tendría algo que ver la muerte de nuestra madre con la *placenca* retenida? Habría sido muy fácil preguntárselo a Hema, pero aquél era un tema tabú. Al menos eso nos hacía pensar ella.

La clínica de las mujeres, que quedaba detrás del edificio principal del hospital, se diferenciaba de los acabados encalados del Missing por la pintura verde lima de las paredes exteriores y por las barandillas azules. Un árbol de higenia salpicaba de brotes anaranjados la escalera. El terreno debajo del árbol estaba incendiado de lobelia azul y trébol rosado. Un grupo de pacientes embarazadas estaban sentadas en la escalera, con el cabello cubierto con *shashes*. Mientras esperaban se ponían flores detrás de las orejas y estiraban las piernas. Sus *shamas* blancos resplandecían al sol. Y con los vientres abultados y las tarjetas del ambulatorio en la mano parecían una bandada de gansos vivaces. Algunas no llevaban calzado y el resto se había quitado los zapatos de plástico. En la ciudad reinaba la tensión, pero, al contemplar a aquellas mujeres y oír sus risas, sus quejas por los tobillos hinchados, los maridos o la acidez de estómago, nadie lo habría pensado. Nos llamaron en cuanto nos vieron para tendernos la mano, preguntarnos cómo nos llamábamos, cuántos años teníamos, acariciarnos el pelo y comentar nuestro parecido. Insistieron en que nos sentáramos con ellas, a lo que yo me hubiera negado, pero Shiva accedió muy contento. Así que me senté, cohibido como un pollito atrapado entre gallinas, mientras que mi hermano parecía hallarse en la gloria.

Es frecuente que no veamos bien a los miembros de nuestra propia familia y que sean otros quienes nos señalen que han crecido o envejecido. Confieso que daba por sentado, en general, el aspecto de Shiva; al fin y al cabo, era mi hermano gemelo. Pero en aquel momento lo vi de otra manera. La frente grande y redondeada, los rizos que se agolpaban en su cabeza, amenazando con caer hacia delante y taparle los ojos, el gesto ecuánime de cejas y ojos, y aquel ademán suyo de apoyarse el dedo en la mejilla, como Nehru en el retrato que había en casa. Lo que me resultaba completamente nuevo era aquella sonrisa que transformaba a mi compañero uterino en un desconocido de ojos azules, confiriéndole una extraña ligereza, al punto de que daba la impresión de que, de no ser por los sólidos brazos femeninos echados sobre sus hombros, que le acariciaban el pelo, se habría elevado flotando de la escalera.

Una mujer leyó un panfleto que había arrojado un avión de la fuerza aérea sobre la *piazza* y el Merkato. Era la única que sabía leer, aunque lo hacía muy despacio: «Mensaje de Su Santidad, el Patriarca de la Iglesia, Abuna Basilios», dijo, y todas las cabezas se inclinaron enseguida e hicieron la señal de la cruz, como si Su Santidad estuviese allí con ellas. «A mis hijos, los cristianos de Etiopía, y a todo el pueblo etíope. Ayer, hacia las diez de la noche, los soldados de la Guardia Imperial, a cuyo cargo estaban la seguridad y el bienestar de la familia real, cometieron crímenes de traición contra su patria...»

Sentado entre ellas y aunque sudaba bajo el sol, me estremecí. Me di cuenta de que para aquellas mujeres las palabras del patriarca eran la verdad. Hablaba en nombre de Dios; aquello no era un buen augurio para el hombre al que tanto admirábamos, el general Mebratu.

Tras la lectura, las mujeres se volvieron descaradas y empezaron a burlarse de la Guardia Imperial y luego de los hombres en general. Se reían y comportaban como si estuviesen en una boda. Shiva sonreía de oreja a oreja, extasiado. Su inquietud se había esfumado. Parecía que hubiese encontrado su lugar ideal, rodeado de mujeres embarazadas. Había muchas cosas de mi hermano que no entendía.

Cuando apareció Hema y pese a las protestas de nuestra madre, las mujeres se levantaron. Sus ojos relucían de orgullo maternal al vernos adoptados por sus pacientes.

Las mujeres se sentaron en las mesas de examen, tres en cada una. Se bajaron las faldas por debajo del vientre y se alzaron las camisas para dejar al descubierto sus hinchazones de sandía. Una de ellas hizo señas a Shiva para que se acercase y le cogiese la mano, él entró, seguido por mí. Hema se mordió la lengua.

—Tercer trimestre cumplido —sentenció Hema al poco rato, sin explicar lo que quería decir. Empleó ambas manos para confirmar que la posición del bebé no era «del todo cabeza abajo». Un bebé no podía nacer con facilidad, nos explicó, a menos que tuviese la cabeza dirigida hacia los pies de la madre. Por eso la clínica prenatal enviaba a las mujeres allí, a la Clínica de Versión, mencionando así otra clínica a la que sabíamos que ella asistía allí mismo, pero un día distinto.

Luego sacó un estetoscopio extraño y diminuto: un fetoscopio. La campana tenía un soporte metálico en forma de U en que podía apoyar la frente y servirse del peso de la cabeza para presionar la piel, dejando las manos libres a fin de estabilizar el vientre. Como un director de orquesta, alzó el dedo pidiendo silencio. La conversación cesó y las pacientes de las camillas y la multitud de la puerta contuvieron el aliento.

—¡Galopando como un garañón! —exclamó por fin Hema, incorporándose.

—¡Alabados sean los santos! —corearon las voces.

Hema no nos brindó la posibilidad de escuchar, concentrada como estaba en el trabajo.

—Con esta mano sujeto la cabeza del bebé. La otra la pongo aquí, donde está el trasero del niño. ¿Cómo lo sé? —Miró a Shiva como si su pregunta fuese impertinente. Luego se echó a reír—. ¿Sabes los miles de bebés que he palpado de este modo, hijo? No tengo ni que pensar. La cabeza es esta dureza como de coco. El trasero es más blando, y no se diferencia tanto. Con el tacto me formo una imagen —añadió, delineando en el aire por encima del vientre una forma—. El bebé me da la espalda. Ahora, observa.

Afianzó los pies y, valiéndose de una presión firme y constante de las manos, empujó la cabeza hacia un lado y el trasero hacia el otro, al mismo tiempo que movía las manos una hacia la otra como para mantener al bebé acurrucado. Había algo en la forma en que estaban alineados los pulgares con los otros dedos, todos muy juntos, que me recordó sus gestos de danza *bharatnatyam*.

—¡Mirad! ¿Veis? Una resistencia inicial, como si estuviese pegado, luego cede. Y el bebé da la vuelta. —Yo no veía nada—. Claro, por supuesto, no podéis verlo. El bebé está flotando en agua. En cuanto empieza a volverse, acaba de hacerlo solo. Ya no es un bebé de nalgas, sino que se presenta de cabeza, normal.

Escuchó de nuevo el corazón del feto para asegurarse de que seguía retumbando con fuerza.

Terminó la tarea en un momento, poseída por la misma energía dinámica con la que repartía las cartas o corregía nuestra ortografía. Sólo un bebé se resistió a dar la voltereta.

—Por lo que sé, esta clínica podría ser la mayor pérdida de tiempo del mundo. Ghosh quiere que realice un estudio para ver cuántos bebés vuelven a la posición anterior. Ya sabéis lo que dice: «La práctica no cotejada no merece la pena practicarla.» —Resopló, recordando algo más—. Yo tenía un amigo de pequeña, un vecino que se llamaba Velu. Tenía gallinas y de vez en cuando una cacareaba de un modo especial y Velu sabía, no me preguntéis cómo, que el animal tenía un huevo atravesado. Entonces iba y se lo colocaba vertical, y la gallina dejaba de cacarear y ponía el huevo. Velu era insoportable a vuestra edad. Ahora recuerdo su truco con las gallinas y me pregunto si no lo subestimaría. —No dije nada por miedo a romper el hechizo, pues era muy raro oírla pensar en voz alta de aquel modo—. Entre nosotros, niños, no tengo ningún deseo de publicar un artículo que podría retirarme del oficio. La verdad es que disfruto en la Clínica de Versión.

—Yo también —corrobó Shiva.

—Sea en la India o aquí, las señoras son todas iguales —dijo mirando a las mujeres, ninguna de las cuales se había marchado, pues esperaban el té, el pan y la píldora de vitaminas que seguían a la revisión, mientras sonreían a Hema con afecto fraterno, no, con adoración—. ¡Miradlas! Todas felices y radiantes. Dentro de pocas semanas, cuando empiece el parto, estarán gritando, chillando, maldiciendo a sus maridos. Se convertirán en diablesas. No las reconoceríais. Pero son angelicales —comentó con un suspiro—. Una mujer nunca lo es más que en este estado.

Los problemas de la ciudad y el país habían desaparecido, al menos para Shiva y para mí. Qué afortunados éramos por tener unos padres como Hema y Ghosh. ¿Qué había que temer?

—Mamá —dijo Shiva—, Ghosh dice que el embarazo es una enfermedad de transmisión sexual.

—Lo dice porque sabe que luego me lo contaréis a mí. Menudo sinvergüenza. No debería deciros esas cosas.

—¿Puedes enseñarnos por dónde sale el bebé? —preguntó Shiva, y me di cuenta de que hablaba completamente en serio, y también de que su pregunta había roto el hechizo. Me enfadé con él. Los niños han de tener cierta astucia en el trato con los adultos y, en cierto modo, mi hermano carecía por completo de ella. De la misma forma misteriosa con que llegó la dentición permanente, habían llegado también la timidez y la confusión para camuflar mi sentimiento de culpa, mientras la vergüenza arraigaba en mi cuerpo como precio por la curiosidad.

—Bueno. Se acabó. Es hora de que os vayáis a casa —dijo Hema.

—¿Qué significa la palabra «sexual», mamá? —preguntó Shiva, mientras ella nos echaba.

Observé a mi gemelo. Por una vez, no estaba muy seguro de sus propósitos. ¿Quería fastidiar a nuestra madre o era sólo su forma heterodoxa de pensar?

—Tengo que ir un ratito a las salas. Vosotros no salgáis de casa —respondió ella, lo que aumentó mi desconcierto.

Y nos echó. Por su tono, se había enfadado, pero hacía a la vez grandes esfuerzos por no sonreír.

24

Amar a los moribundos

En un país donde la belleza de la tierra no puede describirse sin emplear la palabra «cielo», la visión de tres reactores despegando en brusca ascensión cortaba el aliento.

Me encontraba por casualidad fuera, en el césped de la parte delantera. La onda expansiva viajó por la tierra hasta mis pies y ascendió por mi columna vertebral antes de que se oyese la explosión. Me quedé petrificado. A lo lejos se alzó el humo. Los chillidos de centenares de pájaros que levantaron el vuelo y los ladridos de todos los perros de la ciudad quebraron el impresionante silencio que siguió.

Aún deseaba creer que aquello (los reactores, las bombas) formaba parte de algún plan grandioso, del curso previsto de los acontecimientos, y que Hema y Ghosh entendían lo que pasaba, aunque yo no lo comprendiera. Fuera lo que fuese, ellos podían resolverlo.

Cuando Ghosh salió de casa a la carrera para venir a buscarme, con aquella mirada de miedo y preocupación, la última de mis ilusiones se desvaneció. Los adultos no controlaban la situación. Supongo que había indicios anteriores de ello, pero incluso cuando había visto cómo pegaban a aquella anciana los guardias del emperador, me había convenido creer que Hema y Ghosh aún controlaban el universo.

Sin embargo, arreglar aquello quedaba fuera de su alcance.

Ghosh, Hema y Almaz sacaron colchones al pasillo. Nuestras paredes encaladas de *chikka* (paja y adobe comprimidos) ofrecían escasa protección. En el pasillo, las balas tendrían al menos que atravesar dos o tres paredes. Las balas silbaban por encima, cerca, mientras las explosiones y el estruendo se oían lejos. Oímos un tintineo de la cocina y más tarde descubrimos que una bala había roto un paño de la ventana. Echado en el colchón, me hallaba inmóvil, paralizado, esperando que alguien dijese: «Esto es un error colosal que pronto se corregirá y podréis salir de nuevo a jugar.»

—Creo que podemos dar por sentado que el ejército y la aviación han decidido no sumarse al golpe —dijo Ghosh, observando a Hema para ver si provocaba una respuesta. Y así fue.

A Genet le temblaban los labios. Yo sólo podía imaginar lo preocupada que estaba: sentía nervios en el estómago cuando pensaba en Rosina, que hacía ya más de veinticuatro horas que se había ido. Alargué el brazo y Genet me estrechó la mano.

Al anochecer se intensificó el fuego y el frío era terrible. La enfermera jefe iba y venía del hospital sin ningún miedo, a pesar de nuestras súplicas para que se quedara. Cuando tenía que ir al baño lo hacía arrastrándome. Por la ventana veía las brillantes trazadoras que se cruzaban en el cielo.

Gebrew cerró con llave y cadena la entrada principal y se retiró de su cabaña de centinela, para refugiarse en el complejo principal del hospital. Las enfermeras y estudiantes de enfermería estaban echadas en el comedor de enfermeras, supervisadas por W. W. Gónada y Adam.

Cerca de la medianoche se oyó llamar a la puerta de atrás y Ghost fue a abrir. ¡Era Rosina! Genet, Shiva y yo nos abalanzamos hacia ella y la abrazamos. Genet, entre cálidas lágrimas, la reñía en tigriña por dejarla y hacerla sufrir tanto.

La enfermera jefe sonreía detrás de Rosina. Ella y Gebrew habían tenido una intuición y bajado hasta la puerta cerrada a comprobar una última vez. Acurrucada junto a la puerta, protegiéndose del viento, encontraron a Rosina. Mientras comía vorazmente, nos contó que la situación estaba mucho peor de lo que se había imaginado.

—Quise llegar a la parte alta de la ciudad, pero había un puesto de control del ejército. Tuve que dar un gran rodeo, primero hacia un lado y luego hacia el otro.

Un tiroteo alrededor de una villa la había obligado a ponerse a cubierto y luego los tanques y blindados del ejército le impidieron regresar. Había pasado la noche en el porche de una tienda del Merkato, donde se habían refugiado otras personas sorprendidas por la oscuridad. Por la mañana, no había podido moverse del Merkato por los pelotones que patrullaban la zona obligando a la gente a despejar la calle. Le había llevado hasta el anochecer recorrer menos de cinco kilómetros. Nos confirmó lo que más temíamos: el ejército de tierra, la aviación y la policía estaban atacando a la Guardia Imperial. Se libraban batallas campales por todas partes, pero el ejército concentraba sus esfuerzos en la posición del general Mebratu.

Fue sigilosamente a su casa a lavarse y cambiarse de ropa y volvió con su colchón y con *caramela* para nosotros. Aunque Genet no la había perdonado todavía, se aferró a ella.

La enfermera jefe se echó en el colchón. Rebuscó debajo y sacó un revólver que escondía entre el colchón y la pared.

—¡Enfermera jefe! —exclamó Hema.

—Ya sé, Hema... No lo compré con el dinero de los baptistas, por si lo habías pensado.

—No era eso lo que estaba pensando, ni mucho menos —repuso Hema, mirando el revólver como si pudiese estallar.

—Te aseguro que fue un regalo. Lo guardo donde nadie podría encontrarlo. Pero, en fin, los saqueadores... eso es lo que tiene que preocuparnos —explicó la enfermera jefe—. El revólver podría disuadirlos. Compré otros dos. Se los he dado a W. W. Gónada y Adam.

Almaz trajo un cesto con *inyera* y curry de cordero, que comimos con los dedos del plato comunal. Luego otra vez a esperar, mientras a lo lejos se oían las crepitaciones y explosiones. Yo estaba demasiado nervioso para leer o hacer cualquier cosa que no fuese seguir allí tumbado.

Shiva se hallaba sentado con las piernas cruzadas y repitiendo una y otra vez la operación de doblar con gran cuidado una hoja de papel y partirla por la mitad, al tiempo que acumulaba los pequeños cuadrados en un montoncito. Sabía que estaba tan afectado como yo por el giro de los acontecimientos. Me puse a observar cómo se movían metódicamente sus manos porque me pareció que así tendría ocupados el pensamiento y mis propias manos. De pronto puso un trocito de papel solo y contó y colocó tres cuadrados al lado, luego siete y luego once. No me quedó más remedio que preguntarle.

—Números primos —respondió, como si eso aclarase algo. Se balanceaba adelante y atrás, moviendo los labios.

Me maravillaba aquel don suyo para distanciarse de lo que ocurría bailando, dibujando una motocicleta o jugando con los números primos. A fin de escapar de la locura de abajo, disponía de muchas formas de trepar mentalmente a la casa arbórea, donde una vez arriba retiraba la escalera; lo envidiaba.

Pero sabía que la evasión de mi hermano era incompleta aquella noche, pues yo no lograba sentir alivio observándole.

—No te esfuerces —le dije—. Vamos a dormir.

Guardó inmediatamente los papeles.

Rosina y Genet dormían profundamente ya, agotadas las dos. El regreso de Rosina había supuesto un gran respiro, pero esa noche experimenté un mayor alivio cuando mi cabeza tocó la de Shiva: me daba sensación de seguridad y plenitud, era un hogar en el fin del mundo. «Gracias, Dios, porque pase lo que pase siempre podremos recurrir a ShivaMarion», pensé. Siempre podríamos invocar a ShivaMarion cuando lo necesitásemos, aunque me sentí culpable al recordar que llevábamos bastante tiempo sin hacerlo. Le di un codazo en las costillas y él me respondió con otro, y aunque no abrí los ojos supe que sonreía. Eso me confortó, porque aunque aquella mañana me había parecido un extraño sentado en los escalones de la Clínica de Versión, ahora volvía a ser el Shiva de siempre. Unidos, teníamos una gran ventaja sobre los demás.

Desperté en plena noche y vi que dormían todos, menos la enfermera jefe y Ghosh. El estruendo de las armas de fuego llegaba en ráfagas intensas, pero con momentos impredecibles de calma, de manera que podía oír claramente a la enfermera Hirst hablando con Ghosh.

—Cuando el emperador huyó de Adis Abeba en el treinta y seis, justo antes de que entrasen los italianos, fue el caos... Debería haberme ido a la legación británica. Bastaba una mirada a los soldados de infantería sijs que se apostaban en la puerta, con sus turbantes, barbas y bayonetas, para que ningún saqueador se atreviera a acercarse. El mayor error que cometí fue no acudir a la legación.

—¿Y por qué no lo hizo?

—Me daba reparo. Había cenado una vez con el embajador y su esposa, y me sentí fuera de lugar. Gracias a Dios estaba John Melly.

Era un joven médico misionero. Se sentó a mi lado. Me habló de su fe y sus esperanzas de lograr poner en marcha aquí una Facultad de Medicina... —Se le fue la voz.

—Me habló de él una vez. Usted lo amaba. Me dijo que un día me lo contaría todo.

Siguió un largo silencio. Sentí la tentación de abrir los ojos, pero sabía que rompería el hechizo.

—Por quedarme aquí fui responsable de la muerte de John Melly —aseguró la enfermera jefe con voz ronca—. Entonces esto no era el hospital Missing. Pensé que tratándose de un hospital lo respetarían, pero fue nuestro propio vigilante quien se presentó al mando de un grupo. Cogieron a una joven estudiante de enfermería y la violaron. Huí a la enfermería, donde me encontré con el doctor Sorkis, a quien usted no llegó a conocer. Era húngaro; un cirujano pésimo, un hombre taciturno. Operaba como un técnico, sin interés. Han pasado por aquí tantos médicos hasta que llegaron Hema, Stone y usted... —Suspiró de nuevo—. Aquella noche, sin embargo, Sorkis fue la salvación. Tenía una escopeta y una pistola. Cuando aquella turba llegó a la enfermería, desde el otro lado de la puerta cerrada supliqué a Tesfaye, el vigilante: «No participes en esta maldad, por amor de Dios.» Pero se burló de mí. «Dios no existe, enfermera jefe», replicó, y añadió muchas otras vilezas.

»Al echar abajo un panel de la puerta, el doctor Sorkis disparó primero un cañón apuntando a la altura de los ojos, y luego a la de la ingle. El ruido me ensordeció. Cuando recuperé la audición los hombres gritaban de dolor. Sorkis volvió a cargar y avanzó disparando la escopeta, apuntando a la altura de las rodillas.

»Confieso que sentí placer al verlos huir renqueando. En vez de miedo, me embargó la cólera. Tesfaye volvió a la carga... Me parece que creía que aún lo secundaba aquella chusma. Sorkis alzó la pistola, esta misma que tengo aquí, y apretó el gatillo. Antes incluso de que se oyera la detonación, vi cómo saltaban los dientes de Tesfaye y le estallaba la nuca. Los demás se dieron a la fuga.

»Tal vez me consideres una traidora, Ghosh, pero cuando los italianos irrumpieron en la ciudad a la mañana siguiente por una parte les di la bienvenida, porque se había acabado el pillaje. Fue entonces cuando descubrí que John Melly había intentado llevarme a lugar seguro. Paró en el camino a ayudar a un hombre herido y, mientras lo socorría, un saqueador borracho se acercó a él y le disparó en el pecho. ¡Sin ningún motivo!

»Corrí a la legación en cuanto me enteré. Lo cuidé día y noche. Estuvo sufriendo dos semanas, pero su fe nunca vaciló. Es una razón de que no me marchara de Etiopía, pues pensé que se lo debía a él. Me pedía que le cantase el *Himno de Bunyan* mientras le tenía la mano cogida. Creo que se lo canté mil veces antes de que muriese.

El valiente capaz de enfrentarse
a cualquier desastre
haz que sea constante
siguiendo al Maestro.
Sin que el desaliento
lo haga renunciar
a lo decidido,
ser un peregrino.

¡Qué descubrimientos increíbles podía hacer uno con los ojos cerrados! Nunca había oído a la enfermera jefe hablar de su pasado, no digamos ya cantar; me parecía que había llegado al mundo totalmente formada, vestida de monja, siempre como directora del Missing. Su historia susurrada, la confesión de miedo, amor, de una matanza, resultaban más aterradoras que el tiroteo a lo lejos. En aquel pasillo oscuro, iluminado sólo por el relampagueo intermitente de bengalas y balas trazadoras que proyectaban sombras danzarinas en la pared, apreté con fuerza la cabeza de Shiva. ¿Cuántas otras cosas ignoraba? Quería dormir, pero no podía porque en mis oídos aún resonaba el himno de la enfermera jefe, su voz temblorosa.

25

La cólera como forma de amor

Todo acabó al día siguiente a última hora. En tres jornadas, habían matado a cientos de soldados de la Guardia Imperial, y muchos más se habían rendido. Vi que sacaban a rastras a un hombre del edificio de hormigón que quedaba enfrente del hospital. Había intentado librarse del uniforme, pero el hecho de que sólo vistiese camiseta y calzoncillos lo identificó como rebelde.

Cuando los tanques y blindados del ejército se aproximaron, el general Mebratu y un pequeño contingente de sus hombres huyeron por la parte de atrás del Palacio Antiguo, dirigiéndose al norte, hacia las montañas, al amparo de la noche.

A la mañana siguiente, el emperador Haile Selassie I, el León de Judá, rey de reyes y descendiente de Salomón, regresó a Adis Abeba en avión. La noticia de su vuelta corrió como reguero de pólvora, y la población se aglomeró a ambos lados de la carretera para bailar y gritar al paso de su comitiva. Todos se echaron a la calle, se cogían del brazo, saltaban como movidos por resortes, y seguían entonando su nombre mucho después de que hubiese pasado. Entre la multitud estaban Gebrew, W. W. Gónada y Almaz, quien nos contó que el rostro de su majestad estaba embargado de amor a su pueblo, de agradecimiento por su lealtad.

—Lo vi tan claramente como os veo ahora a vosotros —aseguró—. Juro que tenía los ojos empañados. Que Dios me fulmine si miento.

No se veía por ninguna parte a los estudiantes universitarios que se manifestaran por las calles días antes. En la ciudad reinaba un ambiente festivo. Abrieron las tiendas y los taxis, tanto los tirados por caballos como los mecánicos, salieron más dispuestos a trabajar que nunca. El sol resplandecía. Fue un hermoso día en Adis Abeba, pero en nuestra casa el talante era lúgubre. Siempre había considerado al general Mebratu y a Zemui los buenos, mis héroes. El emperador distaba mucho de ser un «malvado» y las tentativas de los golpistas de convertirlo en tal no resultaban convincentes, pero de todas formas quería que el general triunfase en la empresa que había iniciado. El viento había soplado en otra dirección y había ocurrido lo peor: mis héroes se habían convertido en los «malvados», y uno no se atrevía a sostener lo contrario.

Rosina y Genet sufrían de manera atroz esperando noticias y sabiendo que, fuesen cuales fuesen, no serían buenas.

Estaba convencido de que Zemui nunca recogería la moto. Darwin no recibiría más cartas de su amigo. Las veladas de bridge con el general Mebratu como el alma de la fiesta seguramente habían terminado.

El emperador ofreció una enorme recompensa por la captura de Mebratu y su hermano. La noche siguiente al regreso de Selassie hubo tiroteos en diferentes barrios y atraparon a los «últimos» rebeldes. Me daban mucha pena los miembros de la Guardia Imperial, los simples soldados como el que había visto llevar a rastras, cuyo delito era pertenecer al bando perdedor o, incluso, tal vez el inadecuado. Pero no había hecho más que cumplir órdenes; Mebratu había determinado su destino.

Ya no sabía qué pensar de nuestro general; el hombre al que conocíamos y admirábamos parecía no guardar relación alguna con el rebelde tristemente célebre y ahora perseguido que había dirigido el golpe frustrado. Cada vez que oía fuego de armas cortas, me preguntaba si sería el final de la resistencia de él y de Zemui.

Por la mañana desperté al oír gritos en casa de Rosina. Me topé con Ghosh y Hema en el pasillo y acudimos corriendo en pijama. Gebrew y dos lúgubres individuos estaban ante la puerta de Rosina, que chillaba histérica en tigriña, aunque el sentido habría sido claro en cualquier idioma. Nos enteramos de que en su huida, el pequeño grupo del general Mebratu se había adentrado en las montes Entoto, y luego había dado la vuelta para avanzar por las llanuras próximas a la ciudad de Nazaret, en dirección al monte Zuquala, un volcán extinto, donde esperaban encontrar refugio en territorio perteneciente a la familia Mojo.

Al final, habían sido los campesinos quienes habían traicionado al general al empezar a emitir sonoros gritos de *lulululu* cuando se tropezaron con el grupo. Una fuerza policial rodeó enseguida a Mebratu. En aquel último combate, el general, que quedó sin munición, desarmó a un policía herido y se arrastró hasta otro policía también herido para quitarle el arma. Llamó a Eskinder, su hermano, a fin de que lo ayudase, pero éste, en vez de socorrerlo, disparó un tiro en la cara a nuestro amado general y a continuación se disparó otro en la boca. Me pregunté si habrían hecho un pacto de suicidio. ¿O quizá habría tomado Eskinder la decisión por ambos? En cuanto a Zemui, el padre de Genet, el amigo de Darwin, se negó a rendirse y quitarse la vida. Al cargar contra las fuerzas que lo rodeaban, lo habían abatido a tiros.

La bala de Eskinder había alcanzado a Mebratu en la mejilla y salido por el ojo derecho, que quedó colgando, para acabar alojada debajo del izquierdo. Milagrosamente, no penetró en el cráneo. Al general, inconsciente pero vivo, lo habían llevado rápidamente al hospital militar de Adis Abeba, que quedaba a unos cien kilómetros.

Los cuatro estábamos sentados a la mesa del comedor, tratando de apartar de nuestra mente los gritos de Rosina. Yo oía los sollozos de Genet de vez en cuando. Hema había ido a ver a nuestra niñera y ya había vuelto, pero yo no me atrevía. Shiva se tapaba los oídos y tenía los ojos empañados.

Seguíamos sentados a la mesa cuando telefonearon del despacho del señor Loomis. «Las cosas vuelven a la normalidad», anunció Ghosh al colgar. El colegio había reanudado las clases y si pertenecíamos a la Casa del Martes teníamos que acordarnos de llevar el atuendo deportivo.

A pesar de nuestros recelos, nos convenció de que sería mejor estar en el colegio que pasarnos el día oyendo llorar a Rosina. Nos llevó en su coche, y Shiva y yo compartimos el asiento delantero.

Cerca del Banco Nacional una multitud que se agolpaba en la acera y el centro de la calle, impulsada por una extraña inercia, se precipitó hacia nosotros. Avanzábamos centímetro a centímetro. De pronto vi delante, tan claramente como si estuvieran en un escenario, tres cuerpos que colgaban de una horca improvisada. Ghosh nos dijo que no miráramos, pero ya era tarde. Por la inmovilidad de los cadáveres, parecía que llevaran siglos allí colgados balanceándose. El ángulo de las cabezas resultaba desconcertante y tenían las manos atadas a la espalda.

El gentío se aglomeró alrededor de nuestro coche. Al parecer, acababan de terminar los festejos. Un joven que iba andando con otros dos dio un manotazo al capó y me sobresalté. Sonrió y dijo algo poco agradable. Otro pegó un golpetazo encima de nuestras cabezas, y luego notamos que el coche empezaba a balancearse.

Creí que la muchedumbre nos colgaría también a nosotros. Me apoyé contra el salpicadero, a punto de echarme a gritar.

—Tranquilos, hijos —nos dijo Ghosh—. ¡Sonreíd, saludad, enseñad los dientes! Moved la cabeza. Como si hubiéramos venido a presenciar el espectáculo.

No sé si sonreí, pero sí que reprimí aquel grito. Shiva y yo gesticulamos como monos y fingimos no estar asustados. Saludamos. Tal vez fuese la imagen de los gemelos idénticos, o la sensación de que los del interior del vehículo estábamos tan locos como los de fuera, pero lo cierto es que oímos risas, y los golpes fueron volviéndose más conciliadores, menos violentos.

Ghosh siguió asintiendo, sonriendo de oreja a oreja, saludando, hablando nervioso sin parar, mientras avanzaba poco a poco.

—Lo sé, lo sé, sinvergüenza asqueroso. Buenos días también a ti, sí, de verdad, he venido a deleitarme con este espectáculo pagano... ¡Así te pudras, maldita sea! Oh, sí, que amable por tu parte hacer esto, gracias, gracias.

Nunca lo había visto así, expresando una cólera y un desprecio tan feroces con una sonrisa y una falsa apariencia. Por fin nos abrimos paso, y el coche continuó libremente. Al mirar atrás, vi manos que quitaban los zapatos de cuero a los cadáveres.

Shiva y yo nos abrazábamos en nuestra antigua pose, muy afectados por la escena. En el aparcamiento del colegio, Ghosh apagó el motor y se unió a nuestro abrazo. Lloré por Zemui, por el general Mebratu con un tiro en el ojo, por Genet y Rosina, y finalmente por mí. Estar en brazos de Ghosh y apoyado en su pecho era el refugio más seguro del mundo. Me enjugó la cara con una punta de su pañuelo y luego a Shiva con la otra.

—Ha sido lo más valiente que podríais haber hecho en la vida. No perdisteis la cabeza. Asentasteis vuestro valor hasta la tenacidad. Estoy orgulloso de vosotros. Se me ocurre una idea: este fin de semana saldremos de la ciudad. Iremos a las termas de Sodere o Woliso. Nadaremos y nos olvidaremos de lo ocurrido. —Nos dio sendos abrazos—. Si encuentro a Mekonnen, estará aquí con su taxi a la hora de costumbre. Si no, os recogeré yo a las cuatro.

Cuando estaba a punto de entrar en mi clase, me volví: Ghosh seguía allí, diciendo adiós con la mano.

El colegio bullía de agitación. Oí a los otros chicos contar lo que habían visto y hecho, pero yo no sentí el menor deseo de participar ni escuchar.

Aquel día, mientras estábamos en el colegio, cuatro hombres llegaron en un jeep a ver a Ghosh. Se lo llevaron como si fuera un delincuente común, con las manos atadas a la espalda. Cuando intentó protestar lo abofetearon. Hema supo por W. W. Gónada, que les dijo que se equivocaban, que no podían llevarse al cirujano del Missing, pero recibió una patada en el estómago por su impertinencia.

Hema se resistió a creer que Ghosh se hubiese ido. Corrió a casa convencida de que lo encontraría repantigado en su sillón, con los pies apoyados en el taburete, leyendo un libro. Previendo verlo, segura de que lo encontraría allí, estaba ya furiosa con él.

—¿Ves lo peligroso que es relacionarnos con el general? —gritó al irrumpir por la puerta principal de casa—. ¿Qué te digo siempre? ¡Podrían matarnos a todos!

Cuando arremetía contra él de aquel modo, Ghosh acostumbraba agitar un capote imaginario como un torero frente al toro que embiste. A nosotros nos parecía divertido, aunque a Hema no le hiciese ninguna gracia.

Pero la casa estaba silenciosa. No había ningún torero. Hema recorrió las habitaciones; el tintineo de sus ajorcas resonaba en los pasillos. Imaginó a Ghosh con un brazo retorcido a la espalda, recibiendo puñetazos en la cara, patadas en los genitales... Se precipitó al inodoro, donde vomitó el almuerzo. Luego encendió incienso, tocó la campanilla y prometió que haría peregrinaciones a los santuarios de Tirupati y Velankani si lo soltaban vivo.

Descolgó el teléfono para llamar a la enfermera jefe, pero no había línea. Los teléfonos habían dejado de funcionar cuando empezaron a caer las bombas y desde entonces sólo lo hacían esporádicamente. Hema se puso a mirar por la ventana de la cocina.

El coche de Ghosh estaba en el hospital. Pero aunque lo cogiese, ¿adónde iba a ir? ¿Adónde lo habrían llevado? Y si iba y la detenían también, sus hijos se quedarían solos... Hizo acopio de una gran fuerza de voluntad para decidir esperarnos.

Le llegaba un monólogo sollozante proveniente de la casa de la sirvienta... Era la voz de Rosina, aunque tan ronca que no se la reconocía. Se dirigía a Zemui, o a Dios, o a los hombres que habían matado a su marido. Había empezado por la mañana y aún no había alcanzado su apogeo.

Vio salir a Genet, con los ojos enrojecidos pero serena, conduciendo a una Rosina tambaleante hacia al retrete exterior. No tenían a nadie que llorase con ellas más que a Almaz y Gebrew, que en aquel momento se encontraban en otra parte. Tuvo la impresión de que Genet se había hecho adulta de repente, que aquel rostro de niña se había cubierto de dureza y habían muerto la dulzura, el encanto y todo lo agradable.

Se mojó las mejillas y respiró hondo, repitiéndose que era esencial que conservase la calma por nuestro bien. Luego bebió un vaso de agua que había pasado por la depuradora.

—¡Señora, no beba agua! ¡Dicen que los rebeldes envenenaron el abastecimiento! —exclamó Almaz, que entró corriendo justo cuando Hema acababa de posar el vaso.

Pero ya era demasiado tarde, porque notó que le ardía la cara y a continuación sintió los retortijones más fuertes de su vida.

26

El rostro del sufrimiento

Mi infancia terminó cuando Gebrew nos recibió en la puerta y nos comunicó que unos hombres se habían llevado a Ghosh.

Tenía doce años, y aunque era demasiado mayor para ello, volví a llorar aquel día, porque era lo único que podía hacer. Aún no era lo bastante hombre para irrumpir en la casa de quien se hubiese llevado a Ghosh y rescatarlo. La única habilidad de que disponía era la de seguir adelante.

Shiva se quedó pálido y silencioso. Por un instante, sentí una pena inmensa por él, mi apuesto hermano, que había alcanzado la estatura de adolescente sin despojarse de los redondeados hombros infantiles. Sus ojos reflejaron mi dolor y en aquel momento fuimos un organismo, sin separación de carne ni conciencia, y corrimos cuesta arriba como un solo ser, los Gemelos, deseosos de llegar a casa.

Encontramos a Hema en el sofá, pálida, sudorosa y con mechones húmedos pegados a la frente. Almaz, con las mejillas mojadas por las lágrimas y que no parecía ya la estoica sirvienta que conocíamos, sostenía un cubo junto a ella.

—Ha bebido agua —nos dijo antes de que pudiéramos preguntar—. No bebáis.

—Estoy perfectamente —dijo Hema, pero sus palabras sonaban huecas.

No era cierto. ¿Cómo podía mentir? Mi peor pesadilla se había hecho realidad: Ghosh había desaparecido y Hema estaba mortalmente enferma.

Hundí la cara en la oscuridad de su sari, la nariz saturada de su aroma. Me sentía responsable de todo. De la desdichada rebelión del general, de la muerte de Zemui, de la detención de un hombre que era más padre para mí de lo que podría serlo ningún otro, y sí, incluso del envenenamiento del agua...

En ese preciso momento se abrió la puerta y entraron a toda prisa la enfermera jefe y el doctor Bachelli. Éste llevaba su gastado maletín de cuero y jadeaba. La enfermera Hirst parecía también sin aliento.

—¡Hema! —exclamó—. Al agua no le pasa nada, sólo es un rumor. No hay problema.

—Pero he tenido retortijones y náuseas. He vomitado —repuso ella, mirándola desconcertada.

—Yo he bebido. Está buena. Te sentirás mejor dentro de unos minutos.

Shiva me miró.

Hubo un destello de esperanza.

Hema se levantó, se palpó las extremidades, la cabeza. Luego descubrimos que por toda la ciudad estaban repitiéndose escenas similares. Era una temprana lección de medicina: a veces, si crees que estás enfermo, lo estarás.

Si había un Dios, nos había concedido un alivio inmenso. Pero yo deseaba otro.

—Mamá, ¿y Ghosh? ¿Por qué se lo llevaron? ¿Lo ahorcarán? ¿Qué ha hecho? ¿Está herido? ¿Adónde lo llevaron?

La enfermera jefe nos sentó en el sofá. Su flamante pañuelo hizo acto de presencia.

—Vamos, vamos, queridos, saldremos de esto. Todos necesitamos ser fuertes, por el bien de Ghosh. El pánico no sirve de nada.

Almaz, que había guardado silencio hasta entonces, observando en jarras, intervino para decir en amárico:

—¿A qué esperamos? Tenemos que ir inmediatamente a la prisión de Kerchele. Prepararé comida. Y necesitamos mantas. Y ropa. Jabón. ¡Vamos!

• • •

El Volskwagen parecía una máquina extraña en manos de Hema. Bachelli iba sentado delante con ella, y Almaz y la enfermera jefe en el asiento trasero con nosotros en el regazo. Recorrimos a brincos la ciudad.

Veía Adis Abeba con otros ojos. Siempre me había parecido una ciudad bella, con anchas avenidas en el centro, y muchas plazas con monumentos y jardines vallados que el tráfico tenía que rodear. La plaza México, la del Patriota, la de Menelik... Los extranjeros, cuya única imagen de Etiopía era la de gente muerta de hambre sentada en medio de un polvo cegador, no daban crédito cuando aterrizaban en la niebla y el frío nocturnos de Adis Abeba y descubrían los bulevares y las luces de los raíles del tranvía de la calle Churchill, preguntándose si el avión habría dado la vuelta en plena noche y estarían en Bruselas o Amsterdam.

Pero después del golpe, con la detención de Ghosh, la ciudad parecía diferente. Las plazas que conmemoraban la matanza de Adua y la liberación de los italianos se me antojaban ahora lugares adecuados para que una multitud llevara a cabo un linchamiento. En cuanto a las mansiones que antes admiraba (de tonos rosas, malvas, tostados y ocultas por las buganvillas), eran sitios similares a aquellos en que hombres como el general y sus compañeros militares, y también la policía, habían preparado la revolución y la traición. En las calles, en las vilas, se respiraba la traición. Podía olerse. Tal vez hubiese estado allí siempre.

Enseguida llegamos a las puertas verdes de la prisión que todo el mundo llamaba Kerchele, una deformación de la palabra italiana *carcere*, cárcel. Otros la llamaban *alem bekagne*, expresión amárica que significaba «adiós, mundo cruel». La entrada quedaba al otro lado de una vía férrea que cruzaba una carretera principal bastante concurrida. No había aceras ni arcenes, sólo asfalto que bruscamente se convertía en polvo, que se elevaba por los pies de centenares de parientes angustiados, convertidos ahora en nuestros compañeros de sufrimiento. Aunque se mantenían de pie firmes en su desvalimiento, nos dejaron pasar entre ellos y llegamos a la garita del centinela.

—No sé si él o ella está aquí, no sé cuándo sabré si él o ella está o no aquí; si dejan comida o mantas o lo que sea, si él o ella estuviera aquí, podría recibirlo, si no, se lo quedaría algún otro —dijo el hombre sin alzar la vista antes de que la enfermera jefe pudiese preguntar—. Escriba el nombre en un papel con lo que deje. No contestaré a ninguna pregunta.

La gente se apoyaba contra la pared y las mujeres se mantenían bajo las sombrillas abiertas por costumbre, a pesar de que las nubes ocultaban el sol. Almaz encontró un hueco donde acuclillarse para observar las idas y venidas, y se quedó allí quieta.

Pasó una hora. Me dolían los pies, pero seguíamos esperando. Éramos los únicos extranjeros y la gente nos daba muestras de simpatía. Un individuo, un profesor universitario, nos contó que su padre había estado en aquella cárcel hacía muchos años.

—De pequeño corría los casi cinco kilómetros que hay desde mi casa hasta aquí una vez al día para traer comida. Mi padre estaba muy delgado, pero siempre me daba de comer primero y me hacía tomar más de la mitad de lo que le traía. Sabía que para que él comiera teníamos que pasar hambre nosotros. Un día, cuando mi hermano mayor y mi madre vinieron a traerle la comida, oyeron las palabras temidas: «Ya no tendréis que traerle nada.» Así se enteraron de que mi padre había muerto. ¿Y saben por qué han detenido hoy a mi hermano? Por nada. Aunque sea un hombre de negocios muy trabajador, se trata del hijo de uno de sus viejos enemigos. Somos los primeros sospechosos. Los viejos enemigos y los hijos de éstos. Dios sabe por qué no me han detenido a mí, que asistí a la manifestación de los estudiantes; sin embargo, han detenido a mi hermano porque es el mayor.

Bachelli cogió un taxi para ir al club Juventus a ver si el cónsul italiano podía intervenir, y luego tuvo que volver al Missing, pues con un médico detenido y su esposa esperando a las puertas de la cárcel, todo pesaba sobre los hombros del tercer médico, es decir, de Bachelli, el cual podía mantener el hospital en funcionamiento, supervisar a las enfermeras y a Adam.

Shiva, Hema, la enfermera jefe y yo volvimos al coche a dar descanso a nuestros pies, buscando un poco de calor, un sitio donde acurrucarnos. Al cabo de quince minutos regresamos y nos quedamos mirando las puertas. Íbamos y veníamos, reacios a marcharnos, a pesar de que no conseguíamos nada.

Cuando anocheció, un hombre, con la cabeza, la boca y la parte superior del torso cubiertas por un *shama*, pasó a nuestro lado justo cuando salíamos del coche. De no ser por sus botas brillantes y por el hecho de que había salido de la calleja lateral de la prisión, podría haber pasado por cualquiera que se dirigía a su casa. Llevaba en la mano un plato tapado, su comida o cena. Se quedó mirando a la enfermera jefe y a continuación se detuvo detrás del coche, de espaldas a la carretera, como si estuviese orinando.

—¡No se vuelva hacia mí! —ordenó ásperamente en amárico—. El médico está aquí.

—¿Está bien? —susurró la enfermera jefe.

—Un poco magullado —respondió tras una vacilación—. Pero sí, está bien.

—Se lo suplico, por favor —terció Hema, a quien jamás en mi vida había visto suplicar—. Es mi marido. ¿Qué va a pasarle? ¿Le dejarán irse? No tiene nada que ver con todo esto...

El hombre se puso a silbar cuando pasó una familia numerosa.

—Hablar con ustedes es suficiente para que alguien me acuse —dijo después—. Para estar seguro, uno tiene que acusar a alguien. Como los animales que devoran a sus crías. Son malos tiempos. Me he dirigido a usted porque salvó la vida a mi esposa.

—Gracias. ¿Podemos hacer algo por usted? Por él...

—Esta noche no. Vuelvan por la mañana a las diez. No, aquí no, un poco más allá. ¿Ven el poste de la farola? Esperen allí con una manta, dinero y un plato como éste. El dinero es para él. Ahora, márchense a casa.

Corrí a buscar a Almaz, que no se había movido de su puesto. Sus voluminosas faldas se extendían alrededor como la carpa de un circo. Tenía la cabeza y los hombros cubiertos por su *gabby* blanco, de modo que sólo se le veían los ojos. No quería irse, dijo que se quedaría allí toda la noche. Nada la convencería. La dejamos a regañadientes, pero sólo después de obligarla a ponerse el jersey de Hema y taparse de nuevo con el *gabby*.

En casa, afortunadamente, el teléfono funcionaba. La enfermera jefe consiguió de las embajadas india y británica la promesa de que mandarían por la mañana a sus representantes. Ningún miembro de la familia real hablaría con la enfermera jefe; si el propio hijo del emperador estaba bajo sospecha, también lo estaban sus sobrinos, sobrinas y nietos. Nos enteramos de que corrían rumores de descontento entre los jóvenes oficiales del ejército, que consideraban que sus generales se habían equivocado no uniéndose al golpe. Algo de verdad debía de haber en ello cuando aquel mismo día el emperador autorizó un aumento de sueldo para todos los oficiales militares. Se decía que sólo la profunda rivalidad y la envidia entre los altos mandos y los oficiales de la Guardia Imperial habían salvado a su majestad.

Aquella noche Shiva y yo dormimos con Hema en su cama. La almohada olía al Brylcreem de Ghosh y sus libros estaban apilados en la mesilla de noche con una pluma en el *Índice de diagnosis diferencial* de French a modo de marcador, mientras sus gafas de lectura descansaban en precario equilibrio sobre la cubierta. Sus rituales antes de acostarse, aquella inspección de su perfil y el meter y sacar la tripa diez veces, o tumbarse atravesado en la cama unos minutos con la cabeza colgando del borde (maniobras «antigravedad», las llamaba), no eran nada fascinantes, pero el hecho de que se hallase ausente las hacía parecer importantes. «¡Otro día en el Paraíso!», exclamaba inevitablemente cuando apoyaba la cabeza en la almohada. Entonces comprendí lo que significaba: una jornada sin contratiempos era un don muy valioso. Allí estábamos los tres echados, esperando como si Ghosh hubiese ido a la cocina y fuese a aparecer en cualquier momento. Hema suspiró.

—Señor, te prometo no volver a dejar de apreciar en lo que vale a ese hombre —dijo, expresando de ese modo nuestros pensamientos.

—Hema, duérmete. Niños, rezad vuestras oraciones. No os preocupéis —se oyó decir a la enfermera jefe, que había decidido dormir en nuestra casa, en la cama que nos pertenecía a Shiva y a mí.

Recé a todas las deidades de la habitación, desde Buda al Sagrado Corazón de Jesús.

Almaz regresó por la mañana temprano, sin ninguna novedad.

—Pero me levanté cada vez que pasaba un coche. Si el doctor iba en él, quería que me viese.

Hema y la enfermera jefe decidieron acudir al sitio acordado a las diez, con comida, mantas y dinero. Luego visitarían las embajadas y a los miembros de la familia real.

—¿Y si llama Ghosh? Alguien tendría que estar aquí para recibir el recado —dijo Hema, para convencernos de que permaneciéramos en casa.

También estaban Rosina y Genet, así que no íbamos a quedarnos solos del todo. Almaz, después de recobrar fuerzas a base de pan y té caliente, insistió en que iba a volver a Kerchele con Hema y la enfermera jefe.

A mediodía, aún no habían vuelto. Shiva, Genet y yo preparamos bocadillos mientras Rosina miraba distraída, con los ojos enrojecidos.

—No os preocupéis —nos dijo con voz ronca—. A Ghosh no le pasará nada.

Pero sus palabras no resultaban tranquilizadoras. Genet, pálida y extrañamente inerte, me apretó la mano.

Kuchulu era uno de esos chuchos que casi no hacen ruido, y menos mal, porque ladrar a los extraños en el Missing habría sido el cuento de nunca acabar. Así que cuando oí ladrar a la perra presté atención. Miré por la ventana del cuarto de estar y vi a un individuo desastrado con una chaqueta militar verde, que subió por el camino para coches y desapareció detrás de nuestra casa. *Kuchulu* se puso furiosa y soltó una ráfaga de ladridos ensordecedores, que significaban: «Hay un hombre muy peligroso a la puerta.»

Corrí a la cocina, donde Rosina, Genet y Shiva miraban ya por la ventana. *Kuchulu* estaba justo debajo de nosotros, ladrando más fuerte que nunca. Avanzó, el pescuezo oculto en un collar de pelo erizado, enseñando los dientes. El hombre abrió la gruesa chaqueta y sacó un revólver que llevaba embutido en los pantalones.

No llevaba cinturón, ni pistolera ni camisa, sólo una camiseta blanca. *Kuchulu* huyó al ver el arma, pues era valiente pero no tonta.

—Lo conozco —cuchicheó Rosina—. Zemui lo llevó en la moto algunas veces. Es un militar. Solía quedarse a la puerta, esperando que pasara Zemui y siempre estaba adulándolo. «La envidia está detrás de la adulación», le dije a Zemui. Él fingía no verlo, o se excusaba diciéndole que iba en otra dirección.

El soldado volvió a guardarse el revólver, luego se acercó a la BMW y acarició el asiento.

—¡Mirad! ¡¿Qué os decía?! —exclamó Rosina.

—¡Venga, salid! —gritó él mirando en nuestra dirección—. Sé que estáis ahí.

—No os mováis —ordenó Rosina, y respiró hondo—. No, no os quedéis aquí. Salid por la puerta principal y corred al hospital. Esperad allí con W. W. Aguardad hasta que vaya a buscaros.

Corrió el pestillo de la puerta.

—Cerraré al salir —añadió, y salió.

No puedo explicar por qué, pero los tres, en vez de obedecerla, nos limitamos a abrir de nuevo y seguirla. No fue valentía; tal vez la idea de escapar corriendo pareciese más peligrosa que quedarse con la única persona adulta con quien contábamos.

El intruso tenía los ojos enrojecidos y daba la impresión de haber dormido vestido, pero mantenía una actitud jocosa. La gruesa chaqueta de camuflaje era tan grande que casi se lo tragaba, y sin embargo, los brazos le sobresalían de las mangas. Le faltaba la gorra. Una oscura arruga vertical le atrevesaba la frente, como una juntura que uniese las dos mitades de la cara. A pesar del escuálido bigote, parecía demasiado joven para vestir uniforme.

—Esto —dijo casi ronroneando mientras acariciaba el depósito de la moto— ahora pertenece a... al ejército.

Rosina se limitó a cubrirse la cabeza con el *shama* negro, como una mujer que entra en la iglesia. Esperó inmóvil, en silencio, obediente ante él.

—¿Me has oído, mujer? Esto pertenece al ejército.

—Supongo que tienes razón —repuso ella, sin levantar la vista—. Tal vez el ejército venga y se la lleve.

Como su tono era respetuoso, el hombre tardó unos segundos en entender sus palabras. Después me pregunté por qué habría decidido provocarlo y ponernos en peligro.

El soldado pestañeó

—¡Yo soy el ejército! —exclamó al fin con voz aguda. Le cogió la mano y tiró de ella—. ¡Yo soy el ejército!

—Ésta es la casa del doctor. Si te llevas algo, deberías decírselo.

—¿El doctor? —Se echó a reír—. El doctor está en la cárcel. Ya se lo diré cuando vuelva a verlo. Le preguntaré por qué tiene a su servicio a una puta impertinente como tú. Deberíamos ahorcarte por acostarte con aquel traidor. —Rosina miraba fijamente al suelo—. ¿Estás sorda, mujer?

—No, señor.

—Adelante. Dime una sola cosa buena de Zemui. ¡Vamos!

—Era el padre de mi hija —respondió ella en voz baja, negándose a mirarle a la cara.

—Una tragedia para esa bastarda. Dime algo más. ¡Venga!

—Cumplió órdenes. Procuró ser un buen soldado, como usted, señor.

—Un buen soldado, ¿eh? ¿Como yo? —Se volvió hacia nosotros, como si quisiera que fuésemos testigos de la insolencia de Rosina.

Luego, tan rápido que ninguno lo vio venir, le asestó un revés. El golpe, tremendo, la lanzó atrás tambaleándose, aunque consiguió mantenerse en pie. Se cubrió la cara con el *shama*. Vi la sangre. Juntó los pies y se quedó parada, muy erguida. Shiva y yo nos cogimos de la mano instintivamente.

Sentí que me bajaba algo húmedo por la barbilla y me pregunté si el militar se habría dado cuenta. Pero estaba preocupado por un corte feo en el nudillo del dedo medio, donde se apreciaba el blanco de un tendón, o tal vez de un diente.

—¡Diablos! Me has hecho un corte, zorra dentona.

Con el rabillo del ojo me fijé en que Genet se movía. Conocía muy bien aquella expresión suya. Se lanzó contra aquel hombre, el cual alzó el pie, la alcanzó en el pecho y la derribó antes de que pudiese acercarse. Volvió a sacar el revólver, lo amartilló y apuntó a Rosina.

—Vuelve a hacerlo y mataré a tu madre, bastarda. ¿Entiendes? ¿Quieres ser huérfana? Y vosotros dos —nos dijo—, quitaos de mi camino. Podría mataros a todos ahora mismo y me concederían una medalla.

Cuando sacó del bolsillo la cadena del llavero de plástico con la forma del Congo, todos lo reconocimos: en nuestro mundo sólo había uno como aquél, y pertenecía a Zemui.

Al retirar la moto del soporte estuvo a punto de caer. Una vez montado, miró alrededor hasta dar con la palanca e intentó arrancar el motor. Como la moto tenía la marcha puesta, dio un brusco brinco hacia delante y, antes de calarse, casi lo derriba de nuevo. Cuando recuperó el equilibrio, miró por si nos habíamos dado cuenta. Pisó el pedal intentando ponerla en punto muerto. Era muy grande el contraste con Zemui, el cual se limitaba a tocar la palanca y manejaba la BMW como si fuese una ligera pluma. Activaba los cilindros con un golpe lento, seguido de un rápido toque de acelerador, y el motor cobraba vida. Me sentí avergonzado al pensar en nuestro amigo, que había luchado hasta la muerte en vez de rendirse, y experimenté el deseo de actuar de un modo que estuviese a la altura del verdadero propietario de la moto. Apreté la mano a Shiva y me di cuenta de que ShivaMarion pensaba lo mismo, porque me devolvió el apretón.

El soldado pateó el pedal de arranque como si se tratase de un enemigo. Estaba poniéndose rojo y tenía la frente sudada. De repente, olía a gasolina: había ahogado el carburador.

Era un día fresco. El sol se filtraba entre las nubes y relucía en los cromados de la moto. El militar se detuvo a recuperar el aliento y se quitó la chaqueta, que echó detrás en el asiento. Giró el manillar con el nudillo sangrante. Me di cuenta de que era un tipo escuálido, que se sentía humillado por la resistencia de la moto. Estaba furioso, con los labios contraídos en una mueca. Su cólera era peligrosa.

—Déjanos empujar. La has ahogado y ahora sólo puede arrancar si empujamos —propuso Shiva.

—Cuando llegues al final de la cuesta, ponla en primera —tercié—. Arrancará enseguida.

Nos miró sorprendido, como si creyera que no sabíamos hablar, no digamos ya su lengua materna.

—¿Así la ponía él en marcha?

Estuve a punto de responder que Zemui nunca le pasaba nada semejante.

—Siempre —mentí—. Sobre todo si hacía mucho que estaba parada.

Frunció el ceño.

—De acuerdo, ayudadme entonces, empujad.

Se embutió más el revólver en la cintura, detrás de la hebilla del cinturón, y se colocó la chaqueta que había echado sobre el asiento debajo de las nalgas.

Desde el final del camino para coches, el sendero de grava que llevaba a urgencias era llano al principio, para luego descender hasta que daba la impresión de que desaparecía por encima del saliente, más allá del cual podían verse las ramas más bajas de los árboles que lindaban justo con el muro del recinto. Sólo cuando se llegaba a mitad de la cuesta se veía que el sendero formaba una curva cerrada, mucho antes del saliente, y continuaba hasta la rotonda que había al lado de urgencias.

—¡Empujad! —nos gritó—. ¡Empujad, cabrones!

Obedecimos y él ayudó inclinándose y caminando a horcajadas sobre la moto. Pronto empezó a rodar, relamiéndose feliz. La moto hacía eses y el manillar se agitaba sin control.

—¡Tente firme! —aconsejé.

ShivaMarion empujaban al unísono, en un trote a tres piernas que no tardó en convertirse en carrera a cuatro.

—¡No hay problema —gritó él, con los pies ya en los pedales—. ¡Empujad!

La velocidad aumentó cuesta abajo.

—¡Abre la llave! ¡Abre la válvula! —gritó Shiva.

—¿Qué? Ah, sí —repuso él, y apartó la mano derecha del manillar para buscar la llave debajo del depósito, mientras transcurrían valiosos segundos.

—¡Al otro lado! —exclamé.

Cambió de mano pero no la encontró, aunque tampoco importaba porque había combustible suficiente en el carburador para transportarle un kilómetro como mínimo.

La moto había cobrado ya cierta velocidad, los amortiguadores gemían y los guardabarros tintineaban, y su propio peso la aceleraba cuesta abajo, con la ayuda de nuestros esfuerzos. En la búsqueda de la llave, había apartado los ojos del camino, pero cuando alzó la vista ShivaMarion corría a más no poder añadiendo todo el empuje posible a su avance. Vi blanquearse los nudillos de la mano sobre el regulador, mientras la izquierda dudaba si seguir buscando o agarrar el manillar.

—¡Mete la marcha, rápido! —grité, dándole el último empujón desesperado.

—¡A todo gas! —chilló Shiva.

Reaccionó con lentitud, girando primero el regulador hasta el fondo y luego bajando la vista para pisar la palanca de marchas. Durante un instante estremecedor, en que puso la primera, la moto se trabó y la rueda trasera quedó inmovilizada. Habíamos fracasado...

Y justo en ese instante, el motor escupió y bramó, acelerando a fondo, como si dijese: «Lo sacaré de aquí, muchachos.» La moto saltó hacia delante, la rueda de atrás escupió la grava hacia nosotros y estuvo a punto de derribar al motorista, lo cual le hizo aferrarse más, apretando el acelerador en una presa mortal en vez de soltarlo.

Al ver lo que tenía delante lanzó un aullido: sólo le quedaban unos metros y unos segundos para girar antes del saliente. Entre los motoristas rige el axioma de que hay que mirar siempre en la dirección que quieres seguir, nunca hacia lo que intentas evitar. Pero aquel hombre miraba al precipicio que se aproximaba. La BMW siguió adelante rugiendo, acelerando aún. Corrí tras él.

La rueda delantera chocó contra el bordillo de hormigón del saliente y se detuvo, al tiempo que la trasera se alzaba en el aire. De no ser por el peso de aquel gran motor, la máquina habría dado una voltereta; sin embargo, fue el motorista el que saltó despedido por encima del manillar, su aullido ya un grito. Describió una parábola en el aire por encima del saliente y se precipitó en una caída que sólo cesó al quedar interrumpida por el tronco de un árbol. Oí el golpe y el gruñido al escapar el aire de sus pulmones. El impulso le proyectó el cuello hacia delante e impactó con la cara contra el árbol, para caer rodando varios metros más. La BMW, después de quedar alzada sobre la rueda delantera, volvió al suelo y cayó de lado. El motor se detuvo, pero la rueda de atrás siguió girando. Nunca en la vida había oído un silencio como aquél.

Bajé a la carrera y llegué el primero junto al soldado. Había deseado que pasase aquello, pero entonces me pareció algo terrible. Asombrosamente, estaba consciente, tumbado boca arriba, pestañeando atontado, con sangre en los ojos y brotándole de la nariz y los labios. Ya no quedaba en él nada propio de un militar. Su expresión era la de un niño que había medido mal sus fuerzas con resultados desastrosos.

Tenía un pie retorcido debajo del cuerpo de una forma tal que me dieron ganas de vomitar. Gemía, agarrándose la parte superior del vientre. Su rostro se había convertido en una masa ensangrentada. Era un espectáculo grotesco.

Ni la cara ni el pie parecían preocuparle tanto como el vientre.

—Por favor —suplicó, respirando entrecortadamente y apretándose el abdomen. —Advirtió mi presencia—. Por favor, sácala.

Me había olvidado por un momento de lo que les había hecho a Zemui o a Rosina y Genet, o al mismo Ghosh. Ante su sufrimiento sólo sentía lástima. Alcé la vista y vi a mi niñera, con el labio partido e hinchado, y con un diente de menos.

—Por favor —repitió el hombre, apretándose el pecho—. Sácala. Por el amor de san Gabriel, sácala.

—No entiendo.

Seguía sujetándose desesperadamente el vientre. Y en ese instante me di cuenta de por qué: se había clavado la culata del revólver... que estaba a punto de desaparecer bajo sus costillas en el costado izquierdo.

—¡Cuidado! —exclamó Rosina—. Quiere sacar el arma.

—No, la culata del revólver le ha roto las costillas inferiores —intenté explicar. Y luego me oí decirle a él—: Aguanta. ¡Te la sacaré!

Cogí el arma y tiré con todas mis fuerzas. El hombre gritó, pero el revólver no se movió. Lo agarré de otra forma.

Sentí como si una mula me hubiera dado una coz en la mano antes de oír el disparo. El revólver se me escurrió igual que si nunca lo hubiese sujetado y quedó apuntando a su ombligo.

Noté el olor a ropa quemada y cordita. Vi un pozo rojo en su vientre. Y cómo se le escapaba la vida de los ojos con la misma facilidad con que una gota de rocío se desprende de un pétalo de rosa.

Le tomé el pulso. Era una variedad que Ghosh nunca me había enseñado: el pulso ausente.

Rosina pidió a Genet que fuera a buscar a Gebrew.

El vigilante acudió corriendo. No había oído el disparo. La casa estaba demasiado lejos y la detonación había quedado amortiguada por el vientre de aquel desdichado.

—¡Rápido! Puede venir alguien a buscarlo —dijo Rosina—. Pero primero tenemos que guardar la moto.

Entre los cinco levantamos la BMW y conseguimos llevarla hasta la caseta de las herramientas, que quedaba al fondo del camino para coches, tras la curva. Aparte de una abolladura en el depósito, parecía en perfecto estado. En la caseta reordenamos las cargas de leña, las pilas de biblias, el caballete de serrar, la incubadora y otros trastos que allí se guardaban para que la moto quedase oculta a la vista.

Volvimos por el cadáver; no teníamos mucho que decirnos. Gebrew y Shiva trajeron la carretilla y lo cargaron con ayuda de Rosina y Genet en su herrumbrosa cavidad. Me quede mirándolo, apoyado contra un árbol. Yacía en la carretilla en ese tipo de postura antinatural que sólo consiguen adoptar los muertos. Rosina nos dirigió cuando lo llevamos entre los árboles por el sendero pegado al muro que rodeaba el recinto, hasta el Terreno Ahogadizo. La antigua fosa séptica del hospital se localizaba allí, profundamente hundida; había desbordado durante años y luego ya no había vuelto a usarse. Hormigón de la ayuda americana, fondos Rockefeller y un contratista griego llamado Aquiles habían construido una nueva. Pero los vertidos de la antigua habían engullido la tierra. Una sedosa capa de musgo engañaba la vista. En realidad cualquier objeto más pesado que una piedrecilla se hundía y el olor, siempre presente, ahuyentaba a los intrusos. La enfermera jefe había mandado colocar una valla de alambre espinosa alrededor y un letrero que rezaba en amárico TERRENO AHOGADIZO, la traducción más aproximada de «arenas movedizas».

El olor era muy intenso. Rosina y Gebrew empujaron el poste de la valla hasta pegar el alambre al suelo y metieron la carretilla cuanto se atrevieron. Miré enfadado a Shiva, que observaba impasible, igual que podía contemplar a los limpiabotas cuando trabajaban... Era lo contrario a lo que yo sentía.

—¡No! —grité cuando estaban a punto de alzar la carretilla para deshacerse del cadáver.

Cogí a mi niñera por la mano y la obligué a dejarla en el suelo otra vez.

—No podemos hacerlo, no está bien, Rosina. ¡Oh, Dios mío! ¿Qué he hecho, qué he hecho? —exclamé temblando y llorando.

Me dio una bofetada. Shiva me posó una mano en el hombro, tal vez más para contenerme que para prestarme apoyo. Rosina y Gebrew se hicieron cargo otra vez de la carretilla y finalmente tiraron el cadáver.

La capa de musgo se hundió como un colchón. El rostro del cadáver ya no pertenecía al hombre que nos había aterrorizado; ahora era una cara patética, propia de un ser humano, no de un monstruo.

Cuando el cuerpo desapareció, Rosina escupió en su dirección. Se volvió hacia mí, con el rostro crispado por la cólera.

—¿Qué demonios te pasa? ¿Acaso ignoras que nos habría matado a todos sólo por divertirse? La única razón de que no lo hiciese fue porque tenía más deseos aún de robar la moto de Zemui. Debes sentirte orgulloso de lo que has hecho.

• • •

Regresamos en silencio. Cuando estábamos en casa, en la cocina, Rosina se volvió hacia nosotros, con los brazos en jarras.

—Sólo nosotros sabemos lo que pasó —dijo—. Nadie puede enterarse. Ni Hema, ni Ghosh, ni la enfermera jefe. Absolutamente nadie. ¿Entiendes, Shiva? ¿Genet? ¿Gebrew? —Me escudriñó—. ¿Y tú, Marion?

Miré a mi niñera. Con la cara ensangrentada y la mella se me antojaba una desconocida. Me preparé para oír más palabras duras, pero en cambio se acercó y me abrazó, como abraza una mujer a su hijo o su héroe. La estreché con fuerza. Sentí su aliento cálido en la oreja cuando me dijo:

—Eres muy valiente.

Fue un consuelo: las cosas estaban bien entre Rosina y yo. Genet se acercó y me abrazó. Si era así como se sentían los valientes (entumecido, mudo, con ojos que no podían ver más allá de mis dedos ensangrentados y un corazón que latía acelerado y suspiraba por la chica que me abrazaba), entonces, supongo que yo lo era.

27

La medicina como respuesta

La horca parecía el destino de todas las personas relacionadas con el general Mebratu. Ghosh se había librado hasta entonces por ser ciudadano de la India. Y por las oraciones de la familia y las legiones de amigos. Su encarcelamiento no sólo dejó mi mundo en total suspenso, sino que se llevó también el sentido que la vida hubiese podido tener anteriormente para mí.

Fue entonces, en aquellos momentos de desesperación, cuando pensé en Thomas Stone. Antes del golpe, pasaban meses sin que me acordase de él. Como no tenía ninguna foto suya ni conocimiento alguno de que hubiese escrito un libro de texto famoso (más tarde me enteraría de que Hema había regalado o eliminado los ejemplares que quedaban en el hospital), me parecía un ser irreal, un fantasma, una idea. No era posible que me hubiese engendrado alguien de piel tan blanca como la enfermera jefe. Era más fácil imaginar una madre india.

Pero durante aquellos días, cuando el tiempo se detuvo, aquel hombre cuyo rostro no podía imaginar pasó a ocupar todos mis pensamientos. Yo era su hijo. Ahora lo necesitaba. Cuando aquel militar, que podría habernos matado, había venido a robar la moto, ¿dónde estaba Stone? ¿Y dónde cuando yo había asesinado al intruso (así seguía viéndolo)? ¿O cuando la máscara de la muerte acechaba frente a mis párpados de noche o unas manos frías me asían desde las sombras? Pero sobre todo, ¿dónde estaba Stone cuando yo necesitaba liberar al único padre que había tenido, Ghost?

En aquellas jornadas atroces que no tardarían en prolongarse hasta dos semanas, mientras íbamos y veníamos de casa a la cárcel, a la embajada india, al Ministerio de Asuntos Exteriores, estaba persuadido de que si hubiese sido mejor hijo para Ghosh, un hijo digno de él, podría haberle ahorrado aquel tormento que estaba padeciendo.

Tal vez no fuese demasiado tarde. Podía cambiar. Pero ¿qué forma debía adoptar ese cambio?

Esperaba una señal.

Llegó una mañana tempestuosa, cuando nos enteramos de que se habían producido nuevos ahorcamientos en el Merkato. Siguiendo un impulso ciego, salí a la carrera hacia la verja, pues estuviese donde estuviese, siempre tenía ganas de hallarme en otra parte. En el camino, cuando accedía a la entrada de urgencias un Citroën verde con las ruedas traseras ocultas por guardabarros como faldas, noté un extraño olor dulzón, afrutado, olor que enseguida se intensificó cuando dos hombres más jóvenes sacaron del asiento trasero a un individuo corpulento que iba postrado. El enfermo tenía la piel color café con leche y los rasgos mofletudos de la familia real, como si lo hubiesen criado a base de nata espesa y bollitos en vez de *inyera* y *wot*. Me pareció que estaba dormido. Su respiración era profunda, fuerte y susurrante, como una locomotora exhausta. Con cada espiración despedía aquel efluvio dulzón, que hasta tenía un color, el rojo.

Me di cuenta de que ya había percibido antes aquel olor. Pero ¿dónde? ¿Cómo? Mientras transportaban al enfermo al interior, me quedé a la puertas de urgencias intentando aclarar el enigma. Comprendí que estaba concentrado en el tipo de reflexión, la clase de estudio del mundo, que tanto admiraba en Ghosh. Recordé cómo él había realizado el experimento de la gallina ciega (literalmente un experimento a ciegas) para revalidar mi capacidad de localizar a Genet por el olor.

El doctor Bachelli me explicó después que aquel hombre sufría coma diabético, del cual aquella exhalación afrutada era característica. Fui al despacho de Ghosh (su antigua casa) y leí en sus libros sobre las acetonas que se acumulaban en la sangre y causaban aquel olor, lo cual me indujo a leer sobre la insulina. Y luego sobre el páncreas, la diabetes... Una cosa me llevaba a otra. Durante las dos semanas transcurridas desde que Ghosh estaba en la cárcel quizá fuese la primera vez en que había sido capaz de pensar en algo distinto.

Había creído que los libros grandes de Ghosh eran ilegibles, sin embargo descubrí que la argamasa y los ladrillos de la medicina (a diferencia, por ejemplo, de la ingeniería) eran las palabras. Sólo hacía falta unirlas para describir una estructura, explicar su funcionamiento y lo que iba mal. Las palabras eran extrañas, pero podía buscarlas en el diccionario médico, anotarlas para usarlas en el futuro.

Apenas dos días después, volví a percibir el mismo olor a la entrada del Missing, en esta ocasión procedente de una anciana que llegó echada en el banco de un coche de caballos, sostenida por sus familiares. Tenía la misma respiración susurrante y ni siquiera el intenso olor a caballo podía con el efluvio afrutado.

—Acidosis diabética —le dije a Adam, que contestó que era posible. Los análisis de sangre y orina confirmaron mi diagnóstico.

De un modo u otro, la vida continuó en el Missing. Con uno o con cuatro médicos, los enfermos seguían llegando. Se atendían de forma rutinaria los casos fáciles, como deshidratación infantil, fiebres y partos normales, pero no podían tratarse los problemas quirúrgicos. Me quedaba en urgencias con Adam, o me recluía en casa de Ghosh a hojear sus libros. El tiempo transcurría despacio y mis temores por él no disminuían, aunque tenía la impresión de haber hallado por fin algo equivalente a lo que el dibujo y la danza constituían para Shiva, una pasión que mantendría a raya los pensamientos inquietantes. Me parecía más serio lo que hacía yo que lo que hacía mi hermano. Se me antojaba una alquimia antigua que podría lograr que se abrieran las puertas de la cárcel de Kerchele.

Durante aquel período terrible, con Ghosh en la cárcel, Almaz de guardia a la entrada de la prisión y el emperador tan receloso de todo el mundo que *Lulú* tenía que olfatear cada bocado de los alimentos de su majestad, despertó mi cerebro olfativo, la inteligencia animal. Siempre había identificado los olores, su variedad, pero entonces estaba catalogando las cosas que registraba. El mohoso hedor amoniacal de la insuficiencia hepática iba acompañado de ojos amarillentos y llegaba en la estación de las lluvias; el olor a pan recién hecho de la fiebre tifoidea se hallaba presente todo el año y entonces los ojos estaban llenos de ansiedad y blancos como porcelana. La lista era interminable: el aliento pestilente de los abscesos pulmonares, el olor a uvas de una quemadura infectada con *pseudomonas*, el tufo a orina rancia de la insuficiencia renal, el de cerveza pasada de la escrófula.

Una noche, después de cenar, mientras la enfermera jefe dormitaba en el sofá y Shiva dibujaba muy concentrado en la mesa del comedor, Hema, que paseaba por la habitación, se paró junto al sillón en que yo me encontraba sentado. Aquél era el sitio de Ghosh, donde yo estaba con los pies alzados y un montón de libros al lado. Creo que comprendió que estaba guardando el espacio de Ghosh. Echó una ojeada por encima de mi hombro y vio su grueso texto de ginecología abierto, casualmente, en una imagen de la vulva de una mujer, deformada por un enorme quiste de Bartolino. Hema no trató de ocultar que estaba mirando. Enseguida me di cuenta de que se esforzaba por conseguir reaccionar de la forma adecuada. Me posó la mano en la cabeza, la deslizó hasta la oreja y entonces creí que iba a retorcerme la *pinna* (había aprendido que así se llamaba la parte carnosa de la oreja). Noté su indecisión. Me acarició y me dio una palmada en el hombro.

Cuando se apartó, sentí el peso de lo que no me había dicho. Deseé llamarla, decirle: «¡Mamá! Estás completamente equivocada.» Pero ella no exteriorizaba lo que pensaba y yo estaba aprendiendo a imitarla. En eso consistía crecer: en ocultar el cadáver, no abrir el corazón, hacer suposiciones sobre las motivaciones de los demás, que siempre están haciendo justo todo eso contigo.

Estoy seguro de que pensó que había ido a aquella página por un interés lascivo por la anatomía femenina. Y quizá fuese cierto, pero no del todo. ¿Acaso me creería si le dijese que aquellos viejos libros mohosos, con los dibujos a pluma, las fotografías granulosas de partes del organismo humano grotescas y deformadas por la enfermedad, eran promesa de algo especial? La *Obstetricia* de Kelly, la *Ginecología* de Jeffcoate y el *Índice de diagnosis diferencial* de French eran (al menos, para mi modo de pensar infantil) mapas del Missing, guías del territorio en que habíamos nacido. ¿Dónde, excepto en aquellos libros, dónde, excepto en la medicina, podía explicarse nuestro tortuoso destino conjunto, matricida, patrifugitivo? ¿En qué otro lugar comprendería aquel impulso (sobre el cual, de noche en la cama cuando no lograba dormir, me preguntaba si sería homicida) que había acabado con el soldado y luego el impulso simultáneo de ocultarlo y confesarlo? Tal vez hubiese respuestas en la gran literatura. Pero en ausencia de Ghosh, en lo más profundo de mi dolor, descubrí que las respuestas, todas ellas, la explicación del bien y el mal, se hallaban en la medicina. Así lo creía. Estaba seguro de que sólo si lo creía Ghosh saldría de la cárcel.

A la tercera semana de su detención, una mañana bajé hasta la verja justo cuando san Gabriel daba la hora, que era la orden para que Gebrew abriese. El estrecho acceso peatonal de la entrada sólo permitía pasar a una persona cada vez. La imagen de Gebrew con su atuendo sacerdotal evitaba el caos y una estampida.

Dos individuos se empujaron, levantando mucho los pies para pasar el marco de la puerta como corredores de obstáculos.

—Compórtense, por amor de Dios —los amonestó Gebrew.

Luego pasó una mujer con mucha cautela, como si descendiese de un barco al muelle. El orden se imponía cuando los enfermos se turnaban para picotear como gallinas los cuatro puntos de la cruz que sostenía Gebrew en la mano (una vez por Cristo crucificado; otra, por María; la siguiente por los arcángeles y los santos, y después por las cuatro criaturas vivientes del Apocalipsis) y aguardaban luego a que él les tocase en la frente con ella. Aquellos visitantes temían la enfermedad y la muerte, pero aún más la condenación.

Escrutaba sus rostros, pues cada uno de ellos se me antojaba un enigma, no había dos iguales. Esperaba que uno de ellos fuese el de Ghosh.

Imaginaba el día en que mi padre «real» (Thomas Stone) cruzase la verja. Me veía allí. Entonces ya sería médico y podría llevar mi bata verde (estaría en un descanso entre operación y operación), o la chaqueta blanca sobre la camisa y la corbata. Aunque no tenía fotografías ni recuerdos de Stone, lo reconocería inmediatamente.

Tenía preparado lo que le diría: «Llegas demasiado tarde. Salimos adelante en la vida sin ti.»

28

El buen médico

Desperté antes del amanecer y corrí a la habitación del autoclave todo lo rápido que me permitía la oscuridad. Un pensamiento había interrumpido mi sueño: ¿y si la hermana Mary Joseph Praise pudiese interceder para que liberaran a Ghosh? Mi «padre» nunca llegaría, pero ¿y si mi madre natural sólo estuviese esperando a que se lo pidiera? Confiaba en que no tuviese en cuenta mi larga ausencia de la silla de su escritorio.

Me senté y miré aquella estampa del *Éxtasis de santa Teresa*, aunque sólo distinguía vagamente los contornos, pues no había dado la luz, y tenía la sensación de estar en un confesionario, aunque no experimentase ningún deseo de confesarme. Permanecí unos diez minutos en silencio.

—¿Sabes que durante mucho tiempo creí que los niños venían en parejas? —dije por fin, para entablar conversación, pues no quería hablarle inmediatamente de Ghosh ni del favor que iba a pedirle—. *Kuchulu* tiene cuatro cachorros o seis cada vez. En la granja de Mulu vi una cerda que había tenido doce.

»Nosotros somos gemelos idénticos, aunque en realidad no seamos del todo iguales. Al menos, no de la manera en que lo son dos billetes de un birr, que sólo se diferencian en el número de serie. En realidad, Shiva es mi imagen especular.

»Yo soy diestro y Shiva zurdo. Yo tengo un remolino en la nuca, a la izquierda, y él a la derecha.

Me llevé la mano a la nariz, pero ése era otro asunto que no iba a contarle. Un mes antes del golpe de estado había tenido un enfrentamiento con Walid, que había estado burlándose de mí por mi nombre (un blanco muy fácil). De pronto me encontré derribado de un cabezazo (una *testa*) y la lucha acabó para mí. Según algunos, *testa* («cabeza» en italiano) es un antiguo arte marcial etíope, aunque si lo es, no hay dojos ni cinturones, sólo un montón de narices rotas. La única defensa contra el «gran capón» es bajar la cabeza. Walid empleó su testa cuando yo no lo esperaba.

Para mi sorpresa, en aquella ocasión Shiva me ayudó a levantarme, pues aunque era capaz de gran empatía ante el sufrimiento de los animales y las mujeres embarazadas, podía mostrarse beatíficamente indiferente ante el dolor de los demás seres humanos, sobre todo si la causa era él. Observé con asombro cómo se enfrentaba a Walid, que reaccionó con otro testarazo. Los huesos frontales se encontraron en un choque terrible. Cuando reuní valor para mirar, vi a Shiva de pie como si no hubiese pasado nada. Los chicos pequeños acudieron corriendo como buitres a la carroña, porque la caída de un abusón siempre es una gran noticia. Walid estaba en el suelo boca arriba; se levantó y volvió a intentarlo. El golpe de sus cabezas me infundió un miedo cerval por mi hermano, pero él apenas pestañeó, mientras que Walid quedó fuera de combate, con un corte profundo en la cabeza. Cuando se reincorporó a las clases, era una persona apagada y sin brío.

Aquella noche, Shiva me permitió que le explorara la cabeza: descubrí que tenía una ligera prominencia en la coronilla, de la que yo carecía, y los huesos frontales muy gruesos y duros como el acero. Mi topografía era diferente. En una ocasión había preguntado a Ghosh cuál podría ser la razón, y él había postulado que los instrumentos utilizados en Shiva en el momento de su nacimiento quizá fueran la causa de que los huesos de la cabeza curasen de aquel modo. Tal vez se relacionase asimismo con el hecho de que estuviéramos «unidos», pero yo era demasiado orgulloso para preguntarle qué quería decir exactamente eso.

Había un libro tamaño folio de la biblioteca del British Council con imágenes de Chang y Eng, de Siam, los gemelos siameses más famosos. Unas cuantas páginas más allá se veía un retrato del indio Lalu, que recorrió el mundo como un fenómeno de circo, pues un «gemelo parasitario le salía del pecho». En la ilustración se le veía en bañador y de su tórax desnudo brotaban dos nalgas y unas piernas. Me daba la impresión de que el gemelo parasitario no «emergía de Lalu», sino que estaba metiéndose en él.

Cuando por fin logré apartar los ojos de las fotografías, cada palabra del texto supuso una revelación. Me enteré de que si dos embriones crecían al mismo tiempo en el interior de la madre, el resultado eran falsos gemelos, que no se parecían y podían ser niño y niña. Pero si un solo embrión se escindía muy pronto en el útero en dos mitades separadas, nacían gemelos idénticos, como Shiva y yo. Los gemelos unidos eran, pues, gemelos idénticos en que la temprana escisión del óvulo fertilizado en dos mitades resultaba incompleta, de forma que ambas partes permanecían unidas. Como consecuencia, podía darse el caso de Chang y Eng, dos individuos unidos por el vientre o por algún otro punto, pero también el de las partes desiguales, como Lalu y su gemelo parásito.

—¿Sabías que Shiva y yo éramos craneópagos, que estábamos unidos por la cabeza? —le pregunté a la hermana Praise—. Nos separaron al nacer, cortando la unión. No les quedó más remedio, pues estaba sangrando. Guardé un largo silencio y confiaba que ella comprendiese que lo hacía por consideración, pues era egoísta por mi parte mencionar nuestro nacimiento cuando coincidía con su muerte. Por un rato largo y embarazoso estuve callado—. ¿Puedes sacar a Ghosh de la cárcel, por favor? —Ya estaba dicho.

Esperé la respuesta. En el silencio que siguió, me sentí presa de la vergüenza y el remordimiento. No le había dicho que había arrancado la hoja de Lalu y salido de la biblioteca con ella, ni tampoco comentado el asesinato del soldado ni el temor de recibir algún día un castigo terrible.

Y me guardé otra cosa, algo que sólo había comprendido tras ver las fotos de Lalu y de Chang y Eng: el tubo carnoso que nos unía a Shiva y a mí había sido cortado y había desaparecido hacía mucho, pero en realidad, aún estaba ahí, aún nos unía. La fotografía de Lalu reflejaba lo que yo mismo sentía: era como si partes de mí siguiesen pegadas a Shiva y partes de él estuviesen dentro de mí. Para bien o para mal, me hallaba unido a Shiva. El tubo seguía allí.

¿Qué habría pasado si ShivaMarion anduviesen por ahí con las cabezas unidas o (imaginadlo) compartiesen un tronco con dos cuellos?

¿Habría querido abrirme camino (abrirnos) en el mundo de aquel modo? ¿O habría deseado que los médicos intentasen separarnos a toda costa?

Pero nadie nos había dado esa posibilidad. Nos habían separado, habían cortado el tallo que nos unía. ¿Quién podía asegurar que el hecho de que Shiva fuese tan distinto, con aquel mundo interior suyo cerrado y circunscrito, que no pedía nada a los demás, no se debía a la separación, o que mi inquietud, mi sensación de estar incompleto, no surgiera en aquel momento? Y en el fondo, seguíamos siendo uno, seguíamos unidos nos gustase o no.

Abandoné bruscamente la habitación del autoclave sin despedirme siquiera. ¿Cómo podía esperar que la hermana me ayudase cuando le ocultaba tantas cosas?

No merecía su intercesión.

Así que me quedé atónito cuando una hora después llegó su respuesta, que adoptó la forma de nota críptica en un bloc de recetas del hospital ruso y que entregó a Gebrew su homólogo Teshome en las verjas del centro ruso. Teshome aseguró que se la había dado un médico ruso que le había obligado a jurar que no revelaría su identidad. El doctor había escrito en un lado: «Ghosh está bien. No hay ningún peligro.» Y en la otra cara, escrito por su puño y letra, leímos: «Hijos, ASENTAD VUESTRO VALOR HASTA LA TENACIDAD. Gracias, Almaz, pero no hace falta esperar. Enfermera jefe, tenga la bondad de recurrir a cuantos nos deban algún favor. Espero que la encantadora novia renueve el contrato anual. Besos, G.»

Volví a la habitación del autoclave. De pie detrás de la silla como un penitente, di las gracias a la hermana Mary Joseph Praise. Se lo conté todo, sin guardarme nada. Le pedí perdón... y que siguiese ayudándonos a liberar a Ghosh.

Empecé a ver a Almaz de modo distinto, valoré su fuerza y resolución silenciosas en la vigilia nocturna que había mantenido a las puertas de la prisión de Kerchele; lo que pudiese faltarle en ilustración lo compensaba con su fuerza de carácter y su lealtad.

Sin embargo, yo había perdido todo respeto por el emperador. Hasta la propia Almaz, siempre monárquica incondicional, sufría una crisis de fe.

Nadie creía realmente que Ghosh hubiese participado en el golpe. El problema era (y lo mismo sucedía con los centenares de detenidos) que quien tomaba todas las decisiones era su majestad Haile Selassie en persona, el cual ni delegaba ni tenía prisa.

Todas las tardes íbamos a Kerchele para entregar los únicos alimentos que nos estaban permitidos, y a recoger el recipiente en que habíamos llevado los del día anterior. Los familiares que aguardaban a las puertas de la cárcel ya constituían nuestra familia. Aquél era también el lugar más fecundo en información y rumores verosímiles: allí nos enteramos de que el emperador daba un paseo matutino por los jardines de palacio, durante el cual los ministros de Seguridad, de Asuntos Internos y de la Pluma se turnaban para despachar con él. Caminaban a tres pasos por detrás de su majestad al tiempo que iban informándole de los rumores y acontecimientos de las últimas veinticuatro horas, cada uno de ellos temiéndose que el anterior le tendiera una trampa al comentar algún asunto que luego él no mencionase. Los generadores de los rumores no tenían claro si el hecho de que la perrita *Lulú*, adivina real, se orinara en los zapatos de alguien era un indicador de que se podía confiar en él o si se hallaba bajo sospecha... De este tipo de cosas nos enterábamos cuando íbamos a Kerchele.

Justo veinticuatro horas después de mi visita a la hermana Praise, nos permitieron ver a Ghosh.

El patio de la prisión, con césped y aquellos enormes árboles umbrosos, parecía el marco de una merienda campestre. Bajo las copas de los árboles, los presos se nos antojaban arbolillos sin hojas.

Localicé enseguida a Ghosh, y Shiva y yo nos arrojamos en sus brazos. Hasta que estábamos abrazándole no nos dimos cuenta de que le habían afeitado la cabeza y su rostro había enflaquecido. Lo que sí noté al instante fue que el pecho dejó de dolerme por primera vez en un mes. El olor de su ropa y su persona era tosco y comunal, lo cual me entristeció, pues era señal de su degradación. Nos apartamos para que se acercaran Hema y la enfermera jefe. Pero no le solté la mano, porque temía que se esfumara. Algunos hombres mejoran cuando adelgazan, pero Ghosh parecía disminuido, sin mofletes y papada.

Almaz se quedó atrás, con la cara casi cubierta por el extremo del *shama*, esperando. Entonces Ghosh se separó de Hema y la enfermera jefe y se le acercó. Ella le hizo una reverencia, se dobló como si fuese a tocarle los pies, pero Ghosh la aferró por los brazos para evitarlo, la obligó a incorporarse y le besó las manos. Después la abrazó. Dijo que le había alegrado mucho verla allí esperando y saludando cuando lo sacaban en los furgones y al regresar a la prisión, aunque supiese que ella no le veía. Almaz, en cuya dentadura nunca me había fijado, sonreía de oreja a oreja con los ojos llenos de lágrimas.

—Mi único sufrimiento ha sido la preocupación por todos vosotros. No sabía si habían detenido también a Hema. O a la enfermera jefe. Cuando vi a Almaz en el patio de la prisión, enseñando la fotografía de la familia enmarcada, comprendí que quería decirme que estabais todos bien. Me tranquilizaste, Almaz.

Ninguno de nosotros supo hasta entonces que la vigilia de la sirvienta incluía la foto familiar, ni que siempre que un coche entraba o salía de la prisión ella se levantaba, mostraba la imagen y sonreía.

El tiempo apremiaba, así que presionamos a Ghosh para que nos lo contase todo. No creo que quisiera alarmarnos, pero tampoco podía mentir.

—La primera noche fue la peor. Me encerraron en aquella jaula —dijo, señalando un barracón sucio y bajo que parecía un almacén—. Es un espacio pequeño, ni siquiera puedes ponerte de pie, donde meten a los delincuentes comunes, asesinos, muchachos vagabundos, carteristas. La atmósfera es terrible. Y por la noche cierran la puerta y no se puede respirar. Ese tipo, un animal, es el encargado y decide dónde duerme cada uno. Sólo se respira un poco de aire junto a la puerta, y allí me dejó dormir a cambio del reloj de pulsera. Creo que si hubiese tenido que pasar otra noche en esa jaula habría muerto. Sin sábanas, sin mantas, sobre el suelo frío. Cuando amaneció, ya estaba rascándome los piojos.

»Vino de palacio un comandante con instrucciones de llevarme al hospital militar y proporcionarme lo que necesitase para curar al general Mebratu, pues el emperador no confiaba mucho en los médicos que estaban a su cargo. El comandante se indignó cuando descubrió cómo había pasado la noche y que cojeaba y tenía la cara hinchada. Me llevó al hospital militar, donde pude ducharme, despiojarme y cambiarme de ropa.

»Allí me enseñaron las radiografías del general Mebratu y luego me condujeron a verlo. ¿Y a quién me encontré sino a Slava, el doctor Yaroslav, del hospital ruso? Temblaba descontrolado y no tenía buen aspecto. En cuanto a Mebratu, estaba sumido en un profundo sueño, o inconsciente. Slava me dijo que los médicos etíopes no se acercaban al general, pues les aterraba pensar lo que les pasaría si se muriese, así como que sospechasen que eran partidarios suyos si se salvaba. "Slava, dime si está sedado y si ya estaba así cuando lo viste", le dije. Me explicó que cuando había llegado el general estaba plenamente consciente, hablando, sin debilidad en las manos ni en las piernas. "No soy partidario de la sedación", aseguró. Durante todo ese tiempo nos había acompañado una médica rusa, una mujer joven, la doctora Yekaterina, que dijo: "La sedación es muy bien. Tiene herida en cabeza. Hay que operar." "Las heridas en la cabeza sólo son importantes porque la cabeza contiene el cerebro. Esa bala no está cerca del cerebro." "¡Cómo llamas esto!", exclamó señalándome el ojo. "Camarada, yo lo llamo órbita", contesté. Yekaterina no tenía buena opinión de mí y a mí no me gustaba la forma despectiva con que trataba a Slava. Tal vez sea alcohólico, pero antes de que lo desterrasen a Etiopía era un pionero en ortopedia. Me dijo a espaldas de ella: "¡Del KGB!" Llamé al comandante y le pregunté: "¿Cuáles son sus instrucciones respecto a mi autoridad?" "Lo que necesite. Está al mando. Órdenes directas de su majestad." "Bien, pues que esta doctora regrese al hospital Balcha, y no permitan que vuelva. Necesito brandy medicinal, sales y que instalen en esta habitación dos camas para Slava y para mí", repuse entonces. Puse al general Mebratu todo el antibiótico que había y di brandy a Slava, de modo que dejó de temblar. A continuación, desbridamos los dos el ojo del general; allí mismo en la cama, extirpamos lo que colgaba sin intentar hacer mucho más. El general no se movió. Yo no había pensado en cómo extraer la bala.

»Durante las dos noches siguientes, que pasé acompañado de Slava, dormí en una cama normal. Los efectos de la sedación comunista duraron tres días. "Slava, ¿la dosis de sedante no sería por casualidad para un caballo?", exclamé. "No, pero ¡se la inyectó un jamelgo llamado Yekaterina!", contestó.

»Cuando el general Mebratu despertó, estaba en buena forma, aparte de un ligero dolor de cabeza y voz gangosa. No permitieron que me quedara más tiempo con él, y también echaron a Slava. Os escribí la nota entonces. Cuando volví a la prisión me metieron en una celda normal con algunos compañeros decentes. Me llevaban un par de veces al día a vendar la herida, pero sólo me permitieron intercambiar unas palabras con el general.

Yo ya había reparado en dos ratas gigantes que salían a plena luz del día de un vertedero que había entre dos edificios. Ghosh nos ocultaba cosas, pero tampoco nosotros se lo contábamos todo.

A partir de aquel día nos dejaron visitarlo dos veces por semana. Sólo nos restaba por saber cuándo lo pondrían en libertad.

Los pacientes importantes de Ghosh pasaron por casa uno tras otro para recoger cosas que él necesitaba: una determinada pluma, más libros, un papel que estaba en cierto montón. Traían consigo una nota latinizada con la letra de Ghosh, una receta de una mixtura especial, que yo llevaba a Adam, el boticario.

Durante su ausencia, comprendí la clase de médico que era. Al menos en mi opinión, aquellos miembros de la familia real, ministros o diplomáticos, no estaban gravemente enfermos. Aunque carecían de poder para sacarlo de la cárcel, sí podían entrar en ella a verlo. Ghosh les bajaba el párpado inferior para examinar el color de la conjuntiva, les pedía que sacaran la lengua y, sin retirar el dedo de su muñeca, se las arreglaba para diagnosticar y tranquilizar. La denominación moderna «médico de familia» se queda corta en su caso.

Tres semanas después de nuestra primera visita a Ghosh, el general Mebratu fue sometido a juicio, en lo que fue un espectáculo dirigido a los observadores internacionales. Un periódico clandestino publicó reportajes del juicio, como también unos cuantos periódicos extranjeros. El general Mebratu, orgulloso y sin mostrar arrepentimiento, no se retractó de lo hecho. Su porte impresionó a los presentes en la sala. Desde el banco de los acusados predicó su mensaje: reforma agraria, reforma política y abolición de las leyes que reducían a los campesinos a la condición de esclavos. Quienes habían luchado para desbaratar el golpe de Mebratu ahora se preguntaban por qué se habían opuesto a él. Nos enteramos de que un grupo de jóvenes oficiales había planeado liberarlo de la prisión, pero Mebratu se había opuesto; la muerte de sus hombres pesaba sobre él. El tribunal lo condenó a la horca. Sus últimas palabras en la sala del juicio fueron: «Les diré a los otros que la semilla que plantamos ha logrado arraigar.»

• • •

La noche del día cuarenta y nueve de cautividad de Ghosh, un taxi subió por nuestro camino para coches y dobló hacia la parte de atrás. Cuando oí los gritos de Almaz, traté de adivinar a qué nueva calamidad nos enfrentábamos.

Allí estaba nuestro Ghosh, que bajó del taxi y examinó la casa como si jamás la hubiese visto. Gebrew, que se había subido al estribo del vehículo en la entrada, descendió de un salto, palmoteando de alegría, y entró brincando. Genet y Rosina salieron de su casa. Bailamos alrededor de Ghosh. El aire se llenó de voces y del *lulululu*, el grito que expresaba la alegría de Almaz. También estaba allí *Kuchulu* ladrando, moviendo el rabo y aullando, con los dos perros anónimos imitándola a cierta distancia.

No nos acostamos hasta medianoche, y Shiva y yo dormimos con Hema y Ghosh en su cama. Aunque no se estaba cómodo, en mi vida he dormido mejor. En plena noche desperté una vez y oí los estruendosos ronquidos de Ghosh: el sonido más tranquilizador del mundo.

A la mañana siguiente despertamos temprano con un talante todavía festivo. Aunque no lo sabíamos, en aquel momento el general Mebratu, veterano de Corea y el Congo, graduado en las academias militares de Sandhurst y Fort Leavenworth, era conducido al lugar de su ejecución.

Lo ahorcaron en un espacio despejado del Merkato, tal vez porque allí había tenido lugar la manifestación estudiantil y el golpe había obtenido el apoyo más explícito. Según supimos después, el verdugo era el ayudante de campo del emperador, un hombre al que hacía años que el general conocía. «Si ha estimado alguna vez a un militar, coloque el nudo con cuidado», se dijo que había pedido Mebratu. Una vez puesto el lazo y justo cuando el camión estaba a punto de arrancar, el general tomó impulso y saltó de la plataforma del vehículo, lanzándose al martirio.

Nos enteramos a última hora de la mañana. Por la noche, en las villas de piedra, los cuarteles y las casas de *chikka*, los oficiales jóvenes graduados en la Academia Militar de Holeta y en la de Harar, o en la de las Fuerzas Aéreas de Debre Zeit, se fueron a la cama conspirando para llevar a término lo que iniciara Mebratu.

Cada día que pasaba crecía la talla del general, hasta que acabó canonizado extraoficialmente. Su imagen aparecía en panfletos anónimos, dibujada al estilo caricaturesco de los antiguos pintores de iconos etíopes, con profusión de amarillos, verdes y rojos. Pintaban un Cristo negro flanqueado por un Juan Bautista también negro y nuestro general Mebratu, los tres con halos amarillos y el río Jordán a los pies. El texto rezaba: «Porque éste es quien anunció el profeta Isaías cuando dijo: "Voz del que clama en el desierto. Preparad el camino del Señor, enderezad sus sendas."»

29

Las babuchas de Abú Kassim

Dos días después de la ejecución de Mebratu, el personal del hospital, dirigido por Adam y W. W. Gónada, celebró una fiesta de bienvenida en honor de Ghosh. Compraron una ternera, alquilaron una carpa y contrataron un cocinero.

Fue Adam quien degolló al animal. Un celador demasiado impaciente y ansioso por comer *gored-gored* (carne cruda de vacuno) cortó un filete fino y palpitante del lomo mientras el animal se aguantaba en pie aún con patas temblonas. Lo ataron a un árbol, lo despiezaron y llevaron la carne para prepararla a una mesa instalada al aire libre. Cuando vi que subía por el camino un jeep militar, la sangre se me heló. Los cocineros se quedaron inmóviles mientras nosotros veíamos entrar en nuestra casa a un oficial uniformado. Me dirigí hacia allí como un sonámbulo. Al llegar a la entrada, salieron el oficial, Ghosh y Hema. Shiva se hallaba a mi lado.

—Hijos, ¿sabéis quién vino a buscar la moto? —nos preguntó Ghosh, tranquilo, pues no tenía motivos para alarmarse.

Mi primera reacción fue de alivio: ¡no habían venido a llevárselo! El pánico se apoderó de mí a continuación, cuando comprendí por qué estaba allí aquel individuo. Los cinco habíamos elaborado la historia: «Vino un soldado con la llave y se llevó la moto. No hablamos con él», y ya se la habíamos repetido a Hema el día que el soldado había desaparecido, pero preocupada como estaba por la detención de su marido, no había dado ninguna importancia al asunto.

Cuando estaba ya a punto de hablar, reparé en la cara del oficial.

Era el intruso, el soldado, aquel que viniera a llevarse la moto.

Era él. Tenía su misma cara: la frente era idéntica y también los dientes, aunque no era tan flaco y desgarbado. El uniforme planchado e impecable y la gorra en la presilla del hombro le conferían un aire de militar profesional, algo de lo que carecía el intruso. Noté que la cara me cambiaba de color.

Rosina y Genet aparecieron enseguida por la esquina de la casa. La noticia se había propagado y la gente nos rodeaba.

—Vino un soldado con una llave y se la llevó —dijo Shiva.

—Sí —corroboré.

El oficial sonrió.

—¿Recuerdas algo más? ¿Algo que no me dices? —me preguntó amablemente en inglés, inclinándose hacia mí.

—Ah, aquí está Rosina —terció Ghosh, y añadió en amárico—: Este oficial quiere saber qué fue de la moto de Zemui.

Nuestra antigua niñera hizo una reverencia, que me llevó a pensar en la cortesía que mostrara ante el ladrón y en lo provocativas que habían sido las palabras que había empleado entonces. Confié en que fuese prudente.

—Sí, señor. Yo estaba con los niños cuando vino. —Se interrumpió y se llevó el borde del *shama* a la boca, abriendo mucho los ojos—. Perdóneme, señor. Aquel hombre... se parecía muchísimo a usted. Cuando le he visto la cara... Perdone. —Volvió a hacer una reverencia—. Él no era... él no era tan amable como usted. Vestía... no vestía como usted.

—Venimos de la misma madre —repuso el oficial con una sonrisa irónica—. Es verdad, se parece a mí. ¿Cómo iba vestido?

—Llevaba sólo la chaqueta militar, sin camisa. Una camiseta blanca debajo. Botas, pantalones.

—¿Le pareció que estaba bien?

—Tenía un revólver metido aquí —dijo ella, al tiempo que señalaba la cintura—, en vez de llevarlo en su...

—¿Pistolera? —completó el hermano.

—Sí. Y parecía... tenía los ojos enrojecidos. Como si estuviera...

—¿Borracho? —añadió en voz baja—. ¿Le preguntó por qué quería la moto?

—Por favor, señor, llevaba un arma. Parecía muy enfadado. Tenía la llave.

—¿Qué le dijo?
—Él... Bueno, dijo muchas cosas. Que se llevaba la moto. Yo no dije nada.
Aunque se había apartado del guión preparado, pareció que funcionaba.
—¿Por qué? ¿Qué ha pasado? ¿Qué ha sido de la moto? —preguntó Shiva en inglés, manteniendo el rostro inexpresivo. Me asombró su sangre fría.
—Bueno, eso es lo que no sabemos —dijo el oficial en un inglés perfecto, y su actitud se suavizó—. No tenía por qué llevarse la moto. El ejército no le habría autorizado a quedársela bajo ningún concepto. —Hizo una pausa, como sopesando si añadir algo más—. No se le ha visto desde que vino aquí —prosiguió al fin, dirigiéndose a Ghosh y Hema—. Estoy destinado en Dire Dawa, así que no me enteré de que se había ausentado sin permiso hasta hace dos semanas. Le dijo a una mujer que iba a recoger una moto. —Se volvió hacia nosotros—. Así que visteis que se la llevaba...
—Yo oí el ruido —dije.
Él asintió.
—Doctor, ¿le importa que echemos un vistazo por aquí...?
—Por supuesto que no —contestó Ghosh.
Tuve la sensación de que el cielo se precipitaba y me aplastaba cuando el oficial y su chófer se dirigieron a la parte trasera de la casa y bajaron luego por el camino para coches. ¿Habíamos conseguido tanto, que Ghosh estuviera libre, sólo para que el militar nos mandase otra vez al infierno? Genet me miró furiosa, mientras Rosina se acuclillaba y se aplicaba a los dientes una ramita de eucalipto. Los dos hombres caminaron hasta el saliente, dieron la vuelta hacia la rotonda y se perdieron de vista. Si a su regreso se dirigían al cobertizo de las herramientas, estábamos perdidos. La moto se hallaba bien escondida, pero no para alguien que se propusiese encontrarla.
Volvieron después de lo que se me antojó una eternidad.
—Gracias —dijo el oficial, estrechando la mano de Ghosh—. Me temo lo peor. El día que regresó el emperador, algunos soldados se apoderaron de mucho dinero, asunto con el que mi hermano tuvo algo que ver. Tal vez sea mejor que haya desaparecido.
Cuando perdimos de vista el jeep, Ghosh se quedó mirándonos unos instantes detenidamente, y se dio cuenta de que pasaba algo,

pero no hizo preguntas. Al volver él y Hema a casa, fui hasta la esquina y vomité. Genet y Shiva me siguieron, pero les pedí que me dejaran. El sistema gastrointestinal tiene su propio cerebro, su propia conciencia.

En la carpa, las sillas plegables se tambaleaban sobre la blanda hierba. Pronto se asentaron las mesas con el peso de las jarras de *tej* y los platos de comida. El *kitfo* (carne cruda picada mezclada con *kibe*, mantequilla clarificada y especiada) era mi plato preferido, pues aunque en casa nunca lo tomábamos, lo había comido desde que era bebé en la de Rosina o en la de Gebrew. Aquel día no tenía apetito. La *inyera* se amontonaba en la mesa como servilletas. Todos comían *gored-gored*, aquellos cuadraditos de carne cruda que se untaban en una salsa de pimienta muy picante. No paraban de llegar platos: albóndigas, curry de carne, curry de lentejas, lengua y riñones. Lo que aquella misma mañana había estado pastando bajo un árbol, rápidamente se hallaba ahora sobre la mesa.

Ghosh se sentó en un sillón que había en un estrado. Las enfermeras, las estudiantes de enfermería y los demás empleados del hospital le fueron estrechando uno a uno la mano, mientras alababan a los santos por permitirle sobrevivir a la prueba.

Rosina no acudió, pero descubrí a Genet en un rincón de la carpa y me senté a su lado. Vestida de negro, sirviéndose la comida en el plato, parecía una prima adusta y distante de mi amiga. Apenas había abandonado la casa desde la muerte de Zemui. Cuando se acercó un celador y la saludó besándola en las mejillas, casi ni le contestó.

—¿Cuándo volverás al colegio? —le pregunté—. ¿Cuándo empezarás a comer otra vez con nosotros?

—Ellos mataron a mi padre. ¿Acaso lo has olvidado? No me interesa el colegio —me contestó, y añadió en un susurro—: Dime la verdad. Se lo has contado a Ghosh, ¿eh?

—¡No le he contado nada!

—Pero pensabas hacerlo, ¿a que sí? ¡No me mientas!

Tenía razón. Cuando sentí los brazos de Ghosh rodeándome por primera vez en el patio de la prisión, afloró a mis labios una confesión, al punto que tuve que mordérmelos y tragármela.

—¿Desde cuándo es un delito pensar? No me mires de ese modo —le dije.

Cogió el plato y fue a sentarse lejos. Yo no tenía mucha fe en mí mismo, pero necesitaba que ella creyese más en mí. Me dolía que ya no me viese como el héroe que había matado al intruso.

Al final de la tarde retiraron la carpa y empezaron a llegar visitantes de fuera, pues la noticia de que Ghosh estaba libre ya se había difundido. Era un momento agridulce para Evangeline y la señora Reddy, porque aunque Ghosh había vuelto, el general Mebratu se había ido para siempre. «Era tan joven, tan joven para morir», repetía sin cesar Evangeline, enjugándose las lágrimas, mientras la señora Reddy la consolaba apoyándole la cabeza en su generoso pecho. Habían traído una olla enorme de *biriyani* de pollo y el encurtido de mango muy picante que tanto gustaba a Ghosh. «Es vuestra segunda luna de miel, querido», le dijo Evangeline, y le hizo un guiño a Hema. Adid, viejo amigo de los dos, llegó con tres pollos vivos atados por las patas, que entregó a Almaz, y luego se sacudió las plumas de la impecable camisa blanca que llevaba sobre un amplio *ma'awis* de cuadros escoceses largo hasta las sandalias. Después llegó Babu, el compañero habitual de bridge del general, con una botella de Pinch, la bebida preferida de Mebratu. Al caer la noche, se habló de sacar las cartas en honor de los viejos tiempos, y me daba la impresión de que en cualquier momento subirían por la cuesta Zemui y el general.

La atmósfera de la casa estaba muy cargada, así que abrí las ventanas delante y detrás. En un momento dado, Ghosh se retiró al dormitorio para quitarse el jersey y Hema lo acompañó. Los seguí y me quedé en el umbral. Ghosh fue al baño a cepillarse los dientes, como si le costara volver a habituarse a la novedad del agua corriente, mientras Hema, apoyada contra el marco de la puerta del baño, miraba el reflejo de su marido en el espejo del tocador.

—He estado pensando... —oí decir a Ghosh—. Hemos tenido unos cuantos años buenos, tal vez deberíamos irnos... antes del siguiente golpe.

—¿Cómo? ¿Volver a la India?

—No... Los niños habrían de aprender hindi o tamil como segundo idioma obligatorio, y ya es demasiado tarde. No olvides por qué nos marchamos de allí.

No sabían que yo estaba escuchando.

—Se han ido muchísimos profesores indios de aquí a Zambia —señaló Hema.

—Y también a América. ¿Al condado de Cook? —propuso él, y se echó a reír.

—Mejor Persia. Dicen que allí las necesidades son inmensas, igual que aquí, pero tienen toneladas de dinero para gastar.

¿Zambia? ¿Persia? ¿Acaso bromeaban? Aquel país al que se referían era el mío, el lugar donde había nacido. No cabía duda de que su potencial para la violencia y el caos había quedado demostrado. Pero era nuestro hogar. ¿No sería mucho peor que te torturasen en un país extranjero?

«Hemos tenido unos cuantos años buenos.»

Aquellas palabras de Ghosh fueron como una patada en el plexo solar. Aquél era mi país, pero de pronto me daba cuenta de que no era el de ellos. No habían nacido allí. ¿Su trabajo sólo era bueno mientras durase? Me alejé.

Salí al césped. Recuerdo el aire de aquella noche, tan fresco y vigorizante como para resucitar a los muertos. La fragancia a eucalipto que alimentaba un fuego doméstico, el olor a hierba mojada, a combustible de estiércol, a tabaco, el aire fresco y limpio y el perfume de centenares de rosas... aquél era el aroma del Missing; mejor aún: el de un continente.

Yo podía ser un hijo no deseado y mi nacimiento, una catástrofe; podía ser el hijo bastardo de una monja desdichada y un padre desaparecido, un asesino a sangre fría capaz de mentir al hermano del hombre al que había matado, pero aquel suelo cenagoso que alimentaba los rosales de la enfermera jefe estaba en mi sangre. Pronunciaba «Etio-pía», como un nativo; que los nacidos en otras tierras dijesen «E-tii-o-pii-ia», igual que si fuese un nombre compuesto del tipo Sharm el-Sheij o Dar es Salaam o Río de Janeiro. Los montes Entoto, al desaparecer en la oscuridad, enmarcaban mi horizonte. Si me marchaba de allí, aquellos montes volverían a hundirse en la tierra, se sumergirían en la nada; necesitaban que los mirase, que contemplase sus laderas arboladas, lo mismo que me hacían falta para asegurarme de que seguía vivo. El firmamento estrellado también era mi derecho de primogenitura. Un jardinero celestial sembraba semillas de *meskel* para que floreciesen y dieran la bienvenida a las margaritas al terminar la estación de las lluvias. Hasta la Tierra Ahogadiza, las pestilentes arenas movedizas detrás del Missing, que se habían tragado un caballo, un perro, un hombre y sabe Dios cuántas cosas más, hasta eso reivindicaba.

Luz y oscuridad.

El general y el emperador.

El bien y el mal.

Todas las posibilidades residían en mi interior y me exigían estar allí. Si me marchaba, ¿qué quedaría de mí?

A las once en punto, Ghosh se disculpó con las visitas que seguían en la sala y fue a nuestra habitación, seguido de Hema.

—No dormimos aquí desde que te fuiste —comentó Shiva.

Ghosh se sintió conmovido. Se echó en el centro de la cama y nosotros nos acurrucamos a cada lado, mientras Hema se sentaba a los pies.

—En la prisión apagaban las luces a las ocho, y entonces cada uno tenía que contar una historia. Era nuestro entretenimiento. Yo narraba historias de los libros que leía con vosotros en este cuarto. Uno de mis compañeros de celda, un comerciante, Tawfiq, contó la de Abú Kassim.

Se trataba de un cuento bien conocido por todos los niños africanos: Abú Kassim, un pobre comerciante de Bagdad, había conservado sus maltrechas y remendadas babuchas a pesar de que eran objeto de burla, al punto de que al final ni siquiera él tenía valor para mirarlas. Pero todos sus intentos de deshacerse de ellas habían acabado fatal. Cuando las tiró por la ventana, fueron a dar contra la cabeza de una mujer embarazada, que abortó. Y encarcelaron a Abú Kassim. Cuando las tiró al canal, atascaron el desagüe principal y provocaron una inundación. Y el hombre volvió a prisión...

—Cuando Tawfiq terminó de contar su historia, otro preso, un anciano sereno y muy digno, comentó: «Abú Kassim habría hecho mejor construyendo una habitación especial para sus babuchas. ¿Por qué intentar deshacerse de ellas? Nunca lo conseguirá», y se echó a reír, satisfecho por haberlo dicho. Aquella noche murió mientras dormía.

»La noche siguiente guardamos silencio por respeto al anciano y no contamos ninguna historia. Oí llorar a los hombres en la oscuridad. Ése era siempre el momento más duro para mí. Ay, hijos, imaginaba que estabais los dos pegados a mí, como ahora, y la cara de Hema delante.

»La tercera noche, estábamos deseando hablar de Abú Kassim. Todos éramos de la misma opinión: el anciano tenía razón. Las babuchas de la historia significan que cuanto ves, haces y tocas, las semillas que siembras o dejas de sembrar, se convierten en parte de tu destino. Conocí a Hema en la sala séptica del Hospital General de la India, en Madrás, lo que me trajo a este continente. A causa de ello, se me concedió el mayor regalo de mi vida: ser vuestro padre. Debido a eso, operé al general Mebratu y nos hicimos amigos. Dado que era mi amigo, fui a la cárcel. Puesto que era médico, ayudé a salvarlo y me pusieron en libertad. Debido a que lo salvé, podrían ahorcarme... ¿Comprendéis a qué me refiero? —Yo no lo entendía, pero hablaba con tanta pasión que no quería interrumpirle—. Como no conocí a mi padre, creía que no tenía importancia para mí. Sin embargo, mi hermana sentía su ausencia con tanta intensidad que eso la amargó, al punto de que tenga lo que tenga ahora, o lo que llegue a poseer, nunca será suficiente. —Suspiró—. Compensé la ausencia paterna acumulando conocimiento, habilidades, buscando alabanza. Lo que entendí por fin en Kerchele es que ni mi hermana ni yo nos percatamos de que la ausencia de nuestro padre son nuestras babuchas. Para poder empezar a librarte de ellas, tienes que admitir que son tuyas. Y si lo haces, entonces desaparecerán solas.

No sabía nada de aquel asunto, de que el padre de Ghosh había muerto cuando él era niño. Su situación era similar a la nuestra, pero al menos nosotros lo teníamos a él, de modo que tal vez su caso fuera peor que el nuestro.

—Espero que un día —añadió, suspirando— lo comprendáis con tanta claridad como yo lo entendí en Kerchele. La clave de vuestra felicidad es aceptar vuestras babuchas, lo que sois, vuestro aspecto, a vuestra familia, las dotes que tenéis y las que no tenéis. Si seguís repitiendo que vuestras babuchas no son vuestras, moriréis buscando y amargados, creyendo siempre que os habían prometido más. «No sólo se convierten en nuestro destino nuestras acciones, sino también nuestras omisiones.»

• • •

Cuando Ghosh se marchó, me pregunté si acaso aquel militar sería mis babuchas, en cuyo caso ya habían vuelto una vez en la forma de su hermano. ¿Qué forma adoptarían la próxima?

Noté que alguien alzaba la mosquitera en el instante que mis pensamientos empezaban a seguir secuencias ilógicas, preludio del sueño. Nada más verla, ella se sentó sobre mi pecho y me sujetó los brazos.

Podría habérmela quitado de encima, pero no lo hice. Me gustó sentir su cuerpo sobre el mío y también el leve aroma a carbón e incienso de su ropa. Tal vez hubiese venido para compensar lo brusca que había sido antes conmigo. Debía de haber entrado por una ventana abierta.

A la luz del pasillo, distinguí su sonrisa fija.

—¿Qué, Marion? ¿Le contaste a Ghosh lo del ladrón?

—Si estabas aquí escondida ya lo sabrás.

Shiva despertó, nos miró, se dio la vuelta y cerró los ojos.

—Estuviste a punto de decírselo al oficial, a su hermano.

—No lo hice. Sólo estaba sorprendido...

—Creemos que se lo contaste a Hema y Ghosh.

—Por supuesto que no. Nunca lo haría.

—¿Por qué?

—Tú sabes por qué. Si se supiese, nos ahorcarían.

—No; nos ahorcarán seguro a mi madre y a mí. Por tu culpa.

—Sueño con la cara de aquel hombre.

—Yo también. Todas las noches vuelvo a matarlo. Me habría gustado hacerlo yo.

—Fue un accidente.

—Si lo hubiese matado yo, no lo llamaría accidente. En ese caso, no tendríamos por qué preocuparnos.

—Es muy fácil hablar así porque no lo mataste tú.

—Mi madre cree que lo contarás. Estamos preocupadas por ti.

—¿Qué? Bueno, dile a Rosina que no se preocupe.

—Se te escapará cualquier día y nos matarán a todos.

—Vamos, déjalo ya. Si sabes que lo contaré, ¿por qué me lo dices? Líbrate de mí ahora.

Se deslizó hasta que su cuerpo quedó sobre el mío con las piernas y los brazos abiertos. Su rostro se cernía sobre mí y por un momento creí que iba a besarme, lo cual hubiese resultado muy extraño, teniendo en cuenta lo que estábamos diciendo. Examiné sus ojos tan cerca de los míos, la mácula del iris derecho; su aliento sobre mi rostro era dulce, grato. Imaginaba la peligrosa beldad en que se convertiría. Recordé la última vez que habíamos estado tan cerca el uno del otro, en la despensa.

Se le dilataron las pupilas y entornó los párpados.

Entonces sentí algo cálido donde sus muslos se apoyaban en los míos, un calor que iba extendiéndose.

Noté que un fluido me empapaba el pijama. Bajo la mosquitera el aire se colmó de olor a orina fresca. Genet puso los ojos en blanco y echó la cabeza atrás. Se estremeció y arqueó el cuello, tensando los músculos infraiohideos.

—Esto es para que no olvides tu promesa —dijo bajando la vista, y a continuación saltó de la cama, para desaparecer antes de que me diese tiempo a reaccionar.

Me incorporé, dispuesto a seguirla, a hacerla pedazos, pero Shiva me contuvo, por su deseo de ser un pacificador o de protegerla, no lo sé. Mantenía la vista baja, procurando no mirarme. Yo temblaba de cólera mientras él retiraba la ropa de cama. Tenía el pantalón del pijama empapado, pero a él no le había mojado. En el baño, llenó la bañera y me metí en ella. Él se sentó en un taburete bajo y me acompañó en silencio. No intercambiamos una sola palabra. Cuando volvimos al dormitorio y estaba poniéndome un pijama limpio, entró Ghosh.

—He visto que teníais la luz encendida. ¿Qué ha pasado?

—Un accidente —contesté, y Shiva no dijo nada. El olor era inconfundible. Me sentí avergonzado. Podía haberle contado lo de Genet, pero no lo hice. Abrí la ventana para que corriera aire.

Ghosh limpió el colchón y nos ayudó a darle la vuelta. Nos trajo sábanas limpias y enseguida hizo la cama. Me di cuenta de que estaba preocupado.

—Vuelve con las visitas —le dije—. No nos ocurre nada malo, de verdad.

—¡Ay, hijos, hijos! —exclamó, sentándose al borde de la cama. Creía que me había orinado en la cama—. No puedo imaginar por lo que habéis pasado.

Eso era verdad, no podía imaginarlo. Y probablemente nosotros tampoco lo que había sufrido él.

—No volveré a dejaros —prometió con un suspiro.

Sentí una punzada en el pecho y de pronto me abrumó el deseo de pedirle que retirase aquellas palabras, pues había hablado como si sólo dependiese de él decidirlo, como si se hubiese olvidado del destino y las babuchas.

30

Palabra por palabra

Habían transcurrido sesenta días desde la muerte de Zemui, y Genet seguía encerrada en casa, mientras que Rosina, con aspecto siniestro por el diente que le faltaba, se mostraba seria e irascible como un jabalí abisinio.

—¡Ya está bien! —le dijo Gebrew el día de san Gabriel—. Fundiré una cruz para hacerte un diente de plata. Es hora de sonreír y dejar el luto. Dios lo desea. Estás entristeciendo Su mundo. Hasta la esposa legal de Zemui ha prescindido de la ropa negra.

—¿Llamas esposa suya a esa furcia? —gritó ella—. Ésa abre las piernas en cuanto entra un soplo de aire por la puerta. No me la menciones.

Al día siguiente, Rosina puso a hervir en una cacerola grande tinte negro y echó dentro toda la ropa que le quedaba, además de mucha de la de Genet del colegio.

Cuando Hema intentó que Genet se incorporara a las clases, Rosina la rechazó con un bufido.

—Todavía está de luto.

Dos días después, un sábado, al entrar en la cocina oí un *lulululu* de celebración procedente de casa de Rosina. Llamé. La niñera entreabrió apenas, y atisbó con mirada de cazador y cuchillo en mano.

—¿Pasa algo?

—No pasa nada, gracias —me contestó, pero antes de que cerrara tuve tiempo de divisar a Genet, con una toalla en la cara, y unos trapos ensangrentados en el suelo.

No pude callármelo, así que se lo conté a Hema y entonces fue ella quien llamó a su puerta.

Rosina vaciló.

—Entra si tienes que hacerlo —dijo al fin con acritud—. Ya hemos acabado.

La habitación olía a mujeres enclaustradas. Y a incienso y algo más... A sangre fresca. Costaba respirar. La bombilla sin pantalla colgaba apagada del techo.

—Cierra la puerta —me ordenó Rosina.

—Déjala abierta, Marion —la contradijo Hema—. Y enciende la luz.

Sobre la cama de Genet había una cuchilla de afeitar, una lámpara de aceite y un paño ensangrentado.

Mi amiga estaba sentada con actitud recatada, las manos apretadas una a cada lado de la cara y los codos apoyados en las rodillas, en postura de pensador, salvo por los paños que sujetaba.

Hema apartó los dedos de Genet y dejó al descubierto dos profundos cortes verticales como un número once un poco más allá del final de las cejas. Cuatro cortes en total. La sangre que se acumulaba parecía negra como brea.

—¿Quién lo ha hecho? —preguntó Hema cubriendo la herida y apretando. —Las dos ocupantes de la habitación guardaron silencio. Rosina tenía los ojos clavados en la pared del fondo y esbozaba una sonrisilla—. He preguntado que quién lo ha hecho —repitió Hema en un tono más afilado que la cuchilla que había practicado los cortes.

—Se lo pedí yo, *ma* —contestó Genet en inglés, y en ese momento Rosina le espetó en tigriña una breve frase gutural que significaba «Cállate». Pero Genet no le hizo caso—. Es el signo de los míos —añadió—, de la tribu de mi padre. Si mi padre viviera se sentiría orgulloso.

Hema abrió la boca para replicar, pero luego pareció considerar lo que iba a decir y dulcificó un poco la expresión.

—Tu padre ya no vive, niña. Pero tú sí, gracias a Dios.

Rosina frunció el ceño, porque no le gustaba que se hablase tanto en inglés.

—Ven conmigo. Déjame que me encargue de eso —propuso Hema más afable.

—Ven con nosotros, por favor... —pedí, arrodillándome al lado de mi amiga.

—Sólo haréis que me resulte más difícil —susurró Genet, tras mirar con nerviosismo a su madre—. Quería estas marcas tanto como ella. Marchaos, por favor. Por favor.

Ghosh aconsejó paciencia.

—No es hija nuestra.

—Te equivocas. Come en nuestra mesa y la mandamos al colegio a expensas nuestras. No podemos decir que no es nuestra hija cuando le pasa algo.

Me quedé atónito al oír a Hema, aquel noble discurso. Pero que viera a Genet como mi hermana introducía complicaciones en relación con mis sentimientos hacia ella...

—Es sólo para evitar el *buda* —explicó Ghosh con suavidad—, el mal de ojo. Como el *pottu* de la frente en la India, cariño.

—Mi *pottu* se quita, «cariño». Y no se derrama sangre.

Una semana después, cuando Hema y Ghosh volvieron del trabajo a casa oyeron el soliloquio quejumbroso de Rosina, como siempre en voz alta, muy parecido al que oyeran cuando había salido por la mañana camino del trabajo. La sirvienta se lamentaba del destino, de Dios, del emperador, y reñía a Zemui por abandonarla.

—Ahí lo tienes —dijo Hema—. La pobre niña enloquecerá. ¿Vamos a quedarnos cruzados de brazos?

Hema nos reunió a Almaz, Gebrew, W. W. Gónada, Shiva y a mí, que acudimos en grupo a la puerta de Rosina y la abrimos. Hema cogió del brazo a Genet y la condujo hacia nuestra casa, mientras los demás tratábamos de calmar a la madre, que clamaba a gritos porque raptaban a su hija.

A través de la puerta cerrada del dormitorio de Hema, podíamos oír a Genet mientras se bañaba. Hema salió por leche y pidió a Almaz que troceara una papaya y añadiera azúcar y limón. La sirvienta entró en el dormitorio enseguida y se quedó allí.

Hema y Genet salieron cogidas del brazo al cabo de una hora. Nuestra amiga vestía una blusa amarilla de lentejuelas y una falda verde resplandeciente, prendas del atuendo de danza *bharatnatyam* de Hema. Tenía el cabello peinado hacia atrás, con la frente despejada, y Hema le había pintado los ojos con *kohl*. Genet estaba majestuosa, feliz, con la cabeza alta y el porte de una reina a quien hubiesen quitado los grilletes y restaurado en el trono. Era mi reina, la única que quería a mi lado. Me sentía tan orgulloso, me atraía tanto... ¿Cómo iba a ser mi hermana siendo como era ya otra cosa? El sari verde brillante de Hema combinaba con sus colores. Casi pasamos por alto el aspecto de Almaz, que se escabulló en la cocina, con los ojos oscurecidos, los labios rojos, colorete en las mejillas y enormes pendientes balanceantes que enmarcaban su rostro anguloso.

Nos amontonamos en el coche los cinco, Genet en la parte de atrás entre Shiva y yo. Hema le compró ropa nueva en el Merkato. Era Navidad y Diwali y Meskel todo al mismo tiempo.

Acabamos en Enrico's. Genet se sentó enfrente de mí, sonriendo mientras lamía el helado. Empezó a hablar, vacilante al principio pero luego con soltura. Como decía Hema, si había pasado por un lavado de cerebro estaba secándosele.

Tras explorar los obstáculos debajo de la mesa, escogí el momento adecuado. La quería muchísimo, pero no había olvidado la indignidad a que me había sometido en su visita a mi cama hacía menos de dos semanas. Y el húmedo regalo que me había dejado.

Me encantaba su imagen cerniéndose sobre mí, un instante de rara belleza. Pero deseaba borrar la parte húmeda, así que le asesté una patada en la espinilla. Ella consiguió no emitir ni un sonido, pero el dolor se traslució en su cara y en las lágrimas que humedecieron sus ojos.

—¿Qué pasa? —preguntó Ghosh.

—Que me he comido el helado demasiado deprisa —consiguió decir.

—¡Ah! Jaqueca de helado. Extraño fenómeno. Bueno, es algo que tenemos que estudiar, ¿no crees, Hema? ¿Es un equivalente de la migraña? ¿Todo el mundo es susceptible? ¿Cuál es su duración media? ¿Hay complicaciones?

—Cariño —dijo Hema, besándolo en la mejilla, una rara muestra de afecto en un lugar público—, de todas las cosas que has querido estudiar, has dado por fin con una que me encantaría analizar contigo. Supongo que habrá que probar muchos helados...

En el coche, Genet me enseñó el cardenal de la pierna.

—¿Satisfecho? —preguntó en voz baja.

—No, fue sólo un calentamiento. He de pagarte con la misma moneda.

—Me estropearás la ropa nueva —dijo ella con timidez coqueta, inclinándose hacia mí.

Todavía tenía hinchados los bordes de las cicatrices. Hema lo consideraba una barbarie, pero a mí me parecían bellas. Le eché el brazo por los hombros. Shiva miró con curiosidad para ver lo que hacía yo a continuación. Los cortes cerca de los ojos la hacían parecer prodigiosamente sabia, porque se hallaban en la zona en que salen arrugas al hacerse mayor. Sonrió, exagerando los onces. Sentí impotente cómo se me aceleraba el corazón. ¿Quién era aquella belleza? Mi hermanita no, desde luego. Ni siquiera mi mejor amiga. A veces mi adversaria, pero siempre el amor de mi vida.

—Bueno, en serio, ¿te has vengado ya? —insistió ella.

—Sí —acepté con un suspiro—. Ya me he vengado.

—Bien —repuso Genet. Entonces me cogió el dedo meñique y me lo dobló hacia atrás; seguro que de no haber logrado zafarlo me lo habría roto.

Durmió en una cama que instalaron para ella en el cuarto de estar. Al día siguiente por la mañana, antes de ir al colegio, Hema mandó llamar a Rosina. Shiva, Genet y yo nos quedamos en el pasillo a escuchar. Atisbé y vi a Rosina plantada delante de Hema igual que se había plantado delante del soldado.

—Espero verte de nuevo en la cocina ayudando a Almaz. Y de ahora en adelante, durante el día, la puerta y la ventana de tu casa han de permanecer abiertas. Hay que dejar que entren el aire y la luz.

Si Rosina pensaba reclamar a su hija, aquél era el momento.

Contuvimos la respiración.

No dijo nada. Hizo una brusca reverencia y se fue.

• • •

Nosotros volvimos a la rutina escolar. Muchos deberes, a los que seguían los trabajos de Hema, que incluían caligrafía, discusiones sobre asuntos de actualidad, vocabulario y críticas de libros. Críquet para Shiva y para mí, y danza para Shiva y Genet. Ghosh jugaba con nosotros muchas tardes en la cancha improvisada de la entrada. Aún tratándose de un hombre grande, tenía un toque delicado con el bate y nos enseñó a manejarlo en cortes, lanzamientos y barridos.

Aquel curso Shiva había quedado exento de los deberes del colegio, después de que Hema y Ghosh lo negociasen con los profesores, lo que había supuesto un alivio para ambas partes. Mi hermano no tenía por qué escribir una redacción sobre la batalla de Hastings si creía que no tenía sentido. El colegio cobraría la cuota de Shiva y le permitiría asistir a clase, porque no era conflictivo. A él no le molestaba el ritual escolar. Los profesores nos conocían, y entendían a Shiva todo lo bien que podían. Pero algunos, como el señor Baylay, recién llegado de Bristol, tuvieron que descubrirlo por sí mismos. Era el único profesor titulado en la historia del colegio, debido a lo cual se sentía obligado a mantener un nivel muy alto. En el primer examen de matemáticas suspendimos dos tercios de los alumnos.

—Uno de ustedes ha sacado un diez, ni un error. Pero él o ella no han escrito el nombre en la hoja. Los demás exámenes están muy mal. ¡Hay un sesenta y seis por ciento de suspensos! —exclamó—. ¿Qué les parece? ¡Sesenta y seis!

Las preguntas retóricas eran una trampa para Shiva, que nunca formulaba una pregunta cuando sabía la respuesta. Cuando levantó la mano, me encogí en el asiento. El señor Baylay enarcó una ceja, como si una silla del rincón que de alguna manera hubiese conseguido pasar por alto durante varios meses hubiese albergado de pronto la falsa ilusión de estar viva.

—¿Tiene algo que decir?

—Sesenta y seis es mi segundo número preferido —dijo Shiva.

—¿Y por qué es su segundo número preferido? Explíquelo, por favor.

—Porque si tomamos los números por los que puedes dividir sesenta y seis, incluido el propio sesenta y seis, y los sumamos, el resultado es un cuadrado.

El señor Baylay no pudo contenerse y escribió 1, 2, 3, 6, 11, 22, 33 y 66 (todos aquellos por los que se podía dividir 66) y los sumó. El resultado fue 144. Y en ese momento, Shiva y él exclamaron a la vez: «¡Doce al cuadrado!»

—Eso es lo que hace especial el sesenta y seis —prosiguió Shiva—. Sucede lo mismo con el tres, el veintidós, el sesenta y seis, el setenta... sus divisores suman un cuadrado.

—Ahora díganos, por favor, cuál es su número favorito —pidió Baylay, ya sin rastro de sarcasmo en el tono—, dado que el sesenta y seis es el segundo que prefiere.

Shiva acudió corriendo a la pizarra sin que se lo pidieran y escribió el 10.213.223.

Baylay se quedó mirándolo un buen rato, levemente ruborizado. Luego alzó las manos en un gesto que me pareció muy propio de una dama.

—Y explíquenos, por favor, por qué debería interesarnos ese número.

—Las primeras cuatro cifras son las de su placa de matrícula. —No me pareció, por su expresión, que el profesor lo supiese—. Pero eso es una coincidencia. Este número —prosiguió, golpeando el encerado con la tiza y emocionándose cuanto era capaz de emocionarse— es el único que se describe a sí mismo cuando lo lees: «Un cero, dos unos, tres doses y dos treses!» —Se echó a reír la mar de contento, y aquel sonido era tan raro en él que la clase se quedó estupefacta. Luego se limpió la tiza de las manos, se sentó y se quedó allí muy ufano.

Fue lo único de las matemáticas que retuve aquel curso. En cuanto a lo del estudiante que no había cometido ni un error en el examen y había sacado un diez, fuese quien fuese había incluido un dibujo de Veronica en lugar de su nombre en la hoja de examen.

Yo cavilaba sobre nuestros destinos, especialmente sobre la buena suerte de mi hermano de poder prescindir de los deberes. Supongo que lo entendí. Puesto que Shiva no podía hacer o no haría lo que se le exigía, dejaba de exigírsele que lo hiciera. Yo, como podía, debía hacerlo.

Shiva acudía a la Clínica de Versión siempre que el horario del colegio se lo permitía. Había conseguido que Hema le dejara presenciar una de sus intervenciones quirúrgicas, una cesárea, y se había quedado enganchado. El *Anatomía* de Gray se convirtió en su Biblia. Dibujaba a un ritmo vertiginoso, de tal forma que sus esbozos inundaban nuestra habitación. Los temas ya no eran sólo piezas de la BMW o Veronica, sino bosquejos de vulvas, úteros y vasos sanguíneos uterinos. Para controlar la proliferación de papel, Hema insistió en que dibujase en cuadernos, y así empezó a hacerlo, de modo que llenaba hoja tras hoja. Era difícil verle sin su *Gray* en la mano.

Tal vez como compensación, yo buscaba a Ghosh después de clase. Conocía sus refugios: el Quirófano 3, urgencias, la sala postoperatoria. Mi educación clínica estaba adquiriendo velocidad. A veces, lo ayudaba en las vasectomías que practicaba en su antigua casa.

Una noche Genet y yo estábamos practicando caligrafía, copiando una página de aforismos del *Bickham*, antes de acometer los deberes del colegio. Al alzar la vista me sorprendió ver en sus ojos lágrimas ardientes.

—Si «la virtud es su propia recompensa» —dijo de pronto—, entonces mi padre debería estar vivo, ¿no? Y si «la verdad no necesita disfraces», ¿por qué tenemos que fingir que su majestad no es bajo o que su afecto por ese perro tan feo suyo es normal? ¿Sabes que tiene un sirviente cuyo único trabajo consiste en llevar de un lado a otro treinta almohadas de diferente tamaño y colocarlas a los pies de su majestad para que no le cuelguen en el aire cuando se sienta en un trono?

—Vamos, Genet, no hables así. Salvo que quieras que te estiren el cuello.

Decir cosas en contra de su majestad había sido ya una herejía antes del golpe, cuando a la gente la ahorcaban por menos. Sin embargo, tras el golpe, había que ser diez veces más cauteloso.

—No me importa. Lo odio. Puedes decírselo a quien quieras. A quien quieras.

Se marchó furiosa.

Cuando acabó el curso escolar, Rosina soltó una noticia bomba: pidió permiso para regresar al norte del país, a Asmara, el corazón de Eritrea, pues quería llevar a Genet para que conociera a su familia y a los padres de Zemui. Hema temía que no regresara, así que reclutó a Almaz y Gebrew a fin de que intentaran convencerla de que no se fuese, o de que se marchase sola. Pero Rosina se mostró inflexible. Al final, fue la propia Genet quien resolvió el problema.

—Pase lo que pase, volveré —prometió a Hema—. Pero me gustaría conocer a mis parientes.

Cuando su taxi se alejó camino de la estación de autobuses, Genet dijo adiós muy contenta. Había estado muy emocionada por aquel viaje de tres días, incapaz de hablar de otra cosa. Pero a mí y a Hema nos resultaba descorazonador. Aquella misma noche se levantó viento, las hojas empezaron a silbar y susurrar, y por la mañana cayó un chaparrón, preludio de las largas lluvias.

Por entonces estaba a punto de cumplir trece años y me daba cuenta de que para la enfermera jefe, así como para Bachelli y Ghosh y el Missing en general, la estación de las lluvias era la estación del crup, o difteria, y el sarampión. No había tregua en el trabajo.

Una mañana, cuando bajaba hacia la verja con el paraguas, vi a una mujer que subía la cuesta, mientras riachuelos de agua manaban de su paraguas. Parecía asustada. La reconocí, pues trabajaba en un bar de los edificios de bloques de hormigón que quedaban enfrente. Algunas mañanas la veía con un aspecto muy parecido al de entonces, un rostro común y agradable, vestida con una sencilla falda de algodón y una blusa. Pero también la había visto allí de noche, con el cabello alisado, zapatos de tacón, joyas, ropa elegante y aspecto refinado.

Me pidió que la orientase. Se llamaba Tsige, según supe luego. Oí la tos seca, glótica, graznante del niño que le colgaba a la espalda en un *shama*, al estilo amerindio. Como parecía el graznido de un ganso, dejé atrás urgencias y la acompañé directamente a la sala de crup, que en otras ocasiones era la de diarrea/deshidratación. Un banco corrido de laboratorio con la superficie cubierta de hule rojo bordeaba las cuatro paredes. Rodeaba la estancia una guía de cortina, situada a la altura de la cabeza, de la que colgaban varias botellas de suero intravenoso. De ese modo era posible reanimar en unos instantes a dieciséis o incluso veinte niños colocados a lo largo del banco.

El bebé tenía los párpados apretados y los dedos doblados, de manera que las uñitas dejaban señales en la palma. El subir y bajar de su pequeño pecho parecía demasiado acelerado para un niño de cuatro meses. La enfermera localizó una vena en el cuero cabelludo y conectó el gota a gota. Llegó Ghosh y examinó al pequeño. Me dejó escuchar con su estetoscopio: parecía imposible que de un pecho tan diminuto pudiesen emanar tantos chirridos, silbidos, resuellos y traqueteos. En el lado izquierdo, los latidos del corazón eran tan rápidos que me preguntaba cómo era posible que se mantuviera un ritmo como aquél.

—¿Ves las piernas arqueadas, y la curva desigual de la frente? —me dijo Ghosh—. ¿Y esta forma de bollo de pasas de Viernes Santo de la parte superior del cráneo? Son los estigmas del raquitismo.

En mi clase de religión, con «estigmas» se definían las heridas de los clavos de Cristo, las punciones de la corona de espinas, la herida de la lanza de Longinos en el costado. Pero Ghosh empleaba el término para designar las señales físicas de una enfermedad. Una vez, en la *piazza* había señalado los estigmas de la sífilis congénita en un niño apático que estaba acuclillado en la acera: «Nariz en silla de montar, ojos turbios, incisivos en forma de estaca...» Yo había leído sobre otros estigmas de la sífilis: molares morados, tibias de espinilla de sable y sordera.

Los niños de la sala de difteria parecían emparentados porque todos sufrían los estigmas del raquitismo en mayor o menor grado. Estaban arrugados, tenían los ojos saltones y la frente grande.

Ghosh puso al niño en la tosca tienda de oxígeno hecha con una sábana de plástico.

—La difteria después del sarampión, además de desnutrición y raquitismo —me dijo en voz baja—. Es la cascada de las catástrofes. —Llevó a Tsige a un lado y le explicó en un amárico sorprendentemente fluido lo que pasaba y le advirtió que siguiera amamantando al niño «a pesar de lo que te digan»—. De todas formas, le confortará porque sabrá que estás ahí —insistió tras explicarle Tsige que el niño apenas mamaba—. Eres una buena madre. Esto es duro.

Ella intentó besarle la mano, pero Ghosh no se lo permitió.

—Intentaré examinar a este bebé más tarde —dijo Ghosh al marcharse—. Tenemos una vasectomía esta noche. El doctor Cooper de la embajada americana viene a aprender. ¿Querrás traerme un paquete de vasectomía esterilizado del quirófano? ¿Y conectar el esterilizador en mi casa?

Me quedé en aquella sala con Tsige, porque la pobre no tenía a nadie. Parecía que su hijo no mejoraba. Pensé en los comercios de la calle Churchill, donde había visto que los turistas se paraban al creer que se trataba de una floristería o un mercado de flores, y después descubrían que las «flores» eran coronas fúnebres. Luego reparaban en los ataúdes minúsculos, sólo para niños muy pequeños.

Tsige lloraba a lágrima viva al darse cuenta de que su bebé era el más enfermo de la sala. Las otras madres se apartaban como si ella diera mala suerte. Yo le apreté la mano y busqué palabras de consuelo, pero comprendí que no me hacían falta. Cuando el niño empezó a gruñir cada vez que respiraba, Tsige lloró apoyada en mi hombro. Deseé que Genet estuviese allí (seguro que lo que hiciese en Asmara no podía ser tan importante como aquello). Genet «decía» que quería ser médico, lo que tal vez pareciese inevitable tratándose de una niña lista criada en el Missing. Sin embargo, sentía aversión al hospital y no mostraba ningún interés por acompañar a Ghosh o Hema. No la imaginaba sentada allí con aquella mujer.

El hijo de Tsige murió a las tres de la tarde. Fue como presenciar un ahogamiento lento; el esfuerzo de respirar acabó siendo una tarea ímproba para aquel pecho diminuto.

La enfermera salió a la carrera bajo la lluvia hacia el edificio principal, siguiendo las instrucciones recibidas. Me hizo señas de que la siguiera, pero me quedé. El dolor de un padre o una madre necesita un chivo expiatorio, y aunque los parientes afligidos se sentían impulsados a veces a la violencia, a aplicar un castigo a quienes habían intentado ayudar, sabía que no tenía nada que temer de Tsige.

Media hora después, ella cogió el cadáver amortajado para emprender su viaje de vuelta a casa. Las otras madres se agruparon a su alrededor con cierto retraso y alzaron la boca al cielo, las venas del cuello como cordones. *Lulululululu*, plañeron, con la esperanza de que su lamento tejiera un velo protector en torno a sus hijos.

Acompañé a Tsige hasta la verja, donde me miró con ojos rebosantes de dolor. Nos miramos largamente. Finalmente hizo una inclinación y se alejó con su pequeño bulto. Me sentí muy triste: el sufrimiento del niño había terminado, pero el de la madre no había hecho más que empezar.

• • •

El doctor Cooper llegó puntualmente a las ocho en un coche oficial de la embajada, justo cuando subía en su Volkswagen Kombi el paciente, un caballero polaco.

Ghosh había aprendido en la India la técnica de la vasectomía como interno y directamente de Jhaver, de quien hablaba como «el maestro cascahuevos personalmente responsable de que millones de personas no estén aquí».

La operación resultaba una novedad en Etiopía, así que los expatriados, sobre todo los católicos, acudían a Ghosh en número creciente para una intervención que resultaba algo excepcional o inasequible en sus países.

—Tengo una propuesta para usted, doctor Cooper. Le enseñaré a hacer la vasectomía y en cuanto la domine puede pagarme practicándosela a una persona muy importante.

—¿La conozco? —preguntó Cooper.

—Está hablando con ella —respondió Ghosh al punto—. Así que, como puede ver, tengo un interés personal en que reciba el adiestramiento más completo que sea posible. Mi auxiliar Marion me ayudará a calibrar sus habilidades. Marion, por favor, no cuentes ni una sola palabra a Hema sobre mis planes; y usted tampoco, Cooper, se lo ruego.

Éste tenía los dientes irregulares, montados unos sobre otros y tan cuadrados que parecían chicles. Hablaba con un marcado acento americano de notas discordantes, pero lo compensaba su forma de arrastrar las palabras, su actitud relajada y afable, como si en su vida nunca hubiese experimentado un momento desagradable y tampoco esperase experimentarlo.

—Ve una, haz una, enseña una. ¿No es así, amigo mío? —dijo Cooper.

—Sí, así es —corroboró Ghosh—. Se trata de una cosa fácil, aunque no tanto como parece. Hay ciertos preliminares, doctor. Siempre pido a los pacientes que se pongan un enema la noche anterior, porque nada los crispa más que estar estreñidos. Leche caliente y miel en una bolsa de enema sostenida a la altura del hombro es lo que recomiendo.

—¿Funciona?

—¿Que si funciona? Permítame explicárselo así: si por casualidad el paciente está bebiendo un whisky con soda, le succionará el vaso de la mano.

—Entendido.

—También les pido que se den un baño caliente antes. Eso los relaja... —Y *soto voce* añadió—: Y hace más grata mi experiencia olfativa, ¿comprende?

El paciente no había abierto la boca hasta entonces. Según me había explicado Ghosh, era asesor de la Comisión Económica para África, un experto en control demográfico casualmente padre de cinco hijas. No le molestaba toda aquella atención.

—No acabaremos nunca si no empezamos, así que vamos allá, ¿no? Marion, el calentador, por favor. —Yo ya había encendido el calentador eléctrico debajo de la mesa—. Aquí está la primera precaución. Si no quiere usted que el escroto se encoja y arrugue de forma que los huevos suban hasta las axilas, la habitación tiene que estar bien caliente. Ahora, la segunda precaución: relajación. Es muy importante. Podría ayudar un barbitúrico o un narcótico. Yo recomiendo una buena dosis de Johnny Walker, rojo o negro. Sirve cualquiera de los dos, un relajante maravilloso, y sí, también podría administrársele al paciente.

La risa de Cooper brotaba lentamente de su boca, como los grandes bancos de nubes que se extendían sobre los montes Entoto.

Yo esperaba que Cooper prestase atención. Lo había visto otras veces: cuando se destapaban por primera vez las partes íntimas del paciente, aunque la habitación estuviese templada, la piel del escroto (el músculo dartos) se arrugaba y contraía y el crémaster tiraba hacia arriba de los testículos. Luego, tras un buen trago de whisky (por parte del paciente), a quien se le servía en ese momento y no antes, el saco se distendía.

Ambos cirujanos llevaban guantes. Ghosh limpió meticulosamente la zona y colocó paños esterilizados para enmarcar el campo.

—Otro consejo, doctor Cooper. Aunque es una operación sencilla, no hay que permitir que haya hemorragia. ¿Sabe cómo es un *brinjal*, doctor Cooper?

—Creo que no, no señor.

—¿Berenjena...? ¿*Melanzana*...? ¿*Eggplant*? —Cooper reconoció la última palabra—. Bueno, si no se controla meticulosamente la hemorragia, tendremos una berenjena. O dos. Y ¿sabe cómo llamamos a esa complicación? La llamamos la maldita *brinjal* que lo jode todo. Que es también con lo que nos alimentaron durante cinco largos años en el restaurante de la Facultad de Medicina.

Serví al paciente su Johnny Walker, que lo apuró de un trago.

Me encantaba ayudar a Ghosh. Desde que me trataba como si fuese lo suficientemente mayor para aprender y entender me tomaba muy en serio mi papel. Me entusiasmaba que Cooper estuviese observando.

Ghosh, a la derecha del paciente, introdujo el pulgar y el índice en la parte superior derecha del escroto, donde se unía al cuerpo.

—Hay que palpar todas las cosas que tienen forma de cable, vasos linfáticos, arterias, nervios, etcétera. Bien, el *vas deferens* pertenece a ese grupo, y con la práctica puede diferenciarse del resto de los cables. Tiene la mayor proporción pared-luz de todas las estructuras tubulares del organismo, aunque parezca increíble. Aquí está. Una estructura flageliforme. Ponga el dedo detrás del mío.

—Ya está. El *vas*. Ajá —dijo Cooper, palpando.

—Ahora, empújelo con la punta del índice. Sosténgalo así con la yema del dedo para que no se mueva.

Las instrucciones de Ghosh a Cooper eran similares a las que me daba cuando lo ayudaba. Le encantaba enseñar, y Cooper era el tipo de alumno que estaba a la altura. Si lo deslumbraba con su pulida elocuencia, era porque Ghosh la había practicado conmigo. Para él, la práctica y la enseñanza de la medicina se hallaban estrechamente relacionadas. Sufría cuando no tenía a quien instruir. Aunque era raro que eso ocurriese, pues enseñaba de muy buen grado a una enfermera en prácticas o incluso a un familiar del paciente. A quien estuviese cerca.

—Empleo adrenalina con el anestésico local para reducir al mínimo la hemorragia. Y no hay que ser tacaño. —Vació una jeringuilla de cinco centímetros cúbicos de anestesia local en el tejido que había empujado hacia delante con el índice—. Menos cantidad y le dolerá y se le subirán los huevos a las axilas, de tal manera que tendrá que llamar a un cirujano pectoral para bajarlos. Ahora... ¿ve cómo mi índice sigue teniendo el *vas* estirado sobre él? Hago un pequeño corte en la piel del escroto. Sigo empujando el *vas*, empujándolo... y... ¡ya está! Cuando puedo verlo en la herida abierta, empleo un Allis para cogerlo. —Extrajo un trocito de tejido pálido, blanco, vermiforme—. Pongo una pinza de mosquito aquí y otra aquí y corto entre ambas. Quito un segmento de dos centímetros. Lo ideal es enviarlo a patología; de ese modo, si la esposa del paciente queda embarazada al cabo de un año, podrá enseñársele al hombre el informe del patólogo para que sepa que no fue porque no hiciese usted su trabajo, sino porque una tercera persona hizo mejor el suyo. No lo envío a patología por la sencilla razón de que no tenemos patólogo. Pero durante un tiempo hubo uno en la clínica de la embajada americana en Beirut. Yo realizaba las vasectomías del personal americano y mandaba estas pequeñas muestras que cortaba. El hombre hacía la patología de todas las embajadas americanas de África oriental y occidental y mandaba luego informes de que mis especímenes eran inadecuados: aunque él creía ver algún tejido uroepitelial, no podía estar seguro de que fuese el *vas*. «Es el *vas*», le escribía yo cada vez. «¿Qué otro tejido uroepitelial podría haber cortado? Llámalo *vas*.» Pero él seguía quejándose: «No puedo estar seguro. No hay tejido suficiente.» Empezó a fastidiarme, ¿sabe? Así que al final le mandé un par de huevos de cordero. Los metí en formol y se los envié en la misma valija diplomática con una nota: «¿Es este tejido suficiente?» A partir de entonces no volví a tener problemas con él. —Cooper rebuznaba, encogiendo e hinchando la mascarilla—. Ahora ligaré los dos extremos del corte con catgut. Y luego le digo al paciente: «Nada de relaciones con su esposa en los próximos noventa días.» —Ghosh se volvió hacia el aludido y repitió la frase. El hombre asintió—. Bueno, puede relacionarse con ella, puede decirle «Buenos días, cariño» y demás, pero nada de relaciones sexuales en tres meses. —El paciente sonrió—. De acuerdo, puede mantener relaciones sexuales, pero ha de ponerse condón.

—Hago uso del *interruptus* —dijo el hombre, hablando por primera vez, con marcado acento de Europa oriental.

—¿Que hace uso de qué? *Interruptus?* ¿Marcha atrás y rezar? ¡Por Dios, hombre! No me extraña que tenga cinco críos. Es muy noble por su parte intentar bajar del tren una estación antes, pero no es de fiar. No señor. Interrumpa el *interruptus*, hombre, a menos que quiera llegar a la media docena este año. —El polaco parecía desconcertado—. ¿Sabe cómo llamamos a los jóvenes que emplean el *coitus interruptus*? —preguntó Ghosh. El experto en demografía negó con un cabeceo—.

¡Les llamamos Padre! Papi. *Pater*. Papá. *Père*. No señor, mire, he practicado la interrupción por usted. Deme tres meses y podrá decirle entonces a su señora que ya no tiene que preocuparse porque sólo disparará balas de fogueo, ya no habrá más interrupciones y podrá quedarse para el postre, el café y los puros.

31

El dominio de la carne

Nuestra casa parecía vacía sin Genet ni Rosina. Añoraba muchísimo a mi amiga. Hema y yo estábamos muy preocupados pues creíamos que nunca volveríamos a verla. Había prometido llamar y escribir, pero habían transcurrido tres semanas y no habíamos recibido noticias. Aquel año de 1968 las lluvias fueron torrenciales. El Nilo Azul y el Awash se habían desbordado provocando inundaciones. El arroyuelo que había detrás del Missing parecía un río. La población de Adis Abeba se encerró en sus casas, por lo que cuando la lluvia daba una tregua el aire olía a humanidad hacinada, lumbres de boñigas y ropa húmeda que se resistía a secarse. La yedra trepaba por los canalones y encontraba grietas en las paredes, mientras que los renacuajos se apresuraron a convertirse en ranas croadoras antes de desarrollar plenamente las patas. Ningún chico que yo conociera se sintió jamás tentado a alzar la cara al cielo para atrapar con la lengua gotas de lluvia, porque vivíamos y respirábamos en el agua.

Shiva y yo éramos adolescentes, estábamos a punto de cumplir los catorce, y yo seguía esperando algo que me hiciera sentir diferente. Procuraba mantenerme ocupado, pero sólo podía pensar en Genet y en lo que estaría haciendo en Asmara. Suponía que pasaría el tiempo en casa, triste, y que me añoraría. Sin ella como testigo, cuanto hacía yo carecía de sentido.

• • •

Un martes a última hora presencié cómo Ghosh extirpaba una vesícula biliar en el Quirófano 3. Cuando acabó, dimos una vuelta por la sala de cirugía para ver a Etien, un diplomático de Costa de Marfil con quien teníamos trato, que había sufrido una súbita obstrucción intestinal. Durante la intervención quirúrgica Ghosh se dio cuenta de que la obstrucción se debía a un cáncer rectal, que había tenido que extirpar. Había sido una operación importante y compleja, y yo sabía que Ghosh confiaba en que el paciente se recuperase. Pero se había visto obligado a practicar una colostomía en la pared abdominal.

—Etien está muy deprimido —me explicó—. No por el cáncer, sino por la colostomía. No puede aceptar la idea de que los excrementos salgan por un orificio del abdomen.

El paciente se había tapado la cabeza con las sábanas. Cuando Ghosh lo examinó y le dijo que la colostomía tenía muy buen aspecto, sus grandes ojos se llenaron de lágrimas.

—¿Quién se casará ahora conmigo? —se limitó a preguntar, resistiéndose a bajar la mirada hacia allí.

—No es ésa la parte que he extirpado, Etien, la parte del matrimonio —repuso Ghosh, adoptando una actitud firme—. Encontrarás una mujer que te ame y se lo explicarás. Si te quiere por ti mismo, los dos os alegraréis de que estés vivo —le dijo con un gesto que no admitía discusión, aunque luego se ablandó—. Etien, imagínate que los humanos naciéramos con el ano en el vientre, que todos evacuáramos por ahí. Luego, imagina que alguien te dijese que iba a operarte y desviarte el intestino de forma que se abriese por la parte posterior, entre las nalgas, un sitio que no podías ver más que en un espejo y al que te costaría llegar y limpiar bien...

Etien tardó unos segundos, pero al fin sonrió y se enjugó los ojos. Aventuró una mirada hacia su colostomía, lo que suponía un pequeño paso en la dirección correcta.

Como Ghosh tenía que visitar a otro paciente, me mandó a casa para que no llegara tarde a la cena.

Empezó a llover con fuerza, pero no tenía paraguas. Seguí por las galerías cubiertas que unían el quirófano con urgencias y ésta con la sala reservada a los hombres. Luego crucé a la carrera una corta distancia y salté un charco para llegar a la residencia de enfermeras, madriguera femenina que rara vez exploraba. Parecía desierta. Si subía por la larga galería exterior y bajaba la escalera del otro lado... bueno, me empaparía de todas formas, pero estaría cincuenta metros más cerca de casa antes de volver a enfrentarme con la lluvia. Confiaba en que no me descubriera la mujer de Adam, con su enorme cruz al cuello, la guardiana de las vírgenes, porque me echaría.

Arriba, las puertas de las habitaciones individuales de las enfermeras daban a la galería compartida. Debían de estar todas en el comedor, pues de lo contrario se hallarían una tras otra junto a la balaustrada de la galería cardándose el pelo, pintándose las uñas, cosiendo y charlando.

Oí música procedente de la habitación de la esquina, que fuera en tiempos la de mi madre. Aunque había subido allí algunas veces, al igual que me ocurría frente a su tumba, no era un lugar donde sintiese su presencia. Me atrajo lo extraño de la música, aquel ritmo, y me acerqué. Guitarras y tambores repetían con rapidez un estribillo musical, primero en un registro y luego en otro. Últimamente, había alguna música etíope que adoptaba un sonido occidental, con trompas, tambores y un *riff* reiterado de guitarra eléctrica que sustituía las palmas y los acordes amortiguados del *krar*. Pero aquella música no era etíope, y no sólo porque la letra de la canción fuera en inglés (aunque un inglés que no entendía bien), sino porque era completamente distinta, como un nuevo color del arco iris.

La puerta estaba entornada.

Entonces la vi de espaldas, en el centro de la habitación, descalza. Una enagua blanca dejaba al descubierto sus hombros y le llegaba hasta las corvas. Movía la cabeza hacia los lados y su cabello largo y lacio, alisado con productos químicos, se balanceaba también como si estuviese soldado al cráneo. Seguía el ritmo del contrabajo con las caderas y la melodía con la mano derecha alzada. Debía de tener la izquierda sobre el vientre, porque le sobresalía el codo como el asa de una taza. La música la poseía; le lubricaba las articulaciones, le atenuaba los huesos y la carne, produciendo aquel movimiento sensual, fluido y giratorio.

Se volvió. Tenía los ojos cerrados y la cara alzada. Y el labio inferior, torcido, como si se le hubiese partido y hubiese cicatrizado mal.

Reconocí aquel labio, aquel rostro levemente picado de viruelas, aunque ahora las marcas daban textura a la piel y acentuaban los pómulos. Era el cuerpo lo que no identificaba. Había sido siempre estudiante en prácticas, hasta que la enfermera jefe se apiadó de ella y le dio un nuevo título que la transformó: enfermera en prácticas en plantilla. Había pasado del programa a largo plazo, como estudiante perpetua, a ser profesora de prácticas de las nuevas alumnas. En clase, con libros de texto que se sabía de memoria, podía introducir los datos en la cabeza de las estudiantes y demostrar que era posible conservarlos allí, por su forma de repetirlos sin mirar nunca el manual.

Solía llevar el pelo retirado de la frente y el cuello despejado, recogido en un moño alto tan apretado que le arqueaba las cejas. Cuando lo coronaba con la cofia de enfermera, parecía que tuviese un helado de cucurucho invertido en la cabeza.

Aparte de su peinado singular, aquella enfermera me había parecido siempre poco agraciada. En el colegio había conocido chicas que no eran guapas ni feas, pero que se consideraban lo uno o lo otro, convicción que convertía en realidad dicha consideración. Heidi Enqvist era preciosa, pero lamentablemente no a su modo de ver, por lo que carecía del misterio y el atractivo de Rita Vartanian, que, aunque tenía los dientes saltones y una nariz enorme, conseguía que Heidi la envidiase.

La enfermera en prácticas era del estilo de Heidi, lo cual creo que se debía a que se convertía en prisionera voluntaria del rígido uniforme almidonado y adoptaba una expresión hosca en consonancia con él. La única identidad que poseía era la de pertenecer a la profesión de enfermera. A su modo de ver, y ante el mundo, pensaba que no era nadie. Siempre había notado que se sentía incómoda con nosotros, pero no tardé en darme cuenta de que le pasaba igual con todo el mundo.

Sin embargo, en aquel momento descubrí que era algo más que una enfermera. El uniforme ocultaba un cuerpo lleno de curvas, como el de los personajes que solía dibujar Shiva, y que se movía de una forma que podría ser la envidia de una bailarina de harén.

Mantenía los ojos cerrados, pero si los abría se sobresaltaría, avergonzaría y tal vez indignase. Estaba a punto de retroceder, cuando me sorprendió dando un paso adelante, cogiéndome de la mano y tirando de mí como si una frase de la canción señalase mi entrada. Cerró la puerta de una patada. Allí dentro, la música era más fuerte e intensa.

Me hizo dar pasos cortos siguiendo el ritmo y moviendo el cuerpo a uno y otro lado. Al principio me sentía cohibido, y deseaba reír o decir algo ingenioso como haría un adulto. Pero su expresión y la cadencia vibrante me convencieron de que cuanto no fuese bailar sería tan inapropiado como hablar en la iglesia. Empecé a seguir el compás sin apenas esfuerzo. Movía los hombros en sentido contrario a las caderas y trazaba figuras en el aire con las manos, imitándola. El truco consistía en no pensar. Sentía el cuerpo segmentado, y cada segmento respondía a la llamada de un instrumento determinado. La pauta que seguían nuestros pasos parecía inevitable.

Justo cuando dominaba el baile, me atrajo hacia sí, mi mejilla en su cuello, el pecho sobre sus senos, separado de ellos por una tela finísima. Yo nunca había bailado, desde luego jamás así. Aspiré su perfume y su sudor. Me estrechó como si quisiera fundir nuestros cuerpos en uno, dejándome sin aliento. Me guió el brazo para que la rodease con él, mi mano sobre su sacro, y la estreché también, sin dejar de movernos. Dirigía ella.

Me adelantaba a sus pasos, sin saber de dónde surgía aquel conocimiento. Girábamos, nos balanceábamos a un lado y otro como un solo organismo. Pensé en Genet y, envalentonado, empecé a dirigir y ella a seguirme. Estreché la carne blanda donde se unían sus piernas, en respuesta al empuje de ella, que me hincaba sus caderas. La sangre se me agolpó en la cara, los brazos, el estómago, las ingles. El mundo había desaparecido. Habíamos entablado un complejo diálogo.

Justo cuando pensé que la música no cesaba, y que no quería que lo hiciese, se esfumó. La voz cansina del locutor americano era muy distinta de los tonos claros y correctos de la BBC.

«Bien, bien —decía el presentador, como si nos hubiese visto bailar—. ¡Vaya, vaya! Mmm... mmm... ¿Habéis oído alguna vez algo así? Es el rock de África oriental. Big catorce del África oriental. Emisora de las Fuerzas Armadas, Asmara.»

No sabía que existía esa emisora, aunque sí que había una gran presencia militar americana, un puesto de escucha, como había oído que lo llamaban, en las proximidades de Asmara en Kagnew. ¿Quién sabía que tenían algo que nosotros podíamos escuchar?

Seguimos abrazados, manteniendo el mundo a raya. Cuando me miró a los ojos, no supe si estaba a punto de echarse a llorar o reír. Lo único que supe fue que habría llorado o reído con ella o me habría puesto a cuatro patas fingiendo ser *Kuchulu* si me lo hubiese pedido.

—Eres guapísima —me sorprendí diciendo.

Me miró boquiabierta, como si mis palabras la crisparan. ¿Habría dicho algo incorrecto? Le temblaban los labios y los ojos le brillaban. Su expresión era alegre, así que no había dicho nada impropio.

Se inclinó y acercó aquel labio suyo de cicatriz arrugada flanqueada de bultos, y selló mi boca con la suya. Entonces tuve una imagen estúpida, la de conectar una manguera de jardín con otra. Lo que fluyó entre ellas no fue agua, sino su lengua. Esta vez, a diferencia de lo sucedido con Genet en la despensa, recibí su lengua ávidamente. Resultaba muy excitante. Le apoyé la mano en la nuca, la estreché más, sintiendo que todos mis átomos apuntaban en la misma dirección.

Me aparté una vez para mirarla y decir: «Eres tan bella...», porque era una frase mágica, y sabía que debía utilizarla a menudo, pero sólo si la decía con sinceridad. No sé cuanto tiempo seguimos con las bocas unidas, pero parecía lo más natural, como si estuviese saciando un hambre. Ignoraba que existiese en mí aquel potencial. Empujé. Fuese lo que fuese lo que hubiese después yo no lo sabía, pero mi cuerpo sí. Confiaba en él. Estaba dispuesto a seguir.

De pronto, ella se apartó y me mantuvo a distancia con el brazo. Se sentó en el borde de la cama, llorando. Había sucedido algo sobre lo que mi cuerpo no me había informado. O tal vez hubiese una regla, una norma de etiqueta que yo no había sabido respetar. Miré hacia la puerta, sopesando la huida.

—¿Me perdonarás alguna vez? —preguntó—. Tu madre no debería haber muerto. Podrían haberla salvado si yo hubiese dicho a alguien que estaba enferma.

Aquello era asombroso. Noté que se me erizaba el vello de la nuca. Había olvidado por completo que aquélla era la habitación de mi madre. No podía imaginarme a la hermana Mary Joseph Praise allí, no con un cartel de Venecia en una pared, desde luego, y otro en blanco y negro de un cantante blanco en la de enfrente, con la pelvis hacia delante en el soporte del micrófono que atraía hacia sí, la cara crispada por el esfuerzo de cantar. Volví a mirar a la enfermera en prácticas en plantilla.

—No me di cuenta de lo mal que estaba. —Hipó entre lágrimas, igual que un bebé.

—No te preocupes —le dije, con la sensación de que otra persona me estaba dictando las palabras.

—Dime que me perdonas.

—Te perdonaré si dejas de llorar. Por favor.
—Dilo.
—Te perdono.
Pero lloró aún con más fuerza. Pensé que acabarían por oírla, que yo no debía estar en aquella habitación y, por supuesto, que no tenía que hacerla llorar.
—¡Ya te lo he dicho! Ya he dicho que te perdono. ¿Por qué sigues llorando?
—Pero estuve a punto de dejaros morir a tu hermano y a ti. Cuando saliste debía ayudarte a respirar, reanimarte. Y se me olvidó.

Al entrar en aquella habitación, me había sentido perdido, como si me faltase una parte, porque no estaba Genet. Luego, lo había olvidado todo y había sentido felicidad en el baile; no, éxtasis, un atisbo de lo que quería hacer con Genet. Pero ahora me sentía de nuevo perdido y confuso. Aquel paraíso me había parecido muy próximo, mas de repente me veía arrastrado entre la niebla. Me cogió la mano y me atrajo hacia sí, hacia la cama.
—Puedes hacerme lo que quieras. Cuando quieras —aseguró, echando la cabeza atrás y levantando la vista hacia mí, que estaba a su lado de pie.
¿Qué quería decir?
—¿Hacer qué? —pregunté.
—Cualquier cosa.
Me soltó y se tumbó en la cama con las piernas y los brazos extendidos. Dispuesta. Para lo que yo quisiera.
Sí, había algo que quería hacer. Si se me daba rienda suelta, dominio sobre su cuerpo, sabía que lo descubriría por instinto. Tenía una idea general. Después de todo, pronto iba cumplir los catorce.
Ella me daba licencia, pero yo seguía aguardando.
Se puso boca abajo, mostrándome las nalgas y mirándome por encima del hombro. Tenía los párpados hinchados, una expresión soñadora y remota. Se volvió ciento ochenta grados, con la cabeza hacia mí, y se incorporó apoyándose en los codos. Los pechos le colgaban, sus pezones casi al descubierto. Siguió mi mirada.
Oí voces y pasos fuera: otras enfermeras y estudiantes que volvían de cenar.

No quería marcharme, pero el mundo había irrumpido. Mi vacilación me condenó. Eso, y su confesión no solicitada.

—Quiero bailar contigo otra vez —dije en un susurro.

—Puedes... —musitó, pero como si fuese la respuesta incorrecta.

—Quiero hacer cualquier cosa contigo.

—¡Sí! Yo también. —Se había arrodillado en la cama, alegre, sonriendo entre las lágrimas—. Ven —me dijo, extendiendo los brazos, llamándome.

—Pero ahora mismo no. Volveré otro día. —Posé la mano en el pomo de la puerta.

—Pero... ¿por qué no ahora? —me dijo, lo bastante alto para que pudieran oírla.

Me escurrí rápidamente, confiando en que si me veía alguien no se extrañara.

Seguía lloviendo. No me importó que las gotas cayeran sobre mi cabeza; la lluvia me resultaba familiar. Pero mantener el equilibrio al borde de sentimientos tan poderosos que parecían capaces de hacerme volar, aquello era una revelación. Llegué empapado a casa. Al mirar la puerta de Rosina y Genet, deseé que no estuviese allí el candado, y me quedé observando fijamente aquella entrada cerrada.

Y en ese preciso momento, mientras las gotas de lluvia me golpeaban la fontanela, decidí que me casaría con Genet. Sí, era mi destino. No quería experimentar con nadie más que con ella lo sentido con la enfermera en prácticas. Había demasiadas tentaciones allí fuera, grandes fuerzas dispuestas a apartarme del objetivo que me había marcado. Quería sucumbir a la tentación, pero sólo con una mujer, con Genet. Si nos casábamos, todo se resolvería. Impediría que Rosina se fuese y haría felices a Hema, Ghosh y la propia Rosina. Y nos tendrían a ambos como hijos. Me imaginaba con hijos propios. Echaría abajo la casa de los criados y construiría otra igual a la principal al lado, con un pasillo que las uniese, para poder vivir todos bajo el mismo techo. Nosotros tendríamos una habitación, o tal vez una suite con sitio para Shiva, el cual se alegraría de que Genet fuese su cuñada. Como mi hermano no era de los que miran atrás, para celebrar el pasado, era más importante aún para mí preservar la familia, mantenernos unidos.

• • •

Entré en casa chorreando. Me desnudé en el baño y me examiné en el espejo, intentando imaginar lo que veía la enfermera en prácticas. Era alto para mi edad, pues medía casi uno ochenta, y con la piel blanca. Podría pasar por alguien de antepasados mediterráneos; tenía los ojos castaños, sin el atisbo azulado de los de Shiva. Mi expresión parecía demasiado seria, sobre todo con el pelo mojado. En cuanto se secaba, volvían los rizos, que cobraban vida propia, negándose a dejarse acorralar. «Así que eso es lo que significa hacerse adulto», pensé con las manos en las caderas, volviéndome para admirar mis costados, las nalgas.

Me vestí y volví a la cocina. Aspirando los aromas de las ollas, cogí un trozo de carne sin dar tiempo a Almaz de evitarlo pegándome en la mano. Me regañó, pero era un sonido dulce, lo mismo que la música del cuarto de estar, con el ritmo fuerte de un atabal y los golpeteos de Hema y Shiva al bailar, nuestra madre dando instrucciones. Oí el tintineo del parachoques suelto del Volkswagen de Ghosh que subía por el camino. Me sentí extasiado, como si fuese el epicentro de nuestra familia, y sólo eché de menos a Genet y Rosina, que seguramente volverían y entonces nuestra familia estaría completa.

Aparté de mi pensamiento la confesión de la enfermera en prácticas respecto a lo que le había hecho (o dejado de hacer) a mi madre. No tenía sentido recrearse en el dolor pasado, no cuando el futuro podía contener aquel placer. ¿Y qué decir de mi padre? No, él jamás volvería a cruzar las puertas del Missing, de eso estaba seguro. Tuviese lo que tuviese Thomas Stone, estuviese donde estuviese en aquel momento, no tenía ni idea de lo que había perdido en el intercambio.

32

Un tiempo para sembrar

Genet y Rosina volvieron dos días antes de que empezaran las clases; llegaron en medio del clamor y la emoción del circo indio que venía al Merkato. El taxi que las traía desde la estación de autobuses se hundía en los amortiguadores, por lo cargados que iban el maletero y la baca.

En lo primero que me fijé fue en el diente de oro de Rosina y en la sonrisa que lo acompañaba. Genet también había cambiado: estaba radiante, con una falda de algodón tradicional y un corpiño ajustado, y *shama* a juego por los hombros. Gritó de alegría cuando bajó de un salto para abrazar a Hema, a la que casi derriba. Luego corrió hacia Ghosh; después hacia Shiva; por último nos estrechó a Almaz y a mí para volver a los brazos de Hema. Rosina me saludó cariñosa y tiernamente, pero su prolongado abrazo a Shiva me hizo sentir una punzada de envidia. Su ausencia me permitió entonces darme perfecta cuenta de lo que antes me pasara inadvertido: su favorito era mi hermano. ¿Se debía a que me había visto en la despensa con su hija desnuda? ¿O había sentido siempre debilidad por él? ¿Sería yo el único que se percataba?

Todos hablaban al mismo tiempo. Rosina, rodeando aún con un brazo a Shiva, permitió que Gebrew admirase su diente de oro.

—Genet, cariño, tu pelo —dijo Hema, pues lo llevaba trenzado en hileras como espigas de trigo, lo mismo que su madre, y cada trenza brotaba libre en la parte posterior de la cabeza, donde se fijaba alrededor de un disco resplandeciente—. ¿Te lo has cortado?

—¡Sí! ¿No te encanta? Y mira las manos —dijo, y mostró las palmas de color naranja, pintadas con alheña.

—Pero lo tienes muy... corto. ¡Te has agujereado las orejas, cariño! —exclamó Hema, pues Genet lucía unos aros azules—. ¡Santo cielo, niña! —añadió cogiéndola por los hombros—. Mírate. Has crecido y... estás más llena...

—Tienes las tetas más grandes —observó Shiva.

—¡Shiva! —exclamaron al unísono Hema y Ghosh.

—Perdón —se disculpó, sorprendido por su reacción—. Quiero decir que tiene los senos más grandes.

—¡Shiva! Eso no se le dice a una mujer —lo reprendió Hema.

—No puedo decírselo a un hombre —repuso él con impaciencia.

—No pasa nada, *ma* —dijo Genet—. Y es verdad: ya gasto una talla B, o incluso una C —aseguró contemplándose con orgullo los pechos, que miraban hacia arriba como astrónomos.

Rosina los había entendido.

—*Stai zitta!* —le dijo a Genet, llevándose un dedo a los labios, pero su hija se echó a reír—. Señora —le dijo a Hema en amárico—, he tenido que vigilar continuamente a esta chica. Todos los muchachos andan detrás de ella. ¿Y cree que tiene el buen juicio de desalentarlos? Pues no. Y mire cómo se viste.

Me inquietó notar cierto orgullo en su queja.

—Me encanta la ropa de Asmara —comentó Genet—. ¡Oh! He traído postales. *¿Dov'è la mia borsetta*, mamá? Quiero enseñároslas. Ah, está en el taxi... Un momento. —Y metió la cabeza por la ventanilla abierta del vehículo, obsequiándonos con un panorama de sus bragas. Rosina le chilló en tigriña, en vano. Entonces Genet se puso a mostrarnos las postales—. ¡Oh, Asmara, no os imagináis qué ciudad tan bonita construyeron los italianos hace tanto tiempo! ¿Veis?

No era como para ufanarse lo de ser colonizados tanto tiempo antes que Etiopía. Los extraños y pintorescos edificios eran todo ángulos, como sacados de un juego de geometría.

Hema y Ghosh volvieron a entrar en casa enseguida. El taxista ayudó a Gebrew a descargar taburetes de madera y una cama nueva para Rosina hecha de madera oscura, tallada a mano, regalo del hermano de Asmara de nuestra niñera, según nos dijeron.

Me senté en aquella cama, mirando a Genet. Daba la sensación de que hubiese estado años fuera. No sabía qué decir.

—¿Y cómo has pasado el invierno, Marion?

Mientras que yo me sentía inseguro delante de ella, Genet ignoraba lo que significaba la palabra «timidez».

Tenía muchas cosas que contarle; hasta había escrito un guión. Pero ante aquella chica alta y bella (mejor dicho, aquella mujer) sentada a mi lado, tan eritrea y tan enamorada de lo italiano, yo enmudecía. Ni los pacientes que había visto ni los libros que había leído, nada de todo aquello podía competir con Asmara.

—Bueno, en realidad nada. Ya sabes cómo es aquí durante la temporada de lluvias.

—¿De verdad? ¿Nada? ¿Ni películas ni aventuras? ¿Y novias?

Todavía me dolía el comentario hecho por Rosina sobre los chicos que perseguían a su hija en Asmara. Era una traición. Genet tenía que haber dado pie de algún modo, pues ¿qué chico te molestaría si le pedías que te dejase en paz?

—Bueno —dije—, yo de novias no sé, pero...

Con renuencia al principio, le conté mi visita a la antigua habitación de mi madre, aunque cambié el episodio con la enfermera en prácticas describiéndolo como algo casual, en el que me retraté como un participante indiferente. Sin embargo, cuanto más me adentraba en la historia, menos capaz me sentía de mantener ese tono.

Genet abrió los ojos hasta ponerlos tan redondos como los pendientes que llevaba.

—¿Así que lo hiciste con ella? —me preguntó.

—¡No! —Había esperado que se sintiera celosa, pero pareció decepcionada.

—Por Dios, Marion, ¿por qué no?

Negué con la cabeza.

—No, porque...

—¿Por qué? Dilo —insistió, dándome un codazo en el costado, como para ayudar a que salieran las palabras—. ¿A quién estás esperando? ¿A la reina de Inglaterra? Está casada, ¿sabes?

—No lo hice porque... sabía que sería maravilloso, más que maravilloso. Sabía que sería fantástico...

—¿Qué clase de explicación es ésa? —repuso, poniendo los ojos en blanco, exasperada.

—Pero... sabía que quería que la primera vez fuese contigo. —Por fin. Ya lo había dicho.

Se quedó mirándome boquiabierta durante largo rato. Me sentí vulnerable. Contuve el aliento con la esperanza de que lo que saliese a continuación de su boca no fuese una burla ni se riera de mí. El ridículo me destrozaría.

Se inclinó hacia mí mirándome dulcemente, con expresión tierna y amorosa, me cogió la barbilla con ambas manos y la sacudió a uno y otro lado como si fuese un bebé.

—*Ma che minchia?* —preguntó Rosina con las manos en las caderas, interrumpiéndonos bruscamente. No me había dado cuenta de que había entrado en la habitación.

Genet se echó a reír. A Rosina no le hizo gracia, pero su hija reía a carcajadas. Su madre la miró ceñuda y acabó por darse por vencida, limitándose a murmurar algo. Aquella risa histérica de Genet era una novedad.

—*Ma che minchia?* significa «qué carajo» —explicó cuando por fin se recobró—. Lo decía continuamente en Asmara; lo aprendí de mis primos. Mi madre me amenazó con pegarme una bofetada cada vez que lo dijera. Y ahora lo usa ella, ¿no es increíble?... Así que Marion... *Che minchia*, ¿eh?

Cenamos juntos en casa, Genet sentada a nuestra mesa mientras Rosina y Almaz comían en la cocina. Se había convertido en una costumbre mía encargarme del Grundig después de comer. A menudo escuchaba la emisora Rock de África, hasta que acababa a medianoche. La música apelaba directamente a mis sentimientos; en la prieta estructura de un blues de doce compases o en las baladas evocadoras e inquietantes de Dylan se imponía el orden. Shiva escuchaba la radio conmigo casi siempre. La música también le hablaba a él.

«Rock de África Oriental —empezaba el pinchadiscos—, AFRS, Asmara, donde todo el mundo está a dos mil metros de altitud. Éste es un sábado de Boome's Farm aquí en la base. La primera entrega de vino Boome's Farm llegó anoche. Y amigos, si os lo perdisteis, lamento tener que decirlo, pero está liquidado, y también algunas personas de aquí. Ahora escuchad a Bobby Vinton, *My Heart Belongs Only to You.*»

Me puse muy contento al descubrir que Genet no conocía aquella emisora de radio. ¡Los primos de Asmara no podían estar tan en la onda si nunca habían oído aquel programa!

La canción siguiente empezó sin preámbulos. Me levanté de un salto.

—¡Es ésta! —dije a Genet—. Es la melodía de la que te hablé.

A pesar de que había escuchado el programa en muchas ocasiones, era la primera vez que emitían la canción que oyera en la habitación de la enfermera en prácticas.

Me moví y giré al compás de la música, ciego a la expresión asombrada de Hema y a las miradas de Ghosh y Genet. Subí el volumen. Rosina y Almaz acudieron de la cocina; debieron de creer que estaba loco. Era impropio de mí, pero no podía contenerme, o decidí no hacerlo, y algo me indicó que aquél era el día adecuado para ello.

Shiva se había levantado y unido a mí. Bailaba con una suavidad, elegancia y perfección como si todas sus lecciones con Hema hubiesen sido un medio de esperar que llegase el momento de oír aquel tema. Era lo único que faltaba para que Genet se incorporara también al baile. Levanté a Hema de su asiento y enseguida se empezó a mover también al ritmo de la música. A Ghosh no hacía falta pedírselo. Intenté que bailara Rosina, pero tanto ella como Almaz huyeron a la cocina. Bailamos los cinco en la sala de estar hasta que sonó la última nota.

Chuck Berry, ése era el nombre del artista.

Según dijo el locutor, la canción se titulaba *Sweet Little Sixteen*. Cuando llegó la hora de acostarse, Genet anunció que volvía a casa de Rosina, lo que pareció molestar a Hema.

—Haré compañía a mi madre. Ahora tengo una cama para mí. En Asmara dormíamos seis en el suelo. Será todo un lujo disponer de una para mí sola.

Al día siguiente encontré el *single* de Chuck Berry en una tienda de discos de la *piazza*. Leí en la funda que *Sweet Little Sixteen* era un número uno... pero ¡de 1958! Me quedé hundido. Todo el mundo había oído aquella canción más de diez años antes de que yo supiese de su existencia. Cuando pensé cómo había bailado la noche anterior me pareció el baile de un ignorante, igual al asombro del campesino al ver la jarra de cerveza de neón en lo alto del edificio Olivetti.

• • •

En vísperas del nuevo año escolar, Hema y Ghosh nos llevaron al club griego para la gala anual que conmemoraba el final del «invierno». Genet me sorprendió cuando anunció que se quedaría en casa para preparar la ropa del colegio. Ella, Rosina, Gebrew y Almaz planeaban una cena hogareña e íntima en casa de Rosina.

La gran banda de música estaba formada por los músicos pluriempleados de las orquestas del ejército, las Fuerzas Aéreas y la Guardia Imperial. Eran capaces de tocar *Stardust*, *Begin the begin* y *Tuxedo Junction* dormidos, pero Chuck Berry no figuraba en su repertorio.

La comunidad expatriada, que volvía de vacaciones, estaba muy en forma y bronceada. Vi al señor y la señora G., que en realidad no estaban casados y de los que se rumoreaba que habían abandonado a sus cónyuges e hijos en Portugal para estar juntos; el señor J., un apuesto soltero de Goa que había estado brevemente encarcelado por un chanchullo financiero, tenía un aspecto magnífico. Los recién llegados aprendían enseguida sus papeles; descubrían que su extranjería desbancaba su talento o su experiencia... Era su valor más importante. Pronto se convertirían en habituales y sonreirían y bailarían en aquel acontecimiento anual.

Siempre había pensado que los expatriados representaban lo mejor de la cultura y el estilo del mundo «civilizado». Pero entonces me di cuenta de que estaban tan lejos de Broadway, el West End o La Scala, que probablemente se hallasen una década por detrás, lo mismo que yo respecto a Chuck Berry. Observé los rostros rojizos y sudorosos en la pista de baile, la alegría infantil de sus ojos, y me sentí triste e impaciente.

Shiva bailó primero con Hema, luego con mujeres conocidas del círculo de bridge de Hema y Ghosh, y después con quien pareciese deseosa de bailar. De pronto, ya no me apeteció estar allí, así que les dije a Hema y Ghosh que volvería en taxi y me marché antes de lo previsto.

Mientras subía la cuesta hacia casa iba pensando en la enfermera en prácticas. Había estado eludiéndola y cuando sus alumnas estaban con ella no mostraba ningún indicio de reconocimiento. Al verme en compañía de Shiva, nos saludaba sin más comentario.

—¿Eres Marion? —me preguntó la primera vez que me tropecé con ella a solas. Su mirada me indicó que nada había cambiado y que su puerta seguía abierta para mí.

—No —contesté—. Soy Shiva.

Nunca había vuelto a preguntármelo.

Oí el murmullo de la radio en casa de Rosina, pero la entrada estaba cerrada y, de todas formas, no me apetecía tener compañía.

Me iba a la cama solo, con mis pensamientos... Tenía trece años, pero me sentía más viejo.

Desperté cuando llegó Shiva. Lo observé en el espejo. Era más alto de lo que me veía yo, y tenía las caderas estrechas y el paso ágil de bailarín. Se quitó la chaqueta y la camisa. Llevaba el pelo con raya y peinado hacia un lado cuando había salido de casa, pero ahora era una masa revuelta de rizos tupidos. Tenía unos labios plenos, casi femeninos, y un aire soñador y profético. Cuando se quedó en camiseta y calzoncillos se contempló en el espejo. Alzó un brazo y extendió el otro, imaginándose en un baile con una mujer. Hizo un giro gracioso y una inclinación.

—¿Lo has pasado bien? —pregunté.

Se inmovilizó al oírme, con los brazos donde estaban. Entonces me miró en el espejo y se me puso piel de gallina.

—Todos lo hemos pasado bien —dijo con un tono ronco que no reconocí.

33

Una forma de locura

El taxi nos dejó a la entrada del Missing, delante de los edificios de bloques de hormigón, justo cuando se encendían las luces. A los dieciséis años era capitán, bateador de salida y guardapalos de nuestro equipo de críquet, y Shiva bateador medio. Como bateador de salida, mi punto fuerte era lanzar la pelota e intentar capear la primera andanada mientras desmoralizaba a los lanzadores; sin embargo, el de Shiva era defender con obstinación su área central, dando seguridad al equipo, aunque hiciese pocas carreras. Ya había oscurecido siempre que volvíamos a casa después del entrenamiento.

Al final del edificio más próximo al bazar de Alí, vi a una mujer enmarcada por las cortinas de abalorios y perfilada por la luz del bar.

—¡Hola! Espérame —llamó. La falda ajustada y los tacones la obligaron a cruzar la tabla que salvaba el arroyo del vertedero con pequeños pasos. Se abrazaba contra el frío, sonriendo de manera que sus ojos quedaban reducidos a rendijas—. ¡Caramba! ¡Cuánto has crecido! ¿Te acuerdas de mí? —preguntó, mirándome vacilante y luego a mi hermano.

Percibí un aroma a jazmín.

Había visto a Tsige muchas veces después de la muerte de su bebé, pero siempre a una distancia de saludarnos con la mano. Durante un año llevó el luto. La mañana lluviosa que llevó a su hijito al hospital me había parecido bastante fea, con un rostro vulgar e inocente. Pero entonces, con los ojos pintados, el carmín y la melena ondulada hasta los hombros, estaba deslumbrante.

Nos rozamos las mejillas como parientes, un lado, otro, y de nuevo el primer lado.

—Ah... Él es... Te presento a mi hermano —dije.

—¿Trabajas aquí? —preguntó Shiva, que nunca se mostraba tímido tratándose de mujeres.

—Ya no —contestó ella—. Ahora es mío. Os invito a entrar, por favor.

—No... Pero gracias —mascullé—. Nos espera nuestra madre.

—No, no nos espera —terció Shiva.

—Si no te importa, vendremos otro día —propuse.

—Cuando queráis. Los dos seréis bien recibidos.

Nos quedamos inmóviles en un silencio embarazoso. Ella no me había soltado la mano.

—Escucha, sé que ha pasado mucho tiempo, pero jamás te di las gracias. Siempre que te veo deseo hablarte, mas como no quería molestarte y me sentía avergonzada... Pero al verte ahora tan cerca, me he atrevido.

—Oh, no. Era yo quien estaba preocupado, pues creí que estarías enfadada conmigo, con nosotros, que tal vez culpases al Missing de...

—No, no. La culpable soy yo. —Se apagó el brillo de sus ojos—. Eso es lo que pasa si uno hace caso a esas viejas tontas. «Dale eso, haz esto», me decían. Aquella mañana miré al pobrecito y me di cuenta de que todos aquellos remedios *habesha* le habían perjudicado. Cuando vuestro padre examinó a Teferi comprendí que podría haberse salvado si lo hubiese traído unos días antes. Cometí un terrible error al esperar. Pero...

Guardé silencio, recordando su tristeza y cómo había llorado apoyada en mi hombro.

—Espero que Dios me perdone. Espero que me dé otra oportunidad —dijo con vehemencia, con una expresión que reflejaba sus sentimientos y no ocultaba nada—. Pero, escucha, lo que vine a decirte es que ojalá Dios y los santos velen por vosotros y os bendigan por el tiempo que pasasteis con nosotros. Un doctor tan bueno como tu padre... ¿Vosotros vais a ser médicos?

—Sí —contestamos Shiva y yo al unísono, pues prácticamente era lo único que yo podía asegurar por entonces y lo único en que mi hermano y yo parecíamos estar de acuerdo.

Se le iluminó de nuevo la cara.

• • •

—¿Por qué no entramos? Lo más probable es que viva en la parte trasera. Te habría dejado acostarte con ella —dijo Shiva cuando caminábamos hacia casa.

—¿Por qué tienes que pensar que he de acostarme con cada mujer que veo? —respondí con más veneno del necesario—. No quiero acostarme con ella. Además, no es de esa clase.

—Tal vez ya no lo sea. Pero sabe cómo hacerlo.

—He tenido oportunidades, ¿sabes? Es una elección. —Y le conté lo de la enfermera en prácticas, como para demostrar mi afirmación.

Shiva no hizo ningún comentario, así que seguimos caminando en silencio. Mi hermano estaba empezando a irritarme, pues yo no quería pensar en Tsige de aquel modo; no deseaba imaginar su dulce rostro y lo que se veía obligada a hacer para ganarse la vida. Era doloroso pensarlo, así que decidí apartar tales pensamientos. Pero Shiva carecía de aquellos escrúpulos.

—Algún día empezaremos a mentener relaciones con mujeres —prosiguió—. Y hoy es un día tan bueno como cualquier otro. —Y alzó la vista como para cerciorarse de que la disposición de las estrellas era auspiciosa.

Lo detuve y agarré de la camisa. Intenté encontrar razones para mi objeción, pero lo que se me ocurrió era insuficiente.

—¿Acaso te olvidas de Hema y Ghosh? ¿Crees que les gustaría? La gente los considera mucho. No debemos hacer nada que les resulte embarazoso.

—Creo que es inevitable. Ellos también lo hacen. Estoy seguro de que ellos...

—¡Basta ya! —exclamé, pues la idea me resultaba perturbadora, aunque a Shiva no.

El mismo mes que cumplimos dieciséis años empezó a salirme una voz ronca que escapaba a mi control y me llené de tantas espinillas como si me hubiese tragado un saco de semillas de mostaza. La ropa que Hema me compraba me apretaba o quedaba pequeña en tres o cuatro meses. Me crecía vello en lugares extraños. Pensar en el sexo opuesto, sobre todo en Genet, me impedía concentrarme. Me tranquilizaba ver los mismos cambios físicos reflejados en Shiva, pero después de nuestra conversación sobre Tsige, no podíamos hablar sobre el deseo que sentía o la contención que debía acompañarlo, pues él no experimentaba ninguna necesidad semejante de comedimiento.

—La cárcel —había oído que le contaba Ghosh a Adid entre risas— es lo mejor para el matrimonio. Si no puedes mandar allí a tu mujer, vete tú mismo. Obra milagros.

Ahora que sabía a qué se refería, me sentía profundamente desconcertado, incluso horrorizado.

Pese a nuestro conocimiento del cuerpo humano en el marco de la enfermedad, Shiva y yo fuimos ingenuos muchísimo tiempo sobre cuestiones sexuales... o tal vez lo fuese sólo yo. Poco sabía que nuestros coetáneos etíopes, tanto del colegio como de los centros escolares oficiales, hacía mucho que habían pasado por la iniciación sexual con una chica de alterne o una criada. Nunca padecieron aquellos años que sufrí yo de nebulosa confusión intentando imaginar lo inimaginable.

Recuerdo una historia que me contó mi condiscípulo Gabi cuando tenía doce o trece años, una que había oído contar a un primo suyo que había emigrado a América y que todos nos creímos durante muchísimo tiempo.

«Cuando aterrizas en Nueva York —le había asegurado el primo—, una mujer rubia guapísima se pone a hablar contigo en el aeropuerto. Su perfume te vuelve loco. Pechos grandes. Minifalda. Te presenta a su hermano y se ofrecen a llevarte a la ciudad en su descapotable. Y aceptas, claro, para no ser grosero. Una vez en el coche, el hombre dirá: "Vamos a parar en mi casa de Malibú a tomar un martini antes de llevarte a Manhattan." Así que vais a su mansión, una casa como no has visto en la vida. En cuanto entráis, el hombre saca una pistola y apuntándote dice: "Si no te acuestas con mi hermana te mato."»

Cuántas noches pasé soñando despierto con aquel destino espantoso, retorcido y bello, deseando poder ir a América sólo por aquella razón. «Hermano, aparta la pistola. Me acostaré con tu hermana sin ningún problema», se convirtió en una frase que Gabi, yo y nuestra pandilla repetíamos, una frase secreta que indicaba nuestra camaradería de excitación adolescente, nuestro burbujeante ardor sexual. Incluso después de darnos cuenta de que la historia era absurda, un cuento de hadas, seguía encantándonos y nos gustaba mucho repetir aquella cantinela.

Unas semanas después de que Shiva y yo viésemos a Tsige frente a su bar, me encontré con la enfermera en prácticas en plantilla cuando bajaba hacia la entrada del Missing. No había escapatoria. Siempre que la veía me ponía nervioso.

Iba con su grupo de estudiantes en prácticas, y normalmente cuando iba con ellas no me hacía caso. Pero aquel día me sonrió y me ruboricé. Le devolví la sonrisa por educación. Entonces me hizo un guiño y se acercó mientras sus alumnas proseguían el camino.

—Gracias por lo de anoche. Espero que la sangre no te asustase. ¿Te sorprendió? Llevo todos estos años esperándote y mereció la pena. —Se estrechó contra mí—. ¿Cuándo volverás? Estoy contando los días. —Apretó el paso para alcanzar a sus alumnas, moviendo todo lo movible, como si Chuck Berry trotase tras ella tocando la guitarra. Me gritó por encima del hombro, bastante alto para que lo oyera todo el mundo—: La próxima vez no te escapes corriendo después, ¿eh?

Me dirigí a la carrera a casa. Shiva había empezado a salir solo, sobre todo los fines de semana, pero yo apenas le había prestado atención. No se me había ocurrido que se dedicara a hacer aquello.

Shiva, Genet y Hema estaban sentados a la mesa del comedor y Rosina servía. Ghosh había ido a lavarse. Arrastré a mi hermano a nuestra habitación.

—¡Cree que fui yo! —exclamé, lamentando haberle contado mi baile con la enfermera—. ¿Por qué no me lo consultaste? Te lo habría prohibido. Te lo prohíbo. ¿Qué le contaste? ¿Te hiciste pasar por mí?

Mi cólera lo desconcertaba.

—No. Yo fui yo. Sólo llamé a la puerta. No dije nada. Ella hizo lo demás.

—¡Dios mío! ¿Así, sin más? ¿Rompiste tu virginidad y la de ella?

—Fue mi primera vez con ella. Y qué te hace a ti estar tan seguro de la enfermera, ¿eh, querido hermano?

Sus palabras me sentaron como un puñetazo en el estómago. Nunca le había oído hablarme con sarcasmo, y resultaba desagradable, horrible.

—Además, para mí no es la primera vez —prosiguió, mientras yo no sabía qué decir—. Voy a la *piazza* todos los domingos.

—¿Qué? ¿Cuántas veces has ido?

—Veintiuna.

Me quedé estupefacto, desconcertado, indignado, pero sentí una envidia espantosa.

—¿Con la misma mujer?

—No, con veintiuna. Veintidós, contando a la enfermera en prácticas. —Estaba allí plantado, con la barbilla alzada y un brazo lánguidamente apoyado en la pared.

—¿Supongo que no te importará no volver con la enfermera en prácticas en plantilla? —pregunté cuando recuperé el habla.

—¿Por qué? ¿Piensas ir tú?

Noté que ya no tenía ninguna autoridad sobre él, ninguna experiencia creíble con que aconsejarle. Me sentí muy cansado.

—Da igual. Pero hazme un favor, dile que eres tú si vuelves. Y quédate un poco y abrázala y dile cosas tiernas al oído cuando lo hagas. Dile que es muy guapa.

—¿Decirle qué? ¿Por qué?

—Da igual.

—Marion, todas las mujeres son guapas —aseguró Shiva.

Alcé la vista y comprendí que hablaba con convicción, sin rastro de sarcasmo. No estaba avergonzado ni enfadado porque le hubiese obligado a ir a nuestro cuarto, no se había alterado lo más mínimo. Mi problema era que creía que lo conocía, pero en realidad lo único que conocía eran sus rituales. Le encantaba su *Anatomía* de Gray y siempre iba con él de aquí para allá, de modo que en la cubierta se veían las pálidas huellas dejadas por sus dedos. Cuando Ghosh consiguió una nueva edición del libro, Shiva se ofendió, como si le hubiese llevado un cachorro callejero para sustituir a su amada *Kuchulu*, que estaba, por cierto, en las últimas. Conocía los rituales de mi hermano, pero no la lógica que había tras ellos. A él las mujeres le parecían guapas, de lo que ya me había dado cuenta la primera vez que fuimos juntos a la Clínica de Versión. No se perdía una revisión y últimamente había atosigado a Hema hasta que había accedido a enseñarle a dar la vuelta a los bebés. No había nada lujurioso en su interés por la Clínica de Versión o por la obstetricia y la ginecología. Si el día de la clínica daba la casualidad de que caía en fiesta o Hema decidía no ir por alguna razón, Shiva acudía de todas formas y se sentaba en la escalera del edificio cerrado. Y ahora ahí estaba yo, diciéndole que fuese amable con la enfermera en prácticas cuando él podría alegar que le había dado justo lo que ella deseaba, mientras que yo no había sido en realidad bueno con ella, pues estaba reservándome para una sola mujer. La dificultad ennoblecía mi abstinencia. Ardía en mi celibato y quería que Genet admirara eso. ¿Cómo era posible que no la impresionase?

Desde aquel sábado soleado de hacía tres años en que Genet regresara de sus vacaciones en Asmara, yo había visto claramente que para ella la pubertad casi había terminado. Su estirón invernal lo había agrandado todo: piernas, dedos, incluso las pestañas. La caída de sus párpados le daba un aire soñador y sus ojos parecían aún más separados. En cuanto volvió de Asmara, todos enloquecieron por ella. Según el *Manual de pediatría* de Nelson, los pezones y el vello púbico eran los primeros signos de pubertad en las niñas, pero me parecía extraño que Nelson pasara por alto el primer indicio que yo había captado, es decir, aquel aroma maduro y embriagador que te atraía como una sirena. Cuando se perfumaba, ambos aromas se mezclaban y el resultado me producía vértigo. En lo único que podía pensar era en arrancarle la ropa y beber de la fuente.

Resultaba evidente que los cambios de Genet electrizaban a su madre. Hema y Rosina eran aliadas, unidas por el deseo de proteger a Genet de los predadores, los muchachos. Sin embargo, para mi gusto ambas nunca eran bastante protectoras, y saboteaban sus propios esfuerzos comprándole ropa y accesorios que la volvían más atractiva al sexo opuesto. Los sabuesos (a juzgar por lo que yo sentía) no podían dejar de olisquear junto a nuestra puerta, y lo que es más, según confesión propia Genet estaba en celo.

Aquel curso, un jueves me comunicó que no volvería del colegio en nuestro taxi, sino que regresaría a casa por su cuenta. Cuando Shiva y yo subíamos los últimos cincuenta metros del camino para coches, un Mercedes Benz negro de elegantes líneas se paró y Genet bajó. Shiva continuó y entró en casa, pero yo esperé.

—No me gusta que vuelvas con Rudy —le dije, lo que era decir bien poco: aquel lujoso coche me hacía sentir que no estaba a la altura, por lo que me hervía la sangre. El padre de Rudy tenía el monopolio de los accesorios de baño y porcelana de Adis Abeba. Sólo debía haber un par de chicos más en el colegio que condujeran coche propio. Lo que más me fastidiaba era que Rudy había sido uno de mis mejores amigos.

—Pareces mi madre —dijo Genet, sin prestar atención a mi angustia.

—Rudy es el príncipe heredero de los retretes. Sólo quiere acostarse contigo.

—¿Y tú no? —replicó ella, ladeando la cabeza y mirándome con coquetería.

Sí. Pero yo quiero acostarme sólo contigo. Y te amo. Así que es diferente.

A pesar de mi timidez con las mujeres, no me costaba decirle lo que sentía. Tal vez fuese un error enseñar mis cartas tan fácilmente, pues otorgaba a una mujer superficial gran poder sobre uno. Pero mi fe insistía en que ella no podía ser superficial, que aquel amor, aquel compromiso mío, la dotaba de poder, la liberaba.

—¿Lo harás conmigo? —me preguntó.

—Por supuesto. Sueño con ello todas las noches. Sólo tenemos que esperar tres años y podremos casarnos. Entonces perderemos la virginidad en este lugar —afirmé, enseñándole una fotografía muy doblada arrancada del *National Geographic* del Lake Palace en Udaipur, un hotel de un blanco resplandeciente en el centro de un prístino lago azul—. Quiero casarme en la India —añadí.

Tenía visiones en que yo, el novio, aparecía cabalgando en un elefante, un símbolo del deseo y la frustración que había soportado... sólo un elefante serviría (o un reactor Jumbo). La bella Genet, enjoyada y ataviada con un sari dorado, se hallaba rodeada de jazmines... Veía con claridad los detalles. Hasta le había escogido el perfume: Motiya Bela, a base de flores de jazmín.

—Y ésta es la suite nupcial. —El reverso de la página mostraba una habitación con una cama gigante de baldaquino e inmensas puertaventanas que daban al lago—. Fíjate en el baño, una bañera de patas de garra y bidet. —El príncipe heredero de los retretes nunca lo superaría.

Genet se mostró sorprendida, conmovida por las fotos y por el hecho de que yo llevara en la cartera aquella hoja. Mi tigresa me miró fijamente con renovado interés.

—Marion, ¿has estado pensando en esas cosas de verdad? ¿Eh?

Describí las sábanas de seda blanca, las finas cortinas de algodón que cerrarían la cama durante el día, pero que se abrirían de noche, como las puertas de la galería

—Cubriré la cama con pétalos de rosa y cuando te desnudes besaré y lameré centímetro a centímetro tu cuerpo, empezando por los dedos de los pies...

Genet gimió. Me posó un dedo en los labios, alzó los ojos, mostrándome su garganta.

—Dios mío, será mejor que pares antes de que me vuelva loca —dijo suspirando—. Pero escucha, Marion, ¿y si te dijese que no quiero casarme? No deseo esperar. Quiero que me desfloren. Ahora. No dentro de tres años.

—Pero ¿y Hema? ¿Y tu madre?

—No quiero que me desfloren ellas, sino tú.

—No es...

Soltó una carcajada, que le perdoné porque me animó.

—Ya sé lo que quieres decir, tonto. ¿Y si... no tengo la misma fuerza que tú para resistir? Algunos días sencillamente quiero hacerlo. ¿Tú no? ¡Sólo pasar por ello! Sólo saber. —Suspiró—. Si no quieres hacerlo, tal vez debería pedírselo a Shiva, ¿no? O a Rudy.

—A ese príncipe del retrete, no. Y a Shiva... Bueno, no es virgen. Ya lo ha hecho. Además, creo que me amas a mí.

—¿Qué? —repuso batiendo palmas muy contenta, y buscando a mi hermano con la mirada—. ¿Shiva? —Mientras ella saltaba de alegría, me dije que había eludido la cuestión de su amor por mí porque era demasiado tímida para confesarlo—. ¡Oh Shiva, Shiva! Tenemos que sonsacarle todos los detalles. Así que ya no es virgen, ¿eh? ¿A qué esperamos tú y yo, entonces?

—Yo te espero a ti, y...

—Ay, cállate. Me recuerdas a las novelas románticas tontas. ¡Pareces una chica, por amor de Dios! Si quieres ser el primero, más vale que te apresures, Marion. —Parecía que lo decía en serio, no había la menor ironía en su expresión. Me asustaba cuando hablaba de aquel modo—. Si no, se me ocurren algunos más. Tu amigo Gaby, e incluso el príncipe de los retretes, aunque le apeste el aliento a queso. —Se echó a reír de nuevo, disfrutando con mi angustia, pero dejando traslucir también que sólo se trataba de una broma, gracias a Dios.

No soportaba que siguiera burlándose de mí; me dolía oírla mencionar los nombres de otros pretendientes.

—¿Qué te ha pasado? —exigí saber, al reparar en las revistas de moda femeninas que llevaba en la mano. Estaba furioso. Recordaba a la chica que había dominado la *Caligrafía de Bickham* y que, tras la muerte de Zemui, había leído libros vorazmente, todo cuanto le diese Hema—. Antes eras... seria. —Ahora sus mejores amigas eran dos bellas hermanas armenias; las tres juntas iban de compras por las tardes o al cine, donde se dedicaban a mirar a las actrices cuyo atuendo y cuya conducta se les antojaba la regla de oro. Todos los chicos estaban pendientes de ellas. Las notas de Genet, que fueran tan buenas como para saltar un curso e incorporarse a nuestra clase, últimamente eran mediocres, pues apenas estudiaba—. ¿Qué te pasa, Genet? ¿No quieres ser médico?

—Sí, doctor, quiero ser médico —contestó, acercándose mucho a mí—. Doctor, quiero que me haga un reconocimiento. —Abrió los brazos, con la bolsa de los libros en una mano y las revistas de moda en la otra. Acercó su cuerpo al mío y me empujó con la pelvis—. Me duele aquí abajo, doctor.

Rosina salió de nuestra casa, disparada como el muñeco con resorte de una caja de sorpresas. Su súbita aparición fue alarmante y confieso que resultaba cómica, aunque pensé que la reacción de Genet, que se echó a reír, no complacería a su madre.

Se abalanzó sobre nosotros reprendiendo a su hija en un torrente de tigriña, mezclado con *italiña*. Genet se puso a bailar a mi alrededor para mantenerse fuera del alcance de su madre, que al perseguirla aún provocaba mayor hilaridad en mi amiga. Aunque yo apenas entendía algo de lo que decía Rosina, suponía lo que no alcanzaba a comprender: «¿Dónde tienes la cabeza y qué te crees que estás haciendo? ¿Quién es ese chico del coche? ¿Sabes lo único que quiere? ¿Por qué te aprietas contra Marion como si fueses una chica de alterne?» Cada pregunta provocaba nuevas carcajadas de Genet.

Rosina me miró furiosa, como si yo tuviese que responder por su hija; era la segunda vez que nos pillaba a ambos en una situación comprometida.

—¡¿Y tú?! ¿Por qué no ha vuelto Shiva contigo? ¡¿Y qué estabais haciendo aquí?! —exclamó, pasándose al amárico y mirándome furiosa.

—Vamos a ser médicos, ¿no lo sabías, madre? —gritó Genet en amárico llorando de la risa, casi incapaz de hablar—. ¡Estaba enseñándole cómo se examina a una mujer!

La recompensa de Genet fue la cara horrorizada de su madre, lo que la hizo ponerse tan histérica que, soltando las revistas y la bolsa de los libros, se alejó retorciéndose de risa en dirección a su casa, mientras nosotros nos quedábamos mirando cómo se pavoneaba y contoneaba.

Rosina se volvió hacia mí, intentando disimular su lúgubre confusión con la mirada dura que solía utilizar cuando Shiva o yo nos portábamos mal. Pero a esas alturas resultaba artificiosa, y más aún porque yo medía ya más de uno ochenta y le sacaba a mi niñera una cabeza.

—¿Qué tienes que decir tú, Marion?

—Quiero decir —respondí, bajando la cabeza y dando dos pasos torpes hacia ella. Entonces la cogí y alcé en el aire, y la hice girar, mientras Rosina me pegaba en los hombros—. Quiero decir que estoy muy contento de verte. ¡Y que quiero casarme con tu hija!

—¡Bájame! ¡Bájame! —Obedecí e intentó abofetearme, pero me zafé—. ¡Estáis locos, ¿sabes?! —exclamó, ajustándose la blusa y alisándose la falda, decidida a toda costa a no sonreír—. Los malos espíritus han penetrado en todos vosotros. —Recogió la cartera con los libros y las revistas y siguió a Genet, gritando para que ella y yo la oyéramos—: ¡Esperad y veréis! Voy a buscar una vara y os meteré en cintura, bribones, os sacaré el diablo del cuerpo a palos.

—¿Por qué hablas de ese modo a tu futuro yerno, Rosina? —le pregunté.

Se volvió y corrió hacia mí, pero la esquivé de nuevo.

—¡Qué locura! ¡Qué insensatez! —chilló, y acto seguido se alejó hablando sola.

Alcé la vista y descubrí a Shiva en el ventanal, mirando. El viento despertaba en los eucaliptos aquel susurro seco que te hacía pensar que llovía. Pero no había nubes. Shiva me observaba, ruborizado y con una expresión que indicaba que había estado riéndose, que probablemente lo había visto y oído todo. Admiré su pose: una mano en el bolsillo, las rodillas cruzadas, apoyado en una pierna... Mi hermano resultaba elegante incluso así parado, una cualidad que compartía con Genet. Raras veces sonreía, y en la tensión del labio superior había un indicio de sonrisa lasciva. Sonreí, sin ocultar nada. Me sentía bien, satisfecho de mí mismo. Mi hermano podía leerme el pensamiento. Mc amaba, amaba a Genet y yo los amaba a ambos. Sí, Rosina tenía razón: la locura imperaba en el Missing, pero aun así sólo un loco querría estar en otra parte que no fuese allí.

34

Un tiempo para cosechar

La locura se desencadenó aquella noche en el momento más inoportuno. Era mi último curso en el colegio y estaba decidido a sacar buenas notas en los exámenes finales. Mi motivación era simple: en una elevación que dominaba la calle Churchill y el edificio de Correos y el Liceo Francés habían construido un hospital majestuoso de color marfileño, cinco veces más grande que el Missing. Iba a ser el hospital de una nueva Facultad de Medicina. El British Council, Swissaid y USAID ayudarían a dotarlo de profesores, médicos prestigiosos británicos, suizos y américanos recientemente jubilados tras largas carreras académicas, que accedían a enseñar en Adis Abeba durante un corto período.

Así que mientras Rosina perseguía a Genet, cargada con las revistas y libros que su hija dejara en el suelo, para sin duda continuar su pelea, no perdí ni un instante. Entré en casa, me lavé y luego coloqué mis manuales en la mesa del comedor. Hema y Ghosh tenían partida de bridge en la antigua casa de él.

Comía delante de los libros. Por lo que a mí se refería, cada minuto contaba. Había programado los días, horas y minutos que faltaban para el examen final. Si quería dormir, jugar al críquet e ingresar en la Facultad de Medicina no podía perder un momento.

Genet vino a estudiar conmigo una hora después, pero procuré no levantar la vista. Shiva no tardó en reunirse con nosotros. Trajo a la mesa el *Principios de ginecología* de Jeffcoate, erizado de marcadores. Más que leerlos, despiezaba y digería los manuales, convirtiéndolos en apéndices de su cuerpo.

Para ingresar en la Facultad de Medicina, Genet y yo teníamos que sacar las notas más altas en los exámenes finales. Ella decía que estaba tan enamorada de la medicina como yo, pero solía incorporarse tarde a la mesa de estudio y se marchaba la primera. A veces, ni siquiera aparecía. Yo acudía dos noches por semana en taxi a casa del señor Mammen, que me daba clases de matemáticas y química orgánica. Genet vino una vez, se irritó por la férrea disciplina de Mammen y no quiso volver, aunque a mí me pareciese que su ayuda resultaba muy valiosa. Los fines de semana me retiraba a la antigua casa de Ghosh a estudiar, y así él y Hema podían poner la radio tranquilamente o divertirse sin tener que preocuparse de que me distrajeran. Mi amiga podía venir a estudiar allí conmigo, pero pocas veces lo hacía.

Shiva no tenía nuestras preocupaciones. Había estado cabildeando para dejar por completo el colegio, pues le gustaría trabajar como ayudante de Hema, no le importaban títulos ni diplomas. Pero nuestra madre se mostró inflexible: si quería ser su ayudante debía acabar el último curso, aunque no se examinase. Mientras tanto, iba aprendiendo por su cuenta cuanto podía de obstetricia y ginecología. Yo había oído que Hema le había comentado a Ghosh que mi hermano sabía más de obstetricia y ginecología que el estudiante medio de último curso de Medicina.

Shiva se había apropiado del cobertizo de las herramientas en que escondiéramos la moto. Había aprendido a soldar con Farinachi y guardaba allí el soplete y el equipo. Un día, haría un mes más o menos, al asomarme me había quedado sorprendido al ver que la pared del fondo estaba despejada, sin rastro de la motocicleta ni de la leña amontonada, los sacos de arpillera y las biblias que solían ocultarla.

—La desmonté —me dijo mi hermano cuando le pregunté y señaló la parte de abajo de su pesada mesa de trabajo: el soporte cuadrado de contrachapado tapaba el bloque del motor. Había envuelto en hule y lona impermeable la estructura de la moto y la había colocado debajo de la mesa. El resto lo había metido en recipientes que iban desde cajas de cerillas a cajones, ordenados en las estanterías metálicas que él mismo había soldado.

• • •

—Cuéntamelo todo, Shiva —susurró Genet desde detrás de su libro, *Nociones de química*. Sólo había tardado diez minutos en romper el silencio y mi concentración.

—¿Qué te cuente qué? —preguntó él sin molestarse siquiera en bajar la voz.

—Lo de la primera vez. ¿Qué, si no? ¿Por qué no me lo dijiste? Marion acaba de explicarme que ya no eres virgen.

La historia de Shiva, sobre la cual no me había atrevido a preguntarle por vergüenza y envidia, resultaba sorprendente por su simplicidad.

—Fui a la *piazza*. Bajando por la calle que hay al lado de la panadería Massawa, ¿sabes?, donde se ven las habitaciones, una detrás de otra... Hay una mujer en cada entrada, y luces de distintos colores.

—¿Y cómo escogiste?

—No escogí. Fui a la primera puerta. Y ya está —contestó él sonriendo, y reanudó su trabajo.

—¡No, no está! —exclamó Genet, quitándole el libro—. ¿Qué pasó después?

Fingí enfadarme, pero todas mis neuronas estaban atentas. Me alegraba de que nuestra amiga efectuase aquel interrogatorio.

—Pregunté cuánto. Ella dijo treinta. Expliqué que sólo tenía diez. Aceptó. Se quitó la ropa y se echó en la cama.

—¿Toda la ropa? —solté. Shiva me miró sorprendido.

—Menos la blusa, que se subió.

—¿Y el sostén? ¿Qué llevaba? —quiso saber Genet.

—Un jersey corto, creo, uno de media manga. Y minifalda. Las piernas desnudas y tacones altos. No llevaba ropa interior. Ni sostén. Se quitó los zapatos, la falda, alzó la blusa y se echó.

—¡Oh, Dios! Sigue —lo apremió Genet.

—Me desnudé. Estaba preparado. Le dije que era la primera vez que lo hacía. «¡Dios nos asista!», exclamó ella, pero le dije que no creía que necesitásemos a Dios. Me puso encima de ella, y me ayudó a empezar...

—¿Le dolía? ¿Estabas...?

—¿Erecto? Sí. No, no creo que le doliese. Ya sabes que las paredes de la vagina se dilatan, puede pasar la cabeza de un bebé...

—De acuerdo, de acuerdo. ¿Y luego qué?

—Empezó a moverse y me enseñó cómo hasta que lo entendí. Y lo hice hasta que experimenté la reacción eyaculatoria.

—¿Qué?

—La contracción del *vas* y las vesículas seminales que se mezclan con las secreciones prostáticas...

—Se corrió —expliqué, usando la palabra que había aprendido en un folletito obra de un tal D.N. Raman, un escritor de prosa grandilocuente. Mi condiscípulo Satish traía aquellos folletos cuando regresaba de sus vacaciones en Bombay. Raman era responsable de la mayoría de las cosas que sabían (o creían saber) los escolares indios sobre sexualidad.

—Ah... ¿y después? —inquirió Genet.

—Bueno, me levanté, me vestí y me marché.

—¿Te dolió? —tercié.

—En absoluto.

Por su expresión seria podría haber estado hablando de tomarse un helado en Enrico.

—¿Eso fue todo? —quiso saber Genet—. ¿Y le pagaste?

—No, le pagué primero.

—¿Qué dijo ella cuando te ibas?

Shiva reflexionó.

—Dijo que le gustaba mi cuerpo. Y mi piel. Que la próxima vez me lo haría... ¡estilo perro!

—¿Qué quería decir con «estilo perro»?

—Yo no lo sabía. Le dije: «¿Por qué esperar a la próxima vez? ¡Enséñamelo ahora!»

—¿Tenías dinero?

—Eso me preguntó. «¿Tienes dinero?» Pero no lo tenía. De todas formas me dejó hacerlo por detrás, que era a lo que ella llamaba «estilo perro». Creo que entonces tuvo su propia... explosión.

—¡Dios mío! —exclamó Genet, gruñendo y estirándose en la silla, con la cara enrojecida—. ¿Qué te pasa, Marion? ¿Adónde vas?

Me había levantado. El olor de mi amiga resultaba abrumador, teñía el aire de un rosa tembloroso.

—¿Que qué me pasa? —No estaba tan enfadado como aparentaba—. ¿Cómo voy a estudiar aquí, dime? Es increíble que me lo preguntes.

Lo que me ocurría era que me habían excitado muchísimo la historia de Shiva, el brillo sensual de la mirada de Genet, su cuerpo a mi alcance, el olor de su celo y saber que estaba deseosa. Si no me hubiese marchado habría tenido mi propia explosión en los pantalones. Debía irme. Guardé las notas de biología en la chaqueta.

Rosina, que se hallaba demasiado cerca de la puerta de la cocina, aparentó al verme un interés especial por el fuego. Aunque no estuviera escuchando o careciese de sentido del olfato, seguro que habría visto salir del comedor aquella nube rosada. Eludí su mirada. Madre e hija no podían escapar la una de la otra, al parecer, con Genet decidida a actuar escandalosamente y Rosina igual de decidida a reaccionar, y era difícil determinar quién iniciaba aquellas peleas. Mi antigua niñera era en cierto modo mi aliada, porque mantenía preservada a Genet para mí. Pero me fastidiaba verla acechando de aquel modo.

—Me voy al bazar —mascullé.

—Pero si acabas de sentarte a estudiar, Marion.

Le lancé una mirada furiosa, desafiándola a detenerme.

Bajé hasta la verja lentamente. Compré una Coca-Cola, pero luego se la di a Gebrew y me senté en su caseta de vigilante. No quería ir a casa hasta que mi mente y mi cuerpo recobrasen la calma. El largo relato que me contó Gebrew sobre un sobrino problemático contribuyó a la causa.

Finalmente, le di las buenas noches y regresé. Cuando salía de la rotonda hacia el camino que llevaba a nuestra casa, vi luz en el cobertizo de las herramientas; Shiva trabajaba muchas noches hasta tarde.

Siempre que recorría aquel camino en la oscuridad sentía miedo al acercarme al sitio en que el soldado había salido disparado. El bordillo estaba mellado en un lugar que conmemoraba el momento en que había hecho detenerse la rueda delantera de la BMW.

Los troncos de los árboles crujían y rezongaban. El rumor de las hojas resultaba amenazador, como una mano que revolviera un montón de monedas. No tenía duda de que en cualquier momento aparecería de pronto el militar. Después de años imaginándomelo, resultaría casi un alivio verlo allí. Shiva no debía de tener aquellos problemas porque se quedaba en el cobertizo de las herramientas de noche hasta tarde. A pesar de los años pasados, seguía pesándome lo que allí había ocurrido, pero me había familiarizado con ello al punto de que me permitía comprender lo que impulsaba a la gente a confesar un asesinato mucho tiempo después de los hechos, pues creían que era el único medio de dejar de atormentarse. Apreté el paso en aquella curva del camino.

Oí música de la radio de Shiva en el cobertizo.

Acababa de dejarlo atrás y ya casi me encontraba junto a la casa cuando vi bajar a alguien con paso resuelto por la cuesta. Estaba muy oscuro y oí un leve rumor, como si una persona hablara sola. El corazón me dio un vuelco, pero lo que me libró del pánico fue que parecía una mujer. Sólo cuando estaba ya casi a mi lado me percaté de que era Rosina. ¿Adónde iría a aquella hora? Se acercó y me escudriñó como solía hacerlo para asegurarse de que no era Shiva. Luego, antes de que pudiese advertir su enfado, me dio una bofetada. Se abalanzó sobre mí y empezó a pegarme, tirándome del pelo con la mano izquierda y abofeteándome con la derecha.

—¡Te avisé! —gritó.

—Rosina, pero ¿qué dices? —exclamé, retrocediendo.

Mis palabras la enfurecieron más. Supongo que podría haberla inmovilizado fácilmente o haber echado a correr, pero estaba demasiado perplejo para reaccionar. Volvió a abofetearme.

—¡Os dejo cinco minutos solos y mira lo que pasa! Qué listos, tú haces como si fueses al bazar y ella al cuarto de baño.

Le pedí que me explicase a qué se refería, y volvió a abalanzarse sobre mí, pero esta vez me volví, de forma que el golpe me alcanzó en la nuca.

—¡Esperé! Te concedí el beneficio de la duda. Luego fui a buscarte. La vi subir la cuesta. La mandaste primero a ella, ¿verdad? Si se queda embarazada, ¿qué? —me susurró sibilante—. Pues que será una criada como yo. Tanto inglés y tantos libros no le servirán para nada en la vida.

—Pero, Rosina, yo no...

—No me mientas, hijo. Nunca has sabido mentir. Vi cómo os mirabais. Debería habérmela llevado a casa entonces. —La observé en silencio—. ¿Quieres una prueba? ¿Acaso es eso lo que quieres? —gritó, llevándose la mano a la cintura. Sacó algo y me lo tiró: eran unas bragas—. Su sangre... y tu semilla.

Me quité la prenda de la cara. Aunque no veía nada en la oscuridad, olí a sangre y a Genet... y a semen. Era mío. Reconocí mi aroma feculento. Nadie compartía aquel olor.

Nadie más que mi hermano gemelo.

• • •

No tenía ánimos ni fuerzas para hacer otra cosa que arrastrarme hasta la cama. Me sentía hundido. Y solo. Shiva llegó mucho después. Esperé a ver si decía algo, pero se quedó dormido mientras yo permanecía despierto. En Etiopía, había un método para descubrir a un culpable. Lo llamaban *lebashai*: se drogaba a un niño, se lo llevaba al escenario del crimen y se le pedía que señalara al culpable. Por desgracia, el dedo delator del pequeño alucinado se dirigía demasiado a menudo a un inocente, a quien lapidaban o ahogaban. El método se había prohibido en todo el imperio, pero aún se practicaba en las aldeas. Así me sentía: acusado falsamente por el dedo delator y sin posibilidad de defenderme.

Lo único que podía hacer era vengarme. El culpable dormía a mi lado. Podría haberlo matado aquella noche. De hecho, lo pensé. Pero decidí que no resolvería nada. Mi mundo ya se había desmoronado. Sentía los brazos exangües, el cerebro entumecido. Mi amor se había convertido en una caricatura del amor, en porquería. Ya nada me motivaba, carecía de todo deseo.

Genet faltó al colegio al día siguiente. Shiva, con el permiso renuente de Hema, se fue a ver al señor Farinachi a Akaki, a la fábrica textil, donde se había averiado una de las máquinas de tinte gigantes. Se había encargado a Farinachi una pieza, y él pidió que mi hermano fuera y viese los inmensos telares. Me quedé en la cama. Cuando Hema vino a preguntarme qué me pasaba dije que no me sentía bien y que no iría al colegio. Me tomó el pulso, me miró la garganta. Estaba desconcertada.

—Da igual. Iré —anuncié cuando intentó preguntarme, pues era preferible a soportar un interrogatorio.

No recuerdo nada de aquel día en el colegio. Ghosh y Hema sabían que había pasado algo, pero no imaginaban qué. La puerta y la ventana de Rosina estaban cerradas, pero la oían hablar.

Aquella noche, Hema nos comentó que había tres parientes de visita en casa de Rosina (una mujer y dos hombres) e insistió en preguntarme por lo que sucedía. Me parecía increíble que no lo supiese o que Rosina no se lo hubiera contado. Por lo visto nadie hablaba de lo sucedido la noche anterior. Estaba seguro de que Rosina acudiría a

Hema y me acusaría, de modo que no comprendía qué estaba esperando. Sospecho que si Hema hubiese hablado con Shiva lo habría descubierto todo, pero a nadie se le ocurrió preguntarle.

Mi hermano volvió cuando estábamos acabando de cenar, contento de su excursión a Akaki. Ni Genet ni su madre se habían sentado a la mesa. Almaz dijo que madre e hija tenían una gran pelea y que los parientes de Rosina habían acudido a mediar entre las dos.

Hema se levantó para averiguar qué pasaba, pero Ghosh se lo impidió.

—Sea lo que sea, si te metes en medio sólo lo complicarás más.

Shiva comía tranquilamente sin decir nada.

No era honrado por mi parte seguir callado, aunque pensaba que nadie iba a creer mi versión de la historia, así que tendrían que venir en mi ayuda Genet o mi hermano. Observé a Shiva. No había en su expresión el menor indicio de que tuviese idea del desastre que había provocado. Ninguna señal.

Aquella noche le dije que iba a mudarme a una habitación de la antigua casa de Ghosh, donde dormiría y estudiaría. Y quería estar allí solo, proclamé, sin mirarlo.

No hizo ningún comentario. Por primera vez no compartiríamos la misma cama. Si había filamentos y cordones de yema o carne que mantuviesen unidos nuestro huevo dividido, yo estaba aplicándoles un escalpelo.

El sábado por la mañana, cuando acudí a desayunar, me pareció que mi hermano no había dormido mejor que yo. Después del desayuno fue a ver a Farinachi.

Estaba a punto de volver a mi habitación para ponerme a estudiar cuando Almaz irrumpió en el comedor.

—Creo que será mejor que venga, señora —le dijo a Hema. Y se dirigió a casa de Rosina, seguida por Hema, Ghosh y por mí.

Rosina se hallaba sentada en un rincón de la habitación a oscuras, hosca y a la defensiva, pero angustiada. Genet, en la cama, estaba pálida, con la frente perlada de sudor, los ojos abiertos pero la mirada perdida y sin brillo. Se respiraba un olor acre de fiebre.

—¿Qué ha pasado? —preguntó Hema. Pero Rosina no contestaba ni respondía a su mirada.

Almaz encendió la luz y al moverse se interpuso en mi campo visual. Luego levantó la manta para que Hema lo viera.

—Abre la ventana, Marion —pidió Ghosh, y se acercó a mirar.

—¡Santo cielo! —exclamó Hema. Genet gemía de dolor. Cogió a Rosina por los hombros—. ¿Lo has hecho tú? ¿Le has hecho eso a esta pobre niña? —Hema la zarandeó, fuera de sí, pero Rosina no levantó la vista—. ¡Mujer estúpida! Oh, Dios mío, Dios mío, ¿por qué?

Hema tenía ojos desorbitados de loca, de alguien que no atendía a razones, alguien peligroso. Pensé que sería capaz de estrangular a Rosina. Pero en cambio, la apartó a un lado.

—Probablemente la hayas matado, Rosina. ¿Lo sabes?

A la madre de mi amiga le resbalaban lágrimas por las mejillas, pero mantenía su expresión hosca.

Ghosh cogió en brazos a Genet, que lanzó un gemido escalofriante cuando la levantó de la cama.

—El coche —pidió, y Almaz corrió a abrir la puerta. Hema los siguió. Me rezagué un segundo en el umbral de la casa de Genet: mi vieja niñera se había sentado de nuevo en la misma posición en que la habíamos encontrado. Recordé el día que había cogido una cuchilla de afeitar para escarificar la cara de Genet y que su expresión había sido desafiante, orgullosa, pero ahora era de miedo y vergüenza.

Corrí al coche.

—Creo que tienes algo que ver con esto, Marion. No soy tonta —me dijo Hema, volviéndose y acercando su cara a la mía. Subió y cerró de un portazo.

Se pusieron en marcha. Almaz cuidaba de Genet atrás y Ghosh conducía. Bajé a la carrera, atajé por el cobertizo de las herramientas y a campo traviesa y los alcancé cuando llegaban a urgencias.

Le aplicaron fluidos y antibióticos intravenosos y luego Hema llevó a Genet al Quirófano 3 para un examen más detenido. Cuando salió de la sala de operaciones, estaba afectada pero más entera y enfadadísima.

—¿Podéis creer que pagó para que le cortaran el clítoris a su hija? —gritó, sin que pareciera importarle que yo oyese el parte que dio a Ghosh y la enfermera jefe—. ¡Y no sólo el clítoris, sino también los labios menores y después le unieron los bordes con hilo de coser! ¡Santo cielo, os imaginaréis el dolor! He cortado las suturas. Está muy infectado. Ahora, Dios dirá.

Llevó a mi amiga a la habitación reservada para personas muy importantes, la misma que Ghosh me había dicho que había ocupado el general Mebratu tras la intervención quirúrgica de urgencia poco después de nuestro nacimiento.

Me senté en una silla junto a la cama. En determinado momento, en un acto no sé si consciente o reflejo, no pude averiguarlo, Genet me apretó la mano y yo retuve la suya.

Hema estaba sentada frente a mí en un sillón, con los codos apoyados en las rodillas y sujetándose la cabeza. No teníamos nada que decirnos. Estábamos enfadados el uno con el otro.

—Quienes lo han hecho deberían ir a la cárcel —dijo de repente, alzando la vista.

No era la primera vez que tenía que socorrer a una mujer en la misma situación que Genet. Tal vez fuese una de las mayores especialistas del mundo en el tratamiento de ablaciones femeninas chapuceras infectadas. Pero en aquel instante, su rostro traslucía una amargura que nunca le había visto.

Cuando Genet abrió los ojos ya había anochecido. Al verme, intentó decir algo. Le pregunté si quería agua y asintió. Le acerqué la paja a la boca. Miró alrededor para ver si había alguien más en la habitación.

—Lo siento, Marion —susurró con lágrimas en los ojos.

—No hables. No pasa nada —mentí, pero fue lo que se me ocurrió responder.

—Yo... debería haber esperado.

«¿Por qué no lo hiciste? —quise preguntar—. No obtuve nada del placer, del honor de ser tu primer amante, pero me echan toda la culpa.»

Intentó moverse y gimió, pasándose la lengua por los labios. Le di más agua.

—Mi madre cree que fuiste tú —dijo con voz débil. Asentí en silencio—. Cuando le expliqué que había sido Shiva me abofeteó, pateó y llamó mentirosa. No me creyó. Piensa que él es virgen. —Trató de reír, pero sólo consiguió hacer una mueca y tosió. Luego añadió—: Escucha, le hice prometer a mi madre que no se lo diría a Hema.

No pude evitar soltar una risita sarcástica.

—Bah, qué más da. Se lo dirá igual. Probablemente esté contándoselo ahora mismo.

—No. No lo hará. Ése fue nuestro trato.

—¿Qué quieres decir?

—Accedí a que me hiciera esto a cambio de que ella no... no hablara. Tiene que guardar silencio. Ni una palabra a Hema. Ni una. Y no tiene que gritarte más.

Me quedé sobrecogido. ¿Genet había permitido que una desconocida le extirpase sus partes íntimas con una cuchilla sin esterilizar sólo para protegerme? ¿Así que ahora el culpable de la ablación también era yo? Resultaba tan absurdo que me entraron ganas de reír, pero no pude: la culpa se había asentado en mí como si supiese que era su hogar y que sería bien recibida.

Shiva llegó por la noche, pálido y ojeroso.

—Ven, siéntate aquí —le pedí antes de que pudiese abrir la boca; no confiaba en mí mismo si lo tenía cerca, y necesitaba un respiro—. Quédate con ella hasta que yo vuelva. Cógele la mano. Se inquieta cuando me voy.

De momento, no podía decirle otra cosa. Yo había dejado atrás la cólera y él estaba más allá del dolor.

Genet pasó tres días con fiebre. Durante todo ese tiempo estuve junto a su cama. Hema, Ghosh y la enfermera jefe iban y venían continuamente.

El tercer día dejó de orinar y Ghosh se preocupó mucho. Se le extraía sangre, luego Shiva o yo corríamos al laboratorio, ayudábamos a W. W. Gónada a preparar reactivos y tubos, y a medir el nivel de nitrógeno de urea en ella: alto, y en alza.

Nunca estaba del todo inconsciente, sólo adormilada, confusa a veces, gemía a menudo, y después empezó a tener mucha sed. Llamó una vez a su madre, pero ésta no se encontraba allí. Almaz me dijo que no salía de su cuarto, lo que probablemente fuese mejor, pues la atmósfera de la habitación ya era bastante tensa sin la perspectiva de Hema arremetiendo contra Rosina.

El sexto día, los riñones de Genet empezaron a generar orina, y luego siguieron produciéndola en cantidades que llenaban rápidamente la bolsa del catéter. Ghosh duplicó y triplicó la cantidad de suero intravenoso y la animó a beber para compensar la pérdida.

—Esto significa que los riñones están recuperándose —señaló Ghosh—. Lo único que pasa es que no pueden concentrar muy bien la orina.

Una mañana, cuando desperté en la silla y me fijé en la cara de Genet, en la textura de la piel y el relajamiento de la frente, supe que se recuperaría. Ya estaba delgada antes de lo ocurrido, pero su dolencia la había consumido; se había quedado en los huesos. Sin embargo, estaba recuperando el color. La espada que colgaba sobre su cabeza había desaparecido. El agarrotamiento de mis hombros empezó a aflojarse.

Aquella tarde fui a mi habitación de la antigua casa de Ghosh y me sumergí en un sueño profundo. Sólo cuando desperté pensé en Shiva. ¿Comprendía cómo había destrozado mis ilusiones? ¿Se daba cuenta del daño que le había causado a Genet, del que nos había hecho a todos? Traté de entenderlo. Pero el problema era que sólo podía pensar en aporrearle con los puños hasta que sintiese el mismo grado de dolor que él me había provocado. Odiaba a mi hermano. Nadie podía impedírmelo.

Nadie más que Genet.

Cuando me había contado lo de su trato con su madre, cómo había accedido a dejarse circuncidar a cambio de que no le contara nada a Hema, Genet no me lo había dicho todo. Aquella primera noche, pero más tarde, se había esforzado en mantenerse consciente para pedirme algo. Y había hecho que se lo jurara.

—Marion, castígame a mí, pero no a Shiva. Atácame y olvídame a mí, pero deja en paz a tu hermano.

—¿Por qué? No puedo. ¿Por qué debería perdonarlo?

—Marion, fui yo quien forzó a Shiva a hacerlo. Yo se lo pedí —dijo, y sus palabras fueron como puñetazos en los riñones—. Ya sabes que él es diferente... piensa de otro modo. Créeme, si no se lo hubiese pedido, habría seguido leyendo sus libros y yo no estaría aquí.

En aquel momento había dado a regañadientes mi palabra a Genet de que no me enfrentaría con Shiva, sobre todo porque pensaba que aquélla muy bien podría tratarse de su última noche.

Nunca expliqué a Hema lo ocurrido realmente, y permití así que imaginase lo que había hecho yo.

Cabría preguntarse por qué cumplí mi palabra. ¿Cómo es que no cambié de idea al ver que mi amiga sobrevivía? ¿Por qué no conté la verdad a Hema? Bueno, había aprendido algo de mí mismo y de Genet durante su batalla por la vida: había estado muy cerca de perderla, lo que me había ayudado a comprender que a pesar de todo no deseaba que muriese. A pesar de que nunca podría perdonarla, aún la amaba.

Cuando le dieron el alta, la llevé desde el coche a la casa. Nadie puso objeciones, y si las hubiesen puesto no habría cedido. El que hubiera velado continuamente junto a su cama me había hecho merecedor del reconocimiento renuente de Hema, quien no se atrevió a impedírmelo.

Rosina observaba desde la entrada de su casa cómo llevaba a su hija a la nuestra... Genet ni siquiera miró hacia allí, como si su madre y su hogar ya no existiesen. Rosina estaba de pie y nos miraba suplicante, pidiendo perdón. Pero la capacidad de revancha de los niños es infinita y puede durar toda la vida.

Llevé a Genet a nuestra antigua habitación, la de Shiva, que ahora sería la suya.

El plan era que Shiva y yo durmiésemos en la vieja casa de Ghosh, pero separados: él se instalaría en el cuarto de estar. Media hora después, cuando fui a buscar la ropa de mi amiga a su casa, descubrí que Rosina se había encerrado con llave y que no contestaba a pesar de toda mi insistencia. Cuando, furioso, empujé la puerta, comprobé que había dispuesto una barricada o que estaba haciendo fuerza ella misma al otro lado para que yo no pudiera abrir. Reinaba un extraño silencio.

Me acerqué a la ventana; los postigos estaban cerrados, pero con la ayuda de Almaz presioné las frágiles tablas hasta que se rompieron. Rosina había bloqueado la ventana con el armario. Subido en el alféizar, intenté en vano echarlo a un lado. Estiré el cuello para mirar por encima: lo que divisé me hizo apoyar la espalda contra el marco de la ventana, poner ambos pies en el armario y derribarlo sin preocuparme de su contenido. Cayó a tierra con gran estruendo: la madera se partió, el espejo se hizo añicos y los platos se rompieron. Todos acudieron corriendo.

Entonces pude verlo ya con claridad; todos pudimos verlo: Hema, Ghosh y Shiva, que estaban detrás de mí, e incluso Genet, que se había arrastrado hasta allí al oír el estruendo.

Recuerdo aquella escena con una precisión matemática, pero no hay ningún ángulo en la *Geometría* de Tarr ni en otro libro de texto que logre describir con la misma precisión la inclinación de aquel cuello. Ni una píldora en la farmacopea que pueda borrarlo de mi memoria. Rosina colgaba de una viga, con la cabeza doblada sobre la espina dorsal, la boca abierta y la lengua como si se la hubiesen arrancado.

35

Una fiebre derivada de otra

Los muros de piedra recubiertos de musgo y las enormes verjas del colegio Emperatriz Menen le conferían un aspecto de antigua fortaleza. Genet, con calcetines blancos, blusa azul celeste y falda azul oscuro y la cabeza desnuda, sin cintas, prendedores ni pendientes, parecía una alumna más. Su único adorno era la cruz de santa Brígida que llevaba al cuello. No quería destacar. Su antiguo yo vivaz había quedado sepultado con el cadáver que descolgamos y enterramos en el cementerio de Gulele.

Mi nuevo ritual era acudir los sábados a última hora del día a verla. Quedaba un poco más arriba en la colina del palacio en que el general Mebratu (con Zemui a su lado) había tomado rehenes e intentado establecer un nuevo orden.

Genet podría haber vuelto a casa los fines de semana, pero se negó arguyendo que el Missing le evocaba recuerdos dolorosos. Insistía en que era feliz en aquel colegio. Los profesores indios eran estrictos, pero muy buenos. Protegida de la sociedad y de nosotros, trabajaba afanosamente.

Acudimos a la universidad juntos para el curso preparatorio de Medicina, y al año siguiente ingresamos en la facultad. Aunque ya no llevaba uniforme sino ropa normal, su atuendo y su actitud siguieron siendo discretos y comedidos. Cada vez que la visitaba en la residencia Mekane Yesus, que quedaba enfrente de la universidad, rogaba que aquél fuese el día en que la puerta cerrada de su corazón se abriese y pudiese ver huellas de la antigua Genet. Ella agradecía el almuerzo que Almaz y Hema le enviaban, pero se mantenía firme tras la barrera que había erigido a su alrededor.

Aún la amaba.

Pero deseaba no amarla.

Ingresamos en la Primera Facultad de Medicina Haile Selassie en 1974; éramos la tercera promoción. Nos emparejaron como compañeros de disección de un cadáver, lo cual supuso una suerte para ella, pues cualquier otro se habría ofendido por sus frecuentes ausencias y porque incumpliese con la parte que le tocaba. Yo no creía que fuese perezosa; no había razón para ello. Estaba gestándose algo y por una vez yo no disponía de ninguna clave.

Nuestros profesores de ciencias básicas eran muy buenos, una mezcla de catedráticos ingleses y suizos y unos cuantos médicos etíopes titulados por la Universidad Americana de Beirut y que luego habían cursado posgrados en Inglaterra o Estados Unidos. Sólo había un indio: nuestro Ghosh, que tenía un título, no de profesor ayudante ni de asociado ni de clínico asociado (que indicaba nombramiento honorífico no retribuido), sino de profesor de Medicina y adjunto de Cirugía.

No creo que ninguno de nosotros, ni siquiera Hema, se hubiese percatado de la amplitud de los conocimientos de Ghosh, acumulados en los dieciocho años que llevaba en Etiopía, pero sir Ian Hill, decano de la nueva facultad, sí lo había hecho. Ghosh había publicado cuarenta y un artículos y era autor de un capítulo en un manual. A su interés inicial por las enfermedades de transmisión sexual se había añadido su experiencia exhaustiva con la fiebre recidiva, de la que era el mayor especialista mundial, porque la variedad originada por piojos de esa enfermedad era endémica en Etiopía y porque nadie la había estudiado tan de cerca.

Yo había aprendido sobre la fiebre recidiva siendo colegial, cuando Ali, el del bazar enfrente del Missing, había acudido al hospital con su hermano Saleem y me había pedido que intercediese. Saleem ardía de calentura y deliraba. Ghosh explicó más tarde que el caso de aquel hombre era sintomático: había llegado a Adis Abeba procedente de su aldea con todas sus pertenencias envueltas en una tela colgada al hombro. Ali le había encontrado un sitio en el hervidero atestado de gente de los muelles del Merkato, donde incluso bajo el monzón descargaba sacos de los camiones y los llevaba a los almacenes. Dormía de noche amontonado con otros diez en una mísera pensión. Durante la estación de las lluvias, había pocas oportunidades de lavar la ropa, pues tardaba días en secarse. Las condiciones de vida de Saleem eran inadecuadas para los seres humanos, pero ideales para los piojos. Al rascarse debía de haber aplastado un piojo, cuya sangre había penetrado en su organismo a través del arañazo. Al llegar de su aldea, carecía de inmunidad frente a aquella enfermedad urbana.

En urgencias, Saleem yacía en el suelo, demasiado débil para sentarse o alzarse, semiconsciente. Adam, nuestro boticario tuerto, se inclinó sobre el paciente y, tras hacer un rápido movimiento, había emitido el diagnóstico.

Años después, Ghosh me mostró la correspondencia que había mantenido con el director del *New England Journal of Medicine*, que estaba a punto de publicar su importante serie de artículos sobre casos de fiebre recidiva. Al director le pareció pretencioso lo de «síntoma de Adam», pero Ghosh defendió el honor de su inculto boticario exponiéndose a que no le publicasen en la prestigiosa revista.

Estimado doctor Giles:

[...] en Etiopía clasificamos las hernias como de «debajo de la rodilla» y de «encima de la rodilla», no como «directa» o «indirecta». Es una magnitud de otro orden, señor. En nuestra sala de urgencias suele haber hasta cinco pacientes postrados en el suelo con fiebre. El clínico pregunta: ¿Es malaria? ¿Es tifus? ¿O es fiebre recidiva? No hay sarpullido que ayude a aclararlo (las «manchas rosas» del tifus son invisibles en nuestra población), aunque concederé que el tifus provoca bronquitis y pulso lento, y la gente con malaria suele tener bazos gigantescos. Me resistiría a publicar un artículo sobre fiebre recidiva sin proporcionar al clínico un medio práctico de diagnóstico, sobre todo en entornos en que es difícil realizar análisis de sangre y suero. El clínico no tiene más que coger el muslo del paciente, y apretar fuertemente el músculo cuádriceps: los pacientes con fiebre recidiva darán un salto debido a la inflamación oculta del músculo y la blandura que conlleva esta enfermedad. No sólo se trata de un buen síntoma diagnóstico, sino que podría resucitar a Lázaro. El primero en localizar dicho síntoma fue Adam, y por eso merece el epónimo «síntoma de Adam».

Yo podía dar testimonio de aquello: Saleem lanzó un grito y se levantó de un salto cuando Adam lo apretó. El director contestó que todas las demás revisiones le parecían bien, pero lo del «síntoma de Adam» seguía siendo problemático. Ghosh se mantuvo firme:

Estimado doctor Giles:

(...) hay un síntoma de Chvostek, un síntoma de Boas, un síntoma de Courvoisier, un síntoma de Quincke... Parece no existir límite para que los blancos pongan nombre a las cosas. Seguramente el mundo está preparado para un epónimo que honre a un humilde boticario que ha visto más fiebre recidiva con un ojo de la que usted o yo veremos nunca con dos.

Trabajando en un perdido hospital africano, lejos del mundo académico, Ghosh se salió con la suya. El artículo se publicó en la prestigiosa revista, lo que fue sin duda motivo para que lo invitasen a escribir un capítulo del *Principios de medicina interna* de Harrison, la Biblia de los estudiantes de Medicina de los últimos cursos. Ahora estaba allí, convertido en profesor. Hema le compró dos elegantes trajes de raya diplomática, uno negro y otro azul. También una chaqueta de *tweed* con coderas de cuero, como para poner entre comillas lo de «profesor». La pajarita había sido idea suya, pues tenía sus propias convicciones acerca de todas las cosas, sobre todo si costaban poco y no perjudicaban a nadie. La pajarita indicaba al mundo lo satisfecho que se sentía de estar vivo y lo mucho que le gustaba su profesión, lo que él llamaba «mi actividad romántica y apasionada». Su forma de practicar la profesión y de vivir la vida era todo eso.

36

Señales diagnósticas

La vida está llena de señales; el secreto consiste en saber interpretarlas. Ghosh lo denominaba heurística, método de resolver un problema para el que no existe ninguna fórmula.

Cielo rojo por la mañana, los marineros se previenen.
Pus aquí y allí significa pus en el abdomen.
Plaquetas bajas en una mujer es lupus mientras no se demuestre lo contrario.
Cuídate del hombre con un ojo de cristal y el hígado grande...

Desde el otro extremo del ambulatorio, Ghosh localizaba a una joven sin aliento y con las mejillas rojas, lo que contradecía su palidez general, y sospechaba enseguida estrechamiento de la válvula mitral del corazón, aunque se habría visto en un apuro si hubiera tenido que explicar exactamente por qué. Eso le llevaba a escuchar cuidadosamente el suave y ronroneante murmullo de la estenosis mitral, un rumor endiablado que, como él decía: «Sólo oirás si sabes que existe», y que únicamente era audible entonces con la campana del estetoscopio aplicada sobre el ápice del corazón después de hacer ejercicio.

Yo había desarrollado mi propia heurística, una mezcla de razón, intuición, observación facial y olor, que no figuraba en ningún libro. El soldado que había intentado robar la moto despedía un olor especial en el momento de su muerte, y también Rosina, y ambos olores eran idénticos: indicaban muerte súbita.

Pero no confié en mi olfato cuando debía, cuando detecté señales en Ghosh que me pusieron sobre aviso; las descarté como algo debido a su reciente trabajo de profesor, un efecto secundario de sus trajes nuevos y el nuevo entorno. Cuando estaba a su lado, era fácil tranquilizarme. Siempre había sido optimista, un alma feliz. Pero entonces se mostraba todavía más jovial. Había encontrado su mejor yo. Se enorgullecía de las tres A: «Amar, Aprender y Añadir», y en las tres había destacado.

El día del aniversario de su boda me levanté a las cuatro de la mañana para estudiar. Dos horas más tarde fui a la casa principal. Shiva había vuelto a trasladarse a nuestra habitación de muchachos. Aún no había amanecido. Iba a rebuscar en su habitación para ver si habían lavado y colgado en su armario una camisa mía que no encontraba. Entré cuando llegaba Almaz. La abracé y esperé a que me hiciese la señal de la cruz en la frente y susurrase una oración. Hema aún dormía. La puerta del pasillo que daba al baño estaba abierta y salía vapor. Ghosh se hallaba delante del lavabo, con una toalla en la cintura, muy inclinado. Pensé que era temprano para él y me extrañó que usara aquel cuarto de baño; ¿tal vez lo hacía para no despertar a Hema? Oí su respiración trabajosa antes de verlo y, por supuesto, antes de que me viera él. El esfuerzo de bañarse lo hacía respirar con dificultad. En su imagen reflejada en el espejo vi su yo oculto. Vi una fatiga enorme. Tristeza y aprensión. Entonces reparó en mí. Cuando se volvió, la máscara de jovialidad, que se fuera por el desagüe, estaba de nuevo en su rostro sin que se percibiese ninguna grieta.

—¿Qué pasa? —pregunté mientras sentía una repentina ansiedad, pues había percibido el olor y estaba seguro de que se relacionaba con lo que acababa de ver.

—Nada. Horroroso, ¿verdad? —Hizo una pausa para tomar aliento—. Mi bella esposa duerme como un ángel. Me siento muy orgulloso de mis hijos. Esta noche llevaré a mi mujer a bailar y le pediré que prorrogue un año nuestro contrato matrimonial. Lo único que pasa es que un pecador como yo no merece tantas bendiciones.

Hema salió al pasillo sacudiéndose el sueño del pelo y Ghosh me lanzó una mirada temerosa. Entonces se volvió al espejo, silbando, mientras se daba palmadas en la cara con colonia. Con su mirada estaba suplicándome que no alarmase a Hema. Entonó *When the Saints Go Marching In* con muchas pausas y notas entrecortadas, por el esfuerzo de mantener los brazos alzados. Di con la camisa que buscaba y me fui.

Aunque tenía una clase importante a primera hora de la mañana, me dejé guiar por el instinto y la intuición, por el olfato, de modo que me vestí y escondí detrás del cobertizo de herramientas de Shiva. Enseguida vi emerger de la niebla el Volkswagen, en el que iba solo Ghosh. Seguí a pie.

Llegué a urgencias a tiempo de verlo entrar en el despacho de la enfermera jefe, que no sólo se encontraba allí demasiado temprano, sino que estaba esperándolo. Mientras reflexionaba sobre lo que podía significar aquello, vi aparecer a Adam con una botella de sangre. La puerta de la enfermera jefe se abrió. Adam salió al poco rato con las manos vacías; al verme se sobresaltó e intentó cerrar la puerta, pero yo había metido ya un pie.

Ghosh estaba en una tumbona, los pies en alto, una almohada tras la cabeza, sonriendo. El coro del *Gloria* de Bach sonaba en el antiguo fonógrafo de la enfermera jefe, que inclinada sobre el brazo de él le colocaba la aguja para inyectarle sangre. Levantaron la vista, creyendo que tal vez que fuera Adam, que había vuelto.

—Hijo, bueno yo... —consiguió articular Ghosh.

—No te molestes en mentirme.

Miró a la enfermera jefe, como dándole pie. Ella suspiró.

—Es el destino, Ghosh. Siempre pensé que Marion debía saberlo.

Nunca olvidaré el silencio, la vacilación y un asomo de algo que jamás había visto en la cara de Ghosh: astucia. Luego aquello dejó paso a la resignación y una mirada ausente. Y por un instante, vi el mundo a través de sus ojos, de su inteligencia, de su amplia visión que abarcaba a Hipócrates, Pavlov, Freud, Marie Curie, el descubrimiento de la estreptomicina y la penicilina, los grupos sanguíneos de Landsteiner; una visión que recordaba la sala séptica donde había cortejado a Hema y el Quirófano 3 en que oficiaba como cirujano renuente; una visión que recapitulaba nuestro nacimiento y miraba hacia el futuro, más allá de su vida, hasta el final de la mía y aún más allá. Y entonces y sólo entonces se asentó, agrupó y focalizó, en el ahora, en un momento en que fue tan palpable el amor entre padre e hijo que resultaba inaceptable la idea de que pudiese terminar y aquel recuerdo ser su único legado.

—Muy bien, Marion, clínico en ciernes. ¿De qué crees que podría tratarse?

Le encantaba el método socrático. Sólo que esta vez el paciente era él y sería mi heurística la que yo invocaría.

Ya había apreciado su palidez, pero me había negado a registrarla. Recordé entonces que durante los últimos meses le había visto cardenales en los brazos y las piernas, moraduras para los que siempre encontraba explicaciones. ¿Había sido justo una semana atrás cuando se había cortado con un papel en el dedo? Había sucedido ante mis propios ojos y había sangrado un rato; cuando volví a verlo unas horas después, aún le salía sangre. ¿Cómo había sido yo capaz de pasarlo por alto? Recordé también las muchas horas que había estado expuesto a la radiación de la vieja Koot, la antigua máquina de rayos X que, pese a nuestras protestas, había seguido utilizando hasta que el Missing se había hecho por fin con una nueva. La Koot se desmontó entonces a martillazos y las piezas se arrojaron en el Terreno Ahogadizo, donde permanecían como acompañantes del soldado y haciendo resplandecer sus huesos.

—¿Cáncer en la sangre? ¿Leucemia? —aventuré, detestando el sonido de aquellas feas palabras al pronunciarlas. La enfermedad de Ghosh sólo llegó a nacer, únicamente cobró vida, en el momento que le di nombre, y ya no podía desaparecer.

Me miró sonriente y se volvió hacia la enfermera jefe enarcando las cejas.

—¿Puede creerlo, hermana? Mi hijo, el clínico. —Luego su tono perdió la vivacidad, el fingimiento se había desprendido de él como las hojas de un árbol después de una helada—. Pase lo que pase, Marion, no permitas que Hema se entere. Envié mis diapositivas hace dos años por mediación de Eli Harris al doctor Maxwell Wintrobe de Salt Lake City, en Utah, Estados Unidos. Es un hematólogo extraordinario; me encanta su libro. Me contestó personalmente. Lo que tengo es como un volcán activo, que gruñe y escupe. No es del todo leucemia, pero está convirtiéndose en eso. Se llama «metaplasia mieloide» —explicó, pronunciándolo con cuidado, como si fuese algo de exquisita factura y gran delicadeza—. Recuerda el término, Marion, pues es una enfermedad interesante. Aún me quedan muchos años, estoy seguro. El único síntoma problemático que sufro ahora es la anemia. Estas transfusiones de sangre son mi cambio de aceite.

Esta noche salgo a bailar con Hema. Es nuestro gran día, ¿sabes? Necesitaba más agallas.

—¿Por qué no quieres que mamá lo sepa? ¿Por qué no querías que lo supiese yo?

—Hema se volvería loca... —replicó, negando con la cabeza—. No tiene que, no debería, no puede... No me mires así, hijo, no soy sincero, ya lo sé.

—Entonces no lo entiendo.

—No lo has sabido en estos dos años, ¿verdad? De haberte enterado, habría cambiado tu relación conmigo, ¿no crees? —Sonrió y me acarició el pelo—. ¿Sabes qué es lo que me procura mayor placer en la vida? Nuestro hogar, la normalidad que se respira en él, despertarme como siempre, Almaz trajinando en la cocina, mi trabajo. Las clases, las visitas con los estudiantes de los últimos cursos. Veros a ti y a Shiva a la hora de cenar y luego irme a dormir con mi mujer. —Guardó un largo silencio, como si pensase en Hema—. Quiero que mis días continúen siendo así. No deseo que todos dejen de comportarse con normalidad. ¿Entiendes? Que todo eso se venga abajo. —Sonrió de nuevo—. Cuando las cosas se compliquen, si sucede, se lo contaré a tu madre. Te lo prometo. —Me miró atentamente—. ¿Guardarás el secreto? Por favor... Podrías hacerme ese favor. Considéralo un regalo. Dame todos los días normales que pueda tener. Y tampoco debes decírselo a tu hermano, lo que tal vez te resulte más difícil. Aunque sé que últimamente os habéis distanciado un poco, entiendes a Shiva mejor que nadie. Sé que te preocupas por él lo suficiente para protegerlo, para evitar que se entere de mi enfermedad prematuramente.

Le di mi palabra.

Apenas recuerdo nada de los meses siguientes, sólo que se hizo patente la sabiduría de Ghosh. Había sido una bendición no saber nada en los dos últimos años; ahora que me hallaba al corriente, no podía volver atrás y borrar aquel conocimiento. Era como si él hubiese vuelto a la cárcel y, en cierto modo, estuviese yo también en ella. Leí cuanto pude sobre metaplasia mieloide (cómo llegue a odiar aquel término que él amaba). Su médula ósea estaba tranquila en la época en que me enteré del diagnóstico, pero luego la enfermedad se volvió más activa, el volcán empezó a gruñir y rezumar lava, escupiendo fragmentos delatores de gas sulfuroso cuando soplaba el viento adecuado.

Pasaba todo el tiempo que podía en su compañía, pues necesitaba cada gota de sabiduría que pudiese darme. Los hijos deberían anotar cada palabra de lo que sus padres tienen que decirles. Yo lo intenté. ¿Por qué hizo falta una enfermedad para que reconociese el valor del tiempo que podía pasar con él? Al parecer, los seres humanos nunca aprendemos, por eso tenemos que reaprender la lección en cada generación y luego queremos escribir epístolas. Hacemos proselitismo con nuestros amigos, los cogemos por los hombros y les decimos: «*Carpe diem!* Lo que importa es este momento.» La mayoría no podemos volver y compensar. De nada nos sirven nuestros «debería haber hecho» y «podría haber hecho». Pero unos cuantos hombres afortunados como Ghosh jamás tienen esas preocupaciones; él no necesitaba compensar nada, había aprovechado todos los instantes de su vida.

De vez en cuando, me sonreía y hacía un guiño desde el otro lado de la habitación. Estaba enseñándome a morir igual que me había enseñado a vivir.

Shiva y Hema seguían con su actividad diaria ajenos a la enfermedad de Ghosh, absortos en su propio entusiasmo. Shiva había convencido a Hema para que aceptase la importante responsabilidad de tratar a mujeres con fístula vesicovaginal, o simplemente «fístula», para abreviar. No era una afección que a Hema (ni a ningún cirujano ginecológico) le gustase ver, porque tenía difícil cura.

Ahora ya soy capaz de explicar por qué aquella niña que habíamos visto de pequeños (la que subiera con su padre por la cuesta, con la cabeza baja, goteando orina a cada paso, despidiendo un hedor espantoso) había ejercido una influencia tan profunda en Shiva.

Ni él ni yo lo sabíamos, pero Hema la había operado ya tres veces. Aunque en las dos primeras había fracasado, la tercera había sido un éxito. No llegamos a verla abandonar el Missing, pero Hema nos explicó que se había curado y que se había marchado muy feliz. Sin embargo, las cicatrices mentales nunca sanarían. En aquella época habíamos entendido muy poco sobre la causa de su enfermedad, pues no era un tema del que nuestra madre nos hablase. Pero ahora Shiva y yo ya sabíamos. Lo más probable era que la hubiesen casado con un hombre por cuya edad habría podido ser su padre, tal vez antes de que ella cumpliese los diez años. La dolorosa consumación del matrimonio (más traumático si la ablación había dejado tejido cicatricial en la entrada de la vagina que tuviese que despejar el marido) la había aterrado. Puede incluso que fuese demasiado joven para relacionar aquel acto con el hecho de quedar embarazada, pero pronto lo estaría. Al iniciarse el parto, la cabeza del bebé quedaba encajada entre los huesos de la pelvis, en un conducto pélvico estrechado ya por el raquitismo. En un país desarrollado o una gran ciudad le habrían practicado una cesárea al empezar las contracciones, pero en una aldea remota, sin más ayuda que su suegra, sufriría durante días, con el útero a pleno rendimiento tratando de lograr lo imposible y sin conseguir más que empujar la cabeza del bebé contra la vejiga y el cuello, aplastando los tejidos sobre unos huesos pélvicos que no cedían. El niño no tardaba en morir en el útero y poco después solía hacerlo también la madre, debido en general a una ruptura del útero o a infección y septicemia, pues era raro que una familia consiguiese transportarla a un centro sanitario, donde podían extraer el feto muerto a trozos, aplastando primero el cráneo y sacando luego lo demás.

Durante la convalecencia de aquel parto terrible, los tejidos muertos y gangrenosos del canal del parto habían acabado desprendiéndose, para dejarla con un agujero mellado entre la vejiga y la vagina. La orina, en vez de pasar de la vejiga a la uretra para salir por debajo del clítoris (y sólo cuando ella decidiese vaciar), goteaba sin cesar de modo directo en la vagina y piernas abajo. Nunca estaba seca, siempre tenía la ropa empapada y chorreaba todo el día. La vejiga y la orina se infectaban y hedían. Los labios de la vulva y los muslos, húmedos y reblandecidos, habían empezado a supurar. Debió de ser entonces cuando el marido la había echado de casa y el padre había acudido en su ayuda.

Las fístulas se han descrito desde la Antigüedad, pero hasta 1849 no se logró, gracias a mi tocayo el doctor Marion Sims, operar una fístula vaginal. Sus primeras pacientes fueron Anarcha, Betsy y Lucy, tres esclavas abandonadas por sus propietarios y familiares debido a la enfermedad. Sims las operó (lo aceptaron voluntariamente, se nos dice) para intentar curar la fístula. Aunque acababa de descubrirse el éter, aún no era de uso general, así que sus pacientes soportaron la intervención sin anestesia. Sims cerró el orificio entre la vagina y la vejiga con seda y creyó que las había curado. Sin embargo, al cabo de una semana descubrió pequeñas grietas en la línea de sutura, por las que se filtraba la orina. Siguió intentándolo. Operó a Anarcha unas treinta veces. Aprendió de cada fracaso y modificó su técnica hasta que lo consiguió.

Cuando Hema operó a aquella niña, empleó los principios establecidos por Marion Sims. Introdujo primero un catéter en la vejiga a través de la uretra para desviar la orina de la fístula y permitir que los tejidos húmedos y reblandecidos se secaran y curaran. Una semana después, le practicó una intervención vaginal, empleando la cuchara de peltre doblada que había ideado el cirujano de Alabama (ahora se llama «espéculo de Sims»), que permitía una buena exposición y posibilitaba la cirugía vaginal. Tuvo que extirpar con gran cuidado los bordes de la fístula intentando encontrar lo que habían sido antes capas diferenciadas de revestimiento de la vejiga, pared vesical, pared vaginal y revestimiento vaginal. Una vez recortados dichos bordes, efectuó la curación capa por capa. Sims, después de muchos errores, encargó a un joyero un alambre de plata muy fino que empleó para cerrar la herida quirúrgica. La plata evitó la reacción inflamatoria de los tejidos, que era la razón de que la operación fallase. Hema utilizó catgut cromado.

Un mes después de que me enterase de la enfermedad de Ghosh, a la hora de la cena, Hema nos contó que Shiva y ella habían operado de fístula a quince pacientes sin que se produjesen recurrencias.

—Se lo debo a Shiva —aseguró—. Me convenció para que dedicara más tiempo a preparar a las mujeres para la cirugía. Así que ahora ingresamos a las pacientes y las alimentamos durante dos semanas con huevos, carne, leche y vitaminas. Las tratamos con antibióticos hasta que la orina está limpia y empleamos pasta de óxido de zinc para los muslos y la vulva. Lo de desparasitarlas y curar la anemia por deficiencia de hierro antes de la intervención fue idea de Shiva. Trabajamos para fortalecer las piernas, haciéndolas moverse. —Miró a mi hermano con orgullo—. Me avergüenza reconocerlo, pero ha entendido sus necesidades mejor que yo después de tantos años. Como esa idea de la terapia física...

—Es imposible conseguir que caminen después de la intervención si no lo hacían antes —terció Shiva.

Cuatro pacientes a quienes habían operado tenían el orificio vesical tan grande, cicatrizado y arrugado que era imposible unir los bordes. En esas pacientes, Hema y Shiva habían aprendido a descubrir un «filete» de carne estrecho pero grueso debajo de los labios, y, mientras mantenían conectado un extremo a su suministro de sangre, introducían el otro libre en la vagina y lo aplicaban a modo de injerto en la fístula.

—La enfermera jefe tiene un donante que quiere financiar sólo operaciones de fístula —comentó Shiva—. Recibimos mil dólares americanos al mes.

Me costaba mirarlo, no digamos ya felicitarlo.

Dejé de preocuparme por Genet. Cuando suspendió dos de las cuatro asignaturas del primer curso y tuvo que repetir, yo estaba demasiado trastornado por la enfermedad de Ghosh para que me importara. No es que se dedicara a divertirse y a darse la gran vida. En realidad, había perdido las ganas, había perdido de vista su objetivo, si es que había tenido alguno. Bastaba no estudiar una semana, faltar a clase, para quedar irremediablemente rezagado, tan febril era el ritmo de aquel primer curso de Medicina.

A mediados de mi segundo curso, me enteré de que Genet había faltado de nuevo a unas cuantas sesiones de laboratorio de anatomía, y entonces me sentí obligado a averiguar qué le pasaba.

La puerta de su habitación en la residencia Mekane Yesus estaba entreabierta y vi a su visitante de espaldas; al principio ninguno de los dos reparó en mí. Genet compartía la habitación con otra estudiante, que no estaba allí. El minúsculo cuarto, tan pulcro y ordenado en tiempos, se hallaba revuelto y sucio. Había una litera y una mesa pequeña para dos. Cuando Zemui vivía, Genet actuaba como si la irritase, pero ahora la foto de su valeroso y leal padre, abatido por una lluvia de balas, colgaba del techo, a pocos centímetros de la cara de su hija cuando se echaba en la litera de arriba.

Los toscos rasgos y modales bruscos del amigo de Genet llamaban la atención. Yo sabía que era un agitador estudiantil, que organizaba a otros para la reforma del plan de estudios o que recogía firmas para destituir a un rector impopular. Pero ante todo era eritreo, igual que ella. Y casi estaba seguro de que su causa más importante era la liberación de Eritrea, aunque fuese la única que tenía que mantener en secreto. Hablaba con Genet en tigriña, pero dijeron algunas palabras en inglés, como «hegemonía» y «proletariado». Al verme en el umbral, se interrumpió a mitad de una frase. «Nunca serás uno de los nuestros», me dijo su mirada apagada.

Hablé con Genet en amárico deliberadamente, para que su amigo viese que lo hablaba mejor que él. Luego le susurró algo en tigriña y se largó.

—¿Quiénes son estos amigos radicales que tienes, Genet?

—¿Qué radicales? Son sólo amigos eritreos.

—La policía secreta cuenta con informadores en esta planta. Te relacionarán con el Frente de Liberación del Pueblo Eritreo.

Se encogió de hombros.

—¿Sabes que el FLPE está haciendo grandes progresos, Marion? Bueno, no puedes saberlo, no figura en el *Ethiopian Herald*. Pero dudo que hayas venido a hablar de política.

En el pasado, su actitud me habría ofendido.

—Hema te manda saludos. Y Ghosh quiere que vayas a cenar un día de éstos. Oye, estoy preocupado por tus disecciones. Este curso nadie hará por ti las prácticas de laboratorio. Si no las haces, suspenderás, no te quepa duda. Por favor, Genet.

Su expresión, tan animada e interesada con el otro individuo, era ahora hosca.

—Gracias —repuso gélidamente.

Deseaba contarle que Ghosh estaba enfermo, sacarla del ensimismamiento. Sin embargo me quedé allí sentado, hechizado por su presencia. Lograba que siguiera pendiente de ella, que me repitiera que aún la amaba, fuera cual fuese su conducta, hiciese lo que hiciese, aunque nuestras vidas estuviesen distanciándose con toda claridad.

En el último curso de Medicina, cuando estaba haciendo los turnos de cirugía, el volcán de Ghosh entró en erupción. Por la expresión de Hema cuando llegué a casa supe que estaba enterada. Me preparé para su diatriba. Pero se limitó a abrazarme.

Ghosh había vomitado sangre y sufrido una hemorragia nasal importante. Había intentado ocultarlo, en vano. En aquel momento descansaba cómodamente en el dormitorio. Le eché una ojeada y fui a sentarme con Hema a la mesa del comedor. Almaz, con los ojos enrojecidos, me sirvió té.

—Supongo que me alegro de que no me lo contara —dijo Hema, cuyos párpados hinchados indicaban que había pasado la tarde llorando—. Sobre todo teniendo en cuenta que no hay nada que hacer. He podido disfrutar mejor de él. De unos días perfectos, sin saber nada. —Se acarició el anillo de diamantes, un regalo que él le había hecho la última vez que renovaran sus votos anuales—. Si lo hubiese sabido... tal vez podríamos haber viajado a América. Se lo pregunté, pero dijo que prefería estar aquí. ¡Dice que cuanto necesita es verme nada más abrir los ojos por las mañanas! *Ayoh*, es un tipo muy romántico, incluso ahora. Es curioso, pero hace unos meses tuve la sensación de que las cosas iban tan bien que sucedería algo malo. Tenía ante mí todos los síntomas. Pero no presté atención.

—Yo tampoco.

Almaz lloraba en la cocina, acompañada de Gebrew, que con los ojos humedecidos y su pequeña Biblia en la mano se balanceaba y recitaba versículos para consolarla.

—Vamos a ayunar por él —dijo Gebrew cuando entré—. No hemos rezado por él.

Almaz asintió y, aunque me dejó abrazarla e intentar tranquilizarla, estaba muy afectada.

—Nos hemos olvidado de rezar —dijo—. Por eso nos pasa esto.

Cuando pregunté a Gebrew si había visto a Shiva, contestó que había estado fuera todo el día, pero que ya había vuelto, que debía estar en su taller, y me acompañó hasta allí.

—¿Todavía llevas tu pergamino? —me preguntó, refiriéndose a la fina tira de piel de cordero en que me había dibujado un ojo, una estrella de ocho puntas, un anillo y una reina, y copiado un versículo con delicada caligrafía. Luego lo había enrollado bien e introducido en el casquillo de una bala, sobre cuyo metal había grabado una cruz y mi nombre.

—Sí, lo llevo siempre conmigo —dije, lo cual era bastante cierto, porque guardaba aquella filacteria en la cartera.

—Debería haber hecho uno al doctor Ghosh y tal vez esto no habría pasado.

Mi piadoso amigo me maravillaba. Para ser sacerdote en Etiopía bastaba que el arzobispo de Adis Abeba alentara en la bolsa de tela que se llevaba luego a las provincias y se abría en el patio de una iglesia, lo que permitía la ordenación simultánea de centenares. Desde el punto de vista de la Iglesia ortodoxa etíope, cuantos más sacerdotes, mejor.

Sin embargo, el hecho de tener miles y miles de sacerdotes suponía una fuente de problemas para personas temerosas de Dios como Almaz. Algunos eran unos borrachos y gorrones para quienes el sacerdocio significaba la posibilidad de evitar el hambre y satisfacer otros apetitos. El sacerdote más depravado con sólo mostrar su cruz obligaba a Almaz a pararse y besar las cuatro puntas. Un día la había encontrado muy alterada, con la ropa en desorden. Me explicó que había tenido que rechazar a paraguazos a un cura que intentaba aprovecharse de ella, y que otras personas habían acudido a ayudarla y le habían propinado una paliza.

—Marion, cuando vaya a morir, tienes que ir al Merkato y traerme dos sacerdotes —me pidió—. Así moriré como Jesucristo, con un ladrón a cada lado.

Pero Gebrew era diferente. Almaz estaba segura de que Dios lo aprobaba. Estaba durante horas leyendo sus libros de plegarias, apoyado en su *makaturia* (su palo de oración), mientras pasaba las cuentas tintineantes. Incluso cuando prescindía de su atuendo sacerdotal para segar la hierba, hacer recados, ser vigilante y portero del hospital, llevaba puesto el turbante y nunca dejaba de mover los labios.

—Hazle un pergamino a Ghosh, por favor —le dije—. Ten fe. Tal vez no sea demasiado tarde.

Shiva acababa de llegar. Hacía mucho tiempo que no iba al cobertizo de las herramientas y me sorprendió el desorden en que se encontraba. El suelo estaba lleno de piezas de motores y cajas eléctricas. Un estrechísimo espacio despejado conducía hasta donde se alzaban su equipo de soldar y el depósito, además de trozos de metal. Había cubierto las paredes y el techo de un andamiaje metálico soldado, del que colgaban en soportes de alambre las herramientas. Se hallaba ante su escritorio, oculto tras una montaña de libros y papeles, hasta donde me abrí paso. Estaba dibujando una estructura de algún tipo, un aparato que permitiría, según me explicó, una mejor exposición en las operaciones de fístula. Posó el lápiz y aguardó. No estaba enterado de lo que había salido a la luz en casa poco antes. Le conté la verdad sobre Ghosh.

Me escuchó en silencio. Palideció un poco, pero su expresión apenas cambió. Cerró los ojos. Había trepado a su casa arbórea y tirado la escalera. No tenía preguntas que formular. Esperé. Vi que ni siquiera aquella noticia podía derribar los muros que se alzaban entre nosotros.

Lo necesitaba. Había cargado solo con el secreto de Ghosh y ahora estaba dispuesto a repartir la carga. Me hacía falta la fuerza de mi hermano para los días que se avecinaban, pero no quería confesarlo. ¿Qué pensaba Shiva? ¿Sentía algo? Poco rato después me marché, disgustado por el hecho de que aquellos ojos no se abrieran, convencido de que no podía contar con él.

Pero Shiva me sorprendió. Aquella noche y durante otras dos, durmió en el pasillo a la puerta del dormitorio de Ghosh y Hema, envuelto en una manta; era su forma de expresarle su amor, de mantenerse cerca. Ghosh se sintió muy conmovido al verlo allí acurrucado a la mañana siguiente. Algo se desprendió de mi corazón y se hizo añicos cuando Hema me lo contó. La cuarta noche, dado que el estado de Ghosh empeoró, decidí dejar su antigua casa y volver a la cama que compartiera con Shiva en otros tiempos. Lo convencí para que no pernoctara en el pasillo. Dormimos los dos un sueño inquieto, en los bordes del colchón, y nos levantamos varias veces para ver cómo se encontraba Ghosh. Por la mañana, nuestras cabezas estaban tocándose.

Shiva y yo teníamos el mismo grupo sanguíneo que Ghosh. Con la ayuda de Adam, yo había estado acumulando sangre mía para aquel momento. Shiva donó entonces también la suya. Pero la sangre ya no bastaba, y había provocado un peligroso exceso de hierro. Las plaquetas de Ghosh no funcionaban; sangraba además por las encías y tenía una hemorragia intestinal. Cada vez estaba más débil.

No quería que lo llevásemos al hospital. La anemia no tardó en dificultarle la respiración y ni siquiera podía mantenerse echado. Lo trasladamos de la cama de matrimonio en que había dormido más de veinte años a su sillón preferido del cuarto de estar, con un escabel donde apoyar las piernas. Deseaba ver a las personas que estimaba. Mandó avisar a Babu, Adid, Evangeline y la señora Reddy y a los demás jugadores de bridge. Los oí reír y recordar, aunque no todo eran risas. Su equipo de críquet le sorprendió al presentarse todos sus integrantes con los uniformes blancos para honrar al capitán y ofrendarle exagerados relatos de sus antiguas proezas. Luego llegó el momento en que tuvo que usar una mascarilla de oxígeno que no se le ajustaba bien en el mentón, y entonces me tocó mantener la charla con él, algo que había temido, resistiéndome a sus implicaciones.

—Estás eludiéndome, Marion —me dijo—. Tenemos que empezar. No podemos acabar si no empezamos, ¿verdad? —Jamás habría predicho lo que diría a continuación—: No quiero que te sientas responsable de toda la familia. Hema es muy capaz. La enfermera jefe, aunque está envejeciendo, es dura y sabe arreglárselas. Te lo digo porque deseo que lleves tu carrera médica a grandes alturas. No te sientas obligado a quedarte aquí por un deber hacia Shiva, Hema o la enfermera Hirst. Ni por Genet —añadió frunciendo ligeramente el ceño. Se inclinó para cogerme la mano, a fin de asegurarse de que comprendía que hablaba muy en serio—. Deseé tanto viajar a América... Durante todos estos años leí el texto de Harrison y los otros manuales... lo que hacen, las pruebas que piden... es como leer ficción, ¿sabes? El dinero no tiene importancia. Un menú sin precio. Pero si llegas allí no será ficción, sino verdad.

Su mirada adquirió un tinte soñador al imaginarlo.

—Nosotros te impedimos ir, ¿verdad? —le dije—. Shiva y yo. Nuestro nacimiento...

—No seas tonto. ¿Me imaginas renunciando a todo esto? —preguntó esbozando un ademán que abarcaba la familia, el Missing, el hogar que había creado—. Ha sido una bendición. Mi talento residió en darme cuenta hace mucho de que el dinero solo no me haría feliz. ¡O tal vez sea una excusa por no dejaros una fortuna inmensa! La verdad es que... podría haber ganado más si hubiese sido ése mi objetivo. Pero no voy a lamentarme. Mis pacientes importantes se quejan a veces de muchas cosas en el lecho de muerte. Lamentan la amargura que dejarán en el corazón de la gente. Se dan cuenta de que ninguna cantidad de dinero, ningún servicio religioso, elogio mortuorio o desfile fúnebre, por muy espléndidos que sean, conseguirán eliminar el legado de un espíritu mezquino.

»Por supuesto, tú y yo hemos asistido a innumerables muertes de gente pobre, que lo único que lamentan es sin duda haber nacido pobres, sufrir desde el nacimiento hasta la muerte. Como sabes, en el Libro de Job, éste le dice a Dios: "¡Deberías haberme llevado directamente desde el claustro materno a la tumba! ¿Por qué esa parte intermedia, por qué la vida si sólo se trataba de sufrir?" Era algo así. Bueno, pues para los pobres, la muerte es al menos el final del sufrimiento. —Se echó a reír como si le gustase lo que acababa de decir. Buscó maquinalmente en el bolsillo del pijama, luego en la oreja, una pluma, porque el viejo Ghosh lo habría anotado. Pero no tenía pluma ni necesidad de escribir ya nada—. Yo no he sufrido. Bueno, tal vez por un período breve. Sólo cuando mi querida Hema me obligó a perseguirla durante años. ¡Menudo sufrimiento! —Su sonrisa dejaba entrever que no habría cambiado aquel sufrimiento por la fama o la fortuna—. Shiva prosperará con Hema, ella lo necesita para mantenerse ocupada. La tendencia instintiva de Hema será regresar a la India, tema del que hablará mucho. Pero no sucederá. Tu hermano se negará. Así que se quedará en Adis Abeba. Lo que quiero decirte es que no es asunto tuyo. ¿Comprendes? —Asentí sin mucha convicción—. Sólo hay un pequeño asunto que lamento —añadió—. Pero es algo en lo que tú puedes ayudarme. Tiene que ver con tu padre.

—Eres el único padre que he tenido —me apresuré a decir—. ¡Ojalá tuviese esa leucemia Stone y no tú! ¡No me importaría nada que se muriese!

Esperó antes de contestar, tragando saliva.

—Marion, es muy importante para mí que me consideres tu padre. No podría estar más orgulloso de ti de lo que lo estoy, de en qué te has convertido. Pero saco a colación a Thomas Stone por razones egoístas. Como te digo, es una de las cosas que lamento.

»Mira, yo era todo lo amigo de tu padre que se podía ser. Imagínate cómo eran entonces las cosas, Marion. Se trataba del único médico varón aquí. Éramos muy distintos, no teníamos nada en común. O eso creí cuando nos conocimos. Pero descubrí que él amaba la medicina igual que yo. Que estaba consagrado a ella. Su pasión por la medicina parecía de otro planeta, del mío. Nos unía un vínculo especial. —Desvió la mirada hacia la ventana, tal vez recordando aquellos tiempos, mientras yo aguardaba. Por fin se volvió hacia mí y me apretó la mano—. Marion, tu padre estaba profundamente herido por algo, sabe Dios por qué. Sus padres murieron cuando era niño. Nunca hablaba de esos asuntos. Pero aquí, trabajando con la hermana Praise, trabajando todos juntos, se sentía cobijado. Era todo lo feliz que podía serlo alguien como él. Tenía la sensación de protegerlo. Él conocía bien la cirugía, pero no comprendía en absoluto la vida.

—¿Quieres decir que era como Shiva?

—No. Muy distinto —dijo tras considerarlo—. ¡Tu hermano está contento! ¡Míralo! Shiva no necesita amistad, soporte o aprobación social... Vive en el instante presente. Thomas Stone no era así; tenía las mismas necesidades que los demás. Pero estaba asustado. No aceptaba sus necesidades ni su pasado.

—¿Asustado de qué? —Me resultaba difícil asimilar aquello—. La enfermera jefe me contó que tiraba los instrumentos cuando se enfadaba. Me aseguró que tenía mucho carácter, que era valiente.

—Sí, claro, no tenía miedo como cirujano, supongo. Pero tal vez ni siquiera eso fuese verdad. Un buen cirujano debe tener miedo. Y él era un buen cirujano, el mejor, no un insensato, y experimentaba la dosis de miedo adecuada. Bueno... tenía unos cuantos fallos de juicio, como cualquier humano, claro. Sin embargo, por lo que se refiere a las relaciones estaba... aterrado. Temía que si se acercaba demasiado a otros le harían daño. O quizá que él los dañaría a ellos.

Me resistía a aceptar aquella descripción de Stone tan distinta de lo que yo elaborara todos aquellos años.

—¿Qué quieres que haga? —pregunté por fin.

—Está llegándome la hora, Marion... Y deseo que Thomas Stone sepa que pese a lo que haya podido pasar, siempre me consideré su amigo.

—¿Por qué no le escribes?

—No puedo, nunca he podido. Hema no le ha perdonado que se marchase. Se sintió feliz de que se alejase, os quiso desde el momento mismo en que nacisteis, pero aun así no le ha perdonado su marcha. Y luego, cuando Stone se fue, siempre vivía aterrada por la posibilidad de que volviese y os reclamara. Tuve que prometerle, que jurarle, que no le escribiría ni me pondría en contacto con él de ningún modo. —Me miró y añadió con orgullo sereno—: Cumplí mi palabra, Marion.

—Bueno, me alegro.

De pequeño, había sentido mucha curiosidad por Thomas Stone y fantaseado sobre su regreso. Ahora me resistía a Ghosh, aunque no estaba del todo seguro de por qué.

—Pero yo estaba convencido —continuó— de que Stone se pondría en contacto conmigo. Me decepcionó ver que pasaban los años y que no sucedía. Marion, se siente muy avergonzado y supone que no tengo ningún deseo de verlo. Que lo odio.

—¿Cómo lo sabes?

—No puedo asegurarlo a ciencia cierta, pero sospecho que se ve a sí mismo incluso ahora como una rémora. Considéralo intuición clínica si quieres. La verdad es que vosotros estabais mejor con nosotros que con él. No sé si él podría haber creado lo que tenemos aquí, una familia, por mucho que se esforzase. Así que no quiero que odies a ese hombre. Soporta una cruz inmensa.

—¿Por qué me dices esto ahora? Dejé de pensar en él cuando saliste de la cárcel. Nunca estaba allí cuando lo necesitábamos. ¿Por qué debería perder el tiempo pensando en Stone?

—Por mí. Ya te he dicho que esto es por mí. Es lo único que lamento. No es por ti. Pero sólo tú puedes ayudarme. —Guardé silencio—. A ver si soy capaz de explicarme... —Alzó la vista unos segundos—. Marion, mi vida habrá quedado incompleta si no le hago saber que aún lo considero un hermano —se le humedecieron los ojos—, y que sean cuales sean sus razones para guardar silencio todos estos años, aún... le quiero. Yo no puedo verle, no puedo decírselo, pero tú sí. Eso es lo que deseo, aunque no viva para verlo. Hazlo sin herir los sentimientos de Hema. Hazlo por mí. Completa lo incompleto.

—¿Vas a decírselo a Shiva?

—Si le dijese a tu hermano que éste es mi último deseo, lo cumpliría. Pero Shiva tal vez no sepa cómo hacerlo, cómo... curarle. No se trata simplemente de llevar un mensaje. —Vaciló—. Hablando de Shiva, he de decirte también que lo perdones, no importa lo que te haya hecho, por favor.

Me dejó atónito. ¿Tenía previsto decírmelo? ¿Se le había ocurrido sobre la marcha? Nunca creí que Ghosh conociese las profundidades de mi herida, mi resentimiento hacia Shiva, pero lo había subestimado. De todas formas, lo que había sucedido entre mi hermano y yo no era un tema que quisiese discutir con Ghosh, pues resultaba demasiado doloroso y personal.

—Haré cuanto pueda respecto a Stone. Por ti. Pero me parece increíble que me pidas eso. Olvidas que fue la causa de la muerte de mi madre... ¡La muerte de una monja! Una monja a quien dejó embarazada. Y luego abandonó a sus hijos. ¡Y parece que nadie sabe aún cómo ocurrió todo! —dije con voz temblorosa y elevando el tono, pero Ghosh guardó silencio y se quedó mirándome hasta que se me aflojaron los hombros y cedí. Haría lo que me pedía.

Cuando una semana más tarde llegó el final, él seguía en el sillón, acompañado de todos nosotros. Shiva y yo le teníamos cogida la mano izquierda y la enfermera jefe la derecha. Almaz, que había adelgazado mucho por el ayuno riguroso, estaba acuclillada detrás del sillón y con una mano sobre su hombro; Hema se hallaba sentada en el brazo del sillón con la cabeza de Ghosh apoyada en su cuerpo. A Genet no la localizaron, pues no estaba en la residencia cuando Gebrew fue en taxi a buscarla. El vigilante rezaba, de pie, al lado de Almaz.

Ghosh respiraba laboriosamente, pero Hema le inyectó morfina y dijo que él le había enseñado a hacerlo. La morfina «desconecta el cerebro», de modo que aunque persistieran las dificultades respiratorias la angustia desaparecía.

Abrió los ojos una vez, sobresaltado. Miró a Hema y luego a nosotros. Entonces sonrió y cerró los párpados. Me complace pensar que en aquella última mirada vio el cuadro de su familia, su carne y su sangre reales, porque nuestra sangre corría por sus venas. Me complace pensar que al vernos sintió que su objetivo más elevado se había cumplido.

Y así pasó Ghosh de esta vida a la otra, sin fanfarria, con la intrepidez y la sencillez que lo caracterizaban, abriendo los ojos aquella última vez para asegurarse de que estábamos bien antes de marcharse.

Experimenté una mezcla de dolor y alivio cuando su pecho dejó de moverse: llevaba días coordinando cada aliento suyo con los míos. Sabía que Hema se sentía igual cuando apoyó la cabeza en la suya y lloró, abrazándolo aún.

Con la muerte de Ghosh la palabra «pérdida» adquirió una nueva dimensión. Yo había perdido a mis padres naturales, al general, a Zemui, a Rosina. Pero sólo conocí la verdadera pérdida cuando lo perdí a él. La mano que me daba palmaditas y me dormía, los labios que canturreaban canciones de cuna, los dedos que guiaron los míos para percutir un pecho, palpar un hígado o un bazo inflamados, el corazón que animaba a mis oídos a entender los corazones de otros, se había detenido.

En el instante de su muerte, sentí que el peso de la responsabilidad pasaba de Ghosh a mí. Él lo había previsto. Recordé su consejo de que debía llevar aquella carga con ligereza. Me había entregado la batuta profesional, quería que fuese la clase de médico que lo superase y luego transmitiese el mismo conocimiento a mis hijos y a los hijos de éstos, en una cadena.

—No romperé la cadena —dije, con la esperanza de que pudiese oírme.

Sabía que Freud había escrito que uno sólo se convierte en hombre el día que su padre muere.

Cuando Ghosh murió, dejé de ser un hijo.

Y fui un hombre.

37

Éxodo

Abandoné Etiopía dos años después de la muerte de Ghosh, pero mi marcha no tuvo nada que ver con sus últimos deseos. No me fui para buscar a Thomas Stone y curar su dolor, ni porque una sigilosa rebelión militar hubiese depuesto al emperador, ni porque el llamado Comité de las Fuerzas Armadas que tomó el poder hubiese quedado reducido por las luchas intestinas y el asesinato a un dictador chiflado, un sargento llamado Mengistu, a cuyo lado Stalin acabaría pareciéndose a un ángel.

En realidad, me marché el miércoles 10 de enero de 1979, día en que se propagó como una gripe por toda la ciudad la noticia de que cuatro guerrilleros eritreos se habían hecho pasar por pasajeros y apoderado de un Boeing 707 de las Líneas Aéreas Etíopes, al que habían obligado a volar hasta Jartum, Sudán. Uno de esos cuatro guerrilleros era Genet. Aquella misma mañana había sido una estudiante de Medicina, a pesar de que había suspendido tres cursos, pero de noche se había convertido en una combatiente por la liberación.

Yo era médico al fin, un interno que estaba completando su última rotación. Había hecho medina interna, cirugía, obstetricia y ginecología, tres meses cada una, y sólo me quedaba un mes de pediatría.

Hema me telefoneó por la tarde, pues había oído la noticia sobre Genet.

—Marion, ven a casa enseguida.

Su tono paralizó el aire alrededor.

—Mamá, ¿estás bien? No podemos ayudarla. Tal vez vengan a hablar con nosotros. Eres su tutora.

Desde la muerte de Ghosh, sin su presencia protectora, me encontraba más próximo a Hema. Ella buscaba mi consejo y yo tiempo para pasar en su compañía. En ello se veía la mano de Ghosh.

—Marion, cariño, no se trata de Genet... Acaba de llamar Adid. La policía secreta está buscando a un conspirador llamado Marion Praise Stone. Tal vez estén ya de camino hacia ahí.

Di gracias a Dios por la persona que había informado a Adid, un musulmán que trabajaba en el Departamento de Seguridad y sentía debilidad por el Missing. Por lo visto, la compañera de habitación de Genet, una muchachita desvalida que creo que no sabía nada de la conspiración, había soltado mi nombre después de una hora de detención: la gente es capaz de confesar lo que sea cuando empiezan a arrancarle las uñas.

En mi mente se agolparon imágenes de Ghosh con la cabeza afeitada, en el patio de la prisión de Kerchele; pero la antigua Kerchele parecía un club de campo comparada con lo que era ahora: una universidad de la tortura superpoblada, una carnicería donde iban a morir los enemigos del Estado. Cadáveres y miembros amputados de cuerpos se transportaban en camiones todas las noches y se esparcían por la ciudad, en un macabro programa artístico público destinado a educar y edificar. *Retrato del artista como un muerto. Mujer sin cabeza señalando a Orión. Traidor que sostiene la cabeza en las manos. Hombre muerto con el pene en la boca.* El mensaje unificador estaba claro: «Si intentas traicionarnos, morirás.»

El sargento-presidente, un individuo tosco y brutal, sólo tenía un rasgo en común con el emperador: jamás aceptaría la secesión de Eritrea. Lanzó una ofensiva militar a gran escala, bombardeando las aldeas eritreas donde los rebeldes se mezclaban con los civiles, y sometió a asedio todo el territorio eritreo. Lo cual, por supuesto, sólo sirvió para dar nuevos motivos al Frente de Liberación del Pueblo Eritreo.

Por otra parte, las tribus de los oromo presionaban por la libertad, al tiempo que los tigré (que hablaban un idioma similar al de los eritreos) habían creado un frente de liberación propio. Los monárquicos de Adis Abeba, que creían en el emperador y la monarquía, habían atentado con bombas en las oficinas gubernamentales de la capital. Los universitarios, que habían sido partidarios del Comité militar, se habían escindido en adeptos a la democracia y en quienes pensaban que sólo un marxismo a la albanesa resolvería la situación. La vecina Somalia decidió que era el momento de reivindicar sus derechos sobre el territorio en disputa del desierto de Ogadén, que ni los buitres querían. ¿Quién dijo que ser dictador es fácil? El sargento-presidente estaba muy ocupado.

Me escabullí sin contárselo a nadie por la salida trasera del hospital pediátrico suizo-etíope. Dejé el coche aparcado en su sitio y fui a casa en taxi. Me parecía increíble lo que estaba pasando. ¿Qué había conseguido Genet? El único motivo del secuestro del avión de las Líneas Aéreas Etíopes era la publicidad. Sí, la BBC se haría eco. Un nuevo suceso embarazoso para el sargento-presidente, que, sin embargo, estaba resolviéndolo perfectamente sin ayuda exterior. Aunque la acción de Genet no me hubiese puesto en peligro, igualmente me habría repugnado el secuestro. Las Líneas Aéreas Etíopes eran un símbolo de nuestro orgullo nacional; a los extranjeros les encantaba el maravilloso servicio que proporcionaban, sus expertos pilotos. Los vuelos en reactor desde Roma, Londres, Frankfurt, Nairobi, El Cairo y Bombay a Adis traían a los turistas. Después, el servicio regional de los DC-3 realizaba un vuelo circular para que los visitantes pudiesen salir por la mañana del Hilton de Adis Abeba, ver los castillos de Gondar, los antiguos obeliscos de Axum, las iglesias talladas en la roca de Lalibela y regresar al salón del lujoso hotel cuando llegaban las muchachas de vida alegre con su estela de perfume y los Velvet Ashantis interpretaban su tema musical, una versión de *Walk... Don't Run* de los Ventures.

Las Líneas Aéreas Etíopes constituían un objetivo del Frente de Liberación del Pueblo Eritreo desde hacía años. Pero incluso en la época Haile Selassie, los agentes especiales de seguridad disfrazados de pasajeros habían garantizado un historial de seguridad casi perfecto hasta aquel vuelo de Genet. En una ocasión, siete secuestradores eritreos se habían levantado de sus asientos y habían comunicado sus intenciones, pero dos agentes de seguridad liquidaron a cinco con la misma facilidad que si disparasen contra latas colocadas en una valla a diez pasos, y luego inmovilizaron al sexto. El séptimo, una mujer, se encerró en los servicios y activó una granada, pero el piloto había conseguido aterrizar con el avión averiado y sin timón, a pesar del enorme agujero en la sección de cola. En otra ocasión, los agentes de seguridad habían inmovilizado a un secuestrador y lo habían atado a un asiento de primera. En vez de pegarle un tiro, le habían puesto unas toallas a modo de babero y luego lo habían degollado.

Aquella tarde de enero Genet y sus compañeros se apoderaron del avión sin luchar. Se rumoreaba que habían contado con ayuda interna; tal vez los agentes de seguridad hubiesen cambiado de bando.

Cuando el taxi atravesaba el Merkato, me fijé en las estampas familiares. ¿Sería aquélla la última vez que pasase por allí, la última que respirase el olor a lúpulo que salía de la destilería de St. George? Una mujer que llevaba trenzado el cabello al estilo eritreo, quiso parar mi taxi.

—Lideta, por favor —dijo, indicando su destino.

—Lideta, ¿eh? —repuso el taxista—. ¿Y por qué no coges un avión, bonita?

Su expresión cambió, se endureció. Ni siquiera se molestó en escupir, sino que sencillamente se alejó.

—Será mejor que esos cabrones no anden por ahí esta noche —me dijo el taxista, dado que claramente yo no era uno de ellos; luego señaló con la mano a los peatones de ambos lados y añadió—: Mire, están por todas partes.

Había miles de eritreos en Adis Abeba, personas como la enfermera en prácticas en plantilla, como Genet. Eran administradores, maestros, profesores universitarios, estudiantes, funcionarios, oficiales de las Fuerzas Armadas, ejecutivos de telecomunicación, de los servicios de depuración de aguas y de la sanidad pública, y legiones de personas corrientes.

—Beben nuestra leche y comen nuestro pan. Pero esta noche en sus casas matarán un cordero.

Desde que los militares habían tomado el poder, muchos eritreos a quienes conocía, incluidos algunos médicos y estudiantes de Medicina, habían pasado a la clandestinidad, uniéndose al Frente de Liberación del Pueblo Eritreo.

A la capital llegó la noticia de que la situación en el norte de Etiopía, cerca de Asmara, se había vuelto contra el sargento-presidente. Los guerrilleros eritreos atacaban los convoyes militares de noche y permanecían ocultos durante el día. Había visto fotografías borrosas de aquellos combatientes. Vestidos con pantalones y camisas caqui y sandalias características, poseían la audacia, la convicción y la pasión de los patriotas que luchan contra fuerzas ocupantes. Los reclutas etíopes en sus jeeps y tanques, bajo el peso de los cascos, las botas militares, las guerreras y el armamento, se habían visto reducidos a apostarse en las carreteras principales. ¿Cómo podían dar con un enemigo al que no podían ver, en un país cuyo idioma no hablaban y donde no distinguían a los civiles de los simpatizantes de la guerrilla?

Cuando el taxi se aproximaba a la verja del hospital, vi bajar a Tsige de su Fiat 850 delante de su bar. En los últimos años había prosperado, comprado el negocio de al lado, añadido una cocina, un restaurante completo, y contratado más chicas de alterne para atender a los clientes. Mejoras en el mobiliario, dos máquinas de videofutbolín y un televisor daban a su establecimiento el mismo nivel que los mejores de la *piazza*. Tsige era propietaria de un taxi y me había contado que iba a comprar otro. Nunca dejaba de alentarme, de decirme lo orgullosa que estaba de mí y que me tenía en sus oraciones diarias. Al ver asomar del coche su bella pierna enfundada en una media sentí un gran deseo de parar para despedirme. Pero no podía. Aquél también era su país y esperaba que, a diferencia de lo que me ocurría a mí, no tuviese necesidad de huir.

La verja del Missing estaba abierta de par en par, en señal de que no había peligro y podía entrar, como me había explicado Hema.

Cuando sólo cuentas con minutos para abandonar la casa en que has pasado los veinticinco años de tu vida, ¿qué te llevas contigo?

Hema había metido mis diplomas, certificados, el pasaporte, algo de ropa, dinero, pan, queso y agua en una espaciosa bolsa de Air India. Me calcé unas deportivas y me abrigué. Metí una cinta en que tenía *Tizita* en versión lenta y rápida, pero me dejé la casete. Consideré la posibilidad de incluir el *Principios de medicina interna* de Harrison o el *Principios de cirugía* de Schwartz, mas pesaban unos dos kilos cada uno, así que renuncié a ellos.

En un pequeño grupo, nos encaminamos a pie hacia el muro lateral del Missing, pero antes insistí en que nos dirigiéramos al bosquecillo en que estaban enterrados Ghosh y la hermana Praise. Rodeaba con un brazo a Hema. Shiva ayudaba a la enfermera jefe. Almaz y Gebrew se habían adelantado. Sentía temblar a Hema.

Ante la tumba de Ghosh, me despedí de él. Lo imaginé tratando de animarme, de hacerme ver el aspecto positivo de la situación: «¡Siempre has deseado viajar! Ésta es tu oportunidad. ¡Ten cuidado! El viaje amplía la mente y suelta las tripas.» Besé la lápida de mármol y me volví. No me detuve en la sepultura de mi madre biológica, pues si hubiese querido despedirme de ella, aquél no era el lugar. Hacía más de dos años que no visitaba el cuarto del autoclave. Sentí una punzada de remordimiento, pero se me había hecho demasiado tarde.

Al llegar al muro, Hema me abrazó. Apoyó la cabeza contra mi pecho y las lágrimas fluyeron libremente, de una forma que sólo había visto en la muerte de Ghosh. No podía hablar.

La enfermera jefe, una roca de fe en momentos de crisis, me besó en la frente y me dijo: «Ve con Dios.» Almaz y Gebrew rezaban por mí. La sirvienta me dio un pañuelo atado con dos huevos cocidos. Gebrew me tendió un pequeño pergamino que debía tragarme como protección... Así que me lo metí en la boca.

Si mis ojos no se humedecieron fue porque no lograba creer lo que estaba pasando. Mientras miraba al grupo que me despedía, sentí un agudo odio hacia Genet. Tal vez los eritreos de Adis Abeba mataran y asaran un cordero aquella noche, pero deseé que viera aquella instantánea de nuestra familia desgajándose por su culpa.

Era hora de despedirme de Shiva. Había olvidado lo que era abrazarlo, la perfección con que su cuerpo se ajustaba al mío, dos mitades de un solo ser. Desde la mutilación de Genet, habíamos dormido separados salvo un breve período poco antes de la muerte de Ghosh. Después, yo había vuelto a la antigua casa, mientras Shiva se quedaba en nuestra habitación infantil. Sólo en aquel momento pude darme cuenta de la gravedad del dolor que le había causado durmiendo lejos de él. Nuestros brazos eran como imanes, no querían separarse.

Eché la cabeza atrás y contemplé su rostro, que me miraba incrédulo y con una tristeza insondable. Me sentí extrañamente complacido, halagado por conseguir aquella reacción suya, que sólo había visto en dos ocasiones: el día de la detención de Ghosh y el de su muerte.

Su semblante dejaba traslucir que nuestra separación en un muro del Missing era una especie de muerte. Y si así era para él, también lo era para mí. O debería haberlo sido.

Había existido un tiempo, y parecía que hacía una eternidad de ello, en que podíamos leernos el pensamiento. Me pregunté si sería capaz de leer el mío. Había pospuesto aquel momento, aquel ajuste de cuentas con Shiva, por el trato que yo había hecho con Genet; pero ya no sentía la necesidad de cumplirlo. Mi mente se expresaba a sí misma.

«Shiva, ¿te das cuenta de que desflorar a nuestra amiga, un acto biológico por lo que a ti se refería, condujo a todo esto? Condujo a que Rosina se suicidase, a que Genet se distanciase de nosotros. Condujo a este momento en que odio a la mujer con quien esperaba casarme. Ahora hasta Hema piensa que fui yo quien lo desencadenó todo, que hice algo a Genet.

»¿Te das cuenta de cómo me traicionaste?

»Esta despedida es como aislar mi cuerpo.

»Te quiero como a mí mismo... es inevitable.

»Pero no puedo perdonarte. Tal vez con el tiempo, y sólo porque es lo que deseaba Ghosh. Con el tiempo, Shiva, pero no ahora.»

Estábamos al pie de la escalera que Gebrew había apoyado contra el muro este.

Mi hermano me entregó una bolsa de tela. Aunque dada la oscuridad no pude comprobarlo, creí reconocer la forma y el color de su gastado ejemplar del *Anatomía* de Gray con las esquinas de las hojas dobladas. Debajo había un ejemplar nuevo de otro libro grueso. Estuve a punto de protestar, pero me mordí la lengua. Al darme su *Gray*, sacrificaba un trozo de sí mismo que era desmontable y portátil, lo más valioso que poseía.

—Gracias, Shiva —dije, esperando no parecer sarcástico, pues ahora ya cargaba con dos bolsas en vez de una.

Gebrew echó sacos de arpillera sobre los cristales de botella que coronaban el muro, y lo escalé. Al otro lado se hallaba el camino que había visto siempre desde la ventana de mi habitación, pero que jamás había explorado. Era un panorama que consideraba pastoral, idílico, una senda que se perdía en la niebla y las montañas y que llevaba a un país sin preocupaciones. Aquella noche se me antojaba siniestro.

—Adiós —dije por última vez, posando la mano en el muro húmedo, el esqueleto vivo del Missing. En su interior, aquel coro de voces tan queridas, los que eran el corazón palpitante del hospital, me despedían y deseaban buena suerte.

A unos cien metros me esperaba un camión cargado con pilas de neumáticos recauchutados. El conductor me ayudó a subir a la plataforma, donde había una lona atada por encima y por debajo de los neumáticos que formaba una pequeña cueva y donde había agua, galletas y mantas. Él había preparado mi fuga, pero bajo la égida del Frente de Liberación del Pueblo Eritreo, que se había convertido en la vía habitual para abandonar Etiopía, sobre todo si pensabas hacerlo por el norte y estabas dispuesto a pagar.

Cuanto menos cuente sobre mi viaje frío y traqueteante de siete horas hasta Dessie, mejor. Tras pasar la noche en una pensión de Dessie, donde dormí en una cama normal, y una segunda noche en Mekele, al tercer día de trayecto hacia el norte llegamos a Asmara, el corazón de Eritrea, la ciudad que Genet tanto amaba y que estaba sometida a ocupación. El ejército etíope se hallaba presente con hombres, tanques y blindados apostados en los cruces clave y puestos de control por todas partes. No nos registraron, porque los documentos del conductor indicaban que los neumáticos eran suministro para los militares etíopes.

Me llevaron a un piso franco, una casita acogedora rodeada de buganvilla, donde aguardé a que pudiésemos marcharnos de Asmara e internarnos en el campo. El mobiliario se reducía a un colchón en el suelo del cuarto de estar. No podía aventurarme a salir al jardín. Pensé que pasaría allí un par de noches, pero la espera se prolongó dos semanas. Mi guía eritreo, Luke, me traía comida una vez al día. Era más joven que yo, un tipo de pocas palabras, estudiante universitario en Adis Abeba antes de pasar a la clandestinidad. Me aconsejó que caminase todo lo posible por la casa para fortalecer las piernas. «Éstas son las ruedas del FLPE», me dijo riendo y palmeándose los muslos.

Encontré dos sorpresas en mi magro equipaje. Lo que creía que era una base de cartón al fondo de la bolsa de Air India que me preparara Hema era en realidad una imagen enmarcada: la estampa de santa Teresa que la hermana Praise había colgado en el cuarto del autoclave. La nota de Hema pegada al cristal rezaba:

Ghosh mandó enmarcarla el último mes de su vida. En el testamento dejó dicho que si te marchabas del país alguna vez, quería que esta imagen fuese contigo. Marion, puesto que no puedo acompañarte, ojalá mi Ghosh, la hermana Mary y santa Teresa velen por ti.

Acaricié el marco, que debían haber tocado las manos de Ghosh. Me pregunté por qué se habría tomado tanta molestia, pero me alegré. Era el talismán que me protegería. Aunque no me había despedido de ella en el cuarto del autoclave, ahora resultaba que no importaba porque venía conmigo.

La segunda sorpresa fue el libro que había bajo la valiosa *Anatomía* de Gray: se trataba del manual de Thomas Stone, el *Cirujano práctico: un compendio de cirugía tropical.* Ignoraba que existiese tal obra. (Más tarde me enteraría de que se había agotado pocos años después de nuestro nacimiento.) Pasé las hojas con curiosidad, mientras me preguntaba por qué no lo había visto y cómo habría llegado a manos de Shiva. Y luego, de pronto, allí estaba él en una fotografía que ocupaba tres cuartos de página, mirándome y sonriendo levemente: Thomas Stone, doctor en Medicina, miembro del Real Colegio de Cirujanos. No pude soportarlo y cerré el libro. Me levanté y bebí agua, me lo tomé con calma, quería estar sereno y que no influyese en mí el factor sorpresa. Cuando volví a abrir la página me fijé en los dedos, nueve en vez de diez. Tuve que admitir el parecido con Shiva y, por tanto, conmigo, que residía sobre todo en los ojos profundamente hundidos, en la mirada. Nuestras mandíbulas no eran tan cuadradas como la suya, y la frente era menos despejada. Me pregunté por qué me lo habría dado mi hermano.

El volumen parecía intacto, como si apenas lo hubiesen abierto. Un marcador en la página de créditos («Felicidades del editor») había estado tanto tiempo allí colocado que la parte rectangular tapada por las hojas del libro no se había oscurecido.

En el reverso del marcador se leía:

19 de septiembre de 1954

La segunda edición. El paquete llegó dirigido a mí, pero estoy segura de que el editor te lo enviaba a ti. Felicidades. Te incluyo una carta mía. Léela enseguida, por favor. HMJP.

Mi madre había escrito aquella nota un día antes de nuestro nacimiento y de su muerte. Su caligrafía, clara y regular, conservaba trazas de colegiala. ¿Cuánto haría que Shiva tenía el libro y el marcador? ¿Por qué me lo habría dado? ¿Tal vez para que conservase algo de mi madre?

Paseaba por la casa con la bolsa de los libros al hombro para ponerme en forma. En aquellas dos semanas leí el manual de Stone. Al principio me había resistido, diciéndome que estaba anticuado, pero su forma de transmitir su experiencia quirúrgica dentro del marco de los principios científicos lo hacía muy legible. Contemplé a menudo el marcador, releyendo las palabras maternas. ¿Qué diría en la carta que había dejado para Stone? ¿Qué le explicaría justo un día antes de que llegásemos nosotros, sus gemelos idénticos? Copié su caligrafía, imitando los adornos.

Un día, al traerme la comida Luke me comunicó que nos marcharíamos aquella noche. Preparé el equipaje por última vez: ambos libros tenían que venir conmigo, no podía dejar ninguno, aunque mi bolsa de Air India siguiese pesando mucho.

Salimos después del toque de queda.

—Por eso hemos esperado —dijo Luke señalando el cielo—. Es más seguro si no hay luna.

Me guió por callejones estrechos entre viviendas, luego a lo largo de canales de riego, y pronto dejamos atrás las zonas habitadas. Cruzamos campos en la más completa oscuridad. Tenía la sensación de que a lo lejos se alzaban las montañas. Al cabo de una hora me dolían los hombros por el peso de la bolsa, aunque iba cambiando cada poco de lado. Cuando Luke insistió en pasar algunas de mis cosas a su mochila, se quedó muy sorprendido al descubrir los libros, pero no hizo comentarios. Cogió el *Gray*. Durante horas de caminata, sólo hicimos un alto. Finalmente llegamos al pie de las montañas e iniciamos la subida. A las cuatro y media de la mañana oímos un suave silbido y enseguida nos encontramos con un grupo de once guerrilleros, que nos saludaron a su manera: estrechándonos las manos mientras chocábamos los hombros diciendo «*Kamela-hai*» *o* «*Salaam*». Había cuatro mujeres, con peinados afros como los hombres. Me sorprendió identificar a uno: era el agitador, el estudiante de ojos apagados que viera en la habitación de la residencia de Genet. En aquella ocasión había salido airado y desdeñoso del cuarto; ahora, al reconocerme, sonrió ampliamente. Me estrechó la mano con las dos suyas. Se llamaba Tsahai.

Los guerrilleros estaban exhaustos, pero no se quejaban. Tenían las piernas blanqueadas por el polvo. Llevaban un cañón desmontado en varias piezas grandes.

Tsahai me ofrecía algo. «Pan de campaña rico en proteínas», explicó, una invención de los guerrilleros que sabía a cartón. Tsahai se frotaba la rodilla derecha mientras hablaba y me dio la impresión de que la tenía hinchada de líquido, aunque si le dolía, no se lamentó.

Eludimos hablar de Genet, y en su lugar me contó que aquella misma noche habían tendido una emboscada a un convoy del ejército etíope cuando realizaba una de las pocas patrullas nocturnas que se atrevían a hacer.

—Los soldados tienen mucho miedo a la oscuridad. No quieren combatir ni estar aquí. Su moral está por los suelos. Cuando disparamos contra el primer vehículo, bajaron de un salto y se limitaron a correr para ponerse a salvo. Nosotros teníamos posiciones más altas a ambos lados. Enseguida gritaron que se rendían, aunque su oficial les ordenaba seguir atacando. Les quitamos los uniformes y los enviamos a pie de vuelta a la guarnición.

Tsahai y sus camaradas habían extraído la gasolina de los camiones y escondido en la espesura uno que aún funcionaba, lleno de uniformes, munición y armas, para recogerlo en otro momento. La verdadera recompensa era el cañón y los proyectiles que llevaban con ellos, todo transportado a pie.

Nos pusimos en marcha un cuarto de hora después. Antes del amanecer llegamos a un pequeño búnker bien oculto excavado en la ladera de una colina. Me parecía increíble que pudiese caminar tanto y me ayudó el hecho de que los demás transportaran cinco veces más carga que yo sin rechistar.

Luke y yo nos quedamos en el búnker, mientras que los demás siguieron hasta una posición avanzada, arriesgándose a que a la luz del día los localizasen los cazas MIG que rondaban por la zona, pues era bastante urgente montar el cañón.

Dormí hasta que Luke me despertó. Tenía la sensación de que se hubiese desplomado un muro sobre mis piernas.

—Toma esto —dijo, dándome dos pastillas y un vaso de té—. Es nuestro calmante, paracetamol, fabricado en nuestra farmacia.

Estaba demasiado cansado para no tomarlo. Me animó a comer un poco más de pan y volví a dormirme. Desperté con menos dolor, aunque tan rígido aún que casi no podía levantarme. Tragué otras dos pastillas de paracetamol.

Cuando oscureció llegaron cinco guerrilleros a escoltarme. Uno de ellos tenía una pierna parcialmente atrofiada, deduje que debido a la polio. Ante su paso torpe y tambaleante, con el fusil de contrapeso, no me era posible pensar en mi propio sufrimiento.

La segunda marcha fue la mitad de larga que la primera, y mis piernas fueron desentumeciéndose lentamente. Mucho antes de amanecer llegamos a unas colinas escabrosas. Un estrecho sendero conducía a una cueva cuya entrada quedaba tapada por maleza y roca natural y estaba enmarcada con troncos. Una empinada rampa de madera descendía hasta otros recintos situados a mucha mayor profundidad. El sendero exterior también llevaba a diferentes cuevas que había colina arriba y abajo, con todas las entradas hábilmente camufladas.

Me llevaron a uno de los recintos. Me descalcé y me quedé dormido en un camastro de paja, lo cual era todo un lujo. Dormí hasta última hora de la tarde. Luke me acompañó a dar una vuelta. Aunque aún me sentía agarrotado, él parecía en plena forma. En la base no había guerrilleros, porque estaba desarrollándose una operación importante en otra parte.

Supongo que debería haber admirado a aquellos guerrilleros, capaces de revolotear entre el polvo como mosquitos, su habilidad, aquella capacidad para manufacturar fluido intravenoso, pastillas de sulfamidas, penicilina y paracetamol con una prensa manual. Ocultos en las cuevas e invisibles por aire y tierra, disponían de un quirófano, un centro de piezas ortopédicas, pabellones hospitalarios y una escuela. El grado de refinamiento de aquel conjunto era aún más impresionante por lo espartano. La silenciosa disciplina, el reconocimiento de que las tareas de cocinar, cuidarse de los niños o barrer el suelo eran tan importantes como cualquier otra, me convenció de que un día triunfarían y obtendrían la libertad.

Observé a una guerrillera que descansaba fuera del búnker. El sol se filtraba a través de una acacia, formando un mosaico cambiante de luz en su rostro y sobre el rifle que tenía apoyado en el regazo. Tarareaba mientras escrutaba el cielo con unos prismáticos, buscando cazas MIG, que pilotaban para Etiopía los «asesores» rusos o cubanos. Estados Unidos hacía mucho que apoyaba al emperador, pero había retirado su apoyo al régimen del sargento-presidente Mengistu, paralizando la venta de armas y repuestos, vacío que el Bloque Oriental se había encargado de llenar.

La guerrillera, que era más o menos de nuestra edad, me recordó a Genet por la forma de colocar las extremidades y por lo segura de sí misma. Sus movimientos eran delicados, pese al arma mortífera que sujetaba. No iba pintada ni maquillada y tenía los pies callosos y polvorientos. Al verla, me sentí agradecido sólo por una cosa: la Genet de mis sueños se había ido para siempre, ¡y con viento fresco! Había sido muy estúpido al mantener una fantasía unilateral tanto tiempo. La luna de miel de Udaipur, nuestra casa en el Missing, criar a nuestros hijos, por las mañanas salir juntos camino del hospital, médicos ambos que trabajaríamos codo con codo... nada de eso sucedería. No deseaba volver a verla. Y probablemente jamás volviese a verla. Debía de estar en Jartum, durmiento aún en los laureles de su audaz operación. Tampoco ella tenía posibilidades de regresar a Adis Abeba. Pronto se uniría a aquellos guerrilleros, viviría en aquellos búnkeres y combatiría a su lado. Yo esperaba hallarme muy lejos por entonces. Me incomodaba encontrarme en su campamento, y aún más verme obligado a recurrir a sus camaradas para que me ayudasen.

Aquella noche desperté con el estruendo de los MIG en el aire y las bombas que caían a lo lejos. También llegaba el sonido más apagado de la artillería. En las proximidades de la entrada de la cueva no se permitían luces de ningún tipo.

Luke explicó que acababa de efectuarse una gran incursión en un depósito de combustible y armamento, en la que habían participado Tsahai y el grupo de guerrilleros con quienes nos encontráramos la primera noche. Habían penetrado en el lugar con un camión robado del ejército y, una vez dentro, colocado cargas explosivas. Pero un convoy de refuerzo había sorprendido a los camaradas que aguardaban fuera y los había atacado por la retaguardia. La operación no había salido conforme a lo planeado; nueve guerrilleros habían muerto, Tsahai incluido, y muchos otros habían resultado heridos, aunque las bajas etíopes eran mayores y el depósito de combustible había sido parcialmente destruido. Nuestros heridos llegarían a la cueva por la mañana temprano.

Me despertaron las voces, la actividad y una urgencia inconfundible. Oí gemidos y gritos de dolor. Luke me condujo al pabellón quirúrgico.

—Hola, Marion —saludó una voz, y al volverme vi a Solomon, que había sido condiscípulo mío en la Facultad de Medicina, aunque estudiaba un curso superior. Había pasado a la clandestinidad en cuanto había terminado el internado. Lo recordaba como un interno gordito y bien alimentado, pero el hombre que se hallaba ante mí tenía las mejillas chupadas y estaba delgado como un palo.

Agachándome, lo seguí por un túnel bajo, donde las camillas estaban de dos en dos en el suelo, dispuestas de manera que los más necesitados de cirugía quedasen próximos al quirófano, situado al final de la galería. La entrada estaba tapada con una cortina de tela.

Las heridas eran espantosas. Un hombre apenas consciente cuchicheaba unas últimas voluntades al oído de un amigo, que se inclinaba sobre él escribiendo afanosamente. De ganchos incrustados en las paredes de la cueva colgaban balanceantes botellas de sangre y suero intravenoso. Los ayudantes trabajaban acuclillados junto a las camillas. Solomon me contó que en aquella misión había llegado cerca del frente de combate.

—Normalmente me quedo aquí. Pero también reanimamos en el campo de batalla: fluido intravenoso, control de hemorragias, antibióticos, incluso algo de cirugía de campo. Podemos impedir el shock lo mismo que los americanos en Vietnam. Sólo que no disponemos de sus helicópteros. —Palmeándose los muslos, añadió—: Éstos son los nuestros. Llevamos a los heridos en camillas. —Recorrió la habitación con la mirada y prosiguió, indicando con la cabeza—: Aquel hombre de allí necesita una sonda torácica. Pónsela, por favor. Te ayudará Tumsghi. Yo iré al quirófano. Ese camarada no puede esperar —aseguró, señalando a un soldado pálido que yacía cerca de la cortina con una almohadilla ensangrentada sobre el abdomen. Apenas estaba consciente y su respiración era rápida.

El guerrillero que necesitaba el tubo torácico cuchicheó «*Salaam*» cuando me agaché a su lado. La bala había penetrado por el tríceps, el pecho y había eludido milagrosamente los grandes vasos, el corazón y la columna. Cuando percutí con los dedos sobre su tetilla derecha, el sonido fue apagado, muy distinto de la nota hueca y resonante del lado izquierdo. Se había acumulado sangre alrededor del pulmón en el espacio pleural, que comprimía el pulmón derecho sobre el izquierdo y el corazón en la cavidad cerrada del pecho. Inyecté lidocaína detrás de la axila derecha y anestesié la piel, luego el borde de la costilla y entré en la pleura antes de efectuar un corte de unos dos centímetros y medio con un bisturí. Introduje un hemostato cerrado en la incisión hasta que noté que vencía la resistencia de la pleura. Entonces metí en el agujero el dedo enguantado, moviéndolo alrededor a fin de hacer espacio para la sonda torácica, un tubo de goma con aberturas en ambos extremos, y luego lo introduje. Tumsghi conectó el otro lado a una botella de drenaje con agua, para que el tubo emergiese bajo el nivel del agua. Este burdo sello subacuático impedía que el aire volviese al pecho. Empezó a salir sangre oscura y la respiración del herido mejoró. Dijo algo en tigriña y se quitó la máscara de oxígeno.

—Quiere que le des su oxígeno a otro —tradujo Tumsghi.

Me reuní con Solomon en el quirófano a tiempo de ver cómo retiraban a su paciente de la mesa de operaciones. Su pecho ya no se movía. Siguió un silencio de unos segundos. Una de las mujeres se tragó las lágrimas, mientras se arrodillaba y le cubría la cara.

—Hay cosas que quedan fuera de nuestro alcance —sentenció Solomon—. Tenía laceración de hígado. Intenté suturas de colchón. Pero había también un desgarrón en la cava inferior detrás del hígado. Seguía rezumando. Sólo podía pararlo colocando una pinza en la cava inferior, lo que le habría matado. ¿Recuerdas lo que decía el profesor Asrat de que el cirujano ve a Dios en las heridas en la vena cava detrás del hígado? Solía decir otras cosas parecidas que yo no entendía. Ahora las comprendo.

El siguiente presentaba una herida en el vientre. Solomon limpió sistemáticamente lo que me pareció un revoltillo sucio e inverosímil. Extrajo el intestino delgado, donde localizó varias perforaciones, que cosió por encima. El bazo estaba roto, así que lo extirpó. El colon sigmoideo tenía un desgarrón mellado, de modo que separó el segmento y llevó ambos extremos abiertos hasta la piel en una colostomía en doble cañón. Irrigamos bien el abdomen, dejando drenas y haciendo recuento de esponjas. El campo parecía muy despejado comparado con su estado inicial. Mi colega debió de leerme el pensamiento, pues, alzando las manos para enseñarme los dedos regordetes y los pulgares en martillo, dijo:

—Yo quería ser psiquiatra.

Aquélla fue la única vez que lo vi sonreír detrás de la mascarilla a lo largo de ocho horas.

Amputamos cinco extremidades. Las dos últimas operaciones fueron trepanaciones en dos pacientes comatosos, para las que empleamos un taladro de carpintero adaptado. En el primer caso nos vimos recompensados con la sangre que brotó debajo de la duramadre, donde se había acumulado, presionando el cerebro. El otro herido estaba agónico, con las pupilas fijas y dilatadas, y la trepanación no dio ningún resultado. Se trataba de una hemorragia cerebral profunda.

Dos días después, me despedí de Solomon. Estaba muy ojeroso y parecía a punto de desplomarse. No podía dudarse de su resolución y su entrega.

—Márchate, y que tengas suerte —me dijo—. Ésta no es tu lucha. Yo me iría si estuviese en tu lugar. Háblale al mundo de nosotros.

«Ésta no es tu lucha»: reflexioné sobre ello mientras caminaba con dos acompañantes hasta la frontera.

¿Qué quería decir Solomon? ¿Me consideraba del bando etíope, del de los ocupantes? No, creo que me veía como un expatriado, alguien que no se jugaba nada en aquella guerra. Pese a haber nacido en el mismo lugar que Genet, hablar amárico como un nativo y haber ido a la Facultad de Medicina con él, para Solomon era un *ferengi*, un extranjero. Tal vez tuviese razón, aunque me molestara aceptarlo. Si fuese un etíope patriota, ¿no habría pasado a la clandestinidad y me habría unido a los monárquicos o a otros que intentaban derrocar al sargento Mengistu? Si me preocupase de veras mi país, ¿no debería haber estado dispuesto a morir por él?

Cruzamos la frontera de Sudán a última hora de la tarde. Tomé un autobús a Port Sudan, y luego volé en Sudan Airways hasta Jartum, donde ya pude telefonear a un número que nos había proporcionado Adid para que Hema supiese que había llegado sin problema a lugar seguro. Dos días en la sofocante Jartum me parecieron dos años. Pero finalmente pude volar a Kenia.

• • •

En Nairobi, Eli Harris, cuya iglesia de Houston había sido el pilar financiero del Missing durante años, me había buscado una habitación en la clínica de una misión. La enfermera jefe y Harris lo habían organizado todo telegráficamente. Me resultaba bastante difícil trabajar en aquel pequeño dispensario clínico, porque sospechaba, con bastante fundamento, que muchos matices acababan perdiéndose en la traducción. En el tiempo libre estudié para los exámenes que tenía que aprobar si quería iniciar las prácticas de posgrado en Estados Unidos.

Nairobi era verde y exuberante como Adis Abeba, la hierba brotaba entre las baldosas del pavimento como si la jungla bullese bajo la ciudad, dispuesta a invadirla.

Al comparar la infraestructura y el refinamiento de Nairobi con los de Adis Abeba, ésta empequeñecía. Aquello había que agradecerlo a los años de dominio británico y, aunque Kenia fuese independiente, muchos británicos seguían viviendo allí. Y también indios: en algunas parte de la capital daba la impresión de estar en Baroda o Ahmadabad, con diez negocios de saris en una calle, tiendas de *chat* por doquier, el aroma picante a *masala* en el aire y el gujaratí como única lengua hablada.

Al principio, me pasaba las noches en los bares, ahogando mis penas y escuchando música *benga* y rumba africana. Los ritmos de jazz congoleños y brasileños eran animosos, llenos de optimismo, pero cuando me retiraba a mi habitación, en una nube de cerveza, siempre se intensificaba la melancolía.

Aparte de la música, la cultura keniata no me impresionó demasiado, pero la culpa fue mía. Me resistí al lugar, pues Thomas Stone había acudido a Nairobi cuando había huido de Etiopía perseguido por sus demonios. Era otra razón por la que no me sentía inclinado a quedarme.

Según el plan previsto, llamaba a Hema los martes por la noche, marcando números de casas de diferentes amigos, y ella me explicaba que las cosas no habían mejorado y que si regresaba seguiría corriendo peligro.

Así que me quedaba en mi habitación y estudiaba todo lo posible. Aprobé los exámenes de homologación estadounidenses dos meses después y enseguida me presenté en la embajada para solicitar el visado. Harris volvió a facilitarme las cosas de nuevo.

Yo tenía razón: si mi país estaba dispuesto a torturarme como sospechoso, si no deseaba mis servicios como médico, entonces repudiaría mi patria. Pero la verdad es que por entonces sabía ya que, aunque las cosas volviesen de pronto a su curso, no regresaría a Etiopía.

Quería marcharme de África.

Empezaba a pensar que Genet, en realidad, me había hecho un favor.

CUARTA PARTE

Perfección de la vida o del trabajo
ha de elegir el intelecto humano.
Si la segunda elige ha de rechazar
una mansión celeste y en la sombra luchar.

William Yeats, «La elección»

38

Comité de bienvenida

El capitán Getachew Selassie (que no tenía parentesco ninguno con el emperador) pilotaba el Boeing 707 de las Líneas Aéreas de África Oriental en que abandoné Nairobi. Escuché su voz serena durante la noche abreviada, sintiendo un respeto renovado por su trabajo, que me acercaba más a Dios que ningún clérigo. Fue el primero de los tres pilotos que fueron transportándome a través de nueve zonas horarias.

Roma.

Londres.

Nueva York.

El ritual de inmigración y recogida de equipajes en el aeropuerto Kennedy transcurrió tan deprisa que me pregunté si me habría pasado algo por alto. ¿Dónde estaban los soldados armados? ¿Y los perros? ¿Las largas colas? ¿Los cacheos? ¿Dónde las mesas en que abrían los equipajes y rasgaban el forro con un cuchillo? Recorrí pasillos de mármol, subí y bajé escaleras automáticas y llegué a una zona de recepción cavernosa que, incluso con dos aviones de los que habían manado pasajeros, parecía casi vacía. Nadie nos conducía de un lugar al siguiente.

Antes de que pudiese darme cuenta ya me encontraba fuera de la incubadora estéril y susurrante del puesto aduanero. Las puertas automáticas se cerraron tras de mí como para aislarme de la muchedumbre cacofónica del exterior, a la que una barrera metálica mantenía a raya.

Una mujer de Ghana, que con su vestido de flores y el pañuelo a la cabeza parecía tan majestuosa cuando había subido a bordo en Nairobi, salió del control de aduanas a mi lado. Estábamos los dos exhaustos, mareados y nada preparados para el mar de rostros que nos examinaba. Nos quedamos allí de pie, sujetando torpemente nuestras carpetas de papel Manila con radiografías (una exigencia de inmigración que nadie comprobó), con las cintas de las bolsas en bandolera y los ojos muy abiertos, como animales recién salidos del Arca.

Lo primero que me sorprendió fue que los habitantes del lugar eran de todo tipo y color, no la marea de rostros blancos que había imaginado. Sus miradas lascivas e inquisitivas nos recorrían. En el fuego cruzado de olores desconcertantemente nuevos, capté el miedo de la mujer de Ghana, que se acercó más a mí. Hombres con trajes negros sostenían carteles con nombres escritos y nos escudriñaban, como supervisores que tomasen la medida de la pelvis de la mujer de Ghana, anotando la separación entre su primer dedo del pie y el segundo, que todo el mundo sabe que es el único indicador fiable de fecundidad. Evoqué los barcos de esclavos, los negros al bajar por la pasarela, los grilletes que tintineaban mientras un centenar de ojos sopesaban sus lomos, sus bíceps y examinaban la carne desnuda buscando indicios de frambesia, la sífilis del Viejo Mundo. En cuanto a mí, era un don nadie, su eunuco. Ella posó la bolsa, muy nerviosa.

Fue al agacharme a ayudarla cuando reparé en el letrero que un individuo moreno sostenía al nivel de la cintura, como si no quisiese que lo identificaran con los tipos de librea que sujetaban otros carteles. La camisa suelta le colgaba sobre unos holgados pantalones blancos. Completaban su atuendo unas sandalias marrones sin calcetines. En el cartel podía leerse MARVIN, MARMEN o MARTIN, indistintamente, pero la segunda palabra era STONE.

—¿Se supone que ahí dice «Marion»? —pregunté.

Me observó de pies a cabeza y desvió la vista como si no fuese digno de una respuesta. La mujer de Ghana lanzó un grito de reconocimiento y corrió hacia su familia.

—Disculpe —dije, interponiéndome en el campo visual del individuo—. Soy Marion Stone. ¿Lo mandan del Nuestra Señora del Perpetuo Socorro?

—Marion es una chica —contestó con acento bronco y gutural.

—No en este caso. Me pusieron ese nombre por Marion Sims, el famoso ginecólogo.

Según la *Enciclopedia británica*, había una estatua de Marion Sims en Central Park, entre la calle Ciento tres y la Quinta Avenida. Tenía noticia de que era un hito para los taxistas. Aunque Sims había iniciado su carrera en Alabama, su éxito con la operación de fístula lo había llevado a Nueva York, donde había fundado el Hospital de Mujeres y luego uno de cáncer, que más tarde se llamaría Memorial Sloan-Kettering.

—¡Ginecología debería ser mujer! —gruñó, como si yo hubiese violado una norma básica.

—Bueno, Sims no lo era, y yo tampoco.

—¿No eres ginecólogo?

—No, quiero decir que no soy mujer. Tampoco soy ginecólogo.

El individuo estaba desconcertado.

—*Kis oomak* —dijo al fin, y como yo sabía suficiente árabe pude entender que acababa de invocar un término ginecológico que aludía a mi madre.

Los conductores de traje negro guiaban a sus pasajeros hasta coches negros de elegantes líneas, pero el mío me llevó a un gran taxi amarillo. No tardamos en salir del aeropuerto camino del Bronx. A lo que me pareció una velocidad peligrosa, accedimos a una autopista en la estela de veloces vehículos. «Marion, el viaje en reactor te ha dañado los tímpanos», me dije, porque el silencio resultaba irreal. En África, los coches no funcionan con gasolina sino con los graznidos y estruendos de las bocinas, pero allí no pasaba lo mismo: los coches eran casi silenciosos, como un banco de peces. Lo único que se oía era el deslizarse de los neumáticos en el asfalto.

«Superorganismo»: un biólogo acuñó ese término para describir nuestras gigantescas colonias de hormigas africanas, afirmando que la conciencia y la inteligencia no residían en la hormiga individual, sino en la mente colectiva del hormiguero. La estela de luces traseras rojas que se extendía hasta el horizonte mientras el día irrumpía alrededor me hizo pensar en ese concepto. Orden y finalidad debían residir en algún lugar distinto del interior de cada vehículo. Aquella mañana oí el tarareo, la respiración del superorganismo. Creo que es un sonido que sólo oye el inmigrante recién llegado, pero no durante mucho tiempo. Cuando aprendí a decir «Seis pulgadas número siete centeno con suizo sin lechuga», el sonido también había desaparecido, convertido en parte de lo que la mente etiquetaría como silencio, ya subsumido en el superorganismo.

La silueta de aquella famosísima ciudad (los signos de exclamación gemelos a un extremo, el juguete trepador de King Kong en el centro) resultaba familiar. Charles Bronson, Gene Hackman, Clint Eastwood, el cine Imperio y el Cinema Adua se habían encargado de ello. Mi soberbia sacrílega fue pensar que entendía Estados Unidos a partir de aquellas películas. Pero entonces me di cuenta de que la verdadera soberbia sacrílega era la del propio país, una soberbia sacrílega a escala gigante. Lo vi en los puentes de acero tendidos sobre el agua. En las autopistas que se curvaban unas sobre otras como tenias entrelazadas. Soberbia sacrílega era el velocímetro de mi taxi, más grande que el volante, como si Dalí hubiese cogido el indicador redondeado y le hubiese dado un tirón de orejas. Pero también lo era la aguja que indicaba más de ciento diez kilómetros por hora, velocidad inconcebible en nuestro fiel Volkswagen, incluso en caso de que encontráramos una carretera adecuada. ¿Qué idioma humano es capaz de expresar el trastorno, la incapacidad aguda causada por el hecho de verse en presencia del superorganismo, la sensación de hundimiento y encogimiento ante tal exhibición de acero industrial, luz y poder? Parecía que nada de mi vida anterior contase. Igual que si mi existencia pasada se revelase como un desperdicio, un gesto a cámara lenta, porque lo que consideraba escaso y valioso era en realidad abundante y barato, y lo que tenía por avance rápido resultaba glacialmente lento.

El observador, el viejo archivero, el cronista de acontecimientos, hizo su aparición en aquel taxi. Las manecillas de mi reloj se volvieron elásticas mientras grababa aquellas sensaciones en la memoria. «Debes recordarlo.» Era cuanto tenía, cuanto he tenido en la vida, la única moneda, la única prueba de que estaba vivo.

Memoria.

Me hallaba solo en el asiento trasero del taxi del señor K. L. Hamid, con el equipaje al lado y una separación de plástico rayado entre ambos. Dos extraños aislados y distantes en un coche tan amplio que el asiento trasero habría podido albergar a cinco personas y dos corderos.

Estaba en tensión a causa de la velocidad del vehículo, preocupado porque seguramente de pronto aparecería en la carretera un niño a secar las boñigas en el asfalto, o una vaca o una cabra. Pero no se veían animales y personas, sólo en los coches.

La cabeza en forma de bala de Hamid estaba cubierta de densos remolinos negros. En la licencia plastificada que había al lado del taxímetro, la cámara había captado su conmoción y su sorpresa, al punto que se le veía el blanco de los ojos. Me convencí de que se había fotografiado el día que había aterrizado en América, el día que había visto y sentido lo que yo entonces. Por eso me ofendía tanto su descortesía. Ni siquiera me miraba. Tal vez cuando uno ha conducido un taxi mucho tiempo, los pasajeros se conviertan en un objeto definido por el destino y nada más, lo mismo que (si uno se descuida) pueden convertirse los pacientes en el «pie diabético de la cama doble» o en el «infarto de miocardio de la cama 3».

¿Pensaba que si me miraba querría que me tranquilizase? ¿Creería que le pediría que me explicase cuanto estaba viendo a lo largo del camino para calmar mis temores? Pues Hamid estaba en lo cierto.

«¡En tal caso —me dije—, el silencio de Hamid debe de ser instructivo! Una especie de advertencia, el aviso amable de alguien llegado en un barco anterior: "¡Tú! ¡Escúchame! Independencia y capacidad de resistencia, eso es cuanto necesita el inmigrante recién llegado. No te dejes engañar por toda esta actividad, no invoques al superorganismo. No, no. Aquí en América uno funciona solo. Empieza ya."» Ése era su mensaje. Ése el objetivo de su aspereza: «¡Ándate con ojo o te tragaran entero!»

Sonreí, relajándome, dejando que el panorama se desplegase ante mí. Era emocionante haber llegado a aquella conclusión. Di una palmada en el asiento y expresé en voz alta lo que sentía.

—Sí, Hamid. Asienta tu valor hasta la tenacidad —dije, invocando a Ghosh, que nunca había visto lo que yo estaba viendo, que jamás había oído al superorganismo. Con qué alegría habría recibido él aquella experiencia. Hamid se volvió bruscamente al oírme. Me miró en el espejo, apartó la vista y a continuación volvió a mirar.

¡El primer contacto ocular! Sólo entonces pareció reconocer que transportaba algo distinto a un saco de patatas.

—¡Gracias, Hamid!

—¿Qué? ¿Qué has dicho?

—He dicho «gracias».

—No, antes.

—Ah, es de *Macbeth* —dije, inclinándome hacia el plexiglás, deseoso de conversación—. De lady Macbeth, en realidad. Mi padre nos lo repetía siempre: «Asienta tu valor hasta la tenacidad.»

Se quedó callado mientras su mirada iba de la carretera al espejo retrovisor.

—¿Me insultas? —explotó por fin.

—¿Cómo dices? ¡No, no! Estaba hablando solo. Es como...

—¿Puto yo? ¡Puto tú! —exclamó.

Me quedé boquiabierto. ¿Era posible que le entendiesen a uno tan mal? Su rostro en el espejo indicaba que sí. Me eché atrás y cabeceé resignado. ¡Daba risa pensar que Ghosh, o lady Macbeth, podían ser tan mal interpretados!

Hamid seguía mirándome furioso. Le hice un guiño.

Entonces vi que rebuscaba en la guantera. Sacó un revólver y lo blandió, mostrándome sus diferentes aspectos a través del sucio plexiglás, como si estuviese haciendo publicidad del artilugio, o demostrándome que era un arma de verdad y no un juguete de plástico barato, que era lo que parecía.

—¿Crees que bromeo? —preguntó, y se apoderó de su rostro un vigor avieso, como si el objeto que sujetaba le hiciese no un bromista sino un filósofo.

No quise echar más leña al fuego; no me considero tan necio ni tan valiente. Pero aquel pequeño revólver me pareció penoso, y sencillamente no creí que llegara a utilizarlo, de eso no me cupo duda. Resultaba cómico. Yo sí conocía las armas de fuego: había hecho un cráter en el vientre de un hombre con una dos veces mayor que aquélla y luego la había enterrado junto a su propietario en una ciénaga (de la que aún seguía amenazando con emerger cada noche). Hacía sólo cuatro meses había operado a rebeldes heridos por armas de fuego. Aquel día, el arma de juguete de Hamid, en el contexto de Estados Unidos, donde los coches se mantenían en sus carriles, donde los aduaneros nunca abrían tus maletas, parecía un elemento decorativo, un chiste cósmico. ¿No podría haberme tocado un taxista americano como es debido? En su defecto, ¿no podría haberse tratado al menos de un arma que no se hubiese sentido avergonzado de empuñar Harry el Sucio? ¿Por qué huir de Adis Abeba, de Asmara, salir de Jartum y abandonar Nairobi para enfrentarme a aquello?

Ser el primogénito te otorga una gran paciencia. Pero llega un momento en que después de intentarlo una y otra vez, dices: «A la mierda la paciencia. Déjales que padezcan su visión deformada del mundo.» Tu tarea consiste en preservarte, en no meterte en su agujero. Es un alivio cuando llegas a eso, al punto del absurdo, porque entonces eres libre, sabes que no les debes nada. Había llegado a ese punto con Hamid. Me estremecía de la risa. La fatiga, el desfase horario y la desorientación contribuían a que mi descubrimiento pareciese tan divertido.

La interpretación disparatada que había hecho aquel hombre, con su pobre conocimiento del inglés, de la cita de Shakespeare me llevó a pensar en otro disparate. En la historia que había circulado cuando yo tenía más espinillas que sentido común, más curiosidad que verdaderos conocimientos sexuales. Se trataba del mito de la belleza rubia y de su hermano a quienes te encontrabas en el aeropuerto al llegar a Estados Unidos y su célebre frase: «¡Si no te tiras a mi hermana, te mato!» Aun mucho después de que supiese que aquella historia era absurda, mantenía intacto su atractivo como fantasía cómica. Y ahora allí estaba yo, cuando ya había pasado tanto tiempo que la historia se me había olvidado, recién llegado a América y, ciertamente, ante un hombre que blandía su arma. Deseé haber podido compartir aquel momento con Gaby, el compañero que me la había contado. Un impulso perverso me hizo repetir entonces la frase que nos encantaba decirnos unos a otros en el colegio, que era un reto, una amenaza velada, aunque me riera a carcajadas: «Hermano, aparta la pistola. Me acostaré con tu hermana sin ningún problema.» No sé si captó mi cambio de tono y humor, ni si llegó a oírme. Tal vez decidiese simplemente que con una locura como la mía era mejor no jugar. Lo cierto es que cambió de actitud.

Las verjas del Nuestra Señora del Perpetuo Socorro se hallaban abiertas de par en par. Estaba previsto que el doctor Abramovitz, el jefe de cirugía, me entrevistase a las diez de la mañana. Al término del encuentro pensaba tomar otro taxi para Queens y después buscar un hotel en el que reponerme del desfase horario. Tenía concertadas entrevistas para los días siguientes en Queens, Jersey City, Newark y Coney Island.

Un individuo con un LOUIS bordado en el mono azul se acercó cuando el taxi de Hamid ya se alejaba de las verjas.

—Lou Pomeranz, jefe de conserjes del Nuestra Señora del Perpetuo Socorro —se presentó, estrechándome la mano. Una cajetilla blanda de Salem le asomaba por el bolsillo del pecho. Era corpulento y de cabeza grande—. ¿Juegas al críquet?

—Sí.

—¿Bateador o lanzador?

—Guardapalos y bateador de apertura —respondí, lo cual era algo heredado de Ghosh.

—¡Bien! Bienvenido al Nuestra Señora. Espero que seas feliz aquí —dijo, y me pasó una colección de documentos—. Ahí tienes tu contrato. Te enseñaré las habitaciones de los internos y podrás firmarlo. Esta llave plateada es de la puerta principal; la dorada corresponde a tu habitación. Ésta es tu etiqueta de identificación provisional. Cuando te hagan la foto en personal, te darán una permanente. —Y echó a andar con mi maleta.

—Pero... —balbuceé yendo tras él, cambiando de mano los papeles que me había dado para coger la carta en el bolsillo de la chaqueta y enseñársela—. Me temo que se equivoca. Sólo he venido para una entrevista con el doctor Abramovitz.

—¿Con Popsy? —Rió entre dientes—. ¡Qué va! No entrevista a nadie. ¿Ves la firma? —Dio una palmada en la carta como si fuese un trozo de madera—. Aunque en realidad es la letra de la hermana Magda. —Me miró y sonrió—. Olvídate de la entrevista. El taxi estaba pagado, si no te habría costado un ojo de la cara. Estás contratado. Ya te he pasado el contrato, ¿no? ¡Estás contratado!

No sabía qué decir. Había sido el señor Eli Harris quien había aconsejado que solicitase el ingreso en unos determinados hospitales de Nueva York y Nueva Jersey para un internado de cirugía. Era evidente que Harris sabía lo que hacía, porque poco después de enviar la solicitud había llegado a Nairobi un telegrama de Popsy (o tal vez de la hermana Magda) citándome para una entrevista. Después recibí una carta y un folleto. Todos los hospitales que había propuesto Harris habían contestado asimismo en pocos días.

—Señor Pomeranz, ¿está seguro de que me han contratado? Su internado tiene que estar muy solicitado. Ha de haber muchos estudiantes de Medicina americanos que quieran ser internos aquí...

Louis se paró a mirarme y se echó a reír.

—¡Ja! ¡Ésa sí que es buena! ¡Estudiantes de Medicina americanos! Ni siquiera podría decirte qué aspecto tienen.

Rodeamos un surtidor seco, salpicado de cagarrutas de paloma, que recordaba al surtidor majestuoso del folleto, pero el monseñor de bronce que constituía la pieza central se inclinaba precariamente hacia delante y sus rasgos estaban tan gastados como los de la Esfinge de Giza. Tampoco figuraba en el folleto la barra de hierro acuñada entre el borde del surtidor y la cintura de monseñor para evitar que se desplomase, de modo que daba la impresión de que éste se apoyara en un falo beatíficamente largo.

—Señor Pomeranz...

—Ya lo sé. Parece que es el pijo —dijo resollando—. Tenemos que arreglarlo.

—No era eso lo que...

—Llámame Louis.

—Louis... ¿estás seguro de que soy la persona que esperas? Marion... Marion Stone.

—Echa una ojeada al contrato, doctor, ¿quieres? —pidió, parándose en seco. Mi nombre figuraba en la primera línea—. Si eres ése, eres a quien esperaba. —De repente, su rostro se ensombreció—. ¿Aprobaste el examen de la CEGME, no?

El examen de la CEGME (Comisión Educativa para Graduados en Medicina Extranjeros) establecía que yo poseía los conocimientos y los títulos necesarios para realizar las prácticas de posgrado en Estados Unidos.

—Sí, lo aprobé.

—¿Qué problema hay, entonces? Aunque... espera un momento. Un momento. ¿No me digas que te pescaron esos cabrones de Coney Island o de Jersey? ¿Te enviaron un contrato por correo? ¡Hijos de puta! Llevo tiempo diciéndole a la hermana que también deberíamos hacerlo. Enviar un contrato a ciegas. El taxi fue idea suya, pero no basta. —Se acercó a mí—. Doctor, déjame que te cuente cómo son esos sitios. Terribles. —Louis respiraba con dificultad, ensanchando las aletas de la nariz. Achicó los ojos legañosos—. Mira, escucha, te daré la habitación que hace esquina de la residencia de internos. Tiene un balconcito. ¿Qué te parece?

—No, no. Es que...

—¿Han sido los de Lincoln Misericordia? ¿Harlem? ¿Newark? ¿Estás tanteando para conseguir las mejores condiciones?

—No. Te aseguro...

—Mira, doctor, deja de jugar. Responde sólo sí o no. ¿Quieres un internado aquí? —Se había puesto en jarras y tenía la respiración acelerada.

—No. Quiero decir, ¡sí! Es que concerté entrevistas en otros sitios. Ésta es mi primera parada. Pero francamente... creí que sería difícil conseguir un internado... Me encantaría... ¡Sí!

—¡Bien! Entonces firma el dichoso contrato, por amor de María. Y ni siquiera soy católico. —Firmé allí de pie, junto al surtidor—. Bienvenido al Nuestra Señora, doctor —añadió Louis con alivio, y cogió el contrato antes de estrecharme la mano. Luego, señalando los edificios que nos rodeaban, explicó—: Éste es el único sitio donde he trabajado. Mi primer trabajo cuando dejé el servicio, y probablemente el último. He visto médicos como tú llegar y marcharse. Oh, sí. De Bombay, Puna, Jaipur, Ahmadabad, Karachi, de todas partes. Ninguno africano. Creí que serías diferente. Déjame que te diga algo: les hacemos trabajar duro a todos, pero se esfuerzan al máximo. Aquí aprenden un montón. Me gustan todos. Y su comida. Han conseguido incluso que me guste el críquet. Me encanta. Mira, el béisbol no tiene nada que hacer frente al críquet. Mis muchachos están ahí fuera ahora —prosiguió, indicando con la mano por encima de los muros—. Amasando pasta en Kentucky o Dakota del Sur. En cualquier sitio donde haya gran necesidad de médicos. El doctor Singh me mandó un billete de avión para que fuese a El Paso a la boda de su hija y viene a visitarme cuando está en Nueva York. Tenemos un equipo de veteranos que juega todos los años con nosotros, y que nos pagó un campo de críquet nuevo y redes de bateo. Están orgullosos de ser «PS», perpetuos simplones, como llamamos a nuestros alumnos. Llegan en coches de lujo. «No te des aires conmigo. Recuerda cuando no sabías distinguir el culo del codo. Cuando apenas entendíamos una palabra de lo que decías. ¡Y mira cómo estás ahora!», les digo.

Estaba impresionado por lo que podía ver del Nuestra Señora del Perpetuo Socorro. El hospital tenía forma de ele, la parte alargada, de siete plantas, dominaba la calle, separada de la acera por un muro, mientras que el pabellón corto era más nuevo y sólo contaba con cuatro plantas de altura, con un helicóptero aparcado arriba. El tejado de baldosas de la sección más antigua quedaba hundido entre las chimeneas, mientras que las plantas medias se alzaban suavemente como michelines. La rejilla decorativa debajo de los aleros se había oxidado y era de un verde bilioso; la vieja corrosión descendía por los ladrillos como rímel, paralela a los canalones. A un lado de la entrada sobresalía una gárgola solitaria, mientras que su gemela del otro lado se encontraba reducida a una protuberancia sin rostro. Pero para mí, recién llegado de África, aquéllos no eran indicios de decadencia, sólo la pátina de la historia.

—Es grandioso —le dije al señor Pomeranz.

—No es gran cosa, pero es un hogar —repuso él, contemplando el edificio con afecto evidente.

Sin duda había hospitales más grandes y nuevos, al menos según lo que se veía en los folletos; aunque estaba descubriendo que no se podía confiar en la publicidad.

Al lado del hospital, a unos cincuenta metros, se hallaba la residencia del personal, de dos plantas, a la que me acompañó. En la puerta de cristal del vestíbulo alguien había pegado con celo un cartel escrito a mano con rotulador negro grueso sobre papel amarillo.

India contra Australia, segundo partido en Brisbane
Retransmisión especial por cable en la habitación de B. C. Gandhi

(Paquistaníes, esrilanqueses, bangladesíes y caribeños bienvenidos,
pero si vibráis por Australia, la dirección se reserva el derecho a expulsaros.)

Viernes noche, 11 de julio de 1980, 7 de la tarde

(Diez dólares por persona y traed bebida y comida **no vegetariana,**
repito, sólo comida no vegetariana.
¡¡¡Si no se movía antes de cocinarse no la queremos!!!
Damas solteras no pagan y se les proporcionan asientos.
Si traes esposa, diez dólares extra y tráete tu propio asiento.)

B. C. Gandhisenan M. D.
Capitán del Equipo del Nuestra Señora
Encargado de críquet del Nuestra Señora del Perpetuo Socorro

En el vestíbulo olí a cilantro, comino... los aromas familiares de la cocina de Almaz. En la escalera, inhalé la misma marca de incienso que encendía Hema cada mañana. En el descansillo del segundo piso me llegó el zumbido del *Suprabhatam* interpretado por M. S. Subbulakshmi, y una campanilla de alguien que en alguna otra habitación hacía su *puja*. Sentí una punzada de añoranza. Paramos para que el señor Pomeranz tomase aliento.

—Tuvimos que instalar ventiladores de tamaño industrial en las campanas de las cocinas en las dos plantas. ¡No nos quedó más remedio! Cuando empiezan a cocinar ese *masala* no hay manera.

Un indio alto y apuesto con el cabello largo todavía mojado de la ducha bajaba a saltos la escalera. Tenía una dentadura grande y fuerte, una sonrisa encantadora y despedía un aroma a loción para después del afeitado sencillamente maravilloso (y que más tarde descubriría que era Brut).

—B. C. Gandhinesan —se presentó, extendiendo la mano.

—Marion Stone.

—¡Estupendo! Llámame B. C. o Gandhi —dijo, estrechándome la mano—. O capitán. ¿Tú también...?

—Guardapalos —señaló triunfal Pomeranz—. Y bateador de apertura.

B. C. Gandhi se dio una palmada en la frente y se echó atrás.

—¡Santo cielo, qué bien! ¡Maravilloso! ¿Puedes guardar los palos para un lanzador? ¿Un lanzador rápido de verdad?

—Es lo que más me gusta —contesté.

—Estupendo. Soy residente de cuarto año y se supone que seré residente jefe el que viene. Nuestro residente jefe es Deepak. También soy capitán del primer equipo del Nuestra Señora. Ganadores del trofeo interhospitalario dos años. Hasta que esos *chutyas* de un programa de residencia que ni mencionaré consiguieron un bateador de Hyderabad el año pasado. Un jugador de primera. Perdí mucho dinero en eso. Tardé un año en pagar las deudas.

—Gilipollas —dijo Louis con gesto lúgubre, creo que refiriéndose al otro programa—. Porque hicieron trampas en aquel último partido.

—Resultó que su estrella es un bateador estupendo, pero en realidad no es médico —prosiguió B. C.—. El cabrón era especialista en fotocopias. Sin embargo, en teoría, según los estatutos de Nueva York, cuando jugamos era médico, Lou, así que no conseguimos que nos devolvieran el dinero.

—Cabrones. Nos jodieron.

—Este año contamos con un arma secreta —me dijo B. C. rodeando con un brazo consolador a Lou—. Volé personalmente a Trinidad con uno de nuestros veteranos para reclutarlo. Pronto conocerás a Nestor. Un tipo alto y fuerte. Uno noventa. Un lanzador rápido de verdad, no he visto a nadie lanzar como él. Pero ninguno de nosotros puede guardar palos con él... tiene un ritmo feroz. Ahora, contando contigo, liquidaremos a esos *chutyas*. Y el trofeo será nuestro. Ve a descansar un poco, Marion, ya nos veremos en el entrenamiento dentro de veinticuatro horas.

39

La cura para el mal que tienes

—El paciente está sedado. ¿A qué estamos esperando? ¿Quién lleva el caso? —preguntó el doctor Ronaldo.

—Yo —contesté.

Ronaldo giró un dial en el carro de la anestesia, como si esa noticia exigiese un cambio en la mezcla gaseosa.

—Está supervisándome Deepak —expliqué, pero Ronaldo no hizo caso.

La hermana Ruth, la enfermera instrumentista, movió la cabeza y abrió la bandeja.

—Me temo que no. Acaba de llamar Popsy. Quiere operar. Marion, será mejor que vengas a este lado.

—¡Popsy! Dios nos ampare —dijo Ronaldo dándose una palmada en la mejilla—. Prepárate. Llama a mi mujer, dile que llegaré tarde a cenar.

Me llegó el olor a loción Brut y luego a tabaco Winston; y, segundos después, estaba junto a mi hombro B. C. Gandhi. Debía de haber dado una última calada en el vestuario.

—Ya lo sé. Lo he oído —dijo, antes de que yo pudiera abrir la boca—. Estoy haciendo una vesícula biliar al lado. Escucha, Marion, si Deepak no llega antes que Popsy, tienes que contaminar al viejo en cuanto coja el bisturí.

—¿Qué? ¿Cómo?

—No sé. Ráscate el trasero y tócale el guante. Eres un tipo listo. Se te ocurrirá algo. Pero no dejes que pase de la piel, ¿entendido? —Y dicho esto, se fue.

—¿Hablaba en serio? —pregunté.

—Gandhi nunca habla en serio —contestó Ronaldo—. Pero tiene razón. Contamínalo.

Me volví hacia la hermana Ruth, esperando su ayuda.

—Reza pidiendo la intercesión de Nuestra Señora. Y luego contamínalo.

Era la undécima semana de mi internado de cirugía en el Nuestra Señora del Perpetuo Socorro.

Qué poco imaginaba que el viaje de treinta minutos desde el aeropuerto hasta el Bronx sería la única visión de Estados Unidos que tendría en tres meses.

Cuando llevaba sólo una semana en el hospital, me daba la sensación de haber abandonado Estados Unidos y estar en otro país. Mi mundo era un lugar de luces fluorescentes, donde la noche y el día no se diferenciaban, y en que más de la mitad de los ciudadanos hablaban español. Cuando empleaban el inglés, no lo hacían como yo esperaba en la tierra de George Washington y Abraham Lincoln. Los descendientes del *Mayflower* no habían llegado a aquel barrio.

Los tres meses en el Nuestra Señora del Perpetuo Socorro habían transcurrido a la velocidad del rayo. Teníamos una grave escasez de personal, en comparación con lo que era la norma en otros hospitales del país, pero yo desconocía dicha norma. En el Missing sólo había cuatro o cinco médicos en los mejores momentos, mientras que allí había tres veces esa cantidad sólo en cirugía. Pero en el Nuestra Señora del Perpetuo Socorro tratábamos a más pacientes. Manteníamos vivos con ventiladores en cuidados intensivos a tantos con traumas complejos, generábamos tantas pruebas de laboratorio y tanto papeleo, que la experiencia era completamente distinta del Missing, donde Ghosh o Hema raras veces apuntaban más que una entrada críptica en la historia clínica, dejando el resto a las enfermeras. Me enteré de que aquellos largos y silenciosos coches americanos, aquellos cuartos de estar sobre ruedas, causaban heridas monstruosas cuando chocaban. El personal de las ambulancias nos traía a las víctimas antes de que las ruedas dejasen de girar en el lugar del accidente. Salvaban a personas que llegaban en un estado nunca visto en el Missing, porque nadie habría intentado llevarlas a un hospital. La idea de que alguien se hallaba tan perjudicado que ya no se podía hacer nada por él jamás pasaba por la cabeza de policías, médicos y bomberos.

Hacíamos guardia casi todas las noches; no me daba tiempo a sentir nostalgia. Mi jornada habitual empezaba por la mañana temprano cuando hacía las visitas con mi director de equipo, B. C. Gandhi. Luego, tanto el mío como los demás equipos quirúrgicos se reunían para las visitas oficiales con Deepak Jesudass, el residente jefe, a las 6.30 de la mañana. Cuando había que operar, los martes y los viernes, los internos nos encargábamos de los pabellones y de urgencias, y trabajábamos casi hasta la noche. Luego, si me tocaba guardia, seguía en pie durante toda la noche, admitiendo pacientes a urgencias y ocupándome también de los enfermos ingresados y de los de los internos que no estaban de guardia. Las posibilidades de los internos de ayudar en las operaciones e incluso de operar surgían en las guardias. Aquellas noches era raro que pudieras dormir. Yo ni siquiera lo intentaba. Al día siguiente seguíamos trabajando hasta el final de la tarde, cuando por fin íbamos a descansar. Esa noche libre lo único que podía hacer era derrumbarme en la cama y hundirme en un sueño profundo, pues a la mañana siguiente volvía a empezar el ciclo. B. C. Gandhi, mi supervisor, me preguntó una vez a altas horas de la noche, cuando ambos estábamos groguis por la falta de sueño:

—¿Sabes cuál es el inconveniente de tener guardia casi todas las noches? —Era una pregunta imponderable. Negué con la cabeza. Sonrió y dijo—: Que te pierdes la mitad de los pacientes interesantes.

El programa de trabajo era brutal, deshumanizante, agotador.

Me encantaba.

A medianoche, cuando los pasillos quedaban desiertos, había lugares en el hospital donde las luces se amortiguaban y se veían rastros de la pasada gloria del Nuestra Señora del Perpetuo Socorro: aquella labor de filigrana dorada sobre las arcadas, los techos altos de la antigua ala de maternidad, el suelo de mármol del vestíbulo de la sección administrativa y la cúpula de madera coloreada de la capilla. El hospital Nuestra Señora del Perpetuo Socorro, en tiempos el orgullo de una rica comunidad católica y luego de una comunidad judía de clase media, siguió la misma trayectoria que el barrio: se empobreció sirviendo a los pobres.

—En Estados Unidos los más pobres son los más enfermos. Los pobres no pueden permitirse seguro médico ni atención preventiva. Los pobres no ven a los médicos. Aparecen a tu puerta cuando las cosas están ya avanzadas —me explicó B. C. Gandhi.

—¿Quién paga todo esto, entonces?

—El gobierno paga con los programas Medicaid y Medicare, de tus impuestos.

—¿Cómo podemos permitirnos un helicóptero con su helipuerto si somos tan pobres?

El ojo de buey que había sobre el ala más nueva de la cuarta planta del Nuestra Señora, con las parpadeantes luces perimetrales azules y el resplandeciente helicóptero que iba y venía, resultaba incongruente en nuestro entorno.

—*Salah*, ¿así que no conoces nuestro derecho a la fama? Si es nuestra industria número uno... A veces, se me olvida que acabas de desembarcar. Amigo mío, ese helipuerto lo pagaron los hospitales que son lo contrario del nuestro. El helicóptero en realidad es suyo, no nuestro, pertenece a los hospitales ricos, los que se cuidan de quienes tienen dinero, los asegurados. Y si alguno de ellos se ocupa de los pobres, disponen de una gran universidad o una práctica privada universitaria para financiar sus costes. Cuidarse de los pobres de ese modo es noble.

—¿Y del nuestro?

—Vergonzoso. El trabajo de los intocables. Esos hospitales ricos de toda la costa Este se unieron y pagaron nuestro helipuerto para poder volar hasta aquí. ¿Por qué? ¡Tiempo de isquemia! Mira, lo que tenemos aquí en nuestro barrio es una abundancia de armas, VNF y VLF, o sea, Varones Negros Furiosos, Varones Latinos Furiosos y en realidad varones furiosos de todo tipo, sin mencionar mujeres celosas. El hombre de la calle es más probable que lleve una pistola que una pluma. ¡Bang! ¡Bang! Y como consecuencia, acabamos con demasiado pacientes SBO, es decir, Sólo Buenos para Órganos. Jóvenes, sanos por lo demás, pero con muerte cerebral. Hígados y corazones prístinos, y lo que se pida. Con la garantía de que seguirán funcionando mucho después de que se te encoja el pajarito. Órganos magníficos. Excelentes para el trasplante; trasplantes que nosotros no podemos realizar. Pero sí podemos mantenerlos vivos hasta que llegan los buitres para coger el órgano y largarse. La próxima vez que oigas el *jup-jup-jup*, no pienses en hélices de helicóptero, ¡sino en *paysa*, pasta, dinero! El trasplante de corazón cuesta, ¿cuánto, medio millón de dólares? ¿El de riñón cien mil o más?

—¿Nos pagan todo eso?

—¿A nosotros? ¡A nosotros no nos pagan ni un puto centavo! Eso es lo que ganan ellos. Ellos vienen, cortan, agarran, nos enseñan el dedo medio y se largan en su pajarito de hélices dejándonos en nuestros camellos. La próxima vez que oigas el helicóptero, ve a ver el aspecto que tienen los amos de la medicina, los *sahibs*.

Los había visto más de una vez, las chaquetas blancas blasonadas con logos universitarios en el pecho y el hombro, y los mismos iconos en las cajas de hielo, en los iglús sobre ruedas e incluso en el helicóptero. Había visto en sus rostros la misma variedad de fatiga que experimentaba yo mismo, aunque los suyos, por alguna razón, parecían más nobles.

El doctor Ronaldo cruzó y descruzo los brazos mirando el reloj, luego la puerta, esperando que Popsy hiciera acto de presencia. Desplegué las toallas estériles para perfilar un perfecto rectángulo, la puerta de acceso al abdomen de Hugh Walters hijo.

El señor Walters, un caballero canoso, había llegado a urgencias una noche de la semana anterior en que las camillas desbordaban las secciones de traumas de urgencias e invadían los pasillos. El alcohol se había filtrado fuera de los pulmones, por los poros y las secreciones de hombres y mujeres suficientes para que el lugar oliese como una coctelería. Había dos hombres embriagados que vomitaban sangre, compitiendo por ver quién era más escandaloso. Cuando el señor Walters llegó, también vomitando sangre, supuse injustamente que pertenecía a la misma familia, emparentado por el alcohol y la cirrosis. Que su sangre procedía de venas varicosas vermiformes hinchadas en su estómago debido a la fibrosis hepática. En las veinticuatro horas siguientes, deslicé un gastroscopio por la garganta de cada uno de los que sangraban y atisbé el estómago. A diferencia de los otros dos, el señor Walters no tenía rojeces furibundas de gastritis alcohólica ni venas varicosas sangrantes que sugiriesen cirrosis, sino una enorme úlcera gástrica supurante. Tomé varias muestras con el gastroscopio.

Horas después de la endoscopia, el señor Walters, con voz sosegada y digna, volvió a asegurarme que el alcohol jamás había mojado sus labios, y esta vez lo creí. Era un clérigo que se ganaba la vida dando clases a alumnos de los primeros cursos de bachiller. Me reprendí por haberle asociado con los otros dos casos de hemorragia gástrica. Iniciamos una terapia intensa para curarle la úlcera.

Descubrí que el señor Walters conocía mi país.

—Cuando murió Kennedy, vi el funeral por televisión. Su emperador Haile Selassie vino. Era el más bajo de todos, pero también el más grande, el único emperador. El único. Estaba en la primera fila de dignatarios, detrás del ataúd. Me sentí orgulloso de ser negro —aseguró, pronunciando esta última palabra con un énfasis e importancia especiales.

Walters leía todos los días el *New York Times*. Ese diario y una Biblia eran sus lecturas de cabecera.

—Nunca pude permitirme ir a la universidad. Sólo a la escuela bíblica. A mis alumnos les digo: «Si leéis este periódico a diario durante un año tendréis el vocabulario de un licenciado y sabréis más que ningún graduado universitario. Os lo garantizo.»

—¿Y le hacen caso?

—En cada curso hay uno que sí —repuso sonriendo y alzando un dedo—. Pero sólo por ese uno ya merecea la pena. El propio Jesús no tuvo más que doce. Y yo procuro conseguir uno al año.

A pesar de los antiácidos y bloqueadores de H_2, la úlcera del señor Walters continuaba sangrando. Sus deposiciones seguían teniendo la consistencia y el color del alquitrán, indicio seguro de sangre sobre la que actuaban los ácidos gástricos. Cinco días después de su ingreso, nuestro grupo se había reunido alrededor de su cama durante las visitas finales del día.

Deepak Jesudass, nuestro residente jefe, se sentó al borde de la cama del hombre.

—Señor Walters, tenemos que operar mañana. Su úlcera sigue sangrando. No muestra señales de remitir. —Y esbozó en un papel cómo era una gastrectomía parcial, la eliminación de la zona del estómago que producía ácido.

Yo admiraba los modales tranquilos y cuidadosos de Deepak, aquella actitud con los enfermos que les hacía pensar que eran el centro de toda su atención y que su lugar estaba allí con ellos. Admiraba sobre todo su maravilloso acento, muy británico, doblemente exótico por el hecho de que procedía de un hombre del sur de Asia, pero había vivido años en Inglaterra. Inspiraba confianza a los pacientes.

Mientras Deepak hablaba, B. C. Gandhi me miró y puso los ojos en blanco, en recuerdo de algo que me había comentado la noche anterior. «Puedes ser un cretino, pero si tienes el acento de la reina, muy pronto te verás en el programa de Johnny Carson, que te reirá todas las gracias.»

B. C. estaba bromeando, pero en las comedias diarias que había presenciado al entrar y salir de las habitaciones de los enfermos había visto hasta entonces a un mayordomo negro pero muy británico que servía a una familia americana negra, a un inglés excéntrico que era el vecino de una familia negra rica en el Upper East Side de Manhattan, y a un viudo rico británico con una linda niñera de Brooklyn.

El paciente escuchó con suma atención a Deepak y finalmente dijo:

—Confío en usted. Si no fuese por todos ustedes, no habría ni un médico aquí. Y confío en alguien más —añadió, señalando el techo.

El día de la operación me levanté a las cuatro y media para repasar las etapas de la intervención en mi *Atlas quirúrgico* de Zollinger. Deepak me había hecho saber que aquel caso era mío, y que me pondría a la derecha mientras él me ayudaba. Estaba emocionado y nervioso. Era la primera vez que iba a trabajar directamente con el residente jefe.

Pero Popsy había desbaratado nuestros planes. Así que ahora me encontraba a la izquierda del paciente, aguardando al legendario doctor Abramovitz. Aún no lo conocía. Y de Deepak no había ni rastro.

Y de pronto, allí estaba Popsy, con la cabeza peligrosamente próxima a las luces quirúrgicas. Profundas arrugas surcaban su cara, tenía unos ojos azules bondadosos y aunque las pupilas mostraban un reborde gris, aún despedían un brillo de curiosidad infantil. La mascarilla le colgaba justo debajo de la nariz, de la que brotaban pelos como de un cepillo de alambre. Alzó la mano enguantada pidiendo el bisturí. La hermana Ruth vaciló, mirándome antes de ponérselo en la palma.

Popsy emitió un sonido gutural y el bisturí tembló en sus dedos. La hermana me hizo una seña. Pero antes de que yo pudiese actuar,

Popsy efectuó la incisión. Una incisión audaz. Realmente muy audaz. Sequé y pincé pequeños vasos que sangraban y al ver que no hacía el menor ademán de ligarlos, lo hice yo. Luego intentó coger con las pinzas el peritoneo, pero no conseguía hacerse con él.

Había buenas razones para ello: su incisión en la piel había cortado en un punto fascia y peritoneo. En la herida estaba aflorando materia líquida, que parecía sospechosamente contenido intestinal. Rolando atisbó por encima de la pantalla de anestesia y enarcó tanto las cejas que desaparecieron bajo el gorro quirúrgico.

Popsy tanteó de nuevo con las pinzas, pero se le escurrieron de los dedos y cayeron al suelo con estrépito. Alzó la mano sin ellas.

—He tocado un lado de la mesa... —Me miraba como si yo pudiese poner en duda lo que decía—. Me he contaminado.

—Creo que así es, sí —se apresuró a decir la hermana Ruth al ver que yo no reaccionaba.

—Sí, es verdad, señor —terció Ronaldo. Pero Popsy seguía mirándome a mí.

—Sí, señor —balbuceé.

—Continúe —me dijo. Y salió del quirófano.

—¿Qué has hecho, Popsy? —murmuró Deepak bajo la mascarilla al sacar la parte herida del intestino delgado, mientras yo estaba en el lado izquierdo de la mesa de operaciones—. Dicen que hay cirujanos viejos y cirujanos audaces, pero que no hay ninguno viejo y audaz. Sin embargo, quien inventara esa sentencia no había conocido a Popsy. Afortunadamente se trata de un pequeño desgarrón en el intestino delgado y podemos coserlo.

—Intenté... —musité.

—Tenemos otro problema más grave —dijo Deepak y señaló lo que parecía un pequeño percebe en la superficie del intestino.

En cuanto vi aquél, empecé a verlos por todas partes, hasta en el delantal de grasa que cubría el intestino. El hígado estaba deformado, con tres bultos fatídicos que hacían que pareciese la cabeza de un hipopótamo.

—Pobre hombre. Palpa el estómago. —La pared estomacal estaba dura como una piedra—. Marion, hiciste una biopsia de la úlcera cuando la gastroscopia, ¿no?

—Sí. El informe decía que era benigno.

—Pero ¿se trataba de una úlcera grande en la curvatura mayor?

—Sí.

—¿Y qué úlceras de estómago es más probable que sean malignas?

—Las de la curvatura mayor.

—Así que tu sospecha de que pudiera ser maligna era alta, ¿no? ¿Miraste las diapositivas con el patólogo?

—No, señor —repuse, bajando los ojos.

—Entiendo. Entonces ¿confiaste en que el patólogo interpretase las biopsias?

No contesté.

Deepak no había levantado la voz. Era como si estuviese hablando del tiempo. Ni siquiera el doctor Ronaldo lo había oído.

Exploró la pelvis, palpo los lugares que no podía ver.

—Marion, cuando sea un paciente tuyo y bases tu intervención quirúrgica en una biopsia, asegúrate de mirar las diapositivas con el patólogo. Sobre todo si el resultado no es el que esperabas. No te fíes del informe —dijo por fin, casi en un susurro.

Me sentí fatal por el señor Walters. Podría haberle ahorrado aquella operación, haberlo librado de Popsy. Considerando las cosas en retrospectiva, los análisis de la función hepática de aquel paciente eran marginalmente negativos, lo cual debería haber sido una clave.

Deepak reparó el agujero del intestino. Por suerte sólo había uno. Cosió por encima la úlcera sangrante en el estómago, pero estaba claro que volvería a sangrar. Lavó la cavidad abdominal con varios litros de solución salina, vertiéndola en ella y succionándola.

—Bueno, ven a este lado, Marion. Quiero que cierres tú.

Trabajé de firme bajo su mirada de lince.

—Espera —me dijo, y cortó el nudo que yo había hecho—. Sé que es probable que hayas realizado muchísima cirugía en África. Pero la práctica no llega a ser perfecta si repites un mal hábito. Permíteme que te pregunte algo, Marion. ¿Quieres ser un buen cirujano? —Asentí—. La respuesta no es un sí automático. Pregúntale a la hermana Ruth. En el tiempo que llevo aquí, he formulado esa misma pregunta a otros. —Sentí que las orejas se me ponían rojas—. Contestan que sí, pero algunos deberían haber dicho que no. No se conocían a sí mismos. Mira, puedes ser un mal cirujano y lo normal es que ganes más dinero. Marion, debo preguntártelo otra vez. ¿De verdad quieres ser un buen cirujano?

—Supongo que debería preguntar qué es lo que entraña eso... —repuse alzando la vista.

—Bien. Eso es. Pues para ser un buen cirujano tienes que dedicarte a ser un buen cirujano. Así de sencillo. Has de ser meticuloso en las cosas pequeñas, no sólo en el quirófano sino también fuera. Un buen cirujano querría rehacer este nudo. Harás miles de nudos en tu vida. Si haces cada uno de ellos lo mejor que humanamente sea posible, tendrás menos complicaciones. Quiero ver la misma tensión en ambos extremos. Lo último que deseo es que al señor Walters le estalle el abdomen cuando se produzca la dilatación postoperatoria. Ese nudo bien hecho debe permitirle irse a casa y ordenar sus asuntos. Mal hecho, podría mantenerlo en el hospital sufriendo una complicación tras otra hasta morir. En cirugía las cosas grandes dependen de las pequeñas.

Aquella tarde nos sentamos en el despacho atestado de la doctora Ramuna, la patóloga, que localizó cáncer en el borde de una de las seis biopsias que había tomado yo días antes. La doctora Ramuna, una señora seria, tenía una forma de fruncir los labios que me recordaba a Hema. No se inmutó por haber pasado por alto el cáncer la primera vez. Señaló el balanceante montón de bandejas de cartón con diapositivas que había junto a su microscopio: biopsias que esperaban su interpretación.

—Hago la tarea de cuatro patólogos y sólo trabajo aquí media jornada. El Nuestra Señora no puede permitirse más. Pero no me pasan la mitad del trabajo. No puedo detenerme lo suficiente con cada muestra. ¡Por supuesto que se me pasó! Nadie viene a mirar las diapositivas conmigo, sólo tú, Deepak. Llaman: «¿Has podido ver ya esa muestra? ¿Has examinado aquel espécimen?» Si te interesa, baja, les digo. Dame buena información clínica y podré interpretar mejor lo que vea.

Me mantuve al tanto del estado del señor Walters.Le habíamos introducido un tubo por la nariz hasta el estómago y conectado a succión de pared, para mantener vacío el intestino durante los días siguientes. Estaba sufriendo mucho con el tubo y apenas hablaba.

El tercer día de postoperatorio le retiré el tubo nasogástrico. Se incorporó y, sonriendo por primera vez, inspiró hondo por la nariz.

—¡Ese tubo es un instrumento infernal! Aunque me dieran todas las riquezas de Haile Selassie, no accedería a que me lo pusieran de nuevo.

Inspiré profundamente yo también. Me senté al borde de la cama y le cogí la mano.

—Señor Walters, lo siento pero tengo malas noticias. Le hemos encontrado algo inesperado en el vientre.

Aunque era la primera vez que debía dar la noticia de una enfermedad mortal a alguien en Estados Unidos, me sentía como si fuese la primera en mi vida. En Etiopía, e incluso en Nairobi, la gente parecía dar por supuesto que toda enfermedad (incluso una trivial o imaginaria) fuese mortal. Esperaban la muerte. La noticia que transmitíamos en África era que habíamos mantenido a raya la muerte; no hacía falta mencionar las cosas que no podías hacer ni las enfermedades que eras incapaz de curar. Se daba por sentado. No recuerdo una palabra equivalente en amárico para «diagnosis», ni haber intentado jamás hablar con un paciente sobre una supervivencia de cinco años o algo similar. En Estados Unidos tuve la impresión inicial de que la muerte o su posibilidad siempre llegaba como una sorpresa, como si diésemos por supuesto que éramos inmortales y que morir sólo se trataba de una opción. La expresión del señor Walters pasó de la alegría por librarse del tubo a la conmoción y finalmente la tristeza. Una lágrima solitaria se deslizó por su mejilla y la vista se le empañó. Sonó mi busca, pero no hice caso.

No creo que puedas ser médico y no verte reflejado en la enfermedad de tu paciente. ¿Cómo iba a abordar la noticia que le había dado a Walters?

Al cabo de unos minutos, se enjugó la cara con la manga. Esbozó una sonrisa y me dio una palmadita en la mano.

—La muerte es la curación de todas las enfermedades, ¿no? Nadie está preparado para una noticia como ésta, la verdad. Tengo sesenta y cinco años. Soy un viejo. Mi vida ha sido agradable. Quiero reunirme con mi Señor y Salvador. —Sus ojos destellaron con picardía—. Pero todavía no —dijo, alzando un dedo y riendo, un lento sonido metronómico, jej, jej, jej... Me contagió su sonrisa—. Siempre queremos más, jej, jej, jej, ¿no es cierto, doctor Stone? Voy para allá,

Señor. No en este momento. Pero enseguida estaré ahí. Tú sigue, Señor. Ya te alcanzaré.

Lo admiré. Deseé aprender a ser así, a poseer su ritmo seguro, a tener aquel ritmo interior tocando quedamente dentro de mí.

—¿Sabe, joven señor Marion? Eso es lo que nos hace humanos. Siempre queremos más.

Me dio otra palmada en la mano, como si fuese él quien me confortara, como si hubiese ido a sentarme al borde de su cama buscando apoyo, valor y fe.

—Ahora siga con su trabajo. Sé que está ocupado. No hay problema. Ninguno. He de considerar detenidamente lo que acaba de decirme.

Le dejé sonriéndome, como si le hubiese hecho el mayor regalo que un hombre pudiera hacer a otro.

40

Sal y pimienta

Salí de la habitación del señor Walters y fui a sentarme en el banco del parque contiguo a la residencia de personal. Qué injusto para aquel hombre que el día más lúgubre de su vida fuese tan increíblemente bello. Los árboles del Nuestra Señora tenían colores que nunca había visto en África y bendecían el suelo con una viva alfombra de rojos, naranjas y amarillos, que crujía bajo las pisadas y emitía una fragancia seca pero dulce a la vez.

La risa y los gritos que llegaban del interior de nuestro edificio, del patio, se me antojaban sacrílegos. B. C. Gandhi había bautizado nuestra residencia como Nuestra Señora de la Perpetua Fornicación, y de hecho había días en que tenía la sensación de vivir en Sodoma.

Cuando empezó a hacer frío, entré. Vislumbré el fuego de leña crepitante de la olla de hierro colado que había en el patio, y olí a tabaco y algo más acre. Nestor, el lanzador rápido y compañero mío de internado, tenía un huerto de hierbas en la parte de atrás de nuestro edificio. El verano que llegamos obtuvo una espléndida cosecha de hojas de curry, tomates, salvia... y cannabis.

Más allá del huerto, el prado descendía hasta una valla de ladrillos coronada por alambre de espino, que nos separaba de un complejo de viviendas de protección oficial al que las autoridades de la ciudad habían puesto el nombre de Amistad veinte años antes. Ahora todo el mundo le llamaba el Barco de Guerra. Por la noche, se oía el fogueo de las armas procedente de allí y veíamos rayas de cometas, mensajes de la tierra al cielo.

Los lunes solíamos reunirnos en la residencia de enfermeras para una cena comunal a la que nos invitaban. Pero aquel día les tocaba a ellas visitarnos. Me uní a los demás.

—¿Cómo ha ido? —me preguntó B. C., acercándose y pasándome un brazo por los hombros. Le expliqué mi conversación con Walters. Me escuchó en silencio y luego dijo—: ¡Qué buen hombre! ¡Qué valor! Hemos tenido suerte con el señor Walters, sobre todo porque no es un formador de pelotas de mierda. ¿Qué es una pelota de mierda? La concreción dura y pegajosa que se forma en el fondo del vientre. Un paciente con cuatro bolas de mierda suele ser alcohólico. Ha sufrido al menos un par de ataques al corazón. Le pega a su mujer. Le han herido de bala en dos ocasiones. Es diabético. La función renal está al borde del desastre. Intentas una GOJ por un triple A y ¿sabes lo que pasa?

GOJ significaba Gran Operación Jodida y «triple A» definía el aneurisma aórtico abdominal. A mi compañero le encantaban los acrónimos, y aseguraba haber inventado muchos. Un paciente que estaba al borde de la muerte era GD (Girando en el Desagüe).

—¿A un cuatro pelotas de mierda?... Supongo que le va muy mal en una operación.

—Todo lo contrario. Mira, es un tipo que ya ha demostrado su capacidad de supervivencia. Ataques al corazón, derrames cerebrales, puñaladas, caídas de edificios. Tienen un protoplasma con gran capacidad de reacción. Muchísimos vasos colaterales, mecanismos de respaldo. Sale bailando de la sala de recuperación, se echa pedos la primera noche, se mea en el suelo intentando llegar al váter, y le va muy bien a pesar del whisky que la familia le pasa subrepticiamente para añadir sabor a las esquirlas de hielo, que son lo único que come, en teoría.

»Hay que vigilar a los que no generan pelotas de mierda. Son predicadores o médicos. Individuos como Walters, con una vida ordenada y sana. Siguen casados con la misma mujer, crían a sus hijos, acuden a la iglesia los domingos, llevan el control de la presión sanguínea, no comen helados. Intentas una GOP por un triple A y tendrás un BCAMSR. —O sea, un Bajando en Canoa por el Arroyo de Mierda Sin Remo—. En cuanto el anestesista le acerca la mascarilla a la cara le da un ataque al corazón en la dichosa mesa de operaciones. Si consigues operar, se le descomponen los riñones o la herida se abre.

O enloquecen y antes de que puedas llamar a la Escuadra Freud se han tirado por la ventana. Así que mira, tu amigo Walters ha tenido suerte.

Gandhi dio una calada a un canuto del tamaño de un puro que le tendió Nestor y me lo pasó.

—Toma —me dijo, reteniendo el humo y hablando con voz entrecortada—. El asunto es que vivir una vida honrada acaba matándote, amigo.

El cannabis no aliviaba mi fatiga. No tardé en tener la sensación de que se me volvían de mantequilla la cara y el cuerpo. Miré fijamente al cielo por encima del Barco de Guerra. Los sonidos (gritos cordiales, chillidos, el estruendo de un estéreo portátil, el ruido del balón en una canasta de baloncesto, el chirrido de unos neumáticos) eran una sinfonía que hacía juego con los dibujos en claroscuro que había en el muro de ladrillo. Tenía la impresión de que podía ver el interior del Barco de Guerra y que estaba contemplando la vida de los centenares de estadounidenses que vivían allí, familias cuyos servicios médicos eran trabajo nuestro. Me sentí un visionario.

—¿No resulta extraño... —dije, tras un largo silencio tratando de plantear la pregunta de forma que no pareciese una bobada— no resulta extraño que aquí todos los médicos seamos extranjeros?

—¿Quieres decir médicos indios? —repuso Gandhi—. Tú eres medio indio, pero afortunadamente para ti es tu parte bonita. Hasta aquí el amigo Nestor tiene un padre indio, sólo que él no lo sabe.

Nestor le tiró un tapón de botella.

—Sí, bueno, ¿no resulta extraño —proseguí— que estemos aquí nosotros, un hospital lleno de médicos indios, y al otro lado de ese muro se encuentren los pacientes de quienes nos cuidamos? Pacientes americanos pero no representativos de...

—Quieres decir pacientes negros, ¿eh? —apuntó Nestor con su acento musical—. Y te refieres también a los puertorriqueños.

—Sí. Pero lo que quiero decir es: ¿Dónde están los otros pacientes americanos? ¿Dónde están los otros médicos americanos?

—¿O sea, los pacientes blancos? ¿Dónde están los médicos blancos, eh?

—¡Sí! ¡Exacto!

—Oye, Marion. ¿En serio no te habías dado cuenta hasta este preciso momento?

—No... bueno, sí, me di cuenta. No soy tonto. Pero me pregunto si todos los hospitales de Estados Unidos serán como éste.

—¡Santo cielo, Marion! ¿Es que no te percatas de por qué estás aquí y no en el General Mass?

—Porque... no solicité el ingreso allí.

No estaba preparado para las carcajadas con que recibieron mi explicación, justo cuando creía que estaba planteando algo profundo.

Nestor se levantó y empezó a dar saltos.

—¡Porque no solicitó el ingreso allí! ¡No solicitó el ingreso allí! —canturreó.

El cannabis parecía propiciar sus risas histéricas, pero a mí no me causaba ningún efecto. Estaba enfadándome. Me levanté para marcharme.

—Marion, siéntate —me detuvo Gandhi, agarrándome del brazo—. Espera. Por supuesto que no solicitaste el ingreso —añadió suavemente—. No querías perder el tiempo en el Hospital General de Massachusetts. —Yo seguía sin entender—. Mira —me dijo, cogiendo un salero y un pimentero, y colocándolos uno al lado del otro—, el pimentero es nuestro tipo de hospital. Llámalo...

—Llámalo pozo de mierda —terció Nestor.

—No, no. Llamémoslo hospital Ellis Island. Estos hospitales están siempre en los sitios en que viven los pobres. El barrio es peligroso. Estos hospitales no forman parte de una Facultad de Medicina. ¿Entendido? Ahora, coge este salero. Éste es un hospital Mayflower, un hospital insignia, el hospital didáctico de una importante facultad. Todos los internos y estudiantes llevan chaquetas superblancas con insignias que rezan MÉDICO SUPERMAYFLOWER. Aunque se ocupen de los pobres, es honorable. Como pertenecer al Cuerpo de la Paz. ¿Comprendes? Cualquier estudiante de Medicina americano sueña con un internado en un hospital Mayflower. Su peor pesadilla es venir a un hospital Ellis Island. Ése es el problema ¿Quién va a trabajar en hospitales como el nuestro que está en un barrio malo y carece de Facultad de Medicina y de todo prestigio? Por mucho que el hospital e incluso el gobierno estén dispuestos a pagar, no encontrarán médicos a jornada completa que trabajen aquí.

»Así que Medicare decidió subvencionar hospitales como el nuestro para programas de práctica de internado y residencia. ¿Comprendes? Es una apuesta segura, un «gana-gana», como dicen... El hospital atiende a pacientes de quienes se ocupan internos y residentes a jornada completa, gente como nosotros, que vive en el mismo centro y cuyo estipendio es una jodida fracción de lo que pagaría el hospital a médicos con dedicación exclusiva. Y así Medicare proporciona servicios sanitarios a los pobres.

»Pero cuando Medicare puso en marcha este programa, creó un nuevo problema: ¿dónde estaban esos internos para ocupar tantos nuevos puestos? Hay muchos más puestos de internado disponibles que estudiantes de Medicina americanos licenciados. Los estudiantes americanos pueden escoger. Y permítame que te diga algo: no quieren venir aquí como internos. No, si pueden ir a un hospital Mayflower. Así que todos los años, el Nuestra Señora y todos los hospitales Ellis Island buscan internos extranjeros. Tú eres uno de los centenares que llegan como parte de esa migración anual que mantiene los hospitales funcionando. —B.C. se retrepó en su silla—. Cuanto Estados Unidos necesite, se lo suministrará el mundo. ¿Cocaína? Sale a la palestra Colombia. ¿Escasez de peones agrícolas y recogedores de maíz? Gracias a Dios que está México. ¿Jugadores de béisbol? ¡Viva la República Dominicana! ¿Más internos? ¡*Zindabad* India, Filipinas!

—Así que los hospitales a los que iba a acudir para una entrevista —dije, sintiéndome un imbécil por no haberme percatado antes—, en Coney Island, Queens...

—Todos eran hospitales Ellis Island. Exactamente igual que nosotros. El personal es extranjero. Y también muchos de los médicos de allí. En algunos son todos indios. Otros tienen un aire más persa. En otros son todos paquistaníes o filipinos. Es el poder de la comunicación oral: traes a tu primo, que trae a su compañero de clase y así sucesivamente. Y cuando terminamos las prácticas aquí, ¿adónde vamos, Marion? —Negué con la cabeza. No lo sabía—. A cualquier parte. Ésa es la respuesta. Vamos a las pequeñas poblaciones que nos necesitan. Como Nuncajamás, Texas, o Malamuerte, Alaska. A sitios donde los médicos americanos jamás ejercerían.

—¿Por qué no?

—Porque, *salah*, ¡porque en esos puebluchos no hay orquesta sinfónica! ¡Ni cultura! ¡No tienen equipo de baloncesto profesional! ¿Cómo va a vivir allí un médico americano?

—¿Es ahí adonde irás tú, B.C.? ¿A una ciudad pequeña?

—¿Bromeas? ¿Acaso esperas que viva sin orquesta sinfónica? ¿Sin los Mets o los Yankees? No, caballero, no. Gandhi se queda en Nueva York. Nací en Bombay y allí me crié, y ¿qué es Nueva York sino un Mumbai bajo en calorías? Estableceré mi consultorio en Park Avenue, pues hay una crisis de servicios médicos, ¿no lo sabías? La gente sufre porque tiene los pechos demasiado pequeños, o la nariz muy grande, o un michelín. ¿Y quién estará allí para ayudarlos?

—¿Tú?

—Por supuesto que sí, joder, amigos y amigas. ¡Esperen, señoras, esperen, que Gandhi no tardará en llegar! B. C. se lo hará más pequeño, más grande, más blando, más lindo, lo que quiera, pero siempre mejor. —Alzó la cerveza—. ¡Un brindis! Damas y caballeros, porque ningún americano se aventure a dejar este mundo sin un médico extranjero a su lado, igual que estoy seguro de que no hay ninguno que se aventure tampoco a venir a él.

41

Un nudo cada vez

Una tarde de mi noveno mes en el Nuestra Señora del Perpetuo Socorro, cuando íbamos al quirófano, un alguacil entregó unos papeles a Deepak Jesudass, que los cogió sin hacer comentarios. Seguimos con nuestro trabajo. Pasada la medianoche, cuando estábamos fumando en el vestuario fuera del quirófano, mi residente jefe sonrió y dijo:

—Cualquier otro me habría preguntado qué eran aquellos documentos.

—Me lo habrías dicho si me incumbiesen —repuse.

Deepak tendría unos treinta y siete años cuando nos conocimos. Su rostro juvenil y sus hombros de muchacho contrastaban con sus ojeras y los mechones de canas. Si alguien nos hubiese visto a todos en la cafetería, habría pensado que el residente jefe era B. C. Gandhi, porque encajaba muy bien en el puesto. Pero cuando reflexiono sobre mi formación quirúrgica, debo agradecérsela a un hombre bajo y taciturno, un cirujano humilde a quien tal vez el mundo jamás celebre. En el quirófano, Deepak era paciente, resuelto, brillante, original, meticuloso y decidido: un verdadero artesano.

«No vaciles con esa jeringuilla.» «Autodisciplina con las manos, Marion. Sólo un paso cada vez, no malgastes movimientos.» Cuando aprendí a cruzar las manos como él aconsejaba para conseguir la misma tensión en ambos extremos del nudo, surgió un nuevo problema: «Los codos pegados al cuerpo, salvo que intentes volar.» Rehíce muchos nudos cuando estaba con él y deshice líneas enteras de sutura y empecé de nuevo, hasta que se dio por satisfecho. Pasé a entender de distinta manera luz y exposición: «Trabajar a oscuras es para los topos. Nosotros somos cirujanos.» A veces, sus consejos contradecían lo que sugería la intuición: «Cuando conduces, miras adónde vas. Pero cuando haces una incisión, miras dónde has estado.»

Deepak era de Mysore, al sur de la India. Aquella noche en el vestuario, me contó algo que no creo que hubiese compartido con nadie en el Nuestra Señora. Cuando se licenció en la Facultad de Medicina, sus padres concertaron a toda prisa su matrimonio con una muchacha india nacida en Inglaterra que vivía en Birmingham, una novia reacia, a la que obligaba a casarse su familia pues no le gustaban los amigos de la joven. Ella llegó con sus parientes unas jornadas antes de la boda y se marchó al día siguiente, porque estaba estudiando en la universidad. Deepak tardó seis meses en conseguir el visado para reunirse con ella en casa de sus suegros. Descubrió que si abría la boca ella se ponía nerviosa y que no le permitía que se le acercara ni en público ni en privado. Se marchó de allí a las pocas semanas y consiguió un puesto en un hospital docente de Escocia, donde pudo iniciar el equivalente al internado de América. Una vez cubiertas las etapas correspondientes, se presentó por fin a unos difíciles exámenes que, una vez aprobados, le permitieron convertirse en miembro del Real Colegio de Cirujanos, mágicas siglas que añadía a su nombre. Entonces podría haber regresado a Mysore.

—Podría haber vuelto. En mi ciudad me habría ido muy bien con el título de MRCC grabado en una placa. Pero pensé en todas las personas que habían asistido a mi boda. No quería verlas; no me sentía capaz, la verdad. —El paso siguiente en Inglaterra habría sido que le nombrasen especialista en cirugía de un hospital—. No hay muchas plazas de especialista. Tiene que morir alguien para que quede una vacante. —Después de trabajar seis años como suplente de especialista, atendiendo todas las urgencias, Deepak decidió irse a Estados Unidos—. Suponía empezar de nuevo, porque aquí no reconocen la especialización de otros países. A mi edad, y después de tantos años de prácticas, no estaba seguro de ser capaz de aguantarlo.

El sistema de formación quirúrgica en Estados Unidos era diferente: tras un año de internado, seguido de cuatro como residente de cirugía con responsabilidades crecientes (el último como residente jefe), se le permitía presentarse al examen para convertirse en cirujano titulado, en especialista.

—Hice el internado en un lugar prestigioso de Filadelfia. Trabajé mucho —me dijo. Cerró los ojos y negó con la cabeza, recordando—. Ni siquiera avisé cuando murió mi padre, ni siquiera intenté tomarme un día libre. Pasé directo al segundo año, aunque trabajaba a un nivel más alto, desempeñaba prácticamente las funciones de residente jefe. Pero me despidieron después del tercer año. Un médico responsable que quiso echarme una mano acabó dimitiendo, a tal punto se indignó.

»Podría haber ingresado en urología o plástica, como suele hacer la gente si la echan en esa etapa. Muchos médicos extranjeros renuncian y acaban en psiquiatría o en lo que sea. Pero a mí me fascina la cirugía general. El mismo médico que había dado la cara por mí me consiguió un puesto en otro hospital, esta vez en Chicago, con la promesa de que me ascenderían si repetía el tercer año. Trabajé aún más... Pero volvieron a echarme. —Rió ante mi expresión de incredulidad—. Supongo que ayuda mi carácter, el hecho de no esperar demasiado. Amar la cirugía por sí misma. Sin embargo, tuve suerte, ya que uno de los cirujanos de Chicago apostó por mí. Se llamaba Popsy, y consiguió que viniese aquí como residente de cuarto año. Eso es lo curioso, lo increíble de Estados Unidos: hay tanta gente que te impide avanzar como ángeles cuya humanidad compensa por todos los otros. Tuve mi cuota de ángeles. Popsy fue uno de ellos.

Lo nombró residente jefe de la noche a la mañana, con la condición de que lo fuera dos años. Cuando llegué, Deepak se encontraba en el último año de formación.

—¿Así que acabarás el mismo día que yo termine el internado?

Me inquietó su silencio.

—Hoy nos comunicaron que pronto habrá una visita de inspección de los que acreditan nuestro programa de residencia —repuso, cabeceando lentamente—. Si no les satisface lo que vean, pueden cancelarlo. Hemos conseguido poquísimos internos. Y muy pocos médicos residentes en cada nivel para el volumen de pacientes que tratamos. Por no mencionar ya la escasez de docentes.

—¿Cómo es eso?

—Nuestros competidores están ofreciendo mejores condiciones. Fue una suerte conseguiros a Nestor, a Rahul y a ti. Necesitamos más internos, más docentes a tiempo completo. La verdad es que Popsy ya no cuenta con tanta influencia como antes para atraer a buenos docentes. En este momento, lo único que permite que se acepte nuestro programa son sus credenciales y su historial académico. Popsy vale su peso en oro, en teoría. Si él deja el puesto, o llega a saberse que sufre demencia precoz, el castillo de naipes se vendrá abajo. —Debí parecerle preocupado, porque dijo—: No te inquietes. Encontrarás otro puesto y te reconocerán este año.

—¿Ésos eran los documentos que te entregó el alguacil?

—Oh, no, conciernen a mi presunta esposa. Ahora cree que gano mucho dinero y ha presentado en Nueva York una demanda para conseguir la pensión compensatoria de cónyuge. Mi abogado dice que no me preocupe. Que no le debo nada.

—¿Y qué me dices de ti, Deepak? ¿Qué harás si cancelan el programa?

—No lo sé, Marion. Me siento incapaz de pasar por lo mismo otra vez. No puedo seguir ayudando a alguien que es mi «superior», pero que está matando al paciente y no tiene el buen sentido de pedirme ayuda. Tal vez siga trabajando aquí sin más. La hermana Magda asegura que el hospital me contratará. Viviré aquí, lo mismo que Popsy. Operaré. Al hospital no le importa que tenga o no titulación, sobre todo si se cancela el programa de residencia. El Nuestra Señora necesita un cirujano. Seré otro Popsy. Aunque te cueste creerlo, él era un cirujano extraordinario hasta que se vino abajo. Y aún más importante, era un hombre excepcional, verdaderamente daltónico.

Después de la operación del señor Walters, Deepak hizo correr la voz de que Popsy no debía operar más en ninguna circunstancia.

—¿Qué podemos hacer para impedir que cancelen el programa? —le pregunté.

—Rezar.

42

Líneas de sangre

Aunque recé, no sirvió de nada. Cuando faltaban dos meses para que yo acabara el internado y Deepak la residencia, sometieron nuestro programa a prueba. Me preocupaba mi suerte. Ya era bastante lúgubre la posibilidad de que cancelaran el programa, pero sería aún peor que no me reconocieran el año que le había dedicado. Lo lamentaba muchísimo por Deepak, que estaba a punto de terminar el período como residente jefe. Sin embargo, hasta que se viese nuestra apelación y llegase la orden final de suspensión, lo único que podíamos hacer era seguir trabajando.

Un viernes a última hora me llamaron a la sala de urgencias. Llegué cuando la ambulancia entraba con un zumbido de sirenas. El personal sacó una camilla, bajó las ruedas y entró a la carrera con ella como si fuese un ariete. Las puertas de cristal se abrieron justo a tiempo. Consideraba esos detalles pequeños milagros, habilidades cotidianas que contrastaban con lo conocido en África. Corrí con ellos. Aunque lo había hecho a menudo durante casi el año que llevaba en el Nuestra Señora, todavía se me disparaba la adrenalina.

—Sin identificar, accidente de coche, apenas respiraba cuando lo recogimos —explicó un camillero—. Se saltó un semáforo en rojo y una furgoneta le dio por el lado del conductor. Como no llevaba cinturón de seguridad, salió disparado por el parabrisas... Luego, es increíble, su propio coche se estrelló contra él... No es broma. Hay testigos. Aterrizó en la acera. No se aprecian lesiones en el cuello. Tobillo izquierdo magullado, contusiones en pecho y abdomen.

Vi a un varón negro bastante guapo, con buen aspecto y no más de veinte años.

Los de la ambulancia le habían conectado dos bolsas de solución salina intravenosa. Habían extraído sangre, que en tubos con tapones rojo, azul y lavanda entregaron al técnico del laboratorio, el cual empezaría a teclear y cotejar y a pedir sangre antes de que le quitásemos la ropa al paciente.

—Hay más datos —añadió el conductor de la ambulancia—. El motivo de que se saltase el semáforo en rojo es que estaba enzarzado en un tiroteo con un grupo de jóvenes pandilleros. Uno recibió un disparo en la cabeza; viene de camino en otra ambulancia, pero no hay que preocuparse... ya no es ninguna urgencia. Tuvieron que recoger trozos de sesos de la acera... Este tipo —añadió, señalando a nuestro paciente— fue quien le disparó.

El paciente tenía el cráneo intacto, pero estaba inconsciente. El corte que se le marcaba en el pelo corto era tan recto como si se lo hubiesen hecho con regla, una de esas cosas extrañas que veías en ocasiones similares.

Cuando acerqué la luz contrajo las pupilas, señal rudimentaria pero tranquilizadora de que su cerebro funcionaba perfectamente. Noté el pulso apenas perceptible y muy rápido: el monitor indicaba 160 pulsaciones por minuto.

Una enfermera comunicó la presión. «Ochenta sobre nada.» Y a los pocos segundos: «Cincuenta sobre cero.»

Se le conectaron fluidos, la sangre venía de camino. Tenía una contusión sobre las costillas inferiores, a la derecha. El vientre estaba tenso y parecía ir hinchándose ante nuestros ojos.

—No hay presión —declaró la enfermera justo cuando llegaba el técnico de rayos X con el aparato portátil.

—No hay tiempo para eso. Se está desangrando —dije—. Llévenlo al quirófano. Es su única posibilidad. —Pero nadie se movió—. ¡Rápido! —grité, empujando la camilla—. Llamen a mi equipo de respaldo, avísenles.

Ya en el quirófano, me lavé sólo en treinta segundos, mientras el doctor Ronaldo, el anestesista, ajustaba el tubo traqueal. Me miró y negó con la cabeza.

Me puse los guantes al tiempo que observaba lo que había preparado la enfermera instrumentista.

—Olvide las esponjas. Traiga paquetes de compresas. Ábralas. No tendremos tiempo de desdoblarlas. Habrá demasiada sangre. Necesitaremos recipientes grandes para los coágulos.

El paciente tenía el vientre aún más tenso.

Ronaldo, que atisbaba cocodrilescamente por encima de la mascarilla, se encogió de hombros cuando le miré para dar la señal de empezar.

—Prepárate —le dije—, porque cuando abra, la presión tocará fondo.

—¿Qué presión? —me preguntó él—. Si no hay...

De momento, la sangre que dilataba el vientre servía de compresa, presionando sobre el vaso abierto, dondequiera que estuviese. Pero en el instante en que yo abriera, el géiser volvería a dispararse. Coloqué almohadillas alrededor del vientre. Vertí Betadine en la piel, limpié, recé una oración y corté.

Brotó la sangre y se derramó por el borde de la herida como una marejada. A pesar de todas las almohadillas, a pesar de mi manguera de succión que aspiraba ávidamente, corrió por encima de los paños, sobre la mesa, chapoteó en el suelo. Me empapaba la bata, me caía por los muslos, en los calcetines, se escurría dentro de los zapatos.

—¡Más compresas! —Había intentado prevenir a las enfermeras, pero no estábamos preparados para aquel torrente.

Introduje la mano, desplazando una segunda oleada de sangre al coger el intestino delgado. Fui sacando tubo intestinal y colocándolo en un paño al lado de la incisión. De hecho conseguí vaciar al paciente en cuestión de segundos.

Deepak apareció frente a mí, preparado. Junté las manos y di un paso atrás para pasar al otro lado de la mesa de operaciones, pero él negó con la cabeza.

—Quédate ahí —me dijo. Cogió un retractor y tiró para que yo pudiese ver debajo del diafragma.

Introduje las compresas alrededor del hígado. Luego hice lo mismo por el lado izquierdo, en las proximidades del bazo. Curvando los dedos, saqué los grandes coágulos que quedaban en la cavidad abdominal. Metí más compresas en el abdomen y la pelvis, hasta dejarlo todo bien taponado. No veía que sangrara ningún vaso.

Ahora podíamos hacer un descanso.

—¿Estamos bien de sangre? —pregunté a Ronaldo.

—Nunca lo estamos—contestó. Al ver que seguía mirándolo, se encogió de hombros y señaló con un gesto sus diales como si me indicara que las cosas no estaban peor que cuando habíamos empezado, que era la noticia que yo había esperado.

Retiré con cuidado las compresas, empezando por los puntos donde era menos probable que hubiese hemorragia. La pelvis estaba limpia, no había sangre. Luego las que rodeaban el bazo. Si el vientre del paciente fuese una habitación, se había retirado el mobiliario (las estructuras centrales más movibles), de manera que podíamos ver el fondo. Si hubiese hemorragia por rotura de la aorta o sus ramificaciones, la pared posterior del abdomen (el retroperitoneo) mostraría una hinchazón alarmante, un hematoma. Pero también estaba limpia.

Presentí que encontraríamos la hemorragia detrás del hígado, un lugar lleno de sombras, difícil de ver y fijar. Donde la cava inferior, la vena más larga del cuerpo, transporta la sangre que vuelve de las extremidades inferiores y el tronco, a lo largo y por detrás del hígado camino del corazón. Al atravesar el hígado, recoge la aportación de las tensas y cortas venas hepáticas que lo drenan.

Retiré las compresas del hígado. Nada. Entonces lo empujé con cuidado hacia delante para examinar su lado oscuro.

Un furioso borbotón de sangre llenó el cuenco vacío del abdomen. Volví a colocar el hígado en su sitio y enseguida dejó de manar sangre. Mientras no tocásemos allí, todo iría bien. ¿Cómo había dicho Solomon cuando operaba en el campo con la guerrilla? «La herida en la que el cirujano ve a Dios.»

—Bien —dijo Deepak—, dejémoslo así.

—¿Y ahora?

—Sangra por la incisión de la piel y por todos los accesos intravenosos, es decir, la sangre no coagula. —Deepak hablaba en voz baja, así que tenía que inclinarme hacia él para oír—. Es inevitable con tal trauma. Les abrimos, les inyectamos fluidos y la temperatura corporal baja... Hemos diluido el sistema de coagulación y por eso deja de funcionar. Cubramos el hígado y dejémoslo. Llevémoslo a la UCI, donde podemos calentarlo y ponerle más sangre y plasma congelado fresco. En un par de horas, si sigue vivo, si se encuentra más estable, podemos volver.

Protegí el hígado e introduje de nuevo el intestino delgado en la herida. En vez de suturar la piel, unimos los bordes con erinas.

—Los equipos de trasplante vendrán a recoger las córneas, el corazón, los pulmones, el hígado y los riñones del tipo al que disparó —informó Deepak—. Este quirófano es más grande y les dejaré trabajar aquí.

Dos horas más tarde, en la unidad de cuidados intensivos, las heridas punzantes habían dejado de sangrar. Era complicado acercarse a Shane Johnson Junior, que era el nombre del paciente, por la acumulación de barras y aparatos alrededor de la cama. Su familia estaba en la sala de espera, intentando comprender lo incomprensible. El plasma helado fresco, los fluidos y la sangre caliente habían proporcionado a Junior una presión sanguínea registrable y una temperatura aceptable. Estaba vivo, pero apenas.

—Bueno —dijo Deepak después de examinarlo y mirar el reloj—. Echemos otra ojeada.

Esta vez estábamos en el quirófano más pequeño. Ronaldo seguía muy pesimista. Junior tenía la cara y las extremidades hinchadas, los capilares rezumaban lo que estaba inyectándosele. Aún había que seguir introduciendo fluido para mantener la presión sanguínea, pero era como intentar llenar un cubo agujereado por un lado.

Deepak insistió en que me pusiera otra vez a la derecha del paciente. Llevó sólo dos segundos retirar paños quirúrgicos, limpiar la piel y quitar las pinzas erinas que unían los bordes de la herida. Retiré las compresas.

Me guió los dedos hasta el tronco de vasos sanguíneos que entraba en el hígado.

—Bien —dijo—. Aprieta ahí.

Era la maniobra de Pringle. Apreté, cortando el riego sanguíneo al hígado, mientras Deepak retiraba la última compresa y lo alzaba. La sangre salió a borbotones, convirtiendo el campo limpio y seco en una masa roja y empapada.

—Bueno, ya puedes soltar —me dijo, volviendo a su sitio el hígado—. Es lo que me temía: la vena cava está rota, seguro. Por eso sangra todavía, a pesar de la maniobra de Pringle.

En algunas personas, la cava inferior apenas se incrusta en la parte posterior del hígado. En nuestro paciente, estaba envuelta por el órgano. Cuando Junior fue lanzado por el aire para estrellarse contra la acera, el hígado había seguido viajando; en su impulso había roto las venas cortas que lo anclaban a la cava, dejando un desgarrón irregular.

Deepak pidió una sutura con un portaagujas largo. A una señal suya, desplacé el hígado hacia delante mientras él trataba de introducir la aguja en un extremo del desgarrón. Pero antes de que pudiese siquiera verlo, el campo estaba cubierto de sangre.

—¡Santo cielo! ¿Cómo arreglamos esto? —dije, incumpliendo la norma fundamental de guardar silencio como ayudante.

—Bueno, es fácil reparar la cava, el único problema es que se interpone el hígado.

Tardé un segundo en comprender que eso era lo más parecido a una broma suya cuando estaba en el quirófano.

Guardó un largo silencio, se quedó casi en trance, mientras yo procuraba no hacer el menor ruido. Por fin se activó, como un sacerdote al terminar una oración.

—Bueno. Es una posibilidad remota. Cambiemos de lado.

Yo no estaba preparado para lo que siguió. Sólo pude maravillarme e intentar ser el mejor ayudante posible. Deepak limpió el pecho al paciente y le practicó una incisión vertical sobre el esternón, por la que acto seguido pasó la sierra eléctrica. Empezó a flotar un olor a carne y hueso chamuscados y, de pronto, el pecho se abrió como una maleta rebosante.

No pregunté lo que estaba haciendo ni él lo explicó. Mi experiencia en cirugía torácica consistía principalmente en drenar acumulaciones de fluido fuera del pulmón y ver cómo Deepak extirpaba un lóbulo canceroso. Durante mi internado, habíamos abierto el pecho en tres ocasiones y suturado una herida de arma blanca en el corazón. Uno de los tres heridos había sobrevivido. Ésa era una de las carencias de nuestro programa, uno de los motivos de que fuesen a cancelarlo: teníamos que derivar a otros hospitales casi todos los casos de cirugía torácica, sin mencionar buena parte de los de urología y cirugía plástica.

El corazón de Junior, una masa carnosa con vetas amarillas cubierta por el saco pericárdico, quedó al aire y siguió bombeando, como había hecho durante sus diecinueve años de vida. Nunca había corrido mayor peligro. Deepak abrió el pericardio.

Advertí actividad en el quirófano detrás de mí y en la zona esterilizada, que era compartida. En un momento determinado, miré hacia allí y vi por los tres paños de ventanas una serie de rostros blancos alrededor de la otra mesa de operaciones.

Deepak practicó una sutura en bolsa de tabaco alrededor del atrio izquierdo, la cámara superior del corazón que recibía sangre de la vena cava. Cogió un tubo torácico y lo agujereó por los lados con las tijeras. Luego hizo una muesca en el atrio del corazón, en el centro de la sutura. Después deslizó el tubo que acababa de modificar en el atrio, utilizando la bolsa de tabaco para asegurar el tejido alrededor del tubo, que empujó hacia abajo a través del orificio de la vena cava inferior, para llegar hasta donde estaba localizado el problema.

—Avísame cuando llegue al nivel de las venas renales —me pidió.

Vi que la vena cava inferior se hinchaba como una manguera de jardín al llenarse de agua.

—Ahora.

—El tubo cumple la función de endoprótesis vascular de la cava —explicó, inclinándose para mirar por abajo—. Es como un *bypass* rudimentario para que la sangre del tronco pueda seguir llegando al corazón mientras realizamos la reparación. Bien, veamos si podemos arreglar esto.

Ajustó las luces de arriba. Cuando alcé el hígado, la hemorragia era mucho menor que antes y, más aún, los bordes de la desgarradura de la vena eran visibles sobre el telón de fondo del tubo. Deepak sujetó un borde del desgarrón con pinzas largas, pasó por él la aguja curvada, luego sujetó el otro lado, pasó también la aguja y ató un nudo. Dejé que el hígado volviese a su sitio. Era un proceso laborioso: alzar, sujetar, pasar la aguja, limpiar, pasar la aguja por el otro lado, limpiar, atar, dejar el hígado.

En cierto momento, justo cuando estábamos acabando, noté una presencia a mi lado. Deepak alzó la vista, pero no habló.

—¿Se trata de una derivación de Shrock, hijo? —preguntó alguien a mi espalda. Era un varón, con tono bastante cortés, consciente de que nos hallábamos en un momento delicado para entrometerse, pero con la autoridad del que tiene derecho a preguntar.

—Sí, señor —contestó Deepak alzando de nuevo la vista, para enseguida volver a su tarea.

—¿El desgarrón es muy grande? —Deepak levantó el hígado y ajustó la luz de arriba para que el visitante pudiese ver—. Unos tres cuartos alrededor de la cava.

El tubo que había hecho descender desde el corazón constituía un excelente entablillado interno para la vena y a través de él corría como un pliegue la primera parte de la limpia sutura de Deepak. Era un bello espectáculo, orden restaurado a partir del caos.

—Impresionante —comentó el visitante sin el menor sarcasmo, sólo con admiración sincera. Retrocedí para que pudiese ver mejor y entonces él se inclinó—. Magnífico, magnífico. Yo pondría un poco de espuma de gel en la zona del hígado afectada. ¿Piensa dejar algunos drenajes?

—Sí, señor.

—Supongo que es usted el cirujano titular.

—No; soy el residente jefe. Me llamo Deepak.

—¿Dónde está el cirujano titular? —Deepak lo miró a los ojos, pero no respondió—. Comprendo. No es de los que se levantan por cosas así. ¿Lo ve usted alguna vez?

Ronaldo soltó un bufido a modo de respuesta y se volvió hacia sus diales, simulando desinterés. El visitante miró al anestesista como si fuese a arrancarle la cabeza de un mordisco, pero al parecer recordó que aquél no era su quirófano, y se contuvo.

—¿Y cuántas derivaciones de Shrock ha practicado, Deepak?

—Ésta es la sexta.

—¿De veras? ¿En cuánto tiempo?

—En dos años que llevo aquí... Por desgracia, vemos muchos heridos.

—Por desgracia, sí. Pero por suerte para nosotros; no hay que ser ingratos... Sin embargo, ¿ha dicho seis Shrock? Notable. ¿Y con qué resultado?

—Uno murió, pero una semana después de la operación. Caminaba ya, comía. Seguramente embolia pulmonar.

—¿Le hicieron autopsia?

—Parcial. La familia nos permitió volver a abrir el abdomen. La reparación de la cava parecía en buen estado. Tomamos fotografías.

—¿Y las otros?

—El segundo, el tercero y el quinto estaban vivitos y coleando a los seis meses de la operación. El cuarto murió en el quirófano antes de que consiguiese llegar hasta aquí, justo cuando acababa de abrir el corazón.

—¿Y la cuenta usted?

—Debo hacerlo. «Intención de tratar»... eso cuenta.

—Muy bien. Debe contarla. Pocos cirujanos lo harían. ¿Y la sexta?

—Es ésta.

—Bien. Bueno, su experiencia es mejor que la mía. He hecho cuatro en seis años. Todos los pacientes murieron. Dos en la mesa de operaciones, dos tan poco después de la intervención que fue lo mismo que si hubiesen muerto mientras los operaba. No presentaban un trauma tan grande como éste. Dos eran roturas de alguien que había intentado extirpar una masa cancerosa adherida. Debería escribir un informe de su experiencia.

Deepak carraspeó.

—Con todo el debido respeto, señor, ya lo he hecho. Nadie publicará un informe procedente del Nuestra Señora...

—Tonterías. ¿Cuál es su nombre completo?

—Deepak Jesudass, señor. Le presento a mi interno...

—Mire, haga una cosa, describa este caso y añádalo a los otros informes y luego déjeme echarle un vistazo. Intentaré que lo publiquen si es bueno. Se lo enviaré al director del *American Journal of Surgery*. Ya me pondré en contacto con ustedes para ver cómo le va al paciente. Buena suerte. Por cierto, me llamo...

—Sé quién es usted, señor. Gracias. —El visitante estaba saliendo ya, cuando Deepak dijo—: ¿Señor?... Si fuese usted... bueno, no importa.

—¿De qué se trata, diga? Tengo un órgano de cadáver que debería estar ya en el aire. Sólo he parado a admirar su trabajo.

—Si nos enseñara a preparar el hígado... podríamos empezar a hacerlo y le ahorraríamos tiempo.

Intenté volverme a mirar, pero como estaba sujetando un retractor no podía.

—No confío en nadie —reconoció la voz—, por eso lo hago yo mismo. Mis residentes jefes carecen de habilidad suficiente... Son chicos listos, pero no tienen el volumen de ustedes en este centro.

—Nosotros tenemos el volumen. Y van a cancelar el programa.

—¿Qué? Oí rumores en ese sentido, sí. Oí hablar de Popsy... ¿Es cierto? —Deepak se limitó a asentir—. ¿Éste es su quinto año?

—El séptimo. Octavo. Décimo. Depende de cómo cuente, señor. —Deepak no mencionó su formación en Inglaterra.

No hizo falta, porque el visitante dijo:

—Percibo cierta entonación escocesa. ¿Estuvo usted en Escocia? ¿Es usted miembro de Real Colegio de Cirujanos?

—Sí.

—¿En Glasgow?

—En Edimburgo. Trabajé en Fife. Toda aquella zona.

Siguió un hondo silencio. El hombre que estaba detrás de mí no se había movido. Parecía que estuviera considerándolo.

—¿Qué hará si cierran?

Deepak bajó los ojos.

—Seguiré trabajando. Probablemente aquí. Amo la cirugía...

—Deepak Jesudass, ¿con jota? —preguntó después de una eternidad la voz, y lo deletreó—. ¿Es correcto? Venga a verme a Boston, doctor Jesudass. Le pagaremos el viaje. Ya lo arreglaré para que visite mi laboratorio de trasplantes. Le pondremos al día. Si alguien puede recoger órganos por mí, probablemente sea usted. Hablaremos con calma en Boston. Ahora tengo que marcharme. Buen trabajo.

Oímos cerrarse la puerta tras él.

Seguimos trabajando en silencio, hasta que Deepak dijo por fin:

—Sólo le dije mi apellido una vez... y fue capaz de repetirlo. —Había terminado la reparación y estaba cerrando, con la misma eficacia y el mismo cuidado con que abriera. Pidió la espuma a la enfermera instrumentista—. En todos los años que llevo aquí, nadie fue capaz de recordar mi nombre cuando me presentaba. Nadie se molestó en hacerlo. En general, no nos ven como individuos sino como estereotipos.

Estaba más erguido y los ojos le resplandecían. Nunca lo había visto así. Me enorgulleció y me alegré por él.

—¿Quién es? —le pregunté, muerto de curiosidad.

—Tal vez te parezca anticuado, pero siempre pensé que el trabajo duro rinde sus frutos. Es mi versión de las Bienaventuranzas. Haz lo que es justo, prescinde de lo injusto, del egoísmo, sé fiel a ti mismo... un día todo eso da fruto. Por supuesto, no sé si la gente que obró mal contigo padece o recibe su merecido, supongo que no funciona de ese modo. Pero sí creo que un día recibes tu recompensa.

—¿Lo conocías? —insistí.

Eludió mi pregunta y se volvió hacia la enfermera circulante.

—¿Ese equipo concreto vino por el hígado o por el corazón?

—Por el hígado. Antes llegó otro que se llevó corriendo el corazón.

Deepak sonrió y se volvió hacia mí.

—Como llevaba mascarilla no estoy muy seguro, Marion. Lo estaría si le hubiese visto los dedos. Pero creo que sé quién es. Acabas de conocer a uno de los mejores cirujanos del mundo, un pionero de los trasplantes de hígado.

—¿Cómo se llama?

—Thomas Stone.

43

Jornadas médicas

Creo en los agujeros negros. Creo que cuando el universo se vacíe en la nada, pasado y futuro chocarán y se unirán en el último giro alrededor del desagüe. Creo que así se materializó en mi vida Thomas Stone. Si no fuese ésa la explicación, entonces he de invocar no a un Dios indiferente que nos abandona a nuestras propias fuerzas, que ni causa ni evita los tornados y la peste, sino a un Dios que de vez en cuando meterá el pulgar en la rueda giratoria a fin de que un padre que puso un continente entre sus hijos y él se encuentre en la misma habitación que uno de ellos.

Cuando era pequeño añoré a Thomas Stone, o al menos la idea de él. Durante muchas mañanas lo esperé junto a las verjas del Missing, una espera que ahora me parecía necesaria, un requisito para que se me endurecieran y curaran las entrañas como se cura la madera de sauce de un bate de críquet para afrontar toda una vida de golpes. Ésa fue la lección en aquellas verjas: nadie te debe nada y tu padre tampoco.

No había olvidado lo que me había pedido Ghosh. Digamos sólo que lo había apartado a un lado. No me sentía culpable por no cumplir la promesa; nunca tenía tiempo de buscar a Thomas Stone, y además, estuviese donde estuviese, aún no había llegado a experimentar la sensación de encontrarme en su América. Vivía en una isla, un protectorado, un territorio que América reivindicaba sólo de manera nominal. Al llevar su tratado conmigo desde Adis Abeba hasta Sudán, Kenia y luego Estados Unidos, había empezado a sentir un respeto renuente por el autor. Me decía que el manual era mi piedra de toque para la hermana Mary Joseph Praise: veía su mano en los dibujos lineales y llevaba el marcador con su caligrafía en la cartera. Había descubierto a Thomas Stone en el texto, de igual modo que debía haberse descubierto a sí mismo en la disciplina de tomar notas ante un entorno de pobreza y enfermedad, venciendo la fatiga para llenar cuadernos con sus observaciones. Estaba convencido de que había reunido aquella colección de diarios para dar forma a un manual. Y había encarnado así sus conocimientos.

Pero cuando aquel escritor, el único autor vivo de mi ADN, se puso a mirar por encima de mi hombro en el quirófano, fue carne lo que encarnó, carne de mi carne, con un olor que debería haber reconocido como familiar y una voz que era mi herencia. Al inclinarse sobre el abdomen del paciente para observar nuestro trabajo, desplazó el cráneo sobre las vértebras atlas y axis justo así; y cuando pegó los brazos al pecho, encogiendo los omóplatos, empequeñeciéndose para no contaminar nuestro campo, sus movimientos eran un eco de los míos.

Seguro que Thomas Stone percibió alguna perturbación en el universo y por eso se presentó en nuestro quirófano. Confieso que cuando no sabía quién era, no sentí nada: ni aura ni hormigueo, sólo la admiración por el milagro que había hecho Deepak con el tubo de plástico y su pericia excepcional, pericia que el desconocido no dejó de valorar. Cuando supe que nuestro visitante era Stone, no estaba preparado. ¿Debería haber reaccionado entonces con cólera? ¿Con justa indignación? Había perdido la oportunidad de reaccionar mientras él se encontraba allí. Pero ahora, por primera vez desde la infancia, deseaba hacer algo más que estudiar su retrato de los nueve dedos. Ansiaba saber acerca del cirujano de carne y hueso que había estado a mi lado.

Durante los días siguientes lo busqué en el *Index Medicus* de la biblioteca del hospital, sacando uno a uno los grandes tomos, a partir de 1954, año de mi nacimiento. Quería saber sobre el Stone posterior al *Compendio*; deseaba conocer las aportaciones científicas que hiciera tras abandonar el trópico. Aunque nuestra biblioteca era pequeña, Popsy había donado su colección de revistas de cirugía, que se remontaba a los años cincuenta. Encontré casi todos los artículos enumerados en el *Index Medicus*.

Tracé en mi cuaderno la evolución de la carrera científica de Thomas Stone según se reflejaba en sus publicaciones. En Estados Unidos se había concentrado en la cirugía del hígado, y su carrera se entrelazaba con la historia de los trasplantes, con la idea audaz de tomar un órgano de Pedro para salvar la vida de Pablo. Los antecedentes remitían a antes de Stone, claro está, a los años cuarenta, con sir Peter Medawar y sir Macfarlane Burnet, que nos habían enseñado cómo diferencia el sistema inmunitario los tejidos propios de los extraños y rechaza y destruye los segundos. Dos meses antes de que mi hermano y yo naciéramos, Stone había publicado una carta al director del *British Medical Journal* en que describía la extraordinaria longitud y redundancia del colon de muchos etíopes, que a su modo de ver era la razón de que se doblara tan fácilmente, una afección denominada vólvulo sigmoideo. En 1967, cuando Christian Barnard había sustituido en el hospital Groote Schuur de Ciudad del Cabo el corazón cicatrizado y enfermo de Lewis Washkansky por el del joven Denise Darvall, que había muerto en un accidente de tráfico, mi padre, en Boston, estaba interesado por la resección de hígado: su investigación se planteaba cuánto se podía cortar dejando suficiente para preservar la vida.

En Estados Unidos, figuraba a la cabeza de los trasplantes un cirujano genial, otro Thomas, aunque éste apellidado Starzl. Había realizado los primeros trasplantes de hígado en Colorado, en 1963 y 1964, pero ningún paciente había sobrevivido. Según las notas al pie, Stone, de Boston, lo había intentado en 1965 y fracasado también. Starzl no cejó en su empeño, a pesar de críticas crecientes, hasta que realizó el primer trasplante de hígado con éxito en 1967. Otros cirujanos, entre ellos Thomas Stone, consiguieron la misma hazaña. El riesgo aún era muy grande, pero divulgaron su experiencia con trucos como desviar la sangre de la vena portal a la cava superior durante la larga operación, o empleando la «solución de la Universidad de Wisconsin» para preservar el hígado que se iba a trasplantar, y los resultados mejoraron. Ya no se trataba de un problema técnico, aunque la operación era técnicamente la más difícil que podía llevarse a cabo, el equivalente a que un pianista interpretase *Rapsodia sobre un tema de Paganini* de Rachmaninov, pero sin poder saltarse una nota ni equivocarse en una frase. Era una operación que duraba diez horas, a veces veinte. Starzl había demostrado que era factible. Los nuevos obstáculos consistían ahora en encontrar órganos suficientes para trasplantar y, por supuesto, en el rechazo del sistema inmunitario.

En 1980, el año de mi internado, Starzl se concentró cada vez más en el rechazo, confiando en un fármaco prometedor descubierto en Cambridge por el equipo de sir Roy Calne: la ciclosporina.

Thomas Stone adoptó un enfoque distinto. Concentrándose en el problema de la escasez de órganos, buscó una solución que la mayoría consideraba un callejón sin salida: extirpar parte del hígado de un padre sano e implantársela a un niño con insuficiencia hepática. Descubrió que, al menos en los perros, el hígado aumentaba de tamaño para compensar la pérdida, al tiempo que el segmento trasplantado mantenía con vida al receptor. Pero cortar el hígado del donante planteaba problemas como filtraciones de bilis y coágulos en la arteria hepática que alimenta el órgano, además de poner en peligro la vida del donante sano, puesto que el hígado, a diferencia del riñón, es único. Aún más prometedor y de utilidad inmediata fue el trabajo de Stone cuando empleó células hepáticas animales, a las que intentó despojar de los antígenos de superficie que permitían a las células humanas identificarlas como extrañas, cultivándolas en láminas sobre una membrana y utilizándolas como una especie de hígado artificial, es decir, una solución de tipo diálisis.

Me entusiasmó lo que leí sobre los trasplantes, sin duda, uno de los episodios más absorbentes de la medicina estadounidense.

Junior era el centro de atención de la UCI. Estaba muy sedado, movía los globos oculares bajo los párpados cerrados. El tipo de trauma por el que había pasado solía desembocar en pulmón de shock, o pulmón Da Nang (identificado en los soldados estadounidenses que, sometidos a reanimación en el campo de batalla, desarrollaban aquella extraña rigidez pulmonar) junto con paralización renal. Según las normas de B.C. Gandhi, un paciente con más de siete tubos estaba prácticamente muerto; Junior tenía nueve. Pero en el transcurso de las semanas fueron retirándole uno tras otro, y mejoró. Esto requirió meticulosos cuidados, y Deepak y yo estudiamos detenidamente sus diagramas de flujo diarios, previendo sus necesidades y subsanando los problemas que surgían. J. R., como lo llamaba su familia, pasó de la UCI a una habitación en planta al cabo de cuarenta y tres días. Y una semana después salió del hospital por sus propios medios, sonriendo con timidez, entre los vítores de los equipos de traumatología y la UCI que flanqueaban la entrada. Si había disparado a alguien, los testigos habían desaparecido y la policía había perdido interés, así que se fue a casa. Creo que verlo abandonar el hospital me encaminó como cirujano de traumatología. La recuperación no era en modo alguno la norma en cirugía traumática, aunque se daba con frecuencia, sobre todo en sujetos jóvenes y previamente sanos, por lo que los esfuerzos heroicos merecían la pena. La mente es frágil y voluble, pero el cuerpo humano es resistente.

Como internos, se nos permitía asistir a un congreso nacional con todos los gastos pagados. Elegí uno sobre trasplante de hígado que se celebraba en mayo en Boston, donde llegué un precioso día de primavera. El centro de la ciudad se correspondía con mis ideas sobre la América colonial, y parecía empapado de historia, completamente distinto del sector del Bronx en que vivía. Me pareció una casualidad que el congreso se celebrase en Boston, en un lugar desde el que se podía ir a pie al trabajo de Thomas Stone, pero me dije que no había ido allí para verlo, sino para escuchar a Thomas Starzl, el ponente principal. En cuanto a la sesión plenaria de Stone, todavía no había decidido si asistiría o no.

La mañana que empezaba el congreso ya no pude mentirme. Me salté la conferencia sobre trasplantes y recorrí a pie las seis manzanas que quedaban hasta el hospital en que había trabajado todos aquellos años Thomas Stone. Después de vestir casi doce meses enteros el uniforme médico, me sentía raro con traje y corbata, como si llevara un disfraz.

«Enviémoslos a La Meca» era una expresión que solíamos usar cuando despachábamos pacientes a hospitales que ofrecían lo que el Nuestra Señora del Perpetuo Socorro no podía ofrecer, cuyo mejor exponente era el Mecca de Boston. Era una expresión común en todos los nosocomios del país. Aparecía incluso en cartas al editor de publicaciones médicas norteamericanas. Ahora me tocaba a mí ir a La Meca.

• • •

Nuestro hospital Mecca era una torre nueva que tenía una forma extraña y era tan resplandeciente como el platino, ese tipo de construcción por el que compiten los arquitectos. Desde el punto de vista del paciente no resultaba nada acogedora. La torre ocultaba las secciones de ladrillo más antiguas del centro, cuya arquitectura parecía genuina y acorde con el barrio.

—Buenos días, señor —me saludó un joven ataviado con una chaqueta morada. Lo miré, creyendo que estaba siendo sarcástico. Luego me di cuenta de que él y otros dos estaban allí dispuestos a aparcar los coches y ayudar a los pacientes con sillas de ruedas.

Las puertas giratorias conducían a un atrio de paredes de cristal, cuyo techo se elevaba por lo menos tres plantas y albergaba un árbol auténtico. Un piano de cola tocaba solo mediante algún mecanismo misterioso y a su alrededor había lujosos sillones de cuero y lámparas. Más allá, una cascada de agua caía suavemente sobre una losa de granito. Uno de los tres conserjes de recepción alzó la vista, sonriendo, deseoso de ayudar. Seguí la línea azul del suelo hasta los ascensores de la Torre A, que me llevó al Departamento de Cirugía de la planta 18, exactamente como indicaba, pero no me auguré un día agradable. Me costaba trabajo creer que estaba en un hospital.

Cuando salí del ascensor me recibieron cinco hombres y una mujer de mi edad, todos vestidos con trajes oscuros y etiquetas idénticas a la mía en el pecho.

—Por lo visto, tenemos que esperar aquí —me dijo amablemente la mujer.

En ese momento se acercó un joven con una chaqueta blanca sobre el atuendo azul del hospital.

—Lamento llegar tarde —dijo, aunque su tono no era en absoluto de disculpa—. Bienvenidos al Departamento de Cirugía. Me llamó Matthew. —Sonrió—. Dios mío, hace un año estaba en vuestro lugar, haciendo entrevistas para el internado. ¡El tiempo vuela! Bien, disponemos de unos veinte minutos antes de la Convención de Morbilidad y Mortalidad. Haremos un recorrido rápido por el Departamento de Cirugía. Después de la conferencia tendréis la comida con el personal de la casa, luego las entrevistas individuales y a continuación la gran gira por el centro. Me iré cuando os deje en la sala de conferencias. Presentan a uno de mis pacientes en la conferencia y tengo que ir a ponerme la armadura.

En el año que llevaba en el Nuestra Señora del Perpetuo Socorro, nunca había tenido que enseñar el hospital a ningún aspirante a interno. En realidad, jamás habíamos visto a nadie que acudiese a una entrevista. En nuestro Mecca era un acontecimiento semanal. Seguí al grupo.

Las habitaciones de guardia individuales tenían televisor en la pared, nevera, un escritorio espléndido y cuarto de baño; aquello estaba muy lejos de la solitaria estancia de guardia del Nuestra Señora atestada de literas, con un solo teléfono, en la que se esperaba que durmiesen internos de todas las especialidades; yo nunca lo había hecho. Matthew nos enseñó luego la sala de reuniones «pequeña», donde el equipo quirúrgico del Mecca hacía su informe matinal: parecía la sala de juntas de una gran empresa, con sillones de cuero de respaldo alto alrededor de una mesa alargada. Retratos al óleo de los anteriores jefes de cirugía miraban desde las paredes, un quién es quién de la especialidad.

—Mirad —dijo Matthew, apretando un botón, y enseguida empezaron a descender pantallas detrás de las cortinas, que dejaron la sala a oscuras, mientras de lo que parecía una mesita de café se elevaba un proyector. Constance, la mujer de nuestro grupo, puso los ojos en blanco como si aquello le pareciese poco elegante.

Cuando llegamos al auditorio donde iba a darse la Convención de Morbilidad y Mortalidad, Matthew se excusó.

—Tengo que quitarme la bata. El doctor Stone es muy estricto en eso; no le gustan las batas de quirófano ni siquiera para pasar las visitas.

El auditorio era una pequeña versión del Cinema Adua de Adis Abeba, sólo que con mejores asientos, tapizados con una tela de textura rugosa que resultaba sin embargo suave al tacto. Una pendiente pronunciada permitía una vista excelente desde atrás, donde nos sentábamos los candidatos a internos. A un lado de la pared, detrás del estrado, había un tablero de paneles motorizados para ver radiografías, donde un residente colocaba las películas y accionaba un pedal para hacer avanzar los paneles.

Constance se sentó a mi lado. Un grupo de estudiantes de Medicina de chaquetas blancas cortas entró en fila y se unió a nosotros en la parte de atrás. Yo ya me había olvidado de que existieran estudiantes de Medicina, ¡qué estupendo sería tener en Nuestra Señora del Perpetuo Socorro a alguien por debajo de mí en la cadena alimentaria! Los residentes llevaban chaquetas más largas y sus expresiones no eran tan despreocupadas como las de los estudiantes. Los cirujanos especialistas eran los que llevaban las chaquetas más largas de todas y fueron los últimos en llegar. Quienes íbamos a ser entrevistados estábamos allí inmóviles, enfundados en nuestros trajes oscuros como pingüinos en una convención de osos polares. En todo el tiempo que había pasado en el Nuestra Señora, nunca se había celebrado una asamblea de aquel género. Deepak nos reunía con regularidad para sesiones de preparación e información, pero en aquella sala se percibía una tradición, un modo de hacer las cosas que llevaba décadas sin modificarse.

—¿De qué facultad eres tú? —preguntó Constance, a quien había oído comentar que había hecho las prácticas en Boston, pero no en aquella institución.

—Estudié en Etiopía —declaré, y de haber podido desplazarse un asiento más allá probablemente lo habría hecho.

Thomas Stone no miró al público cuando entró; dio por supuesta su presencia. Era más alto de lo que yo había creído al verlo en el quirófano, casi tanto como Shiva o yo mismo. Se hizo el silencio. Llevaba las manos metidas en los bolsillos de la chaqueta blanca. El modo con que se deslizó en su asiento, la facilidad y la fluidez de aquel movimiento, me recordaron a mi hermano. Estaba solo en la primera fila, y como me encontraba bastante detrás de él pero hacia un lado, podía verlo de perfil. Era la primera vez que tenía la oportunidad de mirar con detenimiento a mi padre. Sentí calor; no era posible examinarlo desapasionada, clínicamente. El pensamiento galopaba, el corazón latía acelerado... tenía miedo a delatar mi presencia. Desvíe la vista para intentar calmarme. Cuando volví a mirar, Stone estaba leyendo un papel que sujetaba ante sí... Resultaba difícil darse cuenta de que le faltaba un dedo. Tenía el cabello completamente canoso en las sienes, pero el resto aún castaño oscuro. Sus músculos maseteros destacaban, perfilando la mandíbula, como si tuviese el hábito de apretar los dientes. La única cuenca ocular que podía ver era un hueco oscuro y hundido en el rostro. Reparé en que mantenía la cabeza excepcionalmente inmóvil.

• • •

No puedo explicar mucho sobre el caso que se analizaba ni qué podía deducirse con exactitud de él. Mientras sentado junto a la desdeñosa Constance miraba a Thomas Stone, sentía arder en mi interior una mecha lenta hacia algo a punto de estallar. Tenía ganas de lanzar piezas del mobiliario, activar los aspersores del techo, gritar obscenidades y perturbar aquella disciplinada reunión. Experimentaba la sensación de una pérdida de control inminente. En determinado momento, al alcanzar mi ira su punto culminante, tuve que apretar los brazos del asiento, pero luego empezó a aplacarse gradualmente.

—La culpa fue mía —estaba diciendo Stone mientras se volvía hacia mí, y por un instante pensé que era clarividente, que me había oído. Antes, Matthew, nuestro acompañante y el presentador del caso, había sido criticado duramente desde diferentes sectores de la sala. Era sólo un mensajero, pero dado que su cirujano especialista y el residente jefe no salieron en su defensa, hubo de soportar el grueso del ataque, que cesó cuando se levantó Stone—. Sí, la culpa fue mía. Es indudable que podemos hacerlo mejor quirúrgicamente. Estoy instalando una cámara en dos zonas de reanimación y quiero que revisemos el vídeo después de cada caso importante de trauma que llegue. ¿Estábamos en el lugar adecuado? ¿Dimos los tres pasos necesarios para conseguir un tubo endotraqueal que debería haber estado a mano? ¿Tuvo alguien que pedir algo que ya debería haber estado allí? ¿Nos distrajo lo que nos dijimos? ¿Quién no era necesario que estuviese allí? ¿Existe un procedimiento mejor? Ése es siempre el reto. —Sacó un papel del bolsillo y lo desplegó—. También soy responsable de algo que se menciona en esta carta. —Su acento era levemente británico, suavizado por los años en Estados Unidos, pero sin que se hubiera añadido ninguna entonación americana discordante. El día que se dirigiera a Deepak por encima de mi hombro en el quirófano, no había apreciado un acento especial—. Esta carta me la envió la madre de un paciente fallecido. Quiero asegurarme de que esto no vuelva a suceder. Dice lo siguiente: «Doctor Stone: La terrible muerte de mi hijo no es algo que vaya a poder superar en mi vida, pero quizá con el tiempo se haga menos dolorosa. No quiero pasar por alto sin embargo una imagen, una última imagen que podría haber sido diferente. Antes de que se me pidiese que saliera de la habitación de una forma bastante cruda, debo decirle que vi que mi hijo estaba aterrorizado y que no había nadie que aplacase su miedo. La única persona que lo intentó fue una enfermera. Le cogió de la mano y dijo: "No te preocupes, todo irá bien." Los demás lo pasaron por alto. Los médicos estaban ocupados con su cuerpo, claro. Habría sido una bendición que hubiese estado inconsciente. Ellos tenían cosas importantes que hacer. Se cuidaban sólo de su pecho y su vientre, pero no del niño pequeño que tenía miedo. Sí, era un hombre, pero en un momento vulnerable como aquél, estaba reducido a la condición de un niño pequeño. No vi ningún indicio del más leve rastro de compasión humana. Mi hijo y yo éramos molestias. Su equipo habría preferido que me hubiese marchado y que él estuviese callado. Finalmente, lo consiguieron. Doctor Stone, como jefe de cirugía, tal vez como padre también, ¿no cree que su equipo tiene cierta obligación de confortar al paciente? ¿No estaría mejor el enfermo con menos angustia, con menos miedo? El último recuerdo consciente de mi hijo será el de gente que no le hacía caso y el mío será el de mi niño pequeño, que veía aterrado cómo sacaban a su madre de la habitación. Es la imagen que llevaré conmigo hasta mi propio lecho de muerte. El hecho de que hubiese gente que se cuidaba de su cuerpo no compensa el que no le hicieran caso.»

Stone dobló la carta y se la metió en el bolsillo del pecho. En el público hubo un susurro, un murmullo, un removerse en los asientos. Percibí un deseo generalizado de quitarse de encima aquella misiva, de burlarse de lo que decía, pero ante la actitud de Stone hubo que ocultarlo. Él seguía allí de pie, silencioso, mirando hacia fuera, como si estuviese considerando el contexto de la carta, ajeno a su público. Nadie hablaba. A medida que se prolongaba aquel momento, fueron silenciándose hasta los ruidos más leves, de manera que lo único que se oía ya era el ronroneo del aire acondicionado. La expresión de Stone era reflexiva, no colérica desde luego. De pronto, como si despertase, escudriñó al público buscando una reacción, comprobando si la autora de la misiva había tocado la fibra de alguien. Los que se burlaban habían reconsiderado su actitud.

Cuando finalmente habló, lo hizo con un tono sereno pero firme que exigía atención. Formuló una pregunta. Yo conocía la respuesta porque estaba en su libro, un manual que había leído más de una vez en mi viaje de salida de Etiopía y durante mi estancia en Kenia.

—¿Cuál es el tratamiento que se administra por el oído en una urgencia?

Con unas doscientas personas en la sala, debía de haber sin duda cincuenta por lo menos que conocían la respuesta. Sin embargo, nadie hablaba.

Aguardó. La incomodidad se hizo más evidente. Percibí que Constance se ponía rígida a mi lado.

Thomas Stone separó los pies y se llevó las manos a la espalda, como decidido a permanecer allí todo el día. Enarcó las cejas. Esperando. Los estudiantes que se sentaban a mi izquierda estaban tan asustados que no se atrevían siquiera a pestañear.

Stone miró hacia mí, sorprendido al ver una respuesta en la fila de trajes oscuros. Sentí sus ojos posarse en los míos. Era sólo la segunda vez que registraba mi existencia en este mundo; la primera había sido en mi nacimiento. Esta vez, sólo tuve que levantar la mano.

—¿Sí? Díganos, por favor, cuál es el tratamiento que se administra por el oído en una urgencia...

Todas las miradas estaban posadas en mí. No tenía ninguna prisa. Absolutamente ninguna.

Se me empañó la vista al pensar en Ghosh y el sacrificio que había hecho por nosotros. Aunque había muerto de leucemia, en aquel momento me pareció como si hubiese entregado su vida desde la época en que éramos recién nacidos para que Shiva y yo pudiésemos tener la nuestra. Cuando había muerto, había sido como si se hubiese cortado un segundo cordón umbilical. Pensé en Hema, viuda, trabajando ahora sola con mi hermano en el Missing, escribiendo para decirme que se le partía el corazón por no tenerme allí y que si la perdonaría por no dedicarme la atención y el amor que merecía. Y durante todos aquellos años, Thomas Stone probablemente no se hubiese perdido una Convención de Morbilidad y Mortalidad, no hubiese experimentado nunca un día de desasosiego por Shiva o por mí. Pensé en la enfermera jefe, manteniendo en pie el Missing, una madrina cariñosa para dos niños, un ancla en nuestras vidas, y pensé en Gebrew, Almaz y Rosina, que se habían prestado a llenar el vacío dejado por la ausencia de aquel hombre.

Qué injusto era que la recompensa de Stone por sus fallos, por su egoísmo, fuese presidir desde aquel asiento y disfrutar del respeto, la reverencia y la admiración de gente como Constance y los demás que atestaban la sala. No podías ser un buen médico y un ser humano horrible, no podía ser... si no lo impedían las leyes humanas, tenían que hacerlo sin duda las divinas.

Enfrenté su mirada y no pestañeé.

—Palabras de consuelo —le dije a mi padre.

Los años intermedios yacían comprimidos entre nosotros como por sujetalibros. Los presentes en la sala pasaron de mi cara a la suya, inquietos, inseguros de si mi respuesta era la correcta. Pero nadie más existía ni para mí ni para él.

—Gracias —dijo, la voz alterada—. Palabras de consuelo.

Abandonó la sala de conferencias, mas cuando llegó a la puerta miró atrás una vez, hacia mí.

Descubrí dónde vivía por casualidad. Había supuesto que habitaría en el elegante complejo de apartamentos al otro lado del río, pero en la base de la Torre A vi una puerta de cristal que conducía al exterior, donde, al otro lado de la calle, se hallaba el vestíbulo de otro edificio, en el que lo vi entrar. El portero lo saludó. Aguardé. Al cabo de unos minutos Stone salió, sin la chaqueta blanca y con una caja amarilla y negra en la mano (un carrete de diapositivas), camino de la conferencia de Trasplantes. Esperé media hora y después me acerqué al portero y le mostré mi placa.

—Soy Marion Stone. El doctor Stone se dejó olvidado unas diapositivas que necesita para una charla que está dando. Me envió a recogerlas.

El hombre estuvo a punto de interrogarme, pero luego me miró ladeando la cabeza.

—¿Usted es pariente?

—Soy su hijo.

—¡Y tanto que lo es! —dijo, acercándose más para escudriñar mis ojos, como si fuese allí donde residía el parecido. Resplandeció como si la noticia le hiciese justicia. Como si le diese a Stone una dimensión humana, una cualidad redentora—. ¡Y tanto que lo es! —Se palmeó el muslo, encantado—. Y sin decirnos una palabra a nosotros en todo este tiempo.

—No lo supo hasta este año —añadí con un guiño.

—¡José y María! ¡No diga eso!

Sonreí y miré mi reloj.

—¿Sabe dónde es? —preguntó.

—¿Cuarta planta?

—Cuatro... oh, nueve.

Entré en su casa sirviéndome de mi navaja y del tipo de habilidades quirúrgicas auxiliares que sólo puede enseñarte B. C. Gandhi.

Era un apartamento de un dormitorio.

La sala-comedor no tenía nada que la justificase como tal. Una gran mesa de trabajo igual a la de un dibujante ocupaba la mayor parte de la estancia, con dos mesas laterales a los extremos que formaban una U y sobre las que había papeles en pulcros montones. Estanterías modulares cubrían las tres paredes, llenas de libros y documentos, que no estaban colocadas para la exhibición sino para el uso.

En la cocina, la cafetera acumulaba polvo y los fogones parecían no haberse utilizado jamás. Una tostadora sobre la encimera tenía un rastro de migas en la parte de arriba. En la nevera no había más que un envase de zumo de naranja, una barrita de mantequilla y media barra de pan.

El dormitorio estaba a oscuras, con las cortinas echadas, y no había libros ni papeles, sólo un catre del ejército con una manta doblada perfectamente a los pies, como si estuviese acampado por una noche.

En la repisa de la chimenea, encima del fuego eléctrico, había una sola instantánea enmarcada. La técnica de aerógrafo de la década de 1920 daba a madre e hijo piel de alabastro. Estaban posando como Madona y Niño. El niño, de unos tres años, estaba arrellanado en el regazo de la mujer que debía de haber sido mi abuela... una presencia en el mundo en la que nunca había pensado.

Junto a la fotografía había un cilindro de cristal lleno de líquido turbio. Una inspección más detenida reveló que en él flotaba un dedo humano.

Yo había ido allí con el propósito de... de hacer daño, pero aquella foto me hizo cambiar de opinión.

En cambio, abrí todos los armarios de la cocina y dejé las puertas entornadas. Abrí también el horno. Y las dos puertas de la nevera. Quite la tapa al recipiente de zumo. Abrí los armarios del baño. Desenrosqué el tubo de la pasta de dientes, el champú y el acondicionador, dejando los tapones cuidadosamente colocados al lado de cada uno de ellos. Abrí todo lo que tenía una tapa o una cubierta. Deje abierto el armario de la ropa, la cómoda, el archivador, el tintero, los frascos de medicamentos. Abrí las ventanas.

En el centro del escritorio coloqué el marcador escrito con la caligrafía de la hermana Mary Joseph Praise.

19 de septiembre de 1954
La segunda edición. El paquete llegó dirigido a mí, pero estoy segura de que el editor te lo enviaba a ti. Felicidades. Te incluyo una carta mía. Léela enseguida, por favor. HMJP

Estaba convencido de que él tenía la carta a que se refería mi madre. Y allí, en su casa, volví a preguntarme dónde la guardaría... y qué diría en ella. Estuve tentado de saquear el apartamento hasta dar con ella, pero de ese modo habría destruido lo que había creado ya.

Abrí el frasco de formalina, saque su dedo, lo sacudí para librarlo de fluido y lo puse al lado del marcador. Examine mi obra. Cambié de opinión sobre el dedo y lo metí de nuevo en el frasco, lo cerré y me lo llevé. Era muy justo. Después de todo, le había dejado algo mío.

Al salir dejé la puerta entreabierta.

44

Empieza por el principio

Dos semanas después, un domingo, oí que llamaban a la puerta. Habíamos derrotado a nuestros superrivales de Coney Island en un partido de series limitadas en su campo, lo que nos hizo merecedores del trofeo del campeonato interhospitalario de críquet. Nestor había hecho seis portillos con 25 carreras en una tórrida racha de lanzamiento a ritmo, y cuatro habían sido por paradas que hice bien situado detrás del portillo. Me había escapado de las celebraciones en la habitación de B. C. Gandhi, con los dedos escocidos pese a los guantes y las rodillas doloridas. Tenía previsto acostarme temprano.

—Adelante —dije.

Atisbó en la habitación a oscuras, para orientarse. Vio la sombra de mi cama, pero no a mí porque desvió la vista hacia la luz que se filtraba por debajo de la puerta del baño. Luego miró hacia la ventana con la cortina echada. Cuando volvió atrás yo estaba incorporándome en la cama, y se sobresaltó.

Cerró la puerta y se quedó allí inmóvil; un hombre que había entrado en su pasado.

Esperé. No lo había invitado a venir. Pasaron los segundos y no mostraba ninguna inclinación a hablar. Algo tenía que concederle: que me había localizado, se lo había figurado. Tal vez registrase mi presencia en el quirófano aquel día que atisbara por encima de mi hombro. Tal vez hubiese advertido en mi rostro rasgos de mi madre o suyos cuando le había contestado en el auditorio. Qué extraño localizar a un hijo al que jamás has visto y en quien nunca has pensado hasta el día que aparece en una Convención de Morbilidad y Mortalidad y le otorga un nuevo sentido.

—Podrías sentarte también —dije. Lo que no le ofrecí fue encender la luz.

Avanzó rápidamente hacia una silla que había más allá de mi cama, como un ciego que se arriesgase a tropezar con algo antes que parecer vacilante o pedir ayuda, y se sentó de golpe.

No creía que pudiese verme la cara. Estudié la suya. Cuando ajustó la vista, examinó mis posesiones, que eran mayores que las suyas, si no contabas los libros. Vi que se demoraba en la lámina enmarcada del *Éxtasis de santa Teresa*... debía de haber identificado inmediatamente de dónde procedía. Oh sí, y el dedo en el tarro. Sabía que estaba en la habitación correcta.

Pasaron los minutos. Eran las diez de la noche.

—¿Puedo fumar? —preguntó al fin.

—Tú no fumas —repliqué, pues no había captado olor a cigarrillos en su apartamento, sólo su aroma, que mi nariz registraba de nuevo.

—Ahora fumo... ¿Cuándo empezaste tú?

Tenía un olfato bastante bueno. No me precipité en contestar.

—Desde que llegué aquí. Es un requisito indispensable para la práctica quirúrgica. Adelante.

Buscó en el bolsillo de la camisa y sacó dos cigarrillos. Pensé en Alí y su pequeño bazar, el único sitio que conocía donde podías comprar cigarrillos sueltos. En Estados Unidos se adquirían por cartones o a carretadas.

Me ofreció un pitillo. Lo miré. Él estaba a punto de retirar el cigarrillo cuando lo cogí. Encendió el mechero y se levantó para darme fuego al ver que yo me incorporaba. Protegió la llama con la mano, un sepulcro de nueve dedos. Me incliné hacia ella y aspiré hasta que la brasa de mi cigarrillo brilló.

«Gracias, padre.»

Volví a echarme en la cama. Él encontró un viejo vaso de plástico al alcance del brazo. Di una calada pensativa, valorando su cigarrillo: un Rothmans, una vuelta a sus tiempos de Etiopía o, no debía olvidarlo, su etapa británica. Rothmans era también lo que fumábamos en el Nuestra Señora, cortesía de B.C. Gandhi, que conseguía cartones con muchísimo descuento procedentes de Canal Street.

El humo cobraba sinuosas formas en el asta de luz que se filtraba por debajo de la puerta del baño. Recordé nuestra cocina del Missing y cómo las motas de polvo bailaban en los rayos de sol matutinos formando una galaxia propia. Cuando era niño, aquella visión había insinuado la maravillosa y aterradora complejidad del universo, de cómo cuanto más cerca miraba uno más veía lo revelado, y la propia imaginación era el único límite.

—No espero que comprendas —dijo, y por un momento creí que se refería a las motas de polvo. Su voz me irritó. ¿Quién le daba permiso para hablar? ¡En mi habitación!

—Entonces no hablemos de ello.

Volvimos a quedarnos en silencio.

—¿Cómo es que te gusta la cirugía? —preguntó al fin.

¿Quería en realidad contestarle? ¿Estaba concediendo algo si lo hacía? Tenía que pensar en eso. «Déjale sudar.»

—¿Que cómo es que me gusta la cirugía? —dije al cabo—. Bueno... tuve la suerte de contar con Deepak. De que se esforzara tanto por mí. Las cosas básicas, buenos hábitos. Creo que eso es muy importante... —Callé, con la sensación de haber dicho demasiado. Advertí en mi tono una necesidad de que me aprobara, de que me ratificara... aunque era lo último que deseaba. Pensé en Ghosh, que se había convertido en un cirujano accidental debido a su fuga y no había contado con nadie que le enseñara. ¡Ah Ghosh! Su último deseo era que...

—Conozco a algunos de quienes hicieron prácticas con Deepak —comentó, interrumpiendo mis pensamientos.

El mensaje de Ghosh podría esperar. Aquél no era el momento. Mi estado de ánimo no era el adecuado.

—¿Ah, sí?

—Indagué sobre él. Tienes suerte.

—Pero Deepak no. Van a joderle otra vez. De hecho, van a jodernos a todos.

—Tal vez no.

No lo secundé; nada de favores, por favor. No quería nada de él. Se removió en su silla, pero no por incomodidad, sino por lo que reprimía mientras esperaba que yo preguntara. Pero no iba a darle esa satisfacción.

—Hubo un Deepak en mi vida —explicó—. Cuanto se precisa es una persona así. El mío fue el doctor Braithwaite. Un purista de la forma correcta. Le aprecio más ahora de lo que le aprecié entonces. A pesar de su enseñanza, después de todos estos años, me resulta extraordinariamente difícil...

Las palabras se secaron en su lengua. Conversar le suponía un gran esfuerzo, una prueba física. Me daba la impresión de que no era un hombre que hablase nunca en esos términos; compartir sus pensamientos más íntimos no era algo que hubiese practicado. Ni siquiera consigo mismo. Le di muchísimo tiempo.

—¿Qué? Te resulta extraordinariamente difícil... ¿qué?

Debería haberme limitado a decirle que se marchase, pero en cambio, ahí estaba yo, charlando, ayudándole a seguir.

—Me resulta difícil operar. Sobre todo la cirugía electiva. Me angustio —dijo lentamente, como arrastrando las palabras—. Nadie lo sabe. Incluso cuando estoy operando una hernia o un hidrocele... en realidad cuánto más simple es la operación, más probable es que me suceda... He de mirar la anatomía quirúrgica, recorrer todas las etapas en un libro de cirugía, aunque después de tantos años no lo necesite. Experimento un miedo terrible a olvidarme. A que la mente se quede en blanco... A veces vomito en la sala. Me pongo malo, me mareo. Y es algo que no remite. Llegué a pensar en abandonar la práctica de la cirugía. La cosa empeora si se trata de alguien que conozco; un empleado del hospital trajo a su madre...

Pensé en el atlas de anatomía quirúrgica que había visto en su apartamento, un libro grande tamaño folio, junto al que había un atlas de anatomía operatoria general, ambos abiertos en su mesa como si fueran las últimas cosas que mirase antes de salir de casa.

—¿Y aquel día que yo... el día de tu Convención de Morbilidad y Mortalidad?

—Lo mismo. Aquella mañana temprano tenía que practicar una extirpación sencilla de un bulto en el pecho y luego, si la biopsia era positiva, una mastectomía y extirpación del ganglio centinela. Lo he hecho cientos de veces, incluso puede que más. Pero se trataba de una de nuestras enfermeras, de alguien que estaba depositando su fe en mí.

—¿Y qué pasó?

—Entré en el quirófano con la sensación de que iba a desmayarme. Nadie se da cuenta, claro; la mascarilla ayuda. Pero en cuanto hago la incisión, todo se me pasa. Entonces parece estúpido haber estado tan nervioso. Ridículo. Me digo que no volverá a suceder nunca, pero siempre vuelve a ocurrir.

—¿Sucedía siempre en Etiopía?

Negó con un gesto.

—Creo que era porque sabía que yo era la única elección del paciente. No tenía otras opciones; sólo había dos cirujanos más en toda la ciudad. Aquí hay muchos.

—O tal vez aquellas vidas no fuesen igual de valiosas. Al fin y al cabo se trata de nativos, ¿no? ¿A quién le importan? La alternativa era la muerte de todas formas, así que ¿por qué preocuparse? Es lo mismo que lo de venir y llevarse los órganos de nuestros pacientes en el Nuestra Señora.

Acusó el golpe. Me di cuenta de que nadie le hablaba nunca de aquella manera. No habíamos acordado unas reglas, de modo que si no le gustaba, que se fuese. Había venido a mi hospital. Aquello no era el Mecca.

Apretó los labios.

—No espero que entiendas —repitió, y me percaté de que no aludía a sus angustias quirúrgicas.

Se palpó los bolsillos, pero no encontró lo que buscaba. Así que siguió sentado y pestañeó, esperando un nuevo castigo. Luego se recostó en la silla, cruzó las piernas y metió el pie que había quedado en el aire debajo de la pantorrilla de la otra pierna, como una parra retorcida.

—Mira... Mar-ion... —No estaba acostumbrado a decir mi nombre—. Yo... es que no todo puede explicarse por lógica. —Descruzó las piernas y se inclinó hacia delante—. No puedo darte una explicación clara de por qué... hice lo que hice, porque ni yo mismo lo entiendo. Incluso después de tantos años...

¿A qué «lo» se refería? Yo tenía mis dagas alineadas, y mis lanzas y mi maza dispuestas para utilizarlas a continuación. Pensé en todo tipo de cosas inteligentes que decir: «No te esfuerces.» O: «Comprendo perfectamente. Seguiste el camino menos trillado. Te largaste. ¿Qué más hay que entender?» Pero tal vez con ese «lo» aludiera a dejar embarazada a mi madre.

—Ghosh decía que tú no sabías cómo había pasado. Que para ti era un misterio.

—¡Sí! —exclamó aliviado, pero me di cuenta de que estaba ruborizándose—. ¿Dijo eso? Sí, lo era.

—¿Cómo José? Ninguna clave sobre María y el niño... en tu caso, los niños.

—Sí... —Volvió a cruzar las piernas.

—Tal vez no crees que seas mi padre.

—No, no es eso. Soy tu padre. Yo...

—¡No, no lo eres! Mi padre fue Ghosh. Él me crió. Me lo enseñó todo, desde montar en bici hasta jugar al críquet. Le debo mi amor a la medicina. Nos crió a Shiva y a mí. Si estoy aquí es por él. No ha habido nadie más grande que Ghosh.

Había tendido la trampa, lo había atraído hacia ella, pero quien había caído había sido yo.

—¿«Ha habido»...? —repitió, inclinándose hacia delante, sin menear ya el pie.

—Ghosh ha muerto.

Sus rasgos se ensombrecieron, luego palideció.

Le dejé rumiar la noticia. Estoy seguro de que quería saber cómo, por qué, pero era incapaz de preguntar. La noticia lo había dejado petrificado, entristecido. Bueno, eso me conmovía. Pero aún no había terminado de machacarlo. Me impresionaba su aceptación, que esperase otro ataque.

—Así que no debes preocuparte. Tuve un padre.

—No espero que comprendas —repitió, y suspiró.

—Cuéntamelo de todas formas.

—¿Por dónde empezar?

—«Empieza por el principio y sigue hasta el final», dijo el rey con gravedad. «Entonces para.» ¿Sabes quién lo dijo?

Estaba disfrutando. El famoso Thomas Stone en la parrilla, machacado, recibiendo una dosis de su propia medicina. Sin duda, era capaz de decir de un tirón los nombres de las ramas de la arteria carótida externa o las fronteras del foramen de Winslow, pero ¿sabía algo de Lewis Carroll? ¿Sabía algo de *Alicia en el País de las Maravillas*?

Me sorprendió su respuesta, incorrecta pero correcta.

—Ghosh —contestó, y el aire salió de sus pulmones.

45

Una cuestión de tiempo

Cuando Thomas Stone era pequeño, le preguntó al *maali* (el jardinero) de dónde venían los niños. El *maali*, un hombre de piel oscura, ojos turbios y aliento acre por el arrak bebido la noche anterior, contestó:

—¡Tú viniste con la marea del anochecer, por supuesto! Te encontré yo. Eras suculento y sonrosado, con una aleta larga y sin escamas. Dicen que sólo existe un pez así en Ceilán, mas allí estabas tú. A punto estuve de comerte, pero no tenía hambre. Te corté la aleta con esta misma hoz y te llevé a tu madre.

—No te creo. Mi madre y yo tuvimos que venir juntos del mar. Éramos un pez grande. Yo estaba en su vientre y salí —replicó el niño, alejándose. El *maali* podía hacer que brotasen rosas de la tierra donde sus vecinos no lo conseguían. Pero Hilda Stone lo habría despedido por contarle historias como aquélla a su único hijo.

La casa del pequeño quedaba justo al otro lado de las murallas de piedra de la fortaleza de San Jorge en Madrás, India. La aguja de Santa María se alzaba detrás de las melladas almenas. Su pintoresco y cuidado cementerio constituía el patio de recreo del niño, el lugar donde estaban enterradas más de cinco generaciones de hombres, mujeres y niños ingleses, a quienes se habían llevado el tifus, la malaria, la *kala azar* y, en contadas ocasiones, la vejez.

La fortaleza de San Jorge fue la sede inaugural de la Compañía de las Indias Orientales. Santa María se construyó en 1680, la primera iglesia anglicana de la India (aunque en modo alguno la primera iglesia, que fue construida en el año 54 por el apóstol santo Tomás, que desembarcó en la costa de Kerala). Una placa en el interior de Santa María conmemoraba el matrimonio de lord Clive y otra el del gobernador Elihu Yale, que fundaría más tarde una universidad en América. Pero el niño no veía ninguna en conmemoración del matrimonio de Hilda Masters, de Fife, tutora e institutriz, con Justifus Stone, funcionario del Raj (el Imperio británico en la India), y casi dos décadas mayor que ella.

Thomas creía que todos los niños se criaban como él, frente al océano Índico, con el temible estruendo de las olas estrellándose contra la fortaleza de San Jorge de fondo. Y suponía que todos los padres eran como el suyo, que tropezaban con los muebles y hacían ruidos alarmantes en plena noche.

La voz de Justifus Kaye Stone, que bajaba tronando desde lo alto, y su bigote de escobilla de limpiar botellas mantenían a raya a los niños pequeños. Los recaudadores de impuestos del funcionariado indio eran considerados semidioses, siempre rodeados por un séquito de secretarios y peones como moscas en torno a mangos muy maduros. Los recaudadores hacían giras que duraban semanas enteras y eran agasajados en cada ciudad. Cuando Justifus Stone estaba en casa en cierto modo no se encontraba allí, a pesar de su ruidosa presencia. Thomas comprendía (como lo captan los niños, aunque les falten palabras para expresarse) que Justifus era un hombre centrado en sí mismo y que no prestaba atención a su mujer. Tal vez por eso Hilda se refugió en la religión. Imaginar el sufrimiento de Cristo le permitía soportar el propio.

Bienaventurados los mansos.

Bienaventurados los pacíficos.

Bienaventurada la joven institutriz que se casa con un recaudador de impuestos confiando en aclararle la piel amarillenta de quinina y curarle la afición a la ginebra y las mujeres nativas, porque de ella es el reino de los cielos.

La bienaventuranza de Hilda llegó en la forma de su hijo rubio de ojos azules cuyos pies su madre apenas dejaba que rozasen el suelo, incluso cuando ya era suficientemente mayor para caminar.

El aya del pequeño, Sebestie, no tenía más tarea que la de incorporarse al juego, porque era Hilda quien lo dejaba montarse en su espalda fingiendo ser Jim Corbett, el cazador de caza mayor, mientras ella encarnaba al elefante que lo transportaba a su puesto para la cacería del tigre. Hilda dibujaba portillos con tiza roja en las paredes encaladas y lanzaba para él una pelota de tenis. Le cantaba himnos y abanicaba cuando no podía dormir por el exceso de humedad. La claridad de su voz cantarina llamaba la atención de las soñolientas lagartijas de la pared. Su pelo castaño, con raya al medio, caía de una cabeza acampanada. Por mucho que lo contuviera, un halo crespo enmarcaba siempre su rostro.

Cuando el niño extendía los brazos en plena noche buscándola, ella estaba allí. Pero las noches en que Justifus Stone se hallaba en casa, el pequeño no dormía bien, temía por su madre, pues aquéllas eran las únicas veces que abandonaba la cama de su hijo. Entonces Thomas hacía guardia con su bate de críquet ante la puerta cerrada del dormitorio, dispuesto a irrumpir si los ruidos no cesaban. Sólo cuando cesaban, como siempre acababa por suceder, se retiraba a su habitación. Al abrir los ojos por la mañana, la veía de nuevo a su lado, despierta y mirando a través de su fleco de pelo.

Todos los niños deberían tener una madre de temperamento tan equilibrado; las pocas veces que Hilda se enfadaba lo hacía con tanta suavidad que el efecto era perdurable. Thomas vivía para complacerla, para lo que se esforzaba constantemente. Era como si ambos supiesen, aunque no podían saberlo, que la vida era corta, el instante fugaz.

El niño tenía ocho años cuando Hilda se vio obligada a dejar el coro de Santa María. Una tos que al principio sonaba a lejanos disparos de artillería pronto pasó a ser como uñas al raspar una bolsa de papel. El doctor Winthrop, un hombre demasiado bien vestido, que más que conversar emitía sentencias, dictaminó que madre e hijo debían dormir separados, «por el bien del niño».

El pequeño oía los paroxismos nocturnos de Hilda desde la otra habitación, tapándose los oídos con las almohadas.

—Es consunción, no cabe la menor duda —le dijo un día el doctor Winthrop a Thomas, empleando un término delicado para la tuberculosis mientras guardaba el estetoscopio y el termómetro—. Se ha hecho seca. La forma *sicca* de la tisis, ¿sabes? —explicó al niño como si se tratase de un colega, y le estrechó la mano con gravedad.

¿Cuándo se pondría mejor?

—Reposo, dieta e hidroterapia —recomendó—. Durante un tiempo... digamos que durante mucho tiempo... se vuelve inactiva. Después de todo, no es algo que dependa de nosotros, ¿eh, señor Stone?

Cuando Thomas preguntó: «Por favor, señor, ¿de quién podría depender?», el doctor alzó la mirada, pero el pequeño no entendió hasta más tarde que el médico no se refería a Justifus, cuyos pesados pasos hacían estremecerse la lámpara del techo, sino a Dios.

Thomas despertó una mañana soñando con carruajes tirados por caballos y estruendo de cascos en sus oídos. Descubrió que su madre había vomitado sangre por la noche, mucha, y que habían tenido que avisar a Winthrop. Cuando se la llevaron, no le dejaron besar la frente de su hijo. Viajó hasta Coimbatore, y desde allí el tren de vía estrecha, que parecía de juguete, la llevó ladera arriba hasta una estación de montaña situada justo debajo de Uty. El doctor Ross había erigido un sanatorio en las montañas de Nilgiri siguiendo el modelo del famoso centro de Trudeau en Saranac Lake, Nueva York. Las cabañas blancas que rodeaban el hospital eran una reproducción exacta de las neoyorquinas, con los mismos porches espaciosos y ventilados e idénticas camas con ruedas.

Thomas se durmió llorando contra el pecho huesudo de Sebestie. Estaba enfadado con Hilda por enfermar, por haber fomentado aquella intimidad al punto que la separación resultara al niño insoportable. No era como sus compañeros del colegio, que querían más a sus ayas que a sus padres y no les importaban las largas separaciones. Sebestie se convirtió en una madre sustituta de la noche a la mañana, pero él se resistía a entregarle su amor, porque también ella podría luego desaparecer.

Thomas acudía a Santa María y rezaba cincuenta salves antes de ir al colegio, y lo mismo a la vuelta. Pasaba tanto tiempo arrodillado que se le formaron unas protuberancias bajo las rótulas. Llevaba colgado al cuello con un cordel, escondido debajo del uniforme del colegio, el pesado crucifijo que había estado en la pared del cuarto materno. El crucifijo le rozaba la piel sobre el esternón y el cordel se le hincaba en el cuello. Como no tenía un primogénito ni un carnero o una oveja, sacrificó su bate de críquet firmado por Don Bradman, dando golpes hasta destrozarlo contra la piedra de lavar. Ayunó al punto de sentir mareos. Con una cuchilla de afeitar se cortó en el antebrazo, vertiendo sangre en el altar que había construido para la Virgen María en su habitación. Sebestie lo llevó al templo de Mambalam e incluso al pequeño templo que había en la acera detrás de su casa. Si dependía de Dios, no parecía que Dios escuchase.

Entretanto, su padre no se saltaba ni una parada en su circuito: Vellore, Madurai, Tuticorin y los puntos intermedios. Cuando Justifus Stone se encontraba en casa, apenas tenía tiempo para quitarse el salacot o deshacer las maletas que ya estaba otra vez de viaje. Justifus llamaba a su hijo «arzobispo de Canterbury», y si lo que se proponía era tranquilizarlo con esas palabras, no lo lograba en absoluto. Hablaba con Thomas como si se dirigiese a multitudes. De noche oía sus pisadas irregulares como las de un gigante en un dormitorio de dimensiones liliputienses que no pudiese evitar chocar contra los muebles. Cuando su padre volvía a salir de viaje, el niño respiraba aliviado.

Transcurrió un año en el que Thomas vivió prácticamente sin padres en la gran casa, con Sebestie, Durai (el cocinero), el *maali* Sethuma (que lavaba la ropa y fregaba los suelos de baldosas) y un intocable que acudía una vez a la semana a limpiar los retretes; ellos eran su familia.

El día de Navidad, el hijo y el campechano padre se reunieron para la comida, acompañados por un único invitado, Andrew Fothergill, un empleado paterno.

—¡Vaya! ¡Qué festín! Es agradable contar con la presencia de todos. Magnífica comida, sencillamente magnífica. Comed, comed —decía, cuando sólo estaban ellos tres a la mesa y Durai esperaba tras la puerta de la cocina—. No podemos dejar que se lo lleven todo. Hay dinero que ganar con la fibra de coco. Cuerdas, claro, o esteras. Lo merecemos, nos lo ganamos, por supuesto, y qué caramba, lo tendremos.

Y así continuó, callando apenas para tragar, escupiendo migas. Fothergill se esforzaba valerosamente por conectar los pensamientos de Justifus, por proporcionar a los comentarios dispersos de su superior una columna vertebral, una ilación. Justifus empezó a frotarse un muslo, luego el otro, removiéndose, mirando hacia abajo con irritación como si la perra se hallase bajo la mesa, aunque, por supuesto, el animal jamás entraba en la casa cuando él estaba. Cuando sirvieron el pudín las frotaciones en la pierna eran tan furiosas que Thomas acabó por preguntarle:

—Por favor, señor, ¿qué le pasa?

—Tengo costras en las piernas, hijo. Es una cosa continua, ¿sabes? Resulta muy molesto. —Al intentar levantarse, casi vuelca la mesa. Salió del comedor tambaleante, apoyándose en el aparador y la pared, con los pies pegados al suelo como imanes.

Thomas recordaba la mirada de consuelo de Fothergill cuando le había acompañado hasta la puerta.

20 de enero
Mi querido hijo:

Mis temperaturas fueron 36,7; 37,2; 37,8 y 37,3 grados. No incluyó la de 38,6 porque no me la creí. Sacan rodando nuestras camas al porche y vuelven a meterlas dentro de noche. Dentro y fuera. Ni siquiera me permiten ir al lavabo. REPOSO ABSOLUTO, aunque el inmenso esfuerzo que eso requiere parece contradecir la idea de descanso. Me cuesta mucho creer que en este porche, con la niebla y el aire tan frío, el cuerpo pueda generar una temperatura superior a los 36 grados. No es extraño que nos llamemos animales de sangre caliente.

Había rodeado con un círculo una mancha en la hoja y añadido el comentario: «Mis lágrimas, al llorar por ti, hijo mío querido.» Hilda le recordaba en todas las cartas que tenía que ser valiente y paciente.

Para Thomas el tiempo no se dividía ya en días y noches o en estaciones. El tiempo era un anhelo sin fisuras de su madre.

«Dicen que no he experimentado ninguna gran mejora, pero que debería alegrarme de no haber empeorado...»

El niño iba pasando por las rutinas en el colegio. Su madre le exhortaba a rezar, le explicaba que ella rezaba a todas horas y que Dios escuchaba y que la oración nunca fallaba. Él rezaba constantemente, convencido de que al menos las oraciones la mantendrían viva.

«Sé que Dios no se propone mantenernos separados y que pronto volverá a reunirnos.»

• • •

Una mañana, Thomas despertó y notó la almohada húmeda. Sebestie encendió la lámpara y allí estaba la señal de la Bestia: una leve rociada rojiza en su almohada, un diseño de rara belleza. El aya lloró, pero el niño estaba entusiasmado. Sabía que eso significaba que volvería a ver a su madre. ¿Por qué no se le habría ocurrido antes?

Dos camilleros descalzos con flamante dril blanco recibieron su tren en Uty y lo llevaron directamente a la cabaña de Hilda. Se metió en su estrecha cama, entre sus brazos. Tenía once años. «Tu llegada es el mejor y el peor regalo que podría haber recibido», dijo ella.

Pálida y en los huesos, era una sombra de la madre que él conociera en otros tiempos. Carecía ya de aquel espíritu juguetón, aunque tampoco podría haber encontrado reciprocidad en aquel hijo suyo larguirucho de ojos angustiados y orlados de arrugas de preocupación. Se sentaban juntos en el porche de su cabaña, los dedos entrelazados como raíces secas. Por la mañana temprano veían a los recogedores de té que pasaban flotando por el sendero, los pies ocultos por la niebla, los baldes de la comida tintineando a cada paso. Por el día, sólo interrumpían su soledad las enfermeras para tomarles la temperatura y llevarles el almuerzo y las medicinas. Al oscurecer, cuando veían a los recogedores de té regresar a casa, era la hora de dormir.

Como a Hilda le faltaba el aliento, era él quien leía, y su madre lloraba de orgullo ante la fluidez precoz del muchacho. Las tumbonas de fondo de caña disponían de grandes reposabrazos y de una paleta para escribir hecha de la misma teca. Allí se escribían cartas uno a otro, las metían en sobres y las sellaban; después del almuerzo intercambiaban sobres, los abrían y las leían. Rezaban por lo menos tres veces al día. Cuando hacía mucho frío se quedaban fuera, envueltos en mantas.

Al principio a Thomas le mareaba la altura, pero fue fortaleciéndose. La tos disminuyó. Sin embargo, nada, ni el aire fresco ni la leche ni la carne, los huevos y los tónicos que la obligaban a tomar, ayudaba a Hilda. Su tos era distinta, un sonido fascinante y quejumbroso al mismo tiempo. Su hijo se percató de que tenía una hinchazón delicadamente dolorosa en el esternón, que destacaba debajo de la blusa. Le resultaba embarazoso preguntarle, y procuraba no apoyar la cabeza allí. Una vez, cuando su madre estaba desnudándose, lo había entrevisto: era tan grande como un huevo de petirrojo, pero más oscuro. Supuso que se debía a la consunción, la tisis, el bacilo tuberculoso, el agente de Koch, TB, la microbacteria... cualquiera que fuese su nombre, un enemigo traicionero que crecía en su interior.

Una noche cuando estaban echados uno al lado del otro con las camas juntas, y mientras Thomas leía el libro de oraciones diario, Hilda lanzó una exclamación de sorpresa. Miró de nuevo la frase para ver si había pasado por alto una palabra, y al alzar la vista vio la sangre que manchaba el camisón blanco de su madre y se extendía como si le hubiesen disparado.

Jamás podría olvidar que en el momento atroz en que su madre se dio cuenta de que estaba muriéndose y cuando sus ojos buscaron los de su hijo, su primer pensamiento, su único pensamiento, fue que iba a abandonar a su pequeño.

Se quedó paralizado un instante, y a continuación se levantó de un salto y abrió la blusa empapada. Del pecho brotó un géiser rojo que ascendió hasta el techo y después cayó al suelo. Un momento después volvió a ocurrir lo mismo. Y luego otra vez. Un surtidor de sangre obsceno y palpitante, al ritmo de cada latido de su corazón, continuó golpeando el techo, lloviendo sangre sobre él, la cama y el rostro de ella, y empapó las páginas del libro abierto.

Retrocedió ante aquel espectáculo monstruoso, aquella erupción del pecho de su madre que tintaba de rojo cuanto se encontraba alrededor. Cuando se le ocurrió contenerlo con la sábana, el géiser había perdido fuerza, como si el depósito estuviese vaciándose. Hilda yacía empapada en su sangre, la cara blanca como porcelana y moteada de escarlata. Había muerto.

Thomas abrazó la cabeza empapada y le bañó la cara de lágrimas.

—Era inevitable. Ese aneurisma llevaba un año tictaqueando en su pecho. Sólo era cuestión de tiempo —le dijo el doctor Ross cuando llegó en pijama y con la bata blanca encima, al tiempo que le aseguraba que la sangre no era infecciosa, idea que al muchacho ni siquiera le había pasado por la cabeza.

Solo, verdaderamente solo, Thomas contrajo fiebre y tos. No quiso trasladarse de la cabaña a la enfermería, pues aquélla era la última cosa del mundo que le unía a su madre. Dejó que lo condujeran para hacerle una radiografía. Luego observó a Muthukrishnan, el boticario, que llegó con una carretilla cargada con el voluminoso aparato de neumotórax en su brillante caja de madera. Muthu se acuclilló en la terraza y, después de limpiarse la cara con una toalla, abrió la elegante caja y empezó a desempaquetar las grandes botellas, manómetros y tubos. Al poco rato llegó en bicicleta el doctor Ross, que también había sufrido en tiempos consunción.

—Las radiografías no sirvieron de nada, muchacho. Absolutamente de nada —aclaró Ross.

«Era sólo cuestión de tiempo», pensó Thomas, deseando que llegase el momento de reunirse con su madre.

No se encogió cuando la aguja penetró entre las costillas por la espalda y en el espacio pleural que formaba el pulmón, un espacio que era normalmente un vacío, explicó Ross.

—Ahora medimos presiones —añadió.

Maniobró con la aguja mientras Muthu trajinaba con las dos botellas, subiéndolas y bajándolas siguiendo las instrucciones de Ross.

—Esto es «neumotórax artificial». Una forma elegante de decir que metemos aire en ese vacío que forra tu pecho para colapsar la parte infectada del pulmón, muchacho. Esas bacterias de Koch necesitan oxígeno para prosperar, y no vamos a dárselo, ¿verdad?

Boca abajo, desde las profundidades de su enfermedad, Thomas pensaba que aquel razonamiento no era lógico. Estuvo a punto de decir: «¿Y qué pasa con mi oxígeno, doctor Ross?», pero se contuvo.

Tuvo que permanecer tumbado en decúbito prono veinticuatro horas, sostenido en esa posición por sacos de arena. Muthu pasaba a ver cómo se encontraba varias veces al día. Reseñó la fiebre súbita y los escalofríos. El neumotórax artificial había introducido otras bacterias en el espacio pleural del pulmón.

—Empiema, hijo —sentenció la voz de Ross, que el muchacho oía a lo lejos—. Así llamamos al pus que se acumula alrededor del pulmón. No me sucede muy a menudo, pero a veces pasa. Lo siento mucho. Desgraciadamente, el pus es demasiado denso para extraerlo con una aguja —le explicaba.

Lo llevaron para operarlo a una habitación azulejada de ventanas altas, que parecía desnuda salvo por una elevada y estrecha mesa en medio, sobre la que colgaba una luz de disco gigante que parecía el ojo compuesto de un insecto. Le causó una honda impresión en el muchacho. Era de otro mundo, territorio sagrado, pero aun así secular. El término «quirófano» resultaba adecuado por su extrañeza.

Con anestesia local, Ross cortó la piel junto a la tetilla izquierda, luego expuso tres costillas adyacentes y cortó segmentos cortos de ellas, destechando o «epifisectomizando» la cavidad del empiema. El pus no tenía ningún sitio donde concentrarse. A pesar de la anestesia, el muchacho sintió dolores atroces en algunos momentos.

—¿No destruirá una abertura así el vacío en el espacio pleural? —preguntó cuando fue capaz de hablar—. ¿No hará que entre el aire y se colapse todo el pulmón?

—Brillante pregunta, muchacho —repuso Ross, encantado—. Se colapsaría en cualquier otro, pero debido a la infección, el empiema, el forro de tu pulmón se ha vuelto rígido, grueso e inflexible, como una escama. De modo que en tu caso no ocurrirá.

Durante una semana, el pus rezumó en las almohadillas de gasa fijadas sobre el agujero. Cuando el derrame se convirtió en un hilo, el médico rellenó la herida con cinta de gasa para hacerla «curar por intención secundaria». Durante los cambios de vendaje, Thomas la examinaba con un espejo, enorgulleciéndose perversamente de lo que producía y de los cambios diarios mientras su cuerpo iba reparándose.

Ross era un hombre bajo y alegre, con la cara más redonda y anodina del mundo y unas piernas arqueadas de jockey. Siempre calentaba con sus manos regordetas la pieza del estetoscopio que debía aplicar en el pecho antes de que el metal rozase la piel de Thomas. Le percutía el tórax, haciéndolo resonar habilidosamente. Retiraba las gasas y ambos miraban el cráter.

—¿Ves esa base roja que parece formada por piedrecitas, Thomas? Lo llamamos «tejido de granulación». Irá llenando poco a poco la herida y permitirá que se forme piel sobre ella.

Y así ocurrió exactamente. En un momento dado, el tejido de granulación creció demasiado, hinchándose como una fresa. «Carne orgullosa», lo definió Ross. Cogiendo con el fórceps un cristal de sulfato de cobre, frotó con él sobre la carne orgullosa, quemándola para reducirla de tamaño.

Un día, Ross le llevó el *Inmunidad en enfermedades infecciosas* de Metchnikoff junto con el *Principios y práctica de la medicina* de Osler. A Metchnikoff era difícil seguirle, pero a Thomas le gustaron los dibujos de leucocitos que se comían bacterias. Osler resultaba sorprendentemente legible.

En una existencia que consistía sólo en un preludio de la muerte, Thomas descubrió que anhelaba la visita de Ross, los rituales diarios de aquel hombre bajito. Y sin embargo, reprimía el afecto que sentía por el doctor, porque ésa era la receta infalible para perderle.

—Yo no pienso irme, muchacho —le aseguró Ross un día—. Y como tú te quedas, ¿por qué no nos acompañas cuando hacemos las visitas?

Y se alejó sin esperar respuesta.

Thomas había pasado ya año y medio en el sanatorio cuando Ross le dio el alta. En ese tiempo no vio nunca a su padre. Fothergill lo visitó dos veces y explicó que Justifus Stone estaba demasiado enfermo para viajar. Thomas preguntó a Ross sobre la enfermedad que padecía su progenitor.

—No es tuberculosis, es otra cosa —contestó el médico.

—¿Tiene que ver con las piernas?

—Es grave, muchacho. Por desgracia, lo es —respondió Ross acariciándole el pelo—. Debe guardar cama. Ya te enterarás en la Facultad de Medicina.

Era la primera vez que el médico pronunciaba aquellas palabras dirigiéndose a él. Thomas no pudo evitar que se le acelerara el corazón, fue como si se hubiese entreabierto una puerta en su carbonera, dejando entrar luz, prometiendo un futuro cuando no había imaginado ninguno.

Ross, convertido oficialmente en tutor de Thomas, decidió que éste debía ir a un internado de Inglaterra. A él no se le ocurrió siquiera visitar a su padre en el hospital de Madrás antes de embarcar.

Habían pasado dos cursos cuando Ross escribió para comunicarle que Justifus había muerto. Una modesta herencia le permitiría terminar bajo la tutela del médico sus estudios en el colegio e ingresar en la universidad.

Ross había encauzado a Thomas en la dirección de la Facultad de Medicina como si se tratase de algo inevitable. El joven no tenía ninguna razón para oponerse, pues hasta entonces la vida le había convencido de su aptitud para dos cosas: la enfermedad y el sufrimiento.

En la Facultad de Medicina de Edimburgo se dedicó de lleno a sus estudios, en los que halló una estabilidad y un carácter sagrado antes inexistentes. No sentía ninguna necesidad de levantar la cabeza de los libros, ningún deseo de ir a otro lugar que no fuesen las clases o las demostraciones. Cuando se le cansaba la vista, acudía tímidamente a la enfermería, con la esperanza de que nadie lo echase. Trabó relación con un médico ayudante aquí, con un estudiante de último curso allá, y poco después, y mucho antes de que su clase hubiese llegado a los años clínicos, estos conocidos le indicaban ya pacientes interesantes.

El portero del hospital lo llamaba el Merodeador, pero a Thomas no le importaba. En el caos organizado del hospital, en el laberinto de pasillos, en el hedor y el confinamiento de sus paredes, hallaba orden y refugio; un hogar. El dolor y el sufrimiento eran sus parientes más cercanos.

Había un borracho llamado Jones que guardaba un extraño parecido con su padre. Se dio cuenta de que era la tez cerosa, las parótidas dilatadas, la pérdida del tercio exterior de las cejas y los párpados hinchados por el alcoholismo lo que daban a ambos hombres una apariencia leonina. Ejercitada ya su mirada, pudo reunir las otras claves que recordaba: palmas enrojecidas, la proliferación estelar de capilares en la mejilla y el cuello, pechos femeniles y ausencia de vello en las axilas. Su padre tenía cirrosis: tal vez ésa fuese la cosa «mala» que Ross había tenido el tacto de no mencionar.

En la Biblioteca de los Fundadores, en un anochecer de frío glacial con aguanieve, encajó la última pieza, y cuando lo hizo cerró de golpe el libro, sobresaltando a la señora Pincus, la bibliotecaria. Aquel joven, que prácticamente vivía en el cubículo de estudio más alejado de la chimenea, salió de pronto corriendo bajo el aguanieve, sin sombrero, angustiado.

Recorrió el largo pasillo que conducía a su habitación en total oscuridad. Andar a oscuras era algo que su padre no podría haber hecho. Las señales que le llegaban de los pies, tobillos y rodillas indicaban a Thomas que estaba en el espacio, pero en Justifus Stone aquellos mensajes habían estado bloqueados en la espina dorsal. El paso golpeteante y ruidoso de su padre, que siempre empeoraba de noche, cuando ya no podía saber dónde ponía los pies, respondía a la sífilis de la médula espinal, o *tabes dorsalis*. Ningún hijo debería saber una cosa como ésa de su padre.

La conversación divagatoria, las pomposas historias en la mesa del comedor, los delirios de grandeza: eso era ya sífilis cerebral, no sólo de la médula.

Una vez en su habitación, se desnudó delante del espejo del armario. Con un segundo espejo en la mano examinó su piel centímetro a centímetro. No había sifílides, tampoco ninguna goma visible en su piel. Escuchó el corazón, pero no percibió nada inusual. Se había librado de la sífilis congénita. Mas luego se dio cuenta de que aquel temor era absurdo porque habría tenido que llegar a él a través de la placenta, de su madre. No tenía por qué preocuparse. Lo de su madre era tuberculosis. Pura como la Virgen, su madre nunca podría haber tenido...

De pronto se echó a llorar, sintiendo la angustia de un niño al que despojan de su última ilusión. Y finalmente comprendió.

Lo había tenido delante de las narices todo aquel tiempo. La tuberculosis no causaba aneurismas como el que había matado a su madre, pero la sífilis sí. «¡Madre! ¡Mi pobre madre!», exclamó, volviendo a dolerse por ella. Su padre había asesinado a Hilda con su lujuria desenfrenada. Podría haberse recuperado de la tuberculosis, pero probablemente nunca había sabido que sufría sífilis hasta que apareció el aneurisma y comenzó a erosionar dolorosamente a través del esternón cuando ya estaba en el sanatorio. Ross le habría explicado de qué se trataba. Ella lo sabía. Por entonces ni el salvarsán, ni siquiera la penicilina, si hubiesen estado disponibles, habrían servido de nada.

El que Thomas Stone comprara su primer cadáver en el último curso de Medicina era algo inaudito, pero no sorprendió a nadie. Pensaba hacer una segunda disección completa, para llegar a un conocimiento exhaustivo del cuerpo humano.

«¿Está por ahí Stone?» era una pregunta frecuente en la sala de urgencias, porque era el estudiante que estaba más presente allí, más que Hogan o los otros camilleros, siempre deseoso de coser una herida o introducir un tubo en un estómago o correr al banco de sangre. Y era el estudiante más feliz del mundo cuando le pedían que se lavase y cepillase manos y antebrazos y fuese a sujetar un retractor en una intervención de emergencia.

Una noche, el doctor Braithwaite, cirujano titular jefe y examinador jefe del Real Colegio de Cirujanos, fue a ver a un paciente con herida de arma blanca en el abdomen. Braithwaite se había convertido en una leyenda por ser el primero en practicar una operación nueva de cáncer de esófago, algo muy difícil de curar. El paciente, ebrio, estaba aterrado y se mostraba insultante y rebelde. El médico, un hombre lacónico de cabello plateado, vestía un terno azul del mismo tono que sus ojos; despidió a los camilleros que sujetaban al enfermo, le puso suavemente una mano en el hombro y le dijo: «No se preocupe. Todo irá muy bien.» No retiró la mano, y el hombre miró al elegante doctor, se tranquilizó y se mantuvo sereno durante la breve entrevista. Despues Braithwaite lo examinó rápida y eficientemente. Cuando acabó, le habló como a un igual, como a alguien con quien podría encontrarse en el club aquel mismo día: «Me complace decirle que el cuchillo no ha afectado a los grandes vasos sanguíneos. Estoy seguro de que todo saldrá perfectamente, así que no quiero que se preocupe. Operaré para reparar lo que esté cortado o roto. Ahora vamos a llevarle al quirófano. Todo irá bien.» El sumiso paciente le tendió una mano mugrienta para agradecérselo.

Cuando estaban a una distancia a la que el herido ya no podía oírles, Braithwaite preguntó al cortejo de residentes y ayudantes: «¿Cuál es el tratamiento que se administra por el oído en una urgencia?»

Se trataba de un viejo dicho, especialmente en Edimburgo. De todas formas, estas máximas ya no se conocían tan bien como antes, lo que incomodaba a Braithwaite, pues se le antojaba como indicativo de dejadez en la nueva generación de internos. Era lamentable que sólo conociese la respuesta una persona, y para mayor inri, un estudiante.

—Palabras de consuelo, señor.

—Muy bien. Puede usted venir a ayudarme en cirugía si quiere, señor...

—Stone, señor. Thomas Stone.

Durante la intervención quirúrgica el cirujano descubrió que aquel estudiante sabía cómo quitarse de en medio. Cuando le pidió que cortarse una ligadura, Stone deslizó sus tijeras hacia abajo hasta el nudo y luego las giró en un ángulo de 45° y cortó, para no poner en peligro en ningún momento el nudo. De hecho, Stone entendía con tanta claridad su papel que cuando el residente jefe se presentó para ayudar, Braithwaite le indicó con un gesto que se marchara.

El cirujano señaló una vena que corría sobre el píloro y preguntó a Thomas qué era.

—La vena pilórica de Mayo, señor... —dijo Thomas, y estuvo a punto de añadir algo, así que Braithwaite aguardó. Pero el joven había acabado.

—Sí, así se llama, aunque creo que esa vena estaba ahí mucho antes de que la localizase Mayo, ¿no le parece? ¿Por qué cree que se tomaría la molestia de ponerle nombre?

—Me parece que fue como un hito útil para diferenciar la zona prepilórica de la pilórica al operar a un niño pequeño con estenosis pilórica.

—Así es. En realidad, debería llamarse «vena prepilórica».

—Sería mucho mejor, señor. Porque en algún libro también llaman «vena pilórica» a la gástrica derecha, lo cual genera mucha confusión.

—Exacto, Stone, sí —repuso Braithwaite, sorprendido de que aquel estudiante se hubiese dado cuenta de algo que podían ignorar incluso cirujanos a quienes interesaba especialmente el estómago—. Si tuviésemos que darle un epónimo, tal vez mejor llamarle vena de Mayo, o incluso vena de Laterjet, que me parece que en realidad viene a ser lo mismo. Pero no llamarla pilórica.

El cirujano planteó preguntas más difíciles, pero descubrió que los conocimientos de anatomía quirúrgica del joven eran excelentes.

Dejó a Thomas coser la piel y comprobó con agrado que usaba ambas manos y que le dedicaba tiempo. Había aspectos mejorables, pero no cabía duda de que aquel estudiante había pasado muchas horas atando nudos con una y con dos manos. Stone tuvo el buen sentido de atenerse a un nudo de dos manos, atar bien y con cuidado, en vez de exhibirse ante Braithwaite con nudos de una.

Cuando el cirujano volvió al día siguiente, encontró a Stone dormido en una silla al lado de la cama en la sala de recuperación, después de haber estado de guardia toda la noche con el paciente. No lo despertó.

Al final del año, cuando tras aprobar los exámenes finales lo nombraron para el ansiado puesto de miembro del equipo de Braithwaite, Shawn Grogan, un estudiante inteligente y bien relacionado, reunió valor suficiente para preguntarle al cirujano qué tendría que haber hecho a fin de que lo eligiesen en vez de a Stone.

—Es muy sencillo, Grogan. Sólo tendría que saber la anatomía de cabo a rabo, no salir nunca del hospital y preferir la cirugía al sueño, las mujeres y la bebida.

Grogan se convirtió en un patólogo, famoso como profesor por derecho propio y por su contorno excepcionalmente voluminoso.

A Thomas lo reclutaron durante la guerra como oficial. Acudió con Braithwaite a un hospital de campo del continente. En 1946 regresó a Escocia, se convirtió en residente y luego en especialista. Se había saltado una auténtica niñez y pasado directamente a la condición de médico.

Ross acudió a Escocia en una rara visita y confesó a Thomas que estaba muy orgulloso de él.

—Tú eres mi consuelo por no haberme casado. No fue por elección, en realidad... lo de no casarme. «Perfección de la vida o del trabajo»... creí que sólo podía lograr una. Espero que no cometas ese mismo error.

Ross pensaba retirarse a un lugar próximo al sanatorio, jugar al rummy en el Uty Club todas las noches, ponerse al día de cuanto había ido dejando para después a lo largo de su vida y aprender a jugar al golf con los oficiales jubilados que vivían allí. Pero en cuanto puso en práctica sus planes, se le declaró un cáncer en el pulmón sano. Thomas regresó a la India enseguida. Pasó los seis meses siguientes con Ross, tiempo en que el cáncer se extendió hasta el cerebro. El médico murió pacíficamente, acompañado por Thomas, el fiel Muthu, viejo y canoso, y las muchas enfermeras y ayudantes que habían trabajado con él en las guardias.

El funeral reunió a indios y europeos de lugares tan lejanos como Bombay y Calcuta, que acudieron a rendirle tributo. Lo enterraron en el mismo cementerio donde reposaban muchos pacientes suyos.

—Hay héroes, todos y cada uno de los que reposan en este cementerio —dijo el reverendo Duncan en el entierro—. Pero ninguno mayor, y ningún hombre más humilde y ningún mejor servidor de Dios está enterrado aquí que George Edwin Ross.

Thomas aceptó un nombramiento como cirujano titular en el Hospital General Público de Madrás. Pero las cosas cambiaron en 1947, tras la independencia; entonces los indios pasaron a dirigir el Servicio Médico Indio y no les entusiasmaba que los ingleses quisiesen quedarse y seguir trabajando allí, aunque muchos lo hicieron. Comprendió que tenía que marcharse; si aquélla había sido alguna vez su tierra, ya no lo era. Y así fue como, respondiendo a un anuncio que la enfermera jefe había puesto en el *Lancet*, viajó en el *Calangute* hasta Adén. En ese barco la hermana Mary Joseph Praise cayó literalmente en sus brazos y entró en su vida.

Stone creía que existía en su interior el germen de la aspereza, la traición, el egoísmo y la violencia... al fin y al cabo, era hijo de su padre. Que las únicas virtudes eran las propias de su profesión, y que llegaban a través de los libros y el aprendizaje. El único sufrimiento que le interesaba era el de la carne. Para la pesadumbre del corazón y el dolor de su propia pérdida había encontrado la cura, y la había hallado solo. Ross estaba en un error, o eso pensaba Thomas: la perfección de la vida llegaba a través de la perfección del trabajo. La misma tesis había expuesto sir William Osler en una charla para estudiantes de Medicina a la que por casualidad había asistido:

> *La palabra clave es «trabajo», una palabra humilde, como he dicho, pero preñada de secuencias trascendentales con tal que seáis capaces de escribirla en la tablilla de vuestro corazón y grabarla en vuestra frente.*

«La palabra clave es "trabajo".» Stone la grabó en su frente y la escribió en la tablilla de su corazón. Despertaba por él y por él combatía el sueño. El trabajo era su carne, su medida, su esposa, su hijo, su política, su religión. Lo consideraba su salvación, hasta el día que se encontró sentado en el Nuestra Señora del Perpetuo Socorro, en la habitación de un hijo a quien había abandonado; sólo entonces confesó a aquel vástago suyo hasta qué punto el trabajo le había fallado.

46

Habitación con vistas

Guardó silencio, y en los minutos siguientes me pareció que intentaba decidir qué más contar. Cuando continuó, al principio pensé que se había saltado los años del Missing, desechando la existencia de mi madre, y estuve a punto de soltar una grosería para interrumpirlo, pero me alegro de no haberlo hecho, porque cuanto siguió trataba de ella...

Los robles y los arces que se ven por la ventana de su habitación son hombres salvajes con la cabeza en llamas. Cierra los ojos, pero bajo los párpados aún sigue viendo la misma pesadilla. Sus nervios son dolorosos cables punzantes que envían descargas eléctricas a los músculos. Tiembla tanto que al llevarse a los labios un vaso de agua la derrama casi toda antes de tomar un sorbo. Vomita hasta que imagina la pared del estómago lisa y brillante como un caldero de cobre. Pero el impulso de escapar a la carrera ha desaparecido. Ha puesto uno o quizá dos océanos entre él y el lugar del que huye.

Eli Harris y otro hombre, tal vez médico, a juzgar por su distanciamiento, le dejan tintura de paregórico en una botellita al lado de la cama. No la ve al principio, supone que el peculiar aroma a anís y alcanfor es una alucinación. Pero cuando la localiza, bebe como si contuviese la redención. El olor a antiséptico impregna el aire de la habitación y luego su aliento. La pequeña cantidad de opio de la tintura es lo que le proporciona cierto alivio, se dice. No es, por supuesto, la base de alcohol de la tintura, pues ha dejado de beber.

Las dos únicas mujeres a quienes ha amado han muerto, y aunque una falleció años antes que la otra, ambas muertes se superpusieron en su cerebro. Le hicieron perder el juicio. Huyó. Corrió sin saber adónde ni de qué huía. Ya ha corrido bastante. No recuerda cómo llegó a Nueva Jersey desde Kenia, sólo que cuenta con un benefactor, Eli Harris.

Pasa una semana, medida no por días sino por sudores fríos y terrores nocturnos. La agitación y los temblores tardan dos semanas en remitir, y los feos y pequeños invertebrados en empezar a retroceder. Estuvieron durante mucho tiempo sobre su piel y sobre el borde de las sábanas, escurriéndose hacia la periferia de su visión cuando se volvía para mirarlos. Ahora retroceden hacia el inframundo quitinoso de donde procedían.

Hay pan y queso junto a su cama, colocados sobre un periódico de hace dos días. La botella de paregórico está vacía. Han vuelto a llenar la jarra de agua. Cuando le parece que ya no entraña riesgo acercar la silla hasta la ventana, las hojas han pasado de zanahoria a ladrillo y a carmesí y a todos los tonos intermedios, una paleta que desborda la imaginación de cualquier pintor. Toma asiento allí como una estatua, agradecido de poder sentarse, de ver las cosas como son. Las hojas caen en espiral, cada descenso único y nunca repetido. Un millón de viajeras dejan sus rastros invisibles en el aire.

Una mañana, se siente lo bastante sereno para bajar la escalera. Un gorrión salta sobre la madera alabeada del porche, y el barniz se descascarilla bajo sus patas. Ve al gatito anaranjado que avanza desde la glicina, deslizando los omóplatos como pistones bajo la piel. Se pregunta si estará alucinando. El felino clava los ojos en su presa, no parpadea. El pájaro ladea la cabeza como una mujer coqueta para mirar al hombre y al animal.

Cuando Thomas cree que la tensión es insoportable, el gatito da un salto, pero el gorrión brinca sin problema hasta la barandilla poniéndose fuera de su alcance. Percibe que algo se rompe en su interior, liberándolo del letargo que frena sus movimientos y entorpece sus pensamientos. Ha salido a un mundo en que el destino de un gorrión y el de un hombre pueden decidirse en el pestañeo de un gato, ésa es la verdadera medida del tiempo.

• • •

Conoce el techo de su habitación mejor que su cuerpo. Ha estudiado las molduras; las hendiduras decorativas son regulares en profundidad y anchura. Ve la obra de un artesano. Aunque un torpe aficionado subdividió más tarde la casa con tabiques de contrachapado y puertas prefabricadas, aún es visible la huella del maestro.

Al principio atribuye al paregórico el curioso fenómeno, pero continúa mucho después de que aquél se haya acabado: como un operador de cine, ve desplegarse su vida en la pantalla del techo en blanco, o a veces en la luz que juega sobre la ventana. No puede controlar el contenido ni el orden de los rollos, pero sí observar desapasionadamente, separar las emociones del acontecimiento y juzgar al actor que le interpreta a él.

Una tormenta de principios de invierno cae sobre Ocean City y llega al interior por la tarde, primero con lluvia gélida que bate contra la ventana, y luego con nieve tan espesa que cuando sale fuera le baja las pestañas. Cubre el norte de Nueva Jersey con una capa de trece a quince centímetros en cinco o seis horas. Se cierran autopistas, aeropuertos, escuelas y tiendas, pero él no tiene ni idea de lo ocurrido cuando se retira a su habitación. En los bordes de la ventana se forma hielo dejando un estrecho prisma por el que se ve un mundo silencioso y fantasmal. Aquel atardecer presencia una escena de su vida que le hace desear acabar con todo. Está sentado en la cama, mirando por la angosta brecha de la ventana escarchada. Su mente se halla paralizada y silenciosa, como el paisaje exterior. Lo único que se agita es el ir y venir del aliento, pero hasta eso parece cesar.

Entonces, de pronto, siente una aceleración, como si el desgaste de las células cerebrales hubiese destapado una laguna de la memoria.

Lo que arroja aquella noche de invierno es un recuerdo intenso, colorista y concreto de la hermana Mary Joseph Praise.

Él sólo es el observador; un hombre observa a un pájaro, ajeno al gato feroz que acecha en la glicina.

Esto es lo que ve, lo que recuerda:

Adis Abeba.

Hospital Missing.

Trabajo.

Se ve a sí mismo enfrascado en el ritmo de las operaciones, de la clínica, de escribir, de obligarse a dormir, sus días llenos y satisfactorios. Las semanas y los meses van pasando. La palabra clave: trabajo. Y de pronto la maquinaria se para...

(Piensa en esto como su «período del Missing», lo prefiere a «crisis nerviosa».)

Siempre empieza del mismo modo. Despierta del sueño en su habitación del Missing, aterrado, no puede respirar, como si estuviese a punto de morir, como si el aliento siguiente disparara la explosión. Aunque está despierto, los tentáculos del sueño y la pesadilla no ceden. Lo distintivo de ese estado es una aterradora distorsión espacial. Su pluma, el pomo de la puerta y la almohada (los objetos cotidianos que normalmente no merecen una segunda mirada) se hinchan, alcanzan dimensiones colosales y amenazan con atravesarlo, con asfixiarlo. No controla en absoluto la situación, de la que no puede salir incorporándose o moviéndose de un sitio a otro. Se convierte en algo que no es niño ni hombre, no sabe dónde está ni la escena que revive, pero se siente aterrado.

El alcohol no es el antídoto, no rompe el maleficio, pero amortigua el terror. Tiene un precio: en vez de caminar por la línea entre la vigilia y la pesadilla, la cruza. Deambula por un mundo de objetos familiares convertidos en símbolos; recorre escenas de su infancia y atraviesa las puertas del infierno. Oye un diálogo incesante, como una crónica de críquet en la radio. Ése es el telón de fondo de los terrores nocturnos de Etiopía. La voz del comentarista no es nítida... a veces parece su propia voz. Cuando bebe pierde el miedo, pero el dolor no desaparece. Él, que no tiene lágrimas en el estado de vigilia, llora como un niño ahora. Ve a Ghosh (probablemente el Ghosh real, no un personaje del sueño) de pie ante él, preocupado y moviendo los labios, pero la voz del comentarista ahoga sus palabras.

Entonces aparece ella. No puede oírla, pero su presencia resulta tranquilizadora y finalmente sólo ella permanece, sólo ella hace guardia. Debía de estar durmiendo cuando la avisaron, porque lleva un pañuelo a la cabeza y una bata. Lo abraza al aparecer una nueva oleada de lágrimas, y llora con él, intentando salvarle de la pesadilla pero al hacerlo la arrastra también a ella. (Cada vez que lo recuerda, siente un estremecimiento.) Cuando trabajan juntos comparten una intimidad que incluye el cuerpo de otro que yace entre ellos, inconsciente, desnudo y expuesto. Pero este llanto en brazos de ella es diferente de los roces de sus antebrazos cubiertos por las mangas o de las cabezas que chocan durante una intervención quirúrgica. Separados como están por la mesa de operaciones durante tantas horas al día, cuando ella lo abraza, la ausencia de la mesa, la mascarilla, los guantes, resulta alarmante. Se siente como un recién nacido colocado sobre el vientre materno desnudo. Ella le susurra al oído. ¿Qué dice? Ojalá pudiese recordarlo. Parece algo improvisado, no una oración formal. Consigue silenciar la voz del locutor.

Recuerda su blusa, humedecida por las lágrimas de él... no, por las lágrimas de ambos.

Se acuerda de que se abrazaba a ella, de que apretaba la cara contra su pecho, durmiendo, despertando, abrazando, llorando, durmiendo de nuevo. Ella pregunta una y otra vez: «¿Que pasa? ¿Qué te ha pasado?» Permanece a su lado horas, días, quién sabe cuánto tiempo, mientras él se aferra a la vida y la tormenta ruge, lo golpea, intentando separarle de su abrazo.

Recuerda una pausa, un silencio sorprendente que supone un cambio en la pauta. La blusa de ella se ha abierto.

Como un cirujano que se esfuerza por desplegar un plano tisular bajo la incisión, él quiere que la blusa se abra más, y tal vez su nariz, sus mejillas, vengan en su ayuda. Los pezones se separan de los soportes en que yacen, y entonces los pechos escapan de la blusa para encontrarse con sus labios. El rostro de ella debe de ser un espejo del suyo porque trasluce miedo emparejado con deseo.

Ella se cierne sobre él, desnuda, los pechos plenos y tranquilizadores, lágrimas y alivio en el rostro de ambos, que se devoran a besos para recuperar el tiempo perdido. Luego él está sobre ella, que lo mira como si fuese el Salvador. Cuando la penetra, se adentra en su bondad, una bondad y una inocencia que él perdió siendo muy pequeño, de las que se alejó pero promete que nunca volverá a alejarse...

Sentado en la cama en su exilio de Nueva Jersey, el mundo exterior silencioso bajo la nieve, se le acelera el corazón, una taquicardia peligrosa, la camisa empapada de sudor a pesar del frío. Siente un dolor sordo bajo el esternón. Ojalá pudiese recordar la sensación exacta de los labios de ella, de sus pechos.

Pero recuerda esto (y reza para que sea una imagen auténtica): cómo se pierde en ella, igual que si fuera un suave manto de piel de cordero. Se asienta sobre él, lo cubre como el anochecer sobre una vega. En su unión burlan a los demonios, los de ambos, y cuando él emite su grito de alivio puntúa las suaves exclamaciones de ella. Se restaura el orden. La proporción vuelve. Llega el sueño como una bendición.

La maldición es ésta (y llora en Nueva Jersey al recordar, golpeándose la cabeza con la mano): cuando despierta de su período del Missing, sólo percibe una perturbación en el espacio, un hueco en el tiempo, embarazo y vergüenza profundos, razón por la que no puede hacer memoria, y que sólo puede aliviar entregándose de nuevo a su trabajo. Ha bloqueado todo lo anterior.

Qué cruel que este recuerdo aflore en una tormenta invernal tanto tiempo después de su muerte. Qué cruel experimentar esta visión fugaz y fragmentada a través de una ventana cubierta de hielo, y preguntarse luego si es real o si se trata de la perturbación de un cerebro carcomido por el alcohol. Ha reconstruido el recuerdo como una reliquia rota, y finalmente está completo; pero aún tiene dudas. Nunca volverá a verla con mayor claridad que aquella noche en Maple, 529. Cuando años después lo recuerde, se preguntará si lo deforma, si lo adorna, porque cada vez que piensa en ella conscientemente, eso forma un nuevo recuerdo, una nueva impronta que acumula sobre lo anterior. Teme que se desmorone si lo manosea demasiado.

—Me salvaste la vida. Y perdiste la tuya por mi estupidez, mi indecisión y mi pánico —le dice en voz alta a la hermana Mary Joseph Praise, sentado en su pequeña cama de Nueva Jersey. Aunque es demasiado tarde para ello, sabe que ha de decírselo, y aunque no es creyente, espera que lo oiga de algún modo—. No puedo amar a ningún ser humano más de lo que te amo.

Es incapaz de mencionar a los niños; cree que puede hacer todavía menos por ellos que por la hermana Praise; sabe que existen dos niños, gemelos, lo recuerda, en un universo aún más lejano que donde reside ella.

Sin embargo, es demasiado tarde para decir esas cosas a la hermana Praise. Ni siquiera ese recuerdo, bello y erótico, puede excitarlo o llenarlo de gozo. En cambio, cuando se le aparece la desnudez de ella, y su propia congestión, la miscibilidad de sus partes, lo que siente son unos celos furiosos, como si ocupase su cuerpo desnudo otra persona y montase a la mujer a quien ama, una *illusion des soises,* «Yo soy eso, pero eso no soy yo». Su cuerpo que empuja, los triángulos oscuros de los omóplatos, los huecos y hoyuelos de la zona lumbar, sólo anuncian muerte y destrucción. Son un augurio de un final terrible porque ese placer carnal condenará a Mary, aunque ella no lo sepa aún, pero él, al observar la escena, sí. Su castigo es aún peor: él tiene que vivir.

47

Cartas del Missing

Thomas Stone se quedó en mi habitación hasta después de medianoche. En determinado momento se fundió con las sombras oscuras, y su voz colmó mi espacio como si nunca se hubiesen pronunciado allí otras palabras. No lo interrumpí. Me olvidé de su presencia porque yo estaba ya habitando su historia, encendiendo una vela en la iglesia de Santa María de la fortaleza de San Jorge en Madrás, afrontando un internado inglés, viendo cómo la memoria al destaparse podía llevar a una visión de Mary. Y si podían producirse visiones en Fátima, Lourdes y Guadalupe, ¿quién era yo para dudar que una visión secular de mi madre no se le hubiese aparecido a él en la ventana escarchada de una pensión, lo mismo que viera y sintiera yo de niño en la habitación del autoclave? Su voz me guió a un pasado anterior a mi nacimiento, pero tan mío, con todo, como el color de mis ojos o la longitud de mi dedo índice.

Sólo cobré conciencia de Thomas Stone cuando acabó; entonces vi a un hombre hechizado por su propia historia, un encantador de serpientes cuya serpiente se ha convertido en su turbante. El silencio subsiguiente fue terrible.

Stone salvó nuestro programa de cirugía.

Lo hizo convirtiendo el Nuestra Señora del Perpetuo Socorro en filial del Mecca de Boston, para lo que bastó con que firmara una carta en que así se explicaba. Pero el Nuestra Señora del Perpetuo Socorro no fue una simple sucursal sobre el papel: todos los meses llegaban cuatro estudiantes de medicina y dos residentes de cirugía del Mecca para hacer una rotación con nosotros. «Un safari para ver a los nativos matándose entre sí, y para poder asistir a unos cuantos espectáculos de Broadway», como explicó B.C. Gandhi cuando se enteró del plan. Sin embargo, cada uno de nosotros tuvo también oportunidades de hacer rotaciones de su especialidad en Boston.

Acabé el internado e inicié el segundo año de residencia. El resultado más importante de nuestra relación con el Mecca fue que permitió terminar la especialización a Deepak, el Judío Errante de la Cirugía (como lo llamaba B.C.). Era ya un cirujano especialista titulado y podría haber ido a cualquier sitio para empezar a ejercer. En cambio, se quedó en el Nuestra Señora con el cargo de director de formación quirúrgica y también se le nombró profesor ayudante clínico en el Mecca. Nunca lo había visto tan feliz. Thomas Stone, fiel a su palabra, allanó el camino para que se publicara el estudio de Deepak sobre lesiones de la vena cava, artículo que apareció en el *American Journal of Surgery* y se convirtió en un clásico, citado por todos cuando se trataba de lesiones hepáticas. Aunque Deepak percibía ya un salario de especialista, continuó viviendo en la residencia del personal. Por cortesía de los residentes quirúrgicos del Mecca que bajaban al Bronx para las rotaciones, contábamos con mayor número de personal y Deepak podía descansar más. En un espacio no utilizado del sótano, investigó los efectos de diferentes interrupciones del flujo sanguíneo en hígados de cerdos y vacas.

No fue necesario seguir ocultando la demencia de Popsy, que deambulaba libremente por el Nuestra Señora, vestido con una bata de quirófano y una mascarilla al cuello. Se le impedía la entrada en quirófano o abandonar el recinto del hospital, pero no parecía importarle. A veces paraba a la gente y proclamaba: «Me he contaminado.»

Un viernes a última hora, unos meses después de que Thomas Stone viniera a mi habitación, llamaron a la puerta, y allí estaba de nuevo, vacilante, azorado e inseguro de cómo lo recibiría.

Su larga confesión había cambiado las cosas para mí; me había resultado más fácil estar enfadado con él, desordenar su apartamento y violar su espacio antes de oír su historia, pero ahora su presencia me incomodaba. No lo invité a entrar.

—No puedo quedarme, pero me preguntaba... quería decirte si... te importaría cenar conmigo en un restaurante etíope de Manhattan mañana sábado... Aquí está la dirección... ¿Hacia las siete?

Era lo último que me esperaba. Si me hubiese invitado al Met, o a cenar al Waldorf-Astoria, habría rechazado la propuesta sin vacilación. Pero «restaurante etíope» conjuró el sabor agrio de *inyera* y *wot* picante, se me hizo la boca agua y la lengua se me paralizó. Asentí, aunque en realidad no quería tener tratos con él. Pero nos quedaba un asunto pendiente.

El sábado, al salir del metro, lo vi de lejos a la puerta del restaurante Meskerem de Greenwich Village. A pesar de que llevaba en América más de veinte años, parecía fuera de lugar. No mostraba el menor interés por el menú que se exponía fuera, y no se fijaba en los estudiantes que salían de un edificio de la Universidad de Nueva York, con cajas e instrumentos en la mano, a quienes el pelo, la ropa y los múltiples *piercings* de las orejas diferenciaban del resto de peatones. Se sintió visiblemente aliviado al reparar en mí.

El Meskerem era un local pequeño, con cortinas de un rojo oscuro y cuyas paredes recordaban el interior de una cabaña de *chikka*. El aroma a granos de café tostados en carbón y el olor a pimienta del *berbere* te daban la sensación de hallarte a mundos de distancia de Manhattan. Nos sentamos en unos rústicos taburetes de tres patas muy bajos a una mesa de mimbre trenzado. Un espejo grande que había detrás de Stone me permitía ver al mismo tiempo la parte posterior de su cabeza y a la gente que entraba y salía. Los carteles clavados con chinchetas en las paredes mostraban los castillos de Gondar, el retrato de una risueña mujer tigré de dentadura perfecta, un primer plano de la cara arrugada de un sacerdote etíope y una vista aérea de la calle Churchill, imágenes todas ellas con el mismo pie: «Trece meses de sol.» La decoración de los restaurantes etíopes que visité posteriormente en América se basaba claramente en el mismo calendario de las Líneas Aéreas Etíopes.

La camarera, una amhara bajita de ojos relumbrantes, nos trajo el menú. Se llamaba Anna. Casi se le cae el bolígrafo cuando dije en amárico que llevaba cuchillo propio y que tenía tanta hambre que si me decía dónde estaba atada la vaca, empezaría ya con el asunto.

Cuando nos presentó la comida en una bandeja circular, Stone pareció sorprendido, como si hubiese olvidado que nosotros comíamos con los dedos del mismo plato. Para su consternación, Anna (que era de Adis Abeba, del barrio de Kebena, no lejos del Missing) me dio *gursha*: partió un trozo de *inyera*, lo mojó en curry y me lo tendió con los dedos. Stone se levantó precipitadamente y preguntó dónde estaban los servicios, temiendo que le hiciese luego lo mismo.

—Bendito sea san Gabriel —dijo Anna, mirándolo alejarse—. He asustado a tu amigo con nuestras costumbres *habesha*.

—Debería conocerlas. Vivió siete años en Adis Abeba.

—¡No! ¿En serio?

—No te ofendas, por favor.

—No importa —repuso sonriendo—. Conozco ese tipo de *ferengi*. Pasan años allí, pero no nos ven. No te preocupes. Tú lo compensas y eres más guapo.

Podría haber salido en su defensa, haber dicho que era mi padre. Sonreí y me ruboricé, pero no dije nada.

Cuando Stone volvió, hizo un intento desganado por comer. Inevitablemente, una de las canciones que emitieron los altavoces del techo fue *Tizita*. Lo observé para ver si significaba algo para él, pero no era así.

Lo que distingue a un nativo es que nunca se mancha los dedos de curry; al coger un trozo de carne de pollo o vacuno empapada en la salsa, el *inyera* sirve de pinza, como una barrera. Stone tenía las uñas rojas.

Tilahoun cantando *Tizita*, la atmósfera envolvente y el incienso hacían que los recuerdos burbujeasen hasta la superficie. Recordé las mañanas en el Missing, donde la niebla tenía cuerpo y peso como un tercer elemento además de la tierra y el cielo, pero que luego se desvanecía al elevarse el sol; recordé las canciones de Rosina, los cánticos de Gebrew y la teta mágica de Almaz; recordé la visión de una Hema y un Ghosh más jóvenes cuando se marchaban al trabajo, y nosotros diciéndoles adiós por la ventana de la cocina; pude ver aquellos días idílicos, resplandecientes como una moneda nueva, brillando a la luz del sol.

—¿Tienes previsto pasar los cuatro próximos años de residencia en el Nuestra Señora? —me preguntó, irrumpiendo en mi ensueño—. Si te interesa trasladarte a Boston...

Cuánta perspicacia. Justo cuando me disponía a hablar del pasado, él deseaba saber sobre el futuro.

—No quiero dejar el Nuestra Señora, para mí es un equivalente del Missing. Jamás quise marcharme del Missing ni de Adis Abeba, pero me vi obligado a ello. Ahora no quiero abandonar el Nuestra Señora.

Cualquier otra persona habría preguntado por qué había tenido que dejar el Missing. Quizá era culpa mía... Si él hubiese planteado la cuestión, podría no haberle contestado, cosa que quizá él intuyera.

—¿Qué le ha parecido la comida? —le preguntó Anna en inglés mientras retiraba los platos.

—Estaba buena —contestó él casi sin mirarla, y se ruborizó al ver que ella y yo lo observábamos—. Gracias —añadió, como si esperase que eso lo ayudara a librarse de la camarera.

Anna sacó dos toallitas empaquetadas del bolsillo de la bata y las dejó en la mesa.

—Estaba buena —repetí—, de verdad, pero podríais hacer el *wot* más picante.

—Por supuesto —repuso ella en amárico, algo afectada por la crítica implícita—. Pero si lo hiciéramos la gente como él ni siquiera podría probar la comida. Además usamos manteca de aquí, así que aunque lo cocinemos más picante no sabrá igual que allí. Sólo alguien como tú apreciaría la diferencia.

—¿Quieres decir que no existe ningún sitio donde pueda tomarse genuina comida *habesha*? ¿Auténtica de verdad? ¿Con la cantidad de etíopes que hay en Nueva York?

—Aquí no —contestó negando con la cabeza—. Si estás alguna vez en Boston, ve al Reina de Saba; queda en Roxbury. Es famoso, es como nuestra embajada. Arriba, en una estancia, venden comestibles y abajo sirven comida casera, preparada con mantequilla etíope auténtica traída por el personal de las Líneas Aéreas Etíopes. Todos los taxistas etíopes comen allí. En ese lugar sólo verás etíopes.

Stone había asistido a esta conversación con rostro inexpresivo. Cuando Anna se fue, rebuscó en el bolsillo, supuse que la cartera, pero sacó el marcador que yo le dejara en su habitación, donde le había escrito una nota la hermana Mary Joseph Praise.

Me sequé las manos cuidadosamente y lo cogí. Me di cuenta de que lo había echado de menos y me dije que no debería estar allí en una mesa de mimbre sino en la cámara de seguridad de un banco. Había sido mi talismán en un viaje desgarrador, una fuga de Etiopía de la que Stone no sabía nada. Leí las últimas líneas («Te incluyo una carta mía. Léela enseguida, por favor. HMJP») y alcé la vista.

Se agitó en su asiento. Tragó saliva y se inclinó sobre la mesa de mimbre.

—Marion. Este marcador... ¿supongo que estaba en el libro?

—Así es. Tengo el libro.

Se quedó rígido, con las manos atrapadas debajo de los muslos como si estuviese recorriéndole una corriente eléctrica.

—¿Sería posible...? Podría pedirte que... si tienes... ¿Estaba allí la carta?

Parecía desvalido, sentado allí tan cerca del suelo, como un padre que visitara un parvulario, con las rodillas debajo del mentón.

—Creía que la carta la tenías tú.

—¡No! —respondió, tan enfáticamente que Anna nos miró.

—Lo siento —dije, aunque no sabía muy bien por qué me disculpaba—. Supuse que te habías llevado la carta al marcharte. Y que habías sido tú quien había dejado el libro con el marcador.

Su expresión, tan expectante un momento antes, se descompuso.

—No me llevé casi nada. Me fui del Missing con lo puesto y un par de cosas del despacho. Y nunca volví.

—Lo sé —repuse, y se encogió. No era raro que fuese reacio a indagar en mi pasado: ningún puñal puede perforar el corazón humano como las palabras bien elegidas de un hijo despechado. Pero ¿pensaba realmente en mí así? ¿Como un hijo?—. Pero sí te llevaste el dedo —añadí.

—Sí... eso fue cuanto cogí. Estaba en la habitación de ella. Volví allí. —Alzó la vista.

—Lo siento. Ojalá tuviese la carta.

—¿Y el marcador? ¿Cómo lo conseguiste?

Suspiré. Anna nos sirvió café. La tacita sin asa parecía impropia para mi tarea de informar a aquel hombre de toda una vida.

—Tuve que salir de Etiopía precipitadamente. Las autoridades me buscaban... Es una larga historia. Creían que estaba implicado en el secuestro de un avión de las Líneas Aéreas Etíopes, que era simpatizante de la causa eritrea. Absurdo, ¿verdad? ¿Te acuerdas de tu sirvienta Rosina? Uno de los secuestradores era su hija Genet. Por cierto, Rosina murió; se ahorcó. —Era más de lo que Stone podía asimilar—. Rosina y Genet... Bueno, basta que te diga que sólo dispuse de una hora para abandonar la ciudad. Cuando me iba, cuando estaba escalando el muro del Missing y despidiéndome de Hema, de la enfermera jefe, de Gebrew, Almaz y Shiva, mi hermano... —Me interrumpí, pues había chocado contra un muro—. Shiva, tu otro hijo...

Tragó saliva. Aquello estaba resultando imposible. Y sin embargo necesitaba saber, particularmente si era doloroso.

—Mi hijo... —dijo, ensayando la palabra.

—Tu hijo. ¿Quieres ver cómo es? —Asintió, esperando que sacase la cartera—. Mira el espejo que hay detrás de ti.

Vaciló, como si creyera que se trataba de una broma. Pero cuando por fin se volvió y nuestros ojos se encontraron en el espejo, me sobresalté, pues de pronto aquello resultaba más íntimo de lo esperado.

—Shiva y yo somos imágenes especulares.

—¿Y cómo es? —preguntó sin volverse.

Suspiré. Moví la cabeza y bajé la mirada. Entonces me miró de nuevo de frente.

—Shiva es... muy distinto. Un genio, en mi opinión, pero no del modo habitual. En el colegio se mostraba impaciente, nunca contestaba a las preguntas del examen para aprobar, no porque no supiese... sino porque jamás entendió que es necesario aceptar las convenciones. Sin embargo, sabe más medicina que yo, y por supuesto más ginecología. Trabaja con Hema en las operaciones de fístula. Es un cirujano excelente, sólo formado por ella. No fue a ninguna Facultad de Medicina.

Stone habría podido averiguarlo todo por su cuenta sin mucho esfuerzo si hubiese querido, pero era ahora cuando le interesaba.

—Estaba muy unido a Shiva cuando éramos pequeños.

Me miraba sin pestañear. No podía explicarle los detalles de lo sucedido desde entonces y que no había contado a nadie. Sólo Genet y mi hermano sabían la verdad.

—Él y Genet hicieron algo para herirme que no puedo perdonar...

—¿Relacionado con el secuestro?

—No, no. Ocurrió mucho antes. En realidad, estaba y sigo estando muy enfadado con él. Pero es mi hermano, mi gemelo, así que cuando no disponía de más que una hora para abandonar la ciudad, cuando llegó el momento de decirle adiós a Shiva... bueno, resultó muy doloroso para ambos. —De pronto me encontré luchando por mantener la compostura. No podía llorar delante de Stone, así que me pellizqué el muslo—. Cuando me despedí de él, me dio dos libros. Uno era su ejemplar del *Anatomía* de Gray, su posesión más preciada, que siempre llevaba consigo como si fuese un talismán. El otro era el tuyo, con el marcador. No supe cómo ni cuándo lo había conseguido. Ni siquiera sabía que hubieras escrito un libro. Sus páginas estaban intactas, no creo que lo leyese, desde luego no como devoraba su *Gray*. Es probable que viese y leyese el marcador. Pero lo conozco, y lo más probable es que no sintiese curiosidad por el marcador ni por la carta a que se refería. Shiva vive en el presente. Ignoro cómo consiguió el libro ni por qué quiso dármelo.

Él guardó silencio, con la mirada fija en el cesto vacío que había entre nosotros, como símbolo de cuanto era desconocido de su pasado, de nuestro pasado. Su expresión de profundo dolor me desgarró.

—Puedo preguntárselo —propuse, pues necesitaba saber tanto como él—. Se lo preguntaré.

Stone estaba a un mundo de distancia. Cuando alzó la vista, comprendí la intensidad de su dolor; lo vi en el oscurecimiento del iris, aunque esa delicada estructura no debería cambiar de color. El aura casi mística de aquel cirujano legendario (la resolución, la dedicación, la pericia) era mera superficie. Había fabricado al personaje quirúrgico para protegerse, pero en realidad lo que había creado era una cárcel. Siempre que se aventuraba de lo profesional a lo personal, sabía lo que le esperaba: dolor.

—Y resulta que creía que la tenías tú y tú creías que la tenía yo... —dijo al fin con una voz vieja, fatigada.

—¿Qué crees que dice la carta?

—Ojalá lo supiera —replicó bruscamente—. Daría el brazo derecho por...

Hacía unos meses que lo conocía y la cólera que me creía obligado a sentir se había aplacado. Lo que me había contado de su niñez, la muerte de su madre... habría sido suficiente para perdonarle, pero no creía que estuviese preparado para ello. Si no había perdonado a Shiva,

¿por qué exculpar a Stone? Aunque lo hubiese disculpado, había en mí una parte perversa que se negaba a dejar que él lo supiera. Pero tenía un asunto pendiente con él.

—Tengo que decirte una cosa —empecé, pensando que nunca había creído que pudiese sentir embarazo delante de aquel hombre—. Algo que Ghosh me encargó. —El deseo de Ghosh me había parecido irracional en su momento, pero ahora, delante de aquel rostro duro y curtido, comprendí por qué había querido que buscara a Stone. Ghosh lo conocía, aunque había sobrestimado mi madurez—. Expresó un último deseo que prometí cumplir. Pero no lo hice. Lo pasé por alto. Espero que tú, y él, me perdonéis. Me dijo que creía que su vida sería incompleta si yo no lo hacía... Quería que viniese en tu busca y te dijese que te consideraba un hermano. —No resultó fácil, porque me asaltó la imagen de la fatigosa respiración de Ghosh, recordé cada una de sus palabras, mientras veía el efecto que al repetirlas causaban en Stone. Aparte de su madre, y del doctor Ross en el sanatorio, ¿quién había expresado amor por él? Tal vez la hermana Mary Joseph Praise, pero ¿había llegado a decírselo alguna vez? Y si lo había hecho, ¿la había oído él?—. Le decepcionó que no te pusieras en contacto con él. Pero quería que supieses que, fuese cual fuese tu razón para guardar silencio durante tantos años, lo aceptaba.

Ghosh creía que Thomas no había querido mirar atrás por vergüenza. Tenía razón, porque se ruborizó entonces.

—Lo siento tanto... —dijo, y aunque no supe si se dirigía a mí, a Ghosh o al universo, y aunque no era suficiente, ¡ya era hora!

Si había más personas en el restaurante ya no me fijaba en ellas, y si sonaba la música ya no la oía.

Estudié a mi padre como estudiaría un espécimen colocado ante mí: vi la sonrisa que pugnaba por aflorar sin conseguirlo, y la expresión angustiada y dolorida que siguió. Habría sido terrible que un hombre como él hubiese intentado educarnos, que nos hubiese sacado de Etiopía. A pesar del dolor y la sensación de pérdida que había experimentado, nunca habría cambiado mi pasado en el Missing por una vida en Boston con él. Tenía que agradecer a Thomas Stone que se hubiese marchado de mi país. El amor que sentía por la hermana Mary Joseph Praise había llegado demasiado tarde. Ella era el misterio, el gran pesar que se llevaría a la tumba... y nada lamentaría más que no saber lo que le decía en aquella carta.

—Escribiré a Shiva —aseguré—. Le preguntaré por la carta.

Creo que entonces comprendí por qué Thomas Stone evitaba a la gente. Después de la traición de Genet, no había querido amar tanto a una mujer; no, salvo que tuviese una garantía por escrito. Había conocido a una estudiante de Medicina del Mecca, una santa comparada con mi primer amor; buena, generosa, bella y que parecía ir más allá de sí misma, como si su existencia fuese secundaria comparada con su interés por el mundo y las cosas del mundo, incluido yo. Mi respuesta tardía y débil debió de alejarla de mí, privarme de cualquier oportunidad de un futuro en común. ¿Me sentí triste? Sí. ¿Y estúpido? También, pero aliviado al mismo tiempo. Al perderla, me protegía de ella y la protegía de mí. Era algo que tenía en común con el hombre que se hallaba frente a mí. Pensé en un reloj que ha dejado de tictaquear y que sólo indica la hora correcta dos veces al día.

Stone pagó. Me levanté con él. En la puerta del restaurante, ambos con las manos en los bolsillos, esperé.

—«No llames feliz a ningún hombre antes de su muerte» —dijo. Y sin darme tiempo a decidir si aquella expresión suya era alegre o de tristeza, asintió con un cabeceo y se alejó.

48

Cinco dedos

Telefoneaba a Hema el primer domingo del mes justo después de medianoche, cuando en Adis Abeba eran las siete de la mañana del lunes. Las tarifas eran más baratas a esa hora, pero como antes que Hema se ponían Almaz, Gebrew y a veces la enfermera jefe, solían ser llamadas largas y caras. Desde que Hema había traído al mundo al hijo de Mengistu (perdón, del camarada Mengistu), ya no nos preocupaba que nos espiase la policía secreta, que por otro parte tenía que concentrarse en los enemigos reales. Mengistu Haile Mariam, secretario general del Consejo de Campesinos y Obreros, jefe del Consejo Militar de la Etiopía Socialista, presidente vitalicio de las Fuerzas Armadas de los Pueblos Democráticos de Etiopía, general en jefe del Consejo para la Lucha Armada contra la Agresión Imperialista en Tigré y Eritrea, había adoptado un marxismo de tipo albanés. El régimen había confiscado las viviendas y despojado de sus tierras a las clases altas y medias e incluso a los pobres trabajadores. Pero los favores a Mengistu, y sobre todo a su esposa, no se olvidaban; de forma que ahora los medicamentos y suministros del Missing no quedaban bloqueados en el almacén de aduanas y ya no había que sobornar a nadie.

Mientras marcaba el número de Hema aquel domingo, imaginé a mi familia mirando el reloj, con las tazas de café en las manos, esperando a que sonara el teléfono desde un continente que ninguno de ellos había visto. Descolgó Almaz, con Gebrew al lado, los dos súbitamente tímidos y vergonzosos. Su conversación consistía en repetidos *Endemenneh? Dehna ne woy?* («¿Cómo estás? ¿Estás bien, eh?») hasta que aquellos padrinos míos se convencían de que su *lij*, su niño, se encontraba perfectamente. Me dijeron que me recordaban en sus oraciones, que ayunaban por mí.

—Rezad para que nos veamos pronto y para que Dios vele por vosotros y por vuestra salud —repuse.

La enfermera jefe se mostraba exactamente al contrario, charlatana y espontánea, como si nos hubiésemos tropezado en el pasillo a la puerta de su despacho.

Cuando había informado a Hema de la primera vez que había visto a Thomas Stone, me había escuchado sin hacer comentarios y tal vez se había sonreído al enterarse de que su hijo había invadido el apartamento del cirujano. No le oculté nada: Stone ya no constituía la amenaza que fuera en mi niñez. Al explicarle que había dejado el marcador en su escritorio a modo de tarjeta de visita, supuse, por su silencio, que ignoraba que Shiva tuviese *El cirujano práctico: un compendio de cirugía tropical*. En consecuencia deduje, y confirmé más tarde gracias a la enfermera jefe, que Hema había procurado por todos los medios desterrar el libro del Missing; jamás había querido que Shiva y yo viésemos la obra de Stone, y menos aún una foto suya.

—Cené con él, mamá —dije cuando se puso al teléfono—. Tomé *inyera* por primera vez en más de un año.

Sin duda la molestó enterarse de que Ghosh me había dado un mensaje para Stone, puesto que no hizo ningún comentario. Cuando le expliqué en qué consistía exactamente el último deseo de su marido, la oí sofocar una exclamación en el pañuelo. El mensaje decía más sobre Ghosh y su generosidad que sobre Thomas Stone. Al preguntarle si sabía algo del marcador o de la carta que lo acompañaba, respondió que no.

—Tal vez Shiva lo sepa. ¿Puedo hablar con él?

Gritó su nombre, una convocatoria que yo había oído muchas veces desde pequeño. Oí responder a mi hermano y por el eco supe que su voz provenía de nuestra habitación de niños. Mientras esperaba, Hema preguntó a la enfermera jefe por el marcador. Su enfática negación me indicó que se trataba de algo nuevo para ella.

• • •

El teléfono nunca era un instrumento cómodo en manos de Shiva. Estaba bien, el trabajo de la fístula iba muy bien y no, no sabía nada sobre ninguna carta desaparecida.

—¿Recuerdas el marcador, Shiva, y la alusión a una carta?

—Sí.

—Pero dices que no había ninguna carta en el libro...

—Ninguna.

—¿Cómo conseguiste el libro?

—Me lo dio Ghosh.

—¿Cuándo?

—Cuando agonizaba. Quiso hablar conmigo de muchas cosas, y ésa era una. Me dijo que había cogido el libro de casa de Stone el día que nacimos. Que lo había guardado y que deseaba que lo tuviera yo.

—¿Era ésa la primera vez que veías el libro o la foto de Stone?

—Sí.

—¿Mencionó Ghosh una carta de la hermana Mary, de nuestra madre, a Stone?

—No, no lo hizo.

—¿Te explicó por qué quería que tuvieses tú el libro?

—Tampoco.

—Cuando viste el marcador y leíste la mención a la carta, ¿volviste a preguntarle?

—No.

Suspiré. Podría haberlo dejado ahí, pero después de haber llegado tan lejos proseguí:

—¿Por qué no?

—Si él hubiera querido que tuviese la carta, me la habría dado.

—¿Por qué me regalaste el libro, Shiva?

—Quería que lo tuvieras tú.

Su tono no era diferente de cuando habíamos empezado a hablar, sin el menor rastro de enfado en él, pues posiblemente no había captado la irritación en el mío. Shiva estaba en lo cierto: o bien no había ninguna carta, o bien la guardaba Ghosh, que habría tenido sus razones para destruirla.

Estaba ya a punto de despedirme, sabedor de que no cabía esperar que mi hermano me preguntase por mi salud o bienestar.

—¿Cómo son vuestros quirófanos? —inquirió, lo que me sorprendió.

Quería saber sobre la distribución, lo lejos que estaban el autoclave y los vestuarios, y si había un lavabo fuera de cada recinto o un área común de lavado y cepillado. Realicé una descripción detallada. Cuando terminé, aguardé.

—¿Cuándo volverás a casa, Marion? —preguntó, lo que volvió a sorprenderme.

—Bueno, Shiva... me quedan otros cuatro años de residencia.

¿Era aquél su modo de decir que lamentaba lo sucedido? ¿Qué me echaba de menos? ¿Quería yo eso de él? No estaba seguro, así que me limité a añadir:

—No sé si volviendo corro algún riesgo, pero si no, me encantaría ir dentro de un año o así... ¿Por qué no vienes aquí a visitarnos?

—¿Podré ver vuestros quirófanos?

—Claro. Aquí los llamamos «salas de operaciones». Puedo disponerlo todo para que los veas.

—De acuerdo. Iré.

Volvió a ponerse Hema, que estaba de un talante charlatán, reacia a dejarme libre. Su voz cantarina me transportaba al Missing, me parecía estar sentado junto al teléfono debajo de la foto de Nehru y viendo al otro lado de la habitación el retrato de Ghosh en el que consagraba el sitio donde había pasado tantas horas escuchando el Grundig.

Cuando colgué me sentí desesperado: estaba de nuevo en el Bronx, entre aquellas paredes desnudas, salvo por el *Éxtasis de santa Teresa* enmarcado. Mi busca, silencioso hasta entonces, se puso a sonar. En respuesta a su llamada, volví a ponerme el yugo al cuello; en realidad, bienvenidos fueran mi existencia esclavizada de residente de cirugía, el trabajo interminable, las crisis que me mantenían en el presente, la inmersión en sangre, pus y lágrimas... los fluidos en que se disolvía todo rastro de yo. Trabajando sin descanso me sentía integrado, me sentía norteamericano, y raras veces tenía tiempo para pensar en mi casa y mi país. Luego, cuatro semanas después, llegaría el momento de telefonear de nuevo al Missing. Me preguntaba si aquellas llamadas le resultarían tan duras a Hema como a mí.

En una carta posterior, Hema me explicaba que había investigado si Bachelli, Almaz e incluso a W. W. Gónada sabían si Ghosh o la hermana habían dejado algún papel, pero ninguno había oído nada. Me contaba también que la solicitud de visado de Shiva para visitarme estaba retenida por el gobierno, pues le pedían que aportase declaraciones juradas que demostraran que no tenía ninguna deuda en Etiopía, y además que yo tampoco había contraído ninguna de la que él pudiera ser responsable. Añadía que recordaría a mi hermano agilizar esos trámites, pero al leer entre líneas comprendí que ella sabía que Shiva había perdido interés.

Escribí a Stone para comunicarle que el paradero de la carta de la hermana Praise seguía siendo un misterio. No me contestó, ni siquiera para darme las gracias por las molestias.

En los cuatro años siguientes, vi a Thomas Stone de vez en cuando, si venía a dar conferencias o a pasar visita como docente. Resultó un profesional tan admirable como me había imaginado, magistral, serio y con un dominio absoluto del tema. Tenía el tipo de visión que sólo podía deberse a un estudio cuidadoso de la literatura quirúrgica y a vivir para ella durante muchos años. Prefería con mucho estar cerca de él de aquella manera que tener que cenar en su compañía. Quizá le pasara lo mismo, pues no volvió a llamarme ni visitarme.

Fui a Boston a tres rotaciones diferentes de un mes cada una: cirugía plástica, urología y trasplante. El trabajo era fascinante, un reto, así que olvidaba mis angustias por tenerlo cerca. Trabajé con él en la última rotación, que fue más ajetreada de lo que podía imaginar. En aquella ocasión, me propuso cenar, pero me excusé aduciendo que mi trabajo en la unidad de cuidados intensivos de trasplante no me permitía salir antes de las nueve de la noche, incluso si no tenía guardia. Creo que se sintió aliviado.

En 1986 acabé mi año como residente jefe, que era también el quinto de prácticas, y me quedé como ayudante de Deepak mientras me preparaba para el examen final. Aunque a regañadientes, había terminado por admirar el largo y arduo sistema norteamericano de las prácticas quirúrgicas, si bien resultaba más fácil admirarlo cuando estabas a punto de terminar. Me sentía técnicamente competente para practicar todas las operaciones importantes de cirugía general y conocía mis límites. Había pocas cosas que no hubiese visto en el Nuestra Señora. Y lo más importante, me notaba seguro respecto al cuidado de los pacientes antes y después de la intervención y en el ámbito de la unidad de intensivos.

• • •

Ese mismo año de 1986 se hizo famoso mi hermano. Deepak me mostró el artículo del *New York Times:* ¡qué emocionante ver la foto de Shiva, ver en ella mi reflejo, pero con el pelo más corto, casi a cepillo, y sin las canas que plateaban mis sienes y patillas! La imagen me produjo una amargura inmediata, el recuerdo del dolor de la traición. Y sí, envidia. Shiva me había arrebatado la primera y única chica a quien yo amaba. Y ahora ocupaba los titulares ante mis narices, en mi periódico. Me había atenido a todas las normas y había procurado hacer lo correcto mientras él se las saltaba todas, y el resultado era aquél. ¿Podría permitir algo así un Dios equitativo? Confieso que tardé un rato en poder leer el artículo.

Según el *Times*, Shiva era el mayor especialista del mundo en fístula vaginal y el primer defensor de las mujeres que la padecían. Era el genio que había detrás de la campaña de la OMS para la prevención de la fístula, que estaba «muy por delante del enfoque habitual de estos temas en Occidente». El periódico reproducía el pintoresco cartel de «Cinco Fallos que Conducen a la Fístula», que mostraba una mano con los dedos extendidos. Al observar la fotografía me di cuenta de que se trataba de la mano de Shiva; en la palma había una mujer sentada en actitud de abatimiento... ¿acaso aquella modelo era la enfermera en prácticas en plantilla?

El cartel se había distribuido por toda África y Asia e impreso en cuarenta idiomas. Se enseñaba a las parteras de aldea a contar con una mano los Cinco Fallos: el primero era casarse demasiado joven, las esposas niñas; el segundo, la ausencia de cuidados prenatales; el tercero, esperar mucho antes de admitir que el parto estaba estancado (período en que la cabeza del bebé se hallaba atascada a medio camino del canal del nacimiento y haciendo ya daño) y era imprescindible una cesárea; el cuarto, la gran escasez de centros médicos donde se pudiesen practicar cesáreas. Suponiendo que la madre sobreviviese (el niño nunca lo hacía), el último fallo era que el marido y los parientes políticos expulsasen a la mujer debido a una fístula goteante y maloliente vesicovaginal, rectovaginal o ambas. El suicidio solía poner punto final a estas historias.

«Las mujeres con fístula acuden como pueden a Shiva Praise Stone —rezaba el artículo—. Llegan en autobús (siempre y cuando los otros pasajeros no las hayan echado antes a patadas), a pie o en burro. Muchas llevan una hoja de papel en la mano que simplemente dice en amárico: "Missing", "Hospital Fístula" o "PACIENTE PARA STONE."» Shiva Stone no era médico, «sino un lego experto, iniciado en este campo por su madre ginecóloga».

La siguiente vez que hablé con Hema le pedí que felicitase a Shiva de mi parte y le dije:

—Mamá, deberías haber recibido más reconocimiento en ese artículo. Shiva no podría hacerlo sin ti.

—No, Marion. En realidad, es todo obra suya. La operación de fístula no era algo que me entusiasmara. Es mejor para alguien tan resuelto como tu hermano. Requiere atención constante antes, durante y después de la operación. ¡Si supieras las horas que pasa considerando cada caso, previendo cada problema! Es capaz de ver la fístula en tres dimensiones.

Mi hermano había inventado técnicas y creado nuevos instrumentos en su taller. El artículo mencionaba los esfuerzos de la enfermera jefe para recaudar fondos y lo mucho que los necesitaban, de manera que las donaciones se habían multiplicado. La enfermera Hirst estaba pensando en construir un edificio nuevo para uso exclusivo de las aquejadas de fístula.

—Shiva tiene dibujados los planos desde hace años. Tendrá forma de V y sus alas convergerán en el Quirófano Tres.

Arreglarían y remodelarían el quirófano, para que hubiese dos con una zona de lavado y cepillado compartida en medio.

Aquella noche, al releer el artículo del *Times*, sentí un vuelco en el estómago. Resultaba patente la admiración sin reparos que la periodista sentía hacia Shiva, y daba la impresión de que había abandonado su reserva, su tono desapasionado habitual, por lo mucho que la había conmovido aquel hombre, más que el tema. Terminaba con una cita de mi hermano: «Lo que hago es sencillo: reparo agujeros», decía Shiva Praise Stone.

«Sí, Shiva, pero también los haces.»

Después tuve mi propio éxito, aunque más discreto: aprobé el examen escrito del Consejo Americano de Cirugía. Pocos meses después, me convocaron para los exámenes orales en Boston en el hotel

Copley Plaza. Tras hora y media agotadora delante de dos examinadores, terminé con la sensación de que me había ido bien.

Fuera hacía un día espléndido. La iglesia de la Ciencia Cristiana, un monolito de piedra gris, se alzaba serena al final de un largo estanque reflectante, perfilándose contra el cielo azul. Había pasado cinco años metido noche y día en el hospital, sin ver el cielo, sin sentir el sol en la cara. Me dieron ganas de meterme en el agua vestido, o de lanzar un grito de victoria. Pero me conformé con un helado, que disfruté sentado junto a la brillante superficie del estanque.

Tenía previsto dirigirme al aeropuerto y tomar el vuelo de vuelta a Nueva York. Pero al reparar en que mi taxista era etíope y después de saludarlo en nuestro idioma, tuve otra idea. Sí, claro que conocía el Reina de Saba de Roxbury, y sería un honor llevarme.

—Me llamo Mesfin —se presentó, sonriendo el espejo retrovisor—. ¿Y tú? ¿A qué te dedicas?

—Me llamo Stone —contesté, abrochándome el cinturón, aunque no estaba preocupado, pues aquel día no podía pasarme nada malo—. Soy cirujano.

49

Movimiento de reina

En la esquina había un depósito de chatarra con muros altos y alambre espinoso que recordaba mucho la cárcel de Kerchele. Por la verja vi un perro enorme encadenado y dormido. Luego seguía una hilera de solares donde las cenizas y el hollín esbozaban lo que se hubiese alzado allí. Parecía que Mesfin guiaba el taxi hacia la única casa del final de la calle que había sobrevivido al desastre que destruyera las demás. El camino de entrada empezaba en medio de la calzada, como si la máquina de pavimentar se hubiese quedado sin asfalto al llegar allí y la propietaria se hubiera hecho cargo del asunto. Se trataba de un edificio de dos plantas con ripias en amarillo canario, color que también lucían las escaleras, las barandillas, las columnas, las puertas, además de los suelos y hasta los desagües. Una columna (sin pintar) de cubos de ruedas apuntalaba una esquina de la combada galería delantera. Había cuatro taxis aparcados fuera, todos asimismo amarillos.

El olor a miel fermentando provocó una respuesta pavloviana de mis papilas gustativas. Nos recibió a la puerta un adusto somalí, que nos acompañó a un comedor seis escalones por debajo del nivel de la entrada, donde una media docena de individuos ocupaban las mesas de merendero y los bancos, y aún había espacio para una docena más. El suelo de madera estaba cubierto de hierba recién cortada como si fuese una casa o un restaurante de Adis Abeba.

Nos lavamos las manos y nos sentamos. Enseguida se acercó una mujer pechugona que nos saludó con una inclinación, nos deseó buena salud y colocó en la mesa agua y dos jarritas de *tej* dorado. Tenía la córnea del ojo izquierdo de un blanco lechoso. Mesfin me dijo que se llamaba Tayitu. Una mujer más joven nos trajo luego una bandeja de *inyera*, con generosas raciones de cordero, lentejas y pollo.

—¿Ves? —dijo Mesfin, consultando el reloj—. Aquí puedo comer en menos tiempo del que tardo en echar gasolina al taxi. Y es más barato.

Comí como si hubiese pasado por una hambruna. Tenía razón aquella camarera que me había recomendado el restaurante; aquello era lo auténtico.

Después, por una ventana lateral que daba a un patio en pendiente, vi que subía un Corvette blanco, del que salió una pierna torneada, la piel color café con leche, zapato de tacón y esmalte de uñas del tono que B. C. Gandhi llamaba «rojo jódeme». Luego apareció como surgido de la nada un cabritillo y se puso a bailar alrededor de aquellos elegantes pies.

Pronto, una encantadora dama etíope bajó los peldaños cautelosamente para no tropezar con los tacones.

—¿Por qué deja suelto el cabritillo ese chico bobo a esta hora? —preguntó por encima del hombro al somalí—. Cualquier día lo atropellaré.

Llevaba el cabello, de un castaño dorado con vetas rojizas, cortado con un estilo desenfadado y asimétrico que dejaba el cuello al aire. Vestía una chaqueta a rayas granates con falda y blusa blancas.

La Reina con mayúsculas, pues tenía que ser ella, nos saludó con una inclinación de la cabeza mientras avanzaba hacia un despacho junto a la cocina. Pero de repente se detuvo y se volvió como si hubiese visto una visión. Nos observó con fijeza. Yo vestía traje y me había aflojado la corbata; ¿resultaría poco apropiado? En el recinto del Nuestra Señora del Perpetuo Socorro estaban representadas todas las tribus de Abraham y no me sentía más extranjero que mis pacientes o el personal. Pero allí, al ver que llamaba la atención de ella y de todos los presentes, volví a sentirme *ferengi*.

—¡Alabado sea Dios, alabado sea Su Hijo! —exclamó la Reina, llevándose las manos a las mejillas. Alzó las gafas oscuras hasta la frente y vi unos ojos desorbitados de asombro.

Me volví para mirar detrás de mí, creyendo que tal vez se dirigía a otra persona. Su expresión, burlona al principio, se tornó jubilosa y dejó al descubierto una dentadura perfecta y blanquísima.

—¿No me conoces, niño? —me preguntó, acercándose, precedida por su fragante esencia de rosas. —Me levanté, todavía desconcertado—. Rezo por ti a diario —me dijo en amárico—. No me digas que he cambiado tanto...

La miré; así de pie, era mucho más alto que ella. Me quedé mudo. Cuando la había visto por primera vez ella era una madre, y yo sólo un niño.

—¿Tsige? —pregunté al fin.

Se lanzó a mis brazos, me besó las mejillas, se echó atrás para examinarme mejor, luego me atrajo de nuevo hacia ella y nos rozamos las mejillas una y otra vez.

—Dios mío, benditos sean María y todos los santos, ¿cómo estás? ¿Eres tú? *Endemenneh? Dehna ne woy?* ¿Cómo estás? ¿Es posible que seas tú? Doy gracias a Dios por que estés aquí...

Después de seis años en Estados Unidos, sólo en aquel momento, allí de pie en aquella casa amarilla, en sus brazos, con aquella hierba cortada bajo los pies, me sentí a gusto en aquella tierra, sentí que bajaba la guardia y se me relajaban los músculos del vientre y el cuello. Tenía ante mí a alguien que formaba parte de mi pasado, alguien de mi calle, a quien quería y a quien siempre me había sentido vinculado. Besé sus mejillas tan vigorosamente como ella las mías: ¿quién pararía primero? Yo no.

Tayitu atisbaba desde la cocina, y otras dos mujeres miraban desde las barandillas de arriba. Los demás comensales se interrumpieron para observarnos. Eran personas desplazadas, igual que nosotros, y entendían muy bien aquellos encuentros, esos momentos en que ves bajar de pronto flotando por el río un pedazo de tu viejo hogar.

—¿Qué haces aquí? ¿Quieres decir que no has venido a verme?

—He venido a comer. ¡No tenía ni idea! Vivo en Nueva York desde hace seis años. Sólo tenía previsto quedarme hoy. Ya soy médico. Cirujano.

—¡Cirujano! —exclamó ella, echándose atrás para juntar las manos sobre el corazón; luego me besó el dorso de las muñecas, primero una, luego la otra—. Cirujano. Eres un niño valiente, mucho.

Se volvió hacia nuestro público y añadió con el tono de un director de coro y todavía en amárico:

—Escuchad todos, incrédulos, cuando mi bebé estaba muriéndose y él era pequeño, ¿quién creéis que me acompañó al sitio adecuado del hospital? Él. ¿Quién llamó al médico, que era su padre, para que visitase a mi hijo? Él. ¿Y quién se quedó luego conmigo mientras mi bebé luchaba por la vida? Él y sólo él. Fue el único que estuvo a mi lado cuando murió mi pequeñín. Nadie más estaba allí conmigo, si supieseis... —Las lágrimas corrían por su rostro y en un instante el ambiente del local pasó de la alegría del encuentro a una tristeza profunda, como si ambas emociones estuviesen invariablemente unidas. Oí chasquidos solidarios y *tsks* de los hombres. Tayitu se sonó la nariz y se enjugó el ojo bueno, mientras las otras dos mujeres lloraban profusamente. Tsige era incapaz de hablar, no alzaba la cabeza... Tardó un poco en sobreponerse. Por fin se irguió, los labios separados para sonreír valerosamente, y proclamó—: Nunca olvidé su bondad. Todavía ahora, cuando me acuesto, rezo por el alma de mi bebé y luego por este muchacho. Vivía en mi calle, enfrente de mí. Lo vi crecer, convertirse en un hombre, asistir a la Facultad de Medicina. Ahora es cirujano. Tayitu, devuelve el dinero a todos, porque hoy es un día de fiesta. Nuestro hermano ha venido a casa. Decidme, hombres de poca fe, ¿necesita alguno de vosotros otra prueba de que Dios existe?

Sus ojos relucían como diamantes y elevaba las manos con las palmas hacia arriba, hacia el techo.

Pasé los minutos siguientes estrechando solemnemente la mano a todos los presentes.

Más tarde tomé asiento con Tsige en un sofá del salón del piso de arriba. Se había quitado los zapatos de tacón y sentado sobre los talones. Seguía teniéndome la mano cogida y me acariciaba cada poco la mejilla proclamando su alegría por verme.

Yo tenía previsto regresar a Nueva York aquella tarde, pero ella insistió en que Mesfin se fuera.

—Puedes volver en otro avión más tarde —propuso.

—¿Estás segura de que encontraré un taxi aquí? —pregunté, fingiendo hablar en serio.

Echó la cabeza atrás y soltó una risotada.

—¡Hay que ver cómo has cambiado! Antes eras tan tímido...

Por la ventana divisé seis o siete cabritillos en un gran recinto alambrado. Detrás había un gallinero. Un muchacho de aire soñoliento y cabeza estrecha y alargada estaba allí sentado, acariciando una de las cabras.

—Es primo mío —explicó Tsige—. Se le ven las marcas de los fórceps en la frente. Tiene algunos problemas, pero le gusta cuidar de los animales. Tendrías que venir cuando celebramos Meskel el día de Meskerem. Matamos las cabras y los pollos ahí fuera. No sólo hay taxis sino también coches de policía. Vienen a comer aquí de las comisarías de Roxbury y el South End.

Me contó que se había marchado de Adis Abeba pocos meses después que yo. Un cliente del bar, un cabo del ejército, quería casarse con ella.

—Era un don nadie. Pero con la revolución, hasta los soldados rasos se volvieron poderosos.

Cuando rechazó sus propuestas, la acusaron falsamente de actividades imperialistas y la encarcelaron.

—Compré mi salida de la cárcel a las dos semanas. Mientras estaba en Kerchele me confiscaron la casa. Vino a verme, fingiendo no tener nada que ver con mi detención y para decirme que lo recuperaríamos todo si nos casábamos. Dirigían el país perros como él. Yo tenía dinero escondido. Ni siquiera miré atrás. Me fui.

»En Jartum esperé un mes a que me concediean asilo en la embajada norteamericana. Trabajé como criada para los Hankin, una familia inglesa muy amable. Aprendí inglés cuidando a sus hijos. Fue lo único bueno de aquella estancia. No me importa el frío de Boston porque cada día de frío me recuerda lo bueno que es estar fuera de Jartum.

»Trabajé duro aquí, Marion. En Quick-Mart... a veces hacía dos turnos. Luego trabajaba cinco noches a la semana en unos aparcamientos. Ahorré y ahorré. Fui la primera mujer etíope taxista de Boston. Me aprendí la ciudad. Encontré trabajo a otros compatriotas. Mozos de almacén, ayudantes de aparcamiento, taxistas o dependientas en la tienda de regalos de un hotel. Presté dinero con intereses a etíopes. Tayitu trabajaba para mí en el bar, así que cuando llegó, alquilé esta casa. Ella cocinaba. Luego la compré. Ahora, Dios santo, hay mucho que hacer: moler *tef*, preparar *inyera*, limpiar pollos, hacer *wot*, barrer la casa. Hacen falta tres o cuatro personas. Los etíopes llegan a mi puerta como corderillos recién nacidos, con todo lo que tienen en un hatillo, con las radiografías aún en la mano. Procuro ayudarlos.

—Eres realmente la Reina de Saba.

Esbozó una sonrisa pícara. Pasó al inglés, idioma que nunca le había oído hablar.

—Marion, ya sabes lo que tenía que hacer para alimentar a mi bebé en Adis Abeba. Y luego en Sudán caí aún más bajo... era como una *bariya* —aseguró, empleando el término de argot para «esclava»—. Aquí se dice que en este país puedes llegar a ser cualquier cosa. Me lo creí. Trabajé duro. Así que cuando me llaman «Reina de Saba», pienso: «Sí, de *bariya* a reina.»

Le conté a Tsige que el día que me marché de Adis Abeba tan precipitadamente la había visto bajar de su Fiat 850.

—Y hoy, ¿qué es lo que veo antes de ver tu cara? Tu bella pierna saliendo de un coche. Lo último que vi de ti en Adis Abeba fue también tu bella pierna saliendo de un coche. Quise despedirme entonces, pero no pude.

Se echó a reír y se bajó la falda recatadamente.

—Me enteré de que habías desaparecido poco después que Genet. Nadie sabía si habías participado en el secuestro.

—¿De veras? ¿La gente creía que era un guerrillero eritreo?

Se encogió de hombros.

—No pensé que tuvieses nada que ver con ello. Pero cuando vi a Genet, no me lo negó ni confirmó.

Me quedé desconcertado.

—¿Cómo pudiste haber visto a Genet? Se marchó el mismo día que yo. Precisamente por eso tuve que irme... ¿La viste en Jartum?

—No, Marion. La vi aquí.

—¿Que viste a Genet en América?

—Aquí. En esta casa... ¡Dios mío! ¿No lo sabías?

Sentí que me faltaba el aire, que el suelo se abría bajo mis pies.

—¿A Genet? ¿No sigue luchando con los eritreos?

—No, qué va. Vino aquí como refugiada, lo mismo que todos nosotros. La trajo alguien. Llegó con su bebé en brazos. Al principio fingió no reconocerme. Tuve que hacerla recordar. —Endureció el gesto—. Mira, Marion, cuando llegamos aquí somos todos iguales. Eritreos, amharas, oromos, gente importante, *bariyas*, fuese cual fuese su condición en Adis Abeba eso no significa nada. En Estados Unidos empiezas de cero. Aquí les va mejor a quienes allí no eran nada. Pero Genet vino creyéndose especial, no como los demás...

—¿Cuándo fue?

—Hará unos dos años, tal vez tres. Me dijo que había perdido el contacto contigo, que no sabía adónde habías ido. Hablaba como si ignorara que habías huido de Adis Abeba.

—¿Qué? Mentía. Fueron los eritreos quienes me ayudaron a escapar. Ella era su estrella... su gran heroína. Tenía que saberlo.

—Es posible que no confiara en mí, Marion. No llegué a conocerla nunca como a ti, jamás crucé más de dos palabras con ella. Y la gente cambia, ya sabes. Cuando uno deja su país, es como una planta que se arranca de la tierra: hay gente que se vuelve dura, no puede volver a florecer. Recuerdo que me dijo que había enfermado en la guerrilla. Creo que también se cansó de la lucha. Tenía un bebé. Unas mujeres de Nueva York a las que conocía le ofrecían un trabajo y ayuda para cuidar del niño. Así que la verdad es que no tuve que hacer nada por ella.

—¡Santo cielo! —exclamé, hundiéndome en el sofá; me alegraba de no haberlo sabido antes, de no haber sabido que estaba en Nueva York—. ¿Sigue aún allí?

—No. —Tsige vaciló, como si no estuviese segura de si contarme el resto—. Hubo muchos rumores. Lo que oí fue que... conoció a un hombre y se casaron. Sucedió algo y ella casi lo mató. No sé exactamente por qué ni cómo. Lo único que sé es que está en la cárcel. A su bebé lo dieron en adopción... —Vio mi conmoción—. Lo siento. Creí que estabas enterado... Podría averiguar si sigue en la cárcel.

—¡No! —Negué con la cabeza vehementemente—. No lo comprendes. No quiero volver a verla jamás. —«Sólo querría verla para escupirle a la cara», pensé.

—Pero ella era tu hermana.

—¡No! No digas eso —repliqué con aspereza. Nos quedamos callados. Si mi reacción le había parecido inesperada, no podía reprochárselo. Tuve que esperar unos minutos a que remitiera aquella confusión total—. Lo siento, Tsige —dije al cabo, cogiéndole la mano—. Debo explicártelo. Verás, Genet no era mi hermana, sino el amor de mi vida.

—¿Estabas enamorado de tu hermana? —preguntó mirándome asombrada.

—¡No es mi hermana!

—Perdona. Por supuesto.

—¿Qué importa, Tsige? Lo fuese o no, lo cierto es que yo estaba enamorado de ella. No podía cambiar mis sentimientos hacia Genet. Pensábamos casarnos cuando acabara Medicina...

—¿Y qué pasó?

—Que mi hermano me traicionó. Y ella también. —Resultaba muy difícil de explicar, así que utilicé una expresión en amárico—: Fueron almohadas el uno para el otro.

Acababa de decirle a Tsige lo que nunca había contado a nadie, ni siquiera a Hema. Había estado a punto de explicárselo a Stone en el restaurante, pero al final no lo había hecho. Sentí un gran alivio. No omití detalle: el que se me acusase falsamente, la mutilación genital de Genet, la muerte de Rosina, la sospecha de Hema de que el responsable era yo. En los seis años que llevaba en el Nuestra Señora del Perpetuo Socorro no había confiado aquella historia a ninguno de los amigos íntimos que había hecho (Deepak, B. C. y varios estudiantes).

Tsige, con la mano en la boca, me miraba asombrada y compasiva. Por fin bajó la mano y movió la cabeza, pesarosa.

—Tu hermano quiso acostarse conmigo —me dijo, sonriendo al reparar en mi asombro—. Bueno, erais pequeños entonces, aunque no tanto; tendríais catorce o quince años. Shiva fue muy directo. «¿Cuánto por acostarme contigo?»

Se echó a reír ante aquella audacia, mirando por la ventana y conjurando mentalmente aquel tiempo lejano.

—¿Y lo hizo? —pregunté por fin, con la garganta tan seca que las palabras podrían haber incendiado el *tej* que tenía en el estómago. No imaginaba lo importante que era su respuesta.

—¿Si hizo qué?

—Acostarse contigo...

—Oh, cariño. ¡No! —Me pellizcó la mejilla—. Menuda cara has puesto. Oh no, no. —Respiré hondo, tras haber aguantado la respiración—. Pero si hubieses sido tú habría sido distinto. Si me lo hubieses pedido... Te lo debo, Marion. Todavía te lo debo.

Estaba seguro de que me había ruborizado. Genet se había esfumado de mis pensamientos con la misma rapidez que había aparecido.

—No me debes nada, Tsige. Perdona, no debí preguntártelo... es algo personal, es asunto tuyo.

—Seguro que tienes muchas novias, Marion. ¡Un cirujano en Nueva York! ¿Cuántas enfermeras comparten tu almohada, eh? ¿Adónde vas? ¿Por qué te levantas? ¿Qué pasa?

—Ya es tarde, Tsige, más vale que me...

Tiró de mí hacia abajo con firmeza, de tal modo que casi aterricé encima de ella. Me abrazó. Aspiré intensamente el olor de su cuerpo y su perfume. Tenía los ojos clavados en su cuello, su barbilla, su pecho. Más de una noche en mi habitación de la residencia de personal del Nuestra Señora del Perpetuo Socorro había pensado en ella, pero nunca imaginé que pudiese llegar a tocarla realmente. Era cirujano general titulado, pero me sentí de pronto como un adolescente lleno de granos.

—¡Te estás poniendo colorado! ¿Te encuentras bien? Oh, la Virgen me asista, válgame Gabriel y todos los santos... Aún eres virgen, ¿verdad?

Asentí, avergonzado, y ella reaccionó con lágrimas en los ojos.

—¿Por qué lloras? —pregunté.

Ella sólo movía la cabeza, examinando mi cara mientras se enjugaba los ojos.

—Lloro porque es tan bello... —dijo por fin, cogiéndome las mejillas entre sus manos.

—No es bello, Tsige. Es estúpido.

—No, no lo es.

—Me reservé para Genet. Sí, lo sé... es ridículo. Pero luego, cuando ella y Shiva... me refugié en los estudios. Lo peor es que aún la amaba. Mi hermano no, pero yo sí. Me sentí responsable cuando estuvo a punto de morir. ¿Puedes creerlo? Shiva se acostó con ella y me sentí responsable yo... Luego, cuando Genet y sus amigos secuestraron el avión, volvió a traicionarme. No le preocupaba lo que pudiera pasarnos a Hema, a Shiva y a mí. Pero al menos entonces, el día que huí de Etiopía, me libré de ella. Cuando llegué aquí, procuré olvidarla. Tenía la esperanza de que hubiese muerto en aquella guerra estúpida... su dichosa guerra. Y ahora me entero de que está aquí. Tal vez debería marcharme del país, Tsige. Irme a Brasil. O a la India. No quiero estar en el mismo continente que esa mujer.

—Cállate, Marion. No digas tonterías. ¿Cuánto *tej* has bebido? Éste es un país grande y tú un gran hombre. ¡Olvídala! Mira dónde estás y dónde está ella. Está en la cárcel, ¡por amor de Dios! —Me acarició el pelo y me acercó a su pecho—. Eres el tipo de hombre con el que sueñan todas las mujeres.

Yo estaba excitado. Ni aún queriendo, no había nada de mi vida que pudiese ocultarle. Ni mi vergüenza ni mis secretos ni mi embarazo.

Me besó en los labios, un breve roce exploratorio primero, luego un beso pausadamente indagatorio. Pude sentir cómo me invadía la adrenalina, cómo las reservas de testosterona no utilizada y almacenada proclamaban su disponibilidad. «Así que es de este modo como va a pasar —pensé—. El día que apruebo el examen quirúrgico. Muy apropiado.» Tendí las manos hacia ella.

Tsige suspiró y se echó atrás, empujándome para que me levantara, luego se alisó el pelo. Su expresión era seria, como la de un clínico al emitir un dictamen después de un examen físico minucioso.

—Espera, Marion mío. Te has reservado todos estos años, lo cual no es poca cosa. Quiero que te vayas a casa. Después de que lo hayas pensado, si me quieres, aquí estaré. Puedes volver o podemos irnos, hacer un viaje juntos. O ir yo a Nueva York y que tomemos una bonita habitación de hotel. —Leyó el desencanto en mi rostro—. No te entristezcas. Lo hago por amor a ti. Cuando tienes algo tan valioso como esto, has de pensar cuidadosamente en cómo vas a desprenderte de ello. Si no me lo das, lo entenderé. Si me eliges, me sentiré honrada y te haré honor. Ahora pediré un taxi para que te lleve. Vete, cariño mío. Ve con Dios. No hay otro como tú.

«Así es mi vida —me dije mientras el taxi avanzaba trabajosamente entre el denso tráfico hacia el aeropuerto Logan—. Extirpé el cáncer del pasado, lo eliminé; crucé los altiplanos, bajé al desierto, surqué el océano y pisé una nueva tierra; fui aprendiz, pero ya no le debo nada a nadie y acabo de convertirme en capitán de mi barco. Mas cuando miro hacia abajo, ¿por qué veo todavía en mis pies las viejas zapatillas manchadas de barro y alquitrán que enterré al principio del viaje?»

50

El tallo de su fuerza

Como disponía de los ingresos de un cirujano titular, compré un dúplex al final de una hilera de esa clase de vivienda en Queens. La línea del techo sobre la ventana de la buhardilla a un lado era picuda como una ceja y lanzaba una mirada de propietario sobre una frondosa cuña de terreno llena de arces. En verano, colocaba tiestos de jazmín en el pequeño patio y cultivaba verduras de ensalada en un huertecillo. En invierno, trasladaba los jazmines al interior mientras los armazones de alambre vacíos permanecían fuera como recuerdos de los suculentos tomates que la tierra había dado. Pinté las paredes; reparé las ripias del tejado; instalé estanterías para libros. Desarraigado de África, estaba satisfaciendo un impulso de nidificación. Había encontrado mi versión de la felicidad en América. Habían pasado seis años y aunque debería haber visitado Etiopía, el caso es que, por una u otra razón, nunca había podido romper del todo y disponer de libertad para ello.

Al salir un día de una heladería, pasó por mi lado rozándome una mujer negra elegantemente vestida, el abrigo de cuero bailándole por encima de los tobillos. Le sostuve la puerta y cuando cruzó el umbral me invadió un intenso desasosiego. Se volvió para mirarme, sonriendo. Otra noche, cuando regresaba en el coche por Manhattan de un congreso sobre trauma en Nueva Jersey, una transeúnte captó mi atención cuando salía de debajo de un toldo cerca del Holland Tunnel. La iluminaban los faros y los reflejos de los charcos. Me dirigió un meneo de pechos bajo la lluvia. O yo lo imaginé. Sentí de nuevo aquel desasosiego, como el atisbo de algo en llamas, pero no sabía dónde. Cuando rodeé la manzana, ella ya se había ido.

Una vez en casa, me preparé para la jornada de trabajo. Podría haber ejercido en privado como cirujano al terminar mi residencia de cinco años, o haber ido a alguna otra institución docente. Pero sentía una gran lealtad hacia el Nuestra Señora. Y además ahora el Centro Médico del Ejército de Brooke, el San Antonio, y el Walter Reed de Washington nos enviaban a algunos residentes de cirugía más veteranos. Proporcionábamos en tiempo de paz lo más similar a una zona de guerra, un lugar donde podían poner a prueba sus habilidades. Era el jefe de traumatología del Nuestra Señora; nos veíamos favorecidos con nuevos recursos y con más personal. No había ningún motivo para que me sintiese desgraciado. Pero aquella noche, ante la chimenea encendida, me sentía inquieto, como si fuese a sufrir una parálisis si no tomaba ciertas medidas.

Aquel fin de semana, decidí que mi vida necesitaba una dimensión diferente al trabajo. Repasé en el *Times* acontecimientos, recitales, inauguraciones, obras de teatro, conferencias y otras actividades interesantes. Me obligué a salir de mi hogar el sábado y también el domingo.

El viernes siguiente volví a casa después del trabajo y dejé la cartera y la correspondencia en la biblioteca. Luego, en la cocina, encendí la vela, puse la mesa y calenté la última porción de un guiso de pollo preparado el domingo anterior según una receta del *Times*.

Llamaron a la puerta.

Me entró el pánico.

¿Había invitado a alguien a cenar y lo había olvidado? Aparte de Deepak, que había venido una vez, no había recibido más visitas. ¿Habría decidido Tsige en Boston tomar la iniciativa, ya que yo no la había llamado? Aunque había descolgado el auricular para telefonearla una docena de veces, no había reunido valor suficiente. ¿O sería Thomas Stone? No le había dicho dónde vivía, pero podría haberlo descubierto fácilmente a través de Deepak.

Atisbé por la mirilla.

En aquella imagen convexa de ojo de pez, vi unos ojos, una nariz, los pómulos, los labios... Mi cerebro intentó disponer y reordenar las piezas para obtener un rostro, un nombre.

No era Stone ni Deepak ni Tsige.

No cabía duda de quién era.

Se volvió para irse, bajó los dos escalones de la entrada.

Podría haberme limitado a ver cómo se alejaba.

Abrí. Se detuvo, con el cuerpo hacia la calle y volvió la cara hacia la puerta. Era más alta de lo que recordaba, o tal vez era una impresión debida a que estaba más delgada. Me observó para comprobar que era yo, luego bajó la vista hasta un punto cercano a mi codo izquierdo, lo que me permitió estudiarla a voluntad, decidir si cerrarle la puerta.

Tenía el cabello alisado, lacio, sin el beneficio de lazos y cintas, ni siquiera de un buen peinado. Los pómulos estaban intactos, más prominentes que nunca, como contrafuertes que sostuvieran mejor aquellos ojos almendrados que constituían su rasgo más bello. Su rostro sería siempre deslumbrante, aun sin maquillaje. Aunque era verano, vestía un abrigo largo de lana muy ceñido a la cintura en el que se arrebujaba como si tuviese frío. Estaba allí inmóvil, como un animalillo que hubiese invadido el territorio de un predador, paralizado e incapaz de moverse.

Bajé los escalones. Extendí el brazo y le alcé la cara. Bajó los ojos y los párpados igual que las muñecas con que solía jugar. Noté su piel fría al tacto. Las cicatrices verticales de las comisuras exteriores de los ojos eran ya líneas secas, aunque recordé el día que la cuchilla de Rosina las había creado, y cómo estaban entonces en carne viva y cubiertas de sangre oscura. Le alcé la barbilla un poco más. Aún no se atrevía a mirarme. Quería que viera las cicatrices en mi cuerpo, una por su traición con Shiva y otra por haberse vuelto más eritrea que ningún eritreo, y como consecuencia haber secuestrado aquel avión, hecho que me había expulsado de mi país. Quería que notase la rabia que subyacía en mi calma aparente, cómo la sangre se me agolpaba en los músculos, que viese cómo se me tensaban y crispaban los dedos anhelando su tráquea. Fue mejor que no mirase porque, aunque lo hubiese hecho en un parpadeo, le habría clavado los dientes en la yugular, la habría devorado, huesos, dientes y cabello incluidos, sin dejar ni un rastro de ella allí, en la calle.

La cogí por el codo y la hice entrar. Se dejó guiar como una mujer camino de la horca. En el vestíbulo, mientras yo echaba el cerrojo a la puerta, esperó inmóvil sobre el felpudo. La llevé a la biblioteca (un comedor que había reacondicionado) y la hice sentarse en la turca; se quedó encaramada en el borde. La miré fijamente; no se movía. Luego tosió, un espasmo que duró varios segundos. Se llevó a los labios un pañuelo de papel arrugado. La observé largo rato. Cuando estaba a punto de hablarle sufrió otro acceso de tos.

Fui a la cocina. Puse agua a hervir para el té y esperé con la cabeza apoyada contra la nevera. ¿Por qué hacía aquello? Primero homicidio y al minuto siguiente té...

Ella seguía en la misma posición. Cuando cogió la taza que le tendí, le vi las uñas sin pintar, desportilladas, y la piel arrugada de fregona. Se bajó una manga, pasó la taza a la otra mano y repitió el proceso, para ocultar las manos. Resbalaban lágrimas por su rostro, los labios crispados en una mueca.

Yo había albergado la esperanza de que mi corazón se endureciera frente a aquellas manifestaciones.

—Perdona. Trabajo en una cocina —susurró.

—Después de todo lo que me hiciste, ¿te lamentas por el estado de tus manos?

Pestañeó, sin responder.

—¿Cómo me localizaste?

—Me envió Tsige.

—¿Por qué?

—La llamé al salir de la cárcel. Necesitaba... ayuda.

—¿Y no te dijo que no quería verte?

—Sí. Pero insistió en que te visitara antes de que me ayudase ella. —Me miró directamente por primera vez—. Y yo quería verte.

—¿Por qué?

—Para decirte que lo siento —respondió, y unos segundos después apartó la vista.

—¿Lo has aprendido en la cárcel? Me refiero a lo de evitar el contacto ocular...

Se echó a reír, y en ese momento me pregunté si, con cuanto había visto y hecho, no se hallaría ya en un punto en el que no podía sucumbir a la cólera.

—Me apuñalaron una vez por mirar —contestó, e indicó con la barbilla hacia su costado izquierdo—. Me extirparon el bazo.

—¿Dónde estuviste en prisión?

—En Albany.

—¿Y ahora?

—Estoy en libertad condicional. Tengo que ver a mi agente de la condicional todas las semanas.

Posó la taza.

—¿Qué más te contó Tsige?

—Que eres cirujano. —Miró la biblioteca, las estanterías atestadas de libros—. Que te va bien.

—Sólo estoy aquí porque me vi obligado a huir. De noche, como un ladrón. ¿Sabes quién me lo hizo? ¿Quién se lo hizo a Hema? Fue alguien que para nuestra familia era... como una hija.

Se balanceaba adelante y atrás.

—Sigue —dijo, irguiéndose—. Me lo merezco.

—¿Todavía continúas haciéndote la mártir? Oí decir que llevabas escondida un arma en el pelo cuando subiste a aquel avión. ¡Una afro! Eras la Angela Davis de la causa de eritrea, ¿eh?

Negó con la cabeza.

—No sé lo que era —reconoció tras un largo silencio—. Aquella que fui creía que tenía que hacer algo grande —dijo, como escupiendo la última palabra—. Algo espectacular. Por Zemui. Por mí. Me prometieron que ni tú ni tu familia sufriríais ningún daño. En cuanto terminó el secuestro, comprendí lo estúpido que era. No había ninguna grandeza en ello. Fui una gran imbécil, eso es todo. —Apuró el té. Se levantó—. Perdóname, si puedes. Te merecías algo mejor.

—Calla y siéntate —ordené, y ella obedeció—. ¿Crees que ya está todo resuelto? ¿Que puedes decir lo siento y marcharte? —Volvió a negar con la cabeza—. ¿Tuviste un hijo? ¿Un hijo de campaña?

—Los anticonceptivos que nos daban no funcionaron.

—¿Por qué estuviste en la cárcel?

—¿Tengo que contártelo todo?

Empezó a toser de nuevo. Cuando terminó el espasmo, temblaba, aunque en la habitación hacía calor y yo estaba sudando.

—¿Qué fue de tu hijo?

Torció el gesto. Sus labios se estiraron en una mueca y le temblaron los hombros.

—Me lo quitaron. Lo dieron en adopción. Maldigo al hombre que me puso en esa situación. Maldigo a aquel hombre. —Alzó la vista—. Era una buena madre, Marion...

—¡Una buena madre! —Reí—. Si lo fueras, ahora podrías tener un hijo mío.

Sonrió entre las lágrimas como si yo bromeara, como si acabase de recordar mi fantasía de casarnos y y poblar el Missing con nuestros retoños. Luego empezó a temblar; al principio pensé que lloraba o reía, pero vi que le castañeteaban los dientes. Había ensayado mi parlamento mentalmente cuando había salido de Asmara caminando, mientras recorría a pie el camino hasta Sudán; y había vuelto a ensayarlo muchas veces desde entonces. Imaginaba cualquier excusa que ella pudiese alegar si alguna vez me la topaba. Tenía mis dardos preparados. Pero aquel adversario mudo y tembloroso no era lo que esperaba. Me acerqué y le tomé el pulso. Ciento cuarenta pulsaciones. Su piel, fría poco antes, ardía al tacto.

—Yo... he de... marcharme —dijo, y se levantó tambaleante.

—No; te quedarás.

Era evidente que no se encontraba bien. Le di tres aspirinas. La acompañé al baño principal y abrí la ducha. Cuando estuvo humeante, la ayudé a desvestirse. Si antes la había visto como un animal en el cubil del predador, entonces me sentí como un padre que desnudara a su hija. En cuanto la dejé duchándose, metí su ropa interior y la blusa en la lavadora y la encendí. La ayudé a salir de la ducha, pues no se sostenía en pie. La sequé y senté en el borde de la cama. Le puse uno de mis pijamas de franela y la acosté. Conseguí que tomara unas cucharadas de mi guiso de pollo y bebiera más té. Le puse Vicks en el cuello, el pecho y la planta de los pies, exactamente igual que nos hacía Hema. Se durmió antes de que le pusiera los calcetines de lana.

¿Qué sentía yo? Aquello era una victoria pírrica; más bien una victoria piréxica, pues el termómetro que le deslicé en la axila marcaba más de 39 grados. Mientras dormía, llevé su ropa mojada a la secadora y metí sus pantalones vaqueros en la lavadora. Recogí el guiso de pollo. Luego me senté en la biblioteca e intenté leer. Tal vez me adormilara. Horas después, oí la cisterna del inodoro. Ella estaba en la cama, destapada, envuelta en una toalla; se había quitado el pijama y los calcetines y se secaba la frente con una toallita. Le había bajado la fiebre. Se movió para hacerme sitio.

—¿Quieres que me marche ya? —inquirió.

La pregunta me hizo pensar que estaba tomando el control porque sólo había una respuesta posible:

—Si ya estás durmiendo aquí.

—Estoy ardiendo.

En el baño me puse unos calzoncillos y una camiseta, saqué una manta del armario y me dispuse a dormir en la biblioteca.

—¿No te quedas conmigo? Por favor...

No tenía prevista ninguna respuesta para aquello.

Me metí en la cama. Cuando alargué el brazo para apagar la luz, ella me pidió:

—Déjala encendida, por favor.

En cuanto me eché se apretó contra mí; capté su aroma, mezclado también con el olor de mi desodorante, mi champú y el Vicks. Se acurrucó en el hueco de mi hombro, su cuerpo húmedo contra el mío. Me acarició la cara tímidamente, como si temiese que la mordiera. Me acordé de cuando la había encontrado desnuda en la despensa, tantos años atrás.

—¿Qué es ese ruido? —preguntó asustada.

—La alarma de la secadora. Te he lavado la ropa.

La oí gemir. Y luego sollozar.

—Te merecías algo mejor —dijo, alzando la vista hacia mí.

—Sí, lo merecía.

Miré sus ojos, recordando la pequeña mancha del iris derecho, y el soplo de humo alrededor, donde había penetrado una chispa. Sí, allí seguía, más oscuro ahora, parecía una mancha de nacimiento. Recorrí sus labios. Su nariz. Cerró los párpados ante mi caricia, pero las lágrimas se deslizaban por debajo. Esbozó una sonrisa de nuestros días de inocencia. Aparté la mano. Abrió los ojos, relumbrantes. Me besó en los labios con cierta vacilación.

No, yo no había olvidado. En aquel instante, más que contra ella mi cólera se dirigía contra el paso del tiempo, un tiempo que me había arrebatado aquellas ilusiones maravillosas, se las había llevado demasiado pronto. Pero en aquel momento necesitaba la ilusión de que ella era mía.

Me besó de nuevo y saboreé la sal de sus lágrimas. ¿Acaso sentía lástima por mí? No podría aceptarlo jamás. De pronto estaba sobre ella, apartando la sábana, la toalla, torpe pero resuelto. Ella se sobresaltó, los músculos del cuello tensos como cables. Le cogí la cabeza y la besé.

—Espera —susurró—, ¿no deberías...?

Pero ya estaba dentro.

Ella pestañeó.

—¿No debería qué, Genet? —le pregunté mientras me movía, como si la pelvis poseyese un conocimiento intrínseco de los gestos necesarios—. Es la primera vez...—conseguí decir—. No sé lo que debería o no.

Se le dilataron las pupilas. ¿Le complacía saber aquello de mí? Ya lo sabía.

Ya sabía que hay personas en este mundo que cumplen sus promesas. Una de esas personas era Ghosh, a cuyo lecho de muerte ella no había tenido tiempo de acercarse. Deseé que se avergonzase, que se aterrase al saberlo. Cuando terminamos, seguí sobre ella.

—Mi primera vez, Genet... —dije suavemente—. No creas que porque te esperaba, sino porque me destrozaste la vida. Podías haber contado conmigo. Un valor seguro, «dinero en el banco», como dicen aquí. ¿Y qué hiciste? Lo convertiste todo en mierda. Quería que tuvieses una vida bella. No lo comprendo, la verdad. Tenías a Hema y Ghosh. Al Missing. Me tenías a mí, que te quería más de lo que te amarás nunca tú misma.

Lloraba debajo de mí. Tras un largo silencio, me acarició la cabeza suavemente, intentó besarme.

—Tengo que ir al baño —pidió.

No le hice caso. Estaba excitado de nuevo. Empecé a moverme otra vez.

—Por favor, Marion.

Me di la vuelta y me eché de espaldas, sin salir, y colocándola encima, sus pechos cerniéndose sobre mí.

—¿Necesitas hacer pis? Adelante —dije, con la respiración acelerándose—. Ya lo hiciste en una ocasión, también.

La cogí por los hombros y tiré de ella hacia mí con fuerza. Olí su fiebre, y un efluvio a sangre, sexo y orina. Volví a correrme.

Luego cedí. La dejé irse.

Desperté tarde el sábado por la mañana y la encontré otra vez con la cabeza apoyada en el hueco de mi hombro, mirándome. La tomé de nuevo... no podía concebir que me hubiese negado a mí mismo durante tanto tiempo aquel placer.

Cuando desperté eran las dos de la tarde; la oí en la cocina. Fui al baño. Al volver a mi cuarto vi la sangre en las sábanas. Deshice la cama y llevé las sábanas a la lavadora.

Trajo dos tazas de café, una ración del guiso de pollo y dos cucharas. La fiebre estaba subiéndole de nuevo, la bata no la abrigaba suficiente, le castañeteaban los dientes y tenía accesos de tos seca. Cogí el café que me tendía. La bata se le abrió. Se quedó mirando cómo volvía a hacer la cama.

—Lo siento. Sangro debido a las cicatrices... siempre sangro durante... la relación. Fue el regalo de Rosina. Así que siempre pienso en ella cuando...

—¿Es doloroso?

—Al principio. Y cuando hace mucho tiempo.

—¿Y qué me dices de esa fiebre, cuánto hace que estás así? ¿Te has hecho una radiografía?

—Me pondré bien. Es un catarro fuerte. Espero no pegártelo. Tomé un poco de Advil que encontré en el armario.

—Genet, deberías...

—Me pondré bien, de veras, doctor.

—Dime por qué fuiste a la cárcel.

Su sonrisa desapareció. Negó con la cabeza.

—Por favor, Marion. No.

Comprendí entonces que era una historia que no me beneficiaría en absoluto, pero también que tenía que oírla. Más tarde, cuando estábamos los dos sentados en la biblioteca, insistí.

Él era un intelectual, un activista, un eritreo que había abandonado la causa como ella. No diré su nombre... es bastante doloroso ya. Baste decir que se ganó el corazón del niño de Genet (el padre de aquél había muerto en la lucha). Y luego se había ganado el corazón de la madre... Ocurrió en Nueva York, tras su llegada. Le parecía que su vida estaba sólo empezando. Se casaron. Al cabo de un año estaba embarazada. Empezó a sospechar que él la engañaba. Descubrió la dirección de la mujer, el piso donde se citaban. Consiguió entrar en él y esconderse en el armario ropero, donde esperó medio día hasta que llegó la pareja al final de la tarde. Mientras su marido y su amante blanca estaban en la cama, buscando conocimiento carnal mutuo de un modo ruidoso y esforzado, Genet dudaba entre revelar su presencia o no.

—Marion —dijo—, cuando estaba allí en aquel armario, con los cinturones de aquella mujer en cestos como culebras a mis pies, todo volvió a mí. Todo por lo que había pasado desde la época de Zemui.

»Conseguí venir a América y ¿qué hice? Por primera vez en mi vida, di todo mi amor justo a la persona que menos lo merecía. Le quise (¿qué fue lo que dijiste tú antes?) más de lo que me había querido a mí misma. Se lo di todo a aquel hombre inútil. Allí inmóvil, dentro del armario, supe que si quería vengarme, tenía que estar dispuesta a perder la vida. Sólo ha habido un hombre en mi vida digno de semejante sacrificio, Marion, tú. Pero era demasiado estúpida para saberlo cuando era joven. Demasiado estúpida.

»Aunque él no lo merecía, ya no podía contenerme. Mira, al amarlo, había sucedido de nuevo, Marion: había querido ser grande. Me creía destinada a la grandeza como académica, como intelectual, y mi grandeza residía en estar con él.

»Comprendí por primera vez lo que era el proletariado: era yo, siempre lo había sido, y entonces necesitaba actuar para el proletariado. Cogí mi navaja y empecé a cantar muy bajo.

»Ellos no podían verme, pero yo sí a ellos. Abrí la puerta del armario con una intención respecto a él: cortar el tallo de su fuerza, cortarlo como un tallo de alheña, algo que sólo puedes hacer cuando has amado a alguien tan por entero que no has dejado nada atrás y no te queda nada... todo está gastado. ¿Comprendes? —De hecho, lo comprendía demasiado bien—. De lo contrario, le habría dicho a ella: "Cógelo y quédatelo. Buena suerte." En vez de eso, salté sobre los dos.

»Los acuchillé, pero no gravemente como me había propuesto, pues escaparon. Esperé a la policía. Tenía la sensación de haberme quitado las esposas que había llevado en las muñecas todo el tiempo. Había estado buscando grandeza, y entonces la encontré. Me había liberado justo en el momento que terminaría mi libertad. —Observó mi rostro atento y sonrió—. Genet murió en la cárcel, Marion. Ya no existe. Cuando te quitan a tu hijo, mueres tú, y también el niño que crece dentro de ti. Todas las cosas que importan han desaparecido, así que estoy muerta.

Una pequeña parte en mi interior pugnaba por decir: «Me tienes a mí, Genet.» Pero, por una vez, me contuve para pensar en mí mismo, para salvarme.

Sentía por ella una clase de compasión nunca antes experimentada: era un sentimiento mejor que el amor, porque me liberaba, me libraba de ella. «Marion —me dije—, ella encontró por fin su grandeza, la halló en su sufrimiento. Una vez que tienes grandeza, ¿quién necesita más?»

51

La elección del diablo

Considerado en retrospectiva, aquel domingo por la mañana me puse enfermo cuando desperté en una casa silenciosa y supe que estaba solo, que ella se había marchado. Cuarenta y tres días después, llegó el primer estremecimiento de náusea, una marejada similar a un lejano Vesubio que se hubiese desmoronado en el mar. Luego una antigua bruma, una niebla de Entoto llena de formas cambiantes y sonidos animales, descendió sobre mí, y el día cuarenta y nueve había perdido la conciencia.

Es sorprendente que una vida dependa de algo tan sumamente insignificante como la decisión de abrir o no la puerta. Recibí a Genet un viernes; se marchó dos días después sin despedirse, y ya nada volvería a ser igual.

Dejó una cruz de molinillo en el centro de la mesa del comedor, supuse que era un regalo para mí. Aquel medallón de santa Brígida que llevaba en un collar había pertenecido a su padre y antes a un soldado canadiense llamado Darwin.

La historia de su ex marido perduraba como una gripe grave. Había insistido en que me la contara y descubierto que Genet era capaz de sentir un amor abnegado... sólo que no hacia mí. De todas formas, había encontrado en mi hogar un equilibrio momentáneo con ella, o la ilusión de él, como si fuésemos de nuevo niños que jugaran a las casitas y a los médicos.

• • •

Todas las noches después del trabajo volvía corriendo a casa con la esperanza de encontrarla en la puerta. Cuando veía la pegatina amarilla que le había dejado dentro de la puerta de malla, en que le decía que la llave la tenía mi buen vecino Holmes y que aquélla era su casa, se me caía el alma a los pies. Una vez dentro, me sentía obligado a retirar la nota, comprobando para asegurarme de que había escrito realmente aquello. Confieso que dejaba incluso un cabo de lápiz junto a la puerta por si ella quería redactar una respuesta.

El viernes, una semana después de que la dejase entrar en casa, la visión del cuadrado amarillo de papel gritó: «¡Idiota!» Y el lápiz dijo: «Idiota rematado!» Rompí el papel y tiré el lápiz a la calle.

No estaba enfadado con Genet, pues ella al menos era coherente, sino indignado conmigo mismo por amarla, o al menos amar el sueño de nuestra unión. Mis sentimientos eran absurdos, irracionales, pero no podía cambiarlos, lo cual dolía.

Aquella noche, sentado en la biblioteca, después de haber causado más estragos a una botella de Pinch en cuatro horas del que le causara en el año transcurrido desde que la comprara, rememoré nuestra última conversación. Ella había estado acurrucada en el sillón donde me sentaba en aquel momento, vestía una bata, la misma que yo llevaba puesta. Y yo le había llevado té: la actitud característica de los idiotas, uno de los estigmas por los que se nos reconoce.

—Marion —dijo ella tras haber observado mi biblioteca, mi pequeña y ecléctica colección—. Según lo describiste, el apartamento de tu padre en Boston... da la impresión de ser muy parecido a éste.

—No seas ridícula. Estas estanterías las hice yo mismo. La mitad de los libros que hay aquí no tienen nada que ver con la cirugía. La cirugía no es mi vida.

No replicó. Estuvimos allí sentados en silencio. En determinado momento vi que su mirada revoloteaba por la alfombra que había entre nosotros: sentado en aquellas fibras sintéticas había un intruso desnudo, un hombre oscuro y silencioso con cortes de navaja en el cuerpo. Su presencia aguaba nuestra conversación.

Al anunciarle que iba a acostarme, dijo que vendría enseguida y sonrió. No la creí. Pensé que nunca volvería a verla. Pero me equivocaba. Se unió a mí bajo las sábanas e hicimos el amor. Fue tierno y lento. Fue precisamente entonces cuando pensé: «Por fin, va a quedarse.» Pero en realidad se trataba de su despedida.

• • •

Dos semanas después de su marcha, me sentía mal en casa. La biblioteca me resultaba agobiante. En la cocina, saqué la cena, un paquete de papel de aluminio etiquetado como VIERNES con mi caligrafía; era lo último de lo que había cocinado, congelado y empaquetado en partes alícuotas varios fines de semana atrás. Ahora, aquella categorización de los alimentos de mi frigorífico se me antojaba una señal del auténtico caos que reinaba en mí.

Doy gracias a Dios por mi buen vecino, Sonny Holmes. Me oía gruñir, dar cabezazos contra el frigorífico. Sonny tenía una curiosidad innata, un entrometimiento sincero y muy americano que llegaba con lo de haber cumplido uno los setenta años y que no intentaba ocultar. Se había percatado de la presencia de mi invitada (un acontecimiento sumamente raro) y había oído la música de cabecera y luego el largo silencio.

—Necesitas contratar una empresa de seguridad —dijo, pues había llegado a un rápido diagnóstico antes incluso de que yo hubiese terminado de contarle mi historia. Sonny creía en el eneagrama, esa clasificación de la gente en tipos de personalidad inventada por los jesuitas. Él era un Uno, obstinado, resuelto y seguro de sí. A mí me tenía clasificado como un Tres o un Cuatro... ¿o era un Dos? Fuese lo que fuese, era un número que no discutía con los Unos.

—¿Necesito una qué?

—Un detective privado.

—Sonny, ¿para qué? No quiero volver a verla.

—Tal vez. Pero necesitas cerrar el capítulo. ¿Y si está en la cárcel o un hospital? ¿Y si está intentando desesperadamente volver pero no puede?

Un motivo noble, eso era cuanto necesitaba un Dos para no abandonar una obsesión. Lo comprendí.

Investigaciones Costa Este de Flushing resultó ser un joven rubio y voluntarioso llamado Appleby, hijo de la difunta cuñada de Holmes, que constató rápidamente que Genet no había vuelto a su centro de reinserción social y tampoco había aparecido por el restaurante Nathan's, donde lavaba platos. No había establecido contacto con su agente de la condicional ni llamado a Tsige. Se enteró de todas estas cosas en un abrir y cerrar de ojos. Incluso de que a Genet le habían diagnosticado tuberculosis en la cárcel. Había iniciado la medicación, pero luego, cuando la habían puesto en libertad, había dejado de informar a su TDO (Terapia Directamente Observada). El catarro y la fiebre eran con toda seguridad un rebrote de la tuberculosis. La noticia desconcertante era que si alguna vez llegaba a materializarse, yo sería el tercero en la cola en enterarme después del Departamento de Salud del Estado y de su agente de la condicional. Volvería a la cárcel. El informador de Appleby en prisión podía facilitarle su historial médico completo si quería, y me dijo que se había tomado la libertad de decirle que lo hiciera. A mí me preocupaba que aquello pudiese significar violar su intimidad.

—Conocimiento es poder en este tipo de situaciones—explicó Appleby, y con eso me ganó del todo; cualquier hombre que utilizase una cita que gustase a Ghosh era un hombre en quien se podía confiar; luego añadió—: Está pagando por saber y creo que estamos obligados a saber más.

—¿Y ahora qué? —le pregunté. No estaba refiriéndome al riesgo de que yo hubiese contraído la tuberculosis. De eso podía ocuparme por mí mismo.

Eludió mi mirada. Tenía las mejillas y la punta de la nariz cubiertas de capilares inquietos, dispuestos a enrojecer a la menor provocación. Su afección era *acne rosacea*, la pesadilla de muchos adolescentes. Aquella nariz sería un día bulbosa y aborgoñada, las mejillas de un rojo carnoso. Tímido ya, sus problemas se agravarían porque quienes no lo conociesen supondrían erróneamente que su aspecto era consecuencia de la bebida. Deducía todo eso sobre su futuro mientras le pagaba porque me explicara el mío.

—Bueno, doctor Stone —dijo, carraspeando; la nariz empezó a enrojecérsele, indicio seguro de que no iba a gustarme lo que debía decirme—. Yo, con todo el respeto, le recomiendo que eche un vistazo a la cubertería. Que haga inventario de sus pertenencias. Asegúrese de que no falta nada.

Lo miré largo rato.

—Pero, señor Appleby, la única cosa que me importa es precisamente la única que me falta.

—Sí, claro.

El tono compasivo de su voz me indicó que conocía ya mi tipo de dolor. Somos legión.

• • •

En cuanto a los acontecimientos de las semanas siguientes, recuerdo que una noche me despertó el timbrazo agudo del teléfono. Receptor en mano, me sentí perdido, sin saber si estaba en el Nuestra Señora o en el Missing otra vez. Yo era el especialista en trauma de apoyo. No podía descifrar lo que quería el residente al otro extremo de la línea, lo cual no es extraño en los primeros diez segundos de una conversación en plena la noche, y el que llama suele comprenderlo. Pero a medida que seguimos hablando, la niebla se negó a disiparse en mi cerebro. Colgué. Arranqué el teléfono de sus amarras. A la mañana siguiente, tenía la mente clara, mas el cuerpo se negaba a levantarse de la cama. Estaba débil. La idea de comer me revolvía el estómago. Me di la vuelta y me dormí de nuevo.

Tal vez ese mismo día, tal vez unos cuantos después, había un hombre al lado de mi cama, que me tomó el pulso y me llamó por mi nombre. Era mi antiguo residente jefe y ahora colega mío en el Nuestra Señora, Deepak Jesudass. Me aferré desesperadamente a su mano y le pedí que no se fuera... debí de tomar conciencia de lo peligroso de mi situación.

—No voy a marcharme. Sólo voy a correr la cortina.

Lo que recuerdo es que le expliqué cuanto había sucedido, mientras él iba examinándome. Me bajó los párpados, interrumpiéndome sólo para pedirme que mirase hacia abajo, hacia los pies o que dijese «¡Ah!». En un momento dado me preguntó si tenía un estetoscopio en casa. «¿Bromeas? Soy cirujano», respondí, y ambos reímos, un sonido extraño que no era muy común en mi hogar. Dije «Uy» cuando me tanteó justo debajo de las costillas en el lado derecho, lo que me pareció curioso. Le oí murmurar al teléfono. Durante todo ese rato no le solté la mano.

Tres hombres cuyas caras me eran conocidas llegaron con una camilla. Me arrebujaron en una manta de franela, me sacaron a la acera y me metieron en su ambulancia. Recuerdo que quería decir algo sobre la belleza de sus movimientos, la gracia intrínseca de aquello, lo increíble que era, aquella sensación de bebé canguro en la bolsa. Me disculpé por no haber apreciado su pericia todos aquellos años.

Deepak venía conmigo. Ya en el Nuestra Señora, avanzó al lado de mi camilla de ruedas, pasando ante las caras asombradas del personal con que nos topábamos en los pasillos y el ascensor. Empujó mi camilla dentro de la UCI. Bajo las fuertes luces fluorescentes, mis ojos despedían un brillo amarillento, pero yo lo ignoraba. También mi piel tenía ese tono. Sangré profusamente por todos los pinchazos. Las enfermeras intentaron en vano ocultar la orina color té de la bolsa de mi catéter, que no presagiaba nada bueno, pero yo la vi. Y por primera vez experimenté miedo, mucho miedo.

La hinchazón creciente del cerebro me hacía sentir una somnolencia insuperable, pero me aferré a la conciencia el tiempo suficiente para pedir a Deepak que se acercara.

—Pase lo que pase —susurré—, no quiero que me saquen del Nuestra Señora. Si he de morir, y ya que no puedo hacerlo en el Missing, deseo morir aquí.

En cierto momento me percaté de que se acercaba a mi cama Thomas Stone y se ponía a examinarme, pero no con el interés de un clínico, sino con aquella mirada petrificada que yo conocía muy bien, la de un padre cuyo hijo ha sufrido alguna desgracia. Fue más o menos por entonces cuando perdí la conciencia.

Como supe más tarde, el telegrama para Hema rezaba: VEN INMEDIATAMENTE *STOP* MARION GRAVEMENTE ENFERMO *STOP* THOMAS STONE *STOP* PD: NO TARDES... Y no tardó. Hizo uso del servicio prestado a la esposa del camarada presidente vitalicio, la cual comprendió muy bien la necesidad que tenía su ginecóloga de estar junto al lecho de su hijo enfermo. La embajada de Estados Unidos proporcionó rápidamente los visados y al final del día, Hema y Shiva iban ya camino de Frankfurt vía El Cairo. Luego, aún en Lufthansa, cruzaron el Atlántico. Hema abrió el telegrama más de una vez para releerlo, buscando un anagrama esperanzador.

—Tal vez esto signifique que Stone está al borde de la muerte, no Marion —le dijo a Shiva cuando sobrevolaban Groenlandia.

—No, mamá. Se trata de Marion. Lo noto —repuso mi hermano con absoluta certeza.

A las diez de la noche, hora de Nueva York, apareció en la UCI una mujer canosa con un sari marrón, de rostro atractivo a pesar de sus ojeras de mapache, acompañada por un joven alto que era evidentemente su hijo y mi gemelo idéntico.

Aminoraron el paso a la entrada de mi cubículo de cristal, cansados viajeros del Viejo Mundo atisbando en el resplandor de una habitación de hospital del Nuevo Mundo. Allí estaba yo, el hijo que se fuera a Estados Unidos para cursar estudios superiores, que se había convertido en un profesional de aquella habilidosa, espléndida y lucrativa rama americana de la medicina, bien provista de todo, de eficacia increíble, sin precios en el menú, tan diferente en el estilo y la esencia de lo que se hacía en el Missing. Sin embargo, ahora debían de pensar que la medicina americana se había vuelto contra mí, como el tigre contra su domador, ya que estaba allí anclado a un ventilador gris azulado, encadenado a los monitores de las consolas detrás de la cama, comatoso e invadido por tubos de plástico, cables y catéteres. Incluso un cable tieso como una aguja me sobresalía del cráneo.

Stone estaba sentado cerca de la ventana, con la cabeza torpemente apoyada en la barandilla de seguridad de la cama y los ojos cerrados como si durmiera. En las setenta y dos horas transcurridas desde que había enviado el telegrama, mi estado había empeorado. Como si hubiera advertido de repente la presencia de Hema y Shiva, abrió los ojos y se levantó, desaliñado, rígido y un poco encogido en la bata de quirófano que llevaba, aliviado pero aprensivo. Las arrugas de preocupación surcaban su rostro, tenso y pálido bajo la mata de pelo cano.

Los dos viejos colegas y adversarios se habían visto por última vez en una sala de parto, momentos después de mi nacimiento y de la muerte de nuestra madre. Entonces había sido también cuando Stone viera por última vez a Shiva: en aquel Quirófano 3, firmemente sostenido por los brazos de Hema.

Como la mesita de noche y el ventilador impedían el acceso de Hema al lado más próximo a la cama, la rodeó hasta donde estaba de pie Stone, sin dejar de mirarme.

—¿Está «gravemente enfermo» de qué, Thomas? —preguntó, aludiendo a las dos palabras del telegrama que más la habían exasperado. Empleó un tono profesional, como si estuviese preguntando a un colega sobre un paciente, tratando de fingir serenidad cuando en realidad temblaba por dentro.

—Es coma hepático —respondió Stone, contestando de la misma manera, agradecido de que ella hubiese decidido conversar en el lenguaje de la enfermedad, un colchón que permitía que hasta su propio hijo quedase reducido a un diagnóstico—. Sufre una hepatitis fulminante. El nivel de amoniaco es muy elevado y el hígado casi no funciona.

—¿Por qué?

—Hepatitis vírica. Hepatitis B.

Stone bajó la barandilla de la cama y ambos se inclinaron sobre mí. La mano de Hema buscó a su espalda la punta del sari, la parte que iba sobre el hombro, y se la llevó a la boca.

—Parece anémico, no sólo ictérico —consiguió decir finalmente, aferrándose a la jerga médica para describir mi palidez y el tono amarillento de la piel—. ¿Cómo está la hemoglobina?

—Nueve, después de cuatro unidades de sangre. Está sangrando por el intestino. Las plaquetas están bajas y no genera factores de coagulación. Tiene la bilirrubina en doce y hoy la creatinina justo en cuatro, pues ha subido; ayer tenía tres...

—¿Qué es esto, por favor? —inquirió Shiva, señalando mi cráneo. Estaban uno frente al otro, separados por la cama.

—Un monitor de presión intracraneal —repuso Stone—. Va al ventrículo. Tiene edema cerebral. Le están dando manitol y graduando el ventilador para mantener la presión baja.

—¿Atraviesa el cráneo y el cerebro hasta el ventrículo sólo para medir? ¿No trata? —preguntó mi hermano, que parecía escéptico.

Stone asintió.

—¿Cómo empezó? —preguntó Hema.

Mientras él iba relatándoles toda la secuencia de los hechos, Shiva apartó la mesita de noche y encontró un acceso entre la cama y el ventilador. Bajó la barandilla de la cama de ese lado y, moviéndose con la lenta eficacia de un contorsionista, se deslizó por debajo de tubos y cables. Deepak entró a tiempo para verlo echarse de costado junto a mí, su cabeza tocando la mía. El que estuviese allí parecía no muy seguro y completamente natural al mismo tiempo. Lo único que pudo hacer Deepak fue mirar, advirtiendo, sin embargo, que el indicador de la presión intracraneal, que no había hecho más que subir durante tres días, empezaba a bajar.

Inmediatamente después de Deepak apareció, jadeante por la subida de escaleras, el gastroenterólogo Vinu Mehta, que había sido residente de medicina interna en el Nuestra Señora cuando yo lo era de cirugía. Después de especializarse en gastroenterología, había empezado a ejercer lucrativamente en Westchester, pero no era feliz y había decidido volver a incorporarse al personal asalariado del Nuestra Señora.

—Vinu Mehta, señora doctora —se presentó, juntando las palmas en un *namaste* antes de coger la mano de Hema entre las suyas—. Y éste debe de ser Shiva —añadió, sin inmutarse al ver a mi hermano en mi cama—. Sólo lo sé porque estoy seguro de que el otro caballero es Marion. —Se volvió hacia Hema—. ¡Qué conmoción para usted, señora! También para todos nosotros. ¡Nuestro mundo está patas arriba! Marion es uno de los nuestros.

Este súbito cambio al lenguaje corriente de los sentimientos hizo que a Hema le temblasen los labios.

Una ojeada a Vinu bastaba para comprobar que las historias que se contaban de él acerca de que compraba comida a los pacientes a quienes daba de alta eran probablemente ciertas. Le había visto prolongar la estancia de una paciente a fin de protegerla de la locura que la esperaba en casa. Era el mejor amigo de todos los miembros del personal y me hacía regularmente pasteles y galletas. Siempre le mandaba una postal el día de la Madre, algo que lo complacía infinitamente.

—Me avisaron cuando trajeron aquí a Marion, señora doctora —continuó—. La hepatología, el hígado, es mi campo. Aquí hay hepatitis B por todas partes. Muchísimos portadores, drogadictos que se inyectan y gente que la hereda de sus madres al nacer... es muy frecuente en inmigrantes de Extremo Oriente. Señora, vemos infinitos casos de cirrosis latente e incluso de cáncer de hígado por este virus. Pero una hepatitis B aguda fulminante... con esta gravedad, sólo la he visto en otros dos pacientes a lo largo de mi carrera.

—Vinu, dime la verdad —pidió Hema adoptando un tono de madre india sensata con aquel joven doctor que estaba muy dispuesto a asumir el papel de sobrino—. ¿Es mi hijo un bebedor?

Supongo que era una pregunta lógica, pues hacía más de siete años que no la veía. Ella no ignoraba que estaba en mis genes. ¿Qué sabía en realidad de en quién o en qué me había convertido?

—¡Señora, por supuesto que no! No, no. Tiene usted un hijo que es una joya. —La expresión dura de Hema se suavizó—. Aunque, señora, en las últimas semanas... no me malinterprete... según nos contó su vecino, Marion tuvo problemas y estuvo bebiendo.

Deepak había encontrado en mi casa una nueva receta de isoniazid, un medicamento utilizado para prevenir la tuberculosis, también conocido por provocar inflamación hepática grave. Era habitual comprobar las enzimas hepáticas dos semanas después de iniciar un tratamiento con aquel fármaco, para poder suprimirlo si había algún indicio de daño hepático.

—Mi hipótesis, señora, es que Marion-*bhaiya* empezó a tomar isoniazid. Esta receta es de hace un mes. Probablemente no se extrajo sangre para verificar las funciones hepáticas. Después de todo es un cirujano, pobrecillo. ¿Qué sabe de estas cuestiones delicadas? ¡Si me hubiese consultado! Habría sido un honor para mí ocuparme de él. Después de todo, Marion-*bhaiya* se ocupó de mi hernia muy cariñosamente.

»En cualquier caso, señora, fui en persona a Manhattan, al Monte Sinaí, y traje aquí al mejor especialista mundial en hígado, mi maestro en esta especialidad. "Profesor, éste no es un caso más de hepatitis sino que se trata de mi propio hermano", le dije. Está de acuerdo en que podrían haber contribuido el alcohol y el isoniazid, pero no cabe duda de que con lo que estamos tratando aquí es en primer lugar y ante todo una hepatitis B.

—¿Cuál es el pronóstico? ¿Alguien va a decírmelo? —Era lo que esencialmente necesitaba saber una madre—. ¿Lo superará?

Vinu miró a Deepak y Stone, pero ninguno de ellos estaba dispuesto a hablar. Después de todo, la enfermedad correspondía a su campo de especialización.

—Dígamelo. ¿Vivirá? —bufó Hema.

—Es indudablemente muy grave —repuso Vinu, y el hecho de que estuviese esforzándose por contener las lágrimas completó su respuesta.

—¡Vamos! —exclamó ella, enojada, antes de volverse hacia Stone y Deepak bruscamente—. Es hepatitis. Sé lo que es. Vemos el daño que causa en África. Pero... ¡aquí, en América! En este país tan rico, en este hospital que cuenta con tantísimos recursos —continuó, señalando la maquinaria—. Aquí en América tienen que poder hacer algo más con la hepatitis que retorcerse las manos y repetir que «es muy grave».

Seguramente esbozaron una mueca cuando ella dijo «rico», pues comparado con las unidades de intensivos en los hospitales de dinero, como la institución de Boston de Thomas Stone, la nuestra disponía de lo justo.

—Lo intentamos todo, señora —terció Deepak en tono apagado—. Intercambio de plasma. Lo que pueda hacer cualquiera en este mundo para esta enfermedad, estamos haciéndolo aquí.

Hema parecía escéptica.

—Y rezar, señora —añadió Vinu—. Las hermanas llevan ya dos días con una cadena de oración en marcha y sin interrupción. La verdad es que necesitamos algún tipo de milagro.

Shiva había seguido desde la cama, tumbado y en silencio, cada palabra de la conversación.

Hema se quedó mirando mi cuerpo inconsciente, acariciándome la mano y negando con la cabeza.

Vinu los convenció para que se retirasen a una habitación preparada para ellos en el edificio de la residencia del personal; tenían incluso una cena frugal a base de *chapatti* y *dal*. Hema estaba demasiado cansada para discutir.

A la mañana siguiente, apareció con un sari naranja y con aspecto descansado, pero como si hubiese envejecido varios años durante la noche.

Stone estaba en el mismo sitio donde lo había dejado; miró más allá de Hema, hacia la entrada, como si esperase a Shiva, pero no había señal de mi hermano.

Hema se colocó de nuevo junto a mi lecho, ansiosa por verme a la luz del día. La noche anterior lo había encontrado todo demasiado irreal, como si no fuese yo quien estaba en la cama sino la forma carnal de aquella ruidosa maquinaria. Pero ahora podía verme: mi pecho subía y bajaba, tenía los ojos hinchados y los labios deformados por el tubo de respiración. Era real. Incapaz de contenerse, rompió a llorar en silencio, olvidándose de la presencia de Stone, o sin importarle que estuviera allí. Sólo cobró conciencia de él cuando vacilante le ofreció un pañuelo, que ella le arrebató como si se lo ofreciera con demasiada lentitud.

—Es como si todo esto estuviera pasando sólo por culpa mía —dijo Hema, y se sonó—. Sé que tal vez puede parecer egoísta, pero perder a Ghosh y ahora ver a Marion así... ¿comprendes? Como si les hubiese fallado a todos, como si hubiese permitido que a Marion le ocurriera esto.

Si se hubiese vuelto, habría visto a Stone agitándose, frotándose las sienes con los nudillos, como si pretendiese borrarse a sí mismo.

—Tú... tú y Ghosh nunca les fallasteis —repuso con voz ronca—. Fui yo quien lo hice, os fallé a todos.

«Por fin», debió de pensar Hema; era al mismo tiempo la disculpa y el agradecimiento que debía desde hacía tanto, pero lo curioso fue que en aquel momento a ella le daba igual. Ya no importaba. Ni siquiera lo miró.

Entró Shiva. Si vio a Stone, no acusó su presencia, pues sólo tuvo ojos para mí, su hermano.

—¿Dónde estabas? —preguntó Hema—. ¿Pudiste dormir?

—Arriba en la biblioteca. Eché una cabezada allí. —Me examinó, luego estudió los indicadores del ventilador y después las etiquetas de las bolsas de líquido que colgaban sobre la cama.

—Hay algo que no le pregunté a Vinu —dijo Hema a Stone—. ¿Cómo contrajo Marion la hepatitis B?

Él movió la cabeza indicando que no lo sabía, pero como ella no estaba mirándolo, tuvo que responder con palabras.

—Bueno... probablemente fue en alguna intervención quirúrgica. Debió de hacerse una pequeña herida. Es un riesgo profesional de los cirujanos.

—También puede adquirirse por contagio sexual —explicó Shiva, y Stone asintió balbuceante. Hema miró furiosa a su hijo, con una mano en la cadera, pero no pudo rechistar, porque Shiva tenía más que decir—. Mamá, Genet visitó a Marion. Apareció en su casa hace seis semanas. Estaba enferma. Se quedó dos noches y luego desapareció.

—¿Genet...?

—Hay dos personas en la sala de espera a quienes deberías ver. Una es una señora etíope, Tsige, que vivía enfrente del Missing. Ghosh trató a su bebé hace años. Marion volvió a encontrarse con ella en Boston. La otra persona es el señor Holmes, vecino de mi hermano. Ambos quieren hablar contigo.

• • •

A media mañana, Hema ya estaba enterada de todo. Genet había enfermado de tuberculosis. Pero Appleby consiguió acceder a los archivos sanitarios de la prisión, que le revelaron lo que antes no sabíamos: Genet era también portadora de hepatitis B, que había contraído (o eso afirmaba el médico de la cárcel) a través de una aguja inadecuadamente esterilizada o una transfusión o un tatuaje cuando estaba en la guerrilla en Eritrea; aunque también podía haberse contagiado por vía sexual. Genet había sangrado en la cama cuando dormimos juntos y yo había estado generosamente expuesto a su sangre y, por tanto, al virus. El período de incubación de la hepatitis B correspondía a la hipótesis de Shiva: había caído enfermo seis semanas después de la visita de Genet.

Hema deambulaba por la sala de espera, maldiciendo a esa mujer y lamentando mi estupidez por permitirle volver a acercarse a mí después de todo lo que nos había hecho. Si hubiese aparecido Genet en ese momento, yo habría temido por su vida.

Cuando Deepak y Vinu pasaron visita juntos aquella tarde, comentaron los últimos resultados de laboratorio: mis riñones estaban fallando; el hígado, el proveedor habitual de factores de coagulación, no producía ninguno. Si quedaban aún algunas células hepáticas viables tampoco mostraban indicio alguno de recuperación. No había ninguna buena noticia que dar. Se retiraron, seguidos por Shiva. Stone y Hema se quedaron junto a mi cuerpo inmóvil, en silencio. Se trataba ya de una práctica de observación, una vigilancia hasta el final. No había esperanza. Ambos lo sabían muy bien, como médicos, experiencia que en realidad lo hacía aún más insoportable.

A mediodía, una enfermera de la UCI llamó por megafonía a Deepak y Vinu para que se reunieran con la familia Stone. Al llegar se encontraron a Hema y Shiva sentados enfrente de Thomas Stone en una pequeña sala de reuniones.

Hema, cansada, la cabeza apoyada en las manos y los codos sobre la mesa, alzó la vista hacia los dos jóvenes doctores de chaqueta blanca, colegas de su hijo.

—¿Querían vernos? —preguntó con impaciencia mal reprimida a Vinu y Deepak.

—Yo no convoqué esta reunión —repuso Deepak, desconcertado, y se volvió hacia Vinu, que negó con la cabeza.

—Lo hice yo —reconoció Shiva, que tenía una pila de papeles fotocopiados junto a un cuaderno amarillo cubierto de anotaciones hechas con su cuidadosa caligrafía. Hema advirtió una autoridad en su tono, una sensación de energía, dinamismo e iniciativa que ningún otro parecía capaz de mostrar ante mi terrible diagnosis—. He convocado la reunión porque quiero hablar de un trasplante de hígado.

Deepak, al que le resultaba difícil sentarse delante de mi hermano sin tener la sensación de que estaba hablando conmigo, dijo:

—Ya hemos considerado el trasplante. De hecho, el doctor Stone y yo pensamos trasladar a Marion a la Mecc... quiero decir, al Hospital General de Boston, el hospital del doctor Stone, cuyo equipo realiza más trasplantes que nadie en la costa Este. Pero rechazamos esa opción por dos motivos. En primer lugar, los trasplantes fallan en su gran mayoría cuando una hepatitis B fulminante está destrozando el hígado. Incluso en el caso de que encontrásemos un órgano del grupo sanguíneo adecuado y del tamaño justo y el trasplante fuese un éxito, tendríamos que utilizar dosis masivas de esteroides y otros fármacos que bloquean el sistema inmunitario a fin de prevenir el rechazo del nuevo órgano. Eso sería un festín para el virus de la hepatitis B: el nuevo hígado acabaría destruido y volveríamos a encontrarnos exactamente donde ahora.

—Sí, lo sé. Pero ¿y si el trasplante fuese perfectamente idéntico? No sólo el mismo grupo sanguíneo, sino también los seis antígenos HLA y otros antígenos que ustedes ni siquiera miden... ¿Y si fuesen coincidentes todos? Entonces no haría falta ninguna sustancia inmunodepresora, ¿verdad? Ninguna. Ni esteroides ni ciclosporina, nada. ¿Están de acuerdo?

—Teóricamente, sí, pero... —dijo Deepak.

—Obtendrían esa coincidencia perfecta si tomaran el hígado de mí —lo interrumpió Shiva—. El organismo de Marion lo reconocería como suyo, no como un extraño en ningún sentido.

Pareció que la estancia quedara sin aire. Durante unos segundos nadie dijo nada.

—Me refiero a tomar parte de mi hígado, *ma* —se apresuró a explicar Shiva al reparar en la expresión de Hema—. Dejándome suficiente y cogiendo un lóbulo para Marion.

—Shiva... —empezó Hema, con intención de disculpar a su hijo, pues aquél no era evidentemente su campo, ni tampoco el de ella. Pero luego cambió de opinión. Conocía la tenacidad de mi hermano cuando se trataba de actuaciones médicas que otros consideraban imposibles—. Pero, Shiva, ¿es que se ha practicado alguna vez un trasplante de parte de un hígado?

—Éste es del año pasado —contestó Shiva deslizando hacia ella uno de los artículos—. Un artículo de Deepak Jesudass y Thomas Stone sobre las posibilidades de trasplante de hígado de donante vivo. No se ha hecho en humanos, mamá, pero antes de que digas nada, lee en la página tres donde he subrayado. Pone: «Técnicamente, el éxito en casi un centenar de perros, la capacidad para mantener la vida en el receptor y no poner en peligro la del donante, indica que estamos en condiciones de efectuar esta operación con humanos. Los riesgos para un donante sano constituyen un obstáculo ético significativo, pero creemos que la escasez crítica de órganos de cadáveres nos obligará a seguir adelante. Ha llegado el momento. El trasplante de donante vivo permitirá superar tanto el problema de la escasez de órganos como el de los hígados de personas fallecidas que ya están dañados porque se ha tardado demasiado en obtener el consentimiento y en extirpar el órgano y trasladarlo a donde se necesita. El trasplante de hígado de donante vivo es el paso siguiente, inevitable y necesario.»

Shiva no estaba leyendo, sino recitando de memoria, lo que no sorprendía a Hema, pero sí asombró a los otros médicos. Se sintió orgullosa de él y recordó con qué frecuencia daba por supuesto el don eidético de su hijo. Sabía que era capaz de dibujar la página que estaba recitando, reproducirla en un papel en blanco, empezando y terminando cada línea exactamente como estaba en el original, incluida la puntuación, el número de página, las marcas de las grapas y las manchas de la fotocopia.

—¿He de recordarles que el primer trasplante de riñón con éxito de Joseph Murray fue de un gemelo idéntico agonizante que recibió un riñón sano de su hermano gemelo idéntico? —dijo Shiva a Stone y Deepak, los dos cirujanos, al darse cuenta de que por el momento había tranquilizado a Hema.

El que habló fue Deepak, pues Thomas Stone parecía conmocionado:

—Shiva, también indicamos en el artículo que hay implicaciones éticas y legales...

—Sí, lo sé —lo interrumpió mi hermano—. Pero dicen asimismo que «lo más probable es que los primeros donantes sean o un padre o un hermano, porque esos donantes tienen un motivo desinteresado y corren el riesgo voluntariamente».

Deepak y Stone parecían acusados cuya coartada acabase de ser desbaratada por un testigo inesperado. La acusación se disponía a asestar el golpe final.

Pero el ataque llegó de otro sector.

—Thomas, dime la verdad, por favor —terció Hema—: en los últimos cuatro días, dado que ésta es precisamente tu especialidad —y con los dedos unidos dio un golpecito al papel—, al ver a Shiva al lado de su hermano, ¿no cruzó por tu mente la idea de una operación con un donante vivo?

Si ella esperaba que él se encogiese y tragase saliva, le aguardaba una sorpresa: Stone la miró sin pestañear y, tras un instante, asintió.

—Pensé en los gemelos Murray, sí, claro que pensé en ello. Pero también en todos los riesgos... y lo deseché. Esto es mucho, muchísimo más difícil que extirpar un riñón. No se ha hecho jamás.

—¡A mí no se me ocurrió en absoluto! —reconoció tranquilamente Vinu Mehta—. Señora, debería haberlo pensado. Te lo agradezco, Shiva. En cualquier otro caso de hepatitis B aguda, un trasplante de hígado no haría más que alimentar al virus, pero existiendo una coincidencia perfecta... Por supuesto, Shiva, el problema en realidad es el peligro que corres.

Mi hermano estaba preparado y sin mirar sus notas, dirigiendo sus comentarios principalmente a Stone, a pesar de que la pregunta la había formulado Vinu, repuso:

—Según su cálculo, doctor Stone, basado en la extirpación de uno o más lóbulos de pacientes con trauma hepático, es que el riesgo de muerte debería ser de menos del cinco por ciento para mí, el donante. En su opinión, el peligro de complicaciones graves, como por ejemplo derrames de bilis y hemorragia, no debería ser más del veinte por ciento en un donante por lo demás sano. —Empujó una hoja hacia ambos doctores—. Anoche pedí que me extrajeran sangre. Todas mis funciones hepáticas son normales. Como pueden ver, no soy portador de hepatitis ni de nada parecido. No bebo ni tomo drogas que pudiesen dañar el hígado. Nunca lo he hecho. —Y aguardó la respuesta de Stone.

—Conoces ese artículo nuestro mejor que yo mismo —admitió éste—. Desgraciadamente, eran estimaciones, simples conjeturas. —Apoyó las manos en la mesa—. En realidad no sabemos cómo podría resultar con humanos.

—Y si fracasamos —añadió suavemente Deepak—, no sólo te perdemos a ti, que entraste aquí sano y salvo, sino también a Marion. Por no mencionar que no tendremos nada en que apoyarnos y nuestras carreras podrían haber terminado. Aunque tuviésemos éxito, seríamos muy criticados.

Si pensaban que Shiva iba a ceder, no conocían a mi hermano. Hema estaba viendo a su hijo con nuevos ojos.

—Comprendo su resistencia, y no les tendría en gran consideración como cirujanos si accediesen de inmediato. Sin embargo, si pueden practicar esta operación y si existe una posibilidad razonable, incluso una posibilidad de un diez por ciento de salvar la vida de Marion, y de menos de un diez de que yo pierda la mía, y si deciden no llevarla a cabo, entonces en mi opinión le habrán fallado a Marion, a Hema y a mí, habrán fallado a la ciencia médica, e incluso a ustedes mismos. Le habrán fallado a mi hermano no sólo como médicos, sino como su amigo y su padre. Si realizasen la operación y tuviese éxito, no sólo salvarían a mi hermano, sino que la cirugía avanzaría una década. Éste es el momento —sentenció, mirando a su padre y luego a Deepak—. Puede que no vuelvan a tener una oportunidad como ésta. Si sus rivales de Pittsburgh se enfrentasen a esta situación, ¿qué harían? ¿No se atreverían?

La acusación se retiró. Ahora correspondía a la otra parte contestar.

—Se atreverían, sí —dijo Stone, rompiendo el largo silencio, y hablando en un tono apagado como para sí mismo—, aunque por supuesto no estarían operando a sus propios hijos. Lo siento, Shiva, no puedo planteármelo.

Se apartó de la mesa y apoyó las manos en los brazos de su asiento como dispuesto a levantarse.

—¡Thomas Stone! —La voz de Hema, afilada como la hoja de un bisturí, lo clavó al asiento—. En una ocasión hace tiempo te pedí una cosa relacionada con estos muchachos. Entonces te largaste. Pero si te largas esta vez, ni Ghosh ni yo podremos ayudarlos. —Él palideció y se reclinó en el asiento—. ¿Acaso crees que quiero someter a Shiva a un peligro que no pudiese superar? ¿Que quiero perder a mis hijos? —preguntó con la voz quebrada. Cuando se recobró, y después de sonarse ruidosamente con el pañuelo, añadió—: Thomas, quítate de la cabeza la idea de que son tus hijos. Se trata de un problema quirúrgico y estás en la mejor situación para ayudarlos, precisamente porque ellos nunca fueron tus hijos. Jamás te obstaculizaron ni entorpecieron tu investigación, tu carrera —dijo sin deje de rencor—. Doctor Stone, éstos son mis hijos. Son un regalo que recibí. El dolor, el sufrimiento, si es que tiene que haberlos, son todos míos... eso viene con el lote. Soy su madre. Escúchame, por favor: esto no tiene nada que ver con tus hijos. Toma una decisión considerando lo que debes hacer por tu paciente.

Después de lo que pareció una eternidad, Deepak arrastró el cuaderno amarillo desde el lado de la mesa de Shiva y lo abrió por una página en blanco.

—Dime, ¿por qué estás dispuesto a correr un riesgo como éste? —preguntó a mi hermano, destapando su pluma.

Por una vez, Shiva no tenía una respuesta lista. Cerró los ojos y juntó la yema de los dedos, como si no quisiera ver las caras de los demás. Le preocupaba que Hema lo viese de aquel modo. Cuando abrió los ojos, por primera vez desde su llegada pareció triste.

—Marion siempre creyó que yo nunca miraba atrás, que siempre actuaba sólo pensando en mí. Tenía razón. Le habría sorprendido que fuese a arriesgar la vida donando parte de mi hígado. No es racional. Pero... al ver que mi hermano podría morir, he mirado atrás. Tengo cosas de que arrepentirme.

»Si me hallase al borde de la muerte, y hubiese una posibilidad de salvarme, Marion les habría apremiado a operar. Era su carácter. Antes no lo entendí porque es irracional. Pero ahora lo comprendo. —Miró a Hema, y añadió—: No tenía ninguna razón para pensar en esto hasta que llegué aquí. Pero al lado de su cama... comprendí que si le pasaba algo, me ocurría también a mí. Si me quiero a mí, lo quiero a él, porque somos uno. Eso lo convierte en un riesgo que merece la pena correr... No sería así en el caso de cualquier otra persona, salvo que la amase. Soy el único en que se da una coincidencia perfecta. Quiero hacerlo. No podría vivir en paz conmigo mismo si no lo hiciese, y creo que ustedes tampoco serían capaces de vivir en paz si no lo intentasen. Éste es mi destino. Mi privilegio. Y el suyo.

Hema, que se había contenido hasta entonces, abrazó a Shiva y lo besó en la frente.

Deepak, pluma en mano, no había escrito aún una palabra. Posó la pluma.

En aquel momento se hizo evidente que iban a llevar adelante un proyecto jamás puesto en marcha antes.

—Usted explicó —dijo Shiva a Deepak— que había una segunda razón para que hubiesen desechado inicialmente la idea de un trasplante. ¿Cuál era?

—Antes de perder la conciencia, Marion me hizo prometer que no lo trasladaría. Este hospital ha sido muy especial para él. Supuso algo más que un lugar para que hiciésemos prácticas nosotros, los médicos extranjeros. Nos dio la bienvenida cuando otros no lo hicieron. Éste es nuestro hogar.

Hema suspiró, bajó la cabeza y la apoyó entre las manos. Justo cuando habían conseguido avanzar tanto, surgía otro obstáculo.

—Podemos hacerlo aquí —propuso suavemente Thomas Stone, que había escuchado a Shiva sin mover un músculo. Sus ojos azules y serios brillaban ahora con luminosidad. Con movimientos decididos, echó atrás su asiento y se levantó.

—La cirugía es cirugía y sólo eso. Podemos hacerlo aquí como en cualquier otro sitio si disponemos de instrumental y personal. Por suerte, el mejor especialista mundial en cirugía hepática está sentado aquí a mi lado —aseguró, poniendo una mano en el hombro de Deepak— y los instrumentos, muchos de los cuales diseñó él, se encuentran también aquí, y por cierto habrá que esterilizarlos enseguida. Tenemos mucho trabajo por delante. Hema, si tú o Shiva cambiáis de idea en cualquier momento, sólo tenéis que decirlo. Shiva, por favor, no comas ni bebas nada a partir de ahora.

Al pasar al lado del asiento de mi hermano, le apoyó la mano en el hombro, apretó fuerte y luego salió.

52

Dos órganos dispares

Un helicóptero del Hospital General de Boston aterrizó en el helipuerto del Nuestra Señora del Perpetuo Socorro por la noche. Transportaba instrumentos especiales y al personal clave del programa de trasplantes de hígado. El pasillo al que daban las salas de cirugía del Nuestra Señora, normalmente un espacio desierto donde te topabas con una camilla vacía o un aparato de rayos X portátil que había dejado allí el técnico mientras se fumaba un cigarrillo, parecía ahora el cuartel general de un batallón al inicio de una campaña militar. Habían instalado dos encerados grandes, con sendos letreros de donante y receptor, en que figuraban las tareas que había que realizar con sus correspondientes casillas de verificación al lado. El equipo de Nuestra Señora, dirigido por Deepak, se encargaría de la operación del donante (Shiva), y el de Boston, con Stone como cirujano jefe, de la intervención quirúrgica del receptor (yo). El equipo del Nuestra Señora vestía atuendo quirúrgico azul, y el de Boston, blanco; y para que no hubiese errores, los miembros del primero llevaban una D grande (de «donante»), escrita con rotulador negro en el gorro y la camisa, y los del primero una R. El flujo de adrenalina mantenía el ánimo de aquellos equipos dispares; un bromista del Bronx sugirió incluso a su homólogo de Dorchester que podían llamarlos «el local y el visitante». Sólo Thomas Stone y Deepak Jesudass jugarían en ambos, ayudándose.

Un simulacro a medianoche con falsos pacientes en ambas salas quirúrgicas había revelado algunos problemas técnicos críticos: los anestesistas del Hospital General de Boston necesitaban más orientación respecto al funcionamiento del Nuestra Señora, y hacía falta nombrar un «maestro de ceremonias» encargado de cronometrar y mantenerse al tanto de las actividades de ambos grupos y que sería la única persona autorizada para transmitir y, lo más importante, registrar los mensajes del equipo R al equipo D, y viceversa. Se llevaron dos encerados nuevos para colocarlos dentro de cada quirófano, en los que se escribieron las tareas que requerían el visto bueno. El Nuestra Señora del Perpetuo Socorro se reorganizó, y los casos de traumatología se desviaron a hospitales cercanos. A las cuatro de la madrugada, llegó la hora de la verdad.

Thomas Stone vomitó en el vestuario de cirujanos. El equipo local lo consideró un mal presagio, pero el visitante aseguró que un Stone pálido y diaforético auguraba un buen resultado (aunque nunca lo habían visto tan demacrado y débil, postrado en el banco, con un recipiente de vómito al lado).

Habría sido difícil mantener la intervención en secreto con tantas personas de ambos hospitales implicadas. Dos equipos de televisión esperaban fuera del edificio. Aunque a los periódicos se les había pasado el plazo para dar el resultado en la edición matutina, se disponían a considerar los aspectos éticos de aquel trasplante histórico, y de paso podían esperar a ver cómo iba antes de comprometerse.

En lo que menos pensaban los cirujanos era en hacer historia o guardar el secreto. Deepak, sentado en un banco separado por una hilera de armarios de donde padecía Stone, intentaba pasar por alto el repugnante rumor de las arcadas de su colega mientras examinaba un atlas del hígado.

A las 4.22, administraron a Shiva diazepam y luego pentotal, y le introdujeron un tubo en la tráquea. Había comenzado la operación del donante. Stone y Deepak estimaban que duraría entre cuatro y seis horas.

Si el corazón palpitante es puro teatro, un órgano juguetón, temperamental y extrovertido que retoza en el pecho, entonces el hígado, situado debajo del diafragma, es un cuadro figurativo, impasible y silencioso. El hígado genera bilis, imprescindible para la digestión de las grasas, y almacena el exceso de glucosa en forma de glucógeno. En silencio y sin signos externos, destoxifica fármacos, drogas y sustancias químicas, produce proteínas para la coagulación y el transporte, y limpia el organismo de amoniaco, un producto de desecho del metabolismo.

Su membrana exterior lisa y brillante es monótona y anodina y, salvo un surco en la parte media que lo divide en el lóbulo derecho grande y el izquierdo más pequeño, no posee planos diferenciados visibles. Resulta extraño que algunos cirujanos hablen de sus ocho «segmentos» anatómicos, como si se diferenciasen igual que los gajos de una naranja. Si uno intentara separar esos segmentos se encontraría con superficies rezumantes de sangre y bilis y con el paciente muerto. De todas formas, la idea de los segmentos permite al cirujano definir áreas del hígado que tienen una sección completa de vasos sanguíneos y conductos biliares, por lo que constituyen unidades semiautónomas, subfactorías dentro de la factoría.

Hay cuatro familias de vasos que entran y salen del hígado. En primer lugar, la vena porta, que lleva allí la sangre venosa del intestino, sangre que después de una comida es rica en grasas y otros nutrientes que procesará la factoría. La arteria hepática aporta al hígado sangre rica en oxígeno procedente del corazón a través de la aorta. La función de las venas hepáticas consiste en transportar la sangre desoxigenada que ha filtrado el hígado y devolverla al corazón a través de la vena cava. La bilis que produce cada célula hepática se acumula en pequeñas tributarias biliares que se unen, crecen y acaban formando el conducto biliar común, que desemboca en el duodeno. El exceso de bilis se almacena en la vesícula, que sólo es un vástago globular del conducto biliar. La vesícula biliar, en consonancia con el comportamiento púdico y discreto del hígado, está oculta debajo del saliente de este órgano.

Deepak, situado a la derecha, efectuó la incisión. El primer paso fue extirpar a Shiva la vesícula. Luego, concentrándose en el pedículo de vasos que entra en el hígado (*porta hepatis*), diseccionó la arteria hepática derecha, la rama derecha de la vena porta y el conducto biliar derecho. Para separar el lóbulo derecho tuvo que cortar asimismo tejido hepático y desconectar las venas hepáticas de la parte posterior, donde se unían a la cava (la parte oscura del hígado, donde el cirujano podría «ver a Dios» en caso de hemorragia). Cuando se extirpa un lóbulo del hígado por cáncer, la hemorragia puede controlarse mediante oclusión del pedículo de vasos sanguíneos en la *porta hepatis* (maniobra de Pringle). Pero Deepak no tenía esa opción, porque comprometería la función del lóbulo que estaban extirpando, lo dejaría medio muerto de asfixia antes de dármelo a mí. Ahora hay «diseccionadores» ultrasónicos e incluso de radiofrecuencia que permiten efectuar cortes en el hígado con mayor facilidad y menos hemorragia. Sin embargo, Deepak, con Thomas Stone como ayudante, tuvo que recurrir a la «fractura digital» para abrirse paso en el tejido hepático evitando al mismo tiempo los vasos sanguíneos mayores y los conductos biliares. Deepak estaba preocupado por su socio: parecía descentrado, algo sin precedentes en su caso. Su colega ignoraba que Stone estaba luchando por borrar la imagen y el recuerdo de sus vanos esfuerzos por salvar a la hermana Praise y sus peligrosos intentos de aplastar el cráneo de un bebé.

La operación del donante transcurrió sin complicaciones. Me condujeron al quirófano a las nueve de la mañana, y media hora después, justo cuando separaban el lóbulo derecho de Shiva, el equipo del Hospital General de Boston, sin Stone, me practicó una larga incisión transversal en la cintura, entre la caja torácica y el ombligo, y empezaron a movilizar el hígado, cortando ligamentos y haces.

Stone llevó el lóbulo derecho extirpado de Shiva a una mesa lateral, donde, con manos más firmes que el estómago, introdujo la solución de la Universidad de Wisconsin en la vena porta. Mientras tanto, Deepak se aseguró de que no había ningún derrame de bilis en el borde expuesto de lo que quedaba del hígado de Shiva, que era básicamente el lóbulo izquierdo. Lo examinó bien para comprobar que no pasaba por alto ninguna hemorragia, contó por dos veces esponjas e instrumentos y cerró el abdomen de mi hermano. En un mes, su hígado podría regenerarse hasta alcanzar el tamaño anterior.

Stone y Deepak se cambiaron de bata y guantes y acudieron a mi lado para completar la extirpación del hígado. Hubo muchas hemorragias leves debido a la insuficiencia de coagulación, sobre todo en la parte posterior cuando lo separaron del diafragma. Necesité numerosas unidades de sangre además de plaquetas. Se identificaron cuidadosamente y preservaron el conducto biliar, la arteria hepática y la vena porta. Era la una de la tarde cuando el compañero de dos kilos que había albergado en la caja torácica durante tantos años me abandonó, dejando una cavidad abierta bajo la cúpula del diafragma derecho, un vacío antinatural.

Conectar el hígado de Shiva, o más bien su lóbulo derecho, fue un proceso laborioso. Había que controlar meticulosamente las hemorragias para ver con claridad y para que Stone, con la ayuda de Deepak, suturase con cuidado arterias, venas y conductos biliares. Las tijeras y los portaagujas estaban especialmente diseñados para microcirugía. Ambos cirujanos llevaban gafas amplificadoras y lámparas frontales mientras realizaban suturas más finas que un cabello humano. Una ventaja de la decisión de Deepak de trasplantarme el lóbulo derecho de Shiva era que encajaba de modo más natural debajo de la cúpula de mi diafragma y que su hilio (el lugar donde entraban los vasos) estaba mejor orientado hacia la vena cava. Facilitaba un poco las tareas de los cirujanos.

Los otros miembros del equipo D llevaron a Shiva a la sala de recuperación y esperaron en el vestuario. Entonces su estado de ánimo cambió de improviso, pues ya no dependía de ellos y la tensión resultaba casi insoportable.

Hema consultaba el reloj angustiada en la sala de espera, acompañada por Vinu. Al principio, agradecía la presencia de su locuaz acompañante, pero luego ni siquiera él lograba distraerla. No dejaba de pensar en Ghosh, preguntándose si le habría recriminado que permitiese que Shiva corriese aquel riesgo. «Piedra en mano... —¿o era "pájaro"?—. La hierba es más verde...»; seguro que tendría una máxima para la situación.

El maestro de ceremonias transmitía las noticias de la sala de operaciones (comunicaba cada etapa de la intervención), pero Hema deseaba que no lo hiciese, porque aquel timbre estridente la sobresaltaba y la hacía imaginarse lo peor, y en definitiva el hombre se limitaba a decir «han empezado» o «han aislado los vasos portales», cuando lo que ella anhelaba saber era si habían terminado con Shiva. Finalmente, oyó el mensaje aislado y enseguida vio a mi hermano en la sala de recuperación, consciente aunque débil y con una mueca de dolor. Le acarició la cabeza con una alegría incontenible, y supo que Ghosh también se sentía aliviado, estuviera donde estuviera y fuese cual fuese la forma que hubiese adoptado su reencarnación.

Shiva la miró fijamente y formuló la pregunta.

—Sí —contestó Hema—. Están poniéndole tu lóbulo hepático a Marion ahora. Deepak ha dicho que la parte que donaste tenía un aspecto excelente.

No le permitieron quedarse mucho. En vez de volver a la sala de espera decidió ir a la capilla, donde había una sola vidriera por la que apenas entraba luz. Cuando la pesada puerta se cerró tras ella, hubo de buscar el banco a tientas y se acomodó en el asiento tapizado de terciopelo. Se cubrió la cabeza respetuosamente con el extremo del sari. Cuando sus ojos se adaptaron a la penumbra, se llevó el susto de su vida al ver una figura de rodillas cerca del altar. «¡Una aparición!», pensó. Recordó entonces la cadena de oración por Marion, la vela permanente en la capilla. Cuando se calmó, se reclinó y observó la cabeza cubierta por el velo, el escapulario que le caía hacia atrás, tieso y separado de la túnica de pliegues. De pronto se dio cuenta de que habiendo importunado a todos los dioses que se le habían ocurrido, inexplicablemente había olvidado pedir ayuda a la hermana Mary Joseph Praise. El descuido le provocó un pánico absurdo, y la sangre se le agolpó en el cuello. «Por favor, no permitas que eso sea una razón para castigar a mi hijo. —Se estrujó las manos, reprendiéndose por el olvido—. Perdóname, hermana, pero si supieses la tensión que ha supuesto todo esto; si no es demasiado tarde, por favor, vela por Marion, ayúdale a superarlo.»

Sintió llegar la respuesta con tanta claridad como si se tratase de una voz o una caricia: primero, una ligereza en la frente, luego una calma en el pecho que indicaba que la había escuchado. «Gracias, gracias —dijo—. Prometo tenerte al corriente.»

Regresó a la sala de espera. Estaba completamente agotada y se preguntaba cómo podrían aguantar en pie Stone y Deepak. Desde la ventana de la estancia la tierra parecía principalmente cielo y hormigón... no se veía tierra real digna de mención, ninguna manifestación de la naturaleza, aparte del sol poniente. Era tan extraño, y sin embargo aquél había sido el paisaje que había visto su hijo durante los últimos seis años.

A las siete, Thomas Stone estaba a su lado. Asintió y luego sonrió, una expresión tan rara en él que Hema supo que todo había ido bien. Él guardó silencio y ella tampoco supo qué decir, mientras las lágrimas humedecían sus mejillas. Observó el rostro de Stone, que aún mostraba las marcas de la linterna frontal y las gafas amplificadoras, y también las arrugas por la preocupación y el esfuerzo, y reparó sobresaltada en cuánto había envejecido, en lo mucho que habían envejecido ambos, y en que si no tenían nada más en común, al menos tenían aquello: que ambos aún seguían allí presentes después de tantos años, y que los hijos de ella (y de él, en cierto aspecto debía aceptarlo) estaban vivos.

Stone se sentó, o más bien se dejó caer en el sofá, y no protestó cuando Hema lo obligó a tomar un zumo y un sándwich de la nevera portátil de Vinu. Stone bebió también una botella de agua y hasta empezar la segunda no comenzó a dar muestras de reanimarse. Su rostro demacrado cobró color.

—Técnicamente, todo ha ido bien. El nuevo hígado de Marion, el lóbulo del de Shiva, empezó a generar bilis antes de que acabáramos la anastomosis. —Sonrió de nuevo, un ligero movimiento de las comisuras de los labios; se advertía el orgullo en su tono. La bilis, aseguró, era una señal excelente—. Nos llevamos un susto —añadió—. En un momento dado, la presión sanguínea de Marion bajó vertiginosamente sin razón aparente. Íbamos bien en fluido y sangre, pero el corazón seguía a ciento ochenta pulsaciones por minuto. Introdujimos fluido, intentamos una cosa y otra... y de repente, la presión subió.

Hema estuvo a punto de preguntarle a qué hora había ocurrido, pero no hizo falta, porque ya lo sabía. Cerró los ojos y agradeció a la hermana su intercesión. Cuando los abrió, Stone la miraba fijamente como si comprendiese. Se sintió muy próxima a él, muy agradecida. No podía llegar al extremo de abrazarlo, pero le estrechó la mano.

—Bueno, ahora he de marcharme —se apresuró a decir él—. La situación de Marion será crítica un tiempo, dado lo enfermo que estaba previamente. Pero al menos tiene un hígado que funciona. Los riñones aún no lo hacen, y necesita diálisis, aunque confío en que sólo sea síndrome hepatorrenal y que el nuevo hígado lo solucione.

No se lo contó todo: no le dijo cómo, cuando la situación parecía tan desesperada en el quirófano, había alzado la vista y no había rezado a ningún Dios ni a las arañas, sino a la hermana Mary Joseph Praise, pidiéndole que le redimiera de una vida de errores.

En el hospital reinaba el entusiasmo, primero, porque uno de los suyos había estado cerca de la muerte y todavía seguía vivo y, segundo, porque el Nuestra Señora había hecho historia. Celebraron una misa de acción de gracias en la capilla, donde Hema y Vinu ocupaban el primer banco y los asistentes el resto del interior y hasta parte del claustro.

Fuera del hospital, los vehículos de los medios de comunicación nacionales e internacionales hacían cola. Todos los trasplantes de hígado practicados hasta entonces en el mundo habían sido posibles gracias a un cadáver, a alguien clínicamente muerto. Un donante vivo (y un gemelo idéntico que había donado la mitad del hígado a su hermano) era una gran noticia. Los medios de comunicación acababan de enterarse de que aquel avance técnico sería especialmente significativo para los niños nacidos con atresia biliar congénita (carencia de conductos biliares). Los órganos de adultos que morían por trauma escaseaban y un donante infantil era muy raro. Stone y Deepak abrían el camino para que un padre o una madre donasen parte de su hígado a fin de salvar a un hijo.

El segundo día, los periodistas husmeadores habían relacionado a Shiva con su fama de cirujano de fístula («Lo que hago es reparar agujeros»), y el tercer día catalogaron a Thomas Stone como el «padre separado». Tal vez fuera sólo cuestión de tiempo que descubriesen la historia de la hermana Mary Joseph Praise, aunque eso requiriese que un reportero viajase Adis Abeba a desenterrar el asunto.

El quinto día desperté. Lo primero que recuerdo es que ascendí flotando del fondo del océano, los ojos anegados aún y con lo que parecía un tubo de bucear metido en la boca y la garganta... no podía hablar. Cuando emergí, comprendí que estaba en la UCI del Nuestra Señora, pero no oía nada de lo que se decía. Vi a Hema y Stone y busqué a Shiva. «Ha decidido no venir de Adis Abeba», pensé, y me sentí decepcionado.

Doce horas después, cuando ese quinto día tocaba a su fin (aunque la UCI se hallaba siempre en penumbra), salí definitivamente a la superficie, aliviado al ver que Hema estaba allí de verdad y que no había imaginado su presencia.

Se quedó junto a mí, cogiéndome la mano. Ansiaba su contacto, temía hundirme de nuevo en la oscuridad abismal de la que podría no regresar. Pero a intervalos me sumí en un sueño ligero. La noche dio paso al día, que trajo consigo nueva animación y renovada energía, y mayor trasiego por nuestra habitación.

El séptimo día, permanecí despierto lo suficiente para que Hema me comunicase la fantástica noticia de que tenía dentro la mitad del hígado de Shiva. Los enfermos necesitan que les expliquen todo por lo menos dos veces, porque cabe suponer que no oyen la mitad de lo que les dicen. Me lo repitió en diez ocasiones por lo menos, aunque no la creí hasta que me enseñó el *Times*, donde vi mi foto y la de mi hermano.

—Shiva está recuperándose. Se encuentra bien. Pero tú has contraído neumonía y estás acumulando líquido en el pulmón derecho. Por eso sigues con el respirador, pero como estás mejorando, Deepak dice que mañana te lo quitarán. Tu nuevo hígado funciona bien, y los riñones también.

Aquél no era el reencuentro con Hema que había imaginado, pero su expresión, alegría y alivio no tenían precio. Apenas se apartó de mi lado.

Cuando vi a Deepak y Stone por primera vez aquel mismo día, más tarde, experimenté sentimientos contradictorios. Sé que debía sentir gratitud. A veces pienso que nosotros, los cirujanos, llevamos mascarillas para ocultar que estamos dispuestos a profanar el cuerpo del otro. Sólo la garantía de la amnesia, el hecho de que el paciente únicamente recordará al anestesista deseándole «Dulces sueños», nos permite ser cirujanos. Allí estaban, delante de mí, aquellos perpetradores de violencia organizada sobre mi cuerpo. El hecho de que ambos fuesen hombres tímidos y modestos parecía casi engañoso teniendo en cuenta la ambición, la soberbia sacrílega que les había permitido arriesgar la vida de Shiva para salvar la mía. Fue la única vez que agradecí aquel tubo maligno que tenía embutido en la garganta, porque lo que les habría soltado habría parecido ingrato: «Menos mal que Shiva lo ha superado, porque si no os arrancaría el pellejo.»

Cuando desperté algo más tarde, me olvidé del tubo e intenté hablar, lo que me produjo una sensación de asfixia que me aterró. Mis forcejeos dispararon la alarma del respirador, y entonces me horrorizó pensar que la enfermera creyese que estaba «rechazando el respirador», lo que la llevaría a administrarme curare intravenoso. Esa sustancia, derivada de la que unas tribus amazónicas utilizan para envenenar sus dardos, paraliza los músculos, produciendo una inmovilidad absoluta, para que el respirador pueda realizar su trabajo sin impedimento alguno. Pero Dios te ampare si no te dan también un sedante fuerte, porque entonces estás despierto, consciente, mas no puedes moverte, ni siquiera pestañear. La idea de permanecer en esa situación de parálisis y encierro siempre me ha horrorizado, aunque haya ordenado despreocupadamente administrar curare (y sedación) a muchos pacientes. Sin embargo, como el paciente entonces era yo, mi maldición consistía en saber demasiado.

Con la ayuda de Hema, con su voz tranquilizadora, hice lo posible por calmarme, por dejar que la máquina introdujese aire en mí, y la enfermera se retiró. Cuando me sentí mejor escribí: «¿Cómo se encuentra Shiva?»

No tuvo que contestar, porque en ese preciso momento entró mi otra mitad, acompañado de Thomas Stone.

Mi hermano, al que hacía siete años que no veía, estaba demacrado y no se parecía en nada a la persona de la foto del *Times*. Sentí vértigo al ver mi reflejo moviéndose independientemente de mí. Vestía una bata del hospital, se sujetaba con una mano delicadamente el vientre mientras con la otra empujaba el soporte del gota a gota, que usaba a modo de bastón. Shiva no era risueño y la mayoría de los chistes no le hacían gracia, pero cuando me vio, sonrió como un chimpancé del zoo.

«Mono tú, tú —deseaba decirle; busqué ávidamente su mano y nuestros dedos se entrelazaron—. Deberías sonreír más, te sienta bien: Mira cómo te desaparecen las arrugas de la frente y se te aflojan las orejas.» Sentí correr gotas por las sienes y él también tenía los ojos anegados. Le apreté los dedos, un código Morse para transmitirle lo que sentía. Él asintió. «No tienes que explicarme nada», estaba diciéndome en silencio. Se inclinó tímidamente, y me pregunté qué se propondría, seguro que no iba a besarme. Entonces rozó mi cabeza con la suya, en un gesto tan inesperado, vibrante y sorprendente, un salto a la infancia, la más suave de las *testas*, que me hizo reír, lo cual provocó que aquel horrible tubo me raspara la garganta, y tuve que contenerme.

Señalé su vientre. El abrió la bata y pude entrever la incisión, aunque el apósito y el drenaje la ocultaban casi del todo. Lo miré enarcando las cejas, preguntándole si le dolía. «Sólo cuando respiro», dijo él, y nos reímos, pero tuvimos que parar, por el dolor. Stone observaba nuestro diálogo silencioso, asombrado y con una expresión extraña.

Poco sabía yo entonces que la recuperación de Shiva se había complicado por una infección biliar que requirió antibióticos. O que se le había formado un coágulo de sangre en la vena del brazo derecho por la que le administraban los fluidos. Habían aplicado anticoagulante y el trombo estaba disolviéndose.

Le estreché la mano un buen rato, contento de verlo, dándole las gracias con los dedos, pero Shiva desechaba mis muestras de agradecimiento. Alargué la mano para coger mi pluma, Hema me puso el cuaderno delante y empecé a escribir: «No hay amor mayor que el del que...», pero no me dejó acabar. Cogió la pluma y escribió a su vez: «Tú habrías hecho lo mismo.» Yo tenía mis dudas, pero él asintió. «Sí, lo habrías hecho.»

Aquella tarde, Deepak me extrajo el fluido del pulmón derecho y mi respiración se expandió en aquella dirección. Luego me quitó aquel tubo horroroso de la garganta. La primera palabra que pronuncié fue «Gracias», y en cuanto se llevaron de la habitación aquella horrenda máquina azul me sumí en un sueño profundo.

La mañana siguiente estuvo llena de pequeños milagros, como poder volverme para mirar por la ventana y ver el cielo, o ser capaz de soltar una exclamación al notar el tirón en la herida con el movimiento. No vi a Hema. En la UCI reinaba una calma total. Mi enfermera, Amelia, estaba insólitamente animada. Supuse que todavía era temprano para las visitas.

—Tenemos que hacer una radiografía abajo —me dijo, liberándome y preparando la cama para que rodase.

En radiología me introdujeron en el «dónut» para hacerme una tomografía axial computarizada, pero resultó que no era del abdomen, sino de la cabeza. Debía de tratarse de un error. Pero no, lo había pedido Deepak, cuya orden decía: «TAC de la cabeza con y sin contraste.»

De nuevo en mi habitación, al mediodía seguía sin haber señales de Hema, Stone ni Shiva. Amelia me tranquilizó asegurándome que llegarían enseguida.

El fisioterapeuta me ayudó a ponerme de pie al lado de la cama unos segundos. Sentía las piernas como barritas de gelatina. Di unos pasos con ayuda y, agotado, me desplomé en la butaca, tan débil como si hubiese corrido una maratón. Dormité allí, y comí lo poco que fui capaz. Después di unos pasos más, e incluso oriné de pie. Las enfermeras me ayudaron a acostarme otra vez. Al recordarlo ahora, tengo la impresión de que se alegraron de poder salir de mi habitación.

• • •

Thomas Stone llegó a las dos de la tarde. Estaba ojeroso. Se sentó tímidamente en el borde de la cama. Me acarició la mano y movió los labios.

—Espera —pedí—. No digas nada todavía.

Miré por la ventana las nubes, las chimeneas lejanas. El mundo estaba intacto, pero yo sabía que se desmoronaría en cuanto él hablase.

—Bueno, ¿que le ha pasado a Shiva?

—Tuvo una hemorragia cerebral masiva —me contestó con voz ronca—. Sucedió anoche, más o menos una hora después de que nos fuéramos de tu habitación. Hema estaba con él. De pronto se llevó las manos a la cabeza por el dolor... Luego, en cuestión de segundos, perdió el conocimiento.

—¿Ha muerto?

Thomas Stone negó con la cabeza.

—Se trata de una malformación arteriovenosa, una maraña cavernosa de vasos sanguíneos en el córtex. Es probable que lo haya tenido siempre... Estaba con anticoagulantes por el trombo del brazo... en una semana se los habríamos quitado.

—¿Dónde está?

—Aquí, en la unidad de cuidados intensivos. Con un respirador. Lo han visto dos neurocirujanos. —Negó con la cabeza—. Dicen que no es factible evacuar la sangre, que es demasiado tarde. Y que está clínicamente muerto.

No presté mucha atención a lo que dijo a continuación. Recuerdo que mencionó que mi tomografía mostraba un nudo de vasos sanguíneos similar más pequeño, pero el mío no sangraba, una especie de milagro, supongo, pues yo había sangrado por todas partes hasta que había recibido el hígado de mi hermano.

Minutos después entraron en la habitación Hema, Deepak y Vinu. Comprendí entonces que habían delegado en Stone para que comunicara la noticia.

Pobre Hema. Tendría que haber intentado consolarla, pero me sentía demasiado apesadumbrado y culpable. Y también exhausto. Se sentaron alrededor de mi cama, Hema llorando, con la cabeza apoyada en mi muslo. Deseé que se fueran. Cerré los ojos un instante, pero desperté cuando entró una enfermera a silenciar una de las bombas intravenosas. No había nadie más que ella en la habitación. Le pedí que me acompañara al baño y luego me senté en la butaca. Quería recuperar fuerzas.

Cuando desperté de nuevo, Stone estaba a mi lado.

—No puede respirar por sí mismo, y no tiene reflejos pupilares ni de ningún otro tipo —me dijo, respondiendo a mi pregunta muda—. Está clínicamente muerto.

Pedí verlo.

Mi padre me llevó pasillo adelante en la silla de ruedas hasta donde yacía Shiva, a quien acompañaba Hema, que tenía los ojos enrojecidos e hinchados. Cuando se volvió hacia mí, me avergoncé de estar vivo, de ser la causa de su dolor.

Mi hermano parecía dormido. Ahora le tocaba a él lucir aquella espiga que le salía del cráneo, el monitor de presión intracraneal. El tubo endotraqueal le ladeaba los labios, alzándole la mandíbula artificiosamente. El subir y bajar de su pecho por acción del respirador ofrecía un punto donde posar la vista, y mis consideraciones llegaban al mismo ritmo: «Si yo no hubiese venido a América», «Si no hubiese visto a Tsige», «Si no hubiese abierto la puerta a Genet»...

Hema me llevó a mi habitación y me ayudó a acostarme.

—Habría sido mejor que tú y Shiva me hubieseis enterrado. Ahora estarías camino del Missing con tu hijo preferido.

Fue un comentario estúpido y grosero, un impulso inconsciente de herirla para aliviar el dolor y los remordimientos que sentía. Pero si esperaba que ella me devolviese el golpe, me equivocaba. Llega un momento en que el dolor supera la capacidad humana de manifestar emoción y, por ello, permanecemos extrañamente serenos. Ella había llegado a ese punto.

—Marion, sé que crees que prefería a Shiva... y tal vez fuese así. Qué puedo decir sino que lo siento. Una madre quiere a sus hijos por igual... pero a veces uno necesita más ayuda, más atención, para desenvolverse en el mundo. Sdiva lo necesitaba.

»He de pedirte perdón por otras cosas. Creí que eras responsable de la mutilación, de la circuncisión, de Genet y de lo que siguió. Tenía eso contra ti. Shiva me lo contó todo en el viaje. Hijo mío, espero que puedas perdonarme. Soy una madre estúpida.

La noticia me dejó sin palabras. ¿Qué más había pasado mientras yo estaba inconsciente?

Oí la sirena de una ambulancia que llegaba al Nuestra Señora.

—Quieren quitarle el respirador a Shiva —me explicó Hema—. No puedo soportarlo. Mientras respire, aunque sea el respirador el que lo hace por él, para mí sigue vivo.

A la mañana siguiente, después de que la enfermera se presentara en la ducha y me ayudara en mi primer baño, me puse una bata limpia y pedí que me llevaran a la habitación de mi hermano.

—Pare aquí —le dije mucho antes de llegar, porque por la puerta entornada vi a Stone sentado junto a la cama de Shiva, igual que, como he dicho, se había sentado junto a la mía, y tomándole el pulso.

Siguió con la mano en la muñeca de mi hermano mucho después de haber comprobado el ritmo cardíaco. Me pregunté qué estaría pensando. Lo observé los diez minutos enteros que transcurrieron antes de que se levantara y saliera, con expresión angustiada y ojos enrojecidos, para alejarse en sentido contrario a donde yo estaba, sin verme.

—Doctor Stone —llamé, siguiéndolo en la silla de ruedas, aunque todas las fibras de mi ser pugnaban por gritar: «¡Padre!» Él se acercó—. Doctor Stone, seguramente una operación es su única oportunidad. ¿No pueden los neurocirujanos cortar, desatar los vasos enredados y evacuar el coágulo del cerebro? ¿Qué más da que sea muy arriesgado? Es su única posibilidad.

Lo consideró un momento.

—Hijo, aseguran que el tejido allí dentro es... lamento decirlo... de la consistencia del papel higiénico mojado. Sangre mezclada con cerebro. La presión es tan alta que me dicen que lo único que conseguirían, sólo con tocarlo, sería hacerle sangrar más.

—¿No podéis hacerlo vosotros? —insistí, resistiéndome a aceptarlo—. ¿Tú y Deepak? Habéis efectuado trepanaciones. Yo también. ¿Qué podemos perder? Por favor. Démosle esa oportunidad.

Él esperó tanto que hasta yo comprendí que le proponía un imposible. Poniéndome una mano en el hombro, me habló con suavidad, como a un joven colega más que como a un hijo:

—Marion, no olvides el undécimo mandamiento: No operarás a un paciente el día de su muerte.

De vuelta en mi habitación, Stone me trajo la tomografía de Shiva. Me impresionó mucho la enorme mancha blanca (que es como se ve la sangre en las imágenes tomográficas) que envolvía ambos hemisferios y se derramaba por los ventrículos. Comprimía el cerebro en los rígidos confines del cráneo. Entonces comprendí que no había ninguna esperanza.

Debido al aneurisma, una malformación vascular en el cerebro, Shiva no era un donante potencial de corazón y riñones, por el peligro de que pudiese haber cambios similares en esos órganos.

Hema no quiso estar presente cuando desconectaron el respirador. Yo dije que estaría con él. Pedí quedarme solo con Shiva cuando muriese.

Hema se despidió antes.

Estaba a la puerta de la habitación cuando salió, acompañada por Vinu. Fue descorazonador ver a mi madre, con la cabeza cubierta por un extremo del sari, encorvada y dejando a su hijo, que aún respiraba. Debía de tener la sensación de que lo abandonaba. Todos en la unidad la miraron con ojos húmedos, mientras su figura resplandeciente cubierta por el sari se alejaba camino de la Habitación Tranquila.

Con la ayuda de Deepak me encaramé a la cama de Shiva. Eran las ocho de la noche. Me acomodé a su lado. Le habían quitado todo salvo el tubo del respirador y una vía intravenosa. Deepak retiró el esparadrapo que sujetaba el tubo traqueal a las mejillas. Luego, a una señal mía, le inyectó morfina a través del tubo intravenoso. Si alguna parte de su cerebro seguía viva, no queríamos que sintiese dolor ni miedo ni ahogo. Deepak desconectó el respirador, silenció su aguda protesta inmediata, le sacó el tubo endotraqueal y salió de la habitación.

Me eché, tocando con mi cabeza la de Shiva y apoyándole un dedo en la carótida. Aún conservaba el calor corporal. No volvió a respirar desde que le quitaron el tubo. Su expresión no cambió. El pulso se mantuvo regular durante casi un minuto y entonces cesó como si de pronto se hubiese dado cuenta de que sus socios de toda la vida (los pulmones) se habían parado. El corazón se aceleró, se debilitó y luego, con un latido final bajo mis dedos, dejó de latir. Pensé en Ghosh.

De todas las clases de pulso, aquél era al mismo tiempo el más raro y más común, una cualidad propia de Jano que todo pulso posee: la capacidad potencial de ausentarse.

Cerré los ojos y me aferré a Shiva. Lo mecí, con su cráneo apoyado contra el mío y húmedo de mis lágrimas. Me sentí físicamente más vulnerable de lo que nunca me había sentido cuando nos separaba un continente, como si su muerte perturbara mi biología. El calor abandonaba rápidamente su cuerpo.

Lo mecí, apretando su cabeza contra la mía, recordando la época en que sólo podía dormir así. Me invadió la desesperación. No quería abandonar aquella cama. Chang y Eng habían muerto con pocas horas de diferencia, porque cuando le propusieron al sano la posibilidad de librarse del muerto, no había aceptado. Lo entendía muy bien. Que Deepak me administrase una dosis letal de morfina y que mi vida acabase así, que cesase mi respiración, que mi pulso fuese aminorando hasta desaparecer. Que mi hermano y yo dejásemos el mundo en el mismo abrazo con que habíamos empezado en el vientre materno.

Imaginé a Shiva al recibir el telegrama, acudiendo a mi lado y arriesgándose para salvarme. ¿Yo habría hecho lo mismo por él? Tal vez hubiese sentido al verme lo mismo que sentía yo entonces: que no importaba lo que hubiese ocurrido entre nosotros, que la vida no merecería la pena y concluiría pronto si le pasaba algo al otro.

Su cuerpo seguía perdiendo calor entre mis brazos como si lo absorbiera el mío, lo trasvasara. Recordé cuando corríamos cuesta arriba en una carrera de relevos, para llevar a urgencias a un niño frío y sin vida, cuyos padres venían detrás de nosotros. Ahora él era aquel niño sin vida.

Transcurrieron los minutos.

Fue finalmente la rigurosa frialdad de su piel, la terrible separación que establecía entre lo vivo y lo muerto y la desarticulación de nuestra unión física, lo que me forzó a una nueva interpretación, a un nuevo modo de vernos ante aquel rápido desgaste, y ésta fue la conclusión a la que llegué. Shiva y yo éramos un solo ser: ShivaMarion.

Aunque nos separase un océano, aunque creyésemos que éramos dos, éramos ShivaMarion.

Él era el libertino y yo el antaño virgen, él el genio que adquiría conocimientos sin esfuerzo mientras que yo tenía que estudiar de noche y esforzarme para lograr su misma pericia; él era el famoso cirujano de fístula y yo sólo un cirujano de traumatología del montón. Si hubiésemos intercambiado los papeles, al universo no le habría importado lo más mínimo.

El destino y Genet habían conspirado para acabar con mi hígado, pero Shiva cumplió un papel en el destino de Genet y, por tanto, en el mío. Cada acción de uno influía en el otro. Sin embargo ahora, mediante una reordenación genial y audaz de órganos, ShivaMarion se había reajustado. Cuatro piernas, cuatro brazos, cuatro riñones, etcétera, pero en vez de dos hígados, nos habíamos quedado reducidos a uno. Luego el karma y la mala suerte nos habían llevado todavía más lejos, y obligado a hacer más concesiones: perdíamos terreno por su lado, habían muerto unos cuantos órganos. De acuerdo... había muerto prácticamente todo en su lado, pero conservábamos la mitad de su hígado, que además estaba prosperando. Ahora sólo tendríamos que economizar más, ir a medias de nuevo, medidas duras para tiempos duros: bastaban dos piernas, y lo mismo los ojos, los riñones. Saldríamos adelante con la mitad de un hígado, un corazón, un páncreas, dos brazos... pero seguiríamos siendo ShivaMarion.

«Shiva vive en mí.»

Cabría decir que era un plan estrambótico que inventé para poder soportarlo... Pero bueno, me lo permitió. Me confortó. Secó mis lágrimas, me ayudó a desenredar los brazos y las piernas del cuerpo que estábamos desechando. En la extraña quietud de la habitación, tan pertrechada de máquinas, pero todas silenciadas, con las persianas echadas y un cadáver helado junto a mí, tuve la impresión de que Shiva estaba instruyéndome. Había conseguido alejarse remando del barco que se hundía y estaba diciéndome que pensase de ese modo, justo según una lógica muy propia de él. «Uno solo al nacer, bruscamente separados, volvemos a ser uno.»

Se habían congregado fuera. «Una fila de recepción macabra», me dije al principio. Pero no podían saber lo que acababa de pasar, así que no los culpé. Tenían buen corazón. Estaban Stone, Deepak, Vinu y muchas de mis enfermeras y auxiliares, mis amigos, mi familia del

Nuestra Señora antes de ser mis cuidadores. Di la mano y las gracias a todos en nombre de los dos. Creo que te dirían que mi actitud era serena, muy diferente de lo que esperaban. Dejé a Thomas Stone para el final. Después de estrecharle la mano, seguí un impulso irracional (de Shiva, creo; mío no, desde luego) que me llevó a abrazarlo, no para recibir sino para dar. Para hacerle saber que en realidad había hecho lo que debía como padre; que seguía vivo en nosotros y nosotros vivíamos gracias a su pericia. Su forma de estrecharme contra él, de aferrarse a mí como si estuviera ahogándose, me confirmó que había tomado la decisión adecuada, o que la había tomado Shiva, por muy embarazosa que resultase.

Recorrí lentamente el pasillo hasta aquella Habitación Tranquila, un eufemismo que designaba el lugar elegido para comunicar las malas noticias, una estancia con asientos, una mesa, un sofá, un ventanal, una cruz en la pared, pero sin televisor ni revistas, sólo una puerta maciza e insonorizada. ¿Cuántas veces había recorrido el mismo camino como cirujano? En muchas ocasiones me había demorado en el umbral antes de entrar, sabiendo la desolación que mi noticia causaría. ¿Había respetado los sentimientos y la dignidad de quienes esperaban allí, los padres, hermanos, cónyuges e hijos, incluso en el caso de que lo que tenía que comunicarles defraudase sus plegarias? Podía recordar todos aquellos encuentros, cada rostro al volverse esperanzado y temeroso cuando la puerta se abría.

Hema estaba con las manos cruzadas sobre el regazo, mirando por el ventanal las luces del complejo de viviendas subvencionadas del Barco de Guerra, contiguo a nuestra residencia del personal, y la silueta lejana del puente más allá. Me daba la espalda. Divisó mi reflejo en el cristal pero, al contrario que las personas a quienes yo iba a buscar en aquella habitación, no se volvió, sino que siguió quieta como una estatua, contemplando mi reflejo. Me quedé donde estaba, sujetando la puerta. Vi sus ojos muy abiertos, las cejas enarcadas. Aguantó mi mirada mucho tiempo. Su expresión era de sorpresa... como si no estuviese viendo a la persona que esperaba.

—Aquí estamos, mamá —dije por fin.

Ladeó la cabeza al oírme. Se llevó una mano a la barbilla, los dedos, alineados y unidos, apoyados contemplativamente en la mejilla.

Estudió mi cara, mi imagen, como una joven aldeana que, sorprendida sacando agua del pozo, debe adivinar las intenciones del alto y sonriente reflejo que ve de pie tras ella.

Luego, con un movimiento lento, como si se tratase de una danza y ambos fuésemos bailarines, se volvió y me miró.

—Aquí estamos —repetí, avanzando hacia ella y tendiéndole los brazos—. Ya podemos irnos a casa, mamá. —Mis palabras debieron de resultarle muy extrañas, incluso erróneas. Vivir el presente, mirar hacia delante pero nunca hacia el pasado, era característico de Shiva—. Aquí estamos —volví a decir.

Se echó en mis brazos.

La abrazamos fuerte.

53

Ella está llegando

Hema y yo nos marchamos del Nuestra Señora del Perpetuo Socorro una hermosa mañana, tres semanas después de la transferencia de Shiva. Thomas Stone insistió en acompañarnos. El aire era tan fresco que tuve la sensación de que se haría añicos como cristal con un estornudo o una tos. La fachada de ladrillo del hospital brillaba de rocío mientras nos despedíamos. A partir de la reciente presencia del centro en los medios de comunicación, había recibido fondos municipales extras y se habían iniciado reparaciones urgentes; debido a ello, el monseñor del surtidor ya no estaba inclinado, y habían desaparecido su bastoncito y la capa de excrementos de pájaros. Bruñido y confiado, parecía castrado y ajeno al lugar en que yo había vivido los últimos siete años.

El taxi amarillo cruzó a toda velocidad el puente de Whitestone hacia el aeropuerto Kennedy. Apenas había salido el sol, pero la autopista estaba atestada de coches, cuyos solitarios conductores iban aislados en finas capas metálicas, que a aquellas velocidades sólo suponían una protección ilusoria. Nos unimos a ellos como compañeros de ala que se reintegran en la formación. Hema observaba pensativa, como yo cuando había llegado siete años antes. Me pregunté si oiría el zumbido de la *überconciencia*, el superorganismo que impedía que aquello se sumiera en el caos.

El año 1986 fue desastroso para nuestra familia. Hema creía que tenía algo que ver con la cifra, porque contenía nacimiento en el 1 y destino en el 8. Aquel año había empezado horriblemente con la explosión de la nave espacial *Challenger* el 28 de enero (que era el mes 1, y en el que también figuraba el 8). La tragedia de Chernóbil se produjo exactamente ochenta y ocho días después del desastre de la nave. En esas magnitudes, la muerte de un hermano gemelo (el día 18 del mes) pasaba casi inadvertida.

Ocho días después hubo otra muerte que también nos afectaba: mi vecino Holmes vino con Appleby de la agencia de detectives para comunicarme que Genet había fallecido en un hospital penal de Galveston justo cuando yo estaba reponiéndome. Su hijo había sido adoptado por una familia de Texas y ella había ido a buscarlo. Vivía en la miseria en un cobertizo de cartón a poca distancia del rompeolas cuando la habían detenido. Estaba en los huesos y sólo sobrevivió dos días en la enfermería de la prisión. Al parecer, había fallecido de insuficiencia adrenal, provocada por tuberculosis. Pero yo tenía más datos: había muerto persiguiendo la grandeza y cada vez que la había tenido al alcance de la mano no había sabido verla, así que había seguido buscándola en otra parte, pero nunca había comprendido el esfuerzo que requería alcanzarla o conservarla. Me avergüenza confesar que sentí alivio cuando recibí la noticia; sólo su muerte podía garantizar que no seguiríamos destrozándonos mutuamente el resto de nuestras vidas.

En la sala de embarque internacional oí retazos de bengalí, árabe y tagalo. Un individuo que viajaba a Laos protestaba a gritos en inglés macarrónico por la injusticia de British Airways, porque era imposible que él «estuviese dos kilos de más». En aquel marco, Thomas Stone sin la chaqueta blanca o el atuendo del quirófano parecía el extranjero recién llegado.

—¿Volverás, Marion? —me preguntó cuando tuvimos que despedirnos.

Yo sólo sabía que quería acompañar a Hema cuando enterrase las cenizas de Shiva entre Ghosh y la hermana Mary Joseph Praise. La gruta que había junto al muro trasero del Missing, cerca del arroyo, estaba convirtiéndose rápidamente en el cementerio familiar. También regresaba para ver a la enfermera jefe, Almaz y Gebrew, pues sabía que mi presencia sería un consuelo. Aparte de eso, no había pensado mucho en mi futuro.

—Claro que sí. Aún tengo la casa, el coche, el trabajo...

—Ten cuidado con lo que comes y bebes... —me recomendó, lo que era un modo de decirme que protegiese su obra.

Me sentía más que bien. Otros enfermos con trasplantes tenían que luchar para impedir que su organismo rechazase el órgano salvador, y la cortisona que tomaban les provocaba cataratas, diabetes, fracturas de cadera y otros efectos secundarios. Contaba con la bendición de no tener que tomar ni una sola pastilla. No sentía dolores, salvo las punzadas debajo de las costillas, que consideraba prometedoras y no dolorosas, pues eran señal de que el medio hígado de Shiva crecía para ocupar plenamente su nuevo hogar.

—¿Y qué me dices de ti? —Aún no había encontrado una forma cómoda de dirigirme a mi padre; lo llamaba «doctor Stone» en el hospital y nada en momentos como aquél—. ¿Seguirás teniendo un puesto al que volver? —bromeé, pues no había regresado a Boston desde que yo había enfermado.

Su débil sonrisa sólo acentuó su triste expresión. Se tomaba la muerte de Shiva como algo personal, igual que si el destino no hubiese olvidado que una vez había intentado destruirlo y por eso, cuando le había operado para salvarlo, su intento original le hubiese traicionado.

Mi padre no intentó estrecharme la mano. Aquel único abrazo nuestro después de la muerte de mi hermano era suficiente para toda una vida. Nos separamos con un cabeceo.

Hema, sin embargo, cogió una mano entre las suyas. Yo había olvidado su presencia juntos al lado de mi cama. Entonces los observé como un niño entrometido.

—¡Vamos, Thomas! —exclamó Hema, reprendiéndole por su expresión melancólica—. Hiciste lo que podías, ¿me oyes? Hiciste todo lo posible por tus hijos. Nadie podría haber hecho lo que tú. Ghosh te diría lo mismo si estuviese con nosotros. Se sentiría muy orgulloso de ti y te diría: «Sigue adelante con tu trabajo porque es muy importante.» —Le dio una última palmada, le soltó la mano, se volvió y se alejó.

Más tarde, mientras el avión se ladeaba sobre Queens y se dirigía a alta mar, pensé que las palabras de despedida de Hema eran también una disculpa por haberlo convertido mentalmente en un monstruo todos aquellos años. Al darle la palmadita en la mano y alejarse, se perdonaba.

Alitalia nos llevó a Roma. Problemas mecánicos en el vuelo de enlace obligaron a la agencia a organizar una escala de catorce horas. Entonces, tuve una idea. No tardamos en ir de nuevo en un taxi por una autopista, pero esta vez hacia el centro de Roma. Parecíamos niños haciendo novillos.

No tuve que esforzarme mucho para convencerla del cambio de planes. Fuimos a un hotel de primera, el Hassler, el mejor de la ciudad, según me habían dicho una vez, un edificio grande que dominaba la escalinata de la plaza de España. Desde la azotea, al oscurecer, se perfilaba a lo lejos en el cielo rojizo la cúpula de San Pedro.

Todas las mañanas hacíamos una brevísima excursión turística y regresábamos al hotel a comer y para dormir una larga siesta. Al final de la tarde bajábamos a pasear por las calles y callejas que había más abajo de la plaza de España. Para acabar, cenábamos en un restaurante con terraza.

—Resulta muy familiar, ¿verdad? —comentaba Hema—. Todos estos menús, escritos a máquina y fotocopiados, *minestrone* y *pasta fagioli*, los camareros con camisas blancas, pantalones negros, delantales blancos...

Entendía a qué se refería: los italianos lo habían llevado todo a Etiopía, incluidas las sombrillas que se cernían sobre las mesitas redondas de formica. Mientras cenábamos, la expresión de Hema era de una serenidad que no había visto desde que había cobrado conciencia de su presencia al lado de mi cama en el Nuestra Señora.

—Ojalá nos acompañase Ghosh. Cuánto habría disfrutado de esto —aseguró, sonriendo.

La cuarta noche, dejamos que el conserje nos convenciera para una ruta privada con un guía del hotel. ¿Qué queríamos ver? Sorpréndanos, dijimos. Algo especial, que se halle fuera de los circuitos más turísticos. Lugares donde no haya demasiada gente paseando o guardando cola.

Empezó con Santa Maria della Vittoria, que se encontraba a diez minutos desde el hotel, una iglesia acogedora, a pie de calle, a cuyo lado circulaban los coches. La compleja fachada parecía como pegada a la parte delantera de una caja de piedra sin adornos. El guía nos dijo que se había construido hacia 1624, y que había estado consagrada primero a san Pablo y luego a la Virgen María. El interior era reducido (si se comparaba con San Pedro): una nave corta bajo una bóveda baja. Al costado, unas columnas corintias empotradas en la pared enmarcaban tres «capillas», simples entrantes con una barandilla para orar en privado y un sitio para encender velas. Cuando llegamos al final de la nave, el guía se volvió, giró a la izquierda y nos dijo:

—Ésta es la capilla Cornaro. Es lo que quería que vieran.

Mis ojos tardaron unos segundos en transmitir lo que veían a mi cerebro, y éste tardó más aún en creerlo. La escultura de mármol blanco que flotaba ante mí era el *Éxtasis de santa Teresa* de Bernini. Deseaba silenciar al guía diciéndole: «Alto, conozco esta obra», pero en realidad sólo conocía una foto que había acabado formando parte de un calendario que mi madre había clavado con chinchetas a la pared del cuarto del autoclave. Había estado allí tal vez treinta años hasta que Ghosh había cogido aquel vetusto trozo de papel y me lo había enmarcado, para protegerlo de mayores deterioros. Para mí tenía todo el significado del mundo, pero siempre había pensado que mi pared de América no era el lugar apropiado, donde parecía una nimia baratija turística. De modo que lo había metido en mi maleta, con el propósito de volver a colocarlo en el único sitio que le correspondía, la habitación del autoclave.

Miré a Hema, que estaba resplandeciente y lo había entendido todo. ¿Qué providencia nos había llevado a aquel lugar? Se debía sin duda a Ghosh, que nos anunciaba su presencia, pues era el tipo de persona que seguramente sabía que el *Éxtasis de santa Teres*a quedaba a pocos minutos de nuestro hotel, aunque nunca hubiese visitado Roma. Nos había conducido hasta allí, a aquel lugar, no para ver a la santa tallada en mármol, sino para ver a la hermana Mary Joseph Praise en carne y hueso, porque eso es lo que la escultura fue para mí. «He venido, madre.»

Encendimos velas y Hema se arrodilló; la llama arrojaba una luz temblorosa sobre su rostro. Movía los labios. Creía en todo género de dioses, en la reencarnación y en la resurrección, no conocía contradicciones en esos campos. Cuánto admiraba yo su fe, su naturalidad... una hindú que encendía velas a una monja carmelita en una iglesia católica.

Me arrodillé también. Me dirigí a Dios y a la hermana Mary Joseph Praise y a Shiva y a Ghosh... a todos los seres que llevaba conmigo en la carne y el espíritu. «Gracias por permitirme vivir, por permitirme ver este sueño de mármol.» Sentía una gran paz, la sensación de que al acudir allí había completado el círculo y que la corriente bloqueada fluiría y podría descansar. Si «éxtasis» significaba la irrupción súbita de lo sagrado en lo profano, entonces acababa de sucederme en aquel instante.

Mi madre había hablado.

Lo que no sabía entonces era que tenía más cosas que decir.

54

Los fuegos del hogar

Aterrizamos al oscurecer. Llevaba siete años fuera de Adis Abeba. Los edificios blancos del Missing parecían redondeados en los bordes, gastados, como si los hubiesen descubierto en una excavación arqueológica pero no los hubiesen restaurado.

Cuando el taxi llegó a la altura del cobertizo de herramientas de Shiva, pedí al conductor que me dejara bajarme y a Hema que siguiera sola, pues quería recorrer a pie el resto del camino.

Mientras el coche se alejaba me quedé escuchando; el rumor seco de las hojas era como la mano de un niño que revuelve en una caja de monedas. Aquel sonido había perdido para mí todo su carácter amenazador. Me topé con el bordillo mellado y doblado, que detuviera una moto pero no al conductor. Miré hacia abajo, entre los árboles y las sombras, el lugar donde había caído. Ya no me daba miedo. Todos mis fantasmas se habían esfumado; el precio que habían exigido ya estaba pagado. Ya no tenía que dar nada ni nada que temer. Miré por encima de los árboles hacia la ciudad. El cielo era el lienzo de un pintor loco, como si el artista hubiese decidido de repente eliminar el azul celeste y hubiese echado ocre, carmesí y negro en la paleta. La ciudad estaba encendida, brillante, pero oscurecida aquí y allá por manchones de niebla que emborronaban la panorámica, como humos de muchas pequeñas batallas.

Mientras subía la cuesta hasta la casa, me asaltaron un millar de recuerdos: Shiva y yo corríamos a tres pies para llegar a tiempo de cenar, o los dos y Genet regresábamos del colegio cargados con nuestros libros, o Zemui llegaba en su moto, pero luego recorría con el motor apagado los últimos cien metros. Vi arriba del todo a quienes se agrupaban alrededor de nuestro taxi y de Hema. Luego se separaron del vehículo, perfilados contra las últimas ascuas del cielo, la enfermera jefe, Gebrew y Almaz, que me esperaban.

La enfermera jefe me llamó a urgencias sólo tres días después de mi regreso. Una joven con una herida de cornada en el abdomen estaba desangrándose ante nuestros ojos. Si hubiésemos intentado mandarla a otro sitio, habría muerto. Inmediatamente la llevé al Quirófano 3 y localicé la hemorragia. Lo que siguió después, extirpar el sector de intestino dañado, lavar la cavidad peritoneal, practicar una colostomía, era rutinario, pero el efecto que me causó no lo fue en absoluto. Al verme allí, en el mismo lugar en que Stone, Ghosh y Shiva habían estado con un bisturí en la mano, era como si me hallase en suelo consagrado. Al final de la operación, cuando dispuesto a marcharme me volví, y bordeé el cubo y los cables del suelo, alcé la vista y vi a Shiva en el nuevo cristal que separaba el Quirófano 3 del flamante Quirófano 4. La visión me dejó sin aliento. Recordé sus primeras palabras cuando la matanza de los cachorros de *Kuchulu* le impulsó a romper un silencio de años: «¿Lo olvidaréis vosotros si alguien me mata a mí o a Marion?»

«No, Shiva, nunca te olvidaremos», le dije a mi reflejo, y al pronunciar aquellas palabras creo que decidí mi futuro.

Entre las pertenencias que había en la habitación de mi hermano, encontré un llavero que tenía la forma del Congo con una llave. En el cobertizo de herramientas había una moto de extraño aspecto, con unos guardabarros gruesos y pequeños de un rojo brillante, un depósito de gasolina rojo en forma de lágrima, manillares que en Estados Unidos se habrían llamado «cuelgamonos» y preciosas ruedas cromadas. Hema me contó que Shiva había comprado la moto de segunda mano unos años atrás y que no paraba de trajinar con ella. Sólo la sacaba de noche, tarde, cuando ya no había tráfico. El voluminoso motor me resultaba muy familiar, y su estruendo sordo cuando la puse en marcha me reveló su verdadera identidad.

Operaba tres días a la semana. Cuando mi billete de regreso a Nueva York estaba a punto de expirar, no lo cambié.

El hígado de Shiva funcionó maravillosamente en mí año tras año. Las inyecciones de inmunoglobulina de hepatitis B ayudaron. El virus quedó tan aletargado que mis análisis de sangre indicaban que no era portador, y que no podría infectar a nadie. La enfermera jefe insistía en que era un milagro, así que acabé por aceptarlo.

En 1991, cinco años después de mi regreso, me encontraba junto a la verja de acceso al Missing exactamente igual que estuviera de niño, y desde allí fui testigo de la entrada en la ciudad de las fuerzas del Frente de Liberación del Pueblo de Tigré y otros más que luchaban por la libertad. Iban vestidos con las mismas camisas de campaña, los pantalones cortos y las sandalias de los guerrilleros que había visto en Eritrea, con las bandoleras cruzadas sobre el pecho y los fusiles en las manos. No marchaban en formación, pero sus rostros reflejaban la disciplina y la confianza de hombres que creían en su causa. No hubo saqueos ni caos. El único saqueo lo llevó a cabo el camarada presidente vitalicio, que vació el Tesoro y huyó con el botín a Zimbabue, donde le dio refugio su colega saqueador, Mugabe. Mengistu era un personaje despreciado, un azote para la nación, un hombre del que hasta el día de hoy nadie puede encontrar algo bueno que decir. Según Almaz, las almas de todos aquellos a quienes había asesinado estaban reunidas en un estadio, esperando a darle una recepción en su camino al infierno.

Todas las noches antes de acostarme iba a ver a la enfermera jefe. Estaba muy trémula y encorvada por la edad, pero su alegría vital seguía intacta. Mientras tomábamos una taza de cacao, su único disco (de Bach) sonaba al fondo, en el pequeño gramófono. Se lo había comprado yo. Nunca se cansaba del *Gloria*, que siempre asociaré a ella. Cuando me sentaba allí a su lado, miraba y sonreía como si siempre hubiese sabido que yo volvería a la tierra que un día abandonara. Había deseado que Dios la llamase mientras rezaba o dormía, y Él así lo hizo. Fue en 1991, pocos meses después de la huida del presidente vitalicio; la encontré en su sillón, el disco aún giraba en el gramófono. Precisamente la mañana anterior había estado supervisando la siembra de una variedad nueva, la *Rosa rubiginosa Siva*, que había registrado oficialmente en la Royal Society. Me dio la impresión de que la ciudad entera, ricos y pobres, acudía a su funeral. Almaz dijo que en los caminos del cielo se alineaban las almas de quienes estaban agradecidos a la enfermera jefe, y que su trono se hallaba al lado del de María.

Almaz y Gebrew se jubilaron y se les instaló en una vivienda nueva y cómoda construida para ellos en el Missing, con libertad para ocupar su tiempo en lo que quisieran. Supongo que no debería haberme sorprendido que lo dedicasen al ayuno y la oración.

El Instituto Shiva Stone para Cirugía de Fístula prosperó con Hema como directora titular, lo mismo que su financiación. Hema trabajaba a diario, y jóvenes y diligentes ginecólogos del país, pero también de otras naciones africanas, venían a formarse y trabajar por la causa. La enfermera en prácticas en plantilla, cuya habitación yo había visitado tantos años atrás, se había convertido en una ayudante capaz bajo la tutela de Shiva, y ahora, con el aliento de Hema, era una cirujana segura de sí por derecho propio, muy ducha en la tarea esforzada de formar a los jóvenes médicos que acudían a aprender cómo tratar aquella afección. Cuando insistí en conocer su verdadero nombre me dijo a regañadientes que se llamaba Naima, pero nadie la llamaba así; se había convertido ya, para ella misma incluso, en la enfermera en prácticas en plantilla.

Repasando los papeles de la enfermera jefe, descubrí que el donante anónimo que había financiado modestamente el trabajo de Shiva durante tantos años no era otro que Thomas Stone. Ahora trataba de conseguir que otros donantes y fundaciones apoyasen el Missing.

Tuve que esperar hasta 2004 para que llegase a mí el mensaje de la hermana Mary Joseph Praise. Sucedió justo después del Año Nuevo según el calendario occidental, una época en que las mimosas que rodeaban el edificio del dispensario se habían llenado de brotes violetas y amarillos, y los efluvios de la vainilla rodeaban el Missing.

Había ido a la habitación del autoclave entre la visita a un paciente y otro. La lámina enmarcada del *Éxtasis de santa Teresa* parecía ligeramente torcida. Al enderezarla, descubrí que el gancho estaba suelto. Cuando bajé el marco para ajustar el gancho, vi que la cartulina de atrás se había despegado por el borde. La cola debía de haberse pasado con la humedad permanente que había en la habitación debida al autoclave. Al intentar extraerla para pegarla de nuevo, atisbé un fino papel de carta doblado allí escondido, cuyas líneas de escritura azul se transparentaban.

Lo saqué.

Me retrepé en el asiento. Nunca me tiemblan las manos, pero por alguna razón aquel delicado papel temblaba.

La carta parecía descolorida por los años, casi traslúcida, en peligro de desmenuzarse en polvo. Como Ghosh, tardé un momento en decidir si leer una misiva privada dirigida a otra persona. Estaba seguro de que era la carta que mi madre había escrito poco antes de mi nacimiento. Después había estado en posesión de Ghosh. A los veinticinco años, había llegado a mis manos y yo la había llevado conmigo a Estados Unidos, y luego de vuelta de nuevo a Etiopía. Durante veinticinco años no había sabido que la tenía. Hasta hoy. «¿Cuándo vas a venir, mamá?» solía preguntar de pequeño, contemplando la imagen. Por fin había llegado.

55

La «placenca»

19 de septiembre
Querido Thomas:

Anoche, Dios me dijo que tenía que confesarte lo que no he confesado nunca, ni siquiera al Señor. Hace años, en Adén, me aparté de Dios cuando Él se apartó de mí. Allí me sucedió algo que no debería suceder a ninguna mujer. No pude perdonar al hombre que me hizo daño; tampoco a Dios. Habría preferido la muerte a lo que tuve que soportar. Pero vine aquí, al Missing. Vine con el hábito de monja para ocultar mi amargura y mi vergüenza al mundo.

En Jeremías 17 está escrito: «Nada hay más tortuoso que el corazón, no tiene arreglo: ¿quién puede conocerlo?» Llegué a Etiopía con un engaño.

Pero nuestro trabajo me transformó. Habría sido tu ayudante hasta mi último aliento. Ahora, las cosas han vuelto a cambiar de nuevo.

Hace unos meses parecías un endemoniado e intenté confortarte. Ahora estoy embarazada. Pero no te culpes.

Era difícil ocultar mi cuerpo a la enfermera jefe y a los demás. Pensé decírtelo muchas veces, pero nunca encontré la manera. Sin embargo, ahora estoy asustada. Me queda poco tiempo. Anoche las contracciones fueron muy fuertes. Me hicieron pensar: ¿y si Thomas quiere que me quede?

No debo marcharme del modo como vine al Missing y a ti, con ocultamiento y engaño.

He de huir del Missing para ahorrarle mi vergüenza, lo mismo que me refugié una vez aquí para ocultarla. Si vienes a mí cuando recibas esta carta, sabré que deseas que esté contigo. Pero hagas lo que hagas, mi amor siempre permanecerá intacto.

Mary

Necesité muchísima concentración para terminar la última intervención quirúrgica (vagotomía y gastroyeyunostomía rutinarias por úlcera duodenal) sin que mi mente divagase. Finalmente, con la carta en la mano, me dirigí a mis habitaciones con la sensación de no haber hecho nunca aquel trayecto.

Ella lo amaba. Tanto, que había corrido hasta él desde Adén. Las manchas de sangre con que llegara al Missing me decían lo que ella no podía decirme. Había recorrido el camino hasta el médico (el hombre) al que había conocido en el barco en que abandonara la India. Y luego, años después, lo había amado tanto que estaba dispuesta a dejarlo. A las once de la noche decidió escribirle y contárselo. Luego esperó a que él fuese, o no.

Pero Thomas Stone acudió. Ella sin duda advirtió su llegada. Cuando la cogió en brazos, la sacó y corrió con ella, habría interpretado cada lágrima de él al caer sobre su cara como una afirmación de su amor. No acudió por la carta, una carta que nunca recibió, sino porque alguna parte de él sabía lo que había hecho y lo que debía hacer: alguna parte de Stone sabía lo que sentía.

Imaginé a Ghosh visitando las habitaciones de su amigo después de la muerte de mi madre, buscándolo. Seguramente vería en el escritorio el nuevo manual y el marcador, y sobre ellos, llamativa tal vez, la carta. Stone nunca vio ninguna de estas cosas porque pasó la noche anterior durmiendo en la tumbona de su despacho del Missing, como hacía a menudo, y luego, tras la muerte de mi madre, ya no volvió a sus habitaciones. ¿Por qué no se había limitado Ghosh a enviarle la carta directamente? Thomas nunca escribió ni estableció contacto; Ghosh no tenía ninguna dirección al principio, pero con el paso de los años, probablemente habría averiguado su paradero. Después de todo, Eli

Harris siempre lo había sabido. Pero tal vez por entonces Ghosh estuviese dolido por el silencio de Stone y su voluntad de olvidar a su viejo amigo y dejarlo al cuidado de sus hijos mientras él escapaba de su pasado. Tal vez a medida que fue transcurriendo el tiempo, considerase los efectos que podía tener la carta en Stone, quizá le pareciese injusto enviársela. Podría haber precipitado otra crisis o, como había temido siempre Hema, Stone podría haber regresado para reclamar a los niños. Y tal vez Stone no entendiese o no creyese nada de cuanto decía la carta.

Luego, al acercarse la muerte, debió de pesarle en la conciencia el hecho de ser el custodio de aquella misiva. ¿Y si su contenido podía salvar a Stone, tranquilizar su corazón? ¿Y si lo impulsaba a actuar como debía con sus hijos, aunque fuera con retraso? Por entonces todo el resentimiento de Ghosh hacia Stone, si alguna vez había existido, se había esfumado.

Así que finalmente le dio el manual y el marcador a Shiva, y la carta a mí, pero ocultándomela. Me maravillaba la previsión del moribundo que la había escondido dentro de una lámina enmarcada. La dejaría en manos del destino... ¡Muy propio de Ghosh! ¿Cuándo encontraría yo a Thomas Stone? ¿Cuándo me toparía con la carta? Y si la encontraba, ¿acabaría entregándosela a su destinatario? Ghosh confió en mí para que actuase según mi parecer. También eso es amor. Llevaba muerto más de un cuarto de siglo y aún seguía dándome lecciones sobre la confianza que sólo nace del amor verdadero.

«Shiva», dije, alzando la vista al cielo, donde las estrellas se preparaban para su espectáculo nocturno mientras yo recordaba la noche que había huido precipitadamente del Missing y cómo me había confiado mi hermano el libro de mi padre con el marcador.

Las pocas palabras escritas por mi madre eran el único medio de que alguno de nosotros supiese que existía una carta. Años atrás, por teléfono, le había preguntado: «¿Por qué me diste el libro, Shiva?» Él no lo sabía. «Quería que lo tuvieras tú», fue cuanto pudo responder. El mundo gira en torno a nuestras acciones y nuestras omisiones, lo sepamos o no.

• • •

Cuando llegué a mis habitaciones, me senté, extendí la carta en el regazo y marqué el número de Stone con mano temblorosa. Mi padre pasaba de los ochenta años y era profesor emérito. Deepak decía que la vista del anciano estaba debilitándose, pero que su tacto era tan bueno que podría haber operado a oscuras. De todas formas, rara vez practicaba operaciones, aunque ayudaba a menudo. Stone, conocido en tiempos por *El cirujano práctico: un compendio de cirugía tropical*, ahora era famoso como introductor de un procedimiento innovador de trasplante. Yo era la prueba de que la operación funcionaba, igual que la muerte de Shiva lo era de los riesgos que entrañaba. Cirujanos de todo el mundo habían aprendido a practicarla, y muchos niños nacidos sin un sistema de drenaje biliar operativo se habían salvado al recibir parte del hígado de un pariente.

Oí el zumbido del vacío que pende sobre la tierra, y luego, fuera de aquel éter, el sonido del teléfono, sus timbrazos tan enérgicos y eficientes, tan distintos a los indolentes clics analógicos y las señales toscas de cuando marcaba un número de Adis Abeba. Imaginé el trinar del teléfono y el eco en el apartamento que había visitado una vez, y que había dejado abierto como una lata de sardinas para que Stone supiese que su hijo había llegado a su mundo.

Pensé en mi madre escribiendo aquella carta, toda su vida condensada en una sola cara de aquel pergamino. Probablemente la había dejado (junto al libro con el marcador) al final de la tarde, cuando la asaltaron los dolores. Durante la noche había empeorado, deslizándose lentamente hacia el shock, y luego al día siguiente había muerto, pero no antes de que se reuniera con ella Stone. Era la señal que había esperado. Él hizo lo que debía y, sin embargo, durante el último medio siglo, ni siquiera lo había sabido.

Contestó a los pocos timbrazos, lo que me llevó a preguntarme si aún no había conciliado el sueño, aunque fuese plena noche en Boston.

—¿Sí? —El tono de mi padre era nítido y atento, como si esperase aquella intrusión, listo para la noticia del trauma o la hemorragia cerebral masiva que hacía asequible un órgano, o preparado para oír la historia de un niño, uno de diez mil, nacido con atresia biliar y que moriría sin un trasplante de hígado. Era la voz de alguien que aportaría toda la pericia y la experiencia de sus nueve dedos para salvar a otro ser humano, y que transmitiría esa herencia a otra generación de internos y residentes... Había nacido para eso; era lo único que sabía—. Stone al habla —dijo, y me pareció tan cercano como si estuviese allí conmigo, como si no hubiese absolutamente nada que separase nuestros dos mundos.

Agradecimientos

Ésta es una obra de ficción, y todos los personajes son imaginarios, lo mismo que el hospital Missing. Por otra parte, algunos personajes históricos, como el emperador Haile Selassie y el dictador Mengistu, son reales; en Etiopía hubo un intento de golpe de estado, pero sucedió cinco años antes del que describo. El coronel y su hermano están más o menos basados en los dirigentes reales del levantamiento. Los detalles de su captura y las palabras en el juicio y antes de que fuese ahorcado provienen de material publicado, especialmente de *Ethiopia: A New Political History* de Richard Greenfield; de *Ethiopia at Bay: A Personal Account of the Haile Selassie Years* de John H. Spencer; de la obra publicada de Richard Pankhurst como telón de fondo histórico; y de *Revolutionary Ethiopia: From Empire to People's Republic* de J. Keller.

Un médico notable llamado John Melly murió a manos de un saqueador que le pegó un tiro, pero el diálogo que mantiene con la enfermera jefe es imaginario. El Ibis y otros bares son invenciones. El colegio Loomis es imaginario; cualquier parecido con mi maravilloso colegio (donde el señor Robbs y el señor Thames me animaron a escribir) es pura casualidad.

Las fuentes, los libros y las personas siguientes fueron de un valor inestimable: la escena del nacimiento y las expresiones «asfixia blanca» y «en la oscuridad del vientre materno» las inspiró la maravillosa autobiografía del difunto cirujano de fístula y obstetra egipcio Naguib Mahfouz, *The Life of an Egyptian Doctor*, lo mismo que la idea de la bandeja de cobre. Los trabajos de Nergesh Tejani en que describe sus experiencias en África con clínicas ginecológicas y con fístula, así como la correspondencia que mantuvimos, me ayudaron muchísimo. Consulté la obra publicada del doctor Reginald Hamlin y de la doctora Catherine Hamlin, pioneros de la cirugía de fístula, a quienes pude conocer cuando era estudiante de Medicina y estaba bien informado de su trabajo. Recientemente, tuve la oportunidad de visitar el Hospital del Río, título homónimo de la maravillosa autobiografía de Catherine Hamlin. Los cirujanos de fístula de mi libro no se basan en modo alguno en los Hamlin. El difunto sir Ian Hill era en realidad el decano de la Facultad de Medicina, y si utilizo su nombre, y el de Braithwaite, en el libro, es como un tributo a dos personas que se atrevieron a confiar en mí.

Los intentos de secuestro de aviones de las Líneas Aéreas Etíopes durante las décadas de 1960 y 1970 son hechos históricos; uno de los presuntos piratas aéreos fue condiscípula mía en la Facultad de Medicina, en un curso superior; ella y sus compañeros perecieron en el intento. El actual primer ministro de Etiopía, Meles Zenawi, estudiaba en la Facultad de Medicina un curso por detrás del mío; se convirtió en guerrillero y acabó dirigiendo las fuerzas que derribaron a Mengistu. El heroísmo de los agentes de seguridad y la increíble habilidad de los pilotos son muy reales. Las Líneas Aéreas Etíopes siguen siendo, en mi opinión, las aerolíneas internacionales mejores y más seguras en que he volado, con el servicio más hospitalario y entregado durante el vuelo. La fiebre recidiva transmitida por piojos la estudiaron Peter Perine y Charles Leithead, ya fallecidos, con quienes tuve el placer de visitar pacientes cuando era estudiante.

Para la información sobre Teresa de Ávila, y la descripción de la estatua de Bernini, me basé en *Teresa de Jesús: una mujer extraordinaria* de Cathleen Medwick. Las descripciones de esta autora me parecieron muy perspicaces, incluso después de ver el original en Roma. Todas las palabras de santa Teresa que cito, así como las ideas sobre la fe y la gracia, y la idea de la hermana Mary Joseph Praise de recitar el miserere a la hora de su muerte y la del olor de una dulzura inexplicable, se basan en la versión de Medwick de la vida de Teresa. Las palabras «caricias y arrullos celestiales» son de H. M. Stutfield, y se citan en el libro de Medwick.

El verso «Te debo la visión de la mañana» es de W. S. Merwin, del poema «To the Surgeon Kevin Lin», publicado originalmente en *The New Yorker.* Tengo colgado en mi despacho ese poema en un grabado de edición limitada hecho por Carolee Campbell de Ninja Press y firmado por William Merwin. Le debo mucho al médico, escritor y amigo Ethan Canin, primero por invitarme al Festival de Escritores de Sun Valley y luego por presentarme a Reva Tooley y a toda la gente notable que acudió a allí.

El verso «su nariz era afilada como una pluma» es de *Enrique V*, segunda parte, y está relacionada con mi creencia de que constituye una astuta observación clínica de Shakespeare, que describo en «Thc Typhoid State Revisited», *The American Journal of Medicine* (79:370; 1985).

A mis propias impresiones de Adén y mis recuerdos sentado en las sesiones de kat se añadió la ayuda de las descripciones sumamente vívidas del maravilloso libro de Eric Hansen *Motoring with Mohammed: Journeys to Yemen and the Red Sea* y también de *En busca de las flores del paraíso: viaje a través de los campos de droga de Etiopía y Yemen* de Kevin Rushby. La imagen de la mujer con el brasero de carbón en la cabeza y también las carretillas que transportan gente proceden del libro de Hansen.

Por lo que se refiere a la ocupación italiana, la descripción de Aweyde y muchos aspectos del conflicto ítalo-etíope, incluido el deseo de ganar por cualquier medio (*Qualsiasi mezzo*), me basé en la información procedente del maravilloso *El safari de la estrella negra: desde El Cairo a la Ciudad del Cabo* de Paul Theroux, y en muchas otras fuentes.

«Alzó los hombros, los alzó frente al horror y al desamor que vio» es una paráfrasis del verso de James Merrill del poema *Charles on Fire*: «Pero nadie alzó / Los hombros de su desamor.»

Bliss Carnochan me enseñó una antigua edición de su *Golden Legends: Images of Abyssinia, Samuel Johnson to Bob Marley* y me ayudó a entender cómo se habían formado las ideas occidentales sobre Etiopía.

Tanto yo como innumerables estudiantes de Medicina de la Commonwealth admiramos *Bailey and Love's Short Practice of Surgery*; el manual imaginario de Stone está basado en él, y el wombat y lo del apéndice proceden de allí. La fotografía de Bailey y sus nueve dedos me impresionó cuando era estudiante. Aparte de eso, el personaje de Stone no guarda ninguna relación con Hamilton Bailey, que sólo ejerció la medicina en Inglaterra.

«Había que tomar una decisión cuidadosa para no equivocarse de nuevo. Solía ser el segundo error, que se cometía por intentar paliar con premura el primero, el que acababa con el paciente» y «Los fallos de un rico los cubre el dinero, pero los de un cirujano los cubre la tierra», son citas ambas de *Aphorisms and Quotations for the Surgeon* de Moshe Schein. Por estas y muchas otras ideas quirúrgicas, estoy en deuda con Moshe, cirujano inconformista, brillante profesor, autor de varios manuales quirúrgicos maravillosos, ensayista y amigo. No sólo leyó primeras versiones, sino que también me introdujo en la comunidad de cirujanos de SURGINET. Sus reflexiones me encantaron, aprendí de ellas y tomé prestadas ideas, especialmente los datos sobre vasectomía, que dieron motivo a una serie de memorables intercambios.

Karen Kwong compartió conmigo sus experiencias como cirujana de trauma (y las de su marido, Marty), y leyó con mucha atención el manuscrito tanto al principio de su redacción como al final. Sus largos y considerados mensajes electrónicos fueron de un valor incalculable y no puedo expresarle suficientemente mi gratitud y admiración.

Gracias también a Ed Salztein, Jack Peacock, Stuart Levitz y Franz Theard. Conocí a Thomas Starzl cuando yo era residente jefe en Tennessee, y hemos reanudado nuestra relación. Es verdaderamente un gran cirujano y su trabajo innovador en la demarcación del campo del trasplante de hígado no es ninguna ficción; aludo a él en el libro como una forma de tributo. Thomas Stone es su contemporáneo de ficción.

Francisco Cigarroa, presidente del Health Science Center de la Universidad de Texas, San Antonio, fue muy amable al permitirme que presenciara cómo efectuaba un trasplante de hígado a un niño. El notable grupo de San Antonio, dirigido por Glenn Halff, que consigue que el trasplante de hígado parezca casi una rutina, forma parte del legado de Starzl: hasta muy recientemente, era justo decir que todos los cirujanos de trasplante de hígado del mundo habían sido formados por Starzl o por alguien formado a su vez por él.

«Nacimiento y cópula y muerte / eso es lo que importa si vamos a lo básico... he nacido y con una vez es suficiente» es una cita parcial de *Sweeney Agonista* de T. S. Eliot.

«Es en realidad una actitud ilusoria considerar trágica la vida, porque la vida es desde luego peor que trágica» es un verso de *El rey y el cadáver* de Heinrich Zimmer, edición de Joseph Campbell, lo mismo que «No sólo se convierten en nuestro destino nuestras acciones, sino también nuestras omisiones».

«Veían en la peste un medio seguro enviado por Dios de ganar la vida eterna» es de *La peste* de Albert Camus.

Debo mucho también a la visión del desaparecido Ryszard Kapuscinski de una ciudad y un país que yo creía conocer bien. Los detalles sobre la corte del emperador, el palacio, la financiación de los departamentos sanitarios, el carácter amhara, la escolta de motocicletas, el Ministerio de la Pluma y las intrigas de palacio eran cosas que la mayoría de los residentes conocían y habían visto en algunos casos de primera mano, pero el talento especial de Kapuscinski fue, como forastero, hacérnoslo más visible, cosa que consiguió en su extraordinario libro *El emperador*.

«No es tan sinuosa la serpiente como para que no pueda enderezarse al entrar por el agujero de su nido» es una paráfrasis de uno de los poemas bhakti de *Speaking of Shiva*, edición del desaparecido y gran A. K. Ramanujam.

En cuanto a la información sobre las carmelitas, doy las gracias a Fred de San Lázaro y a Eliam Rao, así como a la incomparable hermana Maude. No hay que yo sepa ningún convento de carmelitas en Egmore.

Los datos sobre el rock de África oriental, SRFA Asmara proceden de http://www.kagnewstation.com/

En cuanto a las escenas de la fuga de Asmara, estoy en deuda con Naynesh Kamani, que iba un curso por delante de mí en la Facultad de Medicina y que realizó ese heroico recorrido; leyó el manuscrito e introdujo varias correcciones y aportó sugerencias. Influyó mucho en mí la maravillosa novela *To Asmara* de Thomas Kenneally, con sus observaciones sobre los campamentos guerrilleros eritreos, que al parecer visitó; sigue siendo un gran defensor del pueblo eritreo. Debería añadir que siento el mismo afecto hacia Etiopía que hacia Eritrea, y que tengo amigos queridos en ambos lugares.

«Como si le hubiese hecho el mayor regalo que un hombre pudiera hacer a otro» es una paráfrasis de una frase de «Lo que dijo el médico», de *Un sendero nuevo a la cascada* de Raymond Carver.

En cuanto a las escenas del sanatorio antituberculoso, estoy en deuda con «*The Discourse of Disease: Patient Writing at the "University of Tuberculosis"*», de Jean Mason, al que tuve la suerte de escuchar en la conferencia «Psicoanálisis y Medicina Narrativa» de la Universidad de Florida, Gainesville, en 2002.

«Que ningún noble inglés se aventure a dejar este mundo sin un médico escocés a su lado, lo mismo que estoy seguro que no hay ninguno que se aventure tampoco a venir a él» se decía que había sido un brindis que solía hacer William Hunter, doctor en medicina, el mayor de los hermanos Hunter. Lo he parafraseado como un brindis que propone B. C. Gandhi.

«No llames feliz a ningún hombre antes de su muerte» es lo que el ateniense Solón le dice a Creso, el acaudalado rey de Lidia, según Herodoto. Se trata de palabras citadas por sir William Osler al recibir la noticia de la muerte en Flandes de su amado hijo Revere. El manual de enfermería imaginario que describe la Sólida Sensibilidad de Enfermera es una reformulación de uno de los aforismos de Osler.

Respecto a la información sobre enfermedades psicosomáticas entre los etíopes, debo dar las gracias a mi amigo Rick Hodes, doctor en medicina, internista, escritor y hombre de bien. Su vida en Etiopía es toda una historia en sí misma. Doy las gracias a Thomas *Appu* Oommen por sus increíbles recuerdos de su etapa en Adis Abeba como colegial y más tarde como periodista, y del período del golpe. Un mensaje electrónico de Yohannes Kifle que compartió conmigo me facilitó mucha información sobre Kerchele.

Mis padres, George y Mariam Verghese, compartieron conmigo sus recuerdos, y mi madre redactó extensas notas exclusivamente para mi uso. A ellos he dedicado este libro.

Mientras escribía esta novela a lo largo de varios años, consulté muchas otras obras, la mayoría de las cuales espero haber incluido en la bibliografía, y si error hubiese dejado de reconocer mi deuda con una persona o una fuente sería algo que me gustaría corregir. La escena del húmedo obsequio que Genet hace a Marion la inspiró una escena similar de una novela o relato cuya autoría no puedo recordar;

asimismo, la metáfora de Adén como una ciudad a la vez muerta y viva igual que los gusanos en un cadáver (o algo parecido) me encantaría atribuirla a una fuente.

Doy las gracias al extraordinario Comité Asesor de San Antonio que nos permitió construir un Centro de Humanidades Médicas, pero aún agradezco más las relaciones de amistad que establecí con sus miembros.

Steve Wartman, mi amigo y compañero de tenis, me reclutó para San Antonio cuando él era decano allí. Edith McAllister fue mi profesora, mi entrenadora, mi inspiración, y la persona que entendió mejor que nadie la necesidad que yo tenía de disponer de tiempo para mí, aunque eso significase irme; en mi próxima vida ambiciono volver como ella. En cuanto a Marvin y Ellie Forland y a Judy McCarter, las palabras no pueden hacer justicia al apoyo y el cariño que me dieron; ser titular de un prestigioso puesto de profesor que llevaba el nombre de Marvin y de una prestigiosa cátedra que llevaba el nombre de Joaquin Cigarroa hijo (ambos consumados internistas) supuso el mayor de los honores.

Judy sigue siendo mi consejera y mi conciencia; cada año que pasa crece mi admiración por su sabiduría. Gracias a la UTHSCA, a la familia Cigarroa en su conjunto, a Bill Henrich, Robert Clark, Jan Patterson, Ray Faber, Tom Mayes, Somayaji Ramamurthy, Deborah Kaercher, el difunto David Sherman, y tantos otros que la hicieron un sitio especial para trabajar; y lo mismo a Texas Tech, El Paso, donde se inició esta obra.

La doctora Erika Brady del Departamento de Estudios Tradicionales de Western Kentucky University era una especialista en temas que abarcaban desde la institución Alpha Omega Alpha (sociedad honorífica estadounidense que premia la excelencia en los estudios, investigación y práctica de la Medicina) o el *Religio Medici* (la obra de sir Thomas Browne) hasta datos sobre oraciones e indumentaria; siempre pude confiar en su investigación. También me ayudó con su investigación Michele Stanush, y le estoy muy agradecido.

Mis hermanos de los miércoles por la mañana (Randy Townsend, Baker Duncan, Olivier Nadal, Drew Cauthorn, Guy Bodine, y especialmente Jack Willome) y sus esposas (¡y especialmente tú, Dee!) me dieron cariño, tuvieron confianza en mí y me dejaron asumir la responsabilidad. «No hay amor más grande...»

Tom Rozanski, vecino, colega y urólogo, me aconsejó sobre la escena de la vasectomía así como sobre otros temas quirúrgicos, por lo que le estoy muy agradecido. Rajender Reddy y Gabe García me ayudaron en los temas relacionados con la hepatitis B.

Anand y Madhu Karnad, queridísimos y viejísimos amigos, leyeron y escucharon muchas secciones de este libro y de todos mis libros anteriores a lo largo de los años; me dieron y siguen dándome cariño y apoyo, y sé que donde quiera que estén tengo un hogar.

Estoy muy agradecido a John Irving por su amistad de todos estos años. He aprendido muchísimo de él tanto a través de nuestra correspondencia como de sus obras.

El doctor Ralph Horwitz, director de medicina en Stanford, creó un hogar para mí; le agradezco mucho su visión y su amistad, así como la de Sally. Doy las gracias a mi hermano, George, a su esposa, Ann, a los Kailath, y a Helen Bing, por introducirme en los encantos de Stanford años antes de que yo soñase con venir aquí.

Mi encantadora esposa, Sylvia, pasó horas introduciendo los cambios que yo realizaba en el manuscrito y lo hizo varias veces a lo largo de los años. Ella más que nadie, pero también Tristan, Jacob y Steven, soportaron mis ausencias de la sociedad y me sostuvieron durante los altibajos de la elaboración de este libro. «Gracias, mi amor; con los años que me quedan...»

Mary Evans, mi agente, vendió mi primer relato a *The New Yorker* antes de que nos conociésemos personalmente, y ha seguido manteniendo su fe en mí desde aquellos tiempos de Iowa de 1991. Su vista perspicaz y sus sabios consejos han hecho de mí un escritor, y su amistad, una persona mejor. Robin Desser echó una mano en mi primer libro, y fue un privilegio conseguir trabajar con ella en éste. Corrigió las muchas repeticiones de este libro y pasó innumerables horas con él y conmigo, y le debo mucho. A menudo he pensado que la gracia, la pasión, la humildad y la pericia extraordinarias que aporta a su tarea son atributos que comparte con los médicos a quienes más admiro. Doy las gracias también a Sarah Rothbard, la maravillosa ayudante de Robin. Agradezco muchísimo a Sonny Mehta su entusiasmo por esta historia y su firme apoyo a mi tarea de escritor.

La medicina es una amante exigente, pero fiel, generosa y sincera. Me otorga el privilegio de ver pacientes y de enseñar a estudiantes en las cabeceras de las camas de los enfermos, y da sentido por ello a cuanto hago. Como Ghosh, renuevo cada año, cuando se inicia, mis votos con ella: «Juro por Apolo y Asclepio, Higía y Panacea ser fiel a ella, pues ella es la fuente de todo… no cortaré para extraer la piedra.»

Abraham Verghese
Stanford, California, junio de 2008

Bibliografía

ANDERSON, R., y R. ROMFH: *Technique in the Use of Surgical Tools*, Appleton-Century-Crofts, Nueva York, 1980.

AYELE, N.: *Wit and Wisdom of Ethiopia*, Tsehai Publishers and Distributors, Hollywood, California, 1998.

BAILEY, H.: *Pye's Surgical Handicraft*, 17.ª ed., John Wright & Sons, Bristol, 1956.

BIERMAN, J. y C. SMITH: *Fire in the Night: Wingate of Burma, Ethiopia, and Zion*, Random House, Nueva York, 1999.

COLEMAN, D.: *The Scent of Eucalyptus: A Missionary Childhood in Ethiopia*, Goose Lane Editions, Fredericton, 2003.

COOK, H.: *Fifty Years a Country Doctor*, University of Nebraska Press, Lincoln, 1998.

COPE, Z.: *The Diagnosis of the Acute Abdomen in Rhyme*, H. K. Lewis & Co., Ltd., Londres , 1962. [Hay traducción castellana: *Diagnóstico precoz del abdomen agudo*, Editorial Marín, Barcelona, 1982.]

DREGER, A. D.: *One of Us: Conjoined Twins and the Future of Normal*, Harvard University Press, Cambridge, Mass., 2004.

GOULD, G. M. y W. E. PYLE: *Anomalies and Curiosities of Medicine*, W. B. Saunders, Nueva York, 1896.

HABTE-MARIAM, M. y C. PRICE: *The Rich Man and the Singer: Folktales from Ethiopia*, E. P. Dutton, Nueva York, 1971.

HERTZLER, A. E.: *The Horse and Buggy Doctor*, University of Nebraska Press, Lincoln, 1938.

HUMPHRIES, S. V.: *The Life of Hamilton Bailey*, Ravenswood Publications, Beckenham, 1973.

KELLER, E. J.: *Revolutionary Ethiopia: From Empire to People's Republic*, Indiana University Press, Bloomington, 1991.

LAMBIE, T. A.: *Boot and Saddle in Africa*, Fleming H. Redell Co., Nueva York, 1943.

——, *A Doctor Without a Country*, Fleming H. Redell Co., Nueva York, 1939.

MARCUS, H. G.: *The Politics of Empire: Ethiopia, Great Britain and the UnitedStates, 1941–1974*, Red Sea Press, Lawrenceville, Nueva Jersey, 1983.

MARSTON, A.: *Hamilton Bailey: A Surgeon's Life*, Greenwich Medical Media Ltd., Londres, 1999.

MELLY, A. J. M.: *John Melly of Ethiopia*, K. Nelson y A. Sullivan (eds.), Faber & Faber, Londres, 1937.

SPEERT, H.: *Iconographia Gyniatrica: A Pictorial History of Gynecology and Obstetrics*, F. A. Davis Co., Filadelfia, 1973.

SMITH, I.: *Wish I Might*, Harper & Brothers, Nueva York, 1955.

WAUGH, E.: *Waugh in Abyssinia*, Longman, Harlow, Essex, 1936.